DROEMER

BEN BERKELEY

NACH EINER WAHREN GESCHICHTE

ROMAN

Besuchen Sie uns im Internet:
www.droemer.de

Originalausgabe April 2016
Droemer Taschenbuch

Ein Imprint der Verlagsgruppe
Droemer Knaur GmbH & Co. KG, München

Redaktion: Antje Steinhäuser
Covergestaltung: Andy Jörder
Coverillustration: Andy Jörder
Satz: Sandra Hacke
Druck und Bindung: CPI books GmbH, Leck
ISBN 978-3-426-30490-7

2 4 5 3

»Nicht alles Bahnbrechende im Silicon Valley begann in einer Garage; in unserem Fall war es Stans Kinderzimmer.«

BRIAN O'LEARY

»Wir wohnten in einem Trailerpark,
meine Mutter arbeitete im Paradise Club.
Was glaubst du, hatte ich für eine Wahl?«

ALEXANDER PIECE

»Alles, was ich wollte, war Football spielen.
Es war alles, was ich wirklich gut konnte.
Bis auf die Sache mit den Pistolen.«

STANLEY HENDERSON

»Nicht alles, was im Valley in einer Garage angefangen hat, war im Nachhinein betrachtet eine grandiose Idee. Einige der Technikenthusiasten wurden die größten Tyrannen von allen. Und denen gehörte mal in den Hintern getreten. Das sehe ich übrigens noch heute so.«

JOSHUA BANDEL

KAPITEL 1

September 1997
Palo Alto, Kalifornien

BRIAN O'LEARY

Brian fragte sich, was schlimmer war: arme Eltern zu haben oder auszusehen wie er. Er warf einen Blick auf die Zahlen, die er mit seinem neuen Füller auf dem Karopapier notiert hatte. Dreiundfünfzig Prozent der Mädchen waren größer als er. Und null Prozent der Jungs hatten rote Haare. Außer ihm. Aber mit Lebensunglück konnten die Investoren im Silicon Valley so wenig anfangen wie die Autoindustrie in Detroit mit dem Klimaschutz: Jeder war seines Glückes Schmied, war das Mantra des Valley. Jeder konnte Unternehmer werden, wenn er nur wollte. Nirgendwo gab es mehr Risikokapital als zwischen Palo Alto und Mountain View. Mehr Risiko allerdings auch nicht.

Demzufolge und wegen der Kohle ihrer Eltern waren die Schulen im Valley, insbesondere die besseren, die brutalsten Laufstege nach New York und Paris. Und die Gunn High war die beste staatliche Schule von allen. Period. Punkt. Aus.

Brian seufzte und starrte auf sein Mäppchen, während der Lehrer ihnen den Stundenplan erläuterte, als wäre es die Heilige Schrift. Als Brian nach dem Füller griff, stellte er fest, dass seine Hände zitterten. Und schweißfeucht waren sie auch noch. Während er sie an den Hosentaschen abwischte, fragte er sich, wovor er eigentlich Angst hatte. Dreiundfünfzig Prozent der Mädchen waren größer als er. Ein nicht zu leugnender Fakt. Come on, Brian, sagte er sich. Das bedeutete immerhin, dass siebenundvierzig Prozent kleiner waren. Was kein

Trost war, sondern blanke Statistik, die seinen Schweißfilm nicht trocknen ließ. Er brauchte einen Zaubertrick. Er hatte noch niemals so dringend einen Zaubertrick benötigt wie an diesem ersten Schultag auf der Gunn High.

Brian ließ einen verstohlenen Blick durch die Reihen schweifen und landete bei dem Jungen, der direkt neben ihm saß. Dem Stipendium. Man sah das sofort, weil er Turnschuhe vom Wühltisch bei Walmart trug und ein T-Shirt ohne Markenaufdruck. Das Stipendium hieß Alexander Piece, was Brian wusste, weil ein sorgfältig von Mutterhand beschriftetes Namensschild an seinem Rucksack baumelte. Vermutlich kosteten die Bücher darin ein halbes Monatsgehalt der Familie Piece. Bücher waren nicht Bestandteil der Stipendien für besonders begabte Schüler. Und deswegen war es möglicherweise doch besser, Eltern mit Geld zu haben, als besonders gut auszusehen.

Keine halbe Stunde später geschah das erste Unglück dieses Schultags: Ein weiß-grauer Vogel verfing sich in den Metalldrähten der Taubenabwehr auf dem Fenstersims. Mister Brewster zerrte an den dürren Beinen, während die armselige Kreatur panisch mit den Flügeln schlug. Ihr neuer Klassenlehrer tat das in bester Absicht, natürlich um das Tier zu retten. Die Frage, warum eine von Naturfreunden gegründete Schule die Drähte überhaupt installiert hatte, war einer dieser kalifornischen Widersprüche, die nicht hinterfragt werden wollten. Und Palo Alto war das Herz des Silicon Valleys, wo sich die knallharten Kapitalisten für die größten Tierfreunde hielten. Brian befürchtete schon, dass Mister Brewster dem Vogel bei seiner Rettungsaktion mindestens einen Flügel gebrochen hatte. Was sich jedoch in dem Moment als Fehlannahme erweisen sollte, als Alexander Piece der Taube und dem Pädagogen zu Hilfe eilte und das Tier schließlich dankbar von dannen flatterte.

Das Stipendium lief zurück zu seinem Platz, als sei nichts weiter geschehen. Eher lässig. Die Mädchen kicherten. Sie hatten sich für diesen Tag herausgeputzt: Sie trugen die Haare als hochgebundene Zöpfe, und nicht wenige hatten neonfarbenen Nagellack aufgetragen. An ihren Ohrläppchen hingen farblich passende dünne Plastikringe, und an ihren Füßen baumelten wahlweise braune oder blaue Bootsschuhe. Es war der Valley-Chic der Mitte-Neunziger. Die Jungs waren entweder noch Skater oder schon Grunger und Surfer. Oder sie spielten besser Football. Letztere waren die Männer, für die sich die Mädchen mit den Bootsschuhen interessierten. Über die sie tuschelten. Im Eck neben den Spinden hinter vorgehaltener Hand und auf den Treppen. Das war schon auf der Middle School nicht anders gewesen. Die Sache mit den Mädchen hing über ihren fünfzehnjährigen Köpfen wie ein drohendes Gewitter. Und mit jedem Jahr, das verging, wurde Brian schmerzlicher bewusst, dass er klein und rothaarig war. Wie sein Vater. Es nützte einem selten, wenn man schlauer war als die meisten. Es würde auch dem Stipendium nichts nützen, obwohl Alex Piece aussah, als müssten ihm die Mädchen zu Füßen liegen mit seinen dunklen, strubbeligen Haaren und den grünen Augen. Ein Grunger, weil er keine Wahl hatte. Seine Klamotten aber würden alles zunichtemachen – also die Tatsache, dass seine Eltern keine Kohle hatten. Was ungerecht war, aber Darwinsches Gesetz. Das Darwinsche Gesetz des Stärkeren ließ fünfzehnjährige Hände schwitzen, erkannte Brian.

Schließlich wanderte sein Blick von den Mädchen zu einer Bank in der ersten Reihe, deren Besetzer er nur zu gut kannte: Stan »The Man« Henderson. Weiberheld. Der beste Runningback seiner Middle School. Einer von denen, der die Mädchen abbekam. Nein, korrigierte sich Brian: *der,* der die Mädchen bekam.

»Pssst«, flüsterte eine Stimme von hinten.

Brian beobachtete, wie lässig Stan auf seiner Bank lehnte. Leicht seitlich, leicht unaufmerksam. Überlegen. »The Man« war anderthalb Köpfe größer als Brian. Und so in etwa ließ sich ihr Verhältnis definieren. Er spürte den Blick von Josh, bevor er sich zu ihm umdrehte. Er wusste, was er ihm sagen wollte. Dies ist eine neue Runde, Brian. Wir können immer noch gewinnen. Joshua Bandel war sein bester Freund.

KAPITEL 2

Mai 1998 (ein gutes halbes Jahr später)
Palo Alto, Kalifornien

STANLEY HENDERSON

Stan Henderson hasste wenig mehr als den Computerclub am Donnerstagnachmittag. Aber auf der Gunn High war es ein soziales Event wie die jährliche Theateraufführung für ihre Eltern. Man ging hin, um gesehen zu werden. Das Schlimmste war, dass Ashley den Computerclub mochte. Nein, das Allerschlimmste war, dass es ihr nicht nur gefiel, gesehen zu werden, sondern dass sie sich tatsächlich für die Maschinen interessierte. Für das Internet, das die Nerds wie Brian und Josh anhimmelten, als wäre es die Verkündung. Just in diesem Moment saßen sie vor einem Bildschirm und hörten eine Radiosendung von WXYC über den Netscape. Stan lehnte an der Wand und versuchte, möglichst unbeteiligt auszusehen, was ihm nicht sonderlich schwerfiel. Das musste man sich mal vorstellen: Die Jungs ereiferten sich über die Radiosendung, nur weil sie im Internet gesendet wurde. Und Ashley mittendrin. Er betrachtete ihren süßen Hintern und fragte sich, wann er sie endlich so weit hatte. Gegenüber Alex hatte er schon vor Wochen Vollzug vermeldet, inklusive einer schwer glaubhaften Geschichte über ein erstes Mal mit der ernsthaften Ashley. Überhaupt war Alex der Einzige, der sich ebenso wenig für Computer interessierte wie er. In diesem Moment lehnte er an der Wand auf der gegenüberliegenden Seite des Raums, und Stan hatte das Gefühl, dass er zu ihm herüberstarrte. Manchmal fühlte er sich regelrecht unwohl in Alex' Gegenwart. Was vielleicht daran liegen mochte, dass er sein einziger ernsthafter Konkurrent in Sachen Ashleys erstem Mal war. Oder daran, dass er sehr gut starren konnte. Oder daran, dass er vermutlich der Schlauste von allen war.

Die Gunn High vergab Stipendien nicht ohne Grund. Stan wusste nicht genau, woher sein Unbehagen stammte, aber er war keiner von denen, die sich gerne Gedanken machten. Er war froh, dass in diesem Moment die Tür aufging. Der unausweichliche Josh stürmte herein, wie immer ein wenig zu hektisch und ein wenig zu laut. Er knallte seine Schultasche auf einen der Tische und entnahm ihr ein mysteriöses Paket. Dann setzte er sich an einen der Computer und zückte einen dicken Packen CD-ROMS. Brian, der bis in letzter Sekunde noch Feuer und Flamme für die WXYC-Sendung gewesen war, sprang auf. Die Joshua-Bandel-Show konnte beginnen. Wie Stan das hasste. Sein Vater war einer dieser Tech-Millionäre und arbeitete bei Apple oder Adobe oder Microsoft oder wer weiß wo. Die Eltern hatten Geld wie Heu und, was hier im Valley noch viel wichtiger war, immer Zugang zum neuesten Spielzeug. Tech Porn nannten sie das auf der Gunn High. Und Josh war hier ebenso ein Star wie Stan, wenn er vom Quarterback den Ball bekam. Niemand kriegte ihn zu Boden. Niemand stoppte Stan »The Man«. Niemand stoppte den Mamzer, wenn es um Tech Porn ging. Fuck it.

»Du hast es?«, fragte Brian, und Stan kam es vor, als ob er andächtig flüsterte. Wie in der Kirche.

Josh nickte ätzend beiläufig und legte die CD-ROM ins Laufwerk. Der Computer begann zu summen. Auch Ashley schob ihren Apfelpo vor den Bildschirm. Der Apfel tendierte eindeutig in Joshs Richtung. Stan musste jetzt alle Mühe aufwenden, an seiner Wand stehen zu bleiben. Selbst »Piece«, wie Alex Piece mittlerweile von allen genannt wurde, hatte seinen Stammplatz verlassen und gesellte sich zu den anderen. Die Traube hinter dem durchgesessenen Bürostuhl, auf dem Josh saß, wurde immer größer. Zehn, zwölf, fünfzehn Schüler und drei Mädchen, Ashley in der ersten Reihe – natürlich.

Brian pfiff durch die Zähne als der Bildschirm das Logo von Windows 98 anzeigte, das frühestens in vier Monaten erscheinen würde. Zum Kotzen. Übelkeit. Machtlosigkeit. Krampf. Josh konnte einfach alles besorgen. Stan musste Ashley klarmachen. So schnell wie möglich.

KAPITEL 3

August 1998 (drei Monate später)
Palo Alto, Kalifornien

JOSHUA BANDEL

Joshua Bandel schloss die Haustür auf, streifte seine Turnschuhe ab und schmiss seinen Rucksack mit den Unterlagen vom Sommercamp achtlos daneben. Er ging in die Küche und warf als Erstes einen Blick in den Kühlschrank. Maria hatte dieses Spinatgericht mit Eiern und Kartoffeln gemacht, auf dem seine Mutter bestand. Josh wusste, dass sie viel lieber Tortillas gegrillt hätte. Was sie zum einen viel besser konnte und was zum anderen Josh wesentlich besser geschmeckt hätte. Seine Mutter hatte einen horrenden Fitnessfimmel entwickelt. Jeden Abend tanzte sie vor dem Fernseher zu Cindy Crawford im Bikini und verlangte von den beiden Männern in ihrem Haushalt eine strikte Diät. Es war kaum auszuhalten. Es ging zu weit. Josh griff nach einem Tetrapak Orangensaft und gab der Kühlschranktür einen Tritt, als es plötzlich an der Haustür klingelte. Es war Viertel nach fünf, seine Eltern waren nicht vor sieben oder halb acht zu erwarten. Außerdem würden sie nicht klingeln. Vermutlich brachte ein Lieferant ein neues Fitnessgerät oder eine Kiste Wein. Beides kam ungefähr gleich häufig vor. Josh seufzte und lief zur Tür.

»Was geht ab?«, fragte Alexander Piece und grinste. Sein verschrammtes Fahrrad lehnte an einer der Säulen auf der Veranda, was höchst verboten war und seinem Vater einen Herzinfarkt bescheren konnte. Wegen der englischen Farbe (Charleston Grey), die sündhaft teuer und unverschämt empfindlich war.

Josh grinste: »Hey, Piece«, sagte er.

»Nette Hütte«, sagte Piece und ließ seinen Blick einmal über die Villa im noblen Viertel nördlich der University Avenue streifen. Es wirkte nicht vorwurfsvoll, mehr wie eine Feststellung. Was sollte er dazu sagen? Alex gegenüber schämte er sich für das Geld seiner Eltern. Das war neu.

Josh nickte.

»Komm rein«, sagte er.

Piece schubberte mit den Sohlen seiner Schuhe über die kratzbürstige Fußmatte.

»Du musst sie ausziehen«, entschuldigte sich Josh.

Piece zuckte mit den Schultern und stellte seine Schuhe ordentlich neben Joshs und den danebengeworfenen Rucksack. Entgegen aller seriösen Voraussagen hatte Alex keine Löcher in den Socken.

»Kein Grund, besonders ordentlich zu sein«, sagte Josh. »Ist eh keiner da.«

Piece lief ins Wohnzimmer und blieb vor dem großen Bang & Olufsen-Fernseher stehen.

»Kein Grund, ausgerechnet heute zur Schlampe zu werden«, sagte Piece.

Josh grinste, obwohl er sich ärgerte, weil er die Schlampe als Vorwurf empfand. Eine Zurechtweisung, die er nicht einmal seiner Mutter durchgehen ließe.

»Willst du einen O-Saft?«, fragte Josh. Alex' Blicke wanderten durch den lichtdurchfluteten Raum mit den hellen Vorhängen und den weißen Fliesen. Er ließ sich nichts anmerken.

»Klar«, sagte Piece. Josh trat den Weg in die Küche an und spürte, dass Piece ihm folgte. Alex lehnte sich lässig an den Küchenblock mit dem Herd und der Spüle, während Josh einen Orangensaft eingoss.

»Das ist also der Grund, warum sie dich Mamzer nennen«, sagte Piece, als er das Glas entgegennahm, und deutete mit dem Kopf auf den Teller mit Spinat und den hartgekochten Eiern, die gegen die Frischhaltefolie pressten.

»Sie nennen mich Mamzer?«, fragte Josh. Mamzer war Jiddisch und bedeutete so viel wie Waisenjunge oder Findelkind.

»Natürlich«, sagte Piece.

Josh wusste nicht, was er dazu sagen sollte. Trauer und Wut wechselten im Millisekundentakt. Er blickte zu Boden. Seine Emotionen waren nicht für die Öffentlichkeit bestimmt.

»Mach dir nichts draus«, sagte Piece. »Was glaubst du, was sie über mich reden?«

Josh atmete aus. Sie redeten viel über Piece. Sein Stipendium. Das Gerücht, dass seine Mutter und er in einem Trailerpark lebten und dass sie Hundefutter fraßen, weil sie sich nichts anderes leisten konnten. Und dass seine Mutter eine Saufnase war. Mamzer. Findelkind. Sie hatten ja recht, dass sich seine Eltern im Vergleich zu anderen kaum um ihn kümmerten. Andererseits war das auch nicht notwendig. Josh kam gut alleine zurecht. Und er hatte den Eindruck, dass es Piece nicht anders ging.

»Was willst du?«, fragte Josh schließlich.

»Etwas Geschäftliches mit dir besprechen«, sagte Piece.

Etwas Geschäftliches?, fragte sich Josh. Das war ein anderes Kaliber.

»Dafür gehen wir nach oben«, sagte Josh ernsthaft.

Wenn Piece extra nach dem Sommercamp zu ihm nach Hause radelte, war das einen ordentlichen Besprechungsraum wert.

KAPITEL 4

August 1998 (zur gleichen Zeit)
Belmont, Kalifornien

ALEXANDER PIECE

Alex trat in die Pedale. Der Fahrtwind trieb ihm die Strähnen aus dem Gesicht, und die Apfelbaumfelder flogen links und rechts vorbei. Er fand, dass der erste Teil seines Plans gut gelaufen war. Aber Josh war nur ein Viertel des Puzzles, das er zusammenzusetzen gedachte. Das Problem war nicht das Geld, das man selbst nicht hatte, sondern das Geld der anderen. Die viel davon hatten. Zu erkennen, dass er Geld brauchen würde, wenn er auf der Gunn High auf Dauer bestehen und nicht nur koexistieren wollte wie ein geduldeter Symbiont, dafür musste man kein Genie sein.

Die Bremsen quietschten bedenklich, als er den Hügel zu dem kleinen Platz außerhalb von Belmont hinunterfuhr. Belmont, nicht Palo Alto. Natürlich nicht. Leute wie seine Mutter gehörten nicht in die noblen Orte im Valley. Nicht nach Mountain View, nicht nach Sunnyvale. Und eben schon gar nicht nach Palo Alto. Pulsierendes Herz der ersten Milliardärsgeneration des Hightech-Zeitalters. Inkubator. Brutstätte des großen Geldes. Der Himmel auf Erden. Der beste Platz auf dem ganzen Planeten. Würde Captain Picard die Erde zum ersten Mal besuchen, wüsste er genau, wo La Forge ihn hinbeamen müsste.

Für Alex Piece bedeutete sein Traum, jeden Tag zwölf Meilen mit dem Fahrrad zur Schule fahren zu müssen. Vierundzwanzig Meilen hin und zurück für die fixe Idee vom besseren Leben. Von Zukunft. Es war unfassbar hart gewesen, das Gunn-Stipendium zu bekommen. Zumal er seine Bewerbung selbst hatte organisieren müssen. Sein Vater existierte in Alex' Welt nicht, und seine Mutter. Nun ja. War nun einmal seine Mutter.

Eine Stunde später zog er sein Fahrrad über die schmale Leiter auf das Dach ihres Hauses, das nicht viel größer war als die liegengebliebenen Wohnwagen, die es auch in der Siedlung gab. Immerhin zu festen vier Wänden hatte es seine Mutter gebracht. Nur die Gegend war mies. So mies, dass man es keinesfalls riskieren konnte, das Fahrrad vor dem Haus anzuschließen. Auf dem Rückweg sprang Alex von dem niedrigen Dach und legte die Leiter flach auf den Boden.

»Mom?«, fragte er, als er die Tür öffnete. Der zweite Türrahmen mit dem Moskitonetz schlug gegen das Holz.

»Hallo, Alex«, sagte seine Mutter, die in einen Bademantel gehüllt in der Küche stand. »Wie war die Schule?«

In Moms Welt gab es keinen Sinn für eine Unterscheidung zwischen Schulzeit und Sommercamp. Sie hatte größere Probleme. Alex warf seine Schultasche auf das abgewetzte Sofa. Auf der umgedrehten Bierkiste mit der Sperrholzplatte und der sorgfältig darüber drapierten Tischdecke stand eine Batterie Nagellacke.

»Nicht der Rede wert«, sagte Alex, drehte den Wasserhahn auf und füllte ein Glas.

»Ich habe Gumbo gemacht«, sagte seine Mutter. Alex drückte ihr einen Kuss auf die Wange und fächelte mit der Hand über dem Topf herum.

»Riecht lecker, dein Hühnchen«, sagte Alex und meinte es ehrlich. Es gab keinen Menschen, der es schaffte, mehr aus dem wenigen zu machen, was sie hatten, als seine Mutter. Sie war eine Kämpferin.

»Du gehst arbeiten?«, fragte Alex, als sie vor zwei dampfenden Tellern mit scharfem Eintopf saßen.

»Mmmmh«, stimmte seine Mutter zu. »Natürlich gehe ich arbeiten, Alex.«

»Okay«, sagte Alex.

Seine Mutter seufzte und griff nach seiner Hand. Sie wusste, dass ihm nicht gefiel, was sie tat. Obwohl er nicht einmal so genau wusste, *was* sie tat. Offiziell zumindest. Sie arbeitete als Tänzerin, sagte sie. Alex war ihr nachgefahren. Verteilt auf fünf Abende. Jeweils so lange, wie es ihm gelang, mit dem Fahrrad an dem rostigen Camry dranzubleiben.

»Ist schon okay, Mom«, sagte Alex. Der Laden, in dem sie arbeitete, hieß Paradise Club und sah nicht wie das Paradies aus. Alex war jung, aber nicht gerade auf den Kopf gefallen.

»Brauchst du Geld für die Schule morgen?«, fragte Mom.

»Nein«, log Alex. »Ich komme schon zurecht. Mach dir um mich keine Sorgen.«

Bald musste sie das vielleicht wirklich nicht. Sein Plan war nur ein winziger erster Schritt. Aber wenn es funktionierte. Wenn es ihnen wirklich gelang, dann konnten sie ganz andere Projekte in Angriff nehmen.

Seine Mutter räumte die Teller ab und griff nach dem Schwamm neben der Spüle. Alex trat neben sie und hielt die Hand auf.

»Lass mich das machen«, sagte er. »Du ruinierst dir doch nur deine Nägel.«

Seine Mutter stellte die Teller in die Spüle und stemmte die Arme in die Hüfte: »Manchmal denke ich, man müsste dich vermöbeln, Alexander Piece«, sagte sie. »Wegen ausufernder Frechheiten gegenüber einem Erziehungsberechtigten.«

»Wieso?«, fragte Alex. »Sind denn deine Fingernägel nicht unser bestes Kapital?«

Seine Mutter riss ihm den Schwamm aus der Hand und tat

so, als ob sie nach ihm werfen wollte. Sie lachte. Und dann sagte sie: »Und dann denke ich wieder, dass sich keine Mom einen besseren Sohn wünschen kann.«

»Ich liebe dich auch, Mom«, murmelte Alex Piece, nachdem seine Mutter im Bad verschwunden war. Und er meinte es ehrlich. Er würde alles daransetzen, die anderen von seinem Plan zu überzeugen. Denn mit Josh alleine war es nicht getan. Sein Plan war zu groß für zwei Einzelkämpfer.

Zwei Wochen später war es endlich so weit, gerade noch rechtzeitig bevor die Schule wieder anfing und damit die alltäglichen Probleme. Die konstituierende Sitzung würde heute Nachmittag stattfinden. In Stans Kinderzimmer. Alex hatte alle in Einzelgesprächen bearbeitet. Trotzdem war er nicht sicher, ob alle mitmachen würden, wenn er die Katze aus dem Sack ließ. Schließlich ging es nicht gerade darum, beim Nachbarn ein paar Äpfel zu stibitzen. Sondern um eine ernsthafte Geschäftsidee.

Alex schloss sein Fahrrad vor dem Obstladen von Stans Eltern an eine Laterne. Es gab zwei Gründe, warum Stans Kinderzimmer der ideale Ort für ihr Treffen war: Zum einen waren keine Erwachsenen zu erwarten, denn die arbeiteten in ihrem Laden im Erdgeschoss, und zum Zweiten vergötterten Stans Eltern ihren Sprössling, weil sie ihn für den hübschesten (seine Mutter) und vernünftigsten (sein Vater) Jungen von ganz Palo Alto hielten. Zumindest Letzteres würde Alex zu ändern versuchen – natürlich ohne dass es seine Eltern jemals erfahren würden.

Josh und Brian saßen auf dem Sofa wie Unkraut und schienen sich unwohl zu fühlen. Man konnte nicht gerade behaupten, dass sie seine engsten Freunde waren. Auch das gedachte Alex zu ändern. Stan warf einen Football in die Luft, was keinen Sinn ergab. Alex räusperte sich.

»Wollt ihr was trinken?«, fragte Stan. »Ich hab O-Saft und ich weiß, wo der Wodka steht.«

»Wir sollten nüchtern bleiben«, mahnte Alex.

Stan zuckte mit den Schultern. Josh und Brian nahmen den Saft.

»Also, was soll das alles?«, fragte Stan.

»Ich möchte euch ein Geschäft vorschlagen«, sagte Alex.

»Ein Geschäft?«, fragte Stan.

»Ein Geschäft«, bekräftigte Alex. Er blickte in die Runde. Josh, der als Einziger bereits in den Plan eingeweiht war, grinste.

»Was sagt Euch der 19. Mai 1999?«, fragte Alex.

Brian hob die Hand: »Episode I!«, rief er.

»Du brauchst nicht die Hand zu heben«, sagte Alex. »Aber 100 Punkte für die richtige Antwort: Am 19. Mai nächstes Jahr läuft das größte Star-Wars-Event, seit Han Solo herausgefunden hat, wer sein Vater ist.«

»Und?«, fragte Stan, der immer noch den Football zur Decke warf und wieder auffing.

»Glaubt ihr, dass WKZN wieder Karten für die Premiere verlost?«, fragte Josh.

Schlaues Kerlchen, dachte Alex. Auf dich kann man sich verlassen. Er half ihnen auf die Sprünge. Es war genau das, worauf Alex hinauswollte.

»Klar«, sagte Stan. »Alle werden wieder Karten verlosen. Und ich werde wieder bei allen Gewinnspielen mitmachen und trotzdem ohne Karte dastehen.«

Alex nahm Stan den Football aus der Hand. »Das glaube ich nicht«, sagte er.

»Doch«, sagte Brian. »Weil jeder die Karten will. Und weil wir dann auf dem Schwarzmarkt wieder das Doppelte bezahlen können, nur damit wir überhaupt mitreden können.«

Alex ließ den Football auf seiner Hand um die eigene Achse

kreisen, starrte ins Leere und wartete, bis sich die allgemeine Frustration gelegt hatte.

»Wie hast du das gemeint?«, fragte Stan. »Dass du glaubst, dass wir diesmal an Karten kommen?«

»Ich glaube nicht, dass wir an Karten kommen«, entgegnete Alex. »Ich weiß es.«

»Und wie sollen wir das anstellen?«, fragte Brian.

»Ja Mann«, pflichtete ihm Stan bei. »Wie soll das gehen, Piece?«

Alex lächelte: »Genau das ist doch das Geniale an dem Geschäft, das ich euch vorschlagen will: Es springt nicht nur Profit für uns raus, sondern auch noch Premierenkarten für die große Schlacht auf Naboo.«

»Lass hören«, sagte Josh. Er tat so, als hätte er keine Ahnung. Vermutlich hatte er sogar seinem besten Freund und Nerdkollegen Brian nichts erzählt. Alex hielt das für eine sehr gute Taktik.

»Ist es … illegal?«, fragte Brian vorsichtig.

»Nicht im engeren Sinn des Wortes«, antwortete Alex wahrheitsgemäß. »Es ist ungefähr so wie die Sache mit Clinton.«

»Monica Lewinsky?«, fragte Stan, der seit ein paar Monaten alles, was zwei Brüste hatte, mit vollem Namen kannte.

»Genau die«, sagte Piece.

»I did not have sexual relations with that woman«, sagte Josh und imitierte die nasale, brüchige Stimme des Präsidenten. Alex formte mit Daumen und Zeigefinger eine imaginäre Zigarre. Da lachte selbst Stan und behauptete, ein Geschäft dieser Größenordnung sei ohne einen zumindest winzigen Schluck Wodka im Orangensaft nicht zu besprechen. Alex stimmte ihm zu, weil er wusste, dass er sie längst im Sack hatte. Er erklärte seinen Plan so nüchtern wie möglich. Dies war die Formel, mit der alle Geschäfte im Valley gemacht wurden:

das Gründerteam, Kapitalbedarf, Zukunftstraum. Seine Zahlen stimmten, auch wenn sie – wie immer im Valley – später mit der Realität nichts zu tun haben würden. Nach oben war viel Luft – das war die Hauptsache. Das, was sie später den Cash Club nennen würden, war in diesem Moment geboren. In Stans Kinderzimmer. Was Brian später dazu verleiten sollte, zu behaupten, dass nicht alles Bahnbrechende im Valley in einer Garage angefangen hatte.

KAPITEL 5

Oktober 1998 (zwei Monate später)
Palo Alto, Kalifornien

BRIAN O'LEARY

»Wir sind ein super Team für die Sache«, hatte Piece behauptet. Seiner Logik nach waren ein Programmierer, einer, der die Technik beschaffen konnte, und ein Dritter mit einer guten Idee eine unschlagbare Kombination.

»Und was kann ich?«, hatte Stan »The Man« gefragt und sehnsüchtig auf den Football in Pieces Hand gestarrt.

»Du kannst laufen«, hatte Piece gesagt. »Und du kannst die Sache mit den Mädels«, hatte er hinzugefügt.

»Mädels gehören auch zu deinem Plan?«, hatte Stan gefragt.

»Natürlich«, hatte Piece geantwortet. Damit war die Sache für Stan besiegelt. Und weil auch Josh mit im Boot war, hatte schließlich auch Brian zugestimmt. Wenn auch mit einem flauen Gefühl im Magen, das jedes Mal zurückkehrte, wenn er seinen Computer einschaltete. So wie jetzt. Piece stellte sich das so einfach vor, dachte Brian, als er Windows 98 beim Starten zuschaute. Er ging, wie alle Leute, die keine Ahnung davon hatten, davon aus, dass jeder, der gut programmieren konnte, auch ein potenzieller Hacker war. Dabei hatte das eine mit dem anderen nur bedingt zu tun. Die meisten Hacks waren Zufallsprodukte, oder sie benötigten die Schlampigkeit eines Administrators als Räuberleiter. Was häufiger vorkam, als man annehmen mochte. Planbar wurde es dadurch freilich nicht.

»Also«, hatte Stan in seinem Kinderzimmer gefragt. »Wie willst du es anstellen, dass jeder von uns eine EP-1-Karte gewinnt?«

Piece hatte sich am Kinn gekratzt und dann die Katze aus dem Sack gelassen: »Ich will nicht, dass jeder von uns eine Episode-1-Karte gewinnt, ich will, dass wir *alle* EP-1-Karten gewinnen.«

»Alle?«, hatte Josh gefragt.

»Vielleicht nicht alle«, hatte Piece zugegeben, »aber viele. Weil es bedeutet, dass wir sie weiterverkaufen können. Für Cash.«

»Du spinnst«, hatte Brian gesagt.

»Keineswegs«, hatte Piece geantwortet. Und weil er tatsächlich keinen Scherz gemacht hatte, saß Brian in diesem Moment vor seinem Rechner und versuchte, eine Möglichkeit zu finden, das Computersystem von WKZN zu hacken. Der Radiosender würde ganz sicher Karten verlosen, und er konnte ebenso dort anfangen. Brian glaubte immer noch, dass es unmöglich sein würde. Während er einen Ping nach dem anderen durch den digitalen Äther schickte und auf Antwort von einem der WKZN-Server wartete, wuchs seine Gewissheit, dass sie es niemals schaffen würden. Die Administratoren von WKZN waren Profis und sie vier Schüler von der Gunn High. Nur das hielt das flaue Gefühl in seiner Magengegend im Zaum.

KAPITEL 6

Oktober 1998 (drei Wochen später)
Palo Alto, Kalifornien

STANLEY HENDERSON

Alle standen im Kreis an der Zwanzig-Yard-Linie für den Muddle. Ihre Körper dampften in der selbst für Nordkalifornien ungewöhnlichen Oktoberkälte. Der Runningback schwor sie auf die letzten Sekunden ein. Die Gunn Titans lagen 14:20 zurück, der Ball an der Acht-Yard-Linie. Nur ein Touchdown konnte sie noch retten. Der Trainer hatte alle Auszeiten verbraucht. Und auf der Uhr standen noch neun Sekunden. Nicht unmöglich. Aber sehr unwahrscheinlich.

»Ich versuche, die Pille zu dir durchzustecken, Stan«, sagte der Quarterback. Dann klatschte er in die Hände.

»Go Titans!«, rief er.

»Go Titans!«, wiederholte der Chor, und der Kreis löste sich auf. Alle nahmen ihre Plätze ein. Die I-Formation: Stanley ganz hinten, davor sein Aufräumer, der den Weg freiboxen musste. Quarterback und Center weiter vorne, neben ihnen der Rest der Jungs. Neun von zehn seiner Mitspieler standen bei dem anstehenden Spielzug nur für Stan auf dem Platz. Alles kam darauf an, dass Stanley bis zum Ende des Felds laufen konnte. Elf Gegner würden genau das zu verhindern suchen.

Als der Schiedsrichter pfiff, flog der Ball zurück zum Quarterback. Stan rannte von hinten in seine Richtung, während der Freiräumer mit dem Schneeschippen begann. Stans Blick war starr auf den Ball gerichtet. Stan sah ihn in den Händen des Quarterbacks, sah, wie sie sich in seine Richtung streckten.

Dann griff er nach dem Ei, presste es gegen die Brust und rannte los. Stan tat genau das, was er konnte. Er rannte. Er schaute nach vorne, sah, dass von rechts zwei Verteidiger auf ihn zusprinteten, versuchten, ihm den Weg abzuschneiden. Sie würden es nicht schaffen. Er wusste, dass er schneller war. Er hörte seinen keuchenden Atem unter dem Helm. Die Linie für den Touchdown war in greifbarer Nähe. Nur noch fünf Meter. Die Verteidiger rasten jetzt von allen Seiten auf ihn zu wie ein Rudel hungriger Wölfe. Er spürte eine Hand an seinem Hosenbein. Er strauchelte, aber er fiel nicht. Er taumelte nach rechts, dann wieder nach links. Noch drei Meter. Dann riss ihn jemand um. Stan stürzte zu Boden, spürte, wie seine Lunge zusammengequetscht wurde von dem schweren Körper über ihm. Er rutschte noch ein kurzes Stück auf dem nassen Rasen. Er streckte die Hände, so weit er konnte. Aber es reichte nicht. Die Gunn Titans würden 14:20 verlieren. Seine Mitstreiter ließen die Schultern hängen, als sie den Rückweg in die Kabine antraten. Der Quarterback legte einen Arm um seine Schultern.

»Guter Run«, sagte er. Es klang ehrlich. Nur ein klein wenig nicht gut genug. Was nicht gut genug war. Stan nickte trotzdem.

Ashley saß auf dem Stein vor der Schule, wie sie es versprochen hatte. Sie warf ihm einen Blick zu, der wohl aufmunternd gemeint war. Aufmunternde Mädchenblicke waren die erniedrigendsten von allen. Mitleid war keine starke Währung. Stan gab ihr einen Kuss auf die Wange, und gemeinsam liefen sie die Straße hinunter in Richtung Innenstadt. Bei Ray's aßen sie ein Stück Pizza und tranken eine Cola. Ashley konnte Cola aus einem Strohhalm saugen wie kein anderes Mädchen, das Stan kannte. Heimlich beobachtete er ihre Brüste unter dem T-Shirt und ihre nackten Füße in den Timberlands.

Sie war das schickste Mädchen der Schule. Er musste sie haben. Leider war sie auch eines der cleversten Mädchen der Schule. Aber vielleicht ließen sich bezüglich Ashley und ihrem Plan zwei Fliegen mit einer Klappe schlagen. So hatte es ihm zumindest Piece nahegelegt.

»Können wir über etwas Geschäftliches sprechen?«, fragte Stan zwischen zwei Bissen Peperoni mit Extrakäse.

Ashley trank den Bodensatz der Cola, wie es nur Ashley konnte, und blickte zu ihm auf. Fragend. Erstaunt. Ungläubig. Vielleicht funktioniert es ja wirklich, dachte Stan.

»Ich habe einen Vorschlag für dich und deine Freundinnen«, sagte Stan und bemühte sich, so seriös wie möglich zu klingen. Er räusperte sich. »Ihr könnt auch Geld damit verdienen«, fügte er hinzu.

Ashley stellte den leeren Pappbecher auf den schwarzen Marmoroptiktisch.

»Ist das nicht die Definition eines geschäftlichen Angebots?«, fragte sie.

Stan nickte. Zu hektisch. Er geriet in die Defensive. Er durfte das nicht versauen. Wegen ihres Plans. Und wegen Ashley. Vor allem wegen Ashley. Er stellte das Nicken ein und griff nach ihrer Hand. Zumindest zog sie sie nicht weg, stellte er fest.

»Es geht um Folgendes«, begann er und erzählte ihr ungefähr ein Viertel ihres Plans. Die Mädchen brauchten sie nur als Strohfrauen. Als Geldwäscherinnen ihrer gewonnenen Karten gewissermaßen. Denn laut Piece konnten sie natürlich nicht ihre eigenen Adressen als Gewinner eintragen. Sie brauchten mindestens vierzig Strohmänner. Äh. Strohfrauen. Diese Korrektur nur für den Fall, dass sich eine von ihnen als Feministin herausstellen sollte, was Gott bewahren möge. Aber grundsätzlich galt: Wer kam als Rädelsführerin ihrer Strohfrauenarmee mehr in Frage als die beliebte Ashley, für die sich alle Typen und die Hälfte der Mädchen ein Bein ausreißen würden? Seine Hand zitterte ein wenig auf der von Ashley, und er hoffte inständig, dass sie es nicht bemerken würde. Er durfte das hier nicht vermasseln.

KAPITEL 7

Januar 1999 (drei Monate später)
Palo Alto, Kalifornien

JOSHUA BANDEL

»Reicht denn das Zeug nicht, das du zum Chanukka bekommen hast?«, fragte Joshs Vater über den Abendbrottisch, der mit Frischkäse, eingelegten Gurken, Tomaten und fettarmem Truthahnbrustaufschnitt für die Verhältnisse seiner Mutter nahezu ausufernd gedeckt war.

»Es ist für ein Schulprojekt, Dad«, sagte Josh und spießte eine Gurke auf die Gabel.

»Es ist ja nicht so, dass wir kein 56K-Modem im Haus hätten«, wendete sein Vater ein und stocherte ebenso missmutig wie Josh auf seinem Teller herum.

»Ich weiß, Dad«, sagte Josh. Er durfte es nicht übertreiben. Aber Brian brauchte das Modem. Sagte er zumindest. Und wenn Brian das sagte, dann stimmt das auch.

»Wir versuchen, ein Netzwerk vom Computerclub aufzubauen, in das wir uns alle nachmittags einwählen können, um gemeinsam Hausaufgaben machen zu können. Brian programmiert unseren eigenen Chatroom, und …«

»… Ihr wollt natürlich möglichst viel Bandbreite für den Server«, beendete sein Vater den Satz, von dem Josh nicht einmal gewusst hätte, dass er so enden müsste.

»Genau«, sagte er.

Sein Vater seufzte. Und in diesem Moment wusste Josh, dass er bekommen würde, was er brauchte. Weil sein Vater selbst ein unverbesserlicher Nerd war. Und ein Vater. Väter wollten, dass ihre Kinder gemeinsam Hausaufgaben machten. Auch wenn er die Illusion hinter der Annahme ahnen mochte, dass die Teenager den Chatroom tatsächlich für Hausaufgaben nutzen würden.

»Ich finde es toll, dass du dich für Technologie interessierst«, sagte er, als sie die Teller in die Spülmaschine räumten. Seine Mutter saß sowieso auf ihrem Fitnessrad im ersten Stock und würde erst nach zehn Kilometern vom Sattel steigen. Mamzer nannten sie ihn. Josh fand, dass sie damit gar nicht einmal so unrecht hatten.

»Technologie ist die Zukunft«, zitierte Josh einen der Lieblingssätze seines Vaters, ohne wirklich daran zu glauben. Er hatte festgestellt, dass es keine Technologie gab, die einem dabei half, die Mädchen nachhaltig zu beeindrucken. Zumindest reichte es für das eine. In den Jahren des erhöhten Testosteronspiegels war das für Jungs wie Josh ein Problem.

»Die Zukunft hat längst angefangen«, postulierte sein Vater und legte Josh eine Hand auf die Schulter. »Eines Tages wirst du in Stanford studieren«, sagte er zuversichtlich. Josh war nicht sicher, ob er die Erwartungen seiner Eltern erfüllen könnte. Andererseits erfüllten sie seine Erwartungen ja auch nicht unbedingt. Sein Vater arbeitete 14-Stunden-Tage bei Apple Computer, seine Mutter fuhr als Maklerin von einer Luxus-Valley-Immobilie zur anderen. Mamzer, dachte Josh.

»Woran arbeitest du grad?«, fragte Josh.

Sein Vater warf ihm einen bedeutungsschweren Blick zu.

Josh hatte keine Antwort erwartet. Seit Steve zurück in der Firma war, wurden die Projekte wieder im Geheimen abgewickelt. Und sein Vater war lange genug dabei, um es besser zu wissen, als ausgerechnet seinem Teenager Firmengeheimnisse anzuvertrauen. Zumindest keine, die Steve Jobs und seine Geheimprojekte betrafen.

KAPITEL 8

April 1999 (drei Monate später)
Belmont, Kalifornien

ALEXANDER PIECE

Mitte April drohte ihr großartiger Plan zu scheitern. Zum einen hatte Stan angefangen, mit Ashley auszugehen, was Alex nicht besonders gut gefiel, aber das konnte er schlecht zugeben. Zum anderen, was in seinen Augen weit schwerer wog, behauptete Brian, dass er nicht per Modem auf die Gewinnspieldaten des Radiosenders zugreifen konnte. Alex saß vor einer Schale Fruity Yummy Mummys und zählte die Bandagen der Mumie auf der Verpackung, während er über ihre Probleme nachdachte. Als er der Lösung nach einer Viertelstunde keinen Schritt näher gekommen war und dafür wusste, dass die Yummy Mummy zweiundachtzig Lagen Verband trug, wechselte er zur Tageszeitung, die neben der Müslischale auf dem Tisch lag. Mom schlief noch, wie immer, wenn sie nachts gearbeitet hatte. Alex war nicht böse deswegen. Was zum einen daran lag, dass er Yummy Mummy sehr mochte, vor allem die Fledermaus-Marshmallows – zum anderen hatte er auf diese Weise Zeit, die wichtigsten Nachrichten zu lesen, bevor er auf sein Fahrrad stieg. Als er den Lokalteil aufschlug, wurde ihm wieder einmal klar, unter was für einem guten Stern ihr Vorhaben zu stehen schien. Jedes Mal, wenn sich schier unüberwindbare Probleme auftaten, ergaben sich stellare Opportunitäten. Er beeilte sich, die Müslischale in die Spüle zu räumen, stopfte die Zeitung in seinen Rucksack und beeilte sich, aus dem Haus zu kommen. Er musste die Jungs erwischen, bevor der Unterricht anfing. Und zwar alleine.

Das Problem daran war, dass er sich, aufgrund der ungünstigen Entwicklungen Ashley betreffend, auf ein Mädchen namens Janine eingelassen hatte. Sie hatte schwarze Haare und sehr niedliche Sommersprossen, aber Ashleys Klasse hatte sie nicht. An diesem Morgen war Janine eine besondere Komplikation, weil sie ihm abgerungen hatte, dass er sie mit dem Fahrrad zu Hause abholte, weil es auf dem Weg lag. Sie fand das romantisch. Alex fand es albern, aber er wollte ihr den Spaß nicht verderben. Außerdem glaubte er Stan nicht, dass er schon mit Ashley geschlafen hatte, weshalb er den diesbezüglichen Wettbewerb zumindest nicht kampflos aufgeben wollte.

Janines knackiger Po saß schon auf dem Sattel eines sündhaft teuren Mountainbikes, als Alex mit seinem alten Lastendrahtesel um die Ecke bog. Seine Bremsen quietschten, als er neben ihr hielt.

»Hallo, Schatz«, sagte Janine. Sie konnte nicht wissen, dass Alex das noch viel alberner fand als die Sache mit dem gemeinsam zur Schule Radeln. Er drückte ihr statt einer Erwiderung einen Kuss auf den Mund. Wie immer schmeckte er nach Zahnpasta und künstlicher Erdbeere. Sie behauptete, süchtig nach dem Erdbeerbalsam zu sein. Alex waren die Erdbeeren egal – aber ihre Lippen waren nicht zu verachten, so viel musste er zugeben. Während sie nebeneinander die Constitution Avenue hinunterfuhren, fragte er sich, wie lange sie ihn noch hinhalten würde. Nicht allzu lange, entschied er. *We got bigger fish to fry,* erinnerte er sich. Er hatte Wichtigeres zu tun. Als sie die Räder vor der Schule abschlossen, tat Alex so, als bräuchte er noch ganz dringend ein Buch aus der Bibliothek, und verabschiedete sie schneller, als sie sich überlegen konnte mitzukommen.

Er traf die drei Jungs auf dem Gang vor ihrem Klassenzimmer. Janine stand bei ihren Freundinnen vor den Schließfächern und winkte, kaum dass Alex um die Ecke gebogen war. Alex lächelte ihr noch zu und zog Josh und Brian zu sich heran. Stan stand vor Ashley, sie saß auf einer der Fensterbänke. Alex sah, wie sich seine Hüften und ihre Schenkel berührten, und schluckte.

»Hört zu«, sagte Alex und wusste, dass er aufgeregt klang. Nicht dass das nicht verständlich war, schließlich stand die Lösung all ihrer Probleme heute Morgen in der Zeitung. Aber er hatte beschlossen, einen kühlen Kopf zu bewahren, weil er das für das Gelingen ihres Vorhabens für unabdingbar hielt.

Josh und Brian senkten verschwörerisch die Köpfe. Alex zog die Zeitung aus der Tasche.

»Ich weiß jetzt, wie wir an genügend Karten kommen«, flüsterte er, damit ihn die umstehenden Mitschüler nicht hörten. Josh und Brian warfen einen skeptischen Blick auf die Zeitung. Alex faltete sie auseinander und schlug den Lokalteil auf. Er hatte das Gefühl, dass die Zeitung lauter raschelte, als der Schulgong in weniger als fünf Minuten läuten würde. Er blickte sich um. Niemand interessierte sich für die Zeitung. Stans Hand war unter Ashleys T-Shirt gewandert. Alex hatte jetzt keine Zeit dafür. Er schlug mit der Hand auf den Lokalteil, und wieder knallte das Papier viel zu laut.

»Hier«, sagte er und las vor: »Der Multiplex Filmpalast verlost in Kooperation mit Dunkin' Donuts die gesamte Premierenvorstellung im großen Saal.«

»Und das soll die Lösung unserer Probleme sein, Piece?«, fragte Josh.

»Klar ist das die Lösung unserer Probleme«, raunte Alex.

»Und selbst wenn sie die Karten von vier Kinos verlosen würden: Wie ich euch schon hundertmal erklärt habe, komme ich per Modem nicht in ein x-beliebiges Computersystem«, sagte Brian. »Ihr stellt euch das zu einfach vor.«

Er klang frustriert und hoffnungsfroh zugleich. Alex vermutete, dass der Frust daher rührte, dass er es nicht hinbekam, und die Hoffnung richtete sich darauf, dass sie die Aktion abblasen müssten. Beides würde Alex nicht zulassen.

Alex legte Brian den Arm um die Schulter: »Der große Saal, das bedeutet vierhundert Karten. Geschätzter Schwarzmarktwert dreißig bis vierzig Dollar pro Stück, das heißt zwölf bis sechzehntausend Dollar Profit, Brian.«

In diesem Moment ertönte der Gong, der sie zum Unterricht rief. Alex sah kurz auf und bemerkte, dass Ashley über einen von Stans Witzen lachte. Das auch noch.

»Ich sehe immer noch nicht, wie uns das dabei helfen soll, in ihre Computersysteme zu kommen. Außer Einbrechen fällt mir nichts ein.«

Alex nickte zustimmend: »Ja klar. Nur dass wir bisher dachten, wir müssten bei zehn verschiedenen Kinos einsteigen, und hier kriegen wir alles auf einem Silbertablett serviert.«

»Du willst wirklich da einbrechen?«, fragte Josh. »Das war letzte Woche nicht nur ein Spruch?«

Alex schaute ihm tief in die Augen. Er sollte wissen, dass er niemals nur einen Spruch machte, wenn es ums Geschäft ging: »Natürlich habe ich es ernst gemeint. Nur dass wir ja gar nicht wirklich einbrechen. Weil wir ja gar nichts klauen. Das ist eher wie ins Freibad einsteigen als in eine Bankfiliale. Macht euch mal nicht ins Hemd.«

Brian und Josh schauten sich an. Es lag noch viel Überzeugungsarbeit vor ihm. Andererseits hatte er auch noch den ganzen Schultag dafür Zeit. Nur heute Nachmittag würde er anfangen müssen, Janine unters T-Shirt zu fassen. Sonst konnte er den Pokal gleich Stan überreichen. Und Verlieren gehörte nicht zu Alex' Repertoire.

KAPITEL 9

Mai 1999 (ein Monat später)
Palo Alto, Kalifornien

BRIAN O'LEARY

Der ganze Plan war verrückt. Nichts als verrückt. Irrsinn, um genau zu sein. Dazu geeignet, vier unschuldige Jugendliche auf die schiefe Bahn zu katapultieren. Ja, das dachte Brian damals schon. Er konnte ja nicht ahnen, wie recht er damit behalten sollte. Und weil er es nicht ahnen konnte, saß er nervös, aber nicht panisch vor dem Computer in seinem Kinderzimmer, von dem längst nur noch das Gehäuse zur ursprünglichen Ausstattung gehörte. Über Monate hinweg hatte Josh bei seinem Vater Komponenten besorgt, die Brian und er in nächtelanger Arbeit ausgetauscht hatten. Er hatte sogar einen Xeon-Prozessor, der in für Schüler schwindelerregenden Preishöhen lag. Alles für ihren Plan, sagte Piece immer.

Brian starrte auf das Fenster mit der hellen Schrift auf schwarzem Grund. Mehr brauchte er nicht. Er griff nach den Lay's Chips, ohne hinzusehen, und wartete auf ein Zeichen. Er hatte ein kleines Programm geschrieben, das alle paar Sekunden einen Ping absetzte. Sollte Stan und Alex tatsächlich das Unmögliche gelingen, würde ein Server des Kinos antworten. Er spülte die Chipsreste mit einem Schluck Sprite hinunter und lauschte. Es war Viertel nach zwölf. Offiziell schlummerte er seit über einer Stunde friedlich unter seiner Bettdecke. Natürlich. Genauso wie die anderen zu Hause in ihren Betten lagen. Keiner von ihnen war heute Nacht aus dem Fenster geklettert oder hatte sich die Treppe seines Elternhauses hinuntergeschlichen wie ein Profiausbrecher. Als er glaubte, das Knarzen einer Stufe gehört zu haben, schlich

Brian zur Tür seines Kinderzimmers, an die er das Plakat geklebt hatte. In Vorfreude und als Erinnerung an ihren kühnen Plan hatte Piece jedem von ihnen ein »Star Wars«-Poster besorgt. Seines zeigte den jungen Anakin Skywalker vor dem Porträt von Königin Amidala, in die sich Brian längst verliebt hatte. Er öffnete die Tür einen Spalt und lauschte. Er hörte die Standuhr im Wohnzimmer. Niemand war aufgewacht. Nur die grünen Orientierungslichter für seine Schwester leuchteten in den Steckdosen und warfen ein fahles Licht in den dunklen Flur. Brian schloss die Tür mit dem Poster so leise, dass nicht einmal eine Fliege an der Wand davon aufgeschreckt worden wäre. Dann schlich er auf Tennissocken zurück an seinen Computer, der genau genommen nicht seiner war. Es könnte eine lange Nacht werden, dachte Brian, als er auf den Bildschirm starrte und auf das Zeichen wartete.

KAPITEL 10

Mai 1999 (zur gleichen Zeit)
San José, Kalifornien

STANLEY HENDERSON

Stan steuerte seinen Wagen, einen uralten Toyota Jeep, auf den Parkplatz des Kinos. Immerhin hatten ihm seine Eltern ein Auto finanziert. Dann dachte er, was für ein Glück Josh gehabt hatte, und ärgerte sich, weil Josh einen fast neuen Jetta bekommen hatte, auf den die Mädchen standen, als wäre es ein italienischer Sportwagen. Dann dachte er daran, dass Piece nicht einmal einen Führerschein hatte, und freute sich darüber. Es lief gut mit ihm und Ashley. Das war die Hauptsache. Erst gestern Nachmittag hatten sie auf seinem Bett gelegen und er hatte sein Bein zwischen ihre Beine gesteckt. Zwar noch mit dickem Jeansstoff zwischen ihren Geschlechtsorganen, aber die ganze Situation war Sex doch schon ziemlich nahegekommen, fand Stan. Später hatte er verräterische Spuren in seiner Unterwäsche entdeckt und sie im Waschbecken rausgewaschen, damit seine Mom nicht auf dumme Gedanken kam. Normalerweise besorgte er es sich unter der Dusche. Stan hielt das für idiotensicher. Denn leider hatte seine Mutter eine Vorliebe für Kriminalromane und forensische Beweisführung. Egal.

Der Motor seines Jeeps erstarb. Er hatte die Parklücke Nummer einhundertfünfundfünfzig genau mittig erwischt, was er für eine Leistung hielt, obwohl man den Goldmedaillenverdacht angesichts des fast leeren Parkplatzes auch in Frage stellen könnte. Egal. Er blickte zu Piece auf dem Beifahrersitz, der anerkennend zu lächeln schien. Josh rutschte auf dem Rücksitz herum wie ein hämorrhoidengeplagter

Pavian auf seinem Felsen. Die letzte Vorstellung war vor über vierzig Minuten zu Ende gegangen. Die Lichter über dem Filmpalast waren vor zehn Minuten ausgeschaltet worden. Sie sahen den Wagen des Managers auf der anderen Seite des Parkplatzes davonrollen.

»Alle bereit?«, fragte Piece.

»Bereit«, sagte Stan.

»Ich weiß nicht«, sagte Josh.

Piece seufzte: »Du sollst nur Schmiere stehen, Josh.«

Dann seufzte Josh: »Ich dachte, ich soll den Fluchtwagen fahren.«

Piece blickte auf den dunklen Klotz, der sechs Kinosäle beherbergte, und zog eine Augenbraue nach oben.

»Falls wir einen Fluchtwagen brauchen«, sagte Alex.

»Eben«, sagte Stan und trommelte mit den Fingern auf dem Lenkrad herum. »Lasst uns endlich anfangen. Jede Minute, die wir hier vertrödeln, macht es wahrscheinlicher, dass unsere Eltern etwas spitzkriegen.«

»Eben«, sagte Piece und griff nach der schwarzen Tasche im Fußraum. Stan reichte die Autoschlüssel nach hinten und warf Josh einen giftigen Blick zu.

»Vergiss nicht, Gas zu geben beim Anlassen«, mahnte er. »Das hier ist kein Volkswagen.«

Josh schluckte, rang sich aber schließlich zu einem Nicken durch. Dann stiegen Stan und Piece aus dem Wagen.

KAPITEL 11

Mai 1999 (zur gleichen Zeit)
San José, Kalifornien

ALEXANDER PIECE

Es spielte keine Rolle, ob Turnschuhe Markenware waren oder aus der Resteschütte bei Walmart stammten, sie hinterließen gleich viel oder gleich wenig Geräusche, wenn man versuchte, in ein Multiplexkino einzubrechen. Überhaupt war das Einbrechen in ein Gebäude im wahrsten Sinne des Wortes ein Kinderspiel, obwohl Alex zu dieser Zeit bereits vehement protestiert hätte, wäre er als Kind bezeichnet worden. Wobei er zugeben würde, dass es nicht gerade eine Bank war, in die sie einzubrechen gedachten. Sie wussten, welche Türen während der Vorstellung aus Feuerschutzgründen nicht abgeschlossen sein durften, und Alex hatte bei einigen früheren nächtlichen Ausflügen festgestellt, dass es bei etwa fünfzig Prozent von ihnen auch nicht nachgeholt wurde. Brian hatte über das Internet ein Dokument heruntergeladen, in dem der amtierende Lockpicking-Weltmeister seine Kunst erklärte. Stift rein, Pick dazu, klick, klack – und schon standen sie mittendrin in ihrem Einbruch. Alex selbst war davon am überraschtesten. Er stieß die Tür auf und zog Stan hinter sich her, der sich wehrte wie ein Esel: Er zerrte ein wenig am Zaumzeug, gab dann aber schnell nach. Alex schlich die Treppe des Kinosaals hinauf über den ausgetretenen blauen Teppichboden, die plüschbezogenen Sitze standen wie eine Armee in dem halbrunden Raum. In der Eingangshalle ging es vorbei an den Popcorn-Maschinen und den Tresen mit den Zapfhähnen, vorbei an den Kassen bis zu einer Tür im vorderen Teil des Gebäudes. »Technik« stand darauf. Kein Zutritt. Was nichts war, was die Picks aus dem Internet nicht erledigen konnten. Brandvorschriften waren etwas sehr Nützliches, stellte Alex zum wiederholten Mal fest, als sie die kurze Treppe zum Serverraum nahmen. Vor dem nicht sonderlich beeindruckenden Arsenal an Computern, das so ähnlich anmutete wie ihre Computerclubausstattung an der Gunn High, stopfte sich Alex die Taschenlampe in den Mund und bedeutete Stan, ihm die Tasche zu geben. Er bemerkte, dass sich Stan umsah, als könnte jeden Augenblick ein Wachmann um die Ecke biegen. Was genau genommen nicht unmöglich war. Zwar hatte Alex durch die nächtlichen Arbeitszeiten seiner Mutter die Chance gehabt, das Kino auszukundschaften – als Beweis konnte er drei Nächte à vier Stunden allerdings nicht gelten lassen.

»Mchdrnichnshemd«, presste Alex an der Taschenlampe in seinem Mund vorbei.

»Hä?«, fragte Stan, reichte ihm aber die Tasche in Richtung seiner ausgestreckten Hand.

Alex legte die Stablampe auf einen der Computer und zog den Reißverschluss auf.

»Mach dir nicht ins Hemd«, wiederholte er.

»Ich mach mir nicht ins Hemd«, sagte Stan und blickte zurück zu der Treppe, die wieder hinauf ins Foyer führte. »Ich bin nur vorsichtig.«

»Du meinst, so vorsichtig wie bei Ashleys Titten?«, fragte Alex und grinste.

»Sehr witzig«, sagte Stan und griff nach der Taschenlampe. Er richtete den Kegel auf die Rückseite eines der Computer.

Alex begann zu schwitzen. Er musste sich eingestehen, dass er wesentlich nervöser war, als er zugeben wollte. Brian hatte ihnen genau beschrieben, wo sie das Modem installieren mussten. Sie mussten es zwischen die Telefonbuchse und die Computer hängen. Damit hätten sie einen offenen Zugriff auf das Computernetz. Brian war sicher, dass ihm das reichen würde, um sich in das System zu hacken. Er behauptete, dass er nur nicht an der Firewall vorbeikam – was immer das zu bedeuten hatte. Alex griff in seine Jackentasche und zog den Zettel mit den Notizen heraus. Es hatte etwas mit der Dicke der Stecker zu tun – so zumindest hatte er es sich gemerkt, weil er keine Lust hatte, etwas zu verstehen, was er im Rest seines Lebens niemals mehr brauchen würde. Und tatsächlich: Der kleine Stecker am Modem gehörte in die Wand an die Telefonleitung, der dicke in einen der Hubs, was kleine Kästen waren, auf deren Oberfläche grüne Leuchtdioden hektisch blinkten.

Es war lächerlich einfach. Alex brauchte keine fünf Minuten, um alles richtig einzubauen. Und bei dem Kabelsalat hinter den Rechnern würde der kleine, zusätzliche graue Kasten garantiert niemandem auffallen. Zumindest nicht bis in zwei Wochen – und länger würden sie das Gerät nicht brauchen. Anfangs hatte Josh darauf bestanden, das Modem wieder abzuholen, damit er es seinem Vater zurückgeben konnte, aber natürlich kam das aus offensichtlichen Gründen nicht in Frage. Es war immer einfacher, sich eine Geschichte für Eltern auszudenken als für den Sicherheitsdienst. Alex warf die Taschenlampe in die Nylontasche und flüsterte: »Los jetzt.«

»Das war alles?«, fragte Stan.

»Hast du erwartet, dass wir Nuklearcodes stehlen?«, fragte Alex und scheuchte Stan in Richtung Treppe. Auf der letzten Stufe blieb Stan stehen. Er öffnete die Tür einen winzigen Spalt und spähte in die Haupthalle.

»Weiter«, verlangte Alex, aber Stan drehte sich zu ihm um und fauchte ein »Sssshhh!«. Sein Finger lag über seinen Lippen, und Alex bemerkte, dass er zitterte.

»Was ist los?«, flüsterte Alex.

Stan zeigte auf die Tür und deutete mit ausgestrecktem Arm eine suchende Taschenlampe an. Es war die maximale Katastrophe. Dies war der Punkt, an dem alles aus dem Ruder zu laufen drohte. Alex schlug sich die Hand vor den Mund und zwang sich nachzudenken. Denk nach, Alex. Denk endlich nach. Was blieben ihnen für Optionen? Er hatte mit der vagen Möglichkeit gerechnet, dass sie ein Wachdienst erwischen konnte. Aber nicht direkt in den Technikräumen. Es gab keine mögliche Erklärung für ihren Aufenthalt hier. Nicht einmal eine noch so sinnlose, die sie ihnen abkaufen mussten. Denk schneller, Alex.

»Er ist weg«, flüsterte Stan schließlich.

»Wohin ist er gegangen?«, raunte Alex zurück.

»In Saal vier«, sagte Stan.

»Dann haben wir maximal fünf Minuten, bis er über die Treppe auf der anderen Seite zurückkommt«, stellte Alex fest.

Stan nickte. Alex drückte ihm die Tasche mit ihrem Einbruchswerkzeug in die Hand. Jetzt konnte Stan beweisen, dass er zum Cash Club gehörte. Sie würden es niemals zu zweit hier rausschaffen. Der Wachmann würde sie hören, und dann gäbe es eine Untersuchung. Und sie würden ihr Auto finden, das auf dem Parkplatz gestanden hatte. Genauer gesagt Stans Auto, was der erste Grund war, warum Alex darauf bestanden hatte, dass Stan mitmachte. Der zweite war, dass Stan »The Man« schneller laufen konnte als jeder, den Alex kannte. Sie mussten verhindern, dass sein Auto gefunden wurde. Sie waren so nah dran. Alex hatte Gesetzesbücher gewälzt und wusste, dass es in ihrem Fall um etwas ging, das sich *plausible deniability* nannte. Plausible Gründe, warum sie gar nicht eingebrochen waren. Die Tasche mit den Picks und der Taschenlampe wäre ihr Untergang. *Bye bye plausible deniability.* Alex drängte sich an Stan vorbei zur Tür und spähte durch den schmalen Schlitz. Von dem Wachmann war nichts zu sehen.

»Okay«, sagte Alex.

»Nichts ist okay«, flüsterte Stan gepresst.

»Es ist alles in Ordnung«, versprach Alex.

Stan atmete schnell.

»Wenn ich die Tür öffne, gehe ich an den Ticketschaltern vorbei in Richtung Saal vier«, flüsterte Alex. Er sprach schnell und eindringlich. Eine Diskussion konnte er jetzt nicht gebrauchen. »Ich fange an, nach dem Wachmann zu rufen, und du rennst, so schnell du kannst, genau den Weg zurück, den wir gekommen sind, okay?«

Stan atmete schneller.

»Hast du das verstanden, Stan?«, fragte Alex leise. Eindringlich.

Schließlich nickte Stan.

»Okay«, sagte Alex und atmete ein. »Und wenn du zu Josh ins Auto steigst, fahrt ihr zurück nach Hause.«

»Und du?«, fragte Stan.

»Mir fällt schon was ein«, versprach Alex.

»Okay«, sagte Stan.

»Bleib dicht hinter mir und dann renn, als wäre der Leibhaftige hinter dir her«, sagte Alex, kurz bevor er die Tür öffnete und in die Haupthalle schlüpfte. Er hörte Stans Schritte auf dem Linoleumboden hinter sich, als er das erste Mal rief.

»Hallo?«, fragte Alex in die Dunkelheit. Er hörte, wie eine Tür geöffnet wurde. Er wusste nicht, ob es Stan war, der hinauswollte, oder der Wachmann, der kam, um ihn zu holen.

»Hallo?«, rief Alex noch einmal, diesmal lauter. »Ist da jemand?«

Dann sah er, wie der Lichtkegel einer Taschenlampe durch eine der offen stehenden Türen von Saal vier an die Decke leuchtete. Der Träger der Lampe bewegte sich, das Licht schwankte.

»Hallo?«, rief Alex. »Kann mir jemand helfen?«

Plausible deniability fängt man am allerbesten aus einer hilflosen Position heraus an.

»Ich bin eingesperrt!«, rief Alex und bemühte sich, Panik in seine Stimme zu legen, was ihm angesichts der Tatsache, dass er keine Ahnung hatte, ob der Wachdienst eine Waffe trug, auch nicht schwerfiel. Der Kegel der Taschenlampe bewegte sich in seine Richtung. Er konnte schemenhaft den Umriss eines Uniformierten dahinter erahnen. Er stand auf der Empore, und er zielte tatsächlich mit einer Pistole auf ihn. Alex schluckte und hob die Hände. Er konnte nur hoffen, dass er sich nicht verrechnet hatte. Und dass der Wachmann seine Mutter in ihrem Strip-Club erreichen würde. Zu Letzterem musste ihm noch eine gute Geschichte für die Jungs einfallen, dachte er, bevor der Schein der Taschenlampe genau in seine Augen fiel.

KAPITEL 12

Mai 1999 (einige Tage danach)
Palo Alto, Kalifornien

JOSHUA BANDEL

»Und dann hat er im Ernst deine Mutter angerufen?«, fragte Josh.

»Klar«, sagte Piece. »Was sollte er machen?«

Sie saßen in Brians Zimmer vor dem Computer. Josh hatte die Geschichte von der Nacht im Kino schon mindestens zwanzig Mal gehört, aber sie bereitete ihm immer noch diebische Freude. Wenn er sich vorstellte, dass man seine Mutter angerufen hätte, mitten in der Nacht, weil er im Kino eingeschlafen war.

»Das hat alles ewig gedauert«, fuhr Piece mit seiner Geschichte fort. »Weil meine Mom nicht so schnell vom Flughafen wegkam.«

Josh fragte sich, ob er Piece die Story mit dem Flughafen abkaufen sollte. Alex tat so, als würde seine Mom in einer Art Leitungsfunktion in der Sicherheitsabteilung arbeiten. Wer lebte schon in einem Trailerpark, wenn er die Sicherheitsabteilung eines internationalen Flughafens leitete? Vermutlich stand sie eher kaugummikauend an den Metalldetektoren. Sein Vater behauptete, dass dies eines der letzten ungelösten Rätsel der Menschheit sei: Warum die TSA-Mitarbeiter immer Kaugummi kauten. Josh war es egal, ob Piece die Geschichte aufbauschte. Joshs Eltern waren reich und trotzdem zu nichts zu gebrauchen.

»Tadaa!«, rief Brian mitten in Alex' Geschichte. Josh sprang auf. Er wusste, was Brians »Tadaas!« bedeuteten. Er imitierte damit den Startsound von Windows 98. Das war immer etwas

Gutes. Er starrte über Brians Schulter auf den Bildschirm. Piece und der wie immer footballjonglierende Stan hatten sich keinen Millimeter von der Couch bewegt.

»Krass«, sagte Josh.

Brian nickte und tippte Befehle in die Kommandozeile.

»Was ist passiert?«, fragte Alex. Josh konnte ihm seinen mangelnden Enthusiasmus nicht verdenken. Seit Tagen hockten sie in Brians Zimmer, und bald würde jemand vor Langeweile verrecken. Wie Kleopatra, die bekanntermaßen ihre Langeweile erst in einen Teppich eingerollt in den Griff bekommen hatte.

»Er hat die Datei mit den Gewinnspiel-Teilnehmern gefunden«, sagte Josh und spürte, dass sein Mund trocken wurde angesichts der Tatsache, dass bald der wirklich illegale Teil ihres Plans in Gang gesetzt würde. Angesichts der Geschwindigkeit, mit der Piece und Stan hinter ihnen auftauchten, musste man annehmen, dass nur Ashley, eingewickelt in einen Teppich, in diesem Moment aufregender gewesen wäre.

»Das heißt, du kannst da reinschreiben, wen du willst?«, fragte Alex. Er klopfte auf Brians Schulter, und Stan haute mit dem Football zwischen Tastatur und Maus auf den Tisch.

»Touchdown!«, rief er.

»Go Titans«, sagte Brian leise. »Aber so weit sind wir noch nicht.«

Alex zog seine Hand zurück und seufzte.

Josh wusste, wie sehr die beiden die Arbeit am Computer frustrierte, aber sie hatten einfach keine Ahnung, wie man einen ordentlichen Hack aufzog. Das wussten ja nicht einmal er und Brian so genau. Trotzdem oder vielleicht gerade deswegen galt es jetzt, Optimismus zu verbreiten.

»Aber das werden wir können«, versprach Josh. »Jetzt, wo Brian weiß, wo er suchen muss, ist das nur noch eine Frage der Zeit.«

Alex' Hand wanderte wieder auf Brians Schulter, was Josh als erschreckend manipulativ empfand. Er musste allerdings zugeben, dass Alex bisher das größte Risiko eingegangen war. Langsam glaubte selbst Josh daran, dass Alex' Plan aufgehen könnte. Und dann? Was kam dann? Es ist allemal aufregender als das Sommercamp, stellte Josh fest, bevor er sich wieder dem Bildschirm zuwandte und Stan und Alex ihren Rückzug auf die Couch antraten.

KAPITEL 13

Mai 1999 (eine Woche später)
Palo Alto, Kalifornien

BRIAN O'LEARY

Innerhalb von zwei Wochen waren sie Einbrecher geworden, da war es naheliegend, dass sie nicht viel länger brauchten, um sich aufzuführen wie der Chicagoer Mafianachwuchs. Brian wusste nicht, ob es daran lag, dass eine illegale Aktivität mafiöses Verhalten bedingte oder andersherum. Jedenfalls saßen sie jetzt mittags auf einer Bank vor der Sporthalle und warteten auf ihre Läuferinnen. Genauer gesagt saßen Brian und Josh auf der Bank, Alex hockte auf der Lehne, und Stan spazierte davor herum wie einer der Soldaten der imperialen Sturmtruppe. Stan würde natürlich behaupten, dass er eher wie Darth Vaders großer Bruder aussah, aber das konnten nur die leichtgläubigen Mädchen ernst nehmen, die »The Man« höchstselbst für ihren perfiden Plan rekrutiert hatte. Wie zum Beispiel Mary Brochanovic, die in diesem Moment den kleinen Hügel hinauflief und geradewegs auf sie zusteuerte. Nicht dass es in der Mittagspause viel anderes vor der Sporthalle gegeben hätte, auf das sie hätte zusteuern können. Geschenkt. Jedenfalls verhielt sich Mary auffälliger als ein Elfjähriger mit einer geklauten Skittlestüte im Rucksack. Dafür tanzte ihr Pferdeschwanz in der Luft, wann immer sie sich nach nicht vorhandenen Verfolgern umdrehte. Mary Brochanovic war ein Mädchen, das ein hübsches Gesicht hätte haben können, sprössen dort nicht mehr Pickel als auf Brians Rücken. Beides war ein temporäres Hormonproblem, was es nicht einfacher machte. Brian ließ sich seit einem halben Jahr vom Schwimmtraining befreien. Mary Brochanovic konnte sich schlecht vom Frontalunterricht befreien lassen. Brian tat sie sehr leid. Aber immerhin würde sie jetzt eine Einweisung in die Geschäftswelt bekommen, die ihr der ganze Rest der Ausbildung auf der Gunn High nicht würde bieten können.

Fünf Meter vor der Bank blieb Mary plötzlich stehen. Sie lächelte unsicher. Es war ein umwerfend unsicheres Lächeln, fand Brian. Er lächelte zurück. Mary zog ihr Haarband nach und musterte die Mafiabande. Dann winkte Stan mit der Hand, was eine sehr lässige, überlegene Geste war, fand Brian. Mary ging zu ihm, und ohne ein Wort zu sprechen streckte Stan die Hand aus. Mary blickte zu Brian, vermutlich nur deshalb, weil er der einzige Mafioso war, der ihr ein Lächeln geschenkt hatte. Brian nickte, und dann zog Mary zwei Kinokarten aus exakt der Tasche ihrer Jeans, in die Brian gerne hineingefasst hätte. Die Sache mit den Mädchen wurde zunehmend zu einem Problem, und Brian war froh, dass er seit einigen Monaten wuchs, als könnte doch noch ein Mann aus ihm werden. Jedenfalls fasste sie in ebenjene rückwärtige Tasche und hielt dann die beiden Episode-1-Premierenkarten zwischen den neongelben Fingernägeln.

Stan nickte, nahm ihr die Karten ab und steckte sie in die Innentasche seiner Jeansjacke, die er trotz der Temperaturen tragen musste, eben um darin ihre Beute verstauen zu können. Wie ein Mafioso eben, die ja auch immer eine Jacke trugen, um ihre Waffen zu verbergen. Und das war noch nicht alles, schließlich verdienten bei der Mafia auch der Friseur und die Läuferinnen. Nur ein gut geöltes System, von dem alle profitierten, war ein gutes mafiöses System, hatte Alex behauptet, bevor sie sich gemeinsam in Stans Kinderzimmer sämtliche Teile vom »Paten« reingepfiffen hatten. Es ging nichts ohne ein ordentliches Grundlagenwissen, hatte Alex behauptet. Jedenfalls schickte Stan Mary Brochanovic nach der erfolgreichen Kartenübergabe weiter zu der Bank, und Alex zog ein Stück Papier aus einem Rucksack, der zwischen Josh und Brian stand. Mary wiederum stand genau vor Brian, und die Hosentasche, in die er so gerne hineingefasst hätte, war zum Greifen nahe. Ein Schnürsenkel ihrer Nikes war offen. Er war weiß und würde dreckig werden vom Staub, aber nichts erschien Brian unpassender, als in einem mafiösen Moment auf einen verdreckenden Schnürsenkel hinzuweisen, also ließ er es bleiben. Obwohl er es ihr gerne gesagt hätte. Hormone, so viel hatte Brian inzwischen begriffen, waren Teufelszeug. Alex reichte Mary das Blatt Papier.

»Was ist das?«, fragte Mary Brochanovic. Ihr linker Schuh mit dem offenen Schnürsenkel kratzte über den Asphalt. Genauer gesagt kratzte Mary Brochanovics Schuh über sehr viele sehr kleine Steine, die sich aus dem Asphalt gelöst hatten, die nun wiederum auf den verklebten Steinen am Boden kratzten. Brian hatte keine Ahnung, warum ihm so etwas einfiel. Oder woher er das wusste. Nerdwissen. Nicht gerade hilfreich, wenn es darum ging, in Mary Brochanovics Arschtasche zu kommen. Ihre Hüftknochen drückten durch den Jeansstoff, als wollten sie ausbrechen.

»Das ist ein Anrechtsschein«, verkündete Alex. Die Sache mit den Schuldscheinen war Joshs Idee gewesen, nachdem jedes einzelne Mädchen, das für sie eine der Kinokarten gewonnen hatte, danach fragte, wie sie nun an ihr Geld käme. Offenbar war der Ruf ihrer Famiglia noch nicht hinreichend gefestigt, so dass ihnen die breite Öffentlichkeit noch nicht allzu bereitwillig Kredit einräumte. Was Alex bedauerlich fand, aber er hatte schließlich zugeben müssen, dass sie bisher weder den Boss einer anderen Familie kaltgemacht noch einen blutenden Pferdekopf verschickt hatten.

»Was ist ein Anrechtsschein?«, fragte Mary.

Auch diese Frage stellten über neunzig Prozent der Mädchen, die Stan rekrutiert hatte. Es war eine berechtigte Frage, fand Brian.

»Es ist so etwas Ähnliches wie eine Aktie«, erklärte Alex. »Du bekommst dafür zehn Prozent von dem, was wir an deinen Karten verdienen.«

Mary Brochanovic nickte. Auch das taten über neunzig Prozent von Stans Mädchen. Brian musste zugeben, dass er sie gut ausgesucht hatte.

»Komm einfach in zwei Wochen mit deinem Anrechtsschein zu uns, und du bekommst dein Geld«, sagte Alex und entließ Mary damit in ihren Nachmittagsunterricht. Brian starrte der Tasche auf ihrer Jeans hinterher, als sie den flachen Hügel zum Hauptgebäude der Gunn hinunterlief. Er fand, dass ihr Plan alles in allem wesentlich mehr Vorteile als Nachteile bot. Und er fragte sich, wie er seine neue Machtposition ausnutzen könnte, um bei Mary Brochanovic Eindruck zu schinden. Vielleicht sollte er ihr nach der Schule auflauern? Andererseits war das vielleicht auch eine nicht ganz zielführende Idee. Aber er könnte ihr ein Geschenk machen. Immerhin sprangen bei ihrem Plan auch zwei Karten für jeden von ihnen heraus. Premierenkarten für Episode 1. Wir zwei? Machte es nicht die Mafia mit den Drogen genauso? Sie verkauften das meiste, aber es war immer noch genug für die Freundinnen übrig. Ein kleiner Rausch. Mary und er auf der Premiere? Es war ein Plan. Und selbst wenn sie es mit ihrem ersten Coup nicht zu mafiösem Reichtum brachten, würde er wenigstens nicht der Einzige sein, der ohne Freundin ins Kino ging.

KAPITEL 14

Mai 1999 (ein paar Tage später)
Foster City, Kalifornien

STANLEY HENDERSON

Am Nachmittag vor der Premiere trafen sich die Jungs an einem Strandparkplatz in Foster City. Um Stans Laune war es bestens bestellt, denn er hatte nicht nur eine Menge Obst und Orangensaft in der Kühlbox, sondern auch eine Flasche Wodka, die er schon vor Wochen aus dem Vorrat seines Vaters abgezweigt hatte. Außerdem saß Ashley in einem kurzen Sommerkleid auf dem Beifahrersitz. Einzig die Tatsache, dass er Brian und seine neue Flamme auf dem Rücksitz ertragen musste, trübte seine Laune ein wenig. Als er auf den Parkplatz steuerte und feststellte, dass sie die Ersten waren, beobachtete er im Rückspiegel, wie Brian Mary einen Kuss auf die pickelige Wange gab. Stan vermutete, dass sie heimlich Händchen hielten. Brian war einfach ein Kind, dachte Stan, als er den Motor abstellte.

»Los Mädels!«, sagte Stan und drückte Ashley die Kühlbox mit den Getränken in die Hand. Er hatte sogar an eine Decke und zwei Klappstühle gedacht. Gemeinsam machten sie sich auf den Weg zum Strand, den man genau genommen so nicht bezeichnen dürfte. Der schmale Küstenstreifen hatte nur stachelige Gräser statt weißem Sand zu bieten, aber was wollte man auf der Bayseite schon erwarten, und schließlich wollten sie eine kundenorientierte Firma sein. Zumindest wollte Alex das, und aus irgendeinem Grund schien das, was Alex sagte, in letzter Zeit Gesetz zu sein. Was Stan wahnsinnig ärgerte, aber er sah keine Möglichkeit, das kurzfristig zu ändern.

Es war ein warmer Sommertag, und wie es nur solche frühen Sommertage nach dem Winter vermögen, schien seine Stimmung auf die Menschen abzufärben. Ashley war noch fröhlicher als sonst, und über Brian und Mary brauchte man nicht zu reden. Ihre Händchenhalterei ging Stan mächtig auf den Zeiger, vor allem weil es in Sachen Ashley stets einen Schritt voran und dann wieder zwei zurückging – was Stan natürlich niemandem auf die Nase band.

Ashley und Mary bauten die Stühle am Wasser auf, genau wie Stan es vorgeschlagen hatte. Es war wichtig, dass die beiden nur am Rande mitbekamen, was sich in den nächsten zwei Stunden auf dem Parkplatz abspielen würde. Gerade als Stan seinen Jeep abschloss, sah er Joshs Jetta in die Stichstraße einbiegen. Die silberne, fabrikneu aussehende Yuppiekarre glänzte in der Sonne, und die Hupe klang nach deutscher Wertarbeit. Alex und die schwarzhaarige Janine stiegen aus dem Fond. Josh und seine aktuelle Nummer eins folgten kurz darauf. Stan stöhnte, als er Brianna entdeckte. Sie war eine von Ashleys besten Freundinnen, was nur Ärger bedeuten konnte. Zum einen wechselte Josh seine Freundinnen schneller, als die Börsenkurse der Hightech-Unternehmen steigen konnten, zum anderen würde sich Brianna bei Ashley darüber ausheulen, was dazu führen würde, dass Ashley ihn zur Rede stellen würde. Meistens, wenn ihn Ashley zur Rede stellte, ging es nicht besonders günstig für ihn aus. Stan spannte die Bauchmuskeln unter dem engen Shirt an und lief auf Joshs Jetta zu. Er begrüßte Alex und Josh mit einer Umarmung und die Mädchen mit einem Kuss auf beide Wangen. So machten es die Franzosen. An der Gunn High war es momentan en vogue, es zu machen wie die Franzosen.

Nachdem sie die Mädchen am wenig beeindruckenden Ufer versammelt hatten, lehnten Josh, Brian, Stan und Alex an seinem Jeep und warteten auf ihre Kundschaft. Was nun folgen sollte, war ein Meisterstück amerikanischen Unternehmertums: Die Kunden kamen tatsächlich zu ihnen. Sie hatten die Karten im Internet inseriert und den Parkplatz als Übergabeort angegeben. In den folgenden zwei Stunden kamen Studenten, Anzugträger aus dem Valley, ein Handwerker mit einem Pick-up-Truck und ein VW-Bus mit Stormtroopern, dem eine schwarze Limousine mit Darth Vader folgte. Zwanzig Prozent ihrer Kunden hatten Kinder dabei, von denen drei Viertel ein Laserschwert mit sich führten. Darth Vader hatte gehört, dass auf diesem Parkplatz Premierenkarten verkauft wurden. Er stand nicht auf ihrer Kundenliste. Nach einigem Hin und Her bezahlte Darth Vader neunhundertachtzig Dollar für ihre verbliebenen acht Karten – die eigentlich für sie selbst gedacht waren. Er sagte »Ich bin nicht dein Vater!« zum Abschied und stieg wieder in seinen Mercedes. Alex und Josh prusteten los, kaum dass die Fahrzeugkolonne um die Ecke gebogen war, und Stan stimmte ein Siegesgeheul an. Dann fing Alex an, ihr Geld zu zählen. Als er fertig war, nahm Stan seinen ersten Drink.

Sie würden sich etwas ausdenken müssen, um den Mädchen zu erklären, warum sie nicht zur Premiere gehen würden. Allerdings war eine neue Folge »Star Wars« nichts, was ein gutes Abendessen bei Spago nicht würde wettmachen können. Behauptete zumindest Josh. Und selbst wenn sie die Kosten für acht Pizzen und eine Flasche Wein abzogen, blieb immer noch genug Profit von Darth Vaders neunhundertachtzig Dollar übrig. Es war ein phänomenaler Erfolg! Und als sie sich vor dem Spago voneinander verabschiedeten, lagen sie sich in den Armen. Auch wenn Stan zugeben musste, dass er am nächsten Tag nicht mehr wusste, wie er nach Hause gekommen war. Zum Glück stand sein Jeep unversehrt vor der Tür. Nur Ashley lag nicht in seinem Bett. Was das kleinere Übel war. Das zumindest dachte Stan an diesem Morgen noch.

KAPITEL 15

März 2000 (ein knappes Jahr später)
Belmont, Kalifornien

ALEXANDER PIECE

Das Schuljahr 1999/2000 war das Schuljahr, das als Zeitalter des Beischlafs und des Surfens in die Annalen eingehen würde. Das zumindest behauptete Stan, der das wissen musste. Seit sich Ashley von ihm getrennt hatte, blieb er den meisten ihrer Treffen fern. Er hatte einiges aufzuholen, behauptete er. Alex war sicher, dass ihm das gelang. Er war immer noch einer der Stars der Footballmannschaft, und auch wenn Brian größenmäßig beinah zu ihm aufgeschlossen hatte, war er immer noch der mit dem breiten Brustkorb und der Tolle, die aussah als stamme sie aus einem Werbespot für eine Shampoo- und Conditioner-Kombo von Vidal Sassoon. Brian, Josh und Alex hingegen verstanden sich prächtig. Sie hatten sogar eine kleine Fondsgesellschaft gegründet, die ihr Geld aus dem Kino-Coup in Aktien angelegt hatte. Alles Werte, die nur steigen konnten: die Superstars ihrer Nachbarschaft. Die Top-Player unter den Silicon-Valley-Hightech-Werten. Die Internet-Pioniere. Durch PetSmart würde sich die Art und Weise verändern, wie Konsumenten das Futter für ihre Haustiere kauften, Streamline würde in Zukunft Lebensmittel in eine Kühlbox in der Garage liefern. Ihr Portfolio war auf stolze neuntausend Dollar angewachsen. Und langsam fragte sich Alex, wann er es zu Geld machen sollte, um seine Mutter wenigstens ein bisschen zu unterstützen. Andererseits könnte sie vielleicht komplett auf ihren Job in dem Nachtclub verzichten, wenn er noch etwas Geduld hatte. Alex las jeden Morgen über seiner Portion Yummy Mummys die Börsennachrichten, und es waren gute Nachrichten, die er da jeden Morgen las. Der Millennium-Bug hatte die Welt verschont, weder waren Kernkraftwerke außer Kontrolle geraten noch das Bankensystem zusammengebrochen. Den Computern gehörte die Zukunft! Bis zu jenem Morgen am 27. März.

Der 27. war ein Montag und in vielerlei Hinsicht ein schwarzer. Zum einen hingen seit Wochen die dunklen Wolken der anstehenden Prüfungen für die College-Einstufung über der Schule, zum anderen unkten die Gazetten von einer bevorstehenden Korrektur der Hightech-Werte an der Börse. Weder Josh noch Brian, noch Alex glaubten daran. Bis Alex an diesem Montag entgegen seinen Gewohnheiten den Fernseher anstellte. Die Zeitung war ein Medium der Vergangenheit. Niemand konnte heutzutage darauf warten, dass eine Nachricht auf Papier gedruckt, in Bündel verpackt und nach Hause geliefert wurde. Heute Morgen hatten die Börsen in Asien und Europa bereits seit Stunden geöffnet, und alles, was dort passiert war, würde nicht in seiner Zeitung stehen.

Alex blieb nur der Fernseher, denn einen Computer konnten sich weder seine Mutter noch er leisten. Wobei er das korrigieren musste: Seine Mutter konnte ihn sich tatsächlich nicht leisten, Alex hingegen wollte ihn sich nicht leisten. Es gab dringlichere Familieninvestitionen, wenn die Mutter in einem Stripclub arbeitete, um zweimal die Woche Hühnchen auftischen zu können, und man in einem Trailerpark am Rande der Stadt lebte. Immerhin: Der Fernseher statt minutengenauer Informationen aus dem Internet war besser als nichts, dachte Alex, als er unter die Dusche sprang. Die »Good-Morning-Show« zeigte eine Geschichte über einen Hundebesitzer aus Falls Church, Virginia, der mit seinem Vierbeiner auf einem selbstgebauten Floß über den Lake Michigan gepaddelt war.

Als er gerade die Shampooflasche mit Wasser füllte, um den letzten Rest herauszuholen, wurden die Börsennachrichten angekündigt. Alex kam nicht mehr dazu, sich die Haare zu waschen. Stattdessen griff er hektisch nach einem Handtuch, das er sich um die Hüften schlang, und hetzte ins Wohnzimmer. Seine Füße hinterließen immer noch Spuren, als er in sein Zimmer rannte und die Jeans über die nassen Beine zerrte. Er stolperte mit halb hochgezogener Hose am Couchtisch vorbei bis auf die Straße, fluchte, als er die Leiter ans Dach stellte, und saß keine zwei Minuten später auf seinem Fahrrad. Ihre Fondsgesellschaft musste eine Krisensitzung des Managements anberaumen. Sofort. Und er war sicher, dass Josh und Brian längst davon wussten.

KAPITEL 16

März 2000 (am gleichen schwarzen Morgen)
Palo Alto, Kalifornien

JOSHUA BANDEL

Als sich Josh an diesem Morgen an den gedeckten Frühstückstisch setzte, fand er eine Nachricht auf seinem Teller. »Josh, anbei ein paar Materialien für Dich zur Info«, stand auf dem eilig geschriebenen Zettel. Er warf einen Blick zu den beiden benutzten Gedecken am Kopfende und auf der gegenüberliegenden Seite des Tisches. Seine Eltern waren beide längst aus dem Haus. Mamzer, schoss es ihm durch den Kopf. Waisenjunge. Seufzend griff Josh nach dem dicken Stapel mit Broschüren und Ausdrucken. Das Papier der Hochglanzbroschüren war schwer und edel, vermutlich stammte es aus Europa. Amerika hatte traditionell keinen Sinn für Papier. Was es umso erstaunlicher machte, dass ausgerechnet die Eliteuniversitäten des Landes, die sich für den Stolz der Nation hielten, europäisches Papier bevorzugten, wenn es darum ging, die Eltern reicher Kinder von ihren Vorzügen zu überzeugen.

Josh griff nach dem ganzen Packen und wanderte zum Küchenblock. Dann schaltete er die Maschine ein, und der schnell drehende Motor des Entsafters begann, hungrig zu surren. Harvard, Stanford, Yale, vermerkte er, als er den ersten Apfel in die Maschine fallen ließ. Sofort griff das Messer nach dem Fruchtfleisch, und der Tresterauswurf schmatzte beim Ausspucken. Grünlich trüber Saft floss in den Behälter, den Josh in einem Zug leerte. Sowenig er über die Auswahl seiner Eltern überrascht war, was seine Collegezukunft betraf, umso mehr irritierte ihn das Klingeln an der Tür in diesem

Moment. Er warf einen Blick auf die Uhr. Es war zu früh für jeden. Selbst Lieferanten kamen nicht vor acht Uhr morgens. Er schaltete den Entsafter ab und lief zur Tür. Ein Blick durch den Spion verriet ihm, dass es ein Problem geben musste. Er starrte direkt in ein Auge, das er kannte. Und das nervös von links nach rechts wanderte, obwohl es von außen in dem Spion rein gar nichts zu sehen gab. Was freilich der Sinn eines Türspions war. Es hämmerte gegen die Tür. Josh erschrak und öffnete fast im selben Moment. Alex stand mit erhobener Faust auf der Veranda und stürmte dann direkt ins Haus.

»Was ist los, Alex?«, fragte Josh.

»Wir sind im Arsch!«, rief Alex, der schon halb im Wohnzimmer stand. Kaum hatte Josh die Tür geschlossen, hörte er die Stimmen aus dem Fernseher. Sie sprachen von »Anzeichen für einen Crash«, von »Bärenmarkt« und »längst überfälliger Korrektur«. Josh trat neben Alex vor den schicken Bang & Olufsen-Fernseher und verschränkte die Arme. Natürlich war das schlimm, aber schließlich war es nur Geld. Wobei er zugeben musste, dass das keine besonders hilfreiche Erkenntnis für Alex sein dürfte.

»Fuck!«, sagte Alex und deutete auf das Laufband am unteren Rand des Monitors, das die Aktienkurse anzeigte. Ihre Investmentgesellschaft hielt gerade eine große Position an Online-Händlern: Petco, amazon, Streamline. Die Werte waren schon über dreißig Prozent im Minus.

»Dreißig Prozent«, rief Alex verzweifelt. »Kann man sich das vorstellen?«

»Ich habe es gesehen«, sagte Josh betont ruhig. Was hatte es für einen Sinn, sich aufzuregen? Die Frage war: deinvestieren oder dabeibleiben? Glaubten sie an das Silicon Valley oder nicht? Andere Werte ihres Investments hatte es nicht ganz so schlimm getroffen. Aber im Minus waren alle. Und nicht zu knapp. Josh, der ein Händchen für Zahlen hatte, schätzte, dass sie derzeit immerhin noch ihren Einsatz verdoppelt hätten. Was nach allen Regeln der Börsenkunst in einem Jahr gar nicht so schlecht war. Nein, was nach allen Regeln der Finanzwelt nahezu sensationell war.

»Dreißig Prozent an einem Tag, Josh«, seufzte Alex und sank auf die Couch.

»Ich weiß«, sagte Josh und setzte sich neben ihn. »Aber wir haben immer noch die Kohle verdoppelt«, sagte er. Als ob das ein Trost wäre. Er wusste genau, dass Alex das Geld als Anzahlung für seinen College-Kredit brauchte. Er konnte nicht davon ausgehen, auch dort eines der begehrten Stipendien zu bekommen, selbst wenn er ein schlauer Kerl war. Alex wollte nach Harvard oder Stanford oder Yale. Josh hätte Alex die Prospekte geben können, wenn der sie nicht schon längst selbst besorgt hätte. Und genau wüsste, dass er, ohne einen ordentlichen Batzen Bargeld in der Hinterhand zu haben, keine Chance hätte, das Studium mit einem Kredit zu finanzieren. Was insofern bitter war, als Alex definitiv den Verstand mitbrachte, um an einer dieser Unis zu bestehen. Er würde bei den Uni-Tests sensationell abschneiden, das stand außer Frage. Josh hatte mit ihm ein paar der Übungen gemacht, und obwohl Josh selbst kein Versager war, bestand kein Zweifel, wer von ihnen vieren das Ivy-League-taugliche Ergebnis abliefern würde.

»Scheiße«, sagte Alex noch einmal, nachdem ein Analyst im Fernsehen erklärt hatte, er habe seit über einem Jahr auf die Überbewertung der Internet-Aktien hingewiesen, und es könne doch niemanden überraschen, wenn jetzt die Realität zuschlage. Er jedenfalls habe auf sinkende Kurse gewechselt und alleine seit letzter Woche eine kleine Yacht damit verdient.

»Ein Schlag ins Gesicht war das, Arschloch«, sagte Piece und zog die Nase hoch.

»Im Nachhinein schlechte Investments zu kommentieren ist in etwa das Gleiche wie eine Totenrede: Sinnlos für den Betroffenen und meist gelogen«, sagte Josh und legte seinem Freund einen Arm um die Schulter. »Willst du einen frisch gepressten Apfelsaft?«

»Willst du mich verarschen?«, fragte Piece und griff nach der Fernbedienung. Er schaltete das Gerät aus, und für eine Weile saßen die beiden schweigend in dem weißen Wohnzimmer mit den teuren Elektrogeräten.

»Wir brauchen einen verdammten Plan«, stellte Alex nach einigen Minuten der Stille fest, die sich anfühlten wie Stunden. Und Josh hatte das dumpfe Gefühl, dass Alex' Verstand bereits etwas ausbrütete. In diesem Moment war er nicht sicher, ob das eine gute Idee war.

KAPITEL 17

April 2000 (ein paar Wochen später)
Palo Alto, Kalifornien

BRIAN O'LEARY

Mary lag neben Brian auf einer Wiese im Eukalyptus Grove und streichelte die hellen Härchen auf seinem Arm.

»Stanford, uh?«, fragte Mary.

Brian dachte darüber nach. Es war eine gute Frage, zumal er in den letzten zwei Wochen besonders oft mit Mary in dem Park gewesen war, der direkt an das Unigelände angrenzte. Andererseits hatte er sich noch nicht entschieden, welche Uni er besuchen wollte – sofern er mehr als eine Zusage von einer der großen bekam. Natürlich würde er Informatik studieren, und natürlich gab es dafür keinen besseren Platz als Stanford. Es war eine naheliegende Wahl. Er konnte zu Hause wohnen bleiben, er musste deshalb möglicherweise nicht sämtliche Semesterferien durcharbeiten, und falls doch, gab es eine Menge gut bezahlter Jobs für Programmierer in der Gegend. Er fragte sich nur, was aus ihm und Mary würde. Seit die SATS anstanden, anhand derer die Unis entschieden, welche Studenten sie aufnahmen, herrschten zwei Themen in jeder Beziehung an der Gunn High vor: Wen würde es wohin verschlagen? Und was sollten sie mit ihrem Leben anfangen? Es war die erste große Entscheidung, die nicht von anderen für sie getroffen wurde. Und die Fragen beschäftigten Liebespaare ebenso wie Stan, Alex, Josh und Brian.

»Vielleicht«, sagte Brian. »Wenn mein SAT-Score ausreicht.«

Mary knuffte ihn in den Arm: »Willst du mich auf den Arm nehmen?«, fragte sie. »Du? Natürlich gehst du nach Stanford.«

»Mal sehen«, sagte Brian. »Ist ja auch noch die Frage, wo du landest«, fügte er schließlich hinzu. Es war natürlich das, was sie hören wollte. Mary biss ihm ins Ohrläppchen als kleines Dankeschön für die nette Lüge.

»Und wo Josh hingeht«, stellte sie fest, ohne dass es vorwurfsvoll klang. Natürlich war Brian wichtig, wo Josh hinging. Aber er würde sein bester Freund bleiben, selbst wenn es ihn nach Nordkorea verschlug. Nordkoreanische Arbeitslager waren für Brian das Stichwort. Während er Mary im Arm hielt und in den blauen Vorabendhimmel starrte, dachte er über Alex' neueste Spinnerei nach. Es wollte ihnen morgen einen Vorschlag unterbreiten, mit dem sie die Welt verändern würden. Alex behauptete, es wäre etwas Ähnliches wie ihr Coup mit den Kinokarten. Nur millionenmal größer. Alex hatte die Idee ausgebrütet, nachdem sich alles Geld, das sie mit den Premierenkarten verdient hatten, an der Börse in Rauch aufgelöst hatte. Nichts als heiße Luft. Selbst Joshs Vater hatte drei Viertel seines Vermögens eingebüßt. Niemand wusste im Moment, wie es weitergehen sollte. Nicht einmal hier im Valley. Überall herrschte Ratlosigkeit. Überall, außer bei Alex. Weil, so behauptete Alex, die Frage nicht war, wie das Silicon Valley die Welt in zwanzig Jahren möglicherweise verändern würde, sondern in welchen Bereichen sie das in den nächsten fünf Jahren in jedem Fall tun würde.

»Worüber denkst du nach?«, fragte Mary in Brians Armbeuge.

»Darüber, was wir mit unserer Zukunft anfangen sollen«, antwortete er wahrheitsgemäß und lächelte. Es konnte zumindest nicht schaden, sich Pieces Plan anzuhören, oder nicht?

»Meinst du damit die ferne Zukunft oder die nächsten fünfundzwanzig Minuten?«, fragte Mary, und Brian ahnte, was sie damit andeuten wollte. Er drehte den Kopf zur Seite und warf einen Blick durch die Bäume. Es war niemand zu sehen. Brian grinste und drehte Mary auf den Rücken.

»Wer weiß schon, was in einer halben Stunde passiert?«, fragte Brian.

»Was, wenn die Welt untergeht?«, fragte Mary.

»Eben«, sagte Brian und küsste sie auf den Hals.

KAPITEL 18

April 2000 (am nächsten Tag)
Palo Alto, Kalifornien

ALEXANDER PIECE

Alex zog den dicken Ordner aus seinem Rucksack und legte ihn auf den Couchtisch in Stans Kinderzimmer. Es war das erste Mal, dass sie zu viert zu einem offiziell anberaumten Termin zusammenkamen seit ihrer Siegesfeier im Spago. Stan hatte erst abgewunken, und es hatte Alex alle Überzeugungskraft abgerungen, ihn zu überzeugen, dass dieses Meeting wichtiger war als das Footballtraining. All seine Überzeugungskraft und einige Vorabinformationen über die Größe des Geschäfts, das er dem Footballstar vorzuschlagen hatte.

Eine Menge hatte sich verändert gegenüber dem letzten Jahr. Sie waren alle erwachsener geworden: Brian war nicht mehr der kleine irische Junge, sondern mittlerweile einen halben Kopf größer als Josh und machte sogar auf dem Surfbrett eine ordentliche Figur. Mamzer hingegen war zynischer, rebellischer geworden, vor allem gegenüber seinen Eltern. Dies war Alex sehr wichtig, weil es ein entscheidender Teil seines Plans war. Stan war immer noch der bestaussehende von ihnen, obwohl er mehr als fünf Kilo zugenommen hatte und bei weitem nicht mehr der Schnellste war. Was auch an dem Gin Tonic liegen mochte, den er gerne trank und von dem vier randvolle Gläser in diesem Moment vor ihnen standen. Alex bevorzugte Bier, aber hier und heute zählte einzig und allein das Wohlbefinden der anderen. Er musste es so einfädeln, dass jeder von ihnen glaubte, ein Teil des Plans stamme von ihm.

»Hiermit erkläre ich unsere erste Sitzung im Jahr 2000 für eröffnet«, begann Alex. Die meisten Aktionärsversammlungen begannen mit diesem oder einem ähnlichen Satz. Professionalität war Alex sehr wichtig.

Josh und Brian nickten, und Stan nahm einen Schluck Gin Tonic.

»Der erste Tagesordnungspunkt lautet: Bericht über die finanzielle Situation«, leitete Alex ein. »Josh?«

Josh seufzte und zog ein zerknittertes Blatt Papier aus der Hosentasche, das sich anhand des Logos in der rechten oberen Ecke unschwer als Kontoauszug ihres Aktiendepots identifizieren ließ.

»Unser aktueller Investmentstand beträgt sechshundertzweiundvierzig Dollar und achtundachtzig Cent.«

Alex nippte an seinem Gin Tonic. Er hätte das ganze Glas hinuntergestürzt, wenn er die Zahl nicht schon Wochen vorher gekannt hätte. Es war an der Zeit, die Vergangenheit abzuhaken, ermahnte er sich.

»Gut«, sagte Alex. »Was heißen soll: Wir haben so gut wie nichts mehr von unserem Geld.«

Stan prostete ihm zu, aber Alex stellte sein Glas wieder auf den Tisch.

»Bei der aktuellen Börsenentwicklung ist das kein Wunder«, behauptete Josh und lehnte sich zurück. Er war gewissermaßen ihr Kassenwart und fühlte sich verantwortlich für ihre Verluste.

»Niemand macht dir einen Vorwurf, Josh«, sagte Alex. »Ich will auf etwas anderes hinaus.«

Brian warf einen sehnsüchtigen Blick zu Stans Computer hinüber, Josh starrte ins Leere, und Stan hielt immer noch das Tonic-Glas in der Hand. Ihm musste etwas Besseres einfallen, wusste Alex. Das Entree war das Wichtigste.

»Wir brauchen mehr Geld.«

»Jeder braucht mehr Geld«, sagte Josh. »In letzter Zeit sogar meine Eltern.«

Alex klatschte einmal in die Hände: »Siehst du, genau darauf will ich hinaus.«

Er kratzte sich am Kinn und trank einen Schluck, bevor er fortfuhr. Er hatte gelesen, dass Anwälte Trinkpausen dazu benutzten, um Geschworenen die Gelegenheit zu geben, eine Zeugenaussage auf sich wirken zu lassen. Es war wichtig, den Jungs Gelegenheit zu geben, das zu verarbeiten, was er ihnen vorschlagen wollte. Er würde noch viele Kunstpausen einlegen in den nächsten drei Stunden.

»Wir alle stehen doch vor der Frage, was wir mit unserem Leben nach der Gunn High anfangen, oder nicht?«

Es war eine rhetorische Frage und natürlich nickten alle im Chor. Es war die Frage aller Fragen – für jeden Schulabgänger auf der ganzen Welt. Die Eltern behaupteten, die ganze Welt stünde ihnen offen, dabei hatten sie meist genaue Vorstellungen davon, welche Wege ihre Söhne einschlagen sollten. Dass einem jungen Menschen die Welt offenstand, war die größte Lüge von allen. Man konnte sich allerhöchstens entscheiden, ob man in zwanzig Jahren von neun bis siebzehn Uhr in Gerichts- oder in Operationssälen stehen wollte.

»Und sind wir uns einig, dass Geld zwar angeblich nicht glücklich macht, aber dass es auch keinesfalls dem Glück im Weg steht?«

Wieder nickten die vier Freunde.

»Und würdet ihr nicht lieber die Welt aus den Angeln heben, als so zu enden wie eure Eltern?«

»Hört, hört«, sagte Josh und griff nach dem Glas. Im allgemeinen Prostgemurmel setzte Alex zu seinem entscheidenden Schlag an.

»Was wäre, wenn ich eine Idee hätte, mit der wir alle Multimillionäre werden, bevor wir dreißig sind?«, fragte Alex in die Stille, während alle tranken. Drei Gläser klirrten auf der Glasplatte des Couchtisches, und sechs Augen blickten ihn an.

»Du meinst, echte Millionäre?«, fragte Brian. »Wie Joshs Dad?«

»Joshs Dad war auf dem Papier Millionär, bis die Dot-Com-Blase geplatzt ist«, sagte Alex. »Was wiederum nur beweist, dass nur Bargeld wirklich etwas wert ist. Oder nicht, Josh?«

Josh nickte, und sein Gesichtsausdruck schwankte zwischen zerknirscht und schadenfroh, was Alex gut verstehen konnte. Der Mamzer war erwachsen geworden, obwohl er seine Eltern immer noch liebte. Vielleicht liebte er sie sogar erst seitdem, das könnte nur Josh selbst beantworten, aber es spielte keine Rolle.

»Oder nehmt die ganzen Start-ups, die jetzt pleitegegangen sind. Alle – auch wir – haben die Gründer bewundert für ihre grandiosen Ideen. Wir wollten alle sein wie sie, oder nicht?«

Alex räusperte sich: »Und jetzt?«

»Kräht kein Hahn mehr nach ihnen«, ergänzte Brian.

»Eben«, sagte Alex. »Und trotzdem ist das Valley der beste Ort der Welt. Weil nirgendwo so viele revolutionäre Ideen entstehen, weil niemand auf unserem technischen Stand ist. Weil hier die Zukunft geschrieben wird, während der Rest der Welt noch versucht, mit Federkielen Geschichte auf Papier zu kratzen.«

»Natürlich«, sagte Brian. »Es ist nur eine Frage der Zeit, bis die Computer alles auf der Welt steuern. Von Autos über dein Garagentor bis hin zu deinen Einkäufen.«

Noch einmal griff Alex zu seinem Gin Tonic, um ein wenig wirkungsvolle Zeit verstreichen zu lassen. Dann lächelte er.

»Und wenn das so ist«, fuhr er fort. »Glaubst du, dass die Computer auch die Welt der Druckereien verändern werden?«

»Das Schicksal von Print ist doch längst besiegelt«, mischte sich Josh ein. »Mein Vater sagt, in zwanzig Jahren wird keine einzige Zeitung mehr gedruckt werden.«

»Schon heute werden die meisten Drucksachen digital belichtet«, fügte Brian hinzu. »Die neuesten Thermosublimationsdrucker kommen fast schon an echte Druckmaschinen heran.«

Alex lächelte. Er hatte sie fast so weit. Nur Stans Alkoholpegel war erschreckend schnell gestiegen. Er goss sich schon sein zweites Glas ein. Das war ein Problem, um das er sich auch morgen noch kümmern konnte. Stan war überhaupt nicht das Problem. Das größte Problem war Brian, auch wenn der das selbst noch nicht wusste. Zwischen Josh und Brian hatte sich in der Zwischenzeit eine Diskussion über die Zukunft der Druckereien entsponnen, der Alex einen Moment lang lauschte, um einen günstigen Moment abzupassen.

»Ich hatte eigentlich keine Zeitungsdruckereien im Sinn«, sagte Alex leise, als sich eine Gesprächspause ergab.

»Was denn dann?«, fragte Josh.

»Ich möchte, dass wir die besten Geldfälscher der Welt werden«, sagte Alex, wobei seine Stimme klang, als habe er vorgeschlagen, einen Erdbeerkuchen zu backen.

Es wurde still in Stans Kinderzimmer. Drei Sekunden. Vier Sekunden. Fünf Sekunden. Zehn Sekunden.

»Du spinnst«, sagte Stan und schwenkte die Eiswürfel in seinem Glas hin und her.

»Silicon-Valley-mäßig gute Geldfälscher«, fügte Alex hinzu.

»Da muss ich Stan ausnahmsweise recht geben«, sagte Brian.

Alex hob eine mahnende Hand: »Denkt doch mal nach, Jungs. Wir sitzen an der Technologiequelle. Wir wissen alles über Computer. Und ich wette, die Regierung so gut wie nichts. In Space Shuttles steckt bis heute noch MS-DOS – das wird bei der Bundesdruckerei nicht anders sein.«

Alex starrte in sechs ungläubige Augen. Er griff nach dem Ordner auf dem Couchtisch: »Zufälligerweise ist das nicht nur eine Vermutung …« Er blätterte in den Ausdrucken und legte einen Artikel aus dem *Wall Street Journal* auf den Tisch zwischen die skeptischen Gesichter. Josh las als Erster. Dann legte er die Stirn in Falten: »Du meinst digitale Blüten? So etwas wie Geldfälscher 2.0?«

»Exakt!«, sagte Alex begeistert. »Brian, du bist der Experte. Glaubst du etwa nicht, dass es funktionieren könnte?«

»Ich …«, stammelte Brian. »Ich weiß nicht, aber …«

»Natürlich würde es funktionieren«, flüsterte Josh. Brian verscheuchte einen großen Frosch aus seinem Hals, und Stan nahm einen großen Schluck Gin.

Zum dritten Mal an diesem Nachmittag lächelte Alex und blätterte ein paar Seiten weiter in seinem Ordner. Natürlich hatte er einen Plan im Gepäck. Kein in Stein gemeißeltes Manifest, aber einen groben Fahrplan für das, was der größte Coup ihres Lebens werden würde. Der Plan, mit dem sie die Welt aus den Angeln heben würden, statt einfach nur im Strom mitzuschwimmen. Er gab Josh die Gelegenheit, etwas Aufregendes zu tun, Stan würde reicher werden, als es sein Verstand erlaubte. Und Brian? Brian war der Einzige von ihnen, der vermutlich mit einem guten Job als Ingenieur bei Apple oder Microsoft zufrieden wäre. Deshalb war Brian Alex' größtes Problem. Er baute auf den Gruppenzwang und seinen besten Freund Josh. Denn Alex' Plan sah vor, dass jeder von ihnen die nächsten zehn Jahre nutzte, um möglichst viel über Banknoten, digitale Drucktechnik, Programmierung und die Distribution von Falschgeld zu lernen. Nichts anderes als Perfektion war das Ziel. Mittels Computertechnik erstellte, perfekte Dollarkopien, die vom Original nicht zu unterscheiden waren. Ob es eine perfekte Blüte geben könnte?, fragte Alex irgendwann in die Runde. Und nach einer weiteren Stunde Diskussion waren sie sich einig: Möglich wäre es. Schwierig, aber nicht unmöglich. Zumindest das Reisig von dem Lagerfeuer, das Alex hatte entzünden wollen, brannte.

Doch der komplizierteste Teil stand Alex noch bevor. Denn Alex benötigte einen Buschbrand. Und wenn sein Plan wirklich funktionieren sollte, brauchten sie eine Versicherung. Jeder Einzelne von ihnen würde zehn Jahre seines Lebens in den Dienst ihrer Sache stellen. Er musste sichergehen, dass niemand ausscherte. Der vorsichtige Brian nicht, der reiche Josh nicht und der wankelmütige Stan nicht. Und mit einem einfachen Schwur, wie ihn die College-Fraternities einsetzten, war es für Alex nicht getan. Es musste etwas Größeres sein. Etwas, das einem jeden von ihnen eine Waffe in die Hand gab, die in der Lage war, das Leben der anderen zu zerstören. Wenn sie sich wirklich darauf einließen, musste es unwiderruflich sein. Und es gab nur eine Versicherung, die Alex dazu einfiel …

KAPITEL 19

Mai 2000 (ein Monat später)
Palo Alto, Kalifornien

STANLEY HENDERSON

Das Double Play war an diesem Mittwochabend schlecht besucht, was kein Wunder war, schließlich durfte europäischer Fußball nicht gerade als Publikumsmagnet für amerikanische Sports Bars bezeichnet werden. Trotzdem oder gerade deswegen übertrug Stans Lieblingsbar auch diese Spiele. Stan saß am Tresen vor einem halbvollen Bier und beobachtete, wie sich Ray Parlour den Ball auf dem Elfmeterpunkt zurechtlegte. Arsenal lag 2:0 zurück beim Elfmeterschießen im UEFA-Cup. Für die Europäer war das ein wichtiges Finale, und sollte Galatasaray Istanbul die Sensation gelingen, würden sie das erste Mal einen europäischen Pokal in den Händen halten. Stan verstand, was es bedeutete, als Underdog anzutreten. Ihre eigene Saison bei den Titans war nicht berauschend gelaufen. Überhaupt war dieses Jahr für ihn nicht berauschend gelaufen.

Weder hatte er eine Ahnung, wie er ohne die sportlichen Erfolge auf ein ordentliches College kommen sollte, noch wusste er, wie er es anstellen sollte, Ashley zurückzugewinnen. Alles in allem eine verkorkste Saison. Die Gunners verschossen auch ihren zweiten Elfmeter. Stan trank sein Bier in einem Zug aus und beobachtete die Mädchen am anderen Ende der Bar. Vier Freundinnen, vermutlich ein oder zwei Jahre jünger als er. Er hatte bemerkt, dass eine die Augen niederschlug, wenn er sie ansah. Und obwohl er zugeben musste, dass sein Blick alkoholbedingt vermutlich nicht mehr der schärfste war, schien er seine Wirkung auf Frauen zumindest nicht gänzlich eingebüßt zu haben. Sie sah süß aus mit ihrem weißen engen Top und den mit Haarspray zur Löwenmähne aufgeföhnten Locken. Sie hatte sich schick gemacht für eine Girls-Night-Out mit den besten Freundinnen. Vermutlich warteten sie auf jemanden wie Stan, dachte Stan und bestellte noch ein Bier.

»Hey«, sagte Stan zehn Minuten später.

»Oh, hi«, sagte die Löwenmähne, und ihre Begleiterinnen kicherten albern. Sie saugten an ihren Strohhalmen, um ihre Unsicherheit zu verbergen. Leichte Beute, wusste Stan. Er hielt sich an der Bar fest, um ein leichtes Schwanken auszugleichen. Solange man noch merkte, dass man schwankte, war alles in Ordnung, wusste Stan. Denk dran, morgen schreiben wir die SATs, hörte er Alex mahnen. Die Unizulassung, Stan. Versau es nicht, Stan. Das war heute Mittag gewesen, als sie die Ausweise getauscht hatten. Fuck you, Piece, dachte Stan und lächelte der Löwenmähne zu. Als ob das einen Unterschied machte. Außerdem hatte er alles im Griff. Ein bisschen vögeln hatte noch keinem Sportler geschadet, auch wenn alle Trainer dieser Welt das gerne anders sehen würden.

»Habt ihr Spaß?«, fragte Stan. »Oder darf ich euch noch einen Drink ausgeben?«

Am nächsten Morgen wurde Stan vom Klingeln seines Weckers geweckt, und er fühlte sich großartig, genau wie er es sich gestern Abend vorgenommen hatte. Wobei das insofern seltsam war, als er nicht mehr genau wusste, was er sich vorgenommen hatte. Nur, dass die Löwenmähne nicht auf dem Klo hatte vögeln wollen, das wusste er noch. Und was sie stattdessen angeboten hatte. Was Stan recht gewesen war, wie er sich erinnern konnte. Versautes Stück.

Während er vor dem Spiegel stand, kehrte sein Gedächtnis zurück, und er verspürte ein rhythmisches Klopfen am Inneren seiner Schädeldecke. Er vertrieb es mit einem kalten Schwall Wasser und einem Kaffee aus der Maschine seiner Eltern, die einen Stock unter seiner Wohnung lag. Sein Rucksack stand gepackt neben dem Küchentisch. Es war ja nicht so, dass Stan verantwortungslos mit seiner Verantwortung umging. Er griff nach seinem Portemonnaie und zog Alex' Ausweis heraus. Dann lief er zum zweiten Mal an diesem Morgen ins Bad und setzte die Baseballkappe auf. Beim Anblick seines Freundes wurden die Kopfschmerzen stärker. In San Francisco machen Hunderte Leute an diesem Tag die Tests, hatte Piece behauptet. Niemand schaut genau hin. Wer würde überhaupt auf so eine Idee kommen, bei den Uni-Tests jemand anders sein zu wollen? Es ergab überhaupt keinen Sinn. Es sei denn, man wollte für alle Zeiten für jemanden erpressbar sein. Weil der wusste, dass der Rest seines Lebens auf Lüge und Täuschung aufgebaut war. Zum Beispiel, weil man Mitglied des Cash Clubs war. Und das war nun einmal die Eintrittskarte. Eine kleine Schummelei dafür, dass sie alle in zehn Jahren Multimillionäre waren. Stan würde in Alex' Namen den Test machen. Er schaute in sein Gesicht und fand, dass man ihm die letzte Nacht kaum ansah. Es kam ohnehin nur darauf an, ob Piece etwas merkte. Um Viertel nach acht stieg Stan in seinen Jeep und machte sich auf den Weg nach San Francisco, wo sie niemand kannte.

KAPITEL 20

Mai 2000 (am nächsten Morgen)
San Francisco, Kalifornien

BRIAN O'LEARY

Brian O'Leary lief wie in Trance durch das Gebäude der Firma, die in San Francisco die SAT-Tests anbot. Es war ein Bürogebäude, wie es Tausende in der Stadt geben musste. Umso bunter schienen die Studenten, die heute hier den Grundstein für ihre Zukunft legten. Im Land der Freiheit legte die Wahl der Universität nicht nur den Grundstein für die akademische Zukunft, sondern für den Rest des Lebens: Zu klar verteilt waren die Aufstiegschancen mit einem Abschluss der richtigen Schule, von den Einstellungskriterien für den ersten Job nach der Uni ganz zu schweigen. Brian fühlte sich nicht wohl damit, dass Josh für ihn den Test ablegen würde und umgekehrt. Er fühlte sich im falschen Körper, seit er heute Morgen aufgestanden war. Er wäre nicht so nervös gewesen, wenn er nicht statt seinem eigenen auch noch Joshs Zukunft in der Hand gehalten hätte. Seine Finger zitterten, als er an der Kasse Joshs Führerschein und die Gebühr von vierzig Dollar durch den Plexiglasschlitz schob. Die Frau hinter der Glasscheibe musterte ihn kaum, während ein Tintenstrahldrucker ein Formular ausspuckte. Brian hatte Schwierigkeiten, das Wechselgeld mit den Fingerkuppen zu fassen zu kriegen, ein Fünfzigcentstück rollte auf den Boden. Brian bückte sich danach, ließ es dann aber in der brüchigen Fuge liegen. Er wollte weg von der Kasse, weg von der Frau, weg von der Lüge und dem Betrug.

Kurz vor dem Klassenzimmer bemerkte er aus dem Augenwinkel ein Handgemenge und sah gerade noch Alex, der Stan in die Tür zur Toilette drängte. Brians Hände schwitzten noch stärker, als er an einem quer in den Flur gestellten Tisch vor dem Seminarraum seinen Ausdruck abgab. Noch einmal wurde sein Ausweis, respektive der von Josh, kontrolliert. Dann stolperte Brian in das Zimmer, in dem Joshs Zukunft geschrieben wurde. Er setzte sich in die hinterste Reihe und holte sein Federmäppchen aus dem Rucksack. Es war dasselbe Federmäppchen, das ihm seine Mutter zum Schulbeginn an der Gunn High geschenkt hatte. Das er zum ersten Mal aus dem Rucksack gezogen hatte, als Alex die arme Taube befreit hatte, an ihrem ersten Schultag. Wie treffend. Es sollte ihm Glück bringen. Josh würde den Test heute Nachmittag absolvieren, genauso wie Piece. Was ihn zu der Frage brachte, was Alex überhaupt schon hier verloren hatte. Er selbst hatte darauf bestanden, dass sie sich jeweils zu unterschiedlichen Zeiten für die Tests anmeldeten. Damit nicht derjenige, dem der Ausweis gehörte, im selben Raum saß wie der, der für ihn den Test schrieb. Und was hatte der offensichtliche Streit zwischen Alex und Stan zu bedeuten? Brian rieb die feuchten Hände aneinander. Einen gewissen Kontrollzwang konnte man Alex nicht absprechen. Und Brian musste zugeben, dass Alex bei dem Identitätstausch am meisten zu verlieren hatte. Nicht dass sie nicht alle eine lebenslange Erpressbarkeit in Kauf nahmen – das war ja der Sinn der Übung. Aber Stans akademische Leistungen waren … nun ja: verbesserungswürdig. Die Gunn hatte ihn genommen, weil er schnell laufen konnte, nicht, weil er besonders gut rechnen konnte. Zwar waren die SATs nur ein Teil der Uni-Bewerbung, aber wer hier versagte, hatte keine Chance mehr auf die Ivy League. Egal, wie er sich bei den Aufsätzen schlug. Brian hatte das dumpfe Gefühl, dass Alex seine Felle davonschwimmen sah.

KAPITEL 21

Juni 2000 (ein Monat später)
Palo Alto, Kalifornien

JOSHUA BANDEL

»Hey, Josh«, vernahm Josh die Stimme seines Vaters zeitgleich mit dem Drehen des Schlosses in der Haustür. Beinahe hätte er sich an dem Kaffee verschluckt, den er sich aufgebrüht hatte. Es war nicht einmal sechzehn Uhr am Nachmittag. Etwa vier Stunden zu früh für seinen Vater. Josh stellte die Kaffeetasse auf den Tresen der Küche und machte ein unbeteiligtes Gesicht.

»Hey, Dad«, sagte er.

»Wie steht's?«, fragte sein Vater und stellte seine Aktentasche im rechten Winkel und bündig zu einer Fliesenfuge auf den Boden. Verdammter Spießer, dachte Josh.

»Kann nicht klagen«, sagte er.

»Gut«, antwortete sein Vater. »Das ist gut.«

Er stand in der Küche und wippte von einem Bein auf das andere. Er stand da wie Falschgeld, dachte Josh und verkniff sich das Grinsen. Dann vernahm er das Knirschen eines weiteren Reifenquartetts auf dem Kies vor dem Haus. Sechzehn Uhr war kein Zufall, dachte er. Es war ein Komplott. Ein Komplott seiner Eltern mit dem einzigen Ziel, Josh zur Vernunft zu bringen. Sie hatten sich hier verabredet. Und Josh vermutete, nein, er wusste, dass es mit dem Brief zu tun hatte, den er heute Morgen in der Post gefunden hatte. Wie immer hatten seine Eltern vor ihm das Haus verlassen. Er hätte es wissen müssen, als er den Umschlag von dem Institut in San Francisco zwischen einem Brief der Bank und einer Rechnung des Weinhändlers entdeckt hatte. Der methodische

Nerd, der sein Vater war, ging natürlich jeden Morgen vor dem ersten Kaffee die Post durch. Vermutlich hatte er dieses Haus gekauft, weil es auf der Route des Briefträgers ganz am Anfang lag. Weil es seinem Vater wichtig war, die Post vor dem ersten Kaffee zu erledigen. Sein Vater war einer der wenigen, der Steves manischem Perfektionismus genügte. Deshalb konnten sie sich dieses Haus am Anfang der Briefträgerroute leisten. Und natürlich hätte sein Vater niemals diesen Brief übersehen. Und dennoch hatte er ihn in den Stapel einsortiert, als wäre er einer von vielen. Stattdessen hatte er sich mit seiner Frau verabredet, heute um sechzehn Uhr zu Hause zu sein, um ihren Sohn zu bearbeiten.

Josh seufzte, als seine Mom auf ihren Stöckelschuhen durch die Küche stakste. Sie redete noch lauter als sonst, und ihre Stimmlage schien eine Oktave höher als gewöhnlich. Sie erzählte von einer Mandantin, der kein Haus gut genug war, obwohl sie ihr schon zwanzig Optionen angeboten hatte. *Fabulous Houses. Of course.* Seine Mutter (!) schnitt Tomaten, eine Gurke und Paprika klein und warf alles in den Mixer. Sie benahm sich wie eine normale Mom. Für Josh lag genau hier das Problem. Er war froh, als die Kitchen Aid mit ihrem Schneidemesser, das mit 3600 Umdrehungen in der Minute eine spanische Gemüsesuppe zubereitete, jede Konversation erstickte. Seine Mutter probierte das Ergebnis mit einem langstieligen Löffel und schmatzte dabei professionell. Es war kaum auszuhalten. Sein Vater erzählte etwas von einem Projekt für Steve, das die Welt verändern würde. Genauer gesagt die Musikindustrie. Eine Revolution. Ein »Original of the Species«. Genaueres dürfe er nicht sagen. Wie immer. Josh erkannte den perfiden Plan, den seine Eltern ausgeheckt hatten. Sie kreisten ihn ein. Bereiteten ihre Argumentation vor, die vermutlich mit der Gazpacho serviert werden würde. Es ging um Joshs Zukunft. Nur dass Joshs Zukunft eben seine

Zukunft war und nicht nur die des Sohnes seiner Eltern. Josh fürchtete sich vor dem Gespräch und freute sich gleichzeitig darauf. Weil es ihm endlich Gelegenheit gab, die Bombe platzen zu lassen.

»Wunderbar, die Gazpacho«, sagte sein Vater. »Hast du Brot drin?«

Josh seufzte. Seine Mutter schüttelte den Kopf. Natürlich war kein Brot drin. Kohlenhydrate waren für seine Mutter die Mutter allen Übels. Sie konnte die Ironie dahinter natürlich nicht erkennen.

»Uh ... Josh?«, fragte sie nach einem halben Teller Suppe.

Josh blickte auf. Jetzt war es also so weit.

»Uh ... Ich weiß nicht, wie ich es sagen soll, aber ...«, begann seine Mutter. Josh wusste genau, worauf sie hinauswollte. Aber er hatte nicht vor, es ihr einfach zu machen. Josh legte seinen Löffel in die rote Pampe und wartete.

»Hm, also ... hast du nicht«, stammelte sie weiter, »ich meine, hast du uns nicht vielleicht etwas zu sagen?«

Josh zuckte mit den Achseln: »Worauf willst du hinaus, Mom?«, fragte er.

»Na ja ... Ich meine ja nur. Hast du schon etwas von dem Institut gehört?«, presste sie schließlich heraus.

Welch überraschende Frage, dachte Josh. Scheinheilige Frage, scheinheilige Familie. Die Mamzer-Familie.

»Welches Institut?«, frage Josh scheinheilig und griff noch einmal nach dem Löffel, obwohl die Gazpacho die ungewürzteste, liebloseste ganz Spaniens war. Olivenöl stand auch auf der schwarzen Liste, trotz der mehrfach ungesättigten Fettsäuren. Fett. Headline-Mom. Schwamm drüber. Josh war überzeugt, dass jede spanische Mutter im Boden versunken wäre vor Scham, hätte sie ihrer Familie diese Suppe vorgesetzt. Andererseits wäre vermutlich jede spanische Mutter angesichts des allgemeinen Fürsorgelevels seiner Mutter im katalanischen Boden versunken.

»Ähm«, räusperte sich sein Vater. Er hielt selbst seinen Löffel im rechten Winkel zum Teller. »Ich glaube, deine Mutter möchte wissen, ob du schon weißt, wie du beim SAT abgeschnitten hast.«

»Ach so«, sagte Josh gleichgültig. »Wieso fragt sie dann nicht einfach?« Mochte es daran liegen, dass sie den Brief wieder in den Stapel gesteckt hatten, um sich dann flüsternd zur Sechzehn-Uhr-Gazpacho zu verabreden?

Sein Vater seufzte. Josh seufzte. Dann seufzte seine Mutter.

»Okay, Josh. Du hast gewonnen«, sagte sie schließlich. »Wir haben den Brief ges–«

»Fünfzehnhundertachtundvierzig«, unterbrach Josh ihr Geständnis. Es gab keinen Grund, seinem Gegner ins Gesicht zu treten, wenn er schon am Boden lag. Der Löffel seine Mutter landete mit einem lauten Klirren auf dem Teller, und der seines Vaters wanderte in Zeitlupe nach unten.

»Wow«, sagte sein Vater. »Das ist großartig.«

Klar ist das großartig, dachte Josh. Nur dass es nicht dein Sohn war, der diesen Test geschrieben hat, sondern Brian. Allerdings hatte er selbst nicht viel schlechter abgeschnitten. Er hatte Brian nicht seine Zukunft verbaut, was Josh viel wichtiger war, als was seine Eltern von seinem Testergebnis hielten. Was jetzt kommen würde, war ohnehin ungleich schlimmer für sie. Innerlich musste Josh grinsen.

»Ich bin so stolz auf dich, mein Sohn«, sagte seine Mutter und strich tatsächlich über sein Haar. Josh glaubte, dass es Jahre her war, dass er die manikürten Fingernägel seiner Mutter im Haar gespürt hatte. Beinah wäre er zusammengezuckt – was er erst im letzten Moment und nur durch unbändige Willenskraft unterdrücken konnte. Mamzer, dachte Josh.

Für einige Augenblicke, es mochte eine halbe Minute gewesen sein, war nur das Klappern der Löffel zu hören. Es war erstaunlich, wie lange einem Schweigen vorkam. Weil es so selten vorkam, mutmaßte Josh.

»Damit stehen dir alle Türen offen«, brach schließlich sein Vater die unangenehme Stille am Tisch.

»Harvard, Yale und Princeton werden sich um dich reißen«, sagte seine Mutter. Und meinte damit, dass sie ihren Freundinnen binnen Jahresfrist eine Liste von Akzeptanzschreiben der besten Unis des Landes unter die Nase halten konnte. Dies war der Grund, warum sie ihm vor Monaten die Prospekte besorgt hatte. Dies war der Gipfel ihrer mütterlichen Ambitionen. Dies war der Moment, auf den sie seit achtzehn Jahren wartete. Ihr Sohn. Ein Elitestudent. Ein Arzt, ein oberster Bundesrichter, ein Firmenlenker. Er würde seinen Vater übertreffen, das war ihr schon jetzt klar. Josh wusste genau, dass sie so dachte. Er wartete auf die Frage aller Fragen. Bis dahin hatte er nicht vor, seinen stolzen Eltern ein Bein zu stellen.

Die Frage aller Fragen stellte sein Vater, als seine Mutter eine Schale Himbeeren in der Mitte des Tisches plazierte.

»Und? Hast du dir schon überlegt, an welche Uni du gehen willst?«, fragte er. Seltsamerweise fragte er nicht nach der Fachrichtung. Sie spielte keine Rolle. Hauptsache Elite, in was, war weniger entscheidend.

»Hm«, nickte Josh und griff zu den Früchten.

Sein Vater und seine Mutter drückten ihre Wirbelsäulen durch und saßen kerzengerade auf ihren Stühlen. Aufmerksamer als jemals zuvor.

»Ich gehe nach Deutschland«, sagte Josh.

Boom. Das saß. Sein Vater und seine Mutter tauschten ungläubige Blicke, und niemand außer Josh bediente sich an den Himbeeren.

»Du … du meinst Deutschland … in Deutschland?«, fragte seine Mom.

»Nein, Mom. Ich meine Berlin in Wisconsin«, sagte Josh, der wusste, dass es in Wisconsin tatsächlich eine Stadt gab, die hieß wie die deutsche Hauptstadt.

»Warum in Gottes Namen willst du nach Wisconsin?«, fragte seine Mutter, die keine Ironie verstand.

»Ich will nicht nach Wisconsin, Mom«, seufzte Josh. »Ich will nach Deutschland.«

»Warum um alles in der Welt willst du zu den Nazis?«, fragte seine Mutter.

Josh rang um Fassung, aber schließlich setzte sein Vater der Posse ein Ende.

»Was willst du studieren?«, fragte sein Vater und traf damit den Nagel auf den Kopf. In Deutschland war der Buchdruck erfunden worden. Und laut ihrer Verabredung sollte jeder von ihnen eine Fähigkeit erlernen, die sie später brauchen würden. Es war Josh nicht schwergefallen, die Druckerei zu übernehmen. Er wollte weg. Weg von zu Hause. Weg von dem Zwang, das beste Studium an der besten Uni finanziert von den besten Eltern annehmen zu müssen.

»Ich will nicht studieren«, sagte Josh. »Ich lerne das Buchdrucken.«

Sein Vater schob den Stuhl zurück und beugte sich nach vorne. Seine Augen waren geweitet vor Entsetzen. Silicon-Valley-Zukunftspanik vor der Vergangenheit.

»Du willst *was?*«, fragte er entgeistert. »Der Buchdruck ist tot, Josh. Tot wie eine tausend Jahre alte Leiche von einem ägyptischen König, Josh. Mausetot. In zehn Jahren druckt niemand mehr irgendwas auf Papier.«

»Es ist das, was ich will«, sagte Josh.

»Mausoleumtot. Sarkophagtot. Mumientot«, fügte sein Vater hinzu.

»Du gehst nicht in das Land, das deine Großeltern umgebracht hat«, sagte seine Mutter, und ihre Augen suchten die Wohnzimmereinrichtung nach der Schublade ab, in die sie das gerahmte Foto gesteckt hatte. Seine Mutter hatte seine Großeltern nicht einmal gekannt.

»Es war nicht Deutschland, das David und Lillian umgebracht hat, Mom. Es waren Deutsche, die längst unter der Erde liegen«, antwortete Josh, obwohl er der Überzeugung war, dass ihre unsachliche Argumentation keine Antwort verdient hatte.

»Die so tot sind wie die Druckindustrie«, murmelte sein Vater.

»Ich liebe Papier«, sagte Josh. »Und ich möchte etwas lernen, bei dem ich auch künstlerisch arbeiten kann.«

»Künstlerisch?«, fragte seine Mom und kämpfte nur deshalb nicht mit den Tränen, weil sie dafür eine viel zu emotionslose Person war.

»Kriegst du überhaupt ein Visum für Deutschland?«, fragte sein Vater und griff nach einer Himbeere. Josh begriff, dass er den ersten Schock überwunden hatte und nun nach rationalen Stolpersteinen suchte. Er wusste, dass sein Vater ihm jeden Stein höchstselbst in seinen Weg rollen würde. Aber er hatte längst recherchiert, wie er ohne finanzielle Zuwendungen auskommen würde. Bafög hieß das Zauberwort. Eine Art Kredit für Studenten. Lustigerweise war es von großem Vorteil, als Jude nach Deutschland zu gehen. Vermutlich hatte es etwas mit einem kollektiven schlechten Gewissen zu tun.

»Mach dir um das Visum keine Sorgen, Dad«, sagte Josh. »Ein Jude, dessen Großeltern im Holocaust umgekommen sind, kriegt nicht nur ein Visum, sondern eine schriftliche Einladung.«

Die Stille, die nun folgen sollte, dauerte länger als die vergleichsweise halbe Minute vom Anfang des Gesprächs. Wenn man es genau nahm, sollte sie einige Jahre dauern, wenn man die alltägliche Konversation zwischen Eltern und Sohn einmal außer Acht ließ. Der Mamzer ist so tot wie die Zukunft der Druckereien, dachte Josh. Dass er nicht vorhatte, bis an sein Lebensende Bücher zu drucken, behielt er natürlich für sich. Ebenso wie die Tatsache, dass sie vorhatten, ein beachtliches Stück Silicon-Valley-Geschichte zu schreiben. Ob es ein Kapitel wäre, das seinen Vater mit Stolz erfüllte, spielte nur eine Nebenrolle.

KAPITEL 22

Juni 2000 (ein Tag später)
Palo Alto, Kalifornien

ALEXANDER PIECE

Alex stürmte in den Obstladen von Stans Eltern. Seine Laune hätten Freunde schon dadurch einschätzen können, dass er sein Fahrrad nicht an die Laterne geschlossen hatte. Fuck you, Stan »The Man«. Fuck the Fahrrad.

»Ist er oben?«, fragte Alex. Seine Stimme überschlug sich, vor Wut und vor Anstrengung. Vom Trailerpark in die Stadt in Rekordzeit. Vor Wut. Stans Vater, ein gemütlicher Mann mit weinroten Äderchen im fröhlichen Gesicht, erkannte den Ernst der Lage, obschon er einer Kundin in diesem Moment die Vorzüge der Cantaloupemelone erläuterte. Er nickte. »Aber …«, setzte er an. Der Rest seines Satzes blieb der Kundin und der Melone vorbehalten. Alex nahm zwei abgetretene Stufen auf einmal in dem schmalen Treppenhaus. Eintausendeinhundertachtunddreißig. Fuck you, Stan.

»Du Arschloch«, sagte Alex, noch während er die Tür mit dem Turnschuh aufstieß. Der Schweißfilm auf Stans Sportlerrücken glänzte im Licht der Nachmittagssonne, die durch die schräg gestellten Lamellen fiel. Alex bemerkte einen vertrauten schwarzen Haarschopf auf dem Kissen hinter dem Rücken. Fuck Stan. Fuck the fuck. Janine. Ausgerechnet. Egal. Eintausendeinhundertachtunddreißig …

Sein Schwanz war schneller draußen, als er das Laken über seine Scham zerren konnte. Janine lag nackt auf dem Bett unter dem Foto von Stans erstem und einzigem Vierzig-Yard-Run für die Gunn Titans.

»What the f–?«, fragte Stan.

»Der Einzige, der hier Anrecht auf das F-Wort hat, bin ich!«, donnerte Alex.

Stan hob beide Hände. Janine zerrte an dem Bettlaken. Ihre Augen sagten Sorry. Alex war es egal. Es war unwichtig. Sie bedeckte ihre schwarzgelockte Scham auf Kosten von Stans bestem Stück. Stans Schamgefühl war nicht besonders ausgeprägt.

»Eintausendeinhundertachtunddreißig? Was hast du dir dabei gedacht, du versoffener Priesterseminarist?«, fragte Alex. Kein Grund, seine Abscheu zu verbergen. Auch vor Janine nicht. Vielleicht vor allem vor Janine nicht.

»Ich hab tausendachthundertachtundfünfzig«, sagte Stan. Er grinste.

»Von was um alles in der Welt redet ihr überhaupt?«, fragte Janine.

Alex trat gegen den Bettpfosten, so dass Janine sich die Decke über die mittlerweile tätowierten Brüste zog.

»Natürlich hast du das«, sagte Alex. »Weil ich nicht mit 2,5 Promille zu dem verdammten Test gegangen bin.«

»Nein«, sagte Stan. »Ich hab tausendachthundertachtundfünfzig, weil du ein verdammtes Genie bist.«

Es war ein verdammtes Glück, dass Janine kein verdammtes Genie war, das sofort begreifen würde, was sie getan hatten. Alex schluckte.

»Ich bin eben einer, der gut rennen kann«, fügte Stan hinzu. Er hatte ein neues Niveau an Selbstmitleid erreicht. Alex ließ sich auf Stans Schreibtischstuhl fallen und ächzte. Vor Verzweiflung. Vor Müdigkeit. Vor Wut.

»Weißt du eigentlich, was das für mich bedeutet?«, fragte Alex schließlich. So leise, dass man über seinen folgenschweren Satz Janines Atem hören konnte.

»Dir fällt schon etwas ein«, sagte Janine.

»Piece fällt immer etwas ein«, stimmte Stan zu. Eintausendeinhundertachtunddreißig. Das bedeutete Mittelmaß. Durchschnitt. Eine mittelmäßige Uni. Mittelmäßige Professoren, mittelmäßige Studenten, ein mittelmäßiges Leben. Langeweile, Stillstand. Alex hasste Stillstand. Alex hasste Mittelmaß. Mit einem aber hatte Stan recht: Ihm musste etwas einfallen. An dem miesen Ergebnis war nichts mehr zu ändern. Alex musste jetzt sicherstellen, dass ihr Plan funktionierte. Noch mehr als zuvor hing jetzt seine Zukunft davon ab. Josh ging nach Deutschland zu einer Druckerei. Brian würde in ein paar Monaten eine Zusage von Stanford erhalten. Informatik. Logischerweise. Was blieb ihm jetzt noch? Sein Plan hatte vorgesehen, dass er Jura in Harvard studierte. Mit einem Stipendium. Und dann Staatsanwalt wurde. Alex war davon ausgegangen, dass er ein- oder auch zweihundert Punkte über die Aufsätze hätte aufholen könnte. Aber einen solchen Punkteerdrutsch, wie ihn die Saufnase produziert hatte? Niemals. Es blieb nur eine Wahl. Und es war das, was Alex unbedingt hatte vermeiden wollen. Dieser Job war von Anfang an für Stan vorgesehen gewesen. Weil ihm sein schlichtes Gemüt dort sogar noch zum Vorteil gereicht hätte. Er konnte keinesfalls mit Alex' SAT-Ergebnis nach Harvard oder Yale gehen. Sie würden Stan intellektuell mit den Frühstücksflocken hinunterspülen. Sie würden ihre Aufgaben tauschen müssen. Alex griff nach einem Stift von Stans Schreibtisch und zeichnete eine Zombiefratze auf eine Matheklausur. Das einzig Positive daran war, dass es Stan vermutlich noch weniger schmecken würde als ihm. Fuck you, Stan »The Man«, dachte Alex, als er Janines Blick sah, kurz bevor er die Tür zu Stans Kinderzimmer zuschlug. Das er seine Ex gevögelt hatte, war nur die Fußnote zu dem Problem, das Stan dem Cash Club aufgetischt hatte.

KAPITEL 23

September 2001 (ein gutes Jahr später)
New York City, New York

STANLEY HENDERSON

Die Bügelfalte, die seine Mutter der blauen Hose verpasst hatte, sah schnittig aus, fand Stan, während er auf einem durchgesessenen, asphaltgrauen Stuhl saß und wartete. Er fühlte sich auf einmal gar nicht mehr so mies, vor allem, da es ihm gelungen war, den Versuchungen der Großstadt zu widerstehen. Er hatte den gestrigen Abend tatsächlich in einem Hotelzimmer neben der Brooklyn Bridge verbracht. Best Western hatten seine Eltern spendiert zu dem großen Anlass. Seine Mutter war stolz auf ihn, sein Vater fand seinen Entschluss einen bewundernswerten Akt von Patriotismus. Dass sein Musterschülersohn mit dem fast perfekten College-Test ein Staatsdiener werden wollte. Ein aufrechter Kämpfer gegen das Böse. Vielleicht sogar einer, der eines Tages den Präsidenten beschützte. Was nicht Stans Ziel war, aber das konnte er seinen Eltern ja schlecht auf die Nase binden. Er stellte sich vor, wie ihn die reichen Harvard-Schnösel intellektuell mit den Frühstücksflocken hinunterspülten. So hatte es ihm Alex angedroht, sollte er jemals auf den Gedanken kommen, sich doch bei einer der Ivy-League-Unis zu bewerben. Wenn Stan ehrlich war, wusste er, dass Alex recht hatte. So war es besser. Für ihren Plan. Für ihn. Für alle. Und einer musste es schließlich tun, oder nicht? War er nicht vielleicht der Wichtigste für ihren Plan überhaupt? Stan glaubte, dass sein Beitrag groß sein würde. So hatte es ihm auch Alex erklärt. Er durfte nur dieses Einstellungsgespräch nicht vermasseln. Die anderen zählten auf ihn.

»Henderson, Stanley Frederick«, rief eine dunkle Stimme durch den schmucklosen Gang.

Stan hob eine Hand. Ein schlanker, schwarzer Mann trat vor ihn. Er trug eine weinrote Krawatte mit Tennisschlägern darauf, und über dem Schlips baumelte ein Emblem aus Messing an einer rundgliedrigen Metallkette. United States Secret Service stand darauf. Während der Viertelstunde, die Stan auf dem Gang gewartet hatte, waren mindestens zwanzig Männer und Frauen mit diesem Emblem an ihm vorbeigelaufen. Aber keiner hatte ausgesehen wie Will Smith bei den »Men in Black«. Dieser hier kam dem Vorbild schon ziemlich nahe. Will Smith gab ihm die Hand und bugsierte ihn auf den Stuhl vor einem Schreibtisch, der ziemlich unaufgeräumt aussah. Will Smith alias Special Agent Ronald Wolman griff nach einer Akte, die wohl Stans Bewerbung sein dürfte.

»Das erste Mal in den heiligen Hallen?«, fragte Special Agent Wolman und grinste wie Stans großes Vorbild. Stan nickte ein wenig zu eifrig. Es folgten einige Fragen zu Stans Bewerbung und seinen Leistungen auf der Highschool, die Stan so beantwortete, wie er es mit Alex geübt hatte. Es schien zu funktionieren, denn schließlich kam der Beamte auf Stans SAT-Ergebnis zu sprechen.

»Wenn Sie mir die Frage erlauben, Stanley«, sagte er. »Mit einem solchen Ergebnis könnten Sie sich eine Uni aussuchen. Darf ich fragen, wieso Sie sich ausgerechnet für eine Karriere beim United States Secret Service interessieren?«

Stan räusperte sich: »Sir, mir ist das vollkommen bewusst, dass ich etwas aufgebe für meinen Traum. Aber meine Eltern haben mir von jungen Jahren an beigebracht, dass man auch etwas zurückgeben muss. Ich möchte meinem Land dienen, Sir.«

Agent Wolman nickte und notierte etwas auf einer Liste, die er seit dem Beginn ihres Gesprächs abzuarbeiten schien.

»Sie wissen um die Verdienstmöglichkeiten im Staatsdienst?«, fragte er.

»Geld interessiert mich nicht«, sagte Stan. »Wie ich schon sagte, ich möchte meinem Land dienen.«

Wieder nickte der Special Agent und schien zufrieden. Er setzte einen weiteren Haken auf seinem Formular. Stan rutschte auf dem Stuhl hin und her und spürte, dass er schwitzte. Er hoffte, dass er keinen Schweißfilm auf dem Stuhl hinterließ, wenn er aufstand. Es war mit diesem Lederimitat bezogen, bei dem so etwas häufiger vorkam.

»Verstehen Sie mich nicht falsch, Stanley. Wir freuen uns über die Bewerbung eines so talentierten jungen Mannes. Es ist für uns nur sehr wichtig, die Beweggründe unserer Agenten zu verstehen«, sagte der Special Agent.

»Natürlich«, sagte Stan und lächelte. Er faltete die Hände ineinander, weil er nicht wusste, wo er sie ablegen sollte.

»Sie interessieren sich vermutlich für die POTUS-Staffel?«, fragte der Agent als schien es darauf nur eine Antwort zu geben. Er setzte das Kreuz auf seinem Bogen, bevor Stan geantwortet hatte. Offensichtlich eher der Form halber fügte er hinzu: »Der Secret Service hat jedoch auch andere Aufgaben. Allen voran das Aufklären von Finanzbetrug. Es wäre also möglich, dass Sie auch in diesen Bereichen eingesetzt werden.«

Er warf einen wohlmeinenden Blick über den Schreibtisch: »Wobei ich mir das bei Ihren akademischen Leistungen nicht vorstellen kann. Sie werden sich Ihre Abteilung aussuchen dürfen. Und vermutlich auch die Stadt.«

Stan nickte. Es lief gut. Das Gespräch lief mehr als gut.

»Ehrlich gesagt …«, setzte Stan an. »… Also, ich weiß nicht, wie ich das sagen soll …«

»Immer raus damit, mein Junge«, sagte der Agent. Sein Stift ruhte über dem Formular, das Stans Eintrittskarte in den exklusiven Club werden sollte, der sich Secret Service nannte.

»Clint Eastwood hat das toll gespielt, Mister Wolman, aber …«

»Ein Filmfan, uh?«, fragte Special Agent Wolman. Natürlich spielte Stan auf »In the Line of Fire« an, den Film, in dem Clint Eastwood ein Attentat auf den Präsidenten verhindert hatte.

Stan nickte.

»Sie wollen nicht die nächsten zwanzig Jahre neben einer Limousine herlaufen?«, fragte Special Agent Wolman und zeigte zwei perfekte Reihen Zähne. Er kam dem Original wirklich verdammt nahe, fand Stan.

»So wollte ich das nicht sagen«, lenkte Stan ein, aber der Secret Service Agent winkte ab.

»Neunundneunzig Prozent der Bewerber wollen in die Schutztruppe des Präsidenten«, sagte er. »Es ist durchaus erfrischend, wenn jemand sich auch mal für etwas anderes interessiert.«

Er kritzelte auf dem Block herum und setzte ein neues Kreuz.

»Deshalb hatte ich mich auch beim New Yorker Büro beworben«, sagte Stan.

»Womit Sie nur noch einmal unter Beweis stellen, was für ein schlauer Kerl Sie sind«, sagte Agent Wolman. Und nach ein paar schnellen Kreuzen, für die er offenbar keine weiteren Angaben von Stan benötigte, fügte er hinzu: »Der Fitnesstest wäre übermorgen.«

Stan grinste. Er hatte es geschafft. Durch den Fitnesstest würde er garantiert nicht rasseln.

»Ich war ganz gut im Football«, sagte Stan.

»Ich habe es gesehen«, sagte Agent Wolman. »Und ich bin fast geneigt zu sagen: Herzlich willkommen beim Secret Service, Mister Henderson.«

Stan reichte ihm eine feuchtwarme Hand zum Abschied

und hoffte, dass Secret-Service-Agenten keine Geräte hatten wie die Men in Black, die ihnen anzeigten, dass Stan nicht die Wahrheit gesagt hatte. Wobei die Tatsache, dass er fünf Minuten später unbehelligt das Gebäude verlassen hatte, dagegen sprach.

Als er die Lobby verließ, hörte er ein lautes Geräusch. Ähnlich wie ein Autounfall, nur ungleich heftiger. Und zugleich schien es aus weiter Entfernung zu kommen. Stan hatte keine Ahnung, was er da gerade gehört hatte. Erst als er auf der Straße stand, bemerkte er, dass alle Leute zum Himmel starrten. Aus einem der Hochhäuser direkt auf der gegenüberliegenden Seite des Platzes stieg schwarzer Rauch auf. Die Menschen auf der Straße schirmten ihre Augen gegen das Sonnenlicht ab und versuchten, sich einen Reim auf das zu machen, was sie sahen. Einige riefen: »Es war ein Flugzeug! Da ist ein Flugzeug ins World Trade Center geflogen!« Aber niemand schien etwas Genaues zu wissen. Stan beschloss, sich einen Bagel zu besorgen. Kohlenhydrate waren eine Lösung für vieles.

KAPITEL 24

September 2001 (zur gleichen Zeit)
Palo Alto, Kalifornien

BRIAN O'LEARY

Von ihrer Stufe auf der Gunn High hatten es drei Schüler an das Informatikinstitut der Stanford Universität geschafft. Weit mehr als zu erwarten gewesen wäre. Was andererseits nicht weiter verwunderlich war, denn schließlich arbeiteten schon überdurchschnittlich viele ihrer Eltern in der Branche. Als verwunderlich gelten durfte jedoch die Tatsache, dass unter ihnen eine Schülerin war. Und sie war für Brian keine Unbekannte: Ashley, der Teenagerschwarm der meisten Jungs auf der Gunn sowie mindestens Stans Ex. Was Alex' und Ashleys Verhältnis anging, darüber hatte es auf der Highschool mehr Spekulationen als gesicherte Fakten gegeben.

Die drei Gunner Brian, Moses und Ashley trafen sich jeden Morgen unter dem Spitzgiebel des Eingangs zur Uni. Genauer gesagt trafen sie sich seit zwei Tagen jeden Morgen unter dem Spitzgiebel, was streng genommen noch kaum zur Serie taugte. Vermutlich taten sie das überhaupt nur, weil jeder erst einmal den einfachsten Anschluss suchte. Sie wohnten im Gegensatz zu den meisten ihrer Kommilitonen nicht in einem der Uni-Wohnhäuser. Ashley lehnte an einer der Säulen und las in einem Ordner. Vermutlich studierte sie ihren Stundenplan, was angesichts der unüberschaubaren Anzahl von verpflichtenden Kursen und freiwilligen Angeboten eine gute Idee war. Brian hatte das heute Morgen schon erledigt. Er wusste genau, dass sie alle zur Einführung in objektorientierte Programmiersprachen mussten.

»Hey, Ash«, sagte Brian.

»Hey, du«, sagte Ashley. Sie trug nicht mehr die auffälligen neonfarbenen Ohrringe wie in der Gunn High. Entweder waren die mittlerweile aus der Mode gekommen, oder Ashley glaubte, dass in Stanford der Ernst des Lebens begann. Er warf einen Blick in ihren Stundenplan und vergewisserte sich, dass tatsächlich die objektorientierten Programmiersprachen anstanden. Brian konnte es kaum erwarten, endlich loszulegen. Er fand die Uni aufregend. Unfassbar groß, großartig, grandios. Der weiße Sandstein der teils über hundert Jahre alten Gebäude strahlte Ruhe aus und in seiner perfekten Restauration eine gewisse Überlegenheit. Nur die Dachschindeln wurden Wind und Wetter überlassen, was dem Ensemble das Flair eines alten kalifornischen Klosters verlieh. Brian ahnte, dass das kein Zufall war. Moses, ein dicker schwarzer Junge aus einer Parallelklasse, kam wenige Minuten nach Brian mit durchgeschwitztem Poloshirt angerannt. Zeit, Stanford zu zeigen, was die Gunn draufhatte. Denn Moses mochte zwar ein dicker Junge sein – seine Fähigkeiten in C++ aber waren nicht zu unterschätzen.

Ihr Kurs begann um neun Uhr dreißig mit einem gutgelaunten, jungen Professor, der keine zehn Jahre älter sein konnte als sie. Er begann seinen Vortrag vor den etwa sechzig Erstsemestern mit Lochkarten, riesigen Maschinen und der bekannten Hirnverbranntheit eines IBM-Managers aus den fünfziger Jahren, der vorhergesagt hatte, dass Computer irgendwann nicht mehr als 1,5 Tonnen wiegen würden. Was zwar seinerzeit eine Menge Lacher produzierte, aber aus heutiger Sicht wenig prophetisch erschien. Brian fragte sich, wie sich ein solcher Allgemeinplatz in sein Seminar geschmuggelt hatte. Andererseits kamen möglicherweise achtzig Prozent seiner Kommilitonen aus Orten wie Kansas City und hatten diesen Schwachsinn vermutlich noch niemals gehört.

Um fünf Minuten vor zehn machte sich Unruhe breit. Es begann mit einem leisen Tuscheln, das von Stuhlreihe zu Stuhlreihe zu wandern und kein Ende zu finden schien. Telefone wurden herumgereicht. Es dauerte bis kurz vor zehn, dann erreichte eines der Geräte Ashley. Sie saß neben Brian, und sie lachte über die Heimlichtuerei. Hinter dem Vorhang aus wunderschönem braunem Haar gefror ihr Lächeln zu einem ungläubigen Staunen. Mittlerweile scharrte der Saal mit den Füßen, und der Professor hatte seinen Vortrag unterbrochen, um sich selbst ein Bild zu machen, was seine Studenten derart in Unruhe versetzt hatte. Brian nahm Ashley das Telefon aus der Hand und las die SMS.

»Such einen Fernseher«, stand dort auf dem Display. »Jemand ist ins World Trade Center geflogen.«

Brian kräuselte die Stirn.

»Was soll das heißen, jemand ist ins World Trade Center geflogen?«, fragte Brian die unerreichbare, wunderschöne Ashley. Sie zuckte mit den Schultern. Zwei Studenten rollten einen Fernseher aus dem hinteren Teil des Raums vor die Leinwand, auf die der Overheadprojektor eine Folie mit Konrad Zuse projizierte. Mittlerweile hatte sich die Unruhe gelegt, und alle starrten nach vorne. Es dauerte endlose Momente, bis die beiden das Gerät verkabelt hatten. Dann griff ihr Professor zu der Fernbedienung und schaltete ein. CNN zeigte ein brennendes Hochhaus. Ein Laufband informierte darüber, dass ein Flugzeug in das World Trade Center geflogen war. Den Studenten der Eliteuniversität, die dreitausend Meilen entfernt von New York lag, stand der Schock ins Gesicht geschrieben. Das Laufband informierte über ein zweites Flugzeug, das in den Südturm geflogen war. Trümmer brachen in unregelmäßigen Abständen aus der Wand des Gebäudes. Es brauchte mehrere Anläufe, bis Brian begriff, dass es Menschen waren, die aus den oberen Stockwerken in den Tod stürzten.

»Oh, mein Gott«, flüsterte Brian.

Dann zeigte CNN, wie der Nordturm zusammenbrach. In diesem Moment griff Ashley unter der Bank nach seiner Hand. Elektrisierend. Wunderschön. Ein schlimmer Moment für eine erste Zärtlichkeit. Umso schlimmer, weil er sich niemals wiederholen würde. Ein Paradoxon von einem Moment. Der Hörsaal war still bis auf die blecherne Stimme der Moderatorin, die sich redlich bemühte, die Fassung zu wahren. So recht wollte das niemandem gelingen an diesem Morgen. Und dann fiel es ihm ein: Stan. Er hatte heute Morgen sein Vorstellungsgespräch beim Secret Service. Und wenn er sich recht erinnerte, hatten die ihr New Yorker Büro in einem Gebäude genau neben dem World Trade Center.

KAPITEL 25

September 2001 (zur gleichen Zeit)
Mainz, Deutschland

JOSHUA BANDEL

Deutschland war unglaublich. Aus vielerlei Gründen. Natürlich war das Unglaublichste, dass man Deutschland unglaublich finden konnte. Vor allem als Jude. Oder gerade weil man Jude war. Jedenfalls ließ sich sein Ausflug in das Land, das laut Aussage seines Vaters seine Großeltern auf dem Gewissen hatte, überaus positiv an. Das Wichtigste vorweg: Wie Josh im Vorfeld recherchiert hatte, bekam man sofort eine Aufenthalts- und auch eine Arbeitserlaubnis. Zwar vorerst nur für zwei Jahre, aber die Dame auf dem Amt hatte ihm versichert, dass es kein Problem wäre, sie zu verlängern. Wenn er sie richtig verstanden hatte, brauchte er nur nachzuweisen, dass er einer regelmäßigen Arbeit nachging. »No Problem«, hatte sie gesagt und dabei mit dem Speckpolster ihrer Unterarme gewackelt. Damit war nicht nur ihr Akzent mit dem rollenden ›r‹, sondern auch ihr Unterarm sehr deutsch. Und sehr gemütlich.

Als ebenso unproblematisch hatte sich die Suche nach einer Unterkunft herausgestellt. Ein Vermieter mit einer Stahlrandbrille und sauber getrimmtem Bart wollte nur 420 Mark im Monat. Und die Wohnung war ein Volltreffer: Direkt über einem Warenhaus in der Innenstadt und gegenüber einem Irish Pub. Josh fragte sich, wie es diesem Mainz gehen mochte, wenn man mitten in der Stadt für derart kleines Geld eine Anderthalbzimmerwohnung bekam. In Palo Alto hätte Stans Kinderzimmer doppelt so viel abgeworfen.

Der dritte, aber nicht minder wichtige Vorzug der Bundesrepublik waren die Mädchen. Man fand sie in Form von Studentinnen in großer Menge in den Cafés und Kneipen in der Mainzer Innenstadt, die weniger hübsch aussah, als man vermuten durfte, wenn hier schon einmal der Buchdruck erfunden worden war. Die Mädchen aber machten alles wett, was Architekten in den fünfziger Jahren angerichtet hatten. Die deutschen Mädchen waren überdurchschnittlich großbrüstig, überdurchschnittlich hübsch und überdurchschnittlich locker. Was Josh empirisch bewiesen hatte, schließlich war er schon seit über zwei Wochen in der Stadt seiner Träume. Das Einzige, was er einem objektiven Mahner wie Brian gegenüber hätte zugeben müssen, war, dass er nicht wusste, ob er einfach nach großbrüstigen, lockeren Mädchen Ausschau hielt. Was aber spielte das für eine Rolle, solange es genug davon gab?, hatte er Brian am Telefon gefragt. Das hatte selbst das Stanford-Genie zum Schweigen gebracht. Das Problem an der Großartigkeit der großbrüstigen Frauen war jedoch, dass Josh noch immer keine Lehrstelle gefunden hatte. Aber schließlich war dies erst der Dienstag seiner dritten Woche, und immerhin hatte er eine Liste der in Frage kommenden Druckereien erstellt. Wobei, wie er zugeben musste, er bei zweien bereits aufgrund mangelnder Deutschkenntnisse seinerseits und mangelnder Englischkenntnisse der Telefonistin hatte aufgeben müssen.

In diesem Moment jedoch erschien ihm weder die mangelnde Lehrstelle noch die Tatsache, dass er von 1000 Dollar im Monat leben musste, die ihm seine Mutter heimlich schickte, als allzu großes Problem. Denn ihm gegenüber saß die großbrüstigste Großartigkeit, die man sich überhaupt vorstellen konnte. Ihr Name war Mona, und sie trug mandelförmige Schuhe zu einer dreiviertellangen Hose aus obszön glänzendem schwarzem Stoff. Sie saß, nein, sie räkelte sich eher, auf einem großen Kissen in einem Schaufenster des Cafés, das früher einmal ein Kurzwarenladen gewesen war. Mona fackelte nicht lange, was Joshs Konstitution sehr zupassgekommen war, denn was den Alkoholkonsum anging, konnte er nicht mithalten. Selbst jetzt zur Mittagszeit gehörten Bier und Wein zum Lunch wie in Amerika der große Kaffee. In Palo Alto wäre man dafür womöglich verhaftet worden, nicht aber in diesem Land, wo Milch und Honig flossen. Milch und Bier, korrigierte sich Josh innerlich.

Just in diesem Augenblick stellte eine Kellnerin eine weitere sogenannte Rutsche auf den runden Tisch zwischen Monas Beinen. Eine Rutsche bezeichnete im deutschen Sprachgebrauch eine Runde alkoholischer Getränke für alle. Sie waren zu fünft, weil Mona eine Freundin und zwei Kollegen von der Uni mitgebracht hatte. Sie studierte Jura und ihre Freundin Psychologie. Josh hatte vor, Mona in weniger als einer halben Stunde diese obszöne Hose über die Knie zu streifen. Das Großartige an diesem Plan war, dass er schon jetzt wusste, dass es funktionieren würde. Bei den Mädchen in Palo Alto hatte man nie genau gewusst, woran man war. Hier jedoch schienen die Mädchen genau zu wissen, woran man war, und sie hatten kein Problem damit, dass die Jungs das auch wussten. Josh hatte keine Ahnung, warum die Deutschen in Amerika für ihre Effizienz verspottet wurden. Josh fand, dass die deutsche Effizienz Vorzüge bot, die nicht zu unterschätzen waren. Er drückte Monas Knie durch den elektrisierenden Stoff, während in Amerika die Türme des World Trade Centers einstürzten. Aber das sollte Josh erst mitbekommen, nachdem Mona ihre Hose wieder angezogen hatte.

KAPITEL 26

September 2001 (zur gleichen Zeit)
Atlantic City, New Jersey

ALEXANDER PIECE

Atlantic City war wie eine chinesische Acht-Fleischsorten-Suppe. Es war eine Riesensauerei, man wusste nie, was einen als Nächstes erwartete, und das Fett schwamm immer oben. Fett bedeutete im Fall von Atlantic City Geld. Und davon gab es in diesem Moloch genauso viel wie Armut. Alex, der mit dem Zug angereist war, weil er immer noch keinen Führerschein besaß, musste das wissen. Den Touristen, die mit dem Flieger anreisten und sich vom Shuttle ins Hotel kutschieren ließen, erschlossen sich allenfalls zwei der acht Fleischsorten. Sie bewegten sich von einem Casino zum nächsten und schlenderten zweimal über den Boardwalk – viermal, wenn sie Kinder dabeihatten. Sie sahen nicht, dass zwei Häuserblocks weiter westlich das Niemandsland begann. Blockweise Brachland mit verbranntem Gras, dann wieder ein Wohnhaus für die über 30 000 Casino-Angestellten und die Burgerbrater in den Schnellrestaurants, die sich zwischen den Casinos und den Souvenirläden am Boardwalk um die werte Kundschaft balgten. Alex war wenig anderes übriggeblieben, als sich zunächst in den dreckigen Hinterzimmern der Stadt nach einer Bleibe umzusehen. Er hatte zwar den Löwenanteil ihres Investitionsportfolios zugesprochen bekommen, aber leider bedeutete das immer noch, dass er mit achthundertsechsundvierzig Dollar auskommen musste. Achthundertsechsundvierzig Dollar mussten reichen, bis er einen Job gefunden hatte, der ihn über Wasser halten würde. Seine Mutter hatte er nicht um Geld bitten wollen. Zum ersten Mal in seinem Leben hatte Alex sie glatt belogen, indem er ein Stipendium erfunden hatte. Und die Uni gleich dazu, denn Alex hatte nicht vor, an einer mittelmäßigen Mount Mercy in Iowa zu versauern. Wenn er schon nicht nach Harvard ging und Staatsanwalt wurde, dann konnte er es auch gleich richtig angehen. Sein Ziel war die Universität der Straße.

Alex schloss die Tür zu seinem winzigen Apartment, das früher einmal ein Motelzimmer einschlägiger Ausprägung gewesen sein musste. Dafür sprachen zumindest der riesige Parkplatz und die Reste einer roten Klebefolie an dem brüchigen Plastikrahmen des Fensters. Im Zimmer stank es nach Mottenkugeln, Frittenfett und gebrauchten Kondomen, was allerdings, gestand Alex sich ein, auch Einbildung sein mochte. Er schleppte das Fahrrad die Holztreppe herunter und schwang sich auf den Sattel. Es waren neun Häuserblocks bis zum Boardwalk. Wobei die Bezeichnung Häuserblocks insofern irreführend war, als nur auf vier der neun quadratischen Flächen tatsächlich Gebäude standen. Die zweite erstaunliche Erkenntnis über das Leben in Atlantic City war die Tatsache, dass hier absolut niemand außer Alex Fahrrad zu fahren schien. Es waren nicht nur wenige Radfahrer, sondern überhaupt keine, was Alex angesichts der hohen Arbeitslosenquote der Stadt umso mehr erstaunte.

Die nächsten neun Stunden verbrachte Alex damit, auf dem Boardwalk ein Schild zu schwenken, das Touristen in eine dunkle Seitengasse locken sollte. Auf dem Schild stand »4 Dumplings nur 99 Cent« und darüber war aus unerfindlichen Gründen ein Tukan gezeichnet. Alex hatte keine Ahnung, was ein Tukan mit China zu tun hatte, aber es spielte keine Rolle, weil das Schild – und damit auch Alex – nicht funktionierten. Die Touristen gingen lieber zu McDonald's oder Wendy's. Dumplings wollte niemand. Selbst als Alex seinem Chef vorschlug, die Beschriftung durch das Qualitätsmerkmal »delicious« zu ergänzen, blieb der Erfolg ihrer Werbeaktion bescheiden. Was insofern bescheiden war, als sich Alex an zwei Fingern abzählen konnte, wie lange der hagere Chinese ohne jegliche Gesichtsregung noch fünf Dollar fünfzig die Stunde für den sinnlosen Alex Piece abdrücken würde. Dennoch, und das war der eigentliche Grund gewesen, warum Alex den Job angenommen hatte, konnte er jetzt, nach zwei Wochen auf dem Boardwalk, von sich behaupten, einen Überblick zu haben. Er kannte das Publikum, das ihn in den Casinos erwarten würde. Er kannte die zwanzig Säufer, die immer auf dem Pier herumlungerten, und er kannte die Männer, die einmal am Tag mit teuren Anzügen und dicken goldenen Uhren über die Holzbohlen stolzierten, als gehöre ihnen die verdammte Stadt. Was natürlich genau der Realität entsprach. Es waren diese Männer, die das lächerliche, nachgebaute Stück des historischen Piers für sich beanspruchten, an die Alex herankommen musste. Besser gesagt, an die Bosse dieser Männer.

Wie jeden Abend stellte Alex das Schild mit dem Tukan in das kleine Büro neben der Küche des chinesischen Restaurants, holte sich bei dem alten Chinesen seinen Lohn und machte sich dann auf den Weg ins Golden Gizeh. Das Golden Gizeh war das älteste (und heruntergekommenste) Casino der Stadt. Das Einzige, was an diesem Abend anders war in der Stadt, war die Stimmung. Wo sonst gemütliche Mittwestler die Bäuche aneinandervorbeidrängten, standen sie heute häufig am Geländer und blickten auf das Wasser. Natürlich lag es an der Tragödie von heute Morgen. Natürlich lag es am World Trade Center. Am Pentagon. Dem Unfassbaren. Dem Angriff von Terroristen auf das Epizentrum ihrer Nation. Für Alex hatte es kein Thema sein dürfen, weil der Chinese erwartete, dass der Tukan geschwenkt wurde, egal, was in der Welt passierte. Weil sich seine Dumpling-Preise ja auch nicht danach richteten, ob in Florida ein Wirbelsturm zwanzigtausend Leute obdachlos gemacht hatte oder bei einem Grubenunglück in der Provinz Shaanxi achthundert chinesische Kumpel verschüttet worden waren. Die Logik des Chinesen war kaum zu widerlegen. Sosehr es Alex versuchte, sosehr er sich wünschte, einen Grund dafür zu finden, heute Abend nicht an der Universität der Straße studieren zu müssen, immer wieder kam ihm die Logik des Chinesen in die Quere. Schließlich erkannte Alex, dass das World Trade Center tatsächlich nichts mit ihm zu tun hatte. Und so kam es, dass Alex wie jeden Abend die Haupthalle des Golden Gizeh durch die goldene Drehtür betrat, wenn auch ein wenig betrübter als sonst.

Das Golden Gizeh hatte seine goldenen Tage längst hinter sich. Es war nicht nur das älteste, sondern auch das kleinste Casino der Stadt. Die Farbe blätterte von den Wänden, und die Frauen in den Kleopatra- und Sklavinnenkostümen waren entweder sehr jung (und arbeiteten sich gerade in der Hackordnung nach oben) oder schon älteren Semesters (und wussten, dass es keinesfalls einen seelischen Nachteil bedeutete, in einem weniger glamourösen Laden zu arbeiten). Heute saßen nur wenige Spieler an den Pokertischen, für die sich Alex am meisten interessierte. Sein Interesse lag in der Tatsache begründet, dass Poker das einzige Spiel war, bei dem man in einem Casino die Bank schlagen konnte. Wenn man gut genug war. Was voraussetzte, dass man sich Zahlen merken und Wahrscheinlichkeiten ausrechnen konnte. Ein Flush Draw mit Pik-König und Pik-Sechs und zweimal Pik im Flop: fünfunddreißig Prozent Gewinnchance. Eine Hand, die man unbedingt spielen musste. Oder der Gutshot zur Straße. Den man besser wegschmiss, weil er nur in neun von hundert Fällen gut für einen ausging. Alex Piece konnte sehr gut rechnen. Und er gedachte, sich das zunutze zu machen, um eines Tages die Aufmerksamkeit der Jungs mit den goldenen Armbanduhren zu gewinnen. Und ihrer Bosse. Nachdem er bei der zwanzigsten Partie mitgezählt und in vierzehn Fällen den Gewinner vorausgesagt hatte, stellte er fest, dass er auf der Universität der Straße vermutlich nicht wesentlich schlechter abschnitt als in Harvard. Vielleicht lagen die beiden am Ende deutlich näher beieinander, als sie das beide zugeben würden. Natürlich aus sehr unterschiedlichen Gründen. Es wurde bald Zeit, zu spielen. Alex blieben noch fünfhundertdreizehn Dollar und achtundachtzig Cent.

KAPITEL 27

März 2002 (sechs Monate später)
New York City, New York

STANLEY HENDERSON

Aufgabenstellung zwölf: Am Grenzübergang zwischen Malaysia und Thailand wird das Gepäck zweier japanischer Staatsbürger kontrolliert. In der Tasche finden die Beamten der malaysischen Grenzpolizei US-Staatsanleihen in Höhe von 183 Milliarden Dollar. Wählen Sie aus folgenden Optionen alle einzuleitenden Maßnahmen seitens des U. S. Secret Service:

– Ausstellung eines Haftbefehls gegenüber den japanischen Staatsbürgern
– Ausfertigung eines Auslieferungsantrags
– Überprüfung der US-Staatsanleihen auf Echtheit
– Feststellung der Herkunft der US-Staatsanleihen
– Entsendung eines Spezialistenteams nach Malaysia
– Entsendung eines Verbindungsoffiziers nach Thailand
– Kontaktaufnahme zur japanischen Botschaft in Washington
– Kontaktaufnahme zur malaysischen Botschaft in Washington

Stan hatte keine Ahnung, was er von der Sache mit den Staatsanleihen halten sollte. Denn obwohl die Ausbilder behauptet hatten, alle im heutigen Test geschilderten Fälle entstammten der Realität, schienen ihm 183 Milliarden doch ein wenig üppige Staatsanleihen zu sein. Es war schließlich nicht so, dass er besonders dämlich war, auch wenn es so aussehen mochte.

Der Junge mit dem besten Collegetest seines Jahrgangs stellte sich mittelmäßig an. So viel allerdings musste er zugeben. Aber 183 Milliarden Dollar? Staatsschulden? Die USA wären bei diesen beiden Japanern mit mehr Geld verschuldet als gegenüber Russland. Als ein ganzes Land! Stan kreuzte alle Antworten an bis auf die Sache mit den Botschaften, weil ja nun einmal klar war, dass die damit gar nichts zu tun hatten. Stan hatte zu diesem Zeitpunkt noch achtzehn Aufgaben vor sich.

Vier Stunden später hatten ihn drei Kollegen davon überzeugt, dass sie sich ihr Feierabendbier heute redlich verdient hatten. Sie landeten im Five Poodles, einer heruntergekommenen Bar am Rand von Queens, ganz in der Nähe des Wohnblocks, in dem sie der Secret Service untergebracht hatte. Sie hatten sich sogar für die Unterkunft entschuldigt. »Seit dem 11. September sind wir im Ausnahmezustand«, hatten sie gesagt. Alle regulären Quartiere seien belegt. Urlaubssperren waren verhängt und ehemalige Beamte zurückgeholt worden. Mann und Maus waren an Bord, um die Feinde Amerikas dingfest zu machen. Und sie würden sie kriegen, so die einhellige Meinung am Columbus Circle, wo ihr neues New Yorker Büro lag, nachdem das alte Hauptquartier eingestürzt war. Fast niemand wusste das, aber tatsächlich war neben den Zwillingstürmen noch ein drittes Hochhaus kollabiert, das ironischerweise neben dem Secret Service auch das Katastropheneinsatzkommando der Stadt New York beherbergt hatte.

»Hey, Mastermind«, sagte Bill und legte den Arm um Stans Schultern. »Glaubst du, du hast uns heute wieder abgezockt beim Test?«

Bill stammte aus Wisconsin und trank Bier statt der Whiskey Cola, die Stan bevorzugte.

»So wie beim letzten Mal?«, fragte Stan und kratzte sich am Rücken. Er konnte sich genau daran erinnern, wie die letzten Testergebnisse ausgefallen waren. Er hatte sich durchschnittlich durchgemogelt.

Bill lachte, und Kevin prostete ihm zu: »Auf unser Genie«, sagte er. Stan lächelte gequält. Was hätte er tun sollen? Die pappsüße Cola killte den Whiskey. Er bedeutete dem Barkeeper, noch etwas Stoff nachzulegen. Den Rest des Glases trank er in einem Zug.

»Sehr witzig, Kev«, sagte Stan und spürte diese willkommene leichte Störung seines Gleichgewichtssinns. Sie war im Grunde keine Störung, eher etwas, das ihn stärker machte.

»Ich bin vielleicht kein Genie, aber dafür ein verdammt gutaussehender Kerl«, sagte Stan und hob das frische Glas, das der aufmerksame Barkeeper bereitgestellt hatte. Im Augenwinkel bemerkte er eine Frau mit einer dickrandigen Brille in einem Strickkleid. Wenn er sich nicht täuschte, hatte er sie schon einmal hier gesehen. Und wenn er sich nicht doppelt täuschte, hatte er das letzte Mal mit seinem Secret-Service-Ausweis geprahlt. Er rutschte von seinem Barhocker und lief Richtung Toilette. Dabei nickte er der Frau mit der Brille zu, die wie auf Kommando die Augen niederschlug. Sie war weit von Ashleys Kaliber entfernt, aber immerhin war sie eine Frau. Auch wenn sie ein Strickkleid und eine Brille trug.

Als er vor dem Pissoir stand und den Reißverschluss seiner Hose auffummelte, spürte er zum zweiten Mal an diesem Abend eine Hand auf seiner Schulter. Kevin kannte keine Privatsphäre.

»Wollte immer schon mal wissen, ob ein Genie pisst wie der Rest von uns«, murmelte Kevin.

»Woher soll ich das wissen?«, fragte Stan und stellte fest, dass ein vermeintliches Genie nicht pissen konnte, wenn ein Kollege nebendran stand und dumme Sprüche klopfte. Kevins Hand ruhte immer noch auf seiner Schulter, während Stan versuchte, seiner Blase Befehle zu erteilen. Kevin hatte keine diesbezüglichen Probleme. Stan spürte den Blick seines Kollegen und wusste, dass er grinste. Kevin zog den Reißverschluss hoch und trat hinter ihn. Er drückte Stans Trapezmuskel. Zweimal, dreimal.

»Immerhin ein wenig Galgenhumor«, sagte Kevin und klopfte ihm auf das rechte Ohr. Es war eine Geste, für die Stan ihn noch vor einem halben Jahr vermöbelt hätte. Aber wenn er ehrlich war, verunsicherte ihn das Training beim Secret Service. Neunzig Prozent Theorie, zehn Prozent Sport. Er brauchte einen Erfolg. Er brauchte Rückenwind.

»Noch eine Runde«, sagte Stan, als er wieder an die Bar trat, und deutete einen Kreis an, der die halbvollen Gläser seiner Kollegen mit einschloss.

»Hört, hört«, sagte Bill, und Kevin, der auf seinem Barhocker Platz genommen hatte, grinste.

»Vielleicht ist er ja doch zu etwas zu gebrauchen, unser Genie«, sagte Kevin. »Wenn es schon zum Pissen nicht reicht.«

Bill, Kevin und Scott lachten im Chor. Stan suchte die Frau mit der Brille. Ihm dämmerte, dass die Sache mit dem Tauschen bei den SATs doch keine sonderlich gute Idee gewesen war. Und er fragte sich, ob Alex gewusst hätte, wie man diesen Idioten entgegentreten könnte, ohne wie ein Vollidiot auszusehen.

KAPITEL 28

April 2002 (ein Monat später)
Palo Alto, Kalifornien

BRIAN O'LEARY

Ashley biss wenig damenhaft in ihr Turkey-Club-Sandwich und kaute. Dann riss sie den nächsten Brief auf. Brian bemerkte, dass sich die Mayonnaise in ihren Mundwinkeln leicht verzog. Es war der Ansatz eines Lächelns. Brian seufzte. Ashley war einfach nicht zu schlagen. Es war zum Verrücktwerden. Wobei er zugeben musste, dass sie in vielerlei Hinsicht unschlagbar war. Er hatte das Mädchen, das in der Highschool den Football-Jungs die Helme verdreht hatte, unterschätzt. Weil sie weder interessiert an Football war noch an den Waschbrettbäuchen. Ashley war die beste Computertheoretikerin, die Brian kannte. Und es gab eine Menge in ihrem Uni-Jahrgang, die etwas davon verstanden. Sie wollte sich auf Künstliche Intelligenz spezialisieren. Brian wusste nicht, ob es daran lag oder an ihrem phänomenalen Äußeren, dass sie ihn regelmäßig im Bonus-Bingo abzockte.

»Bingo!«, schrie sie erwartungsgemäß in genau diesem Augenblick, und die umliegenden Tische drehten sich nach ihnen um. Es musste ein wenig peinlich sein, das gehörte zum Bonus-Bingo ebenso wie die Ernsthaftigkeit des Themas und die Absurdität, dass Zweitsemester überhaupt mitspielen konnten. Das Spiel war denkbar einfach: Jeden Montagmittag trafen sie sich mit der Post der letzten Woche in der Cafeteria der Fakultät. Sowohl Brian als auch Ashley hatten einen Zettel, auf dem in einem Gitternetz nach Zufallsgenerator die großen Technologiefirmen angeordnet waren. Zum Beispiel standen in der ersten Reihe Apple, Google und Sun. Darunter dann Paypal, Microsoft und amazon. Und so weiter. Über ihren Sandwiches (Brian aß Schinken mit Monterey Jack) öffneten sie nacheinander einen der Briefe. Sollte ein Angebot von einer der Technikfirmen dabei sein, wurde der Name in der Liste angekreuzt. Und wer eine Reihe hatte, rief, so laut er konnte: »Bingo!« Wie jetzt Ashley. Brian beobachtete, welchen Namen auf ihrer illustren Liste sie diesmal durchstreichen würde. Es war Yahoo. (Yahoo!) Brian seufzte zum zweiten Mal und streckte die Hand über den Tisch. Ashley reichte ihm den Brief mit einem breiten Grinsen. Die Mayonnaise war immer noch nicht verschwunden. Dieses Leben war das beste der Welt, entschied Brian in diesem Moment und beschloss, alle Rücksicht gegenüber seinem Freund Stan fahrenzulassen und Ashley um ein Date zu bitten. Weil es einfach unglaublich wäre, mit einer auszugehen, die ihn im Bonus-Bingo schlagen konnte. Und weil, wenn wir ganz ehrlich sind, Stan doch große Schwierigkeiten hätte, beim Bonus-Bingo gegen Ashley zu gewinnen. Er selbst hatte immerhin eine Chance. Wenn auch eine kleine.

KAPITEL 29

Juni 2002 (zwei Monate später)
Mainz, Deutschland

JOSHUA BANDEL

Deutschland war ein großartiges Land, dachte Josh, als er von der stets sehr freundlichen Dame, die für ihre Profession erstaunlich dürre Handgelenke hatte, das frittierte Kabeljaufilet mit Kartoffelsalat durch die Lücke zwischen den beschlagenen Glasscheiben entgegennahm. Es gab stets ein vegetarisches Gericht auf der ansonsten überaus schweinlastigen Kantinenkarte und freitags Fisch. Es gab großbrüstige Monas, einen mächtigen Dom und selbst für einen jüdischen Immigranten aus Amerika eine Lehrstelle.

»Essen Sie mit mir?«, fragte eine bedächtige Stimme von hinten.

Josh drehte sich um.

»Ähm«, räusperte er sich, als er den Juniorchef der Universitätsdruckerei vor sich sah. Er war kaum älter als Josh, vielleicht fünfundzwanzig oder sechsundzwanzig. Er trug einen blauen Overall wie alle Mitarbeiter in der Produktion. Die Sekretärinnen in der Büroetage, auf der Josh arbeitete, erzählten, dass er ein echter Enkel seines Großvaters war. Ein Talent. Ein Mann, dessen Herz im Rhythmus seiner Heidelberger Offsetmaschinen klopfte. Der die Dicke von Druckfarbe mit den Rillen seiner Fingerkuppen erspüren und ein 120-prozentiges Schwarz von einem 100-prozentigen mit bloßem Auge unterscheiden konnte.

»Klar«, sagte Josh und stellte den Kabeljau auf das orangefarbene Tablett. Er schob es weiter auf den Stahltrassen, die wie Gleise an der Essensausgabe vorbeiführten. Salatbar,

Joghurt, Bayerisch Creme. Obwohl Josh immer eine Bayerisch Creme zum Nachtisch aß, schob er sein Tablett daran vorbei. Der Juniorchef öffnete die Klappe und stellte ein wunderbares Exemplar neben die Currywurst mit Pommes frites. Er hatte Schweinefleisch, Pommes und Bayerisch Creme. Alles, was Sünde war. Und das nicht nur wegen der Kalorien. Aber Schneidersohn trug auch die Verantwortung. Oder zumindest einen Teil davon. Die Sekretärinnen jedenfalls sprachen von ihm mit der gedämpften Hoffnungsfröhlichkeit, die man nur einem unbenannten Heilsbringer entgegenbringt.

Josh und der Heilsbringer nahmen die Plätze ganz am Rand einer der langen Tischreihen ein. Die Kantine hatte einst mehr Mitarbeiter verköstigt. Jedem Unternehmensberater sei ein Gang in die Kantine geraten, es ließe sich der Unternehmenszustand wohl schneller anhand der freien Stuhlreihen, der Angebotsvielfalt und der Kekslieferanten bestimmen als anhand der Geschäftsergebnisse.

»Und?«, fragte der Juniorchef, der Karl-Mathäus Schneidersohn hieß. Natürlich nach seinem Großvater. »Wie gefällt es Ihnen in der Finanzbuchhaltung, Josh?«

»Also, Herr Schneidersohn«, begann Josh in seinem gebrochenen Deutsch. »Es gefällt mir gut. Wirklich gut.«

Er war erleichtert, als Karl-Mathäus ihm im nächsten Satz das Englisch anbot. Er hatte das Einstellungsgespräch mit Josh geführt. Karl-Mathäus Schneidersohn hatte keine Probleme mit dem Englischen.

»Und was halten Sie insgesamt von dem Handwerk, das Sie sich ausgesucht haben?«, fragte er. Er stopfte sich ein Stück Wurst in den schmalen Mund unter der schmalen Nase mit der Nickelbrille. Karl-Mathäus Schneidersohn trug eine rote Krawatte mit einem Aldusblatt unter dem Overall.

»Es sind …«, räusperte sich Josh, »… spannende Aufgaben.«

»Nicht wahr?«, entgegnete Karl-Mathäus, und Josh fragte sich, ob er seinen Blick auf die Bayerisch Creme bemerkt hatte. »Josh«, fuhr Karl-Mathäus fort und ließ sein Besteck in der Luft ruhen wie vor einem Angriff zur entscheidenden Schlacht. »Der Druckerei geht es schlecht.«

Ach was?, dachte Josh und sagte: »Ich bin nicht sicher, was Sie damit meinen, Karl.«

Karl-Mathäus seufzte und legte das Besteck auf den Tellerrand: »Sie sind jetzt wie lange in der Buchhaltung? Zwei Monate? Drei Monate?«

Josh nickte.

»Und Sie wollen mir ernsthaft weismachen, dass Sie nicht wissen, wie es um uns steht?«

Josh schüttelte den Kopf.

»Sie haben mir im Vorstellungsgespräch gesagt, dass Sie entgegen der Empfehlung Ihrer Eltern Ihrer Leidenschaft gefolgt sind, oder nicht?«

Josh nickte. Dies war nicht der Zeitpunkt, ihn zu unterbrechen.

»Es ist unsere Generation, die eine Antwort auf die Frage finden muss, wie eine Druckerei im 21. Jahrhundert überleben kann, Josh.«

»Mein Vater sagt, in zwanzig Jahren liest niemand mehr eine gedruckte Zeitung«, sagte Josh.

Der Juniorchef nickte. Dann griff er wieder zu seinem Besteck und schnitt eine Scheibe Wurst herunter. Er zog sie gedankenverloren durch den Curryketchup. Josh beschloss, ein Risiko einzugehen.

»Ich denke, wir müssen die Zeitungen abhaken, Herr Schneidersohn. Wir müssen die Zöpfe abschneiden, die nicht mehr zu entwirren sind. Und uns auf Qualität konzentrieren. Auf die wirklich kompromisslosen Kunden. Auf die Geschäftsberichte multinationaler Konzerne, auf Bildbände, auf

Luxuslabels. Auf alle, bei denen nur Qualität eine Rolle spielt, aber nicht das Geld.«

Karl-Mathäus Schneidersohn spießte eine Pommes frites unter die kunstvoll mit Soße verzierte Scheibe Wurst und steckte beides in den Mund.

»Leichter gesagt als getan«, sagte Schneidersohn und legte dann die Gabel und das Messer seitlich auf den Teller. Josh hatte nicht erst gestern damit angefangen, sich Gedanken über die Zukunft von Druckereien zu machen. Genauer gesagt hatte er an dem Tag damit angefangen, als Alex ihren Plan verkündet hatte.

»Was sollen wir Ihrer Meinung nach tun?«, fragte Schneidersohn und wischte sich dann mit einer Papierserviette durch die Mundwinkel.

»Gründen Sie einen Verlag«, sagte Josh. »Einen Verlag, der nur dazu da ist, kostendeckend Leuchttürme zu bauen. Bücher, die Preise gewinnen. Bücher, die so schön sind, dass die Kunden blass werden vor Neid auf so viel Schönheit.«

»Und …«, setzte Karl-Mathäus Schneidersohn an.

»Und die Geschäftsberichte werden von alleine folgen«, beendete Josh seinen Satz.

Der Juniorchef seiner Druckerei schien einen Moment darüber nachzudenken und stellte seine Bayerisch Creme auf Joshs Tablett. Er grinste. Josh grinste zurück.

»War es derart offensichtlich?«, fragte Josh und schämte sich tatsächlich ein klein wenig dafür.

»Nein. Aber ich würde Sie gerne am Freitag zum Essen einladen«, sagte Karl-Mathäus Schneidersohn. »Ich kenne nämlich noch jemanden, der mir seit Jahren in den Ohren liegt, einen Verlag zu gründen. Und wie Sie isst sie jeden Mittag, wenn sie mich in der Kantine besucht, eine Bayerisch Creme.«

Karl-Mathäus Schneidersohn griff nach seinem Tablett und stand auf.

»Nehmen Sie es als gutes Omen, Josh«, sagte er zum Abschied und ließ Josh mit seinem Nachtisch zurück. Und der Frage, was eigentlich gerade passiert war. Josh musste dringend mit Mona reden. Über die deutschen Gepflogenheiten für eine Einladung zum Abendessen mit dem Chef und seiner Frau, die auch noch ziemlich gut aussah. Und über die Frage, ob man Blumen, Wein oder beides mitbrachte. Außerdem musste er ihr von einem bemerkenswerten Mittagessen berichten.

KAPITEL 30

Juni 2002 (zwei Wochen später)
Atlantic City, New Jersey

ALEXANDER PIECE

»Komm endlich da raus, du Pissnelke«, rief Ugo und trat mit dem Absatz seiner teuren italienischen Schuhe gegen die Plastiktür der Toilette.

»In einer Sekunde«, rief Alex und riss einen weiteren Streifen Toilettenpapier aus der Sparvorrichtung, die nur ein Blatt pro Versuch herausgab. Es hatte sich herausgestellt, dass es kein Problem gewesen war, die Aufmerksamkeit der dunklen Männer hinter der glitzernden Pokerfassade von Atlantic City zu gewinnen. Achtunddreißig Pokerrunden und ein Gewinn von zweitausendvierhundert Dollar – an einem der kleinen Tische – hatten gereicht. In der Folge jedoch hatte sich herausgestellt, dass es wesentlich schwieriger war, ihre Aufmerksamkeit zu erhalten. Noch weitaus komplizierter war es, in ihrer Gunst aufzusteigen. Und Alex würde weit aufsteigen müssen, um die Kunst der Geldwäsche zu erlernen. Scheiße. Im wahrsten Sinne des Wortes. Ugo und er sollten Geld eintreiben. Alex hatte Durchfall.

»Nur eine Minute«, rief Alex, bevor Ugo erneut gegen die Tür poltern konnte. Was sollte er machen? Wie sollte man einen Durchfall kontrollieren? Der Toilettenpapierspender trieb ihm die Schweißperlen auf die Stirn. Dann betätigte er die Spülung und rieb sich die Augen. Er starrte auf das metallene Ungetüm und zog in seinem verschwommenen Spiegelbild die Krawatte gerade. Er hörte Ugo seufzen vor der Tür.

Eine halbe Stunde später bremste Ugo den verbeulten Crown Victoria vor dem Rapid Roulette, einem abgehalfterten Automatenschuppen am Rand des Vergnügungsparks von Atlantic City. Korrektur: Er ließ den Wagen ausrollen, was insofern wichtig war, als Alex bemerkte, dass sich der echte Mob nicht ankündigte. Weder durch ein scharfes Bremsen mit quietschenden Reifen noch durch einen auffälligen Wagen. Alex' Magen grummelte, wobei ihm bewusst war, dass es vermutlich nicht sein Magen war. Er war im Begriff, ein Teil des Mobs zu werden. Natürlich war das sein Ziel gewesen, aber, wie so oft im Leben, wurde es kompliziert, wenn ein Wunsch Realität wurde.

»Und jetzt?«, fragte Alex, als Ugo den Motor abgestellt hatte.

»Gehen wir rein, was sonst?«, fragte Ugo und stieß die Tür auf. Alex stieg aus und folgte Ugo unauffällig.

»Bist du bekloppt oder was?«, setzte Ugo nach und trat eine Kippe mit der auf Hochglanz polierten Schuhspitze aus. Alex wich seinem Blick aus, nahm aber die Hände aus den Hosentaschen, weil er vermutete, dass es für Ugos Geschmack zu unauffällig war. Ugo öffnete die Tür zum Rapid und ließ Alex den Vortritt. Alex seufzte und setzte den ersten Fuß in sein neues Leben.

Das Rapid Roulette bestand nur aus einem einzigen großen Raum, in dem kreuz und quer Spielautomaten standen. Die Luft war übel, Alex konnte all das Unglück und die Sucht in dieser abgehalfterten Halle förmlich spüren. Das auffordernde Blinken und Piepsen der Maschinen bildete eine kaum erträgliche Kakophonie. Spiel!, schrien sie. Spiel oder geh! Der Besitzer des Rapid Roulette war ein dicker Mann mit einem signifikanten Herz- und Blutdruckproblem. Er wanderte kurzatmig durch seine heiligen Hallen mit hochrotem Kopf, dabei trug er einen Beutel mit Kleingeld am linken Handgelenk. Er war schwer und aus Leder. Schwer war er vermutlich vor allem deshalb, weil am frühen Abend noch nicht viele Gäste vorgesprochen hatten, um Scheine in Münzen zu tauschen. Alex vermutete, dass die Geschäfte schlecht liefen. Gleich würde er ihnen erklären, dass er nicht zahlen konnte. Und dann würden sie ihm drohen, und vermutlich würde Ugo Alex zwingen, dem Mann zur Warnung eine runterzuhauen. Oder Ugo würde eine Waffe ziehen und sie ihm gegen die Schläfe pressen. Was im Fall des Rapid-Roulette-Betreibers vermutlich den unmittelbar bevorstehenden Herzinfarkt auslösen würde. Was wurde in solch einer Situation von ihnen erwartet? Sollten sie einen Krankenwagen rufen oder würde Ugo Alex zwingen, sich über die Leiche zu beugen und ihr den Klingelbeutel abzunehmen? Um zu retten, was zu retten war?

»Hey, Buddy«, sagte Ugo, und das Rotgesicht lachte, als er ihn erblickte.

»Hey, Ugo«, sagte der Besitzer und warf seinen Klingelbeutel in die Luft. »Schon wieder, was?«

Ugo lächelte dünn. Wobei Alex zugeben musste, dass dies nun einmal die Art war, wie Ugo lächelte.

»Du weißt, wie es ist«, sagte Ugo.

»Klar, Mann«, sagte der Besitzer und seufzte.

»Das ist der Neue«, sagte Ugo und schob Alex zwischen sich und den Herzinfarkt.

»Hey, Buddy«, schnaufte der Herzinfarkt und griff in seine Hosentasche. Alex zuckte zusammen, aber Ugo legte ihm einen Arm auf die Schulter.

»Kein Grund auszurasten, Mann«, raunte ihm Ugo ins Ohr, und Alex starrte auf das Bündel Geldscheine, die ihr Klient statt einer Pistole aus der Hosentasche zog. Der Dicke befeuchtete Zeigefinger und Daumen an seiner Zunge, bevor er sechshundert Dollar in einhundert Dollarnoten abzählte. Er reichte sie Alex ohne ein weiteres Wort.

»Schön, mit euch Geschäfte zu machen«, sagte er, bevor er sich umdrehte und wieder mit dem Lederbeutel klingelte, um seiner Kundschaft klarzumachen, dass mangelnder Münznachschub niemals ein Argument wäre, mit dem Spielen aufzuhören. Alex atmete auf, als er Ugo die Scheine reichte.

»Das war's?«, fragte Alex Ugo, als sie wieder vor ihrem verbeulten Crown Victoria standen.

»Klar, Mann. Was hast du denn erwartet?«, fragte Ugo. »Eine Schlägerei?«

Er lachte, so dass Alex klarwurde, wie lächerlich seine Befürchtung gewesen war. Vermutlich tanzte in einem gut geölten Mafiasystem gerade einmal einer im Jahr aus der Reihe. Man glaubte das nicht, weil in Filmen alle paar Minuten geschossen und geprügelt wurde. In Wahrheit, so stellte Alex an diesem Abend fest, ähnelte das Mafiageschäft dem eines Staubsaugervertreters, der einen besonders loyalen Kundenstamm aufgebaut hatte. Was ihm für seinen Plan nur recht sein konnte.

Ugo warf ihm die Schlüssel zu: »Du fährst«, sagte er. »Ich muss telefonieren.«

Alex blickte zu Boden und räusperte sich: »Ähm«, sagte er.

»Was?«, fragte Ugo und blickte durch ihn hindurch.

»Ich … ich glaube, das wäre keine so gute Idee …«, stammelte Alex.

Ugo zündete sich eine Zigarette an: »Und wieso nicht, wenn ich fragen darf?«

»Ich … ähm … ich habe keinen Führerschein«, presste Alex schließlich heraus.

»Was soll das heißen, du hast keinen Führerschein?«, fragte Ugo. Natürlich war es nicht vorstellbar, dass ein Laufbursche der Mafia keinen Führerschein hatte, aber in Alex' Fall war das nun einmal so. Und das ließ sich auch so schnell nicht ändern. Ugo lachte laut, als er endlich begriff, dass Alex tatsächlich noch niemals am Steuer eines Autos gesessen hatte.

Die zweite Erkenntnis seiner ersten paar Tage als Mitglied der Mafia von Atlantic City war, dass es ein Irrtum war anzunehmen, die Sache mit dem Führerschein ließe sich nicht innerhalb von ein paar Tagen korrigieren. Somit war nicht alles falsch, was man der Mafia gemeinhin unterstellte: Mafialaufburschen brauchten ein Auto, und die Mafia konnte schneller einen Führerschein besorgen, als man Autofahren lernen konnte. Im Übrigen, das sei an dieser Stelle der Vollständigkeit erwähnt, war es kein gefälschter Ausweis. Die Mafia bediente sich lieber des Bestechens als des Fälschens, was einer der Gründe dafür war, dass Alex sie für überragende Kooperationspartner des Cash Clubs hielt.

KAPITEL 31

Juli 2002 (drei Wochen später)
New York City, New York

STANLEY HENDERSON

»Wie war es im Büro, Schatz?«, flötete Robyn aus der Küche ihrer frisch gestrichenen Zweizimmerwohnung in Queens.

»Alles in Ordnung«, log Stan und bemühte sich, mit dem Kaugummi jeden Winkel seines Mundes zu erreichen. Er sammelte Spucke und drückte sie durch die Lücken zwischen seinen Backenzähnen. Dann stellte er seine Tasche auf den Boden und zog die Schuhe aus. Robyn mochte es nicht, wenn man mit Schuhen über den Teppichboden lief. Robyn mochte es auch nicht, wenn er betrunken nach Hause kam. Stan drückte ihr einen Kuss auf die Wange und setzte sich an den winzigen Küchentisch. Robyn traktierte irgendeine zähflüssige Masse in einem der beiden Töpfe auf dem Herd und öffnete den Kühlschrank mit dem Fuß. Als die Masse ihren Widerstand aufgegeben hatte, zog sie eine Dose Bier aus dem mittleren Fach und stellte es vor Stan auf den Tisch.

»Danke, Schatz«, sagte Stan und freute sich über das Zischen der Kohlensäure. Er freute sich auch über Robyns nackte Füße, weil sie das Einzige waren, mit dem sie Ashley auf die Plätze verwies. Robyn hatte wunderbare Füße. Sie trug ein Wollkleid zu ihrer auffälligen Brille, was Stan angesichts der sommerlichen Temperaturen erstaunte. Was allerdings wieder Anlass zur Freude gab, denn es könnte bedeuten, dass langsam, aber sicher seine kriminalistischen Instinkte erwachten. Er trank einen Schluck von dem eiskalten Bier und fand in der perfekten Temperatur einen weiteren Grund, sich zu freuen.

»Habt ihr heute jemanden verhaftet?«, fragte Robyn, als sie Stan ein Hühnerbein auf den Teller legte.

Stan griff nach dem Kartoffelpüree und grinste. Das Bier mischte sich in seinem Magen mit dem Wodka aus der Bar.

»So etwas Ähnliches«, sagte Stan und sah, wie Robyns Blick zu der Urkunde wanderte. Die einzige Höchstleistung, die Sam bisher beim Secret Service gebracht hatte: auf dem Schießstand. Stan konnte mit Pistolen umgehen. Meisterschütze, stand auf der Urkunde. Robyn war mächtig stolz darauf. Vermutlich sah sie in diesem Moment vor ihrem geistigen Auge, wie Stanley hinter der Tür eines schwarz glänzenden Wagens stand, die Waffe im Anschlag. Es hätte nicht weiter von der Realität entfernt sein können.

»Erzähl«, sagte Robyn aufgeregt. Zwei Erbsen kullerten von dem zu kleinen Löffel auf den Tisch.

»Na ja«, sagte Stan kauend. »Wir sind da diesem Mann auf der Spur, der ein Ponzi-Schema im ganz großen Stil aufzieht.«

Robyns Pupillen weiteten sich. Natürlich hatte sie keine Ahnung, was ein Ponzi-Schema war. Stans Löffel wanderte durch das Püree und die Erbsen. Er fragte sich, ob es unhöflich wäre, nach etwas mehr Butter zu fragen. Er wusste, dass er Robyn sowohl nach einer Heirat als auch nach mehr Butter fragen könnte. Was die Sache nicht spannender machte. Stan betrachtete das Hemd, das über seinem neu erworbenen Bauch spannte, und ließ die Sache mit der Butter bleiben.

»Ein Ponzi-Schema ist der Fachbegriff für ein Pyramidensystem«, sagte Stan und spülte das trockene Hühnchen mit einem Schluck Bier herunter. Er wusste das deshalb, weil er heute Morgen ein ebensolches Ponzi-Schema nicht erkannt hatte, obwohl ihn der Ausbilder mit der Nase darauf gestoßen hatte. »Kommt Ihnen bei dem zeitlichen Eingang der Anzeigen nichts ungewöhnlich vor?«, hatte der Ausbilder gefragt. Stan hatte fieberhaft überlegt. Auf ein Ponzi-Schema war er angesichts der vielen Anzeigen binnen vier Monaten nicht gekommen.

»Was ist ein Pyramidensystem?«, fragte Robyn fröhlich.

»Angenommen, du möchtest 10000 Dollar anlegen«, sagte Stan. Was gar nicht mal unrealistisch war, weil Robyn aus gutem Hause stammte. Schließlich zahlte ihr Vater auch diese Wohnung. Egal.

»Jedenfalls triffst du auf einer Party diesen Mann, der wahnsinnig schlau reden kann und der einen sündhaft teuren Anzug trägt«, führte Stan aus.

»Also einen Mann wie dich«, stellte Robyn fest.

Stan lächelte und fuhr fort: »Der Mann erzählt, dass er eine Anlageform gefunden hat, die zwölf Prozent Rendite in vier Monaten bringt. Aber dass es wahnsinnig schwer ist, dort reinzukommen.«

»Okay«, sagte Robyn und legte die Stirn in Falten.

»Deine Skepsis ist berechtigt«, bestätigte Stan, »aber du ahnst nicht, wie oft Gier und Dummheit zwei Begriffe für ein und dasselbe sind.«

»Mein Vater ist gierig«, sagte Robyn und stocherte mit der Gabel Muster in das Püree.

»Nehmen wir also an, du wärst interessiert. Dann nimmt der Mann dein Geld und legt es für dich an. Und erst läuft alles prima. Du bekommst tatsächlich die versprochenen Zinsen.«

»Wirklich?«, fragte Robyn.

»Wart's ab«, sagte Stan. »Jedenfalls bist du begeistert und erzählst all deinen reichen Freundinnen von dieser neuen, absolut hammermäßigen Investition. Und die Hälfte deiner Freundinnen gibt ihm wieder 10000 Dollar. Und du gibst auch noch mal 10000, weil alles so gut läuft. Und die Freundinnen deiner Freundinnen auch. Und so weiter und so fort.«

»Wie eine Pyramide?«, fragte Robyn.

Stan lächelte: »Genau. Wie eine Pyramide. Nur dass der Typ das Geld gar nicht investiert, sondern deine Zinsen einfach aus den neuen Investitionen bezahlt. Und das geht so lange gut, bis nicht mehr genug neues Geld fließt. Dann bricht alles innerhalb kürzester Zeit zusammen.«

»Das verstehe ich nicht. Wieso investiert der das nicht? Und woher kommen dann die Zinsen?«

Stan seufzte. Er wusste ja, dass es nicht einfach zu verstehen war. Genau das war ja das Problem am Ponzi-Schema.

»Der zahlt die Zinsen mit dem Geld der neuen Leute, Robyn. Aber egal. Jedenfalls funktioniert es nicht, und irgendwann geht er uns ins Netz.«

»Und dann verhaftet ihr ihn?«, fragte Robyn, die froh war, bekanntes Territorium erreicht zu haben.

»Natürlich«, sagte Stan und ging zum Kühlschrank. Er öffnete eine zweite Dose Bier und hatte die Hälfte ausgetrunken, bevor er wieder am Tisch saß.

Robyn lächelte: »Das ist gut«, sagte sie.

»Ja«, sagte Stan. »Das ist gut.«

Zumindest wäre es das, wenn es ihm endlich gelang, diese Finanzkonstrukte nicht nur am Abendbrottisch halbwegs erklären zu können, sondern sie auch in freier Wildbahn zu erkennen. Er hatte nicht vergessen, warum er die Bürde der harten Ausbildung auf sich nahm. Wie es den anderen wohl in den letzten Monaten ergangen war? Ob es einer von ihnen schon zu einer eigenen Wohnung gebracht hatte? Und zu einer Freundin mit wunderbaren Füßen? Immerhin war Stan »The Man« das gelungen. Und für einen angehenden Staatsdiener war das doch schon einmal eine Leistung, oder nicht?

KAPITEL 32

Juli 2002 (zur gleichen Zeit)
Palo Alto, Kalifornien

BRIAN O'LEARY

Wirklich legendär wurde es an dem Abend, als der schwere Moses vom Dach in den Pool sprang und auf einer aufblasbaren Banane landete, die ihrerseits in die Schale mit dem Gras flog. Binnen Sekunden griffen einhundertzwanzig blasse Hände, die sonst Tastatur und Maus gewohnt waren, nach den kostbaren Blättern. Erstaunlich war zum Zweiten, dass Stanford offenbar einiges auf seine Lehrmethoden geben durfte, denn ohne gesonderte Ab- oder Ansprache wurden Handtücher ausgebreitet, um das trockene Rauschmittel vor dem Verderben zu bewahren. Dies geschah, weil sich binnen Sekunden die beste Idee durchsetzte. Es brauchte dafür wie gesagt keine Verständigung und keinen Anführer. Weil die Crowd instinktiv wusste, was zu tun war. Jemand sagte später, dass ebendiese Party die Geburtsstunde des Schwarms gewesen war. Oder dessen, was zehn Jahre später als Schwarmintelligenz bezeichnet werden würde. Die Party fand in einer Villa in Palo Alto statt, die der Gründer einer Firma angemietet hatte, der sich zum Ziel gesetzt hatte, die Welt zu vernetzen. Der Typ, der dieses Wahnsinnsunterfangen ersonnen hatte (wobei es über die Ideenurheberschaft bis heute Streit gibt), bezahlte die Sause, saß aber selbst neunzig Prozent der Zeit in einem abgedunkelten Zimmer im ersten Stock ohne Poolblick und codete. An jenem Abend, an dem die Crowd erfunden worden war, stand Brian O'Leary um siebzehn Uhr achtundzwanzig vor dem Zimmer, in dem der Gründer der nächsten Valley-Revolution die Verkündung codete. Seine Badehose triefte, weil er eben noch mit Ashley im Pool gelegen hatte.

»Bist du da?«, hatte die Nachricht gelautet. Natürlich über seine eigene Website abgesetzt. Zu den Partys wurde nur eingeladen, wer sich zu den Online-Freunden des Gründers zählen durfte. Und zwar nicht unter seinem richtigen Namen, der fünftausend Kontakte zählte, sondern unter seinem Pseudonym: Avery Saltkorn. Die meisten Informatikstudenten von Stanford waren mit Avery Saltkorn befreundet. Mit dem neuen Messias. Weil sie alle gerne Mitarbeiter des »Next Big Thing« werden wollten. Und weil schon jetzt absehbar war, dass es Avery Saltkorn schaffen würde, was noch niemandem gelungen war: die Welt zu vernetzen und gigantische Gewinne damit zu scheffeln. Die besonders Talentierten bekamen eine Audienz. Wie Brian, dem das Tropfen seiner Hose peinlich war. Avery schien es nicht einmal zu bemerken. Brian würde zwanzig Minuten später behaupten, dass der Ruf Ihrer Herrlichkeit ohnehin wenig mit der Realität zu tun hatte. Der Typ, der »The Next Big Thing« gegründet hatte, war ein Nerd wie jeder von ihnen.

»Komm morgen früh ins Büro«, sagte er zum Abschied. »Da kriegst du deinen Vertrag.«

Einfach so. So erzählte er es später Ashley. So kam es, dass Brian O'Leary der einhundertvierundvierzigste Angestellte des »Next Big Thing« wurde. Und der Ausgang ist bekannt.

KAPITEL 33

September 2002 (zwei Monate später)
Saulheim, Deutschland

JOSHUA BANDEL

Seit jenem denkwürdigen Abend, an dem die Frau des Juniorchefs deutschen Spargel mit Butter und Schollenfilet serviert hatte (nicht ohne darauf hinzuweisen, dass im Grunde nur Schinken zu Spargel passte), war nichts mehr in Joshs Leben wie früher. Und das war durchaus im positiven Sinn zu verstehen. Er arbeitete jetzt nicht mehr in der Buchhaltung, sondern teilte sich ein Büro mit der Spargelköchin und ihrem Ehemann. Sie hatten tatsächlich einen Verlag gegründet. Und in diesem Moment schritt die frischgebackene Verlegerin begleitet von ihrem Vater durch den Mittelgang der kleinen Dorfkirche in Saulheim, und Josh saß in der zweiten Reihe, direkt hinter dem Trauzeugen und seiner Frau, die in einem zu engen, fliederfarbenen Schlauch steckte. Mona hingegen trug ein sogenanntes Dirndl, weil sie aus Bayern stammte, wie sie nicht müde wurde zu betonen, seit sich die Hochzeitsgesellschaft bei Winzersekt und Käsewindbeuteln vor der Kirche versammelt hatte. Ein Dirndl war ein Kleid, wie es Josh noch niemals gesehen hatte. Es bestand aus einem bunten Rock, einer engen Corsage, die aus den Brüsten einen Balkon formte, und einer Seidenschürze. Mona hatte zur Bindung der Seidenschürze ein eigenes Kapitel aufzusagen gehabt, was sie glücklicherweise im Auto erledigt hatte. Es lief darauf hinaus, dass dieses Multitalent eines Kleidungsstücks auch der Beischlafwilligkeitskommunikation diente: Schleife auf der einen oder der anderen Seite in Kombination mit der Länge des Rocks bedeutete ja oder nein. So zumindest hatte es Josh verstanden, wobei er vergessen hatte, auf welcher Seite die Schleife gebunden sein musste. Josh wusste auch so, woran er bei Mona war, was sein Aufmerksamkeitsdefizit erklären mochte.

Der weitere Verlauf der Hochzeit erschien Josh im Nachhinein als wenig berichtenswert, weil Hochzeiten nun einmal ablaufen, wie Hochzeiten ablaufen. Das Jawort in der Kirche, Blumenkinder, ein seltsames Ritual, das Reiswerfen beinhaltete (im Kartoffelland Deutschland, wie Josh nicht umhinkam zu bemerken), und danach das Anschneiden der Torte im zur Hochzeitslocation umgebauten Pferdestall eines Weinguts. Offenbar war diesbezüglich die Verwendung des englischen Begriffs ein Qualitätsmerkmal, denn die in Hoffnung auf Folgegeschäfte ausgelegten Flyer sprachen ausschließlich von »perfekter Location«, »Location mit Flair« und einer »regionalen Location mit modernem Touch«. Josh fand das folgerichtig und beschloss, sich zu merken, dass es modern sein konnte, englische Begriffe zu verwenden. Sie waren gerade dabei, eine Verkaufsstrategie für den Verlag zu entwickeln. Sie wollten sich auf Produkte konzentrieren, die hochwertigste Verarbeitung verlangten: Architektur, Werbung, Typographie. Es war genau die Strategie, die Josh vorgeschlagen hatte. Karl-Mathäus, seine Frau und er waren einer Meinung. Die Frage, ob das für Geschäftspartner eine gute oder eine schlechte Sache war, würde die Zukunft beantworten.

Als die Nachspeise serviert wurde, tauchten Braut und Bräutigam an ihrem Tisch auf. Nachdem sie während der letzten zweieinhalb Stunden einige merkwürdige (und merkwürdig herabwürdigende) traditionelle Spiele hatten über sich ergehen lassen müssen, war dies für Josh eine willkommene Abwechslung.

»Sie sind also die, die sich unseren Amerikaner geangelt hat?«, fragte Carolin, die Braut. Sie sah umwerfend aus in ihrem langen weißen Kleid.

»Ich weiß nicht, ob man das Angeln nennt, wenn man am Rand vom Teich steht und den großen Zeh ins Wasser hält«, antwortete Mona. Josh grinste.

»Ich würde sogar behaupten, dass es genau andersrum war«, sagte Josh und legte eine Hand auf den bunten Rock.

»Natürlich«, sagte Carolin und warf Mona einen vielsagenden Blick zu.

»Natürlich«, sagte Mona und kniff Josh in die Rippen.

»Hast du mal einen Moment?«, fragte Karl-Mathäus Schneidersohn. »Ihr kommt doch einen Moment ohne uns aus, oder?«

Die beiden Frauen nickten, und Carolin tauschte mit Josh den Platz. Karl-Mathäus legte einen Arm um seine Schulter und zog ihn zu dem großen, runden Tisch, an dem das Hochzeitspaar mit ihren Familien saß. Jetzt war es also so weit, dachte Josh. Er würde den Chef persönlich kennenlernen. Den großen Karl-Peter Schneidersohn. Den Sohn des Firmengründers. Den Patriarchen. Josh schluckte, als ihn Karl-Mathäus an den Tisch schob. Der alte Herr trug einen dunkelblauen Anzug mit einem rosafarbenen Einstecktuch und passender Krawatte. Er trank einen Schluck Weißwein, als Josh neben ihm stand.

»Sie sind also der Mann, der mit meinem Sohn die Druckerei retten wird?«, fragte Karl-Peter Schneidersohn, und Josh wusste nicht, ob er es ernst oder ironisch meinte. Die Sache mit der Ironie war für jemanden, der aus Amerika stammte, nicht einfach zu verstehen. Josh blieb nichts anderes übrig, als zu nicken. Dann lachte der ältere Herr und zog einen Stuhl zur Seite.

»Setzen Sie sich, Josh. Und erklären Sie mir mal, wie Sie das anstellen wollen.«

Er nahm einen weiteren Schluck Weißwein und blickte amüsiert in die Runde. Die anderen am Tisch, allen voran Carolins Mutter und eine offenbar noch ältere Tante, die in einem Rollstuhl saß, starrten Josh an.

»Das soll er uns mal erzählen, wie er das anstellen will, oder nicht? Eine ganze dem Tod geweihte Branche wieder in die Gewinnzone zu führen.«

Er klopfte auf den leeren Stuhl neben sich.

»Scheuen Sie sich nicht, Josh. Potzblitz, Sie haben Mumm, das muss ich Ihnen lassen.«

Josh schluckte, weil er erkennen musste, dass nicht einmal der Firmenbesitzer selbst an die Zukunft seines Unternehmens glaubte. Es waren nicht nur Technologiefans wie sein Vater, die den Druckereien keine Zukunft gaben. Und doch war sich Josh sicher, dass sie es schaffen würden. Vielleicht gerade weil niemand mehr daran glaubte. Manchmal konnte das ein entscheidender strategischer Vorteil sein. Und für einen kurzen Moment dachte er auch an Alex Piece und die Sache mit den Blüten. Und dass es im Grunde ja um etwas ganz anderes ging. Aber nicht heute Abend. Heute Abend würde er diesem Mann erklären, wie sein Unternehmen zu retten war. Und Josh hatte nicht vor, Karl-Peter Schneidersohn ohne eine konkrete Zukunftsvision ins Bett zu schicken. Nicht heute. Nicht am Tag der Hochzeit seines Sohnes. Es muss kaum erwähnt werden, dass Josh und der alte Schneidersohn an diesem Abend unter den letzten Gästen waren, die den umgebauten Pferdestall, diese Hochzeitslocation mit modernem Flair, verließen. Karl-Peter stolperte rechts auf Josh und links auf seinen Sohn gestützt mit einem Blutalkoholpegel von zwei Komma vier Promille zu dem Taxi. Karl-Peter Schneidersohn war betrunken, aber glücklich. Und das ging Josh nicht anders.

Als Josh am darauffolgenden Montag das Verwaltungsgebäude der Druckerei betrat, kannte der Pförtner seinen Namen. Das zweite Novum des Tages war ein nagelneuer Pentium-4-Laptop von Toshiba und ein Besuch von Karl-Mathäus, der über die Zukunft reden wollte. Seine Flitterwochen hatte das Powerpärchen auf unbestimmte Zeit verschoben – es galt, die väterliche Druckerei zu retten. Und an diesem Morgen, an dem der Firmenerbe und der Mamzer aus dem Silicon Valley das erste Mal über einen gemeinsamen Plan sprachen, sollte der erste einer langen Reihe von Tagen und Nächten werden. Es sollte sich herausstellen, dass Karl-Mathäus und Josh ein gutes Team waren. Vielleicht das beste zur Rettung des Druckereihandwerks. Vielleicht, so ahnten beide an diesem Montagmorgen, waren sie die Einzigen, denen das Kunststück gelingen würde. Bis spät in die Nacht brüteten die beiden in Joshs neuem Büro an der Strategie für ihr erstes Verlagsprogramm. Sie sollten feststellen, dass Karl-Mathäus der geborene Drucker war und Josh ein Musterschüler mit einem Händchen für die Zukunft. Die frisch vermählte Ehefrau seines Partners wurde ihre Verlegerin mit einem traumwandlerischen Instinkt für erfolgreiche Bücher. An diesem Tag war Josh überzeugt, dass seine Zukunft in Deutschland lag.

KAPITEL 34

Dezember 2002 (drei Monate später)
Atlantic City, New Jersey

ALEXANDER PIECE

Alex saß auf dem flamingorosa Plüschsofa – obwohl man zugeben musste, dass die Farbe im Schwarzlicht schwer auszumachen war und wohl auch eine untergeordnete Rolle bei der Inneneinrichtung gespielt hatte. Eine dichtgelockte, dunkelhäutige Schönheit mit einer Haut wie das Seidenpapier einer Dessousverpackung räkelte sich auf seinem Schoß, während er die Postkarte beschriftete. Das alles würde möglicherweise skurril anmuten, könnten es die Umstände nicht bestens erklären. Denn: Während die Sache mit dem Schutzgeldeintreiben anmutete wie der Job eines FedEx-Kuriers, stimmte von dem Klischee mit den Mädchen jedes Wort. Nicht nur, dass es sie gab, und zwar im Überfluss und weitaus attraktiver, als man vermuten sollte, es galt obendrein geradezu als Pflicht, eine von ihnen auf dem Schoß zu haben, während man seinen Geschäften nachging. Und in Alex' Fall waren die heutigen Geschäfte nun einmal das Verfassen von drei Postkarten an die anderen Mitglieder des Cash Clubs. Es waren keine Urlaubspostkarten aus dem Sündenpfuhl, sondern eine kleine Erinnerung an ihr Versprechen.

»*Lieber Josh*«, schrieb Alex. »*Alles hier läuft nach Plan. Ich hoffe, Deutschland bietet alles, was wir uns davon erhofft haben? Lass es Dir gutgehen und melde Dich, falls es Probleme gibt. Alex.*«

Die Locken auf seinem Schoß forderten einen angemessenen Tribut, also bestellte Alex einen weiteren Gimlet, wozu ein

Handzeichen genügte. Der Flamingo Club war kein glamouröser Schuppen, aber er konnte jede Nacht dazu werden. Wie immer kam es eher darauf an, wer man war, als wo man trank. Dies war eine der Grundregeln des Lebens als Mafioso – vielleicht des Lebens überhaupt. Zumindest dieses Lebens, das Alex und seine Mutter kannten.

»Was machen wir mit dem Rest der Nacht?«, fragte die Lockenpracht mit den überaus irritierenden rasierten Schläfen. Die Locken raunten das genauso verheißungsvoll, wie man sich eine solche Frage vorstellte, wenn man als Teenager davon träumte, zu der coolen, gefährlichen Gang zu gehören. Alex hatte sie noch niemals ins Hinterzimmer geführt, von dem es für Stammgäste (lies: Mafiosi) trotz des Prostitutionsverbots in Atlantic City in nahezu jedem Laden eins gab. Er fragte sich, ob sie wirklich mitkommen würde. Vermutlich. Aber ob sie ihn auch ranlassen würde? Vielleicht war das auch gar nicht so wichtig. Die Hauptsache war, dass niemand ausscherte. Vögeln konnten sie auch noch, wenn sie die Millionen in der Tasche hatten. Wobei Alex zugeben musste, dass sein vermeintlich katastrophales Los Atlantic City weniger schlimm war als angenommen. Zumindest, wenn man sich vorstellte, dass Brittany wirklich im Hinterzimmer all in gehen würde. Alex grinste, als er den Stift beiseitelegte. Höchste Zeit, etwas über das Leben herauszufinden, fand Alex.

KAPITEL 35

Januar 2003 (ein Monat später)
New York City, New York

STANLEY HENDERSON

Als Stan zum ersten Mal die golden glänzende Secret-Service-Marke am Gürtel trug, ging Robyn in die Knie, was angesichts ihres langen Stiftrocks beinah zu einem peinlichen Aufschlagen auf den Küchenboden geführt hätte. Aber Robyn fing sich damenhaft, öffnete weit weniger damenhaft die Schnalle neben dem blitzenden Abzeichen und zeigte ihre leicht ineinander verschränkten Schneidezähne. Was insofern kein Problem war, als Stan neben dem Erfolgsbeweis der Medaille auch eine fabrikneue Pistole am Gürtel trug, die mit einem lauten Krachen und dem gesamten Hosenbund zu Boden ging. Er strotzte vor Stolz und Selbstbewusstsein an diesem Abend, und heute schien es Robyn nicht einmal zu stören, dass er beides mit einigen Drinks in schwindelerregende Höhen katapultiert hatte. Stan mochte die Vorstellung eines Katapults, und so bemerkte er heute die schief stehenden Zähne nicht, die ihn sonst jeden Morgen irritierten, wenn der Löffel mit Robyns Müsli zwischen ihnen verschwand.

Die Probleme häuften sich erst einige Wochen später und fanden ihren vorläufigen Höhepunkt am 1. Februar, und zwar ziemlich genau zu der Zeit, als über Houston die Raumfähre Columbia beim Wiedereintritt in die Erdatmosphäre verglühte. Stan war mit Kevin, einem weiteren Neuling und einem seiner liebsten Barkumpane auf dem Weg zu einem todsicher todlangweiligen Routinejob. Sie saßen hoch über dem Verkehr in ihrem riesigen Suburban-Geländewagenschiff und parkten es direkt auf der Auffahrt vor dem Regent Hotel. Als der Page protestierte, schob Kevin lässig das Jackett zurück und ließ die Marke aufblitzen. Dann ließen sie sich am Empfang die Zimmernummer eines gewissen Robert Shepherd geben, und Kevin hatte die grandiose Idee, nach einem Zimmerschlüssel zu fragen, der ihnen nach weiterem Markenblitzen tatsächlich ausgehändigt wurde.

Keine fünf Minuten später standen sie vor dem Zimmer mit der Nummer 856 im achten Stock, und Stan hatte vergessen, dass es eigentlich Kevins Idee gewesen war, den Zimmerschlüssel zu verlangen, genau das verstand er nämlich unter Teamwork. Stan und Kevin postierten sich also vor dem Zimmer und klopften. Zweimal, dann dreimal.

»United States Secret Service, bitte öffnen Sie die Tür, Mister Shepherd!«, rief Kevin.

Weiteres Klopfen. Kevin und Stan blickten sich an. Was, wenn der Verdächtige in diesem Moment einen tragbaren Aktenvernichter fütterte? Stan wusste nicht, ob sich Kevin dasselbe fragte. Ihm aber hatte sich die Sache mit dem tragbaren Aktenvernichter ins Gehirn eingebrannt. Überall witterte er tragbare Aktenvernichter. Robert Shepherd, verdächtig eines Ponzi-Schemas gigantischen Ausmaßes. Er hatte möglicherweise Millionen Rentner um ihre Ersparnisse gebracht. Und genau deren Belege wanderten vermutlich in diesem Moment in den Schredder. Noch einmal hämmerte Kevin gegen die Tür und zückte dann die Schlüsselkarte. Er nickte Stan zu. Stan zog seine Waffe. Dann schob Kevin die Karte in die Tür, und ohne Murren bedeutete die grüne LED ihnen, gerne einzutreten. Stan drückte die Türklinke mit der linken Hand, die Pistole im Anschlag.

»United States Secret Service«, rief er in den schmalen Flur des Hotelzimmers. Der Lauf wanderte nach links ins Badezimmer. Er wunderte sich noch, dass anstatt des erwarteten

Surrens eines mobilen Schredders leise Schmusemusik lief, die Robyn gefallen hätte. Dann stand er schon davor. Mitten vor dem ganzen Schlamassel.

Robert Shepherd, der natürlich nicht Robert Shepherd hieß, weil es ein überaus gängiger Name war, der ebendeshalb zwangsläufig ausgedacht sein musste, lag auf dem Bett. Genauer gesagt lag er unter dem Gesäß einer sehr adretten Blondine und hatte offenbar größere Schwierigkeiten zu atmen. Die Blondine zog eine Decke über ihren Klienten und gab seine Atemwege frei, indem sie ihre halterlos und schwarz bestrumpften Beine ziemlich elegant über seinen Kopf schwang und sich im gleichen Moment die Tagesdecke über die Brüste zog. Stan stand vor dem Bett, seine Pistole zeigte genau auf den erigierten Penis des vermeintlichen Robert Shepherd, der – wie sich später herausstellen sollte – tatsächlich nicht so hieß. In etwa demselben Ausmaß, wie seine Erektion schwand, stieg der Adrenalinspiegel des Mannes, der sich als Robert Shepherd mit dem Gesicht unter den Hintern einer Prostituierten legte.

»Sind Sie noch zu retten?«, fragte er.

»Sir, ich muss Sie bitten, die Hände zu heben«, sagte Stan und warf der Blondine ein Hemd zu, das über der Lehne des Stuhls gehangen hatte. Sie verstand und bedeckte das Nötigste bei ihrem Klienten.

Der Mann griff nach seiner Hose.

»Nein, nein, nein«, rief Stan. »Lassen Sie Ihre Hände, wo ich sie sehen kann.«

Der Mann holte ein Handy aus der Tasche und wählte eine Nummer.

»Haben Sie eine Ahnung, welch grandiosen Fehler Sie in diesem Moment begehen?«, fragte er, das Mikrofon mit einer Hand abschirmend.

»Sir, ich muss Sie bitten, das Telefonat sofort zu beenden

und zu kooperieren!«, insistierte Stan noch einmal. Wo verdammt noch mal war eigentlich Kevin?

»Der Fuck-up der NASA ist nichts gegen das, was Sie sich eingebrockt haben«, behauptete der Mann.

Die NASA hatte ein Shuttle verloren. Was konnte schlimmer sein, als ein Space Shuttle im Wert von 1,5 Milliarden Dollar zu verbrennen?, fragte sich Stan.

Kevin räusperte sich hinter ihm.

»Sir, ich fordere Sie zum letzten Mal auf, das Telefonieren zu unterlassen!«, sagte Stan und versuchte, seiner Stimme so viel Autorität wie möglich zu verleihen. Wieder hörte er Kevins Räuspern.

»Das ist eine gute Idee, Officer«, sagte der Mann. »Wollen Sie mich am besten gleich durch die Haupthalle abführen?«

Kevin zupfte an seinem Ärmel und deutete auf eine Aktentasche, in deren Schlösser der echte Name des Mannes eingraviert war. Stan senkte die Waffe und fühlte, wie das Adrenalin seine Körpertemperatur steigen ließ. Der Schweißausbruch würde nicht lange auf sich warten lassen. Dies war nicht ihr Robert Shepherd. Und auch wenn es ganz und gar unwahrscheinlich klang, dass sich zwei Hotelgäste mit Anonymitätswunsch denselben Namen ausgedacht hatten: Auszuschließen war es nicht. Oder ihr Mann hieß tatsächlich Robert Shepherd. Ein Ponzi-Schema lebte davon, unentdeckt zu bleiben, und nicht von der Anonymität seines Betreibers. Egal! Jedenfalls war es kaum denkbar, dass Will Wernack – einer der Direktoren der Federal Reserve – ein Ponzi-Schema betrieb. Das war selbst Stan innerhalb einer Millisekunde klar.

»Sir, es tut uns wirklich leid, dass wir Sie belästigt haben«, sagte Kevin. Stan starrte auf die Brüste der Blondine und wünschte sich einen Drink.

Will Wernack, dessen Gesicht Stan auf einmal aus dem Fernsehen zu kennen glaubte, bedeutete Kevin, einen Moment zu warten, während es offenbar am anderen Ende läutete.

»Will Wernack für Ken O'Neill bitte«, sagte er dann, woraufhin Stan mindestens einen doppelten Gin herbeiwünschte, ohne Tonic. Neat. Schnell weg hier. Ken O'Neill war der Finanzminister. Und ihr oberster Vorgesetzter. Zwischen dem frischgebackenen Agenten und dem Finanzminister lagen schätzungsweise dreißig Hierarchiestufen. Es hieß, O'Neill verspeiste Secret Service Special Agents mit einer Prise Salz und einem ordentlichen Schuss Chipotlesauce.

»Danke, ich warte gerne«, sagte Will Wernack, der das Pech gehabt hatte, für sein Schäferstündchen denselben dämlichen Namen auszusuchen wie ein gesuchter Verbrecher. Wie dumm konnte man sein?, fragte sich Stan. Später wurde ihm allerdings genau diese Frage von ihrem Special Agent gestellt. Dabei ging es selbstredend nicht um die Dummheit des Notenbankdirektors, sondern vielmehr um die Frage, wie dämlich man sein musste, mit seiner geladenen Waffe auf das erigierte Glied des Notenbankdirektors zu zielen. Dass sie nicht hatten wissen können, dass es nicht ihr Shepherd war, spielte offenbar keine Rolle. Obwohl Stan das ungerecht fand, zumal Kevin seine Hände in Unschuld wusch. Unglücklicherweise erinnerte sich Stan nicht daran, dass die Sache mit dem Zimmerschlüssel Kevins Idee gewesen war, und so bekam er den Großteil der Schuld in die Schuhe geschoben.

Dies war jedoch nur eines der Probleme, die sein neuer Job mit sich brachte. Denn obwohl er sich viermal binnen der nächsten Tage dabei ertappte, an die Nutte vom Notenbanker zu denken, schien er für den Rest des Lebens als Secret Service Agent nicht besonders qualifiziert. Das sah auch sein Boss so. »Was glauben Sie, warum wir das hier machen und nicht das FBI?«, fragte er, nachdem der erste Ärger verklungen war. »Fingerspitzengefühl, Henderson«, behauptete er. Dazu tippte er sich mit dem Zeigefinger an den Kopf. »Nicht nur Bäm, Bäm, Bäm«, fügte er hinzu und imitierte das Abfeuern einer Pistole. Es war klar, was er von Stan hielt. Und das war nicht besonders viel. Die Wunderkerze des Wunderkinds, das er ja genauso wenig gewesen war wie der Notenbanker Robert Shepherd, war abgebrannt. Verglüht. Alex hätte gewusst, was zu tun ist. An diesem Abend wollte Kevin nicht mit ihm trinken gehen. Was Stan nicht besonders viel ausmachte, denn Kevin war ohnehin ein Weichei. Er trank seine Gin Tonics ohne Eis, ohne Tonic und ohne Begleitung. Morgen würde er Alex anrufen. Er musste wissen, ob es noch eine Zukunft für ihn außerhalb des Secret Service gab. Und wie man das mit dem Fingerspitzengefühl in den Griff bekam.

KAPITEL 36

August 2003 (gut sechs Monate später)
Palo Alto, Kalifornien

BRIAN O'LEARY

Der kleine Sender hinter der Frontscheibe seines nagelneuen BMW-3er-Cabrios funkte, und das Garagentor öffnete sich genau in dem Moment, in dem Brian die Auffahrt erreichte. Es war erst halb zehn Uhr abends, zu früh für ihn, seit er die Uni und einen nahezu Vollzeitjob bei »The Next Big Thing« unterbringen musste. Zwar schaute niemand darauf, wann man zur Arbeit erschien, aber die Ergebnisse mussten trotzdem stimmen. Der Grund für seinen verfrühten Feierabend war eine SMS von Ashley, mit der er seit einem halben Jahr das Haus am Stadtrand bewohnte. Sie hatte ihre Zusage von Apple Computer seit dem dritten Semester in der Tasche, und dementsprechend stand einem etwas aufwendigeren Lebensstil nichts im Wege. Was spricht dagegen, etwas »auf die Kacke zu hauen«, so nannte Ashley das. Und nachdem Brian kein Gegenargument eingefallen war, hatten sie eben ein Haus gemietet und den BMW besorgt. Sorgen hatten sie jedenfalls keine. Bis heute zumindest.

»Hey, Ash«, sagte Brian, als er den Schlüssel auf die Ablage im Flur legte. Sie saß aschfahl auf ihren angewinkelten Beinen in dem großen Sessel und hielt die Fernbedienung von dem ausgeschalteten Fernseher in der Hand. Das fahle Licht unter den Küchenschränken war die einzige Beleuchtung.

»Was ist los?«, fragte er und setzte sich auf die dicke Lederlehne am Rand.

Ashley schüttelte den Kopf.

Brian griff nach ihrer Hand. Ashley ließ es geschehen und Brian bemerkte eine Träne auf ihrer Wange. Er wischte sie mit dem Daumen weg. Brian kalkulierte die unterschiedlichen Wahrscheinlichkeiten für ihre plötzliche Stimmungsschwankung. Ein Problem an der Uni? Dafür war sie zu still. Ashley war keine, die Ärger mit anderen Leuten in sich hineinfraß. Ein Todesfall in der Familie? Auch das wäre kein Grund, still weinend im Dunkeln zu sitzen. Dies war etwas anderes.

Brian errechnete, dass er nicht genug Informationen hatte, um den Grund für Ashleys Trauer herauszufinden, ergo beschloss er, ihnen eine Dose Bier zu holen. Er musste Zeit gewinnen, oder Ashley musste ihre Sprache wiederfinden. Er griff zwei Miller light aus dem Kühlschrank, drehte die Kronkorken ab und warf sie in den Mülleimer. Die Klappe des Mülleimers fiel mit einem lauten Klonk zu. Brian war schon auf dem Rückweg ins Wohnzimmer, als er plötzlich zögerte. Ein Bild in seinem Kopf ließ ihn noch einmal auf das Fußpedal treten, das den Deckel öffnete. Etwas passte nicht. Ein Bild stimmte nicht. Zwei identische Packungen. Brian sah die beiden Miller light Kronkorken auf einer halben ausgehöhlten Honigmelone. Und daneben die beiden Verpackungen, die Ashley vermutlich absichtlich obenauf liegengelassen hatte. Damit sie es nicht aussprechen musste. Es war unglaublich! Brian hatte keine Ahnung, warum sie eigentlich weinte. Er stellte das Miller light für Ashley zurück in den Kühlschrank und zapfte aus dem Hahn ein Glas Leitungswasser.

»Hey«, sagte er.

»Kein Bier für mich?«, fragte sie.

Brian nickte ermutigend in Richtung des Wasserglases.

»Du weißt schon, dass das jetzt noch keine Rolle spielt, oder?«, fragte sie und versuchte sich an einem Lächeln.

Das ist nicht ganz korrekt, dachte Brian. Genauer gesagt ist ab zwei Wochen nach Einnistung eine Schädigung nicht gänzlich auszuschließen. Natürlich konnte er das Ashley nicht sagen, zumal die Meinungen der Forscher diesbezüglich auseinandergingen. Natürlich wusste Brian längst alles über die Entwicklung von Eizellen und Embryos. Er wusste das, seit sie die Pille abgesetzt hatte, weil sie der Überzeugung waren, dass es viel einfacher war, jetzt ein Baby zu bekommen als später, wenn man mitten im Berufsleben steckte. Natürlich konnte er ihr das alles in diesem Moment nicht sagen. Er streckte ihr das Bier hin.

»Einen letzten Schluck«, sagte Ashley, und Brian erkannte, dass sie Angst hatte, ihr Leben zu verlieren. Dass ihr der positive Test, genauer gesagt die zwei positiven Tests, Angst machten.

Er streichelte ihr Knie.

»Hey«, sagte er und küsste den Leberfleck auf ihrer linken Wange. »Es wird alles grandios werden«, sagte er. Und er meinte es ehrlich. Er verdiente genug, selbst wenn sie ein halbes Jahr an der Uni pausieren wollte. Ihnen konnte nichts passieren. Sie würden ein Kind bekommen. Und es würde das großartigste Kind werden, das die Welt je gesehen hatte. Natürlich. Weil es Ashleys Kind sein würde. Natürlich dachten das alle Eltern, aber Brian hatte ausgerechnet, dass es eben für alle Eltern auch den Tatsachen entsprach. Nur die Welt der Computer war binär. Richtig und falsch. Sobald die Menschen auf die Welt blickten, veränderte sich zwangsläufig auch die Welt.

Ashley versuchte sich zum zweiten Mal an einem Lächeln, und es sah schon etwas zuversichtlicher aus. Dann klingelte es an der verdammten Tür.

»Hey«, sagte Alex, als Brian die Tür öffnete. In der Auffahrt stand ein silberner Dodge Stratus. Er sagte das einfach so, als hätte er gestern Abend noch auf ihrer Terrasse beim Barbecue gesessen. Und der Dodge Stratus parkte ebenso selbstverständlich in der Auffahrt. Als wären sie alte Freunde, was sie im Grunde genommen auch waren. Nur konnte er heute Abend wirklich weder einen neuen noch einen alten Freund gebrauchen.

»Hör zu, Piece«, sagte Brian.

»Was ist los, Mann?«, fragte Alex. »Hast du gedacht, Bruce Springsteen stünde vor der Tür?«

Brian warf einen nervösen Blick ins Wohnzimmer, der Alex nicht entgehen würde. Er griff nach seinem Schlüsselbund und zog die Haustür zu.

»Hör zu, Kumpel«, sagte Brian, während er von einem Fuß auf den anderen trat. »Es ist gerade wirklich ungünstig.«

»Wer ist da drin?«, fragte Alex.

»Es geht nicht darum, wer da drin ist, sondern was da gerade los ist, Piece.«

Piece warf ihm einen zweifelnden Blick zu. Er trug einen schicken Anzug und Krawatte und sah aus wie Anfang dreißig. Und überaus seriös.

»Okay. Es geht auch darum, wer da drin ist. Aber es ist auch ein wirklich schlechter Zeitpunkt für ein paar Drinks unter Freunden.«

Innerlich biss sich Brian auf die Lippe. Hatte er damit schon zu viel verraten? Was Ashley anging, wäre Stan das eigentliche Problem, auch wenn sich niemals hatte aufklären lassen, was zwischen Alex und Ashley abgelaufen war. Brian machte eine mentale Notiz, sie danach zu fragen. Wann, wenn nicht jetzt, sollten alle Karten auf dem Tisch liegen?

»Hast du wenigstens Zeit für einen kurzen Plausch unter Freunden?«, fragte Alex und deutete auf den Wagen. Brian hatte nicht einmal gewusst, dass er einen Führerschein hatte.

Brian seufzte, nickte aber schließlich. Er stieg auf der Beifahrerseite ein, während Alex auf den Fahrersitz glitt. Die Karre stank nach kaltem Rauch und Energydrinks, dachte er, als Alex auch schon das Seitenfenster öffnete und sich eine Zigarette anzündete. Brian hatte nicht einmal gewusst, dass sein Freund rauchte. Es hatte sich einiges verändert. Und das galt nicht nur für Alex.

»War in der Gegend und dachte, ich schaue mal vorbei«, nuschelte Alex an der Kippe zwischen seinen Lippen vorbei, während er die Nägel seiner rechten Hand mit dem linken Zeigefinger bearbeitete.

»Klar«, sagte Brian. »Gute Idee.«

Nur nicht heute Abend, dachte er.

»Nette Hütte«, sagte Alex und grinste. »Du bist doch noch an der Uni, oder?«

Brian wusste genau, was der Zweck dieses Besuchs war. Dies war eine weitere Postkarte, auf die er nicht geantwortet hatte. Und er wusste, dass ihr neues Haus leise Zweifel an seinen Zukunftsplänen säen könnte.

»Klar, logisch«, sagte Brian. »Ich habe nur einen Nebenjob, der ein bisschen was abwirft.«

Alex griff nach dem Lenkrad und rutschte in eine bequemere Sitzposition. Vielleicht brauchte er die Pause zum Nachdenken.

»Das ist gut«, sagte er schließlich.

Brian nickte: »Und bei dir?«

Alex warf die brennende Kippe aus dem Fenster direkt auf die Auffahrt. Brian widerstand dem Reflex nachzusehen, ob sie auf dem Rasen gelandet war, der womöglich Feuer fangen könnte. Alex zündete sich eine zweite Zigarette an. Er rauchte viel.

»Ich bin jetzt für den ganzen Süden der Stadt verantwortlich«, sagte er und blies Rauch gegen die Frontscheibe.

»Bei der …?«

»Wir mögen das Wort nicht«, unterbrach ihn Alex. Brian atmete Rauch ein und unterdrückte einen Hustenreiz.

»Hast du …«, fragte er, »… eine … Knarre?«

»Schau ins Handschuhfach«, sagte Alex und starrte weiter auf ihr Haus, als ob er darüber nachdachte, was das alles zu bedeuten hatte. Hinter der Klappe lag eine silberne Pistole mit Perlmuttgriff. Brian schlug das Handschuhfach wieder zu.

»Kein Grund, nervös zu werden«, lachte Alex. »Ich habe sie noch nie abgefeuert.«

Brian wusste nicht, warum das die Anwesenheit einer Knarre, die einen Bären aufhalten konnte, besser machen sollte.

»Der Boss sagt, es reicht, wenn die Leute wissen, dass man eine hat.«

Brian nickte automatisch, weil das logisch klang.

»Macht Sinn«, sagte er.

»Eine Menge Sachen bei der Mafia machen Sinn«, erklärte Piece. »Zum Beispiel die Regel, dass Weiberangelegenheiten nicht mit in die Firma gebracht werden.«

»Ihr bezeichnet euch wirklich als Firma?«, fragte Brian einigermaßen fassungslos.

»Ich sage Stan nicht, dass du Ashley fickst und mit ihr in einem hübschen Haus wohnst«, sagte Piece.

»Woher willst du wissen, dass es Ashley ist?«, fragte Brian.

Alex tippte sich an die Stirn: »Alte Mafiaregel Nummer zwei. Schau immer in den Briefkasten, bevor du klingelst.«

Brian seufzte. Seine Hand wanderte zum Türgriff: »Danke, Mann«, sagte er.

»Hey!«, hielt ihn Alex zurück.

Brian drehte sich um.

»Bist du noch bei uns?«, fragte Alex. Der ganze Grund dieses Besuchs, wusste Brian. Und das ausgerechnet heute. Vermutlich war der verflixte siebte Sinn schuld daran. Weil natürlich seit heute alles anders war. Und weil ihm sein Leben gefiel. Wenn er ehrlich war, brauchte er die Millionen vom Cash Club nicht mehr. Er und Ashley würden sie auch so verdienen. Er trug bald Verantwortung.

»Klar«, sagte Brian. Schließlich trug er genau genommen heute noch keine Verantwortung. Und einen Arbeitgeber setzte man über eine Schwangerschaft auch erst nach der zwölften Woche in Kenntnis. Immerhin gab es noch eine etwa fünfzehnprozentige Wahrscheinlichkeit, dass es gar nicht so weit kam. Brian blieb keine Wahl: Er würde sich dann mit dem Problem beschäftigen, wenn es so weit war. Und keine Sekunde vorher. Jetzt musste er zurück zu Ashley.

»Macht euch keine Sorgen um mich«, sagte Brian, bevor er die Autotür zuschlug. Er hoffte, dass es ihm ein paar Monate Ruhe erkaufte.

KAPITEL 37

Mai 2004 (neun Monate später)
Hamburg, Deutschland

JOSHUA BANDEL

Der rote Teppich vor dem Hamburger Operettenhaus an der Reeperbahn war ausgetreten, aber immerhin war es ein roter Teppich, über den Josh Mona führen durfte. Sie liefen direkt hinter Karl-Mathäus Schneidersohn und seiner Frau auf den Tisch zu. Es gab auch Fotografen, wenn auch nur einige wenige, so dass man sich für einen kurzen Moment wie ein Filmstar fühlen konnte. Mona genoss es sichtlich, als die Hostess ihren Namen auf der Gästeliste fand und ihnen ein rotes Bändchen ums Handgelenk schnürte. Es führte sie direkt in eine der vorderen Reihen des steil aufragenden Amphitheaters mit den roten Sitzen und den glitzernden Lampen über der Bühne. Auf der Leinwand stand der Spruch: Heute werden Sie genagelt, was Josh zu einer anzüglichen Bemerkung Mona gegenüber veranlasste. Dies war ein Fest von Werbeleuten für Werbeleute, da konnte es schon einmal etwas lockerer zugehen. Oder auch deftiger. Mona lachte kehlig und nippte artig an ihrem Prosecco, der zu warm und zu süß war. Josh wünschte sich ein Bier, während sie in ihrer Vierergruppe auf den Beginn der Veranstaltung warteten. Er kam sich vor wie Falschgeld zwischen all den lockeren Typen mit den zurückgegelten Haaren und den grauen Dreitagebärten, die sich alle zu kennen schienen. In diesem Moment fiel ihm die Ironie nicht auf, dass er sich ausgerechnet wie Falschgeld fühlte. Erst Jahre später erinnerte er sich daran, weil Mona ihn darauf aufmerksam machte. An diesem Abend jedoch, erst auf dem roten Teppich und später auf der Bühne, war er weiter weg von gefälschten Banknoten als jemals zuvor in den letzten drei Jahren. Ihr Verlag lief besser, als es der Druckerei schlechtging. Er und Karl-Mathäus Schneidersohn waren auf der Erfolgsspur. Und sie waren Freunde geworden.

Um kurz vor neun, als eine der ersten Kategorien, wurden die Nägel für die beste Typographie verliehen. Es war eine unwichtige Kategorie für die Werber. Wer sie gewann, wurde nicht zum Tagesgespräch beim Flying Buffet, das später folgen sollte, noch konnte er auf die Werberboxenluder hoffen, die sich Texterinnen oder Grafikerinnen in den ersten Berufsjahren nannten. Die Königsklassen waren die Kategorien für die beste Anzeige, das beste Plakat, und über allem thronte natürlich der Werbefilm. Dennoch fühlte Josh einen dünnen Schweißfilm auf den Innenseiten seiner Hände, als auf der Leinwand der bronzene Nagel für Typographie erschien. Der Moderator, ein Leihobjekt aus den unteren Rängen der Hamburger Lokalfernsehlandschaft, zögerte. Er zerrte an dem Stück Papier in dem Umschlag, als ob es sich wehrte. Dann endlich hielt er es in der Hand. Aber wieder stockte seine Stimme. Furchtbarer Typ, fand Josh. Der bronzene Nagel jedenfalls ging an das Werbebüro Stocker und Fischer für eine Einladungskarte zur Benefizgala eines Tierschutzbundes aus Wiesbaden. Es zeigte einen Hasen, der aus lauter kleinen Buchstaben bestand, die ihrerseits bei näherer Betrachtung lauter kleine Grabmäler erkennen ließ. Josh ächzte und flüsterte etwas in Monas Ohr. Dann kam der silberne Nagel. Wieder veranstaltete der Fernsehmann sein Brimborium und verkündete schließlich den Sieger: das Designteam Fritsch und Fritz aus Hamburg für die Arbeit: Ähm. Das Plakat zeigte, wie der Titel vermuten ließ, die Buchstaben Ä, h und m. Er warb für eine Maschinenbaufirma, weswegen die kleinen Umlaut-Kügelchen, die man in den USA nicht nötig hatte, vom Ä über das h und das m zu Boden purzelten. Wie von einer Maschine eben. So witzig wie ein Wald voller Bäume, dachte Josh. Aber Karl-Mathäus schien das anders zu sehen.

»Schon doll«, raunte er ihm zu.

»Jetzt wird es spannend«, gab Josh zurück.

Und tatsächlich wurde nach dem üblichen Umschlaggefummel der Name ihres Verlags verlesen. Karl-Mathäus und Josh taumelten auf die Bühne. Er würde später nicht mehr sagen können, wie er sich dort gefühlt hatte, weswegen dieser Absatz einigermaßen kurz ausfallen muss. Josh erinnerte sich aber daran, dass die Scheinwerfer in seinem Gesicht hell und die Bühne heiß gewesen war. Sie bekamen den goldenen Nagel für ein Buch, das Karl-Mathäus gestaltet und gedruckt hatte. Der Laudator, was aus Kostengründen derselbe Fernsehjüngling war, der die Ankündigung aus dem Umschlag gezaubert hatte, würdigte die hingebungsvolle Gestaltung, das sinnliche Verhältnis zum Papier und die klare typographische Sprache. Er sagte auch noch irgendetwas von Meisterwerk. Dann standen Josh und Karl-Mathäus nebeneinander und streckten jeder mit einer Hand die Plexiglasskulptur gen Operettenhauskuppel. Karl-Mathäus übernahm dankenswerterweise die Danksagung, und so verließen sie die Bühne, umarmten erst ihre jeweiligen Frauen, tauschten dann und klopften sich schließlich gegenseitig auf die Schulter. »Ohne dich hätte ich mich das niemals getraut, Josh«, sagte Karl-Mathäus. Und später am Abend, nach ein paar Drinks, wiederholte er sich noch einmal und stellte Josh eine Beteiligung am Verlag in Aussicht. Josh war in vielerlei Hinsicht betrunken an diesem Abend.

KAPITEL 38

Mai 2004 (zur gleichen Zeit)
Atlantic City, New Jersey

ALEXANDER PIECE

Auf dem Schreibtisch in dem dunklen Büro lagen etwa fünfzigtausend Dollar in bar, die silberne Pistole mit dem Perlmuttgriff und ein verfilzter Tennisball. Alex warf den Ball gegen die Wand und fing ihn wieder auf. Das laute Krachen gegen die Holzvertäfelung war ihm zur Gewohnheit geworden und trug zu seiner inneren Ausgeglichenheit bei.

»Tu Piece einen Gefallen, ja?«, fragte er in die Freisprechanlage des Telefons. Erneut knallte der Ball gegen die Wand. Alex glaubte, dass sein Gesprächspartner zusammenzuckte. Zumindest stellte er sich das so vor.

»Nein, du unternimmst gar nichts«, sagte er. »Ich will nur wissen, was er so treibt«, sagte Alex und knallte den Hörer auf, ohne sich zu bedanken.

Sein zweites großes Sorgenkind: Josh. Es war viel schwieriger, den Cash Club zusammenzuhalten, als er sich das vorgestellt hatte. Ständig verirrte sich jemand der anderen im Leben und vergaß, welche einmalige Chance sich ihnen bot. Alex griff nach seiner Pistole und stopfte sie sich in den Hosenbund.

Die Villa des Cappos lag am Rande der Stadt, auf der Stirnseite eines Wendehammers. Genauer gesagt war es keine Villa, sondern ein ganz normales, wenn auch einigermaßen großzügiges Einfamilienhaus. Alex parkte ein paar hundert Meter die Straße runter, weil diejenigen, die ihr Auto bei ihm in der Einfahrt abstellen durften, schon ein paar Jahre mehr auf dem

Buckel hatten als Alex. Die Glocke im Haus klang hell und freundlich.

»Hallo, Alex«, begrüßte ihn die Gattin vom Cappo. Eine ehemalige Schönheit, der man ihre fünfzig Jahre nicht ansah. Sie war Grundschullehrerin, keine ehemalige Stripperin, was man ihr auch ansah. Alex hatte es immer seltsam gefunden, dass ein Mafiaboss eine Grundschullehrerin geheiratet hatte, aber vermutlich hing er nur denselben bürgerlichen Klischees nach wie alle anderen. Überhaupt war das mit den Klischees und der Mafia eine Sache für sich. Jedenfalls gab ihm die Gattin vom Cappo drei Küsse auf die Wange. Rechts, links, rechts. Dann deutete sie auf den Weg zum Wohnzimmer. »Sie sind alle draußen«, sagte sie. »Frank grillt.«

Frank, der eigentlich Francesco hieß, der aber fand, man solle sich nicht allzu italienisch gerieren, wenn man seine Steuern in Amerika zahlte.

»Piece!«, nannte Frank ihn bei seinem Spitznamen, den er beibehalten hatte. Außer der Frau vom Chef nannte ihn jeder so. »Wunderbar, dass du es geschafft hast.«

Frank war ein lauter, schwerer Mann mit einer Elvistolle auf dem Kopf. Er trug eine Schürze, auf der ein Waschbrettbauch aufgedruckt war, und hielt eine lange Grillzange in der Hand, mit der er wahlweise gestikulierte wie mit einem Taktstock oder drohte wie mit einem Kurzschwert. Hinter ihm stand ein riesiger Gasgrill in der Mitte der Terrasse und drum herum die anderen: Lonny, Johnny und Franky, die drei Ypsilons. Der Consigliere Vito. Und ihr Anwalt, ein Mann mit dem Lächeln einer Mona Lisa und einer dem berühmten Vorbild nicht ganz unähnlichen Frisur. Alex umarmte die Ypsilons und gab dem Consigliere und dem Anwalt die Hand. Als Letzter nahm ihn der Don in den Arm, und Alex erntete auch von ihm drei Küsschen, was als Zeichen höchster Wertschätzung zu deuten war. Alex hatte nicht besonders lange gebraucht, in den engsten Kreis aufgenommen zu werden, was vor allem daran lag, dass er gut rechnen konnte und einige Vorschläge zur Restrukturierung von Don Franks Geldeintreibungsunternehmungen gemacht hatte. Seitdem verdiente Frank mehr, und Geld war für Frank ein wichtiger Grund für persönliche Zuneigung. Was ihn berechenbar machte, was wiederum Alex sehr genoss.

Das Würstchen und das Steak, das ihm Frank auf den Teller schaufelte, waren verkohlt, aber der Kartoffelsalat, den Franks Frau zubereitet hatte, schmeckte wunderbar. Als der Boss neben ihn auf die eigens für ihr Treffen aufgestellte Bierbank glitt und seine ähnlich verkohlten Fleischstücke mit Barbecuesauce übergoss, bis nichts mehr von ihnen zu sehen war, beschloss Alex, seine Chance zu ergreifen.

»Don Frank?«, fragte Alex.

»Hm?«, fragte Frank und kaute auf einem zähen Stück Fleisch herum.

»Kann ich dich um einen Gefallen bitten?«, fragte Alex.

Der Boss schluckte und spülte mit einem großen Schluck Bier nach.

»Klar«, sagte er schließlich und räusperte sich.

»Ich habe einen Freund beim Secret Service«, ließ Alex die Katze aus dem Sack, und Frank rülpste. Dann begann er zu husten und bedeutete Alex, ihm auf den Rücken zu hauen. Alex zögerte, aber als Franks Kopf rot anlief und er sich vornüberbeugte, schlug er zu. Zweimal, dreimal. Ein sehniges Stück braun-graues Fleisch flog ins Gras und wurde keine fünf Sekunden später von einem felligen Derwisch weggeschnappt. Frank setzte sich auf und leerte die Bierdose in einem Zug.

»Sorry«, sagte der Boss und widmete sich wieder seinem Teller.

»Jedenfalls könnte dieser Freund mal ein Erfolgserlebnis

gebrauchen«, sagte Alex. Frank kniff die Augen zu und warf ein Stück Fett in Richtung des Hundes, der in der Nähe des Grills bei den anderen auf Beute hoffte. Der Hund sprang in die Höhe, Frank brauchte mehr Barbecuesauce und öffnete eine frische Flasche.

»Dieser Freund«, sagte der Boss, »ist also einer dieser Sorte Freunde, die einen Gefallen erwidern?«

Alex nickte: »Das ist die Idee.«

»Halte deine Freunde am Schlafittchen und deine Feinde im Herzen, was?«, fragte Frank und grinste.

Der Boss schob ein weiteres Stück Fleisch in den Mund. Er kaute eine Weile während Alex auf die Bierdose in seiner Hand starrte.

»Wie heißt dein Freund?«, fragte er schließlich.

»Henderson«, sagte Alex. »Stanley Henderson.«

»Wir sehen, was wir tun können«, versprach Don Frank und legte einen Arm um Alex' Schulter, während er ein Würstchen mit der Gabel zerteilte.

KAPITEL 39

Juli 2004 (zwei Monate später)
New York City, New York

STANLEY HENDERSON

»Ich finde wirklich, dass Harvey deine Talente besser fördern könnte«, sagte Robyn, während eine Nudel zwischen ihren blass geschminkten Lippen verschwand. Harvey war Stans neuer Boss in der Wäscherei, wie die Abteilung IV intern genannt wurde, die für Geldwäsche im Zusammenhang mit Falschgelddelikten zuständig war. Ein Abstieg. Ein weiterer Schritt nach unten auf der Treppe, die sich Karriereleiter nennen sollte. Aber immerhin ein Schritt in Richtung Cash Club, so hielt sich Stans Enttäuschung in Grenzen.

»Ich muss mal pissen«, sagte Stan und schob den Stuhl zurück. Das war unpassend, und die Füße der einfachen Stühle quietschten unangenehm laut auf dem unlackierten Holzboden.

Robyn starrte ins Nichts, in dem der Vorwurf hing, der hinter ihrem Kommentar verborgen war. Stan brauchte keine Vorwürfe und auch niemanden, der ihm sagte, was unübersehbar war: dass er für den Job nicht geschaffen war, den Alex hätte übernehmen sollen. Stan brauchte etwas anderes.

Die Unisex-Toilette war besetzt, und so drehte Stan den Wasserhahn im Vorraum so kalt wie möglich auf. Er griff in die Seitentasche seines Jacketts und zog eine kleine Flasche mit Wodka heraus. Wodka roch nicht. Oder zumindest nicht so stark. Das Knacken des Schraubverschlusses klang verheißungsvoll. Als er die Flasche ansetzte, hörte er die Spülung aus der Toilette. Er leerte den Wodka in einem Zug und warf die Flasche in den Mülleimer. Der Alkohol brannte vertraut in der Kehle. Die Tür zur Toilette öffnete sich, und eine korpulente Frau drückte sich an ihm vorbei. Sie machte ein vorwurfsvolles Gesicht, weil er ihr den Weg zum Waschbecken versperrte. Was sollte er machen? Wo sollte er hin? Tagein, tagaus nichts als Vorwürfe. Die Frau atmete schwer, als sie den Wasserhahn aufdrehte. Stan verschwand in der Toilette und drehte das Schloss. Verwundert betrachtete er die Berge von Toilettenpapier auf dem Boden und fragte sich, wieso sie es nicht seinem eigentlichen Zweck zugeführt hatte. Der Wodka verhinderte ein komplexeres Gedankenexperiment zu Sinn und Unsinn der Papierfetzen, und stattdessen ließ Stanley die Hose runter. Zufrieden betrachtete er den dicken Strahl und sah ihn in der Toilette verschwinden. Es war keine sehr kleine Flasche Wodka gewesen, sondern die Version für echte Trinker, nicht eines von diesen lächerlichen Zwei-Zentiliter-Dingern, die an der Kasse standen. Stanley schüttelte ab und drückte die Spülung. Dann schloss er auf und öffnete die Tür.

Wäre der Wodka nicht ein derart freundlicher Geselle, wäre er zusammengezuckt, hätte möglicherweise seine Pistole gezogen, denn direkt hinter der Tür stand ein Mann in einem weißen T-Shirt und einer weißen Mütze auf dem Kopf, so nah, dass er Stanley fast berührte, obwohl der noch immer in der kleinen Toilette stand. Er sah aus wie ein Arzt mit Mütze. Und dicken Oberarmen und einer Goldkette um den Hals. Was hatte das zu bedeuten? Der Mann mit der Mütze sah ihn an.

»Stanley Henderson?«, fragte er.

Stanley war verblüfft. Aber nicht überrumpelt. Schließlich war er ein Agent des Secret Service.

»Wer will das wissen?«, fragte Stan.

»Was spielt das für eine Rolle?«, fragte der Arzt.

Stanley überlegte. Aber der Wodka und der Wein, den er mit Robyn getrunken hatte, verhinderten einen allzu klaren

Gedanken. Also zuckte er mit den Schultern. Robyn, dachte er.

»Hier«, sagte der Mann und drückte ihm einen Umschlag aus braunem Papier in die Hand. Er sah unscheinbar aus. Was hatte das alles zu bedeuten?, fragte sich Stan, und bevor er sich die Frage beantworten konnte, war der Mann verschwunden. Unheimlich, fand Stan, als er den Umschlag öffnete. Wow, dachte Stan, als er zurück zu Robyn lief. Den Umschlag hatte er in die Innentasche seines Jacketts gesteckt. Er ging weder Robyn noch sonst jemanden etwas an.

KAPITEL 40

Juli 2004 (zur gleichen Zeit)
Palo Alto, Kalifornien

BRIAN O'LEARY

Diese Füße, dachte Brian, als er die Nachricht öffnete, die ihm Ashley geschickt hatte. So klein und doch schon alles dran. Er lächelte, als eine zweite SMS das Foto auf dem Bildschirm ersetzte. Der Empfang meldete einen Besucher. Brian wunderte sich, denn es kam äußerst selten vor, dass jemand ohne Anmeldung aufkreuzte. Er seufzte und stemmte sich aus seinem Drehstuhl. Durch den Gang zwischen den Schreibtischen flitzte ein kleiner Lego-Roboter. Jeder hatte Puffy mittlerweile liebgewonnen, weil er darauf programmiert worden war, jede Geräuschquelle mit seinen großen, gelben Augen anzuschauen. Puffy hielt inne, als er Brians Schritte wahrnahm, und rollte ein paar Meter neben ihm her.

In der schmucklosen Lobby des Bürogebäudes, in dem sie mittlerweile vier Stockwerke besetzt hatten, wartete ein Mann in einem dunklen Anzug. Dies war noch mysteriöser als ein unangekündigter Besuch, denn in der IT-Branche trug niemand Anzüge, nicht einmal die milliardenschweren Investoren. Der Mann mit dem Anzug hatte raspelkurze graue Haare und hielt eine braune Ledertasche in der Hand.

»Mister O'Leary«, sagte der Mann und streckte ihm eine Hand mit manikürten Fingernägeln entgegen. Brian schüttelte sie ohne großen Enthusiasmus.

»Wer sind Sie?«, fragte er.

»Wollen wir nicht vielleicht vor die Tür …?«, fragte der Mann und warf einen bedeutungsvollen Blick auf die Tasche in seiner Hand.

»Wieso sollten wir?«, fragte Brian erstaunt.

»Vielleicht möchten Sie das draußen besprechen«, behauptete der Mann, und Brian fiel auf, dass er sich nicht einmal vorgestellt hatte.

»Wer sind Sie?«, fragte er.

»Piece schickt mich«, sagte er.

Brian seufzte. Natürlich, dachte er.

»Piece schickt Sie?«, fragte er.

Der Mann nickte.

»Er bat mich, Ihnen diese Tasche zur Aufbewahrung auszuhändigen.«

Brian kratzte sich am Kinn und bemerkte, dass er sich seit mindestens drei Tagen nicht rasiert hatte. Ein Säugling im Haus machte sich nicht nur hinsichtlich seiner Zukunftspläne bemerkbar. Auf einmal fühlte er sich unendlich müde.

»Gehen wir«, sagte Brian und deutete mit der Hand in Richtung der Drehtür.

»Gerne«, behauptete der Mafioso, der er unzweifelhaft war, auch wenn er sich so gewählt ausdrückte wie ein Butler Ihrer Majestät.

Der Mafioso rannte eher, als er ging, so dass Brian Mühe hatte mitzuhalten. Er lief auf die andere Straßenseite und verschwand hinter einer kleinen Mauer. Vermutlich, damit sie niemand aus dem Büro beobachten konnte. Dies war eindeutig kein Meeting, dem Brian zugestimmt hätte. Als Brian hinter die Mauer trat, stellte ihm der Mann die Tasche vor die Füße.

»Von Piece?«, fragte Brian.

Der Mann nickte: »Ich soll ausrichten, Sie sollen gut darauf aufpassen. Es wäre gewissermaßen sein Baby.«

Brians Augenlid zuckte. Piece wusste von Aaron? Woher zum Teufel wusste Piece von ihrem Kind? Der Mafioso starrte auf seine perfekt manikürten Fingernägel. Brian schluckte und ging in die Knie. Der Reißverschluss der Ledertasche klemmte. Er riss daran. Spürte den Schweiß auf seinem Rücken. Es war warm draußen. Zu Hause, Auto, Büro. Überall Klimaanlagen. Brian wusste nicht, warum ihm das in diesem Moment auffiel. Als der Reißverschluss nachgab, starrte er auf dicke Bündel Geldscheine. Zwanzigtausend, hunderttausend, wer könnte das schon schätzen? Diebesgut vermutlich. Heiße Scheine. Fuck you, Piece. Piece of Shit.

»Und Mister Piece lässt fragen, wann Sie ihm von Aaron erzählen wollten«, sagte der Mann. Unbeteiligt. Wie die Frage nach einer säumigen Zahlung. Brian war der säumige Zahler im Cash Club. Das sagte ihm der Mann nur allzu deutlich, auch wenn er es nicht aussprach. Das musste er nicht. Das Geld war Pieces zweite Versicherungspolice, erkannte Brian. Alex hatte nicht nur herausgefunden, dass er und Ashley einen Sohn bekommen hatten, er hatte sich auch zusammengereimt, dass er kurz davor war, dem Cash Club den Rücken zuzukehren. Fuck you, Piece of Shit.

KAPITEL 41

August 2004 (ein paar Wochen später)
Mainz, Deutschland

JOSHUA BANDEL

»Dann schlaf doch einfach mit deinem Wolfgang«, sagte Josh und knallte die Haustür härter zu, als er wollte. Drinnen hörte er die Protestrufe von Mona und einen stumpfen Schlag gegen das Türblatt. Vermutlich hatte sie einen ihrer unanständigen Schuhe durch den Flur ihrer gemeinsamen Wohnung geschleudert. Sie stritten häufig in letzter Zeit. Und es war nicht Monas Schuld.

Die Schuld, wenn sie überhaupt jemand traf, trug die Gier der Menschen nach Neuem. Die Bequemlichkeit und die Trägheit. Das, was in früheren Zeiten Todsünden gewesen waren und was heute als optimiertes, modernes Leben verstanden wurde. Die Wahrheit war: Niemand las mehr Bücher. Und Firmenbroschüren wurden nur noch zu Rechtszwecken und für die Privatinvestoren jenseits der fünfzig auf Papier gedruckt. Alles andere erledigte der Mensch von heute im Internet. Es ging bergab. Mit der Menschheit, vor allem aber mit dem Verlag. Trotz der Preise. Sie waren zu klein, zu spezialisiert, zu teuer, um mit den Großdruckereien mithalten zu können, die schlau genug gewesen waren, die Investitionstöpfe der Wende vor fünfzehn Jahren anzuzapfen, um in digitale Drucktechnik zu investieren. In ihren Hallen standen alte Offset-Maschinen, die zwar viel bessere Ergebnisse lieferten, aber die viel langsamer und viel teurer waren. Josh war angespannt. Und nicht nur er.

Als er das Verlagsgebäude erreichte, wartete Karl-Mathäus vor dem Eingang auf ihn. Er stand an diesem wunderschönen

Mainzer Sommertag auf den Pflastersteinen des überaus präzise gepflasterten Gehsteigs, und hätte Josh nicht gewusst, was sie erwartete, hätte es ein wunderbarer Tag werden können. Auf dem Parkplatz standen zwei Siebener BMW. Vorstandsetage der Mainzer Sparkasse, ihrer Hausbank. Dunkle, schwere Wagen mit noch dunkleren Scheiben, die Insassen abgeschirmt von der Außenwelt. Das sollte später noch Thema werden zwischen ihm und Karl-Mathäus.

Ihre Sekretärin hatte zur Feier des Tages die Bahlsen Selection besorgt, jene Keksmischung, die in Deutschland als Beweis dafür diente, dass es dem Unternehmen gutging. Die Kekse waren das Erste, was findige Sparfüchse auf Assistenzebene mit der Billigware vom Discounter ersetzten, wenn der Chef darauf drängte, weniger Geld auszugeben. Solange es Bahlsen Selection gab, stand alles zum Besten. Es gab im Verlag schon seit zwei Monaten keine Kekse mehr. Die Kekse hatten sie kurz nach der letzten Preisverleihung eingestellt. Als klargeworden war, dass trotz eines goldenen Nagels niemand das Gewinnerbuch kaufen würde. Niemand, das war natürlich übertrieben formuliert, aber eben viel zu wenige. Das hatte zumindest ihr Controller behauptet, der in diesem Moment gegenüber den Bankern saß.

Nicht nur die Wagen, sondern auch die in ihnen beförderten Vorstände der Sparkasse waren schwer. Einer von beiden war dem Ministerpräsidenten von Rheinland-Pfalz wie aus dem Gesicht geschnitten. Er lächelte milde aus einem roten Gesicht, und seine Nase legte Zeugnis über seine Getränkevorlieben ab. Der andere war weniger korpulent und sah aus, als habe er seit der Zeit seiner Berufung in den Vorstand keine Sonne mehr abbekommen. Alle vierzig Sekunden rückte er seine Brille zurecht und überließ das Reden der Rotweinnase.

»Sie sagen also, dass Sie noch in diesem Jahr in die Gewinnzone zurückkehren werden?«, fragte der Weinfreund und lachte. »Das finden wir gut.«

Er sprach von sich als wir und meinte damit vermutlich die Gesamtheit der Sparkasse von Mainz und Umgebung. Oder sich und den Sonnenvermeider. Im Grunde spielte es keine Rolle.

»Nicht nur das«, fügte Karl-Mathäus an, »wir haben im letzten Jahr auch fünf Preise für unsere Bücher gewonnen.«

Er deutete auf die Urkunden in den Rahmen an der Wand des Besprechungsraums.

»Wir sind gewissermaßen der Beweis, dass Gutenberg noch lebt«, fügte Josh hinzu und fragte sich, ob das nicht viel zu amerikanisch klang. Der Sonnenvermeider rückte seine Brille zurecht und blickte nervös zu seinem Kollegen. Der faltete seine Hände über dem Bauch und lachte.

»Preise sind beeindruckend«, sagte er und griff nach einem Waffelröllchen mit Milchschokoladenüberzug. In der Bahlsen Selection gab es zwei Sorten Waffelröllchen, die mit dunkler und eben jene mit hellem Milchschokoladenüberzug. Letztere wurden aus unerfindlichen Gründen bei jedem Meeting als Erstes gegessen. Das war ein Faktum, das sich Josh immer noch nicht erschlossen hatte.

»Aber ein paar harte Zahlen wären uns doch lieber«, sagte der Vorstand, und der Kollege mit der Brille nickte, nicht ohne sie erneut zurechtzurücken. Josh fragte sich, ob das für einen Mediziner als Tick durchginge.

»Businessplan«, sagte der mit der Brille.

»Natürlich«, sagte Karl-Mathäus und nickte ihrem Controller zu, der vorbereitete Ausdrucke verteilte. Der mit der Brille begann mit dem Studium, ohne aufzusehen, und blätterte schneller, als es Josh gelingen würde, ein Comicheft zu lesen. Der Rotweinvorstand machte sich nicht die Mühe und griff stattdessen zur letzten Milchschokoladenrolle. Dann lächelte er und faltete erneut die Hände auf dem Bauch. Josh rückte nervös auf dem Stuhl hin und her. Er wusste, dass der Plan ambitioniert war. Er wusste, dass er nicht besonders plausibel erschien, wenn man die Produkte hinter den Zahlen kannte. Er wusste das, weil er ihn mit dem Controller für diesen Termin frisiert hatte. Sie gingen davon aus, dass sie frühestens nächstes Jahr wieder schwarze Zahlen schreiben würden. Aber mit einer Bürgschaft auf die Immobilie würde es gehen. Wenn die Bank mitmachte.

»Reicht nicht«, sagte der Brillenvorstand und klappte ihren Businessplan wieder zu. Er hatte keine drei Minuten gebraucht, um die Zahlen zu verstehen. Und Josh wusste, dass er die Zahlen verstanden hatte. Wer würde einen Mann wie ihn mit zu einem Termin nehmen, wenn er nicht eine Superheldeneigenschaft hatte, die sich als überlebensnotwendig herausstellen könnte? Zum Beispiel die Superheldeneigenschaft, einen Businessplan innerhalb von Minuten als frisiert zu erkennen? Josh schluckte und griff nach einem Vanillekipferl.

Der Weinvorstand lächelte und beugte sich nach vorne. »Wir brauchen mehr«, sagte er schlicht. Er meinte: mehr Sicherheiten, mehr von euch, mehr von dem Kuchen, den ihr noch übrig habt. Karl-Mathäus würde nicht nur die Firma seiner Großeltern verpfänden müssen, sondern vermutlich auch deren Haus, wenn ihr Verlag eine Chance von der Sparkasse Mainz bekommen sollte. Nicht zum ersten Mal in den letzten vier Monaten dachte Josh an die Alternative. Seine Alternative. Schließlich waren es mittlerweile auch zum Teil sein Verlag und seine Mitarbeiter, wenn auch nur zu fünf Prozent. Eigentum verpflichtet, hatte sein Vater immer gepredigt. Vermutlich stritt er sich deshalb ständig mit Mona.

KAPITEL 42

September 2004 (vier Wochen später)
Newark, New Jersey

ALEXANDER PIECE

Das war wirklich eine Überraschung, dachte Alex, als er keine zwölf Stunden nach dem Anruf in der Ankunftshalle des Newark Airport stand und auf seine gefälschte Rolex blickte. Keine Minute zu früh, stellte er erfreut fest. Er lehnte sich an eine Betonsäule und wartete. Hinter den großen Schiebetüren liefen die Förderbänder mit den Koffern an den Einreisenden vorbei wie diese neumodischen Sushi-Lokale, bei denen man sich die Teller nehmen durfte, die einen anlachten. Niemand wusste, ob sich die Sushi-Lokale ihre Tricks bei den Kofferbändern der Flughäfen abgeschaut hatten oder andersherum – in Tokio waren sie angeblich seit Jahrzehnten ein Hit.

Der Mann, den er bis vor drei Jahren als den »Mamzer« Josh gekannt hatte, trug einen modischen braunen Anzug, ein kariertes Hemd und eine blaue Krawatte. Mit der dickrandigen Brille hätte er ihn fast nicht erkannt, so europäisch sah sein jüdischer Freund aus. Sie nahmen sich in den Arm und klopften sich gegenseitig auf die Schultern, wobei Alex darauf achtete, dass er ein wenig fester klopfte. Er hatte gelernt, dass solche Gesten wichtig waren. Zumindest bei der Mafia waren sie das, und wie Alex in den letzten Jahren festgestellt hatte, traf alles, was auf die Mafia zutraf, auch auf das ganz normale Leben zu. Vielleicht mit etwas weniger drastischen Konsequenzen.

»Schicke Uhr«, sagte Josh, als sie in seinem Auto saßen und auf dem Highway Richtung Süden fuhren.

»Ich habe sie einem Gangsterboss abgenommen«, sagte Alex, und Josh putzte seine Brille.

»Im Ernst?«, fragte Josh.

Alex lachte: »Nein«, gab er zu. »Aber du musst zugeben, dass du es für einen Moment geglaubt hast.«

Josh grinste und öffnete das Fenster.

»Um die Wahrheit zu sagen: Sie ist eine gute Fälschung. Aber die dicke Uhr gehört bei uns zum guten Ton.«

»Genauso wie ein dickes Auto?«, fragte Josh und betrachtete nachdenklich die abgewetzten Polster des Dodge Stratus.

»Genauso wie ein unauffälliges Auto«, bestätigte Alex und schaltete das Radio ein. »Eine protzige Karre ist eine Honigfalle für die Bullen.«

Josh schien das einzuleuchten, denn er sprach zunächst kein weiteres Wort. Stattdessen lauschten die Freunde dem Sound von 50 Cent, einem weitgehend unbekannten Rapper, der gerade seinen ersten Nummer-eins-Hit eingespielt hatte. »My flow, my show brought me the dough«, sang 50 Cent. Wie passend, fand Alex. Wenn er nur wüsste, was Josh eigentlich von ihm wollte. Er wusste, dass er immer noch mit dieser Schnalle aus Mainz zusammen war, einer Studentin mit sehr ausschweifendem Sexualleben, von dem Josh nur teilweise etwas ahnte. Alex hatte nicht vor, es ihm auf die Nase zu binden, wenn es nicht unbedingt sein musste. Auf die Mafia, zumindest das musste man zugeben, war sogar Verlass, wenn die Zielperson einer kleinen Hintergrundrecherche 12 000 Meilen weit weg lebte. Die Mafia gab es überall, sie war fast so etwas wie ein kleiner Geheimdienst.

»Wow«, sagte Josh als ihn Alex in die Suite des Palace Hotels führte. Der Ausblick vom siebzehnten Stock über den Atlantik, davor die glitzernde Promenade und der Pier, war überwältigend. Alex, der hier schon mehr als eine Party gefeiert hatte, bemerkte es kaum. Josh rollte seinen Koffer in die Ecke und trat vor das Fenster.

»Für meine Freunde nur das Beste«, erklärte Alex und ließ sich in einen der breiten Sessel fallen. Wenn er sich recht erinnerte, hatte ihm das letzte Mal eine Blondine in diesem Sessel einen geblasen. Oder eine Brünette?

»Bereit für heute Abend?«, fragte Alex und lächelte innerlich.

»Klar«, sagte Josh.

»Ich hole dich um sieben ab, okay?«, fragte Alex. »Muss vorher noch was erledigen.«

»Okay«, sagte Josh. »Wir reden dann, ja?«

Alex nickte und schwang sich aus dem Sessel. Er war nicht sicher, ob dieser Plan seines Freundes aufgehen würde.

Um sieben Uhr stand Alex vor der Suite und klopfte. Josh öffnete keine zwei Sekunden später. Er war offenbar bestens vorbereitet: schwarzer Anzug, schwarzes Hemd, dieselbe dunkle Brille. Er sah europäischer aus als jeder Italiener aus Don Franks Mannschaft. Nur auf die Mädels war er natürlich nicht vorbereitet. Jocelyn, Kathryn und Alisa begrüßten den Mamzer mit Küsschen auf die Wange. Alex genoss das verdutzte Gesicht seines Freundes.

»Nur das Beste, Alter. Schon vergessen?«, raunte Alex Josh zu, während sie auf den Fahrstuhl warteten. Die Mädchen trugen kurze Kleider, paillettenbesetzte Taschen und dünne Absätze, die sie zu diesem Gazellengang zwangen, den Männer unwiderstehlich fanden.

»Das sind sehr unanständige Kleider«, flüsterte Josh zurück.

»Warte ab, bis du sie in Aktion erlebst«, sagte Alex.

Natürlich war der Abend ein grandioser Erfolg, was unvermeidlich war, wenn man mit der Mafia Party machte. Sie starteten in einem der besseren Restaurants, tranken Cocktails in einer angesagten Bar und landeten schließlich im VIP-Bereich einer Disco, die Alex Schutzgeld zahlte. Natürlich zahlte jeder der Betriebe, die sie heute Abend besucht hatten, Alex Schutzgeld – respektive dem Don, wenn man es genau nehmen wollte, denn das hatte zur Folge, dass sie hofiert wurden wie sonst nur die stinkreichen Smokingträger. Besser vielleicht.

»Du bist nicht zu retten, Piece«, sagte Josh, während Kathryn in seinem Arm an einem Cocktail züngelte. Sie tat das, weil sie glaubte, dass Alex das von ihr erwartete. Insgeheim glaubte Alex, dass in Joshs Fall etwas mehr Zurückhaltung zielführender gewesen wäre, aber er sah keinen Grund, sie darauf hinzuweisen.

»Wer sagt, dass ich gerettet werden will?«, fragte Alex.

Josh beugte sich nach vorne, so dass Kathryn aus seinem Arm in das tiefe Polster glitt.

»Bist du noch dabei?«, fragte Josh. Seine Stimme klang mittlerweile nicht mehr ganz so klar und präzise wie sonst. Ein klares Zeichen dafür, dass er wesentlich mehr getrunken hatte als Alex. Und Alex hatte eine Menge getrunken. Mit einem Kopfnicken bedeutete er Alisa, die auf seinem Schoß saß, sich in Richtung der Bar zu verziehen.

»Klar bin ich dabei, Mann«, raunte Alex. »Wieso fragst du mich solche Sachen?« Er zündete sich eine Zigarette an, weil er nicht wollte, dass ihm Josh sein Erstaunen ansah.

Josh atmete aus. Er schien erleichtert zu sein.

»Gut«, sagte Josh. »Das ist gut.«

Alex zog an der Kippe und legte sie in den Aschenbecher.

»Was ist passiert, Josh?«, fragte Alex.

Dann erzählte Josh ihm von Mainz. Von der Druckerei, von den Preisen und schließlich von den Bankern. Bis auf das mit dem weinseligen Vorstand und seinem wortkargen Kollegen, war das alles für Alex nichts Neues. Dem Mafiageheimdienst sei Dank.

»Du willst also diese Druckerei retten?«, fragte Alex schließlich.

»Na ja«, sagte Josh. »Nicht nur.«

Alex nickte und zündete sich eine weitere Zigarette an. Josh saß immer noch vornübergebeugt, und Alex fragte sich, ob er überhaupt bemerkte, dass Kathryn ihm den Rücken streichelte.

»Du solltest dich entspannen«, sagte Alex und lächelte. Er hatte überhaupt Grund zu lächeln, denn die neueste Entwicklung war Wasser auf die Mühlen seines Plans. Er hatte immer geglaubt, dass er der Einzige war, der noch ernsthaftes Interesse am Cash Club hatte. Er hatte geglaubt, dass ihm nichts anders übrigbleiben würde, als die Schäfchen mit nicht tödlichen, aber unangenehmen Elektroschocks zurück hinters Gatter treiben zu müssen. Joshs Besuch änderte alles. Alles wurde auf einmal klar. Alles wurde auf einmal wieder einfach. Wie es einmal gewesen war. Josh hatte sogar eine Liste erstellt mit Materialien, die sie brauchen würden. Es war perfekt.

»Hör zu«, sagte Josh. »Zu Hause wartet Mona und …«

Alex legte ihm eine Hand auf den Arm.

»Mainz ist weit weg«, sagte Alex.

Josh schien kurz über das Argument nachzudenken. Alex wusste, wie überzeugend die Mädchen sein konnten, wenn er den Startschuss gab. Mona hatte damit nichts zu tun. Kein Mann konnte dem widerstehen, was Kathryn auffahren würde. Hey, sie war schließlich ein Mädchen der Mafia, oder nicht?

»Wir können morgen noch überlegen, wie wir das mit Stan ausbügeln«, sagte Alex.

»Sag bloß, er hat es versaut«, meinte Josh.

»Sagen wir so: Er ist nicht gerade der perfekte Cop«, stellte Alex fest und nahm einen Schluck von seinem Gin Tonic.

Josh seufzte.

»Ich hatte ihm eine Liste zukommen lassen, mit der er drei kleine Fische verhaften konnte, das hat ihm etwas Luft verschafft.«

»Luft?«, fragte Josh.

»Er stand kurz vor der Versetzung zum FBI«, sagte Alex.

»Wo er uns nicht besonders viel nützt«, stellte Josh fest.

Alex nickte: »Wir werden ihm einen etwas größeren Gefallen tun müssen, damit er uns das liefern kann, was wir brauchen.«

Josh warf einen verstohlenen Blick auf seine Begleitung, als sich Jocelyn neben ihn setzte. Sie legte eine Hand auf sein Knie. Alex nickte ihr zu.

Das, was sie von Stan brauchten, war die geheime Liste. Die geheime Liste mit nicht öffentlich bekannten Sicherheitsmerkmalen der Einhundertdollarnote. Denn neben den allgemein bekannten Besonderheiten gab es angeblich sechs weitere Merkmale, nach denen die Computersysteme in den Banken nach Blüten suchten. Ohne sie würden sie allenfalls gute, aber keine perfekten Blüten drucken können. Es war diese Liste, die auf Alex' Besorgungsliste ganz oben stand. Josh räusperte sich, weil Jocelyns Hand seinen Oberschenkel nach oben wanderte. Alex lächelte.

»Genießen wir den Abend, Josh. Ich glaube, ich habe schon eine Idee.«

Alex sagte das und winkte nach der Kellnerin, die zusammen mit Alisa an ihrem Tisch erschien. Dies war ein Abend, der mit Champagner enden musste. Denn vielleicht konnten sie mit der Idee, die ihm vor nicht einmal zwanzig Minuten gekommen war, sogar mehrere Fliegen mit einem Schlag erledigen. Was der Don einen Colpo nannte. Einen harten Treffer beim Boxen. Das war es, was Stan jetzt brauchte. Einen Knock-out, der alle Lügen strafte, die ihn für einen versoffenen Loser hielten. Und wenn das erledigt war, wurde es Zeit, die konstituierende Sitzung einzuberufen.

KAPITEL 43

September 2004 (zwei Wochen später)
New York City, New York

STANLEY HENDERSON

Stan betrachtete sein teigiges Gesicht im Spiegel und stellte wieder einmal fest, dass er fett geworden war. Fett und aufgedunsen. Er formte eine Schale mit beiden Händen und schüttete sich kaltes Wasser ins Gesicht. Dann zog er die Krawatte gerade und ging in die Küche.

Robyn saß am Tisch und stocherte in einer Portion Rührei nach den Baconstückchen. Stan setzte sich ihr gegenüber und nippte an seinem Kaffee, den er dringend brauchte. Dann schlug er das neue *Nightcrawler*-Heft auf und begann zu lesen. Einige Minuten und einige Dämonen später stellte Robyn das Geschirr in die Spüle und verließ wortlos das Haus. Stan sah auf die Uhr und beschloss, noch ein paar Minuten mit dem *Nightcrawler* zu verbringen, als es plötzlich an der Tür klopfte. Nicht etwa klingelte. Sondern klopfte.

»Scheiße«, fluchte Stan, als er beim Aufstehen die Kaffeetasse umstieß und sich die braune Flüssigkeit über die Bilder ergoss.

»Stan«, rief es von draußen.

Eine bekannte Stimme.

»Scheiße«, fluchte Stan noch einmal und öffnete die Tür. Er hielt noch die Küchenrolle in der Hand.

»Bist du verrückt, hier aufzutauchen?«, fragte er, als er in Alex' Augen blickte. Oder besser gesagt, als er Alex in die verspiegelte Sonnenbrille blickte. Er zog ihn durch die Tür und schloss ab.

»Ich habe sie rausgehen sehen«, sagte Alex gleichmütig und

betrachtete den Comic auf dem Küchentisch und das nicht angetastete Rührei in der Spüle.

»Wen hast du rausgehen sehen?«, fragte Stan.

»Na, Robyn«, sagte Alex. »Deine superscharfe Schnitte.«

Stan grunzte und tupfte mit dem Küchentuch die letzten Flüssigkeitsreste von dem Heft.

»Hör zu«, sagte Alex. »Wir müssen reden.«

»Was du nicht sagst«, sagte Stan und verschränkte die Arme vor der Brust. Er wusste, dass sich die Pistole an dem zu engen Jackett abzeichnete. Der verdammte Alex sah aus wie ein verdammter Mafioso, dachte Stan. »Und da kommst du zu mir nach Hause?«, fragte Stan.

»Wäre es dir lieber gewesen, wenn ich dich im Büro besucht hätte?«, fragte Alex und nahm ein Glas aus dem Schrank. Er drehte den Wasserhahn auf und füllte es bis zum Rand.

Stan grunzte erneut: »Was willst du, Piece?«, fragte er.

»Ich will, dass du endlich wieder einen Erfolg zu feiern hast«, sagte Alex und hielt ihm eine kleine Flasche mit Schnaps vor die Nase. Stan wehrte ab: »Nicht um die Uhrzeit!«, behauptete er. Er sah, dass Alex die Stirn in Falten legte, und fühlte sich ertappt. Scheiße, dachte er zum dritten Mal an diesem Morgen.

»Ich gebe dir eine kleine Geldfälscherbande, die du ausheben kannst«, versprach Alex.

»Im Ernst?«, fragte Stan und witterte Morgenluft.

»Im Ernst«, sagte Alex und stellte das Wasserglas beiseite, ohne es angerührt zu haben.

»Pass auf, ich erkläre dir genau, was du zu tun hast«, sagte Alex und setzte sich an den Küchentisch genau auf den Platz, auf dem zuvor Robyn gesessen hatte. Ein Zufall?, fragte sich Stan.

»Denn es ist wichtig, dass du es diesmal nicht vermasselst«, behauptete Alex. Er hörte sich an wie sein Boss, dachte Stan. Und trotzdem glaubte er, dass es sich möglicherweise lohnen würde, gut zuzuhören. Vielleicht war es seine letzte Chance.

KAPITEL 44

September 2004 (einige Tage später)
New York City, New York

ALEXANDER PIECE

Die Operation gestaltete sich viel schwieriger, als Alex es sich vorgestellt hatte. Es war das eine gewesen, Don Frank davon zu überzeugen, eine der anderen Familien, wie das immer noch hieß, obwohl die Mafia längst kein Familienbetrieb mehr war, ins Visier zu nehmen. Jetzt aber galt es, alle Bälle in der Luft zu halten – und vor allem dafür zu sorgen, dass Stan keinen fallen ließ. Das war natürlich die wichtigste Aufgabe. Alex fuhr ständig zwischen New York und Atlantic City hin und her, was ihm nicht nur auf die Nerven ging, sondern langsam auch seine Jungs aufhorchen ließ. Er spürte, dass sie sich fragten, was der Boss den ganzen Tag trieb, während er nicht erreichbar war. Aber das war das kleinste seiner Probleme. In diesem Moment saß er in seinem unauffälligen Dodge Stratus gegenüber der Wohnung, in der seine Zielperson wohnte, und wartete auf Stans Anruf. Genauer gesagt war es natürlich Stans Zielperson oder die des Secret Service, aber Alex wollte auf Nummer sicher gehen. Zu seiner Überraschung klingelte das Telefon tatsächlich genau um elf Uhr und damit zur verabredeten Zeit.

»Rede mit mir«, verlangte Stan. »Ist er zu Hause?«

»Ich fragte mich manchmal, wie ihr ohne die Hilfe der Mafia überhaupt einen Geldfälscher schnappt«, sagte Alex.

»Den Bullshit kannst du dir sparen«, ätzte Stan, und Alex hörte die Spülung einer Toilette.

»Ich meine ja nur …«, sagte Alex.

»Ich dachte, es ginge um Staatsanleihen«, sagte Stan, im Hintergrund plätscherte Wasser in ein Waschbecken.

Alex haute mit der flachen Hand auf das Lenkrad, um seinen Frust abzubauen.

»Natürlich geht es um Staatsanleihen«, sagte Alex mit ruhiger Stimme. Du dämlicher Sack, fügte er in Gedanken hinzu. Er hörte Stan aufatmen.

»Das habe ich auch dem Boss erzählt«, sagte er.

»Das ist gut«, sagte Alex und betrachtete das Weiß auf seinen Fingerknöcheln, die das Lenkrad verbiegen wollten. »Erklär es mir noch einmal, Stan, okay?«

Das Rascheln eines Papiertaschentuchs begleitete Stans Erklärungsversuch.

»Sie schmuggeln sie über Italien in die Schweiz. Im großen Stil. Das vermute ich zumindest, weil die drei Verdächtigen während der letzten vier Jahre neunmal nach Italien aus- und aus der Schweiz wieder eingereist sind.«

»Und woher kam der Anfangsverdacht?«, fragte Alex.

»Ein anonymer telefonischer Hinweis«, antwortete Stan.

Das stimmte. Was Alex deshalb so genau wusste, weil er der anonyme Anrufer gewesen war. Es gab eine Aufzeichnung des Gesprächs, das er von einer Telefonzelle in der Nähe der Wohnung geführt hatte, vor der er jetzt mit seinem Auto stand.

»Ich hab das im Griff, Alex«, behauptete Stan.

Natürlich denkst du das, dachte Alex.

»Okay«, sagte er.

»Okay«, bestätigte Stan.

»Dann los«, sagte Alex.

»Die Kavallerie ist bestellt«, sagte Stan und legte auf. Dann wartete Alex auf die schwarzen Autos mit dem SWAT-Team des FBI, bei dem Stan um Amtshilfe ersucht hatte.

KAPITEL 45

September 2004 (zur gleichen Zeit)
New York City, New York

STANLEY HENDERSON

Special Agent in Charge Ramon Molinero studierte den Papierkram, während der Chevy Suburban mit eingeschalteter Lichtorgel, aber ohne Sirene durch die Straßen von Manhattan in Richtung Süd-Harlem raste.

»Das ist gute Arbeit, Agent Henderson«, sagte er schließlich. Es war genau das dritte Mal, dass ihm der Boss ein Kompliment machte. Zwei davon waren auf Alex' Mist gewachsen. Aber das war in diesem Moment nicht das Problem.

»Jeder hätte das tun können«, sagte Stan und nahm den Stapel Papier, den ihm Molinero hinstreckte.

»Hat er aber nicht, der jeder«, sagte der Boss und klopfte ihm gönnerhaft auf die Schulter. »Wenn Ihre Jungs wirklich Securities im großen Stil schmuggeln, dann haben Sie einen bei mir gut.«

Stan wusste, dass Molinero eine Erfolgsmeldung ebenso gut gebrauchen konnte wie Stan. Im Grunde konnte ihre ganze Abteilung mal wieder eine Erfolgsmeldung gebrauchen in Zeiten, in denen alles, was eine Pistole halten konnte, für den Heimatschutz rekrutiert wurde. Seit dem 11. September vor drei Jahren waren sämtliche Polizeidienste panisch. Geld- und Wertpapierdelikte schienen dagegen an Wert verloren zu haben, was angesichts des Schadens, den sie anrichteten, ein Witz war, über den aber nur der Secret Service lachen konnte.

»Boss?«, fragte Stan.

Molinero starrte aus dem Fenster.

»Wie kriegen wir sie dran, wenn die Dokumente echt sind?«, fragte Stan. Alex hatte ihm gesagt, dass er das fragen sollte. Es hatte etwas damit zu tun, dass die Strafe statt fünfundzwanzig Jahre ungefähr fünf Monate betragen würde. Was natürlich ein noch größerer Witz war. Es schien eine rhetorische Frage zu sein, weil sie die Frage aufwarf, warum jemand echte amerikanische Staatsanleihen schmuggeln sollte. Aber Alex hatte ihm versichert, dass es in diesem Fall keine rhetorische Frage war. Viel mehr hatte er Stan nicht verraten, weil er behauptet hatte, es wäre zu auffällig, wenn Stan zu viel wüsste. Molinero jedenfalls kniff die Augen zusammen.

»Sie meinen, dass die ein reines Geldwäscheunternehmen aufziehen? Inklusive Steuersparmodell?«

Stan nickte notgedrungen. Vermutlich meinte er das. Es klang zumindest nach etwas, das Alex einfallen könnte.

Molinero starrte weiter aus dem Fenster. Während sie ihrem Ziel Block um Block näher kamen, wuchs Stans Magenknurren und verlangte einen Beruhigungsdrink. Nicht heute, sagte er seinem Magen. Nur nicht heute.

»Gar nicht dumm, Henderson«, sagte Molinero. »Gar nicht dumm.«

Dann griff er zum Telefon, und so kam es, dass Stan drei Tage später in einem Flugzeug nach Rom sitzen sollte.

Eines musste man Alex' Plänen lassen: Sie funktionierten. Wie er vorausgesagt hatte, entschied Molinero, die beiden Kuriere zu verfolgen, statt sie noch in Amerika hochzunehmen. Ein tatsächlicher Schmuggel nämlich fand erst beim Grenzübertritt in die Schweiz statt, weil es irgendein altes Gesetz gab, das das Verbringen amerikanischer Schuldverschreibungen in bestimmte Länder als solchen einstufte.

Der Flughafen Leonardo da Vinci machte seinem Namensgeber als einem der herausragenden Erfinder des Mittelalters keine Ehre, denn es funktionierte wenig bis gar nichts. Was insofern kein Problem darstellte, weil alle anderthalb Stunden auf ihr Gepäck warten mussten und damit auch die beiden Kuriere. So hatten Stan und Kevin keine Mühe, die beiden Italiener wiederzufinden. Und ja, Stan war tatsächlich wieder auf einer gemeinsamen Aktion mit Kevin, jenem Kollegen, mit dem zusammen er die glorreiche Idee gehabt hatte, einen Direktor der Notenbank in flagranti zu erwischen, und der sich so trefflich aus der Affäre gezogen hatte. Wenn diese Operation gelang, würde es den dunklen Fleck auf Stans Weste rückstandslos auswaschen, so viel stand fest.

Die Abordnung der italienischen Guardia di Finanza, die sie hinzugezogen hatten, wartete mit einem Kollegen vom römischen Büro des Secret Service in zwei Autos in der Nähe der Taxis. Und wie zuvor der Flughafen machte der Verkehr einen chaotischen Eindruck – mit demselben Ergebnis: Es war nicht schwer, an den beiden Männer dranzubleiben, die sich einen roten Alfa Romeo geliehen hatten. Und weil kaum eine Verfolgungsjagd so spektakulär verläuft wie im Kino, lohnt es sich an dieser Stelle, die Schilderung abzukürzen. Kurz gesagt, verhafteten sie die beiden Männer an der italienischen Grenze. Genau genommen verhaftete sie natürlich der Capitano der italienischen Polizei, weil sie hier nicht einmal Staatsgewalt husten durften. Wie sich später herausstellen sollte, hatten die zwei unbescholtenen Bürger und Mitglieder eines weniger unbescholtenen New Yorker Mafiaclans – was naturgemäß nicht bewiesen werden konnte – Staatsanleihen in einem Gesamtwert von sechzig Millionen US-Dollar im Gepäck. Was natürlich ein dicker Hund war und dazu führte, dass Stans Brust anschwoll, was wiederum zur Folge hatte, dass Robyn wieder mit ihm schlief. Einen perfekten Beweis für die Chaostheorie sollte Alex das im Rahmen ihrer konstituierenden Sitzung nennen, zumal sich die Schuldscheine als nicht besonders kunstfertige Fälschungen erwiesen. Alex würde ferner behaupten, dass Stan niemals die Lorbeeren hätte behalten dürfen, wenn nicht der Verdacht im Raum gestanden hätte, dass es sich um echte Dokumente handelte, weil er dann niemals nach Italien geflogen wäre. Dies wiederum erschien Stan deutlich zu kompliziert, und so begnügte er sich mit dem Ergebnis und den Blowjobs. Was nicht als Kapitulation gedeutet werden sollte.

KAPITEL 46

Dezember 2004 (drei Monate später)
Palo Alto, Kalifornien

BRIAN O'LEARY

Brians Mutter servierte zum ersten Mal seit neunzehn Jahren keinen Christmas Pudding, sondern einen Kürbiskuchen, weil Aaron sich schließlich nicht mit Rum vertrug. Zwar aß der Kleine mittlerweile verschwindend kleine Mengen fester Nahrung – was Ashley für einen herausragenden Fortschritt auf dem Weg zum Erwachsenwerden hielt –, aber natürlich hätte das kein Argument gegen den Pudding sein müssen. Großeltern, das hatte Brian einsehen müssen, waren eine eigene Spezies. Der Mensch schien mit der Geburt eines Enkelkinds in eine dritte Transzendenzstufe aufzusteigen, anders ließ sich nicht erklären, dass sich alles nur noch um die Person drehte, die mit dem wenigsten zufrieden war. In diesem Moment schlang seine Mutter ihm ein mit Rudolph the Red Nosed Reindeer besticktes Lätzchen um den sehr schmalen Hals und kniff ihm sanft in die Wange. Aaron brachte trotz seiner Müdigkeit ein tapferes Lächeln zustande, und alle am Tisch freuten sich. Am allermeisten freute sich freilich die Mutter, denn der Weihnachtsabend war einer der wenigen, an denen ihr sämtliche Verantwortung abgenommen wurde. Ashley und er würden in seinem ehemaligen Kinderzimmer übernachten, was zur Folge hatte, dass seine Mutter neben der Versorgung mit dem lebenswichtigen Kürbiskuchen auch die Morgenschicht übernehmen konnte. Dies wiederum bedeutete, dass Ashley ausschlafen konnte, was sie dazu ermutigte, ein paar Gläser Wein zu trinken. Und da sie das seit Beginn ihrer Schwangerschaft nicht mehr getan hatte, hatte Ashley ziemlich einen im Tee, was ausgesprochen niedlich anzusehen war. Vermutlich deshalb servierte sein Vater zu dem Kuchen einen selbst angesetzten Whiskeylikör, der ausgesprochen widerlich schmeckte, was ihm aber niemand verriet. Alles in allem war das Weihnachtsfest bei den O'Learys eine überaus harmonische Angelegenheit, wäre da nicht seine Verabredung gewesen, die Brians Stimmung mit düsteren Gewitterwolken verdunkelte.

Um Viertel vor neun bastelten seine Mutter und Ashley an der Verbringung des Kleinen in das Reisebett. Sein Vater ignorierte das Geschrei beim Wickeln und drehte stattdessen die Stereoanlage lauter, die wie immer ein Medley aus bekannten Weihnachtsklassikern spielte, auf denen seine Mutter bestand (Stichwort: *Last Christmas, I gave you my heart*). Danke für den Ohrwurm! Brian schaute auf die Uhr, während sein Vater eine zweite Runde des Likörs unters Volk zu bringen versuchte, was Brian mit einer flachen Hand über dem Glas zu verhindern wusste.

»Ich muss noch fahren«, sagte Brian.

»Ich dachte, wir reden«, sagte sein Vater.

»Ich weiß«, antwortete Brian schuldbewusst. Er fischte mit seiner Gabel nach einem kleinen Eck Kürbiskuchen direkt von der Platte, was höchst verboten war.

»Josh bekomme ich doch kaum mehr zu Gesicht, Dad«, sagte Brian.

»Wie geht es Josh?«, fragte sein Vater. »Wie ist es in Deutschland?«

Jeder Amerikaner konnte eine Geschichte von Deutschland erzählen. Vom Oktoberfest in München, von der Air Force Base in Ramstein oder von einem Großvater, der in den Ardennen gegen die Nazis gekämpft hatte.

»Keine Ahnung«, sagte Brian. »Aber darum geht es ja.«

Sein Vater nickte und trank seinen Likör in einem Zug.

»Weiß die Chefin, dass du abhaust?«, fragte er.

Brian nickte. Er würde sich nicht aus dem Haus trauen, ohne Ashley seinen Ausflug anzukündigen. Wobei er natürlich das Wichtigste verschwiegen hatte. Dass er zu einem Geschäftstermin fuhr, auf dem sein Weg in eine Zukunft als Schwerverbrecher besiegelt werden sollte. Und in Wahrheit wusste er natürlich längst alles über Joshs Zeit in Deutschland und die Druckerei. Es hatte bereits drei Treffen gegeben in den letzten vier Tagen. Heute wollten sie endgültig entscheiden, wie es mit dem Cash Club weiterging. Und nichts deutete darauf hin, dass Brian in letzter Minute noch ein cleverer Ausweg einfiel. Zumal er mittlerweile wusste, dass sich in der Tasche, die er drei Monate in der Garage seines Hauses aufbewahrt hatte und auf deren glattem Leder natürlich unzählige seiner Fingerabdrücke zu finden wären, über eine halbe Million Dollar Falschgeld befunden hatte. Nicht dass er so etwas nicht geahnt hätte. Brian wusste nicht genau, warum er den Mafioso damals nicht weggeschickt hatte. Vermutlich bedeutete Freundschaft doch mehr für ihn, als er zugeben wollte. Oder es lag schlicht daran, dass er sich bei »The Next Big Thing« zu langweilen begann.

Um Viertel nach neun drückte Brian Ashley, die neben Aaron eingeschlafen war, einen Kuss auf die Wange, setzte sich aufgrund der zwei Gläser Wein auf sein altes Jugendfahrrad statt hinter das Steuer des BMW und radelte durch das verregnete Palo Alto zu Stans Kinderzimmer. Dort – wo sonst – fand die konstituierende Sitzung des Cash Club statt. So konspirativ wie früher.

KAPITEL 47

Dezember 2004 (zur gleichen Zeit)
Palo Alto, Kalifornien

JOSHUA BANDEL

Josh betrachtete seinen Vater, der sich unter dem perfekten Weihnachtsbaum in seinem Sonntagsanzug von einem Butler einen Kaffee aus einem Silberkännchen servieren ließ. Seriously?, dachte Josh. Ein Butler? Er warf einen verstohlenen Blick auf die Uhr, weil er es kaum erwarten konnte, dieser Scharade von einem Weihnachtsabend zu entkommen. Seine Mutter und sein Vater spielten englischen Landadel, vermutlich weil seine Mutter darüber in einer Zeitschrift gelesen hatte. Das ganze Haus sah aus wie aus dem Katalog. Perfekte Troddeln, perfekte Kränzchen mit Kerzen, ein auf Weiß und Silber getrimmter Baum. Zum Kontrast trug seine Mutter einen kurzen Rock mit goldenen Pailletten, dazu passende cremefarbene Stilettos und eine weiße Bluse. Es war unglaublich, wenn es nicht so typisch seine Mutter wäre. Sein Vater machte wie immer ein gleichgültiges Gesicht und ertrug den Butler mit der Fassung eines Ehemanns, der sich mit den Marotten seiner Frau abgefunden hatte, weil er es sich leisten konnte. Das galt sowohl finanziell als auch emotional. Josh fühlte sich fremd in diesem Haus, in dem das ehemalige Kinderzimmer zu einem Ankleideraum umfunktioniert worden war, keine Woche nachdem er die Haustür hinter sich zugezogen hatte. Wer sollte das ertragen? Vor allem das Schweigen über seine Zeit in Deutschland. Seine Eltern taten geradezu so, als wäre er nicht vor drei Jahren, sondern gestern ausgezogen. Vermutlich war es seiner Mutter unangenehm, dass sein Vater seine Berufswahl für ein ausgesprochenes Hirngespinst hielt, und sein Vater wiederum sah keine Veranlassung, auf seinen Sohn zuzugehen. Warum sollte er auch? Schließlich war er im Recht. Josh bedankte sich für das Abendessen, den Kaffee und den sechzig Gigabyte iPod Photo, das neueste Modell – natürlich –, und machte sich aus dem Staub.

Er erreichte das Haus von Stans Eltern um kurz vor zehn und machte sich nach dem Summen des Türschlosses direkt auf den Weg in den zweiten Stock. Stan öffnete ihm die Tür, und Josh erschrak: Er hatte mindestens zwanzig Kilo mehr auf den Rippen und sah insgesamt nicht besonders glücklich aus. Sein breites Grinsen auf den Lippen strafte letztere Annahme allerdings Lügen, und als er Josh in den Arm nahm, spürte er, dass seine Körperfülle nicht zu einem gänzlichen Muskelabbau geführt hatte. Was beruhigend war, weil sonst eine Konstante des Universums gestört worden wäre, die zu stören sicherlich keine gute Idee war. Er setzte sich neben Brian auf die Couch. Ihn musste er nicht begrüßen, schließlich hatten sie sich in den letzten Tagen schon mehrfach getroffen. Lediglich Stan hatte sich als Staatsdiener nur den vierundzwanzigsten und fünfundzwanzigsten freinehmen können. Aber ihn über die letzten Entwicklungen zu informieren war Alex' Aufgabe, und der ließ offenbar auf sich warten.

Sie vertrieben sich die Zeit bis halb elf mit Gesprächen über Robyn und das Leben in New York, wobei es Josh nicht wunderte, dass Brian die meiste Zeit schwieg. Vermutlich wäre es keine besonders gute Idee, ihrem Freund von seinem Kind mit seiner Ex zu erzählen. Josh wusste nicht, ob es tatsächlich cleverer war, es zu verschweigen. Aber er hätte ebenso wenige Argumente dafür gefunden, Stan den Abend und vielleicht das halbe Leben zu versauen. Also trug Josh die unausgesprochene Lüge mit, bis endlich die ersehnte Türglocke läutete.

»Piece sieht aus wie ein Gespenst«, raunte Brian, als Alex durch die Tür trat. Womit er nicht unrecht hatte.

»Es muss etwas passiert sein«, flüsterte er noch, bevor Piece auf Stans Schreibtischstuhl Platz nahm.

Alle Augen richteten sich auf Stan, der sich offenbar einen Moment sammeln musste. Dann wich die bleiche Gesichtsfarbe dem üblichen Ton, und der Spuk war vorüber, so zumindest dachte Josh in diesem Moment.

»Schön, dass ihr alle gekommen seid«, sagte Alex und schaute jedem von ihnen für eine Sekunde direkt in die Augen. Dann schlug er die Beine übereinander.

»Also: Wo stehen wir?«, fragte er. Natürlich meinte er die Hausaufgaben, die jeder von ihnen in einem Umschlag in der Post gefunden hatte. Josh und er hatten die Liste in monatelangem Hin- und Herschreiben erarbeitet, nachdem sie sich vor drei Monaten in Atlantic City voneinander verabschiedet hatten. Stan hob die Hand.

»Also wegen der geheimen Merkmale muss ich sagen, dass die Bestimmungen …«

Josh unterbrach ihn: »Wollen wir vielleicht von vorne anfangen?«, fragte er.

Alex nickte und schlug eine schwarze Mappe auf.

»Brian?«, fragte Josh.

Brian räusperte sich: »Also … ähm. Also softwareseitig ist das Ganze alles andere als trivial. In der neuesten Version der Bildbearbeitungsprogramme, die grundsätzlich zu so etwas in der Lage wären, wurde eine Sperre eingebaut. Es ist also nicht mehr möglich, Geldscheine damit zu scannen und für den Druck vorzubereiten.«

Alex notierte etwas in der Kladde und blickte zu Brian: »Was soll das heißen, eine Sperre?«, fragte er.

»Sobald du etwas aufrufst, das aussieht wie eine Dollarnote, zeigt die Software nur noch ein schwarzes Bild«, erklärte Brian.

»Fuck«, sagte Josh und lächelte. Ihm war nicht entgangen,

dass Brian die Formulierung »alles andere als trivial« verwendet hatte. Vorgestern hatte er noch behauptet, es wäre unmöglich. Es war wichtig, Brian das Ganze als komplexes Problem darzustellen, für das er auserkoren war, eine Lösung zu finden. Damit trat der Gedanke, dass sie ein Verbrechen begingen, für Brian in den Hintergrund. Einem komplexen Problem hatte er noch niemals widerstehen können.

»Aber ich muss noch einmal auf etwas Grundsätzliches zu sprechen kommen«, sagte Brian. Er räusperte sich zum zweiten Mal, als hätte er einen Frosch im Hals. »Stan?«, fragte er. »Was kannst du uns zur rechtlichen Situation sagen?«

Stan griff nach seinem Football und warf ihn in die Luft, während er seinen Teil der Hausaufgaben referierte: »Genau genommen ist das Fälschen von Banknoten gar keine so große Angelegenheit«, sagte er. »Zumindest im ersten Schritt.«

Josh wusste, welche Fragen er stellen musste, um Brian zu überzeugen. Das ganze Meeting war ein einziges Brian-Überzeugungsmeeting, weil alle anderen längst an Bord waren. Und Josh verstand gut, warum Brian zögerte. Er hatte jetzt eine Familie zu versorgen – auch wenn das offiziell nur Alex und er wussten.

»Und das bedeutet?«, fragte Josh.

Stan lief zur Höchstform auf: »Zum Ersten bedeutet es, dass das Bereitstellen einer Fälschungsmöglichkeit mit nicht mehr als zwei Jahren bestraft wird – und das meistens zur Bewährung. Gefährlich wird es erst, wenn man eine Menge Blüten druckt oder sie in Verkehr bringt.«

»Das ist gut«, sagte Alex.

»Wieso soll das gut sein?«, fragte Brian. »Gehen wir etwa davon aus, dass wir das Ding erst aufwendig vorbereiten und dann gar nicht in die Tat umsetzen?«

Alex machte weiter Notizen.

»Nein, aber es ist nicht gesagt, dass wir uns alle unbedingt dem Risiko aussetzen müssen, beim Inverkehrbringen erwischt zu werden.«

Josh nickte: »Für Stan als Bundesbeamten zum Beispiel wäre die Strafe ungleich höher. Warum also sollten wir ihn dem Risiko aussetzen, dabei erwischt zu werden?«

Brian nickte. Das Argument schien ihm einzuleuchten.

»Und warum«, nahm Piece von Josh den Staffelstab, »sollten wir unseren Computerexperten diesem Risiko aussetzen, wenn er zum Inverkehrbringen gar nichts beitragen kann?«

Wieder nickte Brian vorsichtig. Stan warf den Football in die Luft: »Und außerdem, das wäre dann zweitens ...«, setzte er sein Argument fort, »hat weder der Secret Service noch das FBI, noch die SEC jemals einen Geldfälscher beim Fälschen erwischt.«

Brian verschluckte sich beinah an seinem Bier: »Das ist das Absurdeste, was ich jemals gehört habe!«, protestierte er.

»... Sondern nur beim Inverkehrbringen«, vollendete Alex Stans Satz. Stan nickte.

»Ich weiß nicht«, sagte Brian. Für ein paar unangenehme Sekunden, die sich wie Minuten anfühlten, schwiegen die Freunde, und der Aufschlag des Footballs auf Stans flacher Hand war das einzige Geräusch im Raum.

»Wollen wir mit der Liste weitermachen?«, schlug Josh vor.

»Gute Idee«, sagte Piece. »Wo stehen wir mit den geheimen Merkmalen, Stan?«

Der Football ruhte.

»Die sind ein Problem«, gab Stan zu.

»Selbst nach deinem sensationellen Fahndungserfolg?«, fragte Alex, und Josh bemerkte den leicht spöttischen Unterton, der Brian entgehen würde. Alex wollte Stan nicht bloßstellen, was sicherlich eine gute Idee war.

»Stan hat nämlich einen milliardenschweren Staatsanleihenschmuggel aufgedeckt«, erklärte Josh in Brians Richtung und hob das Glas.

»Auf Stan«, sagte Alex.

»Auf Stan«, wiederholten Brian und Josh unisono.

»Also: Was für ein Problem?«, fragte Alex.

»Selbst mit meiner besseren Geheimhaltungsstufe bin ich mindestens noch zwei davon entfernt, diese Liste zu Gesicht zu bekommen«, sagte Stan. »Die hüten das wie ihren Augapfel. Ich glaube, selbst Molinero kommt da nicht ran.«

Alex' Stift strich etwas durch. »Scheiße«, sagte er.

»Kann mich mal jemand aufklären?«, verlangte Brian.

»Sorry«, sagte Alex. »Natürlich.«

Er holte eine Hundertdollarnote aus der Brieftasche und legte sie in die Mitte des Tisches.

»Bekannt sind uns allen ja folgende Sicherheitsmerkmale«, referierte Alex. Er griff nach dem Geldschein und drehte ihn, damit alle sehen konnten, wovon er sprach.

»Wasserzeichen von Franklin, optische Tinte, rote und blaue Seidenfäden und der Plastikfaden fürs UV-Licht. So weit klar?«

Brian und Josh nickten. Natürlich hatte sich jeder von ihnen damit beschäftigt. So weit nichts Neues. Auch nicht für Brian, bei dem man allerdings nicht davon ausgehen konnte, dass er sich in den letzten Jahren mit etwas anderem als »The Next Big Thing« oder dem Schwängern von Ashley beschäftigt hatte.

»Es gibt das Gerücht, dass es weitere Sicherheitsfeatures gibt, damit Fälschungen von den Zählcomputern in den Bankfilialen entdeckt werden können, wenn sie im regulären Zahlungsverkehr unerkannt geblieben sind. Und ich muss ja wohl nicht betonen, wie wichtig es für uns ist, diese Parameter zu kennen, oder doch?«

Brian kratzte sich am Kinn: »Nein«, sagte er leise. »Das musst du nicht betonen.«

»Und wie es aussieht, kann sie Stan nicht besorgen«, sagte Josh. »Was ein derber Rückschlag ist. Genau dafür hatten wir ihn schließlich zum Secret Service geschickt.«

»Ich dachte, er sollte dort nur den Statthalter für Piece spielen«, sagte Brian und sprang damit unbewusst – oder bewusst, das wusste Josh nicht mehr zu sagen – in das zweitgrößte Fettnäpfchen, das an diesem Abend in Stans Kinderzimmer stand. Größer wäre nur die Sache mit Ashley gewesen.

»Nicht witzig«, sagte Stan. »Ich bin ein erfolgreicher Secret Service Agent.«

Josh blickte zu Boden.

»Das hab ich damit nicht sagen wollen, Stan«, entschuldigte sich Brian.

»Schon okay«, sagte Stan und dachte vermutlich an Robyn.

»Wie auch immer«, sagte Alex. »Wir brauchen diese Merkmale. Irgendjemand eine schlaue Idee?«

Wieder kratzte sich Brian am Kinn, und Josh lächelte. Sein Freund hatte bestimmt eine. Und damit war klar, dass sie ihn im Sack hatten.

»Vielleicht fällt mir dazu etwas ein«, sagte Brian schließlich und grinste.

Na also, dachte Josh. Und genauso sollte es kommen, denn keine halbe Stunde später brachen die vier ihre Zelte in Stans Kinderzimmer ab, um im Spago auf die zweite Geburtsstunde vom Cash Club anzustoßen. Weil es immer eine gute Idee war, etwas Neues am Ort des letzten großen Erfolgs zu beginnen, wie Alex behauptete. Und im Spago hatte die Sache mit den Kinokarten schließlich geendet. Wobei natürlich anzumerken ist, dass die Jungs das Spago bei weitem nicht mehr so spektakulär fanden wie zu Schulzeiten. Im Gegenteil stellen sie fest, dass es ein ziemlich heruntergekommener Italiener war, der laut Alex in Atlantic City nicht einmal eine Woche überleben würde. Was Josh ihm angesichts seiner Erlebnisse im Sündenpfuhl durchaus glaubte, was aber ihrer Stimmung an diesem Abend keinen Abbruch tat. Sie würden die Welt aus den Angeln heben und dabei reich werden, dachten sie.

KAPITEL 48

Dezember 2004 (wenige Stunden später)
Palo Alto, Kalifornien

ALEXANDER PIECE

Alex parkte den Stratus vor dem Haus seiner Mutter und stellte den Motor ab. Er klappte den Sonnenschutz herunter und betrachtete sein Gesicht im Spiegel. War es das Gesicht eines glücklichen Mannes, der im Begriff stand, den größten Plan seines Lebens in die Tat umzusetzen? Der im Begriff war, reich zu werden? Sein fahles Konterfei blickte auf den Mann in dem glänzenden Anzug und strafte den Plan Lügen. Glück war eine Frage des Standpunkts, dachte Alex und ließ das Konterfei auf dem Fahrersitz zurück, während er ausstieg. Er musste herausfinden, was wirklich passiert war. Sicher war nur, dass etwas mit Mom nicht stimmte. Sie wirkte geistesabwesend, fahrig. Mom war nicht sie selbst.

Er hörte sie im Schlafzimmer atmen, während er durch das Wohnzimmer und die Küche schlich, als wäre er ein Einbrecher. Warum arbeitest du noch?, hatte er seine Mutter gefragt. Und warum wohnst du immer noch hier? Reicht das Geld nicht, das ich dir schicke? Doch, doch, hatte sie gesagt. Ausflüchte mindestens. Eine Lüge vielleicht. Er durchsuchte die ordentlichen Schubladen in der Küchenzeile, zog die Tischdecke von dem Bierkasten mit der Pressspanplatte. Nichts. Er schlich in das Schlafzimmer und betrachtete die Silhouette unter der Decke, die noch dünner schien als sonst. Ihr ruhiger Atem sprach von einem traumlosen Schlaf. Der Wecker leuchtete blau auf dem Nachttisch. Eine weitere Schublade, das große Fach darunter. Kondome, Gleitgel, das er nicht hätte finden sollen. Oder wollen. Alex räumte den Kleiderschrank aus, achtete nicht mehr darauf, besonders leise zu sein. Er fand die Outfits, die er vom Gutenachtsagen kannte. Kurze Kleider mit Klettverschlüssen an der Seite, damit man sie schnell vom Leib reißen konnte. Die Arbeitskleidung einer Stripperin. Seine Mutter war jetzt Mitte vierzig. Warum konnte sie nicht damit aufhören? Er ließ alles auf dem Boden neben dem Bett liegen, lief ins Badezimmer. Alex riss die Packung mit dem Klopapier auf, warf die Rollen in die Wanne, räumte den Schrank aus, Glas klirrte auf dem Boden. Dann riss er den Reißverschluss ihres Schminkbeutels auf. Und sackte zusammen. Alex glitt an den verschimmelten Fugen der Fliesen hinunter und setzte sich auf den kalten Boden. Fuck. Er blickte auf das Besteck mit der Spritze. Dann begann er zu weinen.

»Schmeckt dir das Frühstück, Mom?«, fragte Alex. Er hatte frische Milch und Yummy Mummys besorgt, wie früher. Er hoffte, dass es sie an bessere Zeiten erinnerte. Er hatte zwei Stunden geweint und war dann in sein Auto gestiegen und zum Supermarkt gefahren. Er wusste nicht, was er anderes tun sollte. Er musste mit ihr reden. Obwohl er wusste, dass man mit Junkies nicht reden konnte.

Seine Mutter nickte gut gelaunt und griff nach einer weiteren Portion Rührei, die Alex aufgetragen hatte.

»Vermisst du nichts?«, fragte er.

Seine Mom zuckte mit den Schulter. »Was soll ich vermissen?«, fragte sie.

»Du bist eine schlechte Lügnerin«, sagte Alex und griff in die Hosentasche. Er legte das Fixerbesteck auf den Tisch.

»Warum hast du nichts gesagt, Mom?«, fragte er.

»Was hätte ich sagen sollten?«, entgegnete sie.

Darauf wusste Alex keine Antwort. Er legte das Besteck zur Seite und betrachtete seine Mutter. Sie war dünner geworden. Wirkte nicht mehr so vital wie früher. Sie hatte ihn nicht ein einziges Mal in Atlantic City besucht, obwohl er ihr mehrmals das Geld für den Bus geschickt hatte. Jetzt ergab alles einen Sinn.

»Du siehst mich an, als ob du mich für eine Cracknutte hältst«, sagte seine Mom. Alex blieb der Mund offen stehen.

»Siehst du, wie weit wir gekommen sind?«, fragte seine Mom und begann zu lachen. »Du glaubst wirklich, dass ich mir mein Leben mit Drogen versaue? Nach allem, was wir gemeinsam durchgemacht haben?«

Alex starrte sie an. Was hatte Leugnen für einen Sinn? Sie stand auf und lief zum Kühlschrank, kramte im Gemüsefach zwischen den Nektarinen und der Gurke. Schließlich zog sie eine kleine Ampulle heraus und stellte sie zwischen sich und Alex auf den Tisch. Interferon, stand in sehr kleinen Buchstaben auf dem Etikett. Seine Mom goss ein Glas Milch ein und trank.

»Was ist das?«, fragte Alex.

»Interferon«, sagte sie.

»Ach was?«, bemerkte Alex. Dann zog sie ein Pillendöschen aus der Tasche ihrer Jogginghose und warf es Alex zu.

»Ich bin sicher, das kannst du selbst herausfinden«, sagte seine Mom und begann, das Geschirr abzutragen. Alex stand auf und griff zum Handy. Er kannte einen Apotheker, der sich mit dem Vertrieb illegaler Substanzen ein kleines Zubrot verdiente. Er klingelte ihn aus dem Bett. »Interferon und Ribavirin, Arschloch. Wofür ist das?«, fragte Alex, während er auf der Veranda stand und sich eine Zigarette anzündete. Noch während ihm der Pharmazeut erklärte, wogegen die Medikamente eingesetzt wurden, sackte Alex an der Hauswand entlang zu Boden. Genau wie ein paar Stunden zuvor im Badezimmer. Die horrenden Preise der Hepatitis-Medikamente erklärten, warum seiner Mutter kein Geld für eine ordentliche Wohnung blieb. Alex brauchte mehr Geld. Viel mehr. Es gab neue Medikamente, sagte der Drogenhändler. Bessere Medikamente. Eine Krankenversicherung hatte seine Mutter natürlich nicht. Menschen wie Alex und seine Mutter hatten keine Krankenversicherung. Ihr Leben hing am Glücksfaden, und Alex hatte nicht vor, jemand anderen an die Spindel ihres Glückes zu lassen. Nicht nach dem, was seine Mutter für ihn getan hatte.

KAPITEL 49

Dezember 2004 (zwei Tage später)
New York City, New York

STANLEY HENDERSON

Der zweite Weihnachtsfeiertag, der beim Secret Service ebenso wenig ein Feiertag war wie der Heilige Abend oder Chanukka, war eine Gelegenheit, die Stan nicht verstreichen lassen wollte. Er druckte die Datei auf dem Computer aus, unterschrieb und machte sich auf den Weg zum Chef.

Nicht dass er nicht gezweifelt hätte, jetzt, wo sein Ruf wiederhergestellt war und Stan endlich einen Silberstreif am Horizont seiner Karriere erblickte. Aber die Jungs hatten ihn überzeugt, dass er die Karriere beim Secret Service nicht brauchte. Stan war betrunken gewesen an dem Abend im Spago, aber nicht so betrunken, dass er sich nicht mehr daran erinnern würde, wie sich der Siegestaumel angefühlt hatte. Der Gedanke daran, endlich frei zu sein. Frei von den Zwängen, die Robyn aufbaute, weil sie ihm die ehelichen Pflichten verweigerte, weil es im Büro nicht rund lief, frei von dem Zwang, Geld zu verdienen, der ihrer Generation die Luft zum Leben abzudrücken drohte. Josh hatte sich verwundert geäußert, dass ihren Eltern solche Gedanken offenbar fremd geblieben waren. Ihm war es egal. Freiheit war das, was zählte. Drinks in der Sonne statt schuften im Dunkeln. Ein Drink mit einem Schirmchen vielleicht, mit einem sündhaft teuren, zwanzig Jahre alten Rum zubereitete Dark'n'Stormies. Daran dachte er, als er an die Tür von Special Agent in Charge Ramon Molinero klopfte.

Er legte das Schreiben wortlos auf den Tisch und ließ Molinero Zeit, es in Ruhe zu studieren.

Molinero gähnte: »Das ist eine Überraschung, Henderson«, sagte er, als sich der große Mund wieder geschlossen hatte.

»Ich habe mir das reiflich überlegt, Sir«, hörte Stan sich sagen. Hatte er das wirklich? Wir müssen unsere Kräfte bündeln, hatte Alex behauptet.

»Warum ausgerechnet Atlantic City?«, fragte Molinero. Was eine irrsinnig gute Frage war.

»Ich habe so ein Gefühl«, sagte Stan.

»Ein Gefühl wie das mit den Italienern?«, fragte der Boss.

»So in etwa«, log Stan. In Wahrheit folgte er nur seinem Skript. »Ich habe ein wenig recherchiert ...«, fügte Stan hinzu. »Und bei einem der Jungs wurde ein Streichholzschächtelchen aus Atlantic City gefunden.«

»Sie wollten Ihre Karriere im wichtigsten Büro des Secret Service aufgeben wegen einer Adresse?«, fragte Molinero sichtlich entgeistert. Das wichtigste Büro war natürlich das in New York. Dem Stan überhaupt nur wegen Alex' überragender Testergebnisse zugewiesen worden war. Es wurde Zeit, diesen Fehler zu korrigieren, wenn ohnehin keine Aussicht bestand, die Liste mit den Merkmalen einsehen zu können.

»Das Streichholzschächtelchen war von einem Nachtclub«, sagte Stan.

»Hört, hört!«, spottete Molinero. »Henderson hat bei einem Mitglied der Cosa Nostra die Adresse von einem Nachtclub gefunden.«

»Ich weiß, wie es sich anhört, Sir«, gab Stan zu. Er stand immer noch und verlagerte das Gewicht vom linken auf den rechten Fuß, nur um sich irgendwie zu bewegen. Er musste das hier hinter sich bringen. Er wollte die Versetzung. Was gab es noch zu diskutieren?

»Wenn Sie meinen«, sagte Molinero schließlich und setzte sein Kürzel in die Spalte mit der Genehmigung.

Stan atmete auf. Natürlich würde es ungleich schwerer,

Robyn davon zu überzeugen, dass es eine gute Idee war. Aber wenn ihm einfiel, wie er das als Beförderung verkaufen konnte, würde es funktionieren. In spätestens zwei Monaten war er Teil des Field Office von Atlantic City. Direkt in Alex' Vorgarten. Und er würde sich dort keinen Namen machen können, ohne genau auf Alex' Hecke zu pissen.

KAPITEL 50

Januar 2005 (ein paar Wochen später)
Menlo Park, Kalifornien

BRIAN O'LEARY

»McMillan und Company, wie kann ich Ihnen helfen?«, flötete eine Frauenstimme über den Lautsprecher des Telefons. Der Roboter, der in diesem Moment an Brians Schreibtisch vorbeifuhr, blieb stehen und hob die Plastikbrauen.

»Arthur McMillan bitte«, sagte Brian und hielt den Hörer zu.

»Verpiss dich«, sagte er zu dem Roboter, und weil er seit Neuestem einen Audiochip mit entsprechender Software verbaut hatte, setzten sich die kleinen Räder tatsächlich in Bewegung.

»Arthur MacMillan«, sagte eine Stimme, die so professionell klang, dass man dahinter nicht die Hyäne vermutete, die Arthur McMillan tatsächlich war.

»Alter Aufreißer«, sagte Brian, »wie geht es dir?«

»Hey, Brian«, sagte Arthur McMillan. »Mir geht es prächtig. Und selbst?«

»Familie wächst und gedeiht«, sagte Brian. »Hör zu, Art. Ich brauche deine Hilfe.«

Arthur McMillan war der größte Aufreißer im Silicon Valley. Ein Kopfgeldjäger. Keiner, der flüchtige Verbrecher auftrieb, sondern eine noch rarere Spezies: fähige Programmierer. Seinen Ruf als Hyäne hatte er vor allem damit begründet, dass er sich im Anfangsstadium seiner Karriere nicht zu schade gewesen war, sich als Blumenlieferant mit einem Hochzeitstagsauftrag Zutritt zu den Konzernen zu verschaffen, bei denen die besten aller Programmierer arbeiteten. Heute kannte ihn jeder, der in der IT-Branche etwas zu sagen hatte. Was es für Arthur McMillan nicht leichter machte – aber auch nicht unbedingt schwerer. Arthur McMillan war ein Schwergewicht, und das nicht nur als Headhunter.

Die zweihundertfünfzig Pfund am anderen Ende der Leitung schnauften. Sie witterten Geschäft. Es wäre nicht der erste Mitarbeiter, den Art für das »Next Big Thing« rekrutierte.

»Schieß los«, sagte er.

»Diesmal ist es etwas komplizierter«, begann Brian und griff nach dem Hörer. Der Rest des Gesprächs war nicht für neugierige Ohren an den angrenzenden Schreibtischen bestimmt.

»Ich brauche jemanden mit Java-Frame-Erfahrung. Und objektorientiertem C. Bildanalyse wäre von großem Vorteil.«

Die Lunge arbeitete jetzt gegen die Schwerkraft. Arthur McMillan war aufgestanden.

»Klingt ziemlich speziell«, schnaufte er.

Brian seufzte: »Ich weiß.«

»Und?«, fragte der Personalberater. »Hast du jemanden im Blick?«

Brian schaute sich um. Jetzt wurde es heikel.

»Keine konkrete Person«, gab er zu. »Aber ich könnte dir einen Firmennamen nennen …«

»Vorsicht, Brian!«, mahnte Art. »Dünnes Eis ab diesem Punkt.«

Als ob er das nicht wüsste.

»… wobei dieser Firmenname natürlich rein gar nichts mit dem Suchauftrag zu tun hat. Nur als Beispiel.«

Er lauschte Arthur McMillans schwerem Atem. Es war illegal, einen Personalberater damit zu beauftragen, jemanden von einer konkreten Firma abzuwerben. Aber genau deshalb hatte Brian die Hyäne angerufen und nicht einen der zweitausend anderen Straßenköter in diesem schmutzigen Geschäft.

McMillan schnaufte weiter wortlos ins Telefon. Er würde es verstehen.

»Cocoon Industries«, sagte Brian. Was zufällig genau die Firma war, die das Programm für die Banknotenanalysemaschinen schrieb.

»Tolle Firma«, sagte McMillan schließlich.

»Wir zahlen besser«, sagte Brian.

»Ich weiß«, sagte McMillan und wusste, dass das auch für sein Honorar galt.

Zwei Wochen später saß ein taubenbrüstiger Mann mit geradem Rücken in dem Konferenzraum Yosemite (bei »The Next Big Thing« waren alle Konferenzräume nach Nationalparks benannt) und wartete auf Brian.

»Hey«, sagte Brian und drückte ihm die Hand. Die Taubenbrust war Anfang dreißig, wie er aus den Bewerbungsunterlagen wusste, sah aber kaum älter aus als Brian. Die Taubenbrust hatte einen Händedruck wie ein Flügelschlag.

»Wasser? Oder Cola? Oder einen frisch gepressten Saft?«, fragte Brian. Trevor, wie der Junge hieß, nahm eine Cola. Vermutlich ein Glukose-Junkie wie fast alle von ihnen. Seine Referenzen waren unglaublich.

»Erfahrung mit Java?«

»Klar.«

»Kenntnisstand objektorientiertes C auf einer Skala von eins bis zehn?«

»Neun.«

»Neuronale Netze?«

»Acht.«

»Relationale Datenbanken?«

»Sieben.«

»Bilderkennungssoftware?«

»Ähm … Zehn.«

»Bildverarbeitung?«

»Noch mal zehn.«

Weitere Fragen im Stakkato-Takt. Kein Zögern, keine Pause. Die Taubenbrust hatte einen Händedruck wie ein Anfänger, aber an einer Tastatur waren diese Finger vermutlich die eines Virtuosen. Brian wollte ihn einstellen. Aber davor gab es noch etwas Wichtiges zu erledigen.

»Welches Kriterium muss eine Iriserkennung zwangsläufig erfüllen?«

»Sie spielen auf die pulsierenden Adern an, oder?«

Brian nickte.

»Einmal Rotfilter, einmal Grünfilter, fertig ist die Laube, und das tote Auge steht vor der Tür.«

Ein Profi. Keine Frage.

Er antwortete wie eine Maschine. Die er vermutlich auch war.

»Kriterien zur Bestimmung von Fälschungen im XTC-PROOF?«

Jetzt galt es. XTC-PROOF war die Geldzählmaschine, die Cocoon Industries herstellte. Von dort wollte er den Jungen abwerben. Eben weil er geholfen hatte, die Software zu programmieren. Die nächste Antwort würde alles entscheiden. Nicht nur die Frage, ob der Junge bald bei der heißesten Firma im Valley arbeiten würde.

»Papierdicke, Papierstruktur, blaue und rote Fäden, Wasserzeichen, wechselfarbige Tinte.«

»Zusätzliche Parameter?«

»Elektrische Leitfähigkeit des Papiers <=0.6, unterbrochene Linien im Franklin-Porträt an Halstuch und Haar, Miniaturpunkt nach dem Vornamen der Unterschrift des Finanzministers.«

»Nur vier?«, fragte Brian.

Die Taubenbrust musste nicht nachdenken. Der Junge nickte.

»Immaculate«, sagte Brian und lächelte. Tadellos. Sie schüttelten sich die Hände. Wieder ein Flügelschlag. Vielleicht etwas selbstbewusster. Und so bekam Brian, was er wollte, und ein junger Mann einen Job, der ihm das Doppelte einbrachte wie der bei Cocoon Industries. Brian sah ihn noch ein paarmal auf dem Gang, aber er sorgte dafür, dass sie in Zukunft nicht allzu viel miteinander zu tun bekamen. Das war er ihm schuldig. Schließlich hatte er ihm die geheimen Kriterien verraten, die ihnen selbst Stan nicht hatte liefern können. Dieses war ein Geheimnis aller Hacker im Silicon Valley: dass die Firmen oder die Staaten, die Geheimnisse schützen wollten, immer vergaßen, dass es Menschen gab, die die Software hinter ihren Geheimnissen programmierten. Es sollte bis Mitte der 2000er Jahre dauern, bis sich diese Erkenntnis tatsächlich durchsetzte. Und noch mal zehn, bis daraus die nächste milliardenschwere Industrie im Silicon Valley entstanden war: Firmen, die spezialisiert darauf waren, andere Unternehmen vor ihren Computern zu beschützen. Die hier überhaupt erfunden worden waren. Das war das Schönste am Valley: Die nächste milliardenschwere Zukunft entstand aus sich selbst heraus.

KAPITEL 51

April 2005 (gut zwei Monate später)
Mainz, Deutschland

JOSHUA BANDEL

Atlantic City und Weihnachten hatten alles geändert. Zwar trug Mona immer noch dieselben unanständigen Hosen – nur dass sie Josh gar nicht mehr so unanständig vorkamen. Er musste zugeben, dass er manchmal an Kathryn und Jocelyn dachte. Und das, was sie angestellt hatten in dem Hotelzimmer vor der Aussicht auf den Pier. Und was danach passiert war. In diesem Moment saß Mona ihm gegenüber an einem Tisch mit kleinkarierter Decke und aß einen Teller Nudeln. Was aus zweierlei Gründen bemerkenswert war, denn erstens rollte Mona die Spaghetti anstatt mit Hilfe eines Löffels einfach am Rand des Tellers auf, und zweitens konnte niemand so betörend Spaghetti essen wie Mona. Sie grinste – vermutlich weil sie seine schmutzigen Gedanken erahnen konnte, was sie nur noch mehr anzustacheln schien. Mona rieb ihre Hose an seinem Bein. Josh trank einen Schluck Wasser, denn er hatte heute Nacht noch zu arbeiten. Seit zwei Monaten vermaß er den 1996er Hundertdollarschein. Sein Job war der Druck – was sich einfacher anhörte, als es sein würde. Papier, die wahnsinnig detaillierten Druckbilder von Banknoten, Wasserzeichen, Sicherheitsmerkmale. Die Liste schien jeden Tag länger zu werden. Stunde um Stunde hockte er mit seinem Fadenzähler über den Scheinen. Im Grunde war es ein Wunder, dass Mona ihn nicht längst des Geldfälschens bezichtigte. Aber vermutlich lag es einfach daran, dass es so abwegig war, den Juden aus dem Silicon Valley eines Verbrechens zu bezichtigen. Oder sie glaubte ihm seine Geschichte, dass es schlicht die Präzision des Druckhandwerks war, die ihn faszinierte. Er betrachtete Monas grell geschminkte Lippen und bemerkte einen Saucenfleck auf ihrem Tränenbein. Ständig die kleinsten Unreinheiten zu bemerken war eine der unangenehmen Nebenwirkungen seiner Nebentätigkeit, was auch zu einem Putzzwang geführt hatte, den Mona zu bekämpfen suchte, wann immer sie konnte. Josh wischte ihr den Saucenfleck von der Wange.

Als sie durch die Fußgängerzone nach Hause liefen und Mona an dem Schaufenster einer schwedischen Modekette stehen blieb, dachte Josh zum zweiten Mal an diesem Abend an die beiden Mafiagirls aus Atlantic City. Doch diesmal war es weder eine Phantasie, die geeignet wäre, ihm die Schamesröte ins Gesicht zu treiben, noch eine, die Mona eifersüchtig machen konnte. Die zweite Frage nämlich, der er seit jener Nacht in Amerika nachhing (die erste war – natürlich –, ob eine Menage-à-trois nicht doch beziehungsfähig wäre), war die nach dem Grund für die Liebe. Joshs Gedankenexperiment ging ungefähr so: Angenommen, sie würden steinreich. Ferner angenommen, er bliebe nicht mit Mona zusammen, zum Beispiel, weil sie sich von ihm trennte. Wie würde er jemals wieder wissen, warum eine Frau mit ihm zusammen war? Jocelyn und Kathryn waren dafür insofern ein geeigneter Denkanstoß, weil sie das betörende Liebesspiel mit ihm nur aufgezogen hatten, weil Alex sie darum gebeten hatte. Was er tun konnte, weil er Macht hatte. Die er hatte, weil er die Leute mit dem Geld vertrat. Wenn Josh selbst Geld hätte, könnte er zwar vermutlich Jocelyns und Kathryns bezirzen, aber er würde niemals wissen, wie sie wirklich zu ihm standen. Bei Mona wusste er, dass sie mit ihm zusammen war, obwohl er ein armer Druckereilehrling gewesen war – arbeitslos noch dazu an dem Abend, als sie sich kennengelernt hatten. In diesem Moment begann die Glocke des nahe gelegenen Doms zu läuten. Und bald darauf eine weitere. Und noch eine. Mona drehte sich um und blickte zum Himmel. Jeder Mensch in der Fußgängerzone starrte nach oben, und Josh fragte sich, was passiert sein mochte. Unweigerlich sah auch er zur Spitze des Kirchturms und suchte nach einer Antwort. Er nahm Mona in den Arm, weil das viele der anderen Menschen auch taten.

»Was ist passiert?«, fragte er.

»Ich schätze, der Papst ist gestorben«, sagte Mona.

Josh wusste nicht, was das bedeutete. Im Judentum gab es kein formelles Kirchenoberhaupt. In was für einem Verhältnis standen die Menschen zu einem Mann, der in einem römischen Stadtstaat hockte und altertümliche Regeln zu Papier brachte? Natürlich gab es dieselben Leute in seiner Religion, nur dass sich kaum jemand darum scherte. Jeder anständige Jude konnte mit sich selbst um die Regeln feilschen. Keine Milchprodukte in einem Essen mit Fleisch? Okay. Dann warten wir mit dem Eis zwanzig Minuten. So in etwa. Nun war also der Papst gestorben, und in Mainz läuteten die Glocken. Was irgendwie in Zeiten des Internet auch etwas Schönes hatte. Weil es romantisch war. Und weil es niemals vorkam. Vielleicht war dies ganz ähnlich wie mit der Liebe: Sie war etwas Besonderes, das man nur erkannte, wenn man es verlor. Und die Mafiamädels aus Atlantic City waren das verbotene Eis nach einem dicken Steak, das umso besser schmeckte, weil es gegen die Regeln war. In diesem Moment beschloss Josh, Mona zu heiraten, noch bevor sie anfingen, reich zu werden.

KAPITEL 52

April 2005 (zur gleichen Zeit)
Atlantic City, New Jersey

ALEXANDER PIECE

Don Frank holte gerade die Amerikaflagge in seinem Vorgarten ein, als Alex auf den Wendehammer rollte. Genauer gesagt setzte er sie wohl auf halbmast, denn er zurrte die Leine fest, als er Alex bemerkte. Alex fand es nach wie vor amüsant, dass bei einem Cappo der Mafia eine Amerikaflagge im Garten wehte. Don Frank hatte erklärt, es sei dasselbe wie mit seinem Namen: Man müsse den Anschein wahren. Don Frank statt Don Francesco, Amerikaflagge statt Tricolore. Zwei Seiten derselben Medaille.

»Piece«, sagte er und gab ihm die obligatorischen drei Küsse. Er wirkte der Flagge entsprechend niedergeschlagen.

»Hallo, Boss«, sagte Alex und nickte in Richtung der Fahne, die schlaff am Mast hing. »Was ist passiert?«

»Sag bloß, du bist nicht katholisch«, antwortete der Boss und ging ins Haus. An der Antenne seines monströsen Geländewagens bemerkte Alex eine schwarze Schleife.

»Wann hat man so etwas schon einmal gehört?«, murmelte der Boss auf dem Weg in die Küche. Sein Kühlschrank spuckte rumpelnd Eiswürfel in zwei große Gläser, die knackten, als der Tee darüberfloss. Aus dem Wohnzimmer drang Maschinengewehrfeuer in die Küche.

»Wann hat man was schon einmal gehört?«, fragte Alex.

»Na, dass einer, der bei der Mafia ist, kein Katholik ist«, sagte Don Frank aka Francesco.

»Man muss Katholik sein, um bei der Mafia mitmachen zu dürfen?«, fragte Alex.

Don Frank saugte einen Eiswürfel aus seinem Glas und zerkaute ihn schneller als seine Bulldogge einen Markknochen.

»Nein, natürlich nicht«, sagte Don Frank und grinste, »aber viele unserer Allerbesten waren Katholiken.«

Alex nickte und schürzte die Lippen.

»Ich habe nichts gegen den Katholizismus«, sagte Alex. »Die Sache mit der Beichte ist eine prima Erfindung.«

Don Frank lachte und klopfte ihm auf die Schulter.

»Da ist was dran«, sagte er. »Vor allem, wenn man den Priester in der Tasche hat.«

»Es gibt katholische Priester bei der Mafia?«, fragte Alex ehrlich erstaunt.

»Natürlich«, sagte Don Frank. »Wir sind seit Jahrhunderten ein duftes Team, wir und die Kirche.«

Jahrhunderte? Don Frank holte wie immer besonders weit aus, wenn er über die Geschichte der amerikanischen Cosa Nostra fabulierte. Alex sollte es recht sein.

»Was ist eigentlich passiert?«

»Papa ist gestorben«, sagte Don Frank.

Alex machte ein betretenes Gesicht. Das hatte er nicht gewusst.

»Das tut mir wirklich leid«, sagte Alex. Er hatte nicht einmal gewusst, dass Don Franks Vater noch gelebt hatte. Der Don musste seinen Blick bemerkt haben und lachte: »Il Papa«, sagte er. »Der Papst.«

»Ach so«, sagte Alex.

Don Frank hob eine Augenbraue. Mit dem Papst war nicht zu spaßen. Alex hob abwehrend die Hände.

»Schon gut«, sagte Don Frank. »Was hattest du auf dem Herzen?«

Alex deutete mit dem Zeigefinger gegen die Zimmerdecke, was bedeutete, dass das, was er mit dem Don besprechen wollte, vertraulich war. Es war niemals auszuschließen, dass die Polizei sein Haus verwanzt hatte, weshalb alle wichtigen Gespräche im Garten geführt wurden. Don Frank nickte und zerbiss einen weiteren Eiswürfel, während sie das Wohnzimmer durchquerten. Franks Sohn, den Controller der Playstation in der linken Hand, mähte gerade eine Gruppe Soldaten nieder, bot Alex aber trotzdem die Rechte zur Ghetto-Faust. Alex schlug ein und grinste. Er hätte selbst nichts gegen eine Runde »Call of Duty« einzuwenden. In Don Franks kleinem Pool schwammen Blätter und möglicherweise allerhand Ungeziefer, weil er sich noch nicht die Mühe gemacht hatte, ihn für den Sommer zu reinigen. Don Frank setzte sich auf den Rand einer Plastikliege und bedeutete ihm fortzufahren. Alex lehnte sich gegen den riesigen Gasgrill und atmete ein. Das, was jetzt kam, war wichtig. Sehr wichtig. Er musste den Don überzeugen.

»Ich möchte«, begann Alex, »dass wir uns stärker bei der Geldwäsche engagieren.«

Don Frank kniff die Augen zusammen. Alex wusste, was der Boss dachte. Viel schlechtere Marge als bei den Drogen oder beim Schutzgeld. Hohes Risiko. Federal Agents. Secret Service. Was genau der Grund war, warum Alex in das Geschäft einsteigen wollte. Okay, zugegeben: Es war natürlich nicht der wahre Grund. Aber das konnte er Don Frank in diesem Moment schlecht erklären.

»Ich habe eine kleine Präsentation vorbereitet«, sagte Alex und zog einen Laptop aus der Messenger Bag, die um seine Schulter hing.

»Du hast ein PowerPoint gemacht, um die Mafia davon zu überzeugen, dass wir in Geldwäsche investieren sollen?«, fragte Don Frank, und Alex wusste nicht, ob er belustigt oder ernsthaft verärgert war.

»Keine Sorge, Boss. Ich habe das nur auf einem USB-Stick abgespeichert, und es gibt keine Verbindung zu uns oder einem unserer Computer.«

Don Frank schnaubte.

»Ich bin doch kein Anfänger«, sagte Alex, während er den Computer aus seinem Schlafmodus weckte.

Es dauerte eine halbe Stunde, bis er Don Frank auf seine Seite gezogen hatte. Die niedrigen Margen? Wurden durch das Potenzial wettgemacht, das Chart mit den Profiten nach fünf Jahren war sehr überzeugend (in der Businesswelt hieß ein derart rasanter Anstieg der Profite Hockeystick, wie Alex herausgefunden hatte – und einem Hockeystick konnte sich selbst ein Cappo nicht entziehen). Das Risiko? Manchmal muss man in den Autohandel eben einsteigen, weil man jemanden bei der Zulassungsbehörde kennt, hatte Alex argumentiert.

»Soll das heißen, du kennst jemanden beim Secret Service?«, hatte der Don gefragt. Natürlich hatte er nicht vergessen, dass er einem Freund von Alex einen Gefallen getan hatte.

Alex hatte das weder bestätigt noch dementiert, was der Boss begriff.

»Und wie ziehen wir es durch?«, hatte der Boss gefragt.

»Ich gebe es zwei von Louis' Leuten für den Anfang«, hatte Alex vorgeschlagen. Louis gehörte nicht wirklich zum intimen Kreis, und es würde sich keine Verbindung zu Alex oder dem Don herstellen lassen, selbst wenn er aufflog.

Der Don war fast überzeugt. Er hatte nur noch eine Frage: Wie wollte Alex die Unmenge an Blüten besorgen, die der Hockeystick benötigte, wenn er einmal zu fliegen begann?

»Das lass meine Sorge sein, Boss«, hatte Alex gesagt. Und gelächelt. Denn natürlich würde Louis nicht ihre eigenen Blüten waschen, sondern einfaches Falschgeld. Alex musste lernen, ab wann der Secret Service auf den Plan trat. Und wie jeder Test lieferte die besten Ergebnisse immer noch die Realität. Theoretisch, so dachte Alex zu diesem Zeitpunkt, hatte er alles durchdacht.

KAPITEL 53

April 2005 (eine Woche später)
Atlantic City, New Jersey

STANLEY HENDERSON

Das Atlantic City Field Office des Secret Service befand sich gar nicht so secret in einem ehemaligen Schlachthaus am Rande der Stadt. Rote Ziegelsteine, im Inneren immer noch die bis zur Decke gefliesten Wände und die großen Abflüsse mit den Sieben im Boden. Früher war das Blut Hektoliterweise geflossen, die Abschnitte von Fett und Sehnen von den Edelstahlsieben zurückgehalten worden. Abends weggespült von den Mexikanern mit den Hochdruckreinigern. Heute floss hier kein Blut mehr. Zumindest nicht mehr so viel. Und Mexikaner gab es auch keine mehr, die waren beim Secret Service Mangelware, weil Falschgeld und Aktienmanipulation keine Spezialität der mexikanischen Kartelle war. An dieser Stelle sei bemerkt, dass es beim Secret Service in Atlantic City auch keine Italiener gab – was, wenn man sich die Kriminalitätsstatistik der Stadt anschaute, viel weniger Sinn ergab, als keine Mexikaner zu beschäftigen. In dem größten Raum des Schlachthauses standen acht Reihen Schreibtische à vier Arbeitsplätzen, dazu das durch eine hauchdünne Glasscheibe abgetrennte Büro vom hiesigen Boss. Mehr Manpower brauchte der Secret Service hier nicht, es sei denn, POTUS käme in die Stadt, was zum letzten Mal im Jahr 1927 vorgekommen war, als die Stadt noch die glamouröseste an der Ostküste gewesen war – und das Zentrum des illegalen Alkoholschmuggels, weshalb sich damals auch Calvin Coolidge dafür interessiert hatte.

Anlässlich Stans drittem Tag hatte Robyn Kuchen gebacken. Sandkuchen, um genau zu sein. Eine Backmischung, aber das tat nichts zur Sache. Stan jedenfalls präsentierte »den Sandkuchen seiner Frau« stolz, als wäre es ein altes Familienrezept. Er stellte ihn auf den Konferenztisch in der Mitte der riesigen Halle, direkt über dem größten aller Abflüsse, aus dem es manchmal nach totem Gewebe stank, und trommelte die Kollegen zusammen. Den schmallippigen Artie, der eine verdächtige Rolex trug, die dralle schwarzhaarige Trish, einen gutaussehenden Schwarzen namens Troy und die vier Analysten, für die sich die Agents nicht interessierten. Dazu der Boss: Camden Perikles Bellwether, der Mann mit dem bedauernswertesten Namen der Welt.

»Mein Vater hat Altgriechisch unterrichtet, bevor er zur Vernunft kam«, sagte Bellwether, während er auf einem großen Stück von Robyns trockenem und äußerst feinkörnigem Kuchen herumkaute. Stan vermutete, dass er jedem die Geschichte auf die Nase band, weil man sonst den Sohn statt des Vaters für verrückt erklären könnte. Was Stan daran nicht begriff, war die Tatsache, warum man den Mittelnamen überhaupt verwendete, wenn man sich so sehr daran störte. Eine diesbezügliche Bemerkung gegenüber dem schmallippigen Artie brachte ihm ein Schmunzeln ein.

»Weißt du schon, ob es etwas Neues gibt?«, fragte Stan Artie, während die anderen über einen Witz von Bellwether lachten.

»Du meinst, wer dein Partner wird?«, fragte Artie. Er zwinkerte ihm verschwörerisch zu. »Ich könnte mir vorstellen, dass du bald richtig unter der Fuchtel stehst, wenn du weißt, was ich meine.«

Stan folgte seinem Blick und blieb an Trish hängen. Trish? War das sein Ernst? Trish war einen Kopf zu klein und fünf bis zehn Kilo zu schwer, um scharf zu sein, allerdings fünfmal zu scharf, um trotz ihrer Mängel nicht sexy zu sein, wenn das irgendeinen Sinn ergab. In ihre dunklen Haare mischten sich die ersten grauen, was ihrer Aura aber keinen Abbruch tat. Jedenfalls war Stan absolut sicher, dass sie gevögelt gehörte. Und das, obwohl sie mindestens zwanzig Jahre älter war als Stan, okay fünfzehn möglicherweise. Fünfunddreißig, achtunddreißig, was machte das schon für einen Unterschied?

»Im Ernst?«, fragte Stan.

Artie nickte verschwörerisch: »Trish steht auf jüngere Männer.«

Er sagte das so laut, dass es alle mitbekamen. Erstaunlicherweise war Trish diejenige, die am lautesten lachte. Stan griff, so schnell er konnte, nach einem weiteren Stück Kuchen und grinste. Er stellte fest, dass Atlantic City gar nicht so übel war – zumindest, was die Kollegen anging. Den Konkurrenzkampf, die Adleraugen im Rücken, die auf einen Fehler warteten, schien es hier zumindest nicht zu geben. Vielleicht war das hier das Beste, was Stan jemals passiert war. Dann schnappte er sich ein Glas Orangensaft und ging zu der Gruppe, die auf der anderen Seite des Besprechungstisches stand. Es konnte nicht schaden, Trish näher kennenzulernen.

KAPITEL 54

Mai 2005 (ein Monat später)
Palo Alto, Kalifornien

BRIAN O'LEARY

»Wollen wir doch mal sehen, wie so ein kleiner Geldschein in den Computer kommt«, sagte Brian zu Aaron, der bei ihm auf dem Schoß saß. Aaron grunzte und begann, die Tastatur mit wenig gezielten Schlägen zu malträtieren. Brian grinste ihn an: »Das nützt nichts«, sagte er und deutete auf ein kleines Symbol am oberen rechten Rand des Bildschirms: »Siehst du, Aaron? Ich habe ein Programm geschrieben, das die Tastatur deaktiviert.«

Aaron blickte zwar zu dem kleinen roten Punkt, seinem Enthusiasmus zu tippen schien das aber keinen Abbruch zu tun. Brian startete den Scanner und strich eine Hundertdollarnote glatt, bevor er sie auf die Glasplatte legte. Es war unwichtig, dass sie nicht in perfektem Zustand war, dies war ein erster Test von Brians neuester Theorie.

Aaron saugte an seinem Schnuller und blickte fasziniert auf den Scanner, der ratterte und surrte. Er wand sich auf Brians Schoß. Er wollte nachschauen, was einen derartigen Lärm machte.

»Zwei Sekunden noch, Aaron, dann darfst du ihn anschauen.«

Brian startete den dritten Scan und setzte seinen Sohn auf den Fußboden. Es war der zweite Abend seines Wochenendes mit Aaron, weil Ashley mit vier Freundinnen auf eine Junggesellinnen-Party nach Santa Barbara gefahren war. »Santa Barbara?«, hatte Brian gefragt. »Wer in Gottes Namen fährt nach Santa Barbara, um die Sau rauszulassen?«

»Wer hat etwas davon gesagt, die Sau rauszulassen?«, hatte Ashley gefragt und gegrinst, bevor sie in seinen Wagen gestiegen war. Der BMW hatte einen schwarzen Abdruck durchdrehender Reifen auf der Einfahrt hinterlassen. Brian wusste genau, was seine Frau ihm damit sagen wollte. Ach ja, der Vollständigkeit halber: Brian und Ashley hatten geheiratet. Vor einem halben Jahr, in Vegas. Nur Aaron und ihre Eltern hatten dabei sein dürfen, so hatten sie es im Vorfeld entschieden. Kleiner Kreis, kein Aufhebens. Es war ohnehin wichtiger für Aaron als für sie, so hatte Ashley behauptet. Dass man auch Stan nicht informieren musste, wenn man nur die Familie einweihte, war dabei ein willkommener Nebeneffekt.

Aaron griff nach dem Deckel des Scanners und beäugte den Geldschein misstrauisch. Als er sich endlich traute, danach zu greifen, startete Brian einen weiteren Scan. Die Lampe leuchtete, und der Scanner setzte sich in Bewegung. Aaron erschrak und klammerte sich an Brians Bein. Brian lachte und ermunterte ihn, genauer hinzusehen.

»Das ist ein Scanner, Aaron«, sagte Brian. »Damit kann man alles in einen Computer holen. Zum Beispiel einen Geldschein.«

Er hoffte, dass er seinem Sohn damit nicht zu viel versprach. Wenn sein Plan funktionierte, würde gleich ein Geldschein auf dem Bildschirm erscheinen. Zusammengesetzt aus hundert feinen Streifen, die er alle einzeln gescannt hatte und die sein Programm wieder zusammensetzen würde.

»Hol mal Grumpy, Aaron«, schlug Brian vor. Grumpy war ein sehr hässlicher blauer Dinosaurier und Aarons liebstes Kuscheltier. Plan B. Wenn das mit dem Geldschein misslang, würde er einfach Grumpy scannen. Für Grumpys gab es keine elektronische Sperre, die verhinderte, dass Photoshop das Bild anzeigte. Ganz im Gegensatz zu dem Geldschein. Laut Brians

Theorie jedoch suchte das Programm beim Öffnen des Scans nach Gemeinsamkeiten mit den wichtigsten Währungen und verweigerte dann die Bearbeitung. Einhundert schmale Streifen jedoch müssten wenig genug Geldschein sein, um das Programm zu überlisten. Einen einzelnen Schnipsel konnte er zumindest öffnen, das hatte er gestern schon probiert. Die Frage war, ob er sie zusammensetzen konnte. Jetzt wird es spannend, dachte Brian und klickte auf das kleine Programm, das die Puzzlearbeit für ihn übernehmen würde.

In diesem Moment kam Aaron zurück ins Arbeitszimmer und trug tatsächlich Grumpy unter dem Arm. Der Dinosaurier ließ den Kopf hängen, weil der Hals zu dünn war und sein Sohn ihn zudem plattgekuschelt hatte. Brian drehte sich zu ihm um und klatschte in die Hände: »Super, Aaron. Soll Grumpy gleich gescannt werden?«

Der kleine Junge nickte eifrig und setzte Grumpy auf die Glasplatte des Scanners. Es war erstaunlich, wie viel die kleinen Geister begriffen, obwohl sie keine fünf Worte sprechen konnten.

»Komm her«, sagte Brian und breitete die Arme aus. Aaron kam mit wackeligen Schritten auf ihn zugelaufen und breitete die Arme aus. Brian hob ihn zu sich auf den Schoß und drehte sich wieder zurück zum Computer. Und dann sah er ihn. Auf dem Bildschirm flimmerte das Abbild einer verknitterten Hundertdollarnote.

»Siehst du das, Aaron?«, flüsterte Brian seinem Sohn ins Ohr. Aaron zeigte auf den Monitor und sagte: »Eld.« Oder etwas, das sich zumindest mit ein wenig Phantasie so anhörte. Brian nickte: »Ja, Aaron. Das ist Geld. Und bald ist das viel Geld.«

Aaron nahm den Schnuller aus dem Mund und versuchte, ihn Brian in den Mund zu stecken. Brian lachte und nahm den Schnuller zwischen die Zähne.

»Viel Geld«, mümmelte er, während er an dem Plastik saugte. »Sehr viel Geld.«

Aaron lachte. Später würde niemand mehr sagen können, ob Aaron lachte, weil Brian einen Schnuller im Mund hatte oder weil er längst wusste, dass sein Vater recht behalten sollte.

KAPITEL 55

Mai 2005 (zur gleichen Zeit)
Villingen-Schwenningen, Deutschland

JOSHUA BANDEL

Der Hammer des Auktionators knallte im Minutentakt auf das Pult. Er verwendete keinen echten Hammer, sondern schlug einfach mit seinem Handy gegen das Mikrofon. »Ein Schreibtischset, bestehend aus einem Metallschreibtisch, Firma Vulkan, achtzig mal einhundert Zentimeter, Farbe lindgrün, starke Gebrauchsspuren, einem Schreibtischdrehstuhl, Firma Vitara, Bezug Stoff grau, Drehfunktion nur eingeschränkt gebrauchsfähig, Höhenverstellung defekt. Vierzig Euro? Irgendjemand?«

Er machte ein Gesicht dazu wie einer, der am Fließband Schweinehälften zerlegt. Baby Back Ribs, Filetstück, Schulter. Ein Tier mit einem Schicksal, einer Vergangenheit, aber ohne Zukunft. Wie die Firma Druckerei Fischer GmbH in Insolvenz. Schweine und ehemals erfolgreiche Druckereien hatten mehr gemeinsam, als man ahnen wollte. Beide weinten auf dem Weg zur Schlachtbank. Im Fall der Druckerei Fischer GmbH in Form des ehemaligen geschäftsführenden Gesellschafters, den Josh in diesem Moment beobachtete, während er am anderen Ende der Halle an einer Werkbank lehnte und zusah, wie seine stolze Firma zerlegt wurde. Die Schreibtischgarnitur war kein Filetstück.

»Keine Gebote? Kommen Sie, meine Herren!«

Josh betrachtete die etwa zwanzig anwesenden Käufer. Es war eine bunte Mischung: ehemalige Mitarbeiter, die möglicherweise das Firmenschild ersteigern wollten. Das Abzeichen des Betriebs, in dem sie mit achtzehn Jahren eine Lehre angefangen und drei Viertel ihres Lebens gearbeitet hatten. Daneben gab es natürlich auch die professionellen Filetierer, die es auf die Maschinen, die Papierrollen, die Gabelstapler und die Lieferwagen abgesehen hatten. Für die Schreibtische interessierte sich niemand. Der Auktionator, der – wie Josh wusste – gleichzeitig der vom Amtsgericht bestellte Insolvenzverwalter war, machte ein weniger frustriertes Gesicht, als man erwarten sollte. Er war ein Profi. Für ihn gab es beim Verwerten eines ehemals lebendigen Organismus keine Gefühle. Josh war kein Profi. Josh fühlte sich schlecht. Weil auch er gekommen war, um sich eines der Filetstücke zu sichern. Der Cash Club brauchte eine Druckmaschine. Eine teure Maschine. Und weil Brian mit seinen Aktien von »The Next Big Thing« zwar reich, aber das nur auf dem Papier war, hatte Josh den Auftrag übernommen, möglichst billig eine zu besorgen. Was natürlich auch daran lag, dass in Deutschland nicht nur der Buchdruck erfunden worden war, sondern auch daran, dass es hier immer noch die besten Druckmaschinen der Welt gab. Heidelberger. Wuchtige kleine Offset-Monster mit einem Druckbild, das seinesgleichen suchte.

»Eine Offset-Druckmaschine, Hersteller Heidelberger, Modell KOR, Baujahr 1985, leichte Gebrauchsspuren, voll funktionsfähig. Jetzt aber, meine Herren. Das Startgebot beträgt 4000 Euro.«

Der Auktionator redete jetzt schneller, und auch die sanfte Röte eines gesunden Blutdrucks schien in sein Gesicht zurückgekehrt zu sein. Josh wartete. Eine Reihe vor ihm hob ein Mann in einem sehr karierten Anzug das Schild mit seiner Bieternummer. Josh griff nach seinem Handy. Er wählte eine Nummer in den Staaten. Die Karte war ein Prepaid-Vertrag, wie Alex es verlangt hatte.

»Es geht los«, sagte er.

»Okay«, sagte Alex.

»Viertausend«, sagte Josh.

»Halt dich zurück«, sagte Alex.

»Ich hoffe für uns, du hast keine Nutte auf dem Schoß«, meinte Josh und betrachtete das Holztäfelchen mit seiner Bieternummer in seinem Schoß: 43.

»Ich bin entspannt wie ein Eunuch nach einer Prostatamassage«, behauptete Alex. Josh grinste.

»Höre ich viertausendfünfhundert?«, fragte der Auktionator. In der ersten Reihe meldete sich einer, der nicht wirkte, als könnte er mit Druckmaschinen viel anfangen. Er trug einen teuren Anzug und sah eher wie ein Banker aus. Es war immer wieder erstaunlich, dass man einem Anzug jeden Euro ansah, stellte Josh fest. Kaufhausmodell oder Maßanfertigung, vermutlich gab es kein Kleidungsstück, das so viel über den Wohlstand eines Mannes verriet. Warum hatte niemals jemand einen Anzug erfunden, der billig war, aber nach ein paar tausend Scheinen aussah?, fragte sich Josh. Es gab Genies, die erfanden tragbare Minicomputer für die Hosentasche, und jedes Jahr verdoppelte sich die Anzahl der Schaltkreise auf den leistungsfähigsten Chipsätzen. Das Mooresche Gesetz. Moores Gesetz galt offenbar nicht für das Schneiderhandwerk.

Das Schild des karierten Anzugs, der eher nach der Kaufhausvariante aus dem letzten Jahrzehnt aussah, hob sein Schild. Fünftausend. Der Banker erhöhte auf fünftausendfünfhundert. Jetzt begannen die Karos zu zögern.

»Fünffünf«, raunte Josh ins Telefon. »Soll ich bieten?«

»Ist der teure Anzug noch dabei?«, fragte Alex vom anderen Ende der Welt. Josh stellte sich vor, wie ihm Kathryn einen blies, während er über das Telefon die Versteigerung einer Heidelberger Druckmaschine in Villingen-Schwenningen verfolgte.

»Ja. Der andere zögert. Soll ich sechstausend bieten?«

Josh atmete ein. Er war kein Profi. Dies war Neuland für ihn. Alex konnte wenigstens auf den adrenalingeschulten Kreislauf eines Mafioso zurückgreifen. Und natürlich auf Kathryn.

»Biete acht«, sagte Alex.

»Bist du bescheuert?«, zischte Josh ins Telefon, so laut, dass sich die Reihe vor ihm umdrehte. »So viel haben wir doch gar nicht!«

»Ich bin entspannt wie ein Eunuch fünf Minuten und eine halbe Auktion nach einer Prostatamassage«, behauptete Alex.

Josh sog die Luft der ehemaligen Druckereihalle in die Lungen. Sie roch noch immer nach Druckfarbe und Papier, obwohl hier schon seit Monaten die Maschinen stillstanden. Eine Heidelberger KOR. Sie war perfekt. Alex wollte mit einem hohen Gebot die anderen Bieter vertreiben. Josh betete, dass es funktionieren würde. Dann hob er das Schild. Dreiundvierzig.

»Achttausend Euro«, wollte er sagen und ihm wurde schlecht bei dem Gedanken, was passieren würde, wenn es nicht funktioniert. Doch seine Stimme versagte, aus seiner Kehle drang nur ein leises Krächzen.

»Sechstausend bei der Nummer vierundvierzig«, verkündete der Auktionator. Josh räusperte sich. Seine Augen starrten auf das Holzschild des teuren Anzugs.

»Achttausend«, hörte sich Josh sagen.

»Achttausend für die Nummer dreiundvierzig«, sagte der Auktionator. Josh konnte die Überraschung in seiner Stimme hören. Es war ungefähr das, was man für eine gebrauchte Heidelberger erwarten konnte. Sie war jetzt kein Schnäppchen mehr. Und Josh hatte keine Ahnung, wie sie das Geld auftreiben sollten. Fünf Minuten später war der Cash Club stolzer Besitzer einer Heidelberger KOR. Und Josh um eine Erfahrung reicher. Und die Erkenntnis, dass Eunuchen möglicherweise die besseren Verhandler waren. Das erste »P« seiner vier Probleme war gelöst: Printer, Papier, Porträt und Plastikstreifen. Das waren die vier Merkmale, die ihm Kopfzerbrechen bereiteten.

KAPITEL 56

Juni 2005 (ein Monat später)
Atlantic City, New Jersey

ALEXANDER PIECE

Alex trat auf die Bremse und steuerte seinen Wagen bis kurz neben den Bordstein. Er ließ die Automatik die Schrittgeschwindigkeit halten. Stan bemerkte ihn nicht. Er war wirklich ein bemerkenswerter Polizist. Er lief mit den Händen in den Hosentaschen durch den Nieselregen und schaute zu Boden. Alex bemerkte, dass er leicht schwankte, was kein Wunder war, schließlich war es fast neun Uhr abends. Alex ließ die Scheibe auf der Beifahrerseite herunter.

»Hey«, rief er.

Stan blickte vom Boden auf und starrte ihn an. »Was willst du?«, fragte sein Blick. »Lass mich in Ruhe!«

»Steig ein, altes Haus«, bat Alex. Die Bremsen quietschten, als er neben Stan anhielt. Doch der betrunkene Secret Service Agent trottete weiter gen Süden, als ginge ihn nichts etwas an.

Alex hupte und gab Gas. Das Auto bockte, dann trat er wieder auf die Bremse. Stans Augäpfel schimmerten hellblau im Licht der Straßenlaterne. Er zuckte mit den Schultern und öffnete die Tür, beugte sich in den Wagen. Die Schultern seines Anzugs waren nass vom Regen, und von den Haaren tropften dünne Fäden auf das durchgesessene Polster des Beifahrersitzes.

»Wir müssen reden«, sagte Alex. »Steig ein.«

»Müssen reden?«, fragte Stan, als er endlich im Trockenen saß. Er sprach langsam und zweisilbig. Es war die Ausdrucksweise eines erfahrenen Trinkers, der wusste, dass er zu viel gehabt hatte.

Alex nickte und steuerte den Wagen auf die Straße.

»Es gibt Neuigkeiten«, kündigte Alex an.

»Aha«, sagte Stan und stemmte seine Arme gegen das Armaturenbrett. Dann fuhr er sich durchs nasse Haar und rieb sich das Gesicht.

»Harter Tag?«, fragte Alex. Er wollte keinen Ärger. Nicht heute Abend. Nicht mit Stan. Nicht jetzt.

Stan grunzte und ließ sich in das weiche Polster fallen.

»Hör zu, Stan«, sagte Alex. »Ich habe ein Bonbon für dich.«

»Bonbon?«, fragte Stan.

Alex bremste und rumpelte auf den Bordstein. Er stellte die Automatik auf »Parken«.

»Ich weiß zufällig, dass seit etwa zwei Monaten im großen Stil Blüten gewaschen werden.«

»Es werden immer Blüten gewaschen«, behauptete Stan. Je länger seine Sätze wurden, umso betrunkener klang er. Aber Alex wusste aus Erfahrung, dass dies noch lange kein Zustand war, in dem Stan sich am nächsten Morgen an nichts mehr erinnern würde. So viel trank er selten. Stan würde am nächsten Morgen im Büro stehen, wenn auch mit einem Kater von der Größe Arizonas auf dem Dach.

»Hier in Atlantic City«, korrigierte sich Alex.

»Hier?«, fragte Stan.

»Hier.«

Stan schwieg. Seine vom Alkohol verlangsamten Synapsen versuchten, die sinnvollen Informationen von den unsinnigen Assoziationen zu trennen. Es gelang ihm besser, als Alex zu hoffen gewagt hatte.

»Ein Geldwäschering hier in der Stadt?«, fragte Stan.

Vier Silben in einem Wort. Das war ein Anfang, fand Alex.

»Hier in der Stadt«, bestätigte Alex.

»Und ich soll ihn finden?«, fragte Stan.

»Du sollst ihn nicht finden, Stan«, sagte Alex. »Du sollst ihn ausheben.«

»Aha«, sagte Stan. Der Regen fiel jetzt in dicken Tropfen auf die Scheibe des Wagens.

»Und was ergibt das für einen Sinn?«, fragte Stan eine halbe Minute später.

»Inwiefern ergibt das für dich keinen Sinn?«, fragte Alex.

»Wir sind Fälscher«, sagte Stan. »Wieso sollten wir einen guten Geldwäscher auffliegen lassen?«

»Du bist ein Secret Service Agent, Stan«, sagte Alex.

Stan hob die Hände zum Himmel. Er wollte erklären, warum in Gottes Namen er überhaupt ein Secret Service Agent geworden war. Dass er sich aufopferte. Alex wusste das, aber er wollte, dass Stan glaubte, sich beweisen zu müssen. Es machte vieles einfacher.

»Schon gut«, sagte Alex schließlich versöhnlich. Er griff nach seiner Schachtel Zigaretten und bot Stan eine an. Tatsächlich griff der ehemalige Sportler zu, was ein Novum war.

»Seit wann rauchst du?«, fragte Alex.

»Seit Trish«, sagte Stan.

»Was ist mit Trish?«, fragte Alex.

»Sie ist …«

Pause.

»Trish raucht eben«, sagte Stan.

Alex zog an der Zigarette und schaute ihn misstrauisch an. Stan fummelte in seiner Jackentasche.

Stan seufzte: »Trish ist die .357er Magnum unter den Frauen.«

Alex zog die Augenbrauen hoch. Stan kramte eine Packung Kaugummi aus der Jackentasche und steckte sich eines in den Mund. Es roch nach künstlichen Südfrüchten.

»Wie geht es Robyn?«, fragte Alex etwas zu fröhlich.

»Robyn schreibt Strafzettel für die Stadt, wenn sie nicht verzweifelt versucht, schwanger zu werden«, gestand Stan.

»Sie schreibt Strafzettel?«, fragte Alex.

»Parktickets. Fürs Falschparken«, sagte Stan. Er klang auf einmal gar nicht mehr so betrunken. Er starrte aus dem Fenster und schien erst jetzt zu bemerken, dass sie nur eine Querstraße von ihrer Wohnung entfernt standen.

»Danke fürs Heimfahren«, sagte Stan.

»Gern geschehen«, sagte Alex.

Stan wollte schon aussteigen, aber Alex hielt ihn zurück.

»Wegen dieser Geldwäscherbande«, begann Alex.

Stan starrte ihn an. »Wie soll ich das anstellen, die zu finden?«, fragte er. »Und woher soll ich verdammt noch mal wissen, was das für einen Sinn ergibt, wenn du dich weigerst, es mir zu erklären.«

Alex versuchte es noch einmal: »Eben das ist der Punkt, Stan«, sagte er. »Wir müssen wissen, wie ihr nach ihnen suchen würdet, wenn ihr nun einmal wisst, dass es sie gibt.«

Alex hörte, wie Stan das Kaugummi im Mund hin und her schob.

»Und genau deshalb kann ich dir auch keinen Tipp geben, wo ihr damit anfangen könnt«, fügte Alex hinzu. »Nur das hier.«

Er zog einen Umschlag aus der Seitentasche seines Jacketts und reichte ihn Stan. Der Secret Service Agent öffnete das Kuvert und betrachtete den Hundertdollarschein im Inneren.

»Der ist falsch?«, fragte er.

»Natürlich«, sagte Alex.

»Und aus derselben Druckpresse wie die anderen, die hier gewaschen werden sollen?«

»Natürlich«, bestätigte Alex.

»Und nicht aus unserer Druckerpresse?«, fragte Stan. Was eine hirnrissig überflüssige Frage war.

»Natürlich nicht«, sagte Alex.

»Okay«, sagte Stan schließlich.

»Das heißt, ihr nehmt euch der Sache an?«, fragte Alex.

»Du hörst von mir«, sagte Stan und stieg aus dem Wagen. Er hielt die Tür fest und sog die feuchte Abendluft in die Lungen. Es hatte aufgehört zu regnen. Ein Sommerschauer. Ein reinigendes Gewitter.

»Piece?«, fragte er und beugte sich noch einmal hinunter. Die Sorgenfalten in seinem Gesicht waren trotz der schlechten Beleuchtung gut zu erkennen.

»Vielleicht bin ich impotent«, sagte Stan. Alex hätte schwören können, dass es unmöglich wäre, dass Stan »The Man« Henderson so etwas jemals in den Sinn kommen könnte.

»Glaub ich nicht«, sagte Alex.

»Ich glaube, wenn ich Trish vögeln würde, hätte ich garantiert nicht zu wenig Sperma«, sagte Stan schließlich. Was die verquere Logik eines verletzten Mannes oder eine billige Rechtfertigung sein konnte.

»Ich glaube, das wäre keine gute Idee«, sagte Alex.

»Aber ein guter Fick«, sagte Stan und schlug die Autotür zu. Es klang wie ein Schuss. Die .357er Magnum unter den Weibern?, dachte Alex. *Get a life,* Stan »The Man«. Und werd endlich erwachsen.

KAPITEL 57

Juni 2005 (zur gleichen Zeit)
Atlantic City, New Jersey

STANLEY HENDERSON

In der Schlachthofhalle, die sie Hauptquartier nannten, gab es eine Wand, an die alle aktuell in Umlauf befindlichen Blüten gepinnt waren. Stan griff nach der Akte, die er heute Morgen per Hauspost von der forensischen Abteilung erhalten hatte. Forensische Abteilung war die hochgestochene Bezeichnung der technischen Dienste. Die Nerds an den Computern, den Labortischen und den Mikroskopen. Stan stellte sie sich als gesichtsfarblose Männer in weißen Kitteln vor, die grünen Tee tranken und Heuschrecken anbeteten. Was ein Klischee war, was Stan nicht störte, weil er es nicht bemerkte. Oder weil er selbst das vielleicht größte Klischee von allen verkörperte als erfolgloser, saufender Cop mit großer Knarre und noch größerem Ego. Fuck, hätte Stan gesagt, wenn ihm das jemand erklärt hätte, was natürlich niemand tat. Zumindest zu diesem Zeitpunkt noch nicht.

»Das war gute Arbeit, Henderson«, sagte Trish von links hinter seiner Schulter. Er hasste es, wenn sie sich so anschlich. Korrektur: Er liebte es, wenn sie ihn so lobte, nachdem sie sich so angeschlichen hatte.

»Danke«, sagte Stan. Er wollte sie haben in ihren etwas zu engen schwarzen Jeans und ihren gestreiften Hemden, die gegen die Vorschrift verstießen, was aber niemanden störte, weil sie noch konservativer waren als die Regeln. Stan überlegte, ob er es sich erlauben könnte, einen Schritt näher an sie heranzutreten. Als sie das für ihn übernahm, fuhr ein kurzer elektrischer Schlag durch seinen Arm in dem Moment, als sie mit ihrer Brust beiläufig sein Hemd berührte. Eine .357er Magnum auf seiner Haut. Der kalte Lauf strich in Gedanken über seinen Adamsapfel.

»Darf ich mal sehen?«, fragte Trish und griff nach dem Untersuchungsbericht. Stan reichte ihr die Akte wortlos. Seine Gedanken kreisten um seinen Adamsapfel und die unmittelbar bevorstehende Invasion seiner Spermienarmee in Trishistan.

»Eine zuvor nicht erfasste Druckplatte ist ein Sechser im Lotto, Stan. Ich muss zugeben, ich bin beeindruckt.«

Der Warschauer Pakt senkte den Eisernen Vorhang und ließ die Amerikaner ohne Gegenwehr bis zum Roten Platz vordringen. Denk daran, Alex eine Ansichtskarte zu schreiben, nahm sich Stan vor.

»Vielleicht sollte ich meinen Protest doch zurückziehen«, sagte Trish.

Stan hob eine Augenbraue. »Protest?«

»Na, dass du mein Partner wirst«, sagte Trish. Der Warschauer Pakt hatte soeben die Raketensilos seiner strategischen Nuklearstreitkräfte in Alarmbereitschaft versetzt. Fuck, dachte Stan. Er bemerkte, dass er Trish anstarrte. Er und die .357er Magnum? Ob das eine schlaue Idee war?

»Ich arbeite mit Troy«, sagte Stan.

»Seit heute nicht mehr«, entgegnete Trish.

Ich weiß, dass du mich willst, dachte Stan.

»Das ist eine Nummer zu groß für Troy«, sagte Trish.

Und für dich auch, dachte Stan. Das wollte sie doch damit sagen, oder nicht? Du willst mich, und ich will dich auch, also lassen wir den Scheiß, Trish, dachte Stan.

»Gut«, sagte er. »Und wie geht es jetzt weiter?«

Hätte Stan in diesem Moment geahnt, wie es weiterging, wäre der Ständer in seiner Hose explodiert. Und zwar vollkommen zu Recht.

KAPITEL 58

Juli 2005 (ein paar Tage später)
Mullica, New Jersey

BRIAN O'LEARY

Brian fluchte, als er zum dritten Mal die kurvige Straße am Mullica River entlangfuhr. Kein Mittelstreifen. Eine Straße vom Nirgendwo ins Nirgendwo. Irgendwo nördlich von Atlantic City, noch jenseits der Kleinstädte, deren Einwohnerzahlen jährlich im zweistelligen Prozentbereich sanken, weil es weder Arbeit noch Infrastruktur gab, die es einen hier aushalten ließen. Es war eine jener vergessenen Gegenden, von denen es im Land der unbegrenzten Möglichkeiten zu viele gab. Beim vierten Mal hatte Brian das Fluchen aufgegeben und entdeckte stattdessen zwischen zwei Bäumen den Feldweg, den Alex auf der handgezeichneten Karte markiert hatte. Wobei es an dieser Stelle erwähnenswert ist, dass seine Zeichnung keinerlei Maßstab kannte noch sonst eine Akkuratesse, die einer Landkarte erst ihren Sinn gaben. Beim vierten Mal jedenfalls setzte Brian seinen Mietwagen zurück und manövrierte ihn zwischen den zwei Bäumen hindurch. Brian verfluchte die eintausendfünfhundert Dollar Selbstbeteiligung, die er mit seiner Unterschrift auf dem Mietvertrag akzeptiert hatte. Der Feldweg war eine bessere Furt, wie sie vielleicht im Mittelalter für Pferdekutschen akzeptabel gewesen war. Heutzutage jedoch mussten die teerstraßengewohnten Automobile keine derartigen Belastungen aushalten, und es fehlten die zwei Pferde, die wussten, was sie sich zumuten durften. Erstaunlicherweise pflügte der japanische Mietwagen mühelos, wenn auch unter einigem Ächzen der Radaufhängungen, durch die Einöde am Rand der Zivilisation.

Er erreichte das ehemalige Farmhaus am Ende der vermeintlichen Straße nach einer Viertelstunde Rumpeln und Bangen, und Brians Knie zitterten leicht, als er ausstieg. Die Holzlatten brauchten dringend einen neuen Anstrich, und die Treppe davor musste als akut einsturzgefährdet eingeschätzt werden. Brian blickte auf seinen Zettel. Dann auf das Haus. Und stellte fest, dass er sein Ziel erreicht haben musste. Obwohl Alex' Wagen nirgends zu sehen war. Er klopfte. Dreimal. Viermal. Keine Antwort.

»Mach auf, Alex!«, rief er schließlich. Er lief um das Haus herum. Hinter allen Fenstern hingen Vorhänge aus dickem Stoff. Einen Beweis fand er erst auf der Rückseite des Hauses unter einer rostroten Plane: die unauffällige Mafiakarre. Alex musste den Verstand verloren haben. Noch zweimal lief er um das Haus. Dann hämmerte er wieder gegen die Tür.

»Alex!«, rief er.

Keine Antwort.

»Verdammt noch mal, das soll der Cash Club sein, oder was?« Brian schlug frustriert gegen die Wand, als er plötzlich hörte, wie die Tür geöffnet wurde. Ein putzmunterer Piece stand vor ihm und grinste.

»Ich dachte schon, du sagst das Zauberwort gar nicht mehr.«

»Nette Begrüßung«, sagte Brian. »Welches Zauberwort?«

Alex umarmte ihn und schob ihn in das ehemalige Bauernhaus. Oder was auch immer das hier gewesen war. Das Haus am Fluss für die Mätresse? Ein Wochenenddomizil eines reichen Exzentrikers? Das Innere jedenfalls war hell erleuchtet, und mitten in dem großen Raum im Erdgeschoss stand ein monströses Gebilde, über das breite Stoffbahnen gebreitet worden waren.

»Von jetzt an«, verkündete Alex feierlich, »kann hier nur rein, wer sich als Mitglied des Cash Clubs zu erkennen gibt.«

»Wobei man zugeben muss, dass es eine nette Geste unseres werten Gastgebers gewesen wäre, das vorher anzukündigen«, sagte eine Brian wohlvertraute Stimme aus dem Nebenzimmer. Brian lugte um die Ecke und fiel Josh in die Arme, der mit einem Wasserkocher einen Instantkaffee aufbrühte.

»Also?«, fragte Brian. »Was war so wichtig, dass wir uns alle hier treffen mussten?«

»Erstens muss ich Stan entschuldigen«, sagte Alex, »er wäre gerne gekommen, aber aus naheliegenden Gründen ist es besser, wenn unser Secret-Service-Freund nicht weiß, wo sich unser Produktionsstandort befindet.«

Das leuchtete Brian ein. Er nippte an seinem Kaffee und deutete auf das Monstrum in der Mitte des Raums.

»Das ist sie also?«, fragte er.

Josh nickte. »Unsere Heidelberger«, raunte er.

»Willst du eine Kerze anzünden?«, fragte Brian und zog an einer der Stoffbahnen.

»Vorsicht!«, rief Josh.

»Ist das eine Maschine oder ein Meißener Porzellanengel?«, fragte Alex und griff nach dem anderen Ende.

»Ich weiß nicht, was mich mehr erstaunen soll«, sagte Josh. »Dass du weißt, was ein Meißener Porzellanengel ist, oder dass du es kaum erwarten kannst, sie zu sehen.«

»Bei der Geheimniskrämerei, die du um das Ding gemacht hast, muss dich das nicht wundern«, sagte Alex. Als sie Joshs Baby ausgewickelt hatten, stand Brian vor dem hässlichsten Ding, das er jemals gesehen hatte. Ein schwarzes Monstrum aus Stahl, unförmig wie ein Meteor und dreckiger als ein Warzenschwein.

»Ist sie nicht wunderschön?«, raunte Josh.

Alex und Brian tauschten einen Blick aus. Dann begannen beide zu lachen.

»Hauptsache, sie druckt besser, als sie aussieht«, sagte Brian, als sie sich beruhigt und Josh so weit aufgebaut hatten, dass er wieder mit ihnen reden wollte.

»Sie druckt perfekt«, versprach Josh. »Es gibt nichts Besseres. Wenn wir digital belichten und dieses Baby damit füttern, haben wir das Beste aus dem 20. und dem 21. Jahrhundert vereint.«

»Eine echte Traumhochzeit«, behauptete Brian und nahm den letzten Schluck seines kalten Kaffees.

»Und hoffentlich eine, die mehr Geld einbringt, als sie gekostet hat«, sagte Alex und reichte Brian einen dicken Stapel Papier. Er blätterte durch die Rechnungen von einer Anwaltskanzlei, einer Reederei und dem Zoll und pfiff durch die Zähne. Grob kalkuliert, hatte sie das gute Stück etwa zwanzigtausend Dollar gekostet. Fast das ganze Geld, das sie für den Cash Club mühsam beiseitegeschafft hatten. Das meiste davon war von Brian gekommen, aber er musste dafür sorgen, dass Ashley nicht misstrauisch wurde.

»Wow«, sagte Brian.

»Warte, bis du das Baby laufen siehst«, sagte Josh und betrachtete das Monstrum mit etwas, das man tatsächlich als zärtlichen Blick bezeichnen dürfte. Was absurd war, wenn man es genau bedachte, aber so war Josh nun einmal. Und was das Drucken anging, brauchte es möglicherweise diese Leidenschaft, um herausragende Ergebnisse zu erzielen. Und mit nichts weniger würde sich der Cash Club zufriedengeben.

KAPITEL 59

Juli 2005 (einige Stunden später)
Mullica, New Jersey

JOSHUA BANDEL

»Was hältst du davon?«, fragte Piece und trank einen Schluck Bier.

Josh betrachtete die Blüte durch den Fadenzähler. Die Lupe vergrößerte das Druckbild um den Faktor 10. Die Linien waren ausgefranst, weil das Papier zu viel Flüssigkeit aufgesaugt hatte. Das Wasserzeichen war gerastert statt in das Papier eingearbeitet.

»Eine schlampige Arbeit«, sagte Josh.

»Soll heißen, wir kriegen das besser hin?«, fragte Alex und streckte ihm die Bierflasche entgegen. Glas klirrte auf Glas.

»Ich wette hundert Dollar, dass mein erster Versuch besser ist als das hier«, sagte Josh. »Stan dürfte keine Probleme haben, die Noten aus dem Verkehr zu ziehen.« Natürlich stammte das Falschgeld aus der Tranche, die Alex gerade in Atlantic City waschen ließ. Es war ihr Testlauf für die Distribution, der zweite wichtige Teil neben ihrer Produktionsstraße in der Scheune.

»Hundert echte Dollar oder falsche Dollar?«, fragte Brian. Er saß unter dem Schreibtisch, auf dem er den Computer installierte. Seit einer Stunde steckte er Kabelverbindungen. Scanner, Belichter. Apple PowerMac G5, neuestes Modell. Cinema Display. Wow. Die nächsten zehntausend Dollar für Equipment und das, obwohl sie alles gebraucht bei eBay gekauft hatten.

»Spielt das eine Rolle?«, fragte Alex. Josh grinste. Wenn das hier wirklich funktionierte, spielte es tatsächlich keine Rolle.

Sie tranken seit gestern Abend. Alex hatte sogar etwas Gras besorgt, was neben der Laune auch den Appetit angeregt hatte. Auf der Heidelberger lagen Chipstüten und leere Bierflaschen. Was Josh nicht passte. Obwohl er zugeben musste, dass es der zwanzig Jahre alten Maschine nicht schadete.

»Fertig«, verkündete Brian zwei Stunden später.

»Heureka!«, sagte Alex und öffnete eine weitere Flasche mit seinem Feuerzeug. Josh hatte es hinter Brians Schreibtisch geschafft, bevor er den Kronkorken ploppen hörte.

»Zeig her«, sagte Josh. Er spürte, dass seine Finger zitterten. Brian ließ die Gelenke knacken und griff zur Tastatur.

»Ihr wisst ja, dass Photoshop eine Sperre für Geldscheine eingebaut hat«, begann Brian, während der Mac startete. Natürlich wussten sie das. Es war das Problem. Es dauerte ewig, bis sich die Symbole auf dem Desktop verteilten. Und eine weitere Ewigkeit, bis die Diva unter den Bildbearbeitungsprogrammen hochgefahren war. Photoshop war ein mächtiges, aber auch komplexes Werkzeug, das Rechenleistung fraß wie ein hungriger Pitbull. Nur deshalb hatten sie den sündhaft teuren Profi-Mac anschaffen müssen. Und trotzdem vergingen besagte zwei Ewigkeiten, bis das Programm nur gestartet war. Josh hatte zu diesem Zeitpunkt keine Ahnung, dass es weitere vierzig Ewigkeiten dauern würde, bis Brian endlich zum Punkt gekommen war. Erst klebte er eine druckfrische Hundertdollarnote auf einen Trommelscanner (eine für heutige Maßstäbe unfassbar komplizierte Konstruktion, die allerdings laut Brian immer noch die beste Qualität lieferte). Dann startete er eine Reihe von Scans, die jeweils über vier Minuten dauerten, was bedeutete, dass man, statt in der Holzhütte auf nichts zu warten, auch »Star Wars« Episode III hätte anschauen können.

Als endlich das Ergebnis auf Brians Bildschirm erschien,

hätte es Josh auch für die zehnfache Wartezeit entschuldigt. Er hustete, weil ihm das Bier in die Luftröhre gelaufen war, was nur passierte, wenn er aufgeregt war. Nach vier Jahren in Deutschland war man Profi, nicht nur in der Drucktechnik, sondern vor allem, was das Biertrinken anging. Jedenfalls baute sich auf Brians Bildschirm Schnipsel für Schnipsel das vollständige Porträt von Benjamin Franklin auf. In einer Auflösung, die Josh nicht für möglich gehalten hätte. Alles war bestens zu erkennen: Die Linien in seinem Schal, die Bäume vor der Independence Hall inklusive der feinen Verästelungen.

»Das ist real?«, fragte Josh und hielt die Luft an, ohne es zu merken.

Brian nickte.

»Und du kannst das bearbeiten?«, fragte Josh.

Brians Maus wanderte zu einer Bilddatei mit einem Affen. Er wählte einige Filter aus und schnitt ein Oval. Dann kopierte er das Schimpansenbild in den Geldschein.

»Boom«, sagte Brian.

»Krass«, sagte Josh.

»Wollen wir das drucken?«, fragte Brian.

»Ja«, rief Alex. »Lass uns einen Probelauf machen.«

Josh deutete zu der Papiertafel, die er aufgestellt hatte. Er hatte seine vier Probleme in großen Lettern daraufgeschrieben: Printer, Papier, Porträt und Plastikstreifen. Einzig die Druckmaschine – der Printer – war durchgestrichen.

»Uns fehlen 75 Prozent des Puzzles«, sagte er.

»Na und?«, fragte Alex. »Ist ja nicht so, dass wir das Ding wirklich verwenden wollen.«

Brian tippte einige Befehle auf der Tastatur.

»Ich weiß nicht«, sagte Josh.

»Komm schon«, sagte Alex. »Lass uns auch ein bisschen Spaß haben.«

Josh wollte keinen Spaß haben. Dies war kein Spaß, dies war ein Verbrechen. Und er wollte es perfekt machen. Er wusste, dass nur in der Perfektion seines Produkts ihrer aller Zukunft lag. Ihr Lebensglück. Wenn es klappte, waren sie in zwei Jahren reich. Wenn nicht, saßen sie hinter Gittern. So einfach war das. Trotzdem nickte er schließlich und lief zu der digitalen Belichtungsmaschine.

»Dann schick es mal rüber, Brian«, verlangte er. Er stellte die Bierflasche auf das Gerät und beobachtete, wie der negative Film entstand. Von ihm würde die Druckplatte ablesen, wo Farbe aufgetragen werden musste und wo nicht. In welcher Stärke und in welcher Zusammensetzung. Cyan, Magenta, Gelb und Schwarz. Die Grundfarben. Es würde Monate dauern, es richtig einzustellen, aber für heute würde ein einfacher Testlauf genügen. Er lächelte, als er den fertigen Film aus der Maschine zog. Brian hatte die Worte »The United States of America« durch etwas anderes ersetzt. Neben dem Affen, der statt des US-Präsidenten in dem Oval lächelte, stand jetzt: »The Cash Club of America«. Und statt der hundert Dollar hatte der Schein einen Wert von hundert Millionen Dollar. Josh wusste in diesem Moment noch nicht, dass Brian damit weit untertrieben hatte.

KAPITEL 60

Juli 2005 (ein paar Tage später)
Atlantic City, New Jersey

ALEXANDER PIECE

Der Typ, den Alex auserkoren hatte, ihr Versuchskaninchen zu spielen, stand am Pier wie ein Kanarienvogel in der Arktis. Nun war es natürlich keiner der Begabtesten, die ihn der Don verbrennen ließ, sondern einer dieser Vögel, die sich nur für die Mafia hielten, weil sie einmal in der Woche freien Eintritt bei einem der Clubs erhielten und einmal im Monat einen Botengang für den Don erledigen durften. Selbstverständlich waren alle diese Botengänge von Kanarienvogel Louis und Konsorten keine illegalen, sondern sie besorgten zum Beispiel Blumenerde aus dem Baumarkt oder Getränke für die Sommerparty, an der sie nicht teilnahmen. Auch die Mafia benötigte Dinge des täglichen Lebens, deren Besorgung einen »Schlepp« erforderte. Deshalb wurde jene Kaste der ebenso ersetzbaren wie überflüssigen Hilfsmafiosi von den echten Jungs »Schlepps« genannt (weil das deutsche Wort »schleppen« im Englischen als Hauptwort gebräuchlich war). Louis jedenfalls bemühte sich redlich, unauffällig auszusehen. Sein Problem jedoch war, dass er einen weinroten Diplomatenkoffer in der Hand hielt, der möglicherweise im »Auftrag Ihrer Majestät« nicht aufgefallen wäre. In dem Jahr jedoch, in dem YouTube live gegangen war, musste er höchst verdächtig wirken. Trotz seiner mangelhaften Tarnung wurde Louis nicht verhaftet, weil es eine Sache war, höchst verdächtig am Pier rumzulungern, und etwas vollkommen anderes, deswegen ins Visier des Gesetzes zu geraten. Während Alex noch Louis' Chuzpe bewunderte, vollzog sich die Übergabe vor seinen

Augen so geräuschlos und professionell, dass Alex fast ein schlechtes Gewissen beschlich, Louis den Feds zum Fraß vorzuwerfen. Der eben noch auffällige rote Koffer verschwand unter der Auslage eines T-Shirt-Verkäufers und ein allenfalls ein Fünftel so auffälliger weißer Umschlag wechselte den Besitzer. Louis war keine zehn Sekunden später in der Menge abgetaucht. Alles in allem keine schlechte Aktion, fand Alex. Die alles entscheidende Frage jedoch war, wie es weiterging. Soweit Alex den Weg des Falschgelds verfolgt hatte, saß der T-Shirt-Verkäufer in diesem Moment auf fünfhundert falschen Hundertern. Fünfzigtausend Dollar, die er gegen achtundzwanzigtausend echte eingetauscht hatte. Das war der Kurs, und die Frage war, ob es sich lohnen würde, einen größeren Teil der Wertschöpfungskette zu übernehmen. Was würde T-Shirt-Boy mit den falschen Hundertern anstellen? Alex kaufte ein Eis und lehnte sich an eine der Mülltonnen, um es herauszufinden.

Gegen halb zehn packte der T-Shirt-Verkäufer zusammen: Die nicht verkaufte Ware wanderte zuerst in Plastikbeutel und dann in braune Kartons, die Stange mit der Hängeware wurde auseinandergeschraubt. Er trug alles zu dem Parkplatz am Rande des Piers. Alex folgte ihm mit einigem Abstand und beobachtete von dem Toilettenhäuschen einer Burger-Kette aus das Geschehen. Der T-Shirt-Boy, der andere mit den Plastik-Casinos und den kleinen einarmigen Banditen und der Junge, der lebende Reptilien in winzigen Plastikboxen verkaufte, standen am Rande des Parkplatzes, ihre Kisten zwischen ihren Beinen, und warteten. Reptilienjunge kaute Kaugummi, der T-Shirt-Mann rauchte – vermutlich aus Nervosität, was man ihm nicht verdenken konnte, schließlich führte er einen Koffer mit fünfzigtausend falschen Dollar bei sich. Ob er wusste oder nicht, was in dem Koffer war, spielte dabei keine Rolle – ihm dürfte klar sein, dass er hier keine Fruchtgummis austauschte. Nachts. Auf einem schlecht beleuchteten Parkplatz.

Schließlich, etwa eine Viertelstunde später, rollte ein schwarzer Mercedes auf die drei Händler zu. Kein Profi, wie Alex bemerkte. Die Karre war auffälliger als ein Kamel. Aber ihm dämmerte, wie sie es aufzogen. Weil alles in Atlantic City irgendwie mafiös organisiert war, waren auch die T-Shirt-Verkäufer nur auf dem Papier selbständig. Irgendjemand hatte sich vor langer Zeit die Rechte bei der Stadt gesichert und verscherbelte sie jetzt an die armen Schlucker, die für ein paar Dollar die Stunde die Waren eines anderen verkaufen mussten. Vermutlich bekamen sie nur einen Bruchteil des Gewinns ausgezahlt, was schließlich das eigentlich Mafiöse an einem Geschäftsmodell war. Natürlich gehörte der im schwarzen Benz nicht zur Mafia – denn für die echte war das T-Shirt-Geschäft viel zu klein-klein. Taubenkacke nannte Don Frank das. Außerdem würde Don Frank – wie bereits erwähnt – niemals diese viel zu protzige Luxuskarosse aus Europa fahren.

Der Benzfahrer stieg nicht einmal aus dem Wagen, sondern ließ die Jungs einzeln antanzen, warf durchs heruntergelassene Fenster einen kurzen Blick auf ihre Bücher und die Lagerbestände und kassierte. Dann durfte der nächste Händler antreten, und der erste lief um den Wagen herum auf die Beifahrerseite, wo ein zweiter Mann saß, der Scheine abzählte und in einen Umschlag steckte. Der Umschlag schließlich enthielt den Lohn der Händler. Und – wie Alex annahm – das Falschgeld. Den Nachschub an Letzterem reichte in diesem Moment der T-Shirt-Boy durchs Wagenfenster. Vermutlich würde er einen kleinen Bonus bekommen für seinen riskanten Botendienst. Alex pfiff durch die Zähne. Sie waren zwar nicht die Mafia, aber das System war nicht schlecht. Der Mann im Mercedes kassierte echtes Geld von den Touristen und tauschte es nach Abzug seiner fetten Gewinnmarge gegen falsches für die Händler, die es ihrerseits für Burger, Bier oder für das ein oder andere Spiel in einem Casino ausgeben würden. Falls einer der Händler aufflog, was nicht besonders wahrscheinlich war, konnte er immer noch behaupten, er hätte die Banknote von einem der anderen Kunden bekommen. Oder – was Alex sogar für wahrscheinlicher hielt – er hatte gar keine offizielle Verbindung zu den Händlern am Pier, und die Verkaufserlaubnis wurde von einem Mittelsmann gehalten. Dann wären die falschen Scheine gar nicht zu dem Mercedes und seinem schicken Apartment zurückzuverfolgen. Der T-Shirt-Mann, der mit den Echsen und der mit dem Plastikzeug verabschiedeten sich nicht voneinander. Sie packten ihre Kisten in rostige Karren und brausten davon in ihr armseliges Leben in die Vorstadt. Mit einem Lohn voller Blüten im Gepäck. Die erste würde vermutlich am nächsten Liquor Store in den Verkehr gelangen. Und jemand anders wurde reich dabei. Der Mann im Mercedes, der Mann, der den Koffer gebracht hatte, und der, der ihm den Koffer gegeben hatte. Am reichsten aber, das wusste Alex ganz sicher, wurden die, die das Falschgeld gedruckt hatten. Und schon bald würde das niemand anderes sein als drei Jungs aus dem Valley, die ausgezogen waren, die Welt zu bezwingen. Alex lächelte, als er in seinen Stratus stieg.

KAPITEL 61

Juli 2005 (zur gleichen Zeit)
Atlantic City, New Jersey

STANLEY HENDERSON

»Ist das nicht der Typ von dem Überwachungsband?«, fragte Stan und drückte Trish das Fernglas in die Hand. Die einsame Lage des 7-Eleven, den sie beobachteten, machte es notwendig, über hundert Meter entfernt zu parken, um nicht aufzufallen. Trish trug eine ihrer karierten Blusen, die Pistole scheuerte an ihrem BH. Vermutete Stan zumindest. Außerdem trug sie elegante Strumpfhosen trotz der hohen Luftfeuchtigkeit und der achtundzwanzig Grad zu nächtlicher Stunde. Robyn trug niemals Strumpfhosen und wenn, dann die praktische Wollvariante, die im Winter warm hielt, anstatt im Sommer heiß auszusehen. Er fragte sich, ob sie zwischen den Beinen schwitzte und ob es für sie nicht angenehmer wäre, wenn Stan ihr dabei behilflich wäre, die Strumpfhose auszuziehen.

»Er ist es«, sagte Trish und gab das Fernglas zurück. Sie fischte eine Akte vom Rücksitz.

»Fernando Maria Gomez, mexikanischer Staatsbürger, keine Vorstrafen. Gültiges Visum, ausgestellt von der Botschaft in Mexico City vor viereinhalb Jahren.«

Ein Bohnenfresser, dachte Stan. Ein Bohnenfresser, der Falschgeld in Umlauf brachte. Das zumindest hatten ihre Recherchen ergeben. Nachdem eine der neuen Blüten (der Hunderter, den ihm Alex gegeben hatte) erfasst war, spuckten die computergestützten Zählmaschinen der Banken täglich ein paar verdächtige Scheine aus. Manchmal vier, manchmal zwanzig. Fast alle in Atlantic City, was bedeutete, dass tatsächlich jemand in ihrem Vorgarten Falschgeld wusch. Von den Banknoten war es nicht weit bis zu dem Geschäft, das sie bei der Bank eingezahlt hatte. Ein Kinderspiel, die Überwachungsbänder zu besorgen (Secret Service wirkte Wunder, weil jeder sofort dachte, jetzt ginge es ihm an den Kragen, was nicht unbedingt den Tatsachen entsprach). So hatte sie die Brotkrumenspur bis zu diesem Supermarkt geführt, der in schöner Regelmäßigkeit Falschgeld an seine Bank lieferte, meistens mit dem Geldtransporter, der die Einnahmen der Nachtschicht abholte. Und Fernando Maria Gomez war einer von vierzig Kunden des in Frage kommenden Abends gewesen. Eine Nacht mit besonders schlechtem Geschäft für den 7-Eleven, was ein Glück für Stan und Trish war, denn so bot sich die Chance, tatsächlich einen der Geldwäscher zu identifizieren. Fernando Maria Gomez kaufte eine große Flasche Cola, ein Truthahnsandwich und eine Tüte Erdnussflips. Er bezahlte mit einem Schein. Mit welchem, konnten sie freilich durch das Fernglas nicht erkennen. Trish rutschte mit dem Nylon auf ihrem Rock und damit auf dem Beifahrersitz herum, was Stan nicht entging.

»Schere, Stein, Papier?«, fragte sie. Ihr Blick sagte etwas anderes.

»Klar«, sagte Stan. Sie ließen die Fäuste kreisen. Einmal, zweimal, dreimal. Stan formte mit den Fingern eine Schere.

»Fuck«, sagte er.

Trish lächelte ihren Stein an. Stan stieg aus dem Wagen und lief um die Motorhaube. Er gab sich keine Mühe, seine Blicke auf Trish zu verbergen, die wenig damenhaft über die Mittelkonsole stieg. Natürlich versuchte Stan, einen Blick zwischen ihre Beine zu erhaschen. Für einen kurzen Moment trafen sich ihre Augen. Und Trish schaute nach unten. Nur eine Millisekunde lang. Was für Stan eine Ewigkeit bedeutete. Sie starrte zwischen ihre Beine, Stan starrte zwischen ihre Beine.

Und beide wussten es. Dann blickte Trish wieder nach vorne, glitt auf den Fahrersitz, als wäre nichts geschehen, und startete den Motor. Stans Glied presste gegen die Naht seiner Unterhose und gegen den Stoff seines Anzugs, als er über die Straße lief und beobachtete, wie Fernando Maria Gomez' Wagen vom Parkplatz des Supermarkts rollte. Nachdem die Erektion abgeklungen war, sprintete Stan die letzten Meter zum Eingang des 7-Eleven, riss die Tür auf und zog seine Dienstmarke. Er rannte zur Kasse. »United States Secret Service«, sagte er. »Zeigen Sie mir umgehend die Scheine, mit denen der letzte Kunde bezahlt hat.« Der junge Mann hinter der Kasse wirkte überrumpelt und verunsichert. Er warf einen Blick auf das Telefon. Stan wusste, was das bedeutete. Es bedeutete, dass er Zeit verlor.

»Denken Sie nicht einmal daran«, warnte er. »Öffnen Sie einfach die verdammte Kasse.« Dann dachte er daran, dass Trish Fernando Maria Gomez verfolgen durfte, weil sie den Stein gemacht hatte. Er stellte sich vor, wie ihr bestrumpfter Fuß in dem Pumps auf das Gaspedal trat, dann bremste. Und wieder beschleunigte nach einer Kurve. Da kehrte Stans Erektion zurück. Und sie verschwand nicht, bis er den Hunderter durch den Fadenzähler auf die Merkmale der neuen Blüte untersucht hatte. Unklares Druckbild der Linien, gerastertes Wasserzeichen (was bedeutete, dass einzelne Punkte zu erkennen waren), fehlender Plastikstreifen. Sein Glied wollte nicht aufgeben, während er sein Handy zog und Trishs Nummer wählte, um ihr zu sagen, dass sie ihren Mann gefunden hatten. Dann ließ sich Stan den Schlüssel zur Kundentoilette geben, um sein zweitgrößtes Problem zu lösen.

KAPITEL 62

Juli 2005 (zur gleichen Zeit)
Mullica, New Jersey

BRIAN O'LEARY

Im Hintergrund ratterte die Druckmaschine, während Brian versuchte, sich auf den Code zu konzentrieren. Die Druckmaschine war nicht das Einzige, was das nicht ganz leicht machte, denn Josh sprang alle paarundzwanzig Minuten auf, raste zu Brians Schreibtisch und hielt ihm irgendeine neue, sensationelle Drucksache unter die Nase. Meist ging es um eine Verfeinerung von Linien, eine Verbesserung an der Halskrause von Benjamin Franklin oder an der farbverändernden Tinte. Alles in allem Kleinigkeiten, die Josh jedoch zu Begeisterungsstürmen hinrissen. Brian hingegen wollte einfach arbeiten. Die Sache mit den Zählmaschinen bei den Banken war nämlich weit weniger trivial als offenbar die ganze Druckerei, was für klassische Geldfälscher vermutlich ein Schock wäre. Für den Cash Club jedoch, der sich vorgenommen hatte, der technologisch ausgefuchsteste Counterfeit-Clan der Welt zu werden, könnte es sich als Segen erweisen. Wenn Josh endlich begriff, dass er ihn in Ruhe lassen sollte.

»Hey, Brian«, sagte Josh. »Wie geht es eigentlich Ashley?«

Immer wenn er gerade keinen Durchbruch in seinen Drucksachen zu vermelden hatte, versuchte er es mit Fragen nach seiner Familie, weil er wusste, dass Brian nicht widerstehen konnte.

»Ich denke, sie fragt sich langsam, ob es die Konferenz eigentlich wirklich gibt oder ob ich mir eine Liebhaberin zugelegt habe.«

»Würde ich auch«, grinste Josh und hielt ihm eine Tüte

Pretzels mit Honig-Senf-Geschmack unter die Nase. Der Vorrat, den Alex ihnen besorgt hatte, war weder an Kalorien noch an negativen Auswirkungen auf ihre Gesundheit zu überbieten. Es war der Traum eines jeden unter Dreißigjährigen von der perfekten Ernährung.

»Das letzte Mal, als ich sie angerufen habe, hat sie behauptet, wie würde jetzt vier Tage zu ihrer Schwester fahren, weil ihr ein Babysitter für die Uni fehlte.«

Ein guter Teil ihres Jahresurlaubs ging für diese Woche beim Cash Club drauf. Natürlich nicht für Josh, der diese unglaublichen dreißig Urlaubstage auf dem Konto hatte, die sie in Europa jedem zugestanden. Europa musste das Paradies sein, dachte Brian. Er fragte sich allerdings, wie die Europäer bei einem derart fetten Jahresurlaub jemals achttausend Zeilen Code analysiert kriegten. Er würde es jedenfalls nicht schaffen.

»Hör zu, Josh …«, sagte Brian.

Josh hob die Hände: »Schon gut«, sagte er und verzog sich wieder hinter seine Heidelberger.

»Ich meine ja nur«, sagte Brian, aber Josh winkte ab. Er musste das verstehen. Es war Brians Aufgabe, die Programmzeilen zu finden, die jene zusätzlichen Sicherheitsmerkmale untersuchten. Das behauptete zumindest Alex, der in den letzten Tagen genau beobachtet hatte, wie Stan und seine dralle Kollegin den neuen Blüten nachjagten. Es sei absolut kriegsentscheidend, dass eine reguläre Bank ihr Falschgeld nicht als solches erkennen konnte. Zumindest nicht per Computer. Das war es, was ihre Blüten von den tausend anderen unterscheiden würde, deren Druckereien früher oder später aufflogen. Denn wenn die Banken sie nicht erkennen konnten, waren sie faktisch auch für den Secret Service nicht zu identifizieren. Und vor allem nicht aus dem Verkehr zu ziehen. Für eine händische Überprüfung, der vermutlich auch ihre Fälschungen nicht standhalten würden, würden Jahre ins Land ziehen. Und die Scheine wären durch so viele Hände gegangen, dass nicht einmal der Einzahler zu identifizieren wäre. Geschweige denn die Hintermänner. Oder gar der Cash Club.

Das Problem – oder, wie man in Valley sagen würde: die Herausforderung – war also die Software in den Kellern der Banken. Und damit war es weniger Joshs als Brians Problem. Glücklicherweise war das Internet im Jahr 2005 noch ein ziemlich Wilder Westen. Vielleicht in etwa vergleichbar mit den Jahren des großen Goldrauschs: Es gab erste Städte, in denen man sich auf das Gesetz verlassen konnte, aber außerhalb, auf dem Land, herrschten immer noch die Flinten und das Recht der Prärie. Was übertragen auf das Internet bedeutete, dass die meisten Programmierer Anhänger von Open Source-Projekten waren, Cybersecurity noch kein Thema war und überhaupt überall alles hochgeladen wurde, was man so auf der eigenen Festplatte hatte. So war es Brian gelungen, den Sourcecode der Software eines der Maschinenhersteller zu ziehen. Er hatte also den Heuhaufen, in dem er jetzt nur die Codezeilen finden musste, die er suchte.

»Fuck«, murmelte Brian auffällig leise und etwa zwei Stunden nach der lästigen Frage über Ashley. »Motherfucker«, schob er kurz darauf hinterher.

»›The Wire‹? Wirklich?«, fragte Josh und tauchte kurz darauf hinter seinem Stuhl auf. Josh wusste natürlich, dass es etwas zu bedeuten hatte, wenn Brian die legendäre Szene aus »The Wire« zitierte, in der das Schimpfwort genau achtunddreißig Mal hintereinander gesprochen wurde, während McNulty und Bunk einen Mord rekonstruierten. Brian deutete wortlos auf eine Codezeile auf dem Bildschirm, scrollte dann ein wenig nach unten.

»Fuuuuuck«, flüsterte Brian.

Brian scrollte durch das Programm. Er hatte kleine Notizen in roter Schrift angelegt, die selbst einem Laien erklärten, was die Software an jeder einzelnen Stelle erledigte. Zum Beispiel das Merkmal der Striche auf Franklins Kragen abfragen (Anzahl der Linien in einem festgelegten Bereich von einem Zentimeter, Abstand der Linien, prozentualer Anteil Farbe versus Weißraum) und dann entscheiden, was passierte, wenn die Banknote durchfiel.

»Fuck. Fuck. Fuck«, sagte Brian und deutete wieder auf den Bildschirm.

»Motherfuck«, bestätigte Josh. Falls die Banknote dieses Merkmal nicht erfüllte, würde ein weiteres Merkmal höher gewichtet. In diesem Fall die elektronische Leitfähigkeit des Plastikfadens, der natürlich kein Plastikfaden war, sondern aus irgendeiner geheimnisvollen – und geheimen – Substanz bestand.

»Fuck«, flüsterte Brian.

Damit wurde gewährleistet, dass eine Banknote, die zum Beispiel einen Schmutzfleck auf Franklins Kragen hatte, nicht gleich als Blüte aussortiert wurde. Die Banken konnten zu viele Blüten genauso wenig gebrauchen wie zu wenige.

»My little fuck«, sagte Josh. Natürlich war er schlau genug, zu begreifen, dass genau das ein Ansatz für sie war, die Maschine hinters Licht zu führen. Sie mussten nur dafür sorgen, dass ihre Blüten eine Kombination der Merkmale erfüllte, die ihnen das System als Fehlertoleranz durchgehen ließ.

»Fuck me«, keuchte Brian und hielt Josh die Bierflasche hin. Sein Freund griff danach und streckte danach eine Faust in seine Richtung. Brian checkte mit einer Faust dagegen.

»Omar wird zufrieden sein«, sagte Brian. Omar war natürlich der notorische Bösewicht in der TV-Serie. Der Drogenbaron.

»Sehr zufrieden«, bestätigte Josh. Denn was Brians Fund wirklich bedeutete, war, dass ihre Scheine nicht perfekt sein mussten. Nur gut genug. Jetzt konnte er Josh endlich mit seinen drei verbliebenen »P«-Problemen helfen: dem Papier, dem Porträt und dem Plastik.

»Was ist eigentlich so schwierig daran, Papier zu besorgen?«, fragte Brian, als sie abends vor dem Grill saßen, den Alex neben dem ganzen Fastfood dankenswerterweise auch besorgt hatte. Die Glut erlosch langsam, was die Schnaken und die anderen langbebeinten Tiere anlockte, die niemand wirklich mögen konnte.

Josh nahm einen Schluck Bier, von dem er wirklich eine Menge trinken konnte, seit er bei den Deutschen im Trainingslager gewesen war: »US-Dollar bestehen zu 75 Prozent aus Baumwolle und zu 25 Prozent aus Leinen.«

Eine Mücke landete auf Brians Schulter. Er schlug daneben. »Und?«, fragte er.

»Autos haben Räder, Flugzeuge haben Flügel, Dollar haben 75 Prozent Baumwolle und 25 Prozent Leinen«, behauptete Josh. »Jeder weiß das.«

»Ein Schwan hat auch Flügel«, bemerkte Brian ein Bier später.

»Natürlich«, sagte Josh. »Ein sehr hilfreicher Kommentar.«

»Denk mal drüber nach«, sagte Brian. »Was wird noch auf Banknotenpapier gedruckt?«

»Staatsanleihen zum Beispiel«, sagte Josh. »Was ungefähr noch viel schlimmer ist, als Banknoten zu fälschen.«

Brian starrte auf den kleinen Bach hinter dem Haus und fragte sich, ob es in Atlantic City Krokodile gab wie in Florida. Er fragte sich, warum er sich das während der letzten Tage noch niemals gefragt hatte, schließlich saßen sie jeden Abend in der Nähe des Ufers. In einer potenziellen Todeszone. Er stellte fest, dass er Aaron und Ashley vermisste.

»Und was wäre, wenn ich ein Typ von einer Investmentbank wäre, der für einen Kunden seine ach so wertvollen Ramschpapiere auf ein möglichst fälschungssicheres Papier drucken wollte?«

»Investmentbanker sind die größten Verbrecher«, sagte Josh und stocherte in der Glut herum. Kleine Funken stoben auf und verscheuchten die Mücken zumindest für ein paar Sekunden.

»Eben. Aber keiner merkt das«, sagte Brian.

Josh setzte sich wieder in seinen Campingstuhl mit dem Bierflaschenhalter in der Armlehne.

»Fuck«, sagte Josh.

»Nicht schon wieder«, sagte Brian.

»Okay«, sagte Josh. »Aber das könnte sogar funktionieren. Wir müssten nur sofort den Kontakt abbrechen, wenn jemand dumme Fragen stellt.«

»Eben«, sagte Brian. Der Mücke schien der Platz auf seinem Oberarm zu gefallen, aber Brian verfehlte sie auch beim zweiten Versuch eines Luftschlags.

»Und wie soll ich es anstellen, mich als Investmentbanker auszugeben?«, fragte Josh.

»Na, indem ich dir eine E-Mail-Adresse einrichte«, sagte Brian.

»Du kannst mir eine E-Mail-Adresse bei einer Investmentbank einrichten?«, fragte Josh erstaunt.

»Ich kann dir eine E-Mail-Adresse einrichten, die aussieht, als wäre es die einer Investmentbank«, behauptete Brian. Der Trick würde sein, eine Domain zu verwenden, die sich anhörte wie die einer Investmentbank, die in Wirklichkeit aber nichts damit zu tun hatte. Wie zum Beispiel: j.bandel@goldmansachs-germany.com. Es war ein Kinderspiel, diese Seite auf die offizielle Goldman-Sachs-Seite, die zum Beispiel goldmansachs.de lautete, umzuleiten, wenn man sie mit einem Browser aufrief. Das würde neunzig Prozent aller Adressaten befriedigen, und schon würde Josh als Director of Asset Backed Securities auftreten können, obwohl er in einer Druckerei in Mainz im Büro saß.

»Fuck«, sagte Josh, nachdem ihm Brian das erklärt hatte, was ihm einen weiteren Blick seines Freundes einbrachte. Brian hielt es für ein Sakrileg, die legendäre Szene aus »The Wire« inflationär zu verwenden. Vor allem, wenn es nur um einen so billigen Trick ging. Josh würde immer noch eine Papiermühle finden müssen, die blöd genug war, sich diesen Bären aufbinden zu lassen.

KAPITEL 63

August 2005 (zwei Wochen später)
Mainz, Deutschland

JOSHUA BANDEL

»Sehr geehrter Herr Zwingli«, schrieb Josh in der E-Mail, von der er in den letzten Tagen schon einige nahezu identische verschickt hatte.

»Ich schreibe Ihnen im Auftrag unserer New Yorker Zentrale. Aufgrund gestiegener Fälschungsraten bei Asset Backed Securities und Insurance Bonds Issued Papers suchen wir einen Hersteller von Papier in Banknotenqualität zur Absicherung unserer Kunden gegenüber Fälschungen von Wertpapieren. Unsere Zentrale besteht aus nachvollziehbaren Imagegründen auf einer Papierzusammensetzung von 75 Prozent Baumwolle und 25 Prozent Leinen. Meine Frage an Sie als einer der qualitätsführenden Papierhersteller Europas: Können Sie die genannte Spezifikation grundsätzlich liefern? Falls ja: In welchen Mengen und Zeiträumen?

An einer schnellen Antwort wäre unserem Vice President Operations sehr gelegen.

Mit freundlichen Grüßen

Joshua Bandel
Director Asset Backed Securities
Goldman Sachs Germany AG«

Josh klickte auf Senden und beeilte sich, das Mailprogramm zu beenden. Er hatte heute noch etwas weit Wichtigeres vor.

Nicht weil mit Mona mehr Geld zu verdienen wäre als mit den Blüten, sondern weil er als »Asset Backed Security« Mona seinem Portfolio hinzufügen musste, bevor er und die anderen den Jackpot knackten.

Es war Sommer, in Mainz wie in Atlantic City, obwohl die Städte so wenig miteinander vergleichbar waren wie Vegas und Venedig. Der Rhein floss ruhig wie eh und je durch die verschlafene Stadt, deren einzig aufregendes Element der Verbleib des örtlichen Fußballvereins in der Ersten Liga war. Das allerdings war ein scheinbar so großes Ereignis, dass an diesem Tag die gesamte Stadt mehr oder weniger offiziell beflaggt schien. Überall hingen rot-weiße Wimpel aus den Fenstern, und es wurde noch mehr Wein und Bier getrunken als sonst schon. Josh jedoch hatte sich vorgenommen, heute nüchtern zu bleiben. Was ihm nicht ganz gelingen sollte.

Ihre erste Station an diesem Abend war das Hotelrestaurant einer amerikanischen Kette, das eine atemberaubende Terrasse zum Rhein zu bieten hatte. Hier verpasste Josh seinen Einsatz aufgrund der Tatsache, dass der Kellner nach dem Kaffee fragte, bevor Josh den Champagner bestellen konnte. Was ein lächerlicher Grund war, aber Josh musste zugeben, dass er nervös war. Es war nämlich um einiges einfacher, sich als Director Asset Backed Securities von Goldman Sachs auszugeben, als um eine Hand anzuhalten. Vor allem, wenn man noch längst keine dreißig und damit eigentlich viel zu jung zum Heiraten war.

Die zweite Komplikation war die Tatsache, dass Mainz gegen Köln eins zu null verloren hatte. Die Wimpel wurden umso heftiger geschwenkt, als sie in die Altstadt liefen, und es dauerte keine zweihundert Meter, bis Mona eine Gruppe lärmende Kommilitonen getroffen hatte, die sie binnen Millisekunden davon überzeugten, dass es dringend geboten war, noch das ein oder andere Kaltgetränk zu sich zu nehmen, um den Stolz und den Frust gebührend zu feiern (Stolz, weil Erste Liga, Frust, weil verloren, falls das nicht selbsterklärend gewesen sein sollte). So endeten Josh und Mona nachts um halb zwei auf einer zerrissenen Couch in der WG von ein paar Anglistikstudenten und rauchten eine Tüte. Was uns zwangsläufig zur dritten Komplikation dieser Nacht führte, die sich im Badezimmer ebenjener WG ereignete, weil Mona Josh einen blasen wollte und beim Runterziehen der Hose die Schatulle mit dem Ring auf den Fliesenboden purzelte. Sie lag neben einer Flasche mit Allzweckreiniger, der bezeichnenderweise Meister Proper hieß, was Joshs THC-inspiriertes Hirn kichern ließ. Mona klappte die Schachtel auf und fand den Ring, der zweihundertdreiunddreißig Euro gekostet hatte. Kurz gesagt, fand sie es nicht zum Lachen, zeigte Josh einen Vogel und vergaß, ihm einen zu blasen. Das ganze Malheur sollte sich erst am nächsten Tag bereinigen lassen. Dafür aber dann in Gänze und inklusive dem zwangsläufigen Sex. Josh würde Mona heiraten. Was keiner aus dem Cash Club für eine gute Idee hielt außer Josh. Und der musste es schließlich wissen.

KAPITEL 64

August 2005 (zur gleichen Zeit)
Atlantic City, New Jersey

ALEXANDER PIECE

»Das war schweineknapp«, nörgelte der verschwitzte Stan, der aussah, als hätte er einen Zehnkilometerlauf hinter sich.

»Ach was«, sagte Alex, der sich darüber ärgerte, dass Stan auf diesem Treffen bestanden hatte. Er biss in einen Creme Cheese Bagel und lief am Haupteingang des Palace Casinos vorbei. »The Spectacular Seven«, warb ein monströses Plakat für eine Varietéveranstaltung. Leicht bekleidete Mädchen mit Federschmuck auf dem Köpfchen zogen immer, wusste Alex. »Stell dich nicht so an«, sagte er.

»Was in Gottes Namen hat dich geritten, den Kurier auf offener Straße anzusprechen. Hatte ich dir nicht gesagt, dass wir mittlerweile jeden überwachen, der etwas mit deinem sauberen Fernando Maria Gomez zu tun hat? Seine Frau, seine Mutter und seine hässliche Schwester mit dem dicken Hintern?«

»Fürs Protokoll«, entgegnete Alex, »Louis hat mich angesprochen, und außerdem: Was soll da dran sein? Er hat mich erkannt, wir hatten zwei-, dreimal geschäftlich miteinander zu tun. Ist ja nicht so, dass wir vor euren Augen eine Brieftasche mit Stoff ausgetauscht hätten, oder?« Alex aß weiter seinen Bagel, als ginge ihn das alles nichts an. In Wahrheit ärgerte sich niemand mehr über den Vorfall als Alex selbst. Dieser Idiot Louis hatte ihn angequatscht. Es war eine reine Zufallsbegegnung auf dem Pier gewesen. Keine große Sache. Wenn ihn nicht die Feds auf Schritt und Tritt verfolgt hätten. So wurde eine Zufallsbegegnung auf einmal zu einem Problem. Zu Alex' Problem. Alex hasste Probleme, vor allem wenn er sie nicht selbst in Kauf genommen hatte.

Stan griff nach seinem Arm und hielt ihn fest. Alex starrte ihm in die Augen. Verblüfft. Stans Blick war fester als sein Griff. Etwas hatte sich verändert, seit er in Atlantic City angekommen war.

»Piece!«, sagte Stan. »Das hier ist ein ernstes Problem.«

Das war nicht mehr der unsichere Stan, der das Mauerblümchen vögelte, weil ihm keine andere das Frühstück machen wollte. Etwas seines alten Selbstbewusstseins war zurück. Und Alex war nicht sicher, ob das eine gute Entwicklung war.

»Ich weiß«, seufzte Alex. »Hat Trish etwas bemerkt?«

Stan ließ seinen Arm los und griff nach seinem Bagel: »Ich bin nicht sicher. Aber ausschließen kann ich es nicht.«

»Sie hat mich nicht durch den Computer laufen lassen?«

Stan biss ein Stück mit extra viel Frischkäse aus der Mitte. »Sie weiß noch nicht, wie du heißt«, sagte Stan. Er kaute sehr lange auf dem Brötchen herum, bevor er hinzufügte: »Aber natürlich habe ich deine Akte angeschaut.«

Alex' Wirbelsäule kribbelte für den Bruchteil einer Sekunde. Was war das? Angst vor dem, was kommen würde, wenn Trish seinen Namen erfuhr? Und das würde sie, sagte eine böse Vorahnung.

»Und?«, fragte Alex so beiläufig wie möglich.

»Wer hätte gedacht, dass unser Alex Piece eine sauberere Weste hat als der Dalai-Lama?«

Alex kicherte: »Der Dalai-Lama steht auf so mancher internationaler Fahndungsliste«, sagte er.

Stan grinste: »Vielleicht von Nordkorea. Aber nicht auf der der Vereinigten Staaten.«

Er lief in Richtung des Parkplatzes davon: »Danke für den Bagel, Piece.«

Alex winkte ab.
»Und nimm dich in Acht.«
Verdammte Cops, dachte Alex.

KAPITEL 65

August 2005 (zwei Wochen später)
Atlantic City, New Jersey

STANLEY HENDERSON

Der Wagen schaltete am Anfang der Straße das Licht aus und blieb kurz hinter ihrem Kofferraum stehen. Ein dunkel gekleideter schwarzer Mann stieg aus und trat an das offene Seitenfenster.

»Ruhig wie in einem verdammten Faultiergehege«, sagte Trish. Die Frustration der letzten Wochen war ihrer Stimme deutlich anzumerken.

»Wie immer«, fügte Troy gleichmütig hinzu. Entweder hatte er seine Alte vor der Nachtschicht gevögelt oder seine Laune war einfach nicht zu verderben. Eine bewundernswerte Charaktereigenschaft, fand Stan. Troy drehte ohne ein weiteres Wort um und setzte sich wieder ans Steuer seines Wagens, um mit dem Kollegen neben ihm die neuesten Gerüchte aus dem Schlachthaus des Secret Service auszutauschen oder über die vermasselte Strategie der Phillies. Zu Ersterem gehörte vermutlich, sich über Stan und Trish das Maul zu zerreißen, was im Moment en vogue war. Zum einen, weil sie nach dem Fund der Banknote schnell erste Ergebnisse erzielt hatten, und zum zweiten, weil genau diese jetzt auf sich warten ließen.

»Verdammte Warterei«, sagte Trish, als Stan den Motor anließ und ihren Dienstwagen über den Black Horse Pike zurück in die Stadt steuerte.

»Dieser Louis scheint nicht besonders viele Freunde zu haben«, sagte Stan, um irgendetwas zu sagen.

»Oder er hat Wind von uns bekommen«, sagte Trish und

tippte weiter auf ihrem Handy herum. Sie wussten, dass Louis Wright dem T-Shirt-Verkäufer am Pier die Blüten brachte. Und sie wussten, dass sie von einem Mann mit einem Mercedes abgeholt wurden, der Edward Pempleton hieß. Nicht immer saß Edward selbst in dem Wagen, manchmal schickte er auch einen seiner Mitarbeiter. Edward Pempleton betrieb laut Handelsregister eine »Event- und Handelsagentur«, was ungefähr alles bedeuten konnte. Seine Firma verwaltete Einzelhändlerplätze in ganz Atlantic City und betrieb zwei Ausflugsboote, auf denen, wenn man den Gerüchten glauben durfte, auch Sexpartys stattfanden. Außerdem wusch er – wie schon gesagt – die Blüten. Die große Frage für Stan und Trish war jedoch: Für wen? Deshalb mussten sie ihre einzige Verbindung zu den Herstellern der Blüten beobachten: Louis Wright. Nur dass der offenbar gar nicht daran dachte, irgendwo eine neue Lieferung frischer Scheine abzuholen. Immerhin war das eine Strategie für den Cash Club, dachte Stan, als Trish ihn aus dem Nichts bat, in eine kleine Seitenstraße abzubiegen. Die Reifen des schweren Wagens quietschten unter dem abrupten Lastwechsel, fügten sich aber schließlich ihrem Schicksal.

»Was ist los?«, fragte Stan.

»Da vorne rechts«, sagte Trish.

Stan starrte zu ihr herüber.

Trish seufzte und hielt das Handy nach oben: »Hab noch eine Verabredung. Okay, wenn du den Wagen zurückfährst?«

Stan dachte daran, was eine Verabredung mit Trish anstellen könnte.

»Klar«, sagte er. Es hatte keinen Sinn, seine Souveränität aufzugeben. Dann konnte er seine Pläne gleich in den Wind schreiben.

»Hier ist es«, verkündete Trish ein paar Ecken weiter und bedeutete Stan, vor einem ziemlich heruntergekommen wirkenden Einfamilienhaus anzuhalten. Im Garten wehte eine Amerikaflagge an einem Mast, und der Rasen war mindestens seit einem halben Jahr nicht gemäht worden. Verdammter Schlamper, Trishs Verabredung, dachte Stan. Verdammte Schlampe, dachte er auch noch, auch wenn er wusste, dass das ungerecht war.

»Wir sehen uns, Stan«, sagte Trish, als sie aus dem Auto stieg. Sie klopfte zweimal auf das Wagendach. Stan winkte und gab Gas.

Als er einen halben Block gefahren war, fand er, dass das viel zu schnell gegangen war. Hatte er nicht auch eine Verantwortung, wenn er mitten in der Nacht eine Kollegin an einem fremden Haus absetzte? Okay, er musste zugeben, dass es vielleicht etwas anderes war, eine trainierte Personenschützerin mit einer durchgeladenen Pistole an einem ungepflegten Einfamilienhaus abzusetzen als zum Beispiel ausgerechnet in einem der Ghettos in South LA. Stan drehte trotzdem um, weil er wissen wollte, mit wem es Trish trieb, wenn schon nicht mit ihm.

Er parkte den Wagen ein paar hundert Meter die Straße runter und lief den Rest zu Fuß. Sein schlechtes Gewissen Trish gegenüber wuchs dabei mit jedem Schritt, aber er hätte nicht gewusst, was er zu Hause sollte, und außerdem tat er das alles für einen guten Zweck, oder nicht? So schlich Stan also um das mysteriöse Einfamilienhaus herum und bezog unter einem offenen Fenster Posten. Aus einem Lüftungsgitter blies ihm der perverseste aller chinesischen Essensgerüche direkt ins Gesicht, so dass Stan fast hätte husten müssen. Er kroch auf die andere Seite und lauschte. Offensichtlich wurde gerade ein Wok oder eine andere gigantisch große und gigantisch heiße Pfanne geschwenkt, so dass er kaum etwas verstehen konnte. Erst als er Geschirr klappern hörte, vernahm er Trishs Stimme und die ihres Lovers.

»Du kennst ihn also?«, fragte Trish.

Jemand schmatzte, was nur bedeuten konnte, dass der Reis oder die Nudeln besser schmeckten, als sie rochen. Vermutlich hatte Trishs Gegenüber genickt, denn sie fragte weiter.

»Was kannst du mir über ihn sagen?«

»Einer von Don Francescos Leuten«, sagte die dunkle Stimme vom Lover. Er kaute beim Sprechen, was Stan für ein Date einigermaßen vulgär fand. Kaute *er* beim Sprechen? Er würde darauf achten müssen. Allerdings war hier offenbar doch kein Techtelmechtel im Gange, bemerkte Stan erleichtert. Trish arbeitete. Es klang, als ob sie einen Kollegen von der Polizei befragte. Die Frage war nur, warum sie ihn nicht hatte dabeihaben wollen. Don Francesco. Don Frank, dämmerte es Stan.

»Er ist für den Süden verantwortlich, glaube ich.«

Stan kam ein unguter Verdacht. Trish hatte immer noch nicht aufgegeben, obwohl sie seit mindestens einer Woche nicht mehr über den Vorfall am Pier gesprochen hatten.

»Und habt ihr ihn jemals festnageln können?«

Trishs Lover trank einen Schluck und lachte: »Hatte ich nicht erwähnt, dass er zu Francescos Leuten gehört? Seit wann kann man denen jemals etwas nachweisen? Und du willst wirklich nichts vom Lo Mein?«

»Bier reicht mir, danke dir«, hörte Stan Trish sagen. »Habt ihr einen Namen?«

Das Schmatzen setzte wieder ein, und erst nach einer Weile hatte der vermeintliche Lover aka Polizist genug Lo Mein hinuntergeschlungen, um verständlich antworten zu können.

»Sein Spitzname ist ›Piece‹«, sagte der Polizist. In diesem Moment kehrte Stans Hustenreiz zurück. Stärker als jemals zuvor. Er legte sich flach auf den Boden und versuchte, so ruhig wie möglich zu atmen.

»Piece?«, hörte er Trish fragen. »Stück? Seltsamer

Spitzn–«, wollte sie hinzufügen, wurde aber von ihrem Pager unterbrochen, der laut piepste. Stans Hustenreiz wurde unerträglich. Er wusste, dass Trish keinen privaten Pager hatte. Nur einen vom Büro. Moment mal … wenn sie Trish anfunkten, dann … Seine Hand griff zu seinem Gürtel. Er riss den Clip herunter und drückte auf die Taste. Er musste sie zwei Sekunden drücken, bis das Gerät … Es piepste so laut, dass Stan glaubte, man würde es noch in Connecticut hören können. Einmal, zweimal. Scheiße! Erst beim dritten Piepsen schaltete sich das Gerät aus. Doch Trish lehnte schon aus dem Fenster über ihm und starrte ihn an.

»DU?«, fragte sie entgeistert, während ihr Gehirn versuchte, sich auf das, was sie sah, einen Reim zu machen. Was hatte Stan vor dem Fenster zu suchen? Stan lächelte dümmlicher, als ihm lieb war. Was sollte er tun? Er konnte sehen, wie die Erkenntnis langsam durchsickerte. Dass er sie belauscht hatte. Dass er ihr gefolgt war. Du Arschloch, sagte ihr Gesicht. Stan stand auf und wischte sich die Erde vom Jackett. Er zuckte mit den Schultern und deutete auf den Pager. Dann zog er sein Handy aus der Tasche und wählte die Nummer der Zentrale. Es war eines der bestgehüteten Geheimnisse des Landes, warum die technische Abteilung immer noch darauf bestand, die uralte Pagertechnik zu verwenden, auch wenn sie einfach hätten anrufen können. Vermutlich hatte es irgendetwas mit Abhörsicherheit zu tun. Was Stan nicht verstand, weil er ja letztlich doch mit einem Mobiltelefon in der Zentrale anrief. Trish ignorierte ihren Pager und starrte ihn in Grund und Boden. Stan drehte sich um.

»Ja, Alice?«, fragte er.

»Im Ernst? Wir sind auf dem Weg …«

Trishs Ärger würde warten müssen, bis Louis seine neue Geldlieferung erhalten hatte. Denn laut Troy war er genau dahin in diesem Moment unterwegs.

»Ja, Agent Rant ist bei mir«, sagte Stan, drehte sich zu Trish um und zwinkerte ihr zu. Er legte auf.

»Du bist ein Arschloch, Henderson«, sagte Trish. Diesmal in voller Lautstärke.

»Wollen wir fahren?«, fragte Stan. »Louis ist Geld abheben gefahren.«

Trish kochte. Aber wenn er Glück hatte, würden die Ereignisse der kommenden Nacht ihren Ärger zumindest zum Teil verrauchen lassen. Schließlich hatte er sie nicht wirklich dabei erwischt, dass sie einen verheirateten Kollegen gevögelt hatte. Was natürlich wesentlich interessanter gewesen wäre. Aber auch frustrierender. Stattdessen hatte er sie dabei erwischt, dass sie Erkundigungen über einen seiner besten Freunde eingezogen hatte. Wobei Trish natürlich nicht wissen konnte, dass Piece einer seiner besten Freunde war. Womit wir beim Problem wären, denn irgendetwas musste sie spitzgekriegt haben. Warum sonst die Geheimniskrämerei? Stan wusste nicht, wie er es anstellen sollte, aber er musste sie von Alex ablenken. Sonst würde es früher oder später zur Katastrophe kommen.

KAPITEL 66

September 2005 (drei Wochen später)
Palo Alto, Kalifornien

BRIAN O'LEARY

Brian sortierte die Stifte in seiner obersten Schreibtischschublade nach Farben: Schwarz, Blau, Grün, Rot, Gelb. Dann nach Material: Plastik ohne Metallclip, Plastik mit Metallclip, Vollmetall. Und wieder zurück. Auf dem Bildschirm in der Mitte seines Schreibtisches blinkten als dringend gekennzeichnete E-Mails von mindestens zwanzig Kollegen und drei Vorgesetzten. Seine Gedanken wollten nicht an der neuen Serverarchitektur kleben bleiben. Immerhin war es zehn Uhr abends, und kein Problem konnte so groß sein, dass es nicht bis morgen warten konnte. Was »The Next Big Thing« naturgemäß anders sah. Seine Gedanken wollten wandern, fliegen. In eine kleine Hütte an einem Fluss. Inmitten von nichts. Mit einer Druckmaschine, drei Schreibtischen und drei Stühlen als einziger Einrichtung des großen Raums im Erdgeschoss. Brian schloss die Schublade und griff in seinen Rucksack. Er zog einen Brief heraus, eilig hingekritzelt auf einfaches Kopierpapier.

»Was ist grün, hat einen elektrischen Widerstand von 4,9 und ändert seine Farbe zu schwarz, wenn man es ins Licht dreht?«

Der Brief trug keine Unterschrift und steckte in einem Standardumschlag ohne Fenster. Natürlich hätte Brian auch ohne die deutschen Briefmarken und den Stempel des Mainzer Postamts gewusst, von wem der Brief stammte. Er bedeutete, dass Josh das dritte »P«-Problem immer noch nicht gelöst hatte. Die Folie auf der Vorderseite der Banknote. Er gab Brian ein Rätsel auf. Und wie bekannt sein dürfte, hatte Brian O'Leary noch niemals einem Rätsel widerstehen können.

»Schatz?«, fragte eine Stimme nach einem kurzen, kaum symbolischen Klopfen an die Tür seines Arbeitszimmers. Brian schob den Brief unter die Tastatur. Er drehte sich um. Ashley hatte ihr Kostüm, das sie als Dozentin an der Uni trug, gegen eines seiner Hemden eingetauscht.

»Kommst du?«

Brian seufzte: »Klar«, sagte er und griff nach der Maus. Er schickte seinen Computer schlafen, ohne einen weiteren Gedanken an die nervös blinkenden Nachrichten aus dem Büro zu verschwenden. Was ist grün, verändert im Licht seine Farbe und hat einen elektrischen Widerstand von 4,9. Brian hatte keine Ahnung. Ebenso wenig wie sein bester Freund.

Zwei Tage später begann Brian mit der Konstruktion einer elektrischen Eisenbahn für Aaron.

»Was soll er mit einer Eisenbahn, Brian? Er ist nicht einmal zwei Jahre alt.«

»Man kann nicht früh genug anfangen, die Kinder für Technik zu begeistern«, behauptete Brian. Er hoffte, dass Ashley die Zeit, die er mit seinem Sohn im Keller verbrachte, sinnvoll zu nutzen wusste. Und er sollte recht behalten: Ashley arbeitete länger, ging joggen, bevor sie nach Hause kam, oder einkaufen. Sie freute sich über Brians Engagement, weil es ihr Freiräume schaffte. Und außerdem, so Brians Kalkül, würden Mütter es niemals übers Herz bringen, väterlichen Enthusiasmus zu bremsen. Zumindest dann nicht, wenn sie ihren Mann ebenso liebten wie ihren Sohn. Es sollte sich herausstellen, dass Brian den Nagel auf den Kopf getroffen hatte. Was man für die Ergebnisse seiner wahren Studien nicht gerade behaupten konnte. Einige Wochen später hatte Brian einen halben Laden für Künstlerbedarf leer gekauft und alle in Frage kommenden Materialien auf Farbveränderung und Widerstand getestet.

»Aaron«, sagte er schließlich zu seinem Sohn. »Ich glaube, dass Joshs Rätsel nicht zu lösen ist.«

Eine General Motors Lokomotive rauschte mit über zwanzig Güterwaggons an ihnen vorbei. Wenn er schon eine Eisenbahn konstruierte, nur um von seinem wahren Vorhaben abzulenken, dann konnte es wenigstens eine anständige sein, fand Brian. Aaron gluckste auf seinem Schoß. Brian wippte mit den Füßen und beobachtete seinen Sohn, der sich über alles freute, was sich bewegte. Was einer der Gründe für die Eisenbahn war. Und was zumindest so lange funktionierte, bis der Enthusiasmus seines Sohnes überhandnahm und er die Lokomotive mitsamt der Schienen von der Pressspanplatte räumte.

»Was ist grün, wird schwarz, wenn man es ins Licht dreht, und hat einen Widerstand von 4,9 Ohm, Aaron?«, fragte Brian seinen Sohn zum dreihundertvierundachtzigsten Mal.

Aaron grinste und deutete zur Lampe.

»Nicht ganz, Aaron«, sagte Brian. »Aber guter Versuch.«

Er fasste Aaron an den Schultern und hob ihn von seinem Schoß auf den Boden. Aaron lief dem Güterzug hinterher. Brian stellte den Trafo aus, und Aaron schaute vorwurfsvoll in seine Richtung.

»Morgen wieder, okay, Buddy?«

Sein Sohn nickte und fügte sich in das unausweichliche Schicksal eines gesunden Ashley-Abendessens (Vollkornbrot mit Käse, danach ein paar Löffel Joghurt) gefolgt vom Zubettgehen (inklusive vier Gutenachtgeschichten).

Als Brian an diesem Abend neben seinem Sohn auf dem Ehebett lag, in dessen Mitte Aaron etwa viermal so schnell einschlief wie in seinem eigenen Bett, und zum dritten Mal die Geschichte von dem vergessenen Bagger im Schuppen vorlas, fragte er sich, ob ihr Vorhaben chancenlos war. Als er seinen schlafenden Sohn ins Kinderzimmer trug, war er fast so weit, es zu glauben. Bis er das Flugzeug entdeckte.

Es schwebte, gehalten von einem langen Stück Geschenkband, in der Luft, festgeknotet an Aarons Kinderstuhl. Es war ein altmodisches Flugzeug, das entfernt an eine DC-10 erinnert hätte, wäre seine Form durch das langsam entweichende Helium nicht geschrumpft wie ein faulender Apfel. Dennoch reichte das verbleibende Gas offenbar, den Ballon in der Luft zu halten. Der Lichtschein, der durch die halbgeöffnete Tür auf den grün-weißen Rumpf fiel, ließ es für den Bruchteil einer Sekunde schwarz erscheinen, wenn ein wohlgesinnter Luftzug vom geöffneten Fenster es in die richtige Richtung drehte. Brian hielt die Luft an, als er den Eisbär namens Babba und den hässlichen Dinosaurier mit dem gebrochenen Genick in Aarons Bett legte. Dann ging er zum Stuhl seines Sohnes und betrachtete das Flugzeug. Er stellte sich vor, was für eine Ironie des Schicksals es wäre, wenn ausgerechnet dieses Flugzeug die Lösung brächte. Zum einen, weil es Ashley gekauft hatte, und zum anderen, weil es ein Kinderspielzeug war. Eltern kauften diese Ballons von Händlern, die mit riesigen Ballontrauben durch die Einkaufszentren liefen. Für einen Flugzeugballon, der in der Herstellung vielleicht zwei Cent kostete, nahmen diese Verbrecher acht Dollar. Es war fast so ein lukratives Geschäft wie Falschgeld. Weil aber Eltern beim Shoppen ihre Ruhe wollten und Kinder nun einmal nicht einsahen, warum es eine kaufmännisch falsche Entscheidung war, den Ballon zu erstehen, kaufte man sie. Man tauschte gewissermaßen gute Dollar gegen ein minderwertiges Produkt.

Und wenn es stimmte, was Brian vermutete, würden sie das vermeintlich minderwertige Produkt in ein ungleich wertvolleres weiterentwickeln können. Aus zwei Cent wurden acht Dollar wurden 20 000 Dollar. Wenn es funktionierte.

»Wir müssen reden«, sagte Brian zwei Stunden später zu seiner Frau, die zum Einschlafen einen Artikel über künstliche Intelligenz las. Was man als Gutenachtlektüre nicht nachvollziehen konnte – es sei denn, man hatte Ashley geheiratet. Sie lagen nebeneinander in ihrem Ehebett, keine vierzig Zentimeter voneinander entfernt. Und doch spürte Brian eine wachsende Distanz zwischen ihnen. Weil Geheimnisse Entfernung schufen. Es konnte nicht so weitergehen. Weder zeitlich noch räumlich, noch emotional.

»Worüber willst du reden?«, fragte Ashley und ließ den Ausdruck sinken.

»Über meine Kündigung«, sagte Brian.

Ashley schob sich ihr Kissen in den Rücken und setzte sich auf.

»Warum in Gottes Namen willst du kündigen?«, fragte sie.

»Das ist eine lange Geschichte«, sagte Brian.

»Ich bin ganz Ohr«, sagte Ashley, und Brian fragte sich, ob er die richtige Entscheidung getroffen hatte. Aber was hatte er für eine Wahl? Sie war seine Frau, und er konnte schlecht zum Verbrecher werden, ohne sie einzuweihen, oder nicht? Zumindest, wenn er sie behalten wollte und sie diejenige sein sollte, mit der er in zwei Jahren die Cocktails mit den Schirmchen am Pool genoss. Immerhin redeten sie von der unerschrockenen Ashley. Einer Frau, mit der man ein Computerprogramm schreiben oder wahlweise Pferde stehlen konnte. Konnte man mit ihr die Pferde wirklich stehlen? Oder musste man die Tiere nach einem wilden Ausritt zurückgeben, weil es kein gutes Karma war, ein Dieb zu sein? Brian wollte kein

Dieb werden, sondern Geldfälscher. Und er sollte eineinhalb Stunden später, nachdem Ashley länger zugehört hatte als jemals in ihrem Leben zuvor, erfahren, wie seine Frau zum perfekten Verbrechen stand.

KAPITEL 67

September 2005 (zur gleichen Zeit)
Südtirol, Italien

JOSHUA BANDEL

Der Aufstieg war eine Tortur, und zwar in mehrfacher Hinsicht. Zum einen war der Berg steiler, als gesund sein konnte, und zum anderen legte Mona ein Tempo vor, das Josh nicht halten konnte. Möglicherweise waren es dieselben Gene, die Mona doppelt so viel Bier vertragen ließen wie Joshs fragile Konstitution. Jedenfalls war es eine Höllenqual. Zum Zweiten wollte Mona die bevorstehende Hochzeit besprechen, was Josh nicht einmal ohne Kurzatmigkeit leichtgefallen wäre. Und bei dieser Torturinventur war noch nicht einmal die Tatsache berücksichtigt, dass Mona eine unanständig kurze Hose und Wanderschuhe trug, was sie aussehen ließ wie eine Primatenforscherin – was Josh scharf gefunden hätte, läge da nicht diese bereits erwähnte Monstrosität von einem Berg vor ihm.

Was Josh zugeben musste: Die Aussicht vom Villanderer Berg glich einem Postkartenpanorama, das Yosemite erbleichen lassen musste. Unten das Tal mit den vereinzelten Häusern, über ihnen der majestätische Gipfel.

»Ich fände ein Weingut toll«, sagte Mona, kaum dass sie einmal für mehr als zehn Sekunden stehen blieben.

»Klar«, keuchte Josh und stützte sich auf die Knie. Mona blickte ihn skeptisch an.

»Ich könnte dir alles verkaufen hier oben«, stellte Mona fest. »Bist du sicher, dass es dir gutgeht?«

Josh hustete: »Mir geht es prächtig«, log er und wischte sich den Schweiß von der Stirn. »Hast du eine Ahnung, wie weit es noch ist?«

Mona warf einen Blick auf die Karte: »Nicht mehr weit«, sagte sie. Das behauptete sie seit zweieinhalb Stunden.

»Bring mich einfach zu diesem Ladurner, okay?«

Mona betrachtete ihn mit einer Mischung aus Mitleid und Bewunderung. Vermutlich war dies ein ehelicher Blick. Fürsorge und Anspruch in einem. Nicht der schlechteste Blick. Nur eine echte Tortur. Aber er brauchte diesen Toni Ladurner, auch wenn der Mann auf dem fucking Mount Everest lebte.

Mona erreichte die Hütte etwa fünf Minuten vor Josh. Sie lehnte an einer Wand voller Holzscheite, mit denen der Typ vermutlich seine bescheidene Hütte heizte.

»Er ist nicht da«, sagte Mona.

»Das hat uns noch gefehlt«, sagte Josh und setzte sich auf den Boden. Mona hielt ihm ihre halbvolle Trinkflasche hin. Josh hatte seiner bereits vor über einer Stunde den letzten Tropfen mit der Zunge entlockt.

»Sollen wir warten?«, fragte Mona.

»Was, glaubst du, sollen wir sonst machen?«, blaffte Josh ein wenig zu forsch. Mona nahm ihm die Trinkflasche ab und wusch sich die Hände.

»Hey«, sagte Josh. »Das Zeug ist kostbarer als Kaviar in unserer Situation.«

Mona deutete auf eine gusseiserne Pumpe auf der anderen Seite der schmalen Veranda.

»Okay«, sagte Josh.

»Hattest du geglaubt, er schleppt sein Wasser hier rauf?«, fragte Mona. Was ein valides Argument war. Josh fragte sich, ob es so etwas wie eine Erschöpfungsdemenz gab, als er eine Gestalt bemerkte, die sich auf einem schmalen Pfad den Berg hinunter der Hütte näherte.

Toni Ladurner war ein Mann, der, obgleich ihm ein Schneidezahn fehlte, gesünder aussah als alle Siebzigjährigen, die Josh jemals gesehen hatte. Er hatte eine wettergegerbte, braungebrannte Haut, mehr Muskeln, als Josh jemals besessen hatte, und er servierte zwei Fremden einen schmackhaften Käse und dunkles Brot. Was mehr war, als Josh erwartet hatte. Neben all dem war Toni Ladurner ein Künstler, was der Grund für Joshs Tortur gewesen war. Mona hatte er erzählt, dass er seine Dienste für ein spezielles Druckprojekt im Verlag benötigte. Was genau dieselbe Geschichte war, die er Toni Ladurner erzählte. Nur dass Toni Ladurner davon wenig beeindruckt schien. Er servierte einen Schnaps, statt auch nur mit einem Wort auf Joshs Angebot einzugehen. Sie würden seine künstlerischen Arbeiten von früher zu schätzen wissen, und sie brauchten ein spezielles Wasserzeichen. Rollenprägung. Genau sein Spezialgebiet. Tausend Euro legte Josh in bar auf den Tisch. Toni Ladurner würdigte die Scheine keines Blickes. Stattdessen stellte er die kleinen Gläser auf den Holztisch, genau neben die Scheine. Josh fragte sich, ob es eine gute Idee war, vor dem Abstieg Alkohol zu trinken. Nicht dass er ernsthaft vermutete, eine Wahl zu haben. Der Brand schmeckte nach Buschfeuer und einer minimal wahrnehmbaren Kirschnote. Josh hustete, Mona und Toni lachten. Er hatte keine Scheu, ihr seine Zahnlücke zu zeigen. Er war ein glücklicher Mann. Glücklicher vielleicht als die meisten, die Josh kannte.

»Gibt es denn gar nichts, was Sie brauchen?«, fragte Mona nach der zweiten Runde.

Toni Ladurner schien lange nachzudenken. In der Ewigkeit fragte sich Josh, warum er ihnen eigentlich eine Mahlzeit angeboten hatte. Und weil er eine kleine Ewigkeit hatte, um sich die Frage selbst zu beantworten, glaubte er schließlich, Toni Ladurner verstanden zu haben.

»Ich brauche einen neuen Herd«, sagte Toni Ladurner nach der bereits erwähnten Ewigkeit. Zögerlich. Als ob er ahnte, dass es sich mit dem Teufel einließ. Was er natürlich nicht wissen konnte und was natürlich auch nicht stimmte, weil niemand jemals von einem Wasserzeichen auf einer Blüte in den Vereinigten Staaten auf Toni Ladurner in einer winzigen Hütte in Südtirol schließen würde. Selbst für den mächtigen, weltumspannenden Secret Service wären das ein paar Hürden zu viel. Was der Grund war, warum Josh wollte, dass Toni Ladurner sein letztes »P«-Problem löste: weil einem Almhüttenbesitzer aus Südtirol vermutlich komplett am Arsch vorbeiging, wenn er ein Wasserzeichen von Benjamin Franklin anfertigte. Auch wenn das früher sein Beruf gewesen war. Toni Ladurner machte den Eindruck, als ob ihm eine Menge am Arsch vorbeiging. Leider eben auch das Geld, das Josh ihm anbot.

»Ein neuer Herd ist kein Problem«, sagte Josh. »Was kostet denn ein neuer Herd?«

Toni Ladurner kratzte sich am Kinn. Er lächelte und schnitt ein Stück Käse herunter.

»Ich brauche kein Geld«, sagte er kauend. »Ich brauche einen Herd.«

Er schenkte eine weitere Runde Schnaps aus. Josh ließ seinen Blick durch die Hütte schweifen und entdeckte in einer Ecke das, was wohl der Vorgänger des neuen Herds sein musste. Ein dunkles, eisernes Ungetüm mit einer Klappe für Feuerholz und einem krummen Rohr, das zur Decke führte. Josh ahnte, warum der alte Mann nicht nur Geld wollte. Wer in Gottes Namen sollte hier oben einen Herd ausliefern? Toni Ladurner hob das Glas, und Josh trank in einem Zug.

»Wie haben Sie das Ding hier raufgekriegt?«, fragte Josh mit einem Seitenblick auf das Ungetüm in der anderen Ecke der Hütte.

Toni Ladurner zuckte mit den Schultern: »Ist immer hier gewesen«, sagte er und streckte Josh die Hand entgegen.

Josh schlug ein: »… wenn Sie mir verraten, wie ich das Ding hier raufkriegen soll, sind wir uns einig«, sagte Josh.

»Ihr Geld, Ihr Problem«, grinste Toni Ladurner und griff nach der Schnapsflasche.

KAPITEL 68

September 2005 (zur gleichen Zeit)
Atlantic City, New Jersey

ALEXANDER PIECE

Don Frank stand am Rand seines Pools und gab Anweisungen.

»Der pH-Wert muss zwischen 7,0 und 7,2 liegen«, sagte er. Der Poolboy, der nicht aussah, als würde er Don Franks Frau vögeln, lief eilfertig zu einem Kanister mit Chemikalien.

»Es geht los«, sagte Alex.

Don Frank ging in die Hocke und griff nach einem Blatt, das auf dem Wasser schwamm. »Verdammte Schlamperei«, murmelte er. Und dann: »Da hast du uns vielleicht was eingebrockt, Piece.«

Alex starrte auf Don Franks Rücken. Das blau-weiß gestreifte Poloshirt spannte an den Seiten. Drei Rollen Fett. Und Alex' kleines Zusatzgeschäft mit der Falschgeldwäsche hatte Don Franks Fettpolster nicht gerade geschadet.

»Ich weiß«, seufzte Alex. Niemand wollte, dass eine gute Party zu Ende ging. Das war immer so. Obwohl allen von vorneherein klar sein musste, dass auch das rauschendste Fest irgendwann ein Ende haben musste. Und dieses war sogar mit einkalkuliert gewesen. Was Don Frank nicht wusste, war, dass es bald eine neue Quelle Falschgeld geben würde. Eine Quelle, die – wenn es nach Alex ging – niemals versiegen würde. Manchen Preis musste man bereit sein zu zahlen. In diesem Fall eben, die Stümper namens Louis und Konsorten auffliegen zu lassen.

»Irgendwelche Hinweise über unsere Leute?«, fragte Don Frank. Er ächzte, weil er sich nach einem weiteren Blatt zum Pool beugte.

»Du musst mehr Wasser rauslassen, du Idiot«, rief er dem Poolboy zu, der sich wirklich Mühe gab. Vermutlich stand das Wasserablassen einfach erst in einer Viertelstunde auf seinem wohl ausgearbeiteten Plan. Natürlich gab es für Don Frank keinen guten Zeitplan außer seinem eigenen.

»Keine Probleme«, log Alex. Weil er selbst das Problem war. Weil er selbst längst auf der Liste von Stan und seiner Amazone stand. Und weil er keine Ahnung hatte, ob Stan die Amazone im Griff hatte oder andersherum.

Er bemerkte das Auto, das ihm folgte, erst auf dem Weg zum Vogue Club.

»Mist«, rief er und zündete sich eine Zigarette an. Als ihm der schwarze, auffällige Geländewagen auch an der nächsten Ampel nach rechts folgte, hieb er mit der Hand, die die Kippe hielt, gegen das Lenkrad, so dass neben einer dicken Ascheflocke auch brennender Tabak in den Fußraum flog. Alex fluchte und versuchte, den drohenden Brand auszutreten. Der Wagen schlingerte wie der eines Betrunkenen und krachte schließlich mit dem rechten Vorderrad gegen den Bordstein. Alex stieg aus, begutachtete den Schaden an Reifen und Felge. Der schwarze Secret-Service-Chevrolet hatte fünfzig Meter entfernt angehalten. Er konnte die unausweichlichen Pilotensonnenbrillen der Agents erkennen. Alex fluchte und trat gegen die kaputte Felge. Dann griff er nach seinem Handy und rief im Club an. Jemand würde ihn abholen müssen. Dies war ein ganz und gar vermurkster Tag. Und wenn ihn sein Bauchgefühl nicht täuschte, würde es nicht der letzte vermurkste Tag in nächster Zeit bleiben. Er musste mit Stan sprechen. Dringend. Er musste seine Amazone zurückpfeifen. Nicht weniger als der gesamte Cash Club stand auf dem Spiel.

KAPITEL 69

September 2005 (zwei Tage später)
Atlantic City, New Jersey

STANLEY HENDERSON

»Wieso liegt dir so viel an diesem Typen?«, fragte Trish und griff nach dem Weinglas, das Stan ihr vor die Nase hielt. Dabei rutschte die Bettdecke von ihrer linken Brust, und Stan hatte Mühe, bei der Sache zu bleiben. Sein Zeigefinger wanderte die schwarzen Locken entlang bis zu der kleinen Kuhle zwischen ihren Schlüsselbeinen.

»Ich bin mit ihm zur Schule gegangen«, sagte Stan. Er wusste nicht, was er noch sagen konnte, um sie davon abzuhalten, Alex weiter auszuspionieren.

Trish setzte sich auf.

»Du bist WAS?«, fragte sie und stellte das Weinglas auf den breiten Rand ihres Bettes. Sie trafen sich grundsätzlich nur in ihrer Wohnung, was sie nicht zu stören schien. Überhaupt schien sie nicht zu stören, dass es Robyn gab. Was Stan einigermaßen irritierend fand. Jetzt kreisten Stans Gedanken in Lichtgeschwindigkeit weniger um das Verhältnis seiner Frau zu seiner Liebhaberin als vielmehr um die Frage, wie er aus dieser Nummer rauskommen sollte. Glücklicherweise schien sein Kopf besser zu funktionieren, seit er Trish vögelte. Was er sich nur damit erklären konnte, dass sie so etwas wie Seelenverwandte waren, oder es lag daran, dass er weniger trank. Trish war die erste Frau, bei der er nicht an Ashley dachte, wenn er neben ihr im Bett lag. Auch in diesem Moment dachte er folgerichtig nicht an Ashley, sondern an Alex.

»Hör zu«, sagte Stan. »Ich kenne ihn, und ich kann dich nur bitten, mir zu vertrauen.«

Trish kniff die Augen zusammen und langte nach dem Rotwein. Sie hielt sich den Bordeaux unter die Nase wie eine Sommelieuse. Oder wie immer das hieß. Diese Typen jedenfalls aus den teuren Restaurants, die Schieferboden von Kalksand unterscheiden konnten. Am Wein wohlgemerkt.

»Bellwether findet ihn auch verdächtig«, sagte sie zu der roten Pfütze am Boden des Glases. Ihre Stimme klang wie aus einer Höhle. Dumpf und mit dem Hauch eines Echos – Schallwellen, zurückgeworfen von den Glaswänden, auf die das eben Gesprochene traf. Sie hatte Bellwether eingeweiht? Das war eine Katastrophe.

»Hör zu«, sagte Stan.

»Das hast du eben schon gesagt«, sagte Trish.

Stan wollte sich nicht auf Wortklaubereien einlassen. Er brauchte eine Idee. Nur dass alles in seinem Kopf durcheinanderflog. Bis sich Ordnung in dem Chaos abzeichnete. Ein kleiner Flugkörper, der sich aus der Masse umherschwirrender Teilchen löste und die Umlaufbahn um das Problem vergrößerte.

»Bei dem ist nichts, wie es scheint«, sagte Stan.

»Ach was«, sagte Trish. Ihre Nase hatte das Weinglas verlassen, und sie starrte zu ihm herüber. Ihre Nacktheit machte das Starren noch schlimmer. Intensives Nacktstarren. Er wusste, dass Trish nicht aufgeben würde, was Alex anging. Und möglicherweise waren die Chancen, dass sie es tat, sogar dadurch gesunken, dass sie sich von ihm vögeln ließ. Wobei Stan zugeben musste, dass Passivität (vögeln ließ, statt dass sie ihn vögelte) in diesem Fall vielleicht nicht ganz der Realität entsprach. Eine .357er Magnum-Frau, dachte Stan. Das war das eigentliche Problem. Das Gute an seinem Problem war, dass der Satellit mittlerweile recht deutlich zu erkennen war, und Stan glaube, die Lösung zu kennen.

»Hör zu, Trish«, sagte Stan.

»Zum dritten Mal?«, fragte Trish. »Ich bin gespannt, ob du diesmal ein paar Antworten in petto hast.«

Stan griff nach Trishs Rotweinglas und nahm einen tiefen Schluck.

So schlimm?, fragten ihre Blicke.

»Du darfst das niemandem erzählen«, sagte Stan. »Wirklich niemandem, hörst du?«

Die nächsten zwei Wochen waren für Stan ein Spießrutenlauf. Jeden Morgen schaute er in den Briefkasten und fuhr danach in den Schlachthof, um bei den Vorbereitungen zur Razzia zu helfen. Einmal hatte er Alex getroffen, um ihm die schlechte Nachricht zu überbringen, dass Louis' wunderbare Geldwäscheoperation bald der Vergangenheit angehören würde – ebenso wie die Druckerei in New Mexico. Minderwertige Druckerei in Albuquerque, würde Josh sagen. Was der Wahrheit entsprach, aber keine Rolle spielte. Jedenfalls würde das alles den Bach runtergehen und Alex gleich mit, wenn er nicht endlich das Päckchen bekam. Der Mann mit dem unglücklichen Namen, ihr Boss Camden Perikles Bellwether, trieb seine sieben Mitarbeiter zu Höchstleistungen. Er wollte den ganzen Fuchsbau ausräuchern, wie er sich ausdrückte. Und zwar auf einmal. Und noch stand Alex auf Trishs Liste, und sie war die Leiterin der Operation. Stan hatte immer noch keine Ahnung, ob sie ihm die Geschichte abgekauft hatte, die er ihr an jenem Abend aufgetischt hatte. Er brauchte das Paket. Punkt.

Es war ein Samstag, als er endlich den dicken Umschlag aus dem Briefkasten zog. Was insofern ein Problem darstellte, als er mit Robyn zum Abendessen verabredet war. Was ungewöhnlich war. Stan fragte sich seit Wochen, ob sie nichts ahnte. Seine Veränderungen waren sogar für ihn selbst offensichtlich. Aber vermutlich freute sich Robyn einfach darüber, dass er beruflich vorankam. Dass er nicht mehr zu den Losern gehörte wie im New Yorker Büro. Sondern dass er zu diesem Team gehörte. Was tatsächlich der Wahrheit entsprach. Bis auf die Sache mit Alex, die er hinbiegen musste. Es kostete ihn den ganzen Vormittag, die Wogen zu glätten, und den halben Nachmittag, weil dazu gehörte, Robyns Wagen zu waschen. Inklusive Innenraum, was sich als Kampf gegen eine Bakterienarmee erweisen sollte. Als er den alten Corolla im neuen Glanz bei Robyn ablieferte, konnte sich Stan einigermaßen sicher sein, dass sie ihm das abgesagte Abendessen verziehen hatte. Und so ergab es sich, dass er statt in Dominos Pizzeria in Trishs Bett landete. Der Brief, von dem er den verräterischen Umschlag natürlich längst in einem öffentlichen Papierkorb entsorgt hatte, schlummerte während des Beischlafs in seiner Aktentasche im Flur.

Als Trish schließlich von ihm abließ, ging Stan in die Küche und schmierte zwei Sandwiches mit Mayonnaise, Schinken und Ei. Er trug den Stapel Papier und den Teller ins Schlafzimmer. Trish wirkte angespannt und abwesend, als er ihr beides reichte.

»Was ist das?«, fragte sie.

»Eine Stärkung«, versprach Stan.

Trish klappte die obere Scheibe Toastbrot auf und beäugte den Belag skeptisch.

»Schinken und Ei?«, fragte sie.

»Wir haben zu arbeiten«, sagte Stan. Als ob das ein Grund wäre, ein Schinken-und-Ei-Sandwich statt beispielsweise eine romantische Pasta zu servieren. Bloß dass Stan keine Pasta kochen konnte. Zumindest keine romantische.

Trish biss in das labberige Brot und bemerkte die Ausdrucke. Sie steckte das Sandwich zwischen die Zähne und zog das Papier zwischen Teller und Bettdecke heraus.

»Was ist das?«, fragte sie kaum verständlich. Ei und Mayonnaise tropften auf den Teller.

»Der Grund, warum du Alex von deiner Liste streichen musst«, behauptete Stan und nahm das Ei mit dem Zeigefinger auf. Er grinste. Trish schlug die erste Seite auf. Es war eine Akte des Federal Bureau of Investigation. Genauer gesagt eine Personalakte. Und auf der ersten Seite prangte ein Foto von Alexander Piece.

»Ein Schulfreund, ja?«, fragte Trish kauend.

»Ich habe nicht gesagt, auf welcher Schule ich ihn kennengelernt habe«, verteidigte sich Stan. Die Akte sah so echt aus, dass selbst Stan jedes Wort glauben würde, was dort geschrieben stand. Was daran liegen mochte, dass er Josh mit einigen echten Vorlagen aus dem Archiv des Schlachthauses versorgt hatte.

Trish blätterte durch die Seiten, während sie das Sandwich in beeindruckender Geschwindigkeit verschlang. Stan beschloss, ihr auch das zweite zu überlassen. Es war wesentlich einfacher, später noch ein Sandwich herzustellen, als später noch ein paar offizielle Dokumente zu fälschen, falls Trish etwas fand, das er übersehen hatte. So hatte er sie zumindest im Blick, während sie die Lügengeschichte las, die ihr Stan und Josh auftischten: Undercoverermittler beim Regional Office des FBI in Montauk. Verbindung zur Ostküstenmafia. Deep Cover. Operation Singvogel. Laut dieser Akte sollte Alex die Organisation von Don Frank unterlaufen, um einen Kronzeugen anzuwerben. Die Akte erzählte auch von einer kurzen Zeit beim Secret-Service-Büro in New York. Was den Schulfreund erklären sollte. Nichts davon entsprach der Wahrheit.

»Klingt ziemlich abenteuerlich«, sagte Trish schließlich. In der Falte ihrer Mundwinkel war Mayonnaise in atemberaubender Geschwindigkeit getrocknet.

»Er sagt, Louis hat mit Don Frank nichts zu tun«, behauptete Stan.

Trish lachte: »Und vermutlich sagt er, wir sollen die Razzia abblasen, oder nicht?«

Sie war immer noch misstrauisch. Sie glaubte ihm immer noch nicht. Selbst nach all den täuschend echten Dokumenten, für die Josh gerade einmal einen Laserdrucker und ziemlich viel Photoshop gebraucht hatte – das zumindest hatte er behauptet.

Stan überlegte: »Nein«, sagte er schließlich. »Natürlich nicht.«

»Er hat kein Problem damit, wenn wir Louis und die anderen verhaften?«, fragte Trish.

»Natürlich nicht«, log Stan.

»Okay«, sagte Trish.

»Okay?«, fragte Stan.

Trish seufzte.

»Er sagt, wir täten ihm damit sogar einen Gefallen«, behauptete Stan.

»Aber wir dürfen ihn natürlich nicht enttarnen«, stellte Trish folgerichtig fest. Das war der ganze Sinn der Übung. Stan griff nach dem leeren Teller: »Das hat er nicht gesagt«, sagte er und lief in die Küche. Trish folgte ihm, und ihre schweren Brüste wankten bei jedem Schritt. Stan spürte, dass er diesmal einen Sieg davontragen würde. Er grinste, als er den Teller auf den Küchenblock stellte und Trish von hinten umklammerte.

»Aber es wäre ungünstig für ihn«, beharrte Trish, obwohl Stan spürte, wie sich ihre Nackenhaare unter seinem Griff aufstellten.

»Es wäre ungünstig für eine drei Jahre aufgebaute Operation namens Singvogel«, sagte Stan und massierte ihren Nacken. Eine Operation des FBI war für Bellwether in etwa so wichtig wie eine Fliege auf seinem Caesars Salad. Möglicherweise brachte sie eine mikroskopisch kleine Menge Scheiße mit, aber sie spielte eine so kleine Rolle, dass niemand davon krank würde. Natürlich wusste Stan, dass Trish wusste, dass Bellwether die FBI-Operation gleichgültig wäre. Und dass es darum ging, einem Freund einen kleinen überschaubaren Gefallen zu tun – der schließlich noch einer anderen Bundesbehörde eine Menge Peinlichkeiten ersparte. Stan würde so etwas eine klassische Win-win-Situation nennen, wobei ihn überraschte, dass er das Wort kannte. Dann führte er Trish, die Verliererin, ins Schlafzimmer, damit sie sich seinen Triumphzug ansehen konnte.

KAPITEL 70

September 2005 (zur gleichen Zeit)
Palo Alto, Kalifornien

BRIAN O'LEARY

Ashley fuhr am späten Abend in Brians BMW auf die Auffahrt. Brian stand hinter dem Küchenfenster und beobachtete, wie seine Frau ihren schlafenden Sohn aus dem Kindersitz hievte und unter einer Decke ins Haus trug. Er lief ihr nicht hinterher, obwohl er Aaron vermisst hatte. Und Ashley. Es bot sich nicht gerade an, seine Frau mit Normalität zu erpressen, nachdem sie zwei Wochen bei ihren Eltern gewohnt hatte. »Um Abstand zu gewinnen«, wie sie sich ausgedrückt hatte. Nicht dass Brian erwartet hatte, dass sein Leben nach seinem Geständnis weiterlaufen würde wie zuvor. Niemand, der bei Verstand war, hätte das erwarten können. Also hatte er gewartet, bis sie von selbst zurückkam. Was heute der Fall war. Unangekündigt. Normalität. Normalität?, fragte sich Brian, als er sich ins unbeleuchtete Wohnzimmer auf den breiten Sessel setzte und wartete.

Eine Viertelstunde später hörte er ihre Schritte auf dem dünnen Holz der Treppe, als die Stufen knarzten. Sein Rücken versteifte sich auf dem weichen Sessel. Er lauschte. Hörte ihre betont langsamen Bewegungen, wie sie den Schlüssel ablegte auf dem kleinen Tisch im Flur. Wie sie ihre Schuhe auszog und sorgfältig nebeneinanderstellte. Mit Bedacht. Nachdenklich. Sie ließ sich Zeit. Sie wusste, dass er hier auf sie wartete. Oder zumindest, dass er irgendwo auf sie wartete. Sie wusste es, weil sie sich kannten. Weil sie verheiratet waren. Oder sie waren verheiratet, weil sie solche Dinge voneinander wussten, die man nicht wissen konnte. Nur spüren. Brian spürte nicht, wie sich seine Frau verhalten würde. Er hatte keine Ahnung, zu welchem Ergebnis Ashley während der Auszeit gekommen war. Sicher war nur, dass es ein Ergebnis geben würde. So gut kannte er seine Frau.

Erst hörte er, wie in der Küche das Licht angeschaltet wurde. Dann hörte er das Öffnen der Kühlschranktür und das Krachen eines Eispickels auf Gefrorenem. Ein Schraubverschluss. Das Eis knackte, als sie sich einen Drink eingoss. Es ist eigentümlich, wie weit der Schall trägt, wenn man sich auf seine Ohren konzentrierte, stellte Brian fest. Er fand seinen Anfang in den kleinen platzenden Eiskristallen, wanderte durch die Luft, durch die halbgeöffnete Küchentür, bis zu dem Sessel. Verschwand in seinem Gehörgang, traf auf die Paukenhöhle und wurde dann im Innenohr von den Nervenbahnen aufgenommen, weitergetragen und verarbeitet. Vermutlich lag es eher daran, dass das menschliche Gehirn im Normalzustand Töne ausblendete, weil der menschliche Verstand sonst mit dem Lärm des Alltags überfordert wäre, dachte Brian, während Ashley aus der Küche trat. Sie stand in ihrem Kleid als dunkle Silhouette vor dem Licht aus der Küche, barfuß und mit zwei Gläsern in der Hand. Brian atmete ein. Dies war er also, der alles entscheidende Moment.

»Du bist ein böser, narzisstisch veranlagter Ehemann«, sagte Ashley. »Und du hast nicht alle Tassen im Schrank.«

Brian wartete, bis sie einen Schritt vorwärtsgemacht hatte.

»Zumindest nicht alle Gläser«, sagte Brian mit einem Seitenblick auf das zweite Glas.

»Nicht so schnell«, sagte Ashley und setzte sich auf die Couch. Sie stellte die Gläser mit dem Tequila auf den Couchtisch. Die Eiswürfel klirrten gegen die Wände der schweren Tumbler, und Brian beugte sich nach vorne. Ashley warf ihm einen Checkpoint-Charlie-Blick zu, der eine Demarkationslinie zwischen ihm und dem zweiten Glas zog.

»Ich habe nachgedacht«, sagte Ashley schließlich.

»Hm?«, murmelte Brian in Ermangelung einer besseren Idee.

»Und es gibt nur einen Ausweg aus dieser hundsmiserablen Misere, in die du dich und deine Familie gestürzt hast«, sagte sie.

»Aha?«, fragte Brian. Einen Ausweg? Welchen Ausweg? »Und der wäre?«

»Ich mache mit«, sagte Ashley.

Brian wäre beinah von seinem Sessel gerutscht: »Du spinnst«, sagte er. Schweigen. Ashley schwenkte den Tumbler. Das Eis spielte seine Melodie zu Brians schwarzen Gedanken über den Geisteszustand seiner Frau, der verdächtig an Neros Brandstiftung in Rom kratzte.

»Warum spinne ich?«, fragte seine Frau schließlich.

»Gib mir den Drink«, sagte er.

»Noch nicht«, antwortete sie und nahm einen Schluck von der wunderbar betäubenden Flüssigkeit. Brian brauchte etwas wunderbar Betäubendes in diesem Moment des Wahnsinns.

»Wo bleibt dein Sinn für Logik?«, fragte er.

»Bezüglich des Drinks oder bezüglich meiner Beteiligung an eurem perfekten Verbrechen?«, fragte seine Frau. SEINE FRAU! Sie sprach davon, als ob sie von einer Einkaufstour berichtete, die ihr neben dem beabsichtigten Brokkoli auch noch ein paar Sandalen eingebracht hatte. Beiläufig. Als wäre nichts dabei. Als wäre nichts dabei, wenn die Mutter seines Sohnes im Begriff war, ein Bundesverbrechen zu begehen.

»Du weißt genau, was ich meine«, sagte Brian und griff nach dem Glas. Aber am Checkpoint Charlie war Schluss. Verdammter Mist.

»Denk doch einmal genau darüber nach, du Held der Logik und der Gleichberechtigung«, sagte sie.

Brian dachte ein paar Sekunden darüber nach und kam zum gleichen Ergebnis: Madness. Es war verrückt, was Ashley andeutete.

»Auf der einen Seite haben wir den Manager bei ›The Next Big Thing‹ mit einem sechsstelligen Jahresgehalt und Aktienoptionen, die unsere Kinder locker durchs College bringen«, sagte Ashley. »So weit klar?«

Was blieb Brian anderes übrig, als zu nicken?

»Auf der anderen Seite der Waagschale haben wir eine Doktorandin der Kybernetik, die sich den halben Tag um ihren Sohn kümmert und die zurzeit nicht einmal genug Geld verdient, um den schicken BMW ihres Mannes und die Hälfte der Miete unseres Hauses zu bezahlen.«

Brian schluckte. Er ahnte jetzt, worauf das hinauslief. Ashley war nicht mit einem Vorwurf zurückgekommen, sondern mit einer nüchternen Abwägung seines Vorhabens für ihre Familie. Unter Berücksichtigung aller vorliegenden Fakten, der Zukunftssicherheit für ihren Sohn. Oder die Kinder? Moment, dachte Brian. Hatte Ashley nicht von ihren Kindern gesprochen im vorletzten Nebensatz? Wollte sie etwa noch ein Kind? In dieser Situation? Ihm drohte schwarz vor Augen zu werden, was er dadurch zu kaschieren versuchte, dass er das Gesicht auf beide Handflächen stützte und dann zweimal die Augen rieb. Als er wieder aufblickte, sah er das Glas mit dem Tequila direkt vor seinem Gesicht. Er nahm es Ashley aus der Hand und hielt es sich an die Schläfe.

»Ich denke, der Meisterfälscher kann jetzt einen Drink gebrauchen. Oder sollte ich mich da täuschen?«

Brian trank einen Schluck der klaren, scharfen Flüssigkeit, die im Gegensatz zu dem billigen Zeug tatsächlich nach Agave schmeckte. Wenn Ashley recht hatte, gehörte die Brennerei George Clooney. Und damit gewissermaßen Danny Ocean. Oceans Eleven. Kein schlechter Vergleich mit dem, was sie vorhatten. Wenn es natürlich auch die Hollywood-Version des perfekten Verbrechens war, die mit der Realität nichts zu tun hatte. Keiner würde mit zehn Kilogramm TNT eine Tresormauer sprengen. Weil das im Gegensatz zum Vorhaben des Cash Clubs tatsächlich verrückt war. Brian atmete tief ein.

»Du willst noch ein Kind?«, fragte er.

»Ich wusste, du bist ein schlauer Bursche«, antwortete Ashley.

Brian rutschte auf seinem Sessel hin und her. Er wusste nicht, ob er auf der Normalitätsskala schon weit genug nach oben geklettert war, um sie in den Arm nehmen zu dürfen.

»Komm schon her, du Schwerverbrecher«, sagte Ashley, und Brian wanderte vom Sessel neben seine Frau auf die Couch. Er griff nach ihrer Hand.

»Aber wir können doch unmöglich ein Kind kriegen, solange DAS läuft«, sagte er. DAS bezeichnete das Vorhaben des Cash Clubs. Die Gefahr, die er ohne jeden Skrupel für sich in Kauf genommen hatte. Obwohl er nicht weniger Familienvater war als Ashley.

»Wieso nicht?«, fragte Ashley. In ihren Augen bemerkte er denselben Glitzer, den er bei Josh an der Druckmaschine bemerkt hatte. Und bei sich selbst, als er die Sache mit dem Flugzeug herausgefunden hatte. Und den Code der Scheinsortiermaschinen geknackt hatte. Es war eine Mischung aus Aufregung, Adrenalin und Abenteuerlust. Raus aus der Mühle des Alltags zwischen Vorlesung an der Uni, Windeln wechseln und Bananennachschub besorgen (Bio, bitte!). Raus ins Leben! Die Gefahr, erwischt zu werden, spielte vielleicht auch eine Rolle. Vor allem aber der Wunsch, das Spiel zu gewinnen. Ashley war ihm zu ähnlich, erkannte Brian. Und da ihre Ehe auf Logik und Gleichberechtigung aufgebaut war, musste er zugeben, dass es ihm schwerfallen würde, stichhaltige Argumente gegen sie zu finden.

»Oder willst du etwa behaupten, ich könnte deine Aufgaben bei diesem Cash Club nicht übernehmen?«, fragte Ashley. Diesmal blitzten ihre Augen vor Angriffslust.

»Nein«, sagte Brian. »Natürlich nicht.«

Was der vollen Wahrheit entsprach.

»Aber was, wenn du wirklich wieder schwanger wirst, Ash?«, fragte Brian.

»Dann werde ich schwanger, Brian. Nicht krank. Was soll das ändern? Aber wenn du das für besser hältst, können wir mit dem Kind auch noch ein paar Jahre warten.«

Das hielt Brian tatsächlich für eine bessere Idee.

»Was, wenn du erwischt wirst?«, fragte Brian.

»Was, wenn *du* erwischt wirst?«, warf sie den Ball zurück.

Brian schwieg. Was sonst? Ashley legte eine Hand auf seinen Arm: »Außerdem hast du behauptet, dass der Plan perfekt ist.«

Brian seufzte und trank einen weiteren Schluck Casamigos. Schweigen. Trinken. Schweigen. Eiswürfelklirren.

»Du hast einen Sohn, in Gottes Namen!«, startete Brian einen letzten Appell an ihre mütterlichen Instinkte.

»Ich tue es für euch«, sagte sie. Und verwendete damit die gleiche Phrase, die Brian vor zwei Wochen gebraucht hatte, als er die Sache mit dem Cash Club gestanden hatte. Brian konnte nicht anders, er spürte den Anflug eines Lachens in seinen Mundwinkeln. Und wenn er ehrlich war, war das größte Problem an Ashleys Plan, dass er einen langweiligen Bürojob und sie den ganzen Spaß bekam. Es war nicht fair, dachte Brian. Es dauerte noch zwei Stunden, bis sie schließlich miteinander anstießen. Nächsten Monat war die Hochzeit von Josh und Mona, und dann würden sie die Farm beziehen. Ashley und Aaron würden die Farm beziehen, korrigierte sich Brian beim Einschlafen. Er hatte sich noch nicht damit abgefunden, die sichere Karte ihres Familienkartenspiels zu sein. Dass Ashley die Millionen scheffeln würde, während er dafür sorgte, dass im Notfall eine Collegeausbildung der Kinder gesichert wäre. Wäre es nicht doch besser andersherum? Falls eben doch einer von ihnen in den Knast müsste. Konnte man Kinder im Knast bekommen? Und was geschah danach mit ihnen? An ruhigen Schlaf war in dieser Nacht für Brian nicht zu denken.

KAPITEL 71

Oktober 2005 (eine Woche später)
Mainz, Deutschland

JOSHUA BANDEL

»Acht Koffer?«, fragte Josh entgeistert.

»Schau dir die acht Müllsäcke an der Tür an, dann weißt du, was ich alles zurücklasse«, sagte Mona, die in einer seiner Unterhosen vor dem Kleiderschrank stand.

»Müllsäcke zurückzulassen dürfte kein Problem sein«, sagte Josh und stieg über ein lilafarbenes Ungetüm, das allein sicherlich die Freigepäckgrenze überschritt.

»Wir hätten einen Container mieten sollen für deine Klamotten«, sagte Josh. Er war auf dem Weg zum Computer, um die letzte E-Mail zu schreiben, bevor sie am nächsten Morgen in den Flieger steigen würden.

»Blablabla«, sagte Mona und warf ein Kissen nach ihm. Nicht dass es etwas änderte. Er würde die Fluggesellschaft anrufen müssen wegen des Gepäcks. Ein weiterer Punkt auf seiner To-do-Liste. Er weckte den Computer mit einem beherzten Schlag auf die Leertaste und las noch einmal die E-Mail, die er vor zwei Wochen erhalten hatte.

»Sehr geehrter Herr Bandel,

bitte entnehmen Sie die Spezifikationen Ihres Auftrags dem beigefügten Angebot und senden Sie dieses mit Angabe der Versandadresse zu meinen Händen an uns zurück.

Bitte beachten Sie, dass für die Bearbeitung Ihres Auftrags der von Ihnen wie besprochen extern zugelieferte Egoutteur von der Firma

Kuffstein spätestens zehn Werktage vor dem angestrebten Produktionsdatum an unserer Papiermühle Standort Spiez vorliegen muss.

Wir freuen uns über Ihren Auftrag und verbleiben mit freundlichen Grüßen

Peter G. Zwingli
Leiter Spezialvertrieb
Papierfabrik Artus«

Ein Lächeln huschte über Joshs Gesicht, während er die Antwort tippte. Weil er sich an seinen zweiten Ausflug nach Südtirol erinnerte, die mit einem sündhaft teuren, aber dafür angemessen spektakulären Hubschrauberflug geendet hatte. Es hatte keine andere Möglichkeit gegeben, den Wunsch ihres Künstlers zu erfüllen. Offenbar war die Lieferung eines Herds auf zweitausend Höhenmeter eine ähnlich komplizierte Angelegenheit wie die Konstruktion einer Weltraumtoilette. Und nur geringfügig weniger kostspielig. Aber jetzt würde die von Toni Ladurner angefertigte Form mit Franklins Porträt für das Wasserzeichen spätestens in vier Wochen bei dem Walzenhersteller liegen. Alles war arrangiert. Und der Leiter Spezialvertrieb freute sich über einen fetten Auftrag der amerikanischen Investmentbank, über die er so oft in der Zeitung las. Und über eine fette Vertriebsprovision – selbstredend. Vor allem in der Schweiz waren Vertriebsprovisionen wichtig, denn das Land war teuer wie Haifischsuppe und keinen Deut einladender, wie Josh von einem Besuch bei den Eidgenossen wusste. Das letzte Problem war die Bezahlung der Papierlieferung, aber um die würde er sich kümmern, wenn er in den Staaten war. Er tippte die Antwort sorgfältig und bemühte sich darum, keine Tippfehler zu übersehen. Den Schweizern waren Details enorm wichtig, das hatte er in den Monaten gelernt, in denen er mit über zehn Papierfabriken korrespondiert hatte, um eine zu finden, deren Gier größer war als ihr detektivisches Gespür. Oder der Glaube an den großen Namen der weltgrößten Investmentbank. Ach was, der größten Bank überhaupt. Weltsteuerer, eigentliche Weltbank anstelle der Weltbank. Machtzentrum des weltweiten Kapitalismus. Goldman Sachs. Ein Name wie ein Versprechen. Goldmänner.

»Hast du meine Turnschuhe gesehen?«, rief Mona aus der Küche.

»Ich habe sie in den Müllsack an der Tür gesteckt«, rief Josh zurück.

Mona fluchte, und er hörte, dass sie tatsächlich zu den Müllsäcken lief. Ein Umzug schien für sie eine psychische Belastung zu sein, die jede Form von Ironie glattbügelte. Dabei waren die Deutschen Meister der Ironie, im Gegensatz zu den Amerikanern, die das Konzept überhaupt nicht verstanden. Karl-Mathäus zum Beispiel hatte gesagt, er wisse gar nicht, was besser sei: dass Josh gerade noch von der Planke des sinkenden Schiffs gesprungen war oder dass er selbst im Laderaum stand und die Lenzpumpe per Hand bediente. In jedem Fall wünsche er ihm eine gute Reise, hatte sein Freund gesagt. Ob er glaubte, dass Josh zurückkommen würde, um die Druckerei und den Verlag zu retten oder nicht, konnte Josh nicht beurteilen. Er hatte jedenfalls alles darangesetzt, ihm eine glaubwürdige Story von einer größeren Erbschaft aufzutischen. Er hätte sich selbst geglaubt, dachte Josh. Und schließlich glaubte Mona sogar das mit den Schuhen. Es spielte keine Rolle, wer was glaubte, stellte Josh fest. Er würde einfach zurückkommen, genauso wie er Monas Schuhe natürlich nicht in den Müllsack gesteckt hatte. Die Druckerei würde gerettet, so sicher wie Mona ihre geliebten Turnschuhe wiederfinden würde. Weil das unausweichlich war, wenn die Ironie von Menschen kam, die einen liebten. Vielleicht war dies der Grund, warum sich die Amerikaner mit der Ironie so schwertaten. Weil es sehr viel Freundlichkeit im Land der unbegrenzten Möglichkeiten gab, aber wenig Liebe. Zumindest außerhalb der eigenen vier Wände. Und auch dort immer seltener – zumindest wenn Josh seine eigene Familie als Maßstab anlegte.

KAPITEL 72

Oktober 2005 (einige Tage später)
Atlantic City, New Jersey

ALEXANDER PIECE

»Wir sind vom Haken«, behauptete Alex.

Die Runde, die sich im Waschkeller von Don Franks Haus versammelt hatte, starrte ihn an. Sie trafen sich unter Tage, weil man hier die Waschmaschine laufen lassen konnte, die jedes Mikrofon des FBI unbrauchbar machen würde. Der Consigliere – Vito – machte ein sauertöpfisches Gesicht, die drei Ypsilons, Lonny, Johnny und Franky, griffen nach ihren Zigarettenschachteln.

»Ich wusste nicht einmal, dass wir an einem Haken hängen«, sagte der Consigliere und klimperte mit den Fingernägeln gegen sein Cocktailglas. Er trank stets eine Piña Colada, was ekelhaft war, ihm aber gut stand, denn er war ein kleiner, schwuler Mann mit dem Haarschnitt eines Marine-Sergeants. Nichts an ihm passte zusammen, weshalb die Piña Colada folgerichtig war. Seit Jahren mutmaßte Alex, dass es sich um eine Virgin Colada handelte, aber er traute sich nicht zu fragen. Bis heute.

»Trinkst du eigentlich Virgin oder normale Colada?«, fragte er. Die drei Ypsilons legten ihre Zigaretten synchron in die Aschenbecher. Vito schnaufte. Es war sicher kein gutes Zeichen, wenn ein Consigliere schnaufte. Wie wurde jemand, der Virgin Colada trank und aussah wie Vito, eigentlich der wichtigste Berater des Dons?, fragt sich Alex zum hundertsten Mal, als plötzlich ein Messer direkt neben seine Hand in den Tisch krachte und mit der Spitze steckenblieb. Alex zuckte zurück. Er hatte nicht einmal gesehen, wie Vito es gezogen hatte. Sein Herz klopfte bei der Vorstellung, dass nur wenige

Zentimeter gefehlt hatten und das Messer hätte sich durch seinen Handrücken in den Tisch gebohrt. Eine Sehne durchtrennt, Blut wäre auf den Tisch gespritzt, möglicherweise in sein Gesicht. Nie wieder eine Virgin Colada halten oder eine sonstige Jungfrau. Amputation. Schlimmstenfalls.

»Du verdammter Freak!«, rief Alex und rieb sich das Handgelenk, wofür es natürlich keinen Grund gab.

»Arschloch«, zischte der Consigliere.

»Hey, hey, hey«, mahnte Don Frank und griff nach dem Messer.

»Steck das weg, ja?«, forderte er seinen Berater auf.

Widerwillig steckte Vito das Messer in ein Holster an seinem Unterschenkel.

»Du weißt davon, Frank?«, fragte Vito.

»Natürlich weiß er davon, du Psychopath«, sagte Alex. Er hätte sich fast in die Hosen gemacht vor Schreck. Der Mann war unberechenbar. Was vermutlich der Grund war, dass einer wie er zum Consigliere wurde. Alex hatte spontane Gewaltausbrüche erlebt. Aber normalerweise richteten sie sich nicht gegen Mitglieder der eigenen Familie. Ein säumiger Zahler, der zusammengeschlagen wurde, eine Prügelei zwischen rangniederen Läufern verschiedener Clans, das gehörte zum Alltag. Aber ein Consigliere, der bei einer Sitzung mit dem Don ein Messer zog? Die drei Ypsilons schienen allerdings nicht beeindruckt. Alle starrten jetzt den Don an. Der König hielt Hof. So war das eben. Damals schon. Und es würde immer so sein.

»Louis wird verhaftet werden«, sagte Don Frank schließlich, während er mit einem Zahnstocher das nicht vorhandene Schwarze unter seinen manikürten Fingernägeln herauspulte.

»Und sie hatten auch Piece im Visier.« Der Consigliere war misstrauisch. Was sein Job war, aber trotzdem kein gutes Zeichen für Alex.

»Wer?«, fragte der Consigliere. »Wer hatte unseren Sonnyboy im Visier?«

Seit Monaten gelang es Don Frank nicht mehr, zu leugnen, dass er einen Narren an Alex gefressen hatte. Niemand war schneller aufgestiegen in der Organisation als ausgerechnet er. Und natürlich stellten sich Vito und vermutlich auch die drei Ypsilons die Frage nach dem Warum. Und warteten darauf, dass Alex einen Fehler machte.

»Die Feds«, sagte Alex und versuchte, so gleichgültig wie möglich zu klingen.

Der Consigliere sprang auf: »Das FBI ist hinter dir her? Du verdammter Dummkopf! Und dann kommst du noch hierher?«

Er holte zu einem Schlag gegen seinen Hinterkopf aus, aber Alex duckte sich rechtzeitig weg.

»Sei nicht albern, Vito«, sagte Alex, was ihm einen bösen Blick einbrachte. Lonny kicherte, und Johnny zündete eine weitere Zigarette an, obwohl die letzte im Aschenbecher vor ihm einsam verglüht war.

»Der Secret Service«, sagte Don Frank. »Wegen der ganzen falschen Hunderter.«

Die Ypsilons begannen zu flüstern, und Alex schaute triumphierend in die Runde. Das hatte sicher noch keiner geschafft. Aber der Consigliere schien nicht beruhigt.

»Keine gute Sache«, sagte er und trommelte mit den Fingern auf eine der Waschmaschinen.

»Nein«, sagte Alex. »Aber ich habe das geregelt.«

Don Frank legte den Zahnstocher in die Mitte des Tisches. »Okay«, sagte er.

»Moment«, sagte Vito. »Ich würde schon gerne wissen, wie unser Sonnyboy das geregelt haben will.«

»Kann ich nicht drüber sprechen«, sagte Alex und blickte zu Don Frank, der das letzte Wort hatte.

»Kann er nicht drüber sprechen«, wiederholte Don Frank. Und damit war das Thema vom Tisch. Zumindest für dieses Meeting, denn später wollte Don Frank natürlich trotzdem wissen, wie er es angestellt hatte. Und Alex sah keine Veranlassung, seinen Boss zu belügen.

»Der Secret Service denkt, ich bin ein Undercoveragent vom FBI, der angesetzt wurde, Don Frank zu vernichten«, antwortete er wahrheitsgemäß.

»Nicht witzig, Junge«, sagte Don Frank. Sie standen vor Don Franks Haus neben der Amerikafahne. Alex sah die drei Ypsilons und Vito in ihre Wagen steigen.

»Vito!«, rief Frank und winkte.

Was hatte das zu bedeuten?, fragte sich Alex. Vito lief wieder in ihre Richtung.

»Vielleicht sollte ich Vito die Gelegenheit geben, diesmal nicht danebenzustechen«, flüsterte Don Frank in sein Ohr. Seine Stimme klang auf einmal nicht mehr freundlich. Sondern bedrohlich. Alex dachte an das Messer und seine Hand. Was würde er verraten, wenn er wirklich gefoltert würde? War es das, was Don Frank andeuten wollte. Als Vito neben ihnen stand, legte Don Frank seinen Arm um seinen Consigliere.

»Der Junge hat den Feds erzählt, dass er ein Maulwurf ist«, lachte Don Frank und klopfte erst Vito auf die Schulter und dann Alex. Seine Pranken fühlten sich an wie die Tatzen eines Braunbären. Weich und gefährlich zugleich. Don Frank lachte, dann lachte der Consigliere, und schließlich lachte auch Alex.

»Kann man das glauben?«, fragte Don Frank und wischte sich eine Träne aus dem Augenwinkel. Alex atmete auf. Er konnte keinen Ärger gebrauchen, zumal ab nächster Woche die Hochzeitsvorbereitungen anstanden.

KAPITEL 73

Oktober 2005 (am nächsten Tag)
Atlantic City, New Jersey

STANLEY HENDERSON

Am Morgen der Razzia briet Stan Spiegeleier. Robyn kam aus dem Bad und rubbelte ihr langes Haar mit einem Handtuch trocken.

»Kein Ei für mich?«, fragte sie. Ihre zu langen Zehen steckten in plüschigen Hausschuhen.

Stan schaufelte seine Portion mit dem Schieber auf einen Teller und reichte ihn Robyn: »Für dich«, sagte er.

»Danke«, sagte Robyn und schob sich eine volle Gabel in den Mund: »Heute ist der große Tag, was?«

Stan nippte an seinem Kaffee und nickte. Was verstand sie schon davon?

»Wenn es gut läuft heute, dann könnten wir ja vielleicht heute Abend wieder einmal …«, schlug Robyn vor, und wie zufällig rutschte das Handtuch von ihrer Schulter.

»Vielleicht …«, antwortete Stan und wandte den Blick ab.

»Stan …«, sagte Robyn und zog das Handtuch wieder hoch. Sie stach mit der Gabel in das Eigelb. Es floss über das Weiß und über die Blumen auf dem Teller. »Wir haben seit Wochen nicht mehr miteinander geschlafen.«

Sie sagte das nicht anklagend oder enttäuscht. Es klang wie eine Feststellung. Nicht mehr. Und nicht weniger. Was es umso schlimmer machte. Stan stellte seine Tasse auf den Küchentisch und legte seine Arme um ihre Schultern. Sie griff nach seinen Händen.

»Es ist anstrengend zurzeit«, sagte Stan. Anstrengung verstand Robyn. Ein anstrengender Job, bei dem das Sexleben zu kurz kam, war der Preis, den eine ordentliche amerikanische Hausfrau bezahlen musste. Für ihr ordentliches Leben in einem ordentlichen Vorstadthaus mit zweieinhalb Kindern. Das zumindest behaupteten die Serien im Fernsehen, die Robyn schaute. Hinter ihrem Rücken warf Stan einen Blick auf die Uhr. Es war Zeit zu gehen. Er atmete auf, als die Haustür hinter ihm ins Schloss fiel.

Trish und er waren der Gruppe zugeteilt, die den vermeintlichen Kopf der Geldwäscherbande schnappen sollten. Louis war der Zwischenhändler, derjenige, der das Geld bei der Druckerei abholte und nach Atlantic City brachte. Was bedeutete, dass Trish und Stan zunächst von Philadelphia nach Albuquerque fliegen mussten. Die Sitze waren eng, der Flieger voll, und Trish bestellte einen Tomatensaft, was Stan eigentümlich vorkam. Es gab die wildesten Theorien darüber, warum über den Wolken im Verhältnis dreiundvierzig Mal so viel Tomatensaft getrunken wurde wie am Boden. Keine davon war besonders überzeugend. Zwei weitere Mysterien der Fliegerei begegneten ihm beim Besuch der Flugzeugtoilette. Erstens ertappte er sich bei dem Gedanken daran, mit Trish dem Mile High Club beizutreten, für den es die Eintrittsvoraussetzung war, Sex über den Wolken zu haben. Und zweitens entdeckte Stan auf der Toilette, die er bedauerlicherweise alleine betreten musste, einen Aschenbecher. Und das, obwohl die Boeing fabrikneu wirkte.

»Es liegt daran, dass eine Notlandung zu teuer ist«, sagte Trish, als er ihr von seiner erstaunlichen Beobachtung berichtete, kaum dass er wieder an seinem Platz saß. Die Idee mit dem Mile High Club vertagte Stan, schließlich waren sie dienstlich unterwegs – was ein Jammer war.

»Wieso Notlandung?«, fragte Stan und nippte an seinem Tomatensaft. Es schien einen Zwang zu geben, Tomatensaft zu bestellen, wenn einer damit anfing. Überhaupt schien es viele Zwänge an Bord von Flugzeugen zu geben.

»Lieber einen Aschenbecher installieren als einen Schwelbrand im Mülleiner riskieren«, sagte Trish.

»Weil die Leute eben rauchen«, stellte Stan fest.

»Weil manche Leute rauchen müssen«, behauptete Trish. Zwänge im Flugzeug. Sex über den Wolken. Stan und Trish im Mile High Club. Immerhin hatte er noch den Rückflug, beruhigte sich Stan.

Als sie die Ankunftshalle in Albuquerque verließen, senkte sich die Hitze des Wüstenstaats wie eine Käseglocke über ihre Köpfe, obwohl es schon Oktober war. Stan begann zu schwitzen, noch bevor sie ihren klimatisierten Mietwagen erreicht hatten, und er war froh, auch unter Trishs Achseln kleine Schweißflecken zu bemerken, als sie ihr Jackett an den Haken über der Rückbank hängte.

Die Druckerei, die Kollegen von ihnen vor etwa einem Monat entdeckt hatten, nachdem sie Louis bis hierher gefolgt waren, lag in einem Schuppen am Rande der Stadt. Die Tarnung war minimal, lediglich das Schild einer nicht im Handelsregister eingetragenen Import-Export-Firma hing über dem verrosteten Garagentor. Sie wussten durch die vierundzwanzigstündige Überwachung des Komplexes während der letzten drei Wochen, dass sich niemand die Mühe machte, ein echtes Geschäft zu simulieren: Keine Lastwagen lieferten Waren oder holten welche ab, es gab keine Angestellten außer den drei Männern, die an der Druckmaschine die Scheine herstellten. Es war alles in allem eine dilettantische Operation, musste Stan feststellen, nachdem sie ihren Wagen hinter dem Van des FBI geparkt hatten und er das Objekt zum ersten Mal live in Augenschein nehmen konnte.

»Da ist die Kavallerie«, sagte Trish und deutete auf den

Van, der mit *Karls Plumbing Co.* beschriftet war aber keine *commercial,* sondern reguläre New-Mexico-Nummernschilder hatte. Das FBI war nicht unbedingt besser darin, ihre Operation zu tarnen, als die Mafia, stellte Stan fest.

»Ruf sie mal an«, sagte Stan. Es kam nicht in Frage, in Sichtweite der Druckerei auszusteigen und an das Fenster zu klopfen. Trish griff nach ihrem Handy und wählte die Nummer der FBI-Zentrale in Albuquerque, die sie mit dem Einsatzleiter verband. Es sollte sich herausstellen, dass sie nur auf sie gewartet hatten.

Eine großangelegte Razzia wie die heutige war ein logistisches Meisterwerk. Nicht etwa, weil sie besonders aufregend gewesen wäre, sondern weil alles zeitgleich stattfinden musste. Koordiniert wurde die Aktion von Bellwether und einem Special Agent des FBI, die sich in der Zentrale in Quantico verschanzt hatten. Ohne das FBI wäre der Secret Service mit einer Operation wie dieser vollkommen überfordert, zumal sie nicht einmal Sturmtruppen in ihren Reihen hatten. Tatsächlich war eine Razzia nämlich – außer was die Synchronisation anging – eine überaus langweilige Angelegenheit. Im Fernsehen stürmten stets die Beamten mit den kleinkalibrigen Pistolen – die Hauptdarsteller eben – das Versteck der Verbrecher und brachten sich so in echte Lebensgefahr. In unserem Fall wären das also Trish und Stan. Aber auch wenn es sich Trish anders gewünscht hätte: In Wahrheit war es natürlich vollkommen undenkbar für einen Schreibtischbeamten, ein Haus zu stürmen. Sie hatten in ihrer Ausbildung die Grundlagen gelernt, aber die Jungs im Van trainierten jede Woche zehnmal genau für diesen Moment, der dann folgerichtigerweise auch in fünfundvierzig Sekunden vorüber war. Währenddessen warteten Trish und Stan im Wagen, und die Einsatzleitung saß in Quantico am Funkgerät. Konkret lief das folgendermaßen:

Als Bellwether und der Special Agent in Charge übereingekommen waren, dass die Zeit gekommen war, gaben sie auf allen Funkkanälen den Befehl loszuschlagen. Womit auch geklärt sein dürfte, wie schwierig es tatsächlich war, das logistische Meisterstück in die Tat umzusetzen, man brauchte nämlich nicht mehr als ein ordentliches Funknetz. Auf einmal kam es Stan gar nicht mehr so kompliziert vor, ein Secret Service Agent zu sein. Nach dem Befehl öffnete sich Sekunden später die Seitentür des Vans, und acht dunkle Gestalten mit Sturmgewehren, Kevlarhelmen und schusssicheren Westen stürmten über die Straße. Nach drei bis vier auf die Entfernung schwer erkennbaren Handzeichen zogen zwei von ihnen das Rolltor nach oben und ein Dritter warf eine Blendgranate. Fünf Sekunden später quoll eine überschaubare Menge Rauch aus dem Inneren der dunklen Lagerhalle, und das war es. Keine Minute danach stand der Einsatzleiter neben Trishs Fenster. Trish betätigte den Schalter, und das Fenster glitt nach unten.

»Sie können jetzt reingehen«, sagte er. Stan verkniff sich die Frage, ob es das etwa schon gewesen war, und stieg stattdessen aus dem Wagen.

Im Inneren der Lagerhalle roch es chemisch, ohne dass einem die Augen tränten oder ein Hustenreiz ausgelöst wurde. Die drei Männer lagen am Boden, ihre Hände mit Plastikfesseln fest verzurrt. Auch dies schien ein Klischee zu sein: dass sich die Bösewichte gegen ihre Verhaftung wehrten oder zumindest lautstark protestierten. Die drei Verhafteten sahen eher aus wie Buchhalter als wie Mafiosi und verhielten sich überaus kooperativ. Nur die schwerbewaffneten SWATs, die alle paar Sekunden mit breiter Brust vorbeiliefen, legten Zeugnis von der Gewalt ab. Wobei kein einziger Schuss abgefeuert worden war. Der Einsatzleiter erzählte, dass neunundneunzig Prozent aller Zugriffe genauso komplikationsfrei abliefen, nur dass man eben von dem einen Prozent in der Zeitung las.

»Warum sind wir eigentlich hier?«, fragte Trish, als sie die sauber aufgereihten Verdächtigen am Boden liegen sah.

»Deswegen«, sagte Stan und machte sich an der Druckmaschine zu schaffen. Es war ein altes Modell, das aussah, als wäre es Zeitzeuge des Zweiten Weltkriegs gewesen. Eine amerikanische Maschine. Josh hatte ihm erklärt, wie sie funktionierte. Stan drückte einige Knöpfe und legte ein paar Hebel um, bis die Maschine zu surren begann. Dann spuckte eine Walze einen Druckbogen aus, auf dem frische Hunderter zu sehen waren.

»Was in Gottes Namen machst du da?«, fragte sie.

»Woher sollen wir wissen, dass es die gleiche Vorlage ist, wenn wir nicht dokumentieren, was heute aus der Maschine kam?«, fragte Stan.

»Okay«, sagte Trish. Und Stan kam nicht umhin, eine gewisse Bewunderung aus ihrer zugegeben sehr kurzen Antwort herauszuhören.

Stan stellte die Maschine wieder ab und deutete auf den Druckbogen: »Roll das mal ein, ja?«, fragte er und zog ein Gummiband von seinem rechten Handgelenk. Trish zog die Augenbrauen hoch. Sie würde noch viermal die Augenbrauen hochziehen, bis sie wieder im Flieger saßen, weil Stan nicht nur die Belichtungsbogen konfiszierte, sondern auch die Walze mit Alkohol reinigte, bevor sie die Lagerhalle dem FBI überließen. »Zur Sicherheit«, sagte er, was Trish zum fünften Augenbrauenhochziehen veranlasste.

»Ganz ehrlich, Stan«, sagte Trish, als sie im Flieger saßen und die Stewardess ihnen zwei Gin Tonic servierte, »das hätte ich nicht von dir gedacht.«

»Ich werde eben ständig unterschätzt«, sagte Stan mit einem Grinsen und prostete ihr zu. Dann überlegte er, wie er das mit dem Mile High Club eintüten könnte, ohne Trish vor den Kopf zu stoßen. Und vor allem, ohne erwischt zu werden, denn zweifelsfrei legal war der Sex auf einer öffentlichen Toilette nun einmal nicht. Glücklicherweise hatte Stan seine Rechnung ohne Trish gemacht, denn es gab wenig, was Trish davon abhielt, mit einem Gewinner ins Bett zu gehen. Oder auf die Toilette, sofern die das Einzige war, was sich anbot.

KAPITEL 74

November 2005 (gut zwei Wochen später)
San Francisco, Kalifornien

BRIAN O'LEARY

»Wann willst du es ihnen denn dann sagen?«, fragte Ashley, während sie Aaron in dem Sitz zwischen ihnen festschnallte, was sich naturgemäß nicht ohne größeres Geschrei erledigen ließ.

»Wann hätte ich es ihnen denn sagen sollen?«, fragte Brian zurück. Seufzend legte er das Magazin der Airline zur Seite.

»Hör zu, Ash«, sagte Brian. »Es wird sich alles finden.«

Er sagte das, obwohl er selbst nicht davon überzeugt war. Was vor allem daran lag, dass er sich mit ihrer neuen Arbeitsteilung immer noch nicht abgefunden hatte.

»Blabla«, sagte Ashley und bot Aaron zwei Schnuller zur Auswahl. Aaron griff nach dem mit dem Fuchs. Wobei sich die Frage stellte, wie ein Schnullerhersteller auf die Idee kam, einen Fuchs auf einen Schnuller zu drucken.

»Was machen wir eigentlich mit Stan?«, fragte Ashley, die ihre Launen noch schneller wechseln konnte als das Thema. Aaron griff nach der Kotztüte. Das nächste Problem. Also das mit Stan, nicht das mit der Kotztüte.

»Keine Ahnung«, sagte Brian. Es war der Konflikt, vor dem ihm am meisten graute. Weil ihre neue Familienplanung nun einmal dazu führte, dass sie Stan reinen Wein einschenken mussten. Und laut Alex würde das kein Spaziergang.

»Er wird es wissen, sobald wir gelandet sind«, sinnierte Ashley und strich über Aarons Kopf, der versuchte, sich die Tüte über den Kopf zu stülpen, nachdem er sie von allen Seiten begutachtet hatte.

»Er wird es wissen, sobald wir uns alle am Hotelpool treffen«, sagte Brian.

»Wir treffen uns am Pool?«, fragte Ashley. Vermutlich fragte sie sich, ob sie den richtigen Bikini eingepackt hatte.

»Alex nennt das den Kick-off«, erklärte Brian.

»Für die Hochzeit?«, fragte Ashley.

»Nicht nur für die Hochzeit«, sagte Brian. »Sondern auch für den Cash Club. Es ist kein Zufall, dass beides auf ein Datum fällt.«

Ashley warf ihm einen langen Blick zu, während der Steward hinter ihr die Verwendung der Sauerstoffmasken erklärte.

»Es geht also los?«, fragte sie schließlich.

»In case of a loss in cabin pressure, oxygen masks will automatically drop from the ceiling above you«, sagte eine Stimme vom Band. Der Steward zog eine Sauerstoffmaske mit übertriebener Geste zu sich heran und drückte sie dann gegen sein Gesicht. Dazu riss er die Augen auf, als könne er so mehr Aufmerksamkeit auf die überflüssige Vorstellung lenken. Was ihm in Aarons Fall sogar gelang.

Brian nickte: »Direkt nach der Hochzeit beziehen die Jungs die Farm«, sagte er.

Und ich?, fragte Ashleys Blick. Brian beobachtete Aaron mit der Kotztüte und fragte sich, ob das alles eine gute Idee war. Denn natürlich würde Ashley früher oder später auch auf der Farm wohnen müssen. Zumindest für eine Zeit. Und zwar mit ihrem Sohn.

»Das gilt es noch zu besprechen«, sagte Brian und griff erneut nach dem abgegriffenen Airline-Magazin, dessen Inhalt er längst kannte, weil es auf jedem Flug von Southwestern auslag. Und wer in San Francisco arbeitete, flog nun einmal dauernd Southwestern. Er hätte ein Planschbecken für Aaron mit seinen Meilen kaufen können. Dann bemerkte er Ashleys tadelnden Blick, und er wusste, dass sie sich über seinen unausgesprochenen Vorwurf bezüglich Aaron ärgerte. Und er konnte es ihr nicht verdenken. Es war das erste Mal in ihrer Ehe, dass sie sich nicht einigen konnten. Was vor allem daran lag, dass sie den ganzen Spaß abbekam, und weniger daran, dass Brian befürchtete, Aaron könnte Schaden nehmen, weil er für einige Monate in einer Fälscherwerkstatt wohnen würde. Josh konnte gut mit Kindern umgehen. Was Brian zu der Frage veranlasste, wie sich Josh eigentlich sein Leben mit seiner Bald-Ehefrau vorgestellt hatte. Sie würde kaum auch auf der Farm einziehen, oder etwa doch? Andererseits wäre es schwer zu vermitteln, warum ausgerechnet Ashley eingeweiht werden durfte, Joshs germanische Schönheit hingegen nicht. Immer wieder musste Brian feststellen, dass es viel schwieriger war als erwartet, den Cash Club zusammenzuhalten. Seufzend lehnte er sich im Sessel zurück, während die zwei Pratt & Whitney-Triebwerke die Boeing über die Startbahn jagten. Wie immer gab es nur einen, dem schon eine Lösung einfallen würde.

KAPITEL 75

November 2005 (am nächsten Tag)
Las Vegas, Nevada

JOSHUA BANDEL

Als sich die beiden Türen der Ankunftshalle des Flughafens öffneten, schlug Josh die Wüstenhitze und ein Schild mit seinem Namen entgegen. Getragen wurde es von einem Inder ohne Turban, der einen dunklen Anzug trug und vor einer Limousine wartete, deren Länge in krassem Missverhältnis zu seiner Körpergröße stand: Der Inder war sehr klein und die Limousine riesig. Es war ein umgebauter Hummer, jener Geländewagen, mit dem die Army in Afghanistan in den Wüstenkrieg zog. Diese Version allerdings in blütenreinem Weiß statt Tarnfleckbeige. Und eben verlängert. Ein groteskes Ungetüm auf Rädern mit dem Radstand einer Wasserwaage. Der kleine Inder schaute nervös auf die zwei Schubkarren mit den dreistöckig gestapelten Koffern. Josh grinste entschuldigend und gab dem Inder die Hand. Sein Händedruck war entschuldigend. Erst jetzt bemerkte Josh das Blumengesteck auf der Motorhaube. Es war die Honeymoon-Limousine. Der kleine Inder pfiff auf zwei Fingern, und ein Taxi löste sich aus der Schlange der Touristenabfertigung, wo die Leute standen, die nicht das Glück gehabt hatten, einen Hochzeitsplaner wie Piece zu haben. Der Inder scheuchte den Fahrer des Taxis auf die Gepäckwagen und grinste, während er Mona den Schlag aufhielt. Mona, die einen unanständig kurzen Rock trug, weil sie schließlich in der Wüste waren, glitt auf den Rücksitz.

»Phänomenal, dein Amerika«, sagte sie, als sie den Champagner in die Flöten goss. Die Eiswürfel im Kühler raschelten, als sie die Flasche zurückstellte. Josh nickte. Er erinnerte sich an seinen letzten Ausflug nach Atlantic City und verspürte nur den Hauch eines schlechten Gewissens, weil er schließlich Mona heiraten würde und keine der Tänzerinnen. Leider wusste er auch, dass Vegas als großer Bruder von Atlantic City galt und Alex alles zuzutrauen war. Mit einer Mischung aus Vorfreude und Skepsis wartete er auf das, was auf ihn zukommen würde.

»Wieso werden wir vom Geschäftsführer persönlich raufgefahren?«, flüsterte Mona auf Deutsch, als sie im Fahrstuhl standen. Der Chef des Bellagio lächelte, als hätte er jedes Wort verstanden, oder er amüsierte sich über die beiden Kofferwagen, die gerade so mit ihnen in den Aufzug passten. Es war eines dieser Hoteldirektorenlächeln, die nur Hoteldirektoren hinbekamen. Unverbindlich, freundlich, ohne jede Herzlichkeit, aber mit der vollen Professionalität von fünf Sternen Superior.

»Warte, bis du Alex kennenlernst«, sagte Josh und drückte ihre Hand.

Der Geschäftsführer öffnete die Honeymoon-Suite mit demselben Fünf-Sterne-Superior-Lächeln unter Zuhilfenahme einer Schlüsselkarte. Er hielt die Tür auf. Josh und Mona betraten das Zimmer, das eigentlich ein mittelgroßes Apartment war. Auf dem Bett formten Rosenblüten ein Herz, auf dem Tisch vor den bodentiefen Fenstern standen ein Obstkorb und eine weitere Flasche Champagner. In dem Sessel daneben saß Alex Piece. Josh grinste und umarmte seinen alten Freund, seinen Geschäftspartner, seinen Komplizen. Alex gab Mona einen Kuss auf jede Wange, weil sie Europäerin war und vermutlich weil sie mit einer mafiaclubtauglichen Oberweite gesegnet war.

»Du musst Mona sein«, sagte Alex. »Ich habe schon so viel von dir gehört.«

»*Nice to meet you too*«, sagte Mona und niemand, auch Josh nicht, hätte wissen können, was sie in diesem Moment dachte, als sie den besten Freund ihres zukünftigen Ehemannes sah, der in einem dunklen Anzug mit Nadelstreifen in ihrer Hochzeitssuite saß. Was auf eine Braut ungewöhnlich vertraut wirken konnte. Nur Josh wusste, dass es für Alex keineswegs ungewöhnlich war, sich Zutritt zu anderer Leute Hotelzimmer zu beschaffen. Er konnte sich Zutritt zu fast allem verschaffen, weil er nun einmal ein Mafioso war. Was Mona logischerweise nicht wissen konnte.

»Bereit für euren großen Auftritt?«, fragte Alex.

»Was meint er?«, fragte Mona auf Deutsch. Natürlich hatte sie jedes Wort verstanden, aber vermutlich hatte sie ihren Hermann Hesse in der Schule gelesen. Manchmal war es vorteilhaft vorzugeben, blinder zu sein, als man war.

»Na, die Poolparty. Die Vorstellung des Brautpaars. Der wichtigste Termin neben der Hochzeit selbst«, sagte Alex, der geahnt haben musste, was sie wissen wollte.

»Habe ich vergessen, dir zu sagen«, murmelte Josh.

»Darf ich mich frisch machen?«, fragte Mona und griff nach einer Weintraube aus dem Früchtekorb.

»Natürlich«, versprach Josh. »Gib uns zehn Minuten«, bat er Alex.

»Klar«, sagte Piece und wandte sich zum Gehen. »Wir warten oben.«

»Sind alle da?«, fragte Josh, während Mona im Badezimmer verschwand, um sich pooltauglich zu machen.

»Natürlich sind alle da«, sagte Alex augenzwinkernd. »Warte es nur ab.«

KAPITEL 76

November 2005 (zur gleichen Zeit)
Las Vegas, Nevada

ASHLEY O'LEARY

Als Ashley mit Brian an der linken und dem Babyphone in der rechten Hand das Dach des Hotels betrat, konnte sie ihren Augen kaum trauen. Jemand hatte Bäume hinauftransportieren lassen, die rund um den beleuchteten Pool standen. Statt grüner Blätter trugen sie Geldscheine an den Ästen, und von ihren Stämmen aus griffen grüne Lichtstrahler nach dem abendlichen Wüstenhimmel.

»Wow«, sagte Ashley, als ihr eine Schönheit in einem weißen Kleid ein Glas Champagner in die Hand drückte.

»Dieser Spinner«, sagte Brian. Er grinste, als sie sich zuprosteten. Ashley zog Brian in Richtung Pool. Etwa fünfzig Gäste räkelten sich auf Liegen um das Becken oder standen an Stehtischen. Manche trugen Bikinis, andere festliche Abendgarderobe. Livrierte Kellner huschten durch die Reihen und boten kleine Teller mit Blinis und Kaviar. Ashley entdeckte ein bekanntes Gesicht auf einer der Liegen und zog Brian am Arm.

»Hey«, sagte sie. »Ist das nicht Giselle B– …?«

»Sie ist es«, unterbrach sie Brian und drehte sie ein kleines Stück um die eigene Achse.

»Und da hätten wir Adrian Belvew«, sagte Brian trocken. »Zusammen mit Andrew Bell«, fügte er hinzu.

»Klar«, sagte Ashley und nippte an ihrem Champagner. Für einen Moment betrachteten sie die skurrile Szenerie.

»Wer sind Adrian Belvew und Andrew Bell?«, fragte sie.

»Ist das dein Ernst?«, fragte Brian und schüttelte den Kopf. »Erasure? Die Achtziger? Keine Erinnerung?«

Ashley schüttelte den Kopf. Während sie weiter ihre Kreise um die Tische zogen, blieb ihr Blick an einem Magier hängen, der einen Trick vorführte. Sie blieben stehen.

»Wer ist das?«, fragte Ashley einen der Umstehenden.

»David Blayne«, sagte der Mann in dem schwarzen Smoking. »Ein Straßenmagier aus Brooklyn. Warte nur ab, nächstes Jahr kennt den ganz Vegas.«

Der Magier bat eine junge Blondine um einen Geldschein aus ihrem Portemonnaie. Sie zog einen Zwanziger heraus und reichte ihn dem jungen, schlaksigen Latino, der sie daraufhin bat, die Note ganz fest in der Hand zu halten. Er riss eine Ecke des Scheins ab und steckte sie sich in den Mund, kaute eine Weile darauf herum, um das Papier schließlich zu schlucken. Dann zeigte er allen Umstehenden seine Zunge und den leeren Mund. Er fragte die junge Frau, ob sie sicher sei, dass der Schein zerrissen war. Sie war sicher, und auch Ashley konnte deutlich erkennen, dass dem Schein etwa ein Viertel fehlte. Blayne nahm den kaputten Schein in den Mund und keine drei Sekunden und etwas übertrieben theatralisches Gekaue später war der Schein wieder der alte. Dem Publikum standen vor Verblüffung die Münder offen, einige applaudierten, manche schrien vor Entsetzen über das Unglaubliche. Ashley musste zugeben, dass er gut war. Aber so gut nun auch wieder nicht.

»Da ist Stan«, sagte Brian kurze Zeit später, und Ashley spürte, wie ihr Herz in die Kniekehle sackte. Nicht weil sie Angst davor hatte, ihn wiederzusehen, oder weil sie sich irgendetwas davon versprach. Die Jungendliebe wiederzutreffen war etwas, das gewöhnlich im Schutz ehemaliger Highschoolzimmer beim Klassentreffen geschah. In dem Vakuum zwischen lebendiger Erinnerung und längst vergessener Räume. Es waren diese zeitlosen Räume, in denen verflossene Lieben sich wiedertreffen sollten. Nicht auf einer exklusiven Party auf dem Dach des Bellagio in Vegas mit einem Babyphone in der einen und dem Mann, den sie liebte, an der anderen Hand. Der darüber hinaus zufällig einer der besten Freunde – und Geschäftspartner – ihres Mannes war. Ashley schluckte, aber Brian zog sie weiter, ohne Widerworte zu dulden.

»Das Unvermeidliche hinauszuzögern ist keine besonders clevere Strategie«, flüsterte er ihr ins Ohr, als sie sich dem Stehtisch näherten, an dem Stan lehnte. Offenbar war er alleine gekommen, was die ganze Sache nicht einfacher machte.

»Brian!«, rief Stan, als er seinen Freund erblickte. Ashley hielt sich hinter ihm versteckt, während die beiden sich umarmten. Es war nicht gerecht, dachte sie, als sie plötzlich in seine Augen blickte. Sie blitzten kurz auf angesichts der Erkenntnis. Oder war es Verwunderung? Was lag noch in diesem Blick? Eifersucht? Vielleicht.

»Ashley«, sagte Stan, noch während er Brian auf die Schulter klopfte. »Wie schön, dich zu sehen.«

Stan war ein besserer Lügner geworden in den letzten Jahren, stellte Ashley fest. Wenn sie es nicht besser wüsste, hätte sie ihm fast glauben können, dass er es ehrlich meinte.

»Hallo, Stan«, sagte Ashley und steckte das Babyphone so unauffällig wie möglich in die Handtasche. Stan ließ Brian los und kam, um sie zu umarmen. Er gab ihr zwei Küsse auf jede Wange und streichelte ihr Schulterblatt, als wären sie beste Freunde. Stan umkreiste den runden Stehtisch mit seinem Drink und bedeutete ihnen, sich zu ihm zu stellen. Er hob das Glas: »Auf unser Wiedersehen«, sagte er. Ashley hob das Glas zu zaghaft. Brian schien weniger Skrupel zu haben.

»Auf unser Wiedersehen«, sagte Brian, und die Flöten klirrten gegeneinander.

»Was machst du denn für ein Gesicht, Ash?«, fragte Stan.

»Sie ist müde vom Flug«, sagte Brian und legte einen Arm

um sie. Falls er es bis jetzt noch nicht begriffen hatte, bekam er es jetzt schwarz auf weiß serviert. Seine ehemalige Freundin und Brian waren ein Paar. Sie waren zusammen gekommen.

»Hey, Brian«, sagte Stan. »Wie wäre es mit ein paar Bildern von Aaron?«

Ashleys Herz schien in dieser Sekunde stehenzubleiben. Sie spürte, wie ihr ein Teppich unter den Füßen weggezogen wurde. Doch kurz darauf musste sie feststellen, dass sie – entgegen ihrem Körpergefühl – noch stand. Brian hatte sein Portemonnaie gezückt, und Stan blätterte durch die Bilder. Aaron beim Essen, Aarons erste Schritte. Jemand hatte den Teppich so schnell unter ihren Füßen weggezogen, dass die Trägheit ihrer Masse einfach dafür gesorgt hatte, dass sie stehen geblieben war. Ihr Ex und ihr Mann schauten gemeinsam Bilder ihres Sohnes an. Es war das Letzte, was sie von ihrem Wiedersehen erwartet hatte. Und doch geschah es. In diesem Moment. Auf dem Dach des Bellagio. Unter Bäumen mit Geldschein-Blättern. Beim Kick-off des Cash Club, der zufällig auch die Hochzeit von Mona und Josh war.

Wo blieb eigentlich das Brautpaar?, fragte sich Ashley, während Stan Aarons Vorzüge übertrieben lobte, und stellte dann fest, dass sie immer noch zu ihm hinüberstarrte, weil ihr Gehirn nicht verarbeiten wollte, was ihre Augen sendeten.

»Mal im Ernst, Ash«, sagte Stan, ohne seinen Blick von Aarons Fotos abzuwenden. »Ich arbeite bei einer Bundesbehörde. Hast du im Ernst geglaubt, dass ich nicht wusste, dass ihr geheiratet habt?«

Ashley schluckte. Brian griff nach ihrer Hand, und Stan grinste. Er hatte sich wirklich verändert, musste Ashley zugeben. In diesem Moment begannen die vorderen Tischreihen zu klatschen. Was nur bedeuten konnte, dass die Ehrengäste eingetroffen waren. Ashley kippte den Rest des Champagners in einem Zug und winkte einem der Kellner. Sie brauchte etwas zu trinken, wenn sie diesen Abend überstehen wollte. Als sie nach dem Glas griff, wehte einer der Geldscheine auf das Tablett. Es war ein falscher Hunderter, und statt dem Jefferson-Porträt grinste ihr ein Schimpanse entgegen. Ashley lächelte und faltete den Schein und steckte ihn in ihren BH, weil sie keine Hosentasche zur Verfügung hatte. Vielleicht würde das Ganze doch eine wesentlich lustigere Angelegenheit, als sie befürchtet hatte.

KAPITEL 77

November 2005 (zur gleichen Zeit)
Las Vegas, Nevada

ALEXANDER PIECE

Man konnte von der Mafia behaupten, was man wollte, aber feiern, das konnten sie wie kein zweites Verbrechersyndikat zwischen New York und Los Angeles. Vor allem wenn es mit La Famiglia zu tun hatte: Taufen, runde Geburtstage, Beerdigungen – und natürlich Hochzeiten. Hochzeiten waren bei der Mafia, das war ein ungeschriebenes Gesetz, zweifellos das Größte. Dass weder Kosten noch Mühen gescheut wurden, wäre die Untertreibung des Jahres. Und so hatte Alex auch keine Probleme dabei gehabt, eine befreundete Familie aus Las Vegas zu finden, die ihm bei der Organisation unter die Arme griff. Was natürlich bedeutete, dass sie die angesagteste Dachterrasse der Stadt bekamen, obwohl sie seit Monaten ausgebucht war. Sternchen und C-Prominenz inklusive. Einen Dachgarten mit echten Bäumen bepflanzen? Superidee, Piece! Sein Ansprechpartner hieß Enzo, war etwa einen Meter fünfzig groß und hätte Metzger werden müssen, wenn er nicht das Mädchen für alles vom hiesigen Don geworden wäre. Mit Enzo lief alles am Schnürchen, und Alex trank bereits das dritte Glas Champagner, als sich das Brautpaar endlich die Ehre gab.

Josh trug Mona am Arm wie eine Rolex. Sie war schön anzuschauen, ein dezenter Hinweis auf seinen Reichtum, und irgendwie sah sie aus, als ob sie schon immer dort hingehört hätte. Ein Schmuckstück, das Josh attraktiver machte und das zudem noch die Zeit anzeigte, also nützlich war. Joshs Schmuckstück trug ein weißes Abendkleid und dazu weiße

Sandalen. Sie sah aus, wie sich die amüsierwilligen Gäste in den Clubs ein deutsches Mädchen wünschen würden. Unschuldig wie eine Braut, aber lüstern wie ein Weihbischof. Was despektierlich Mona gegenüber war – aber deshalb nicht ein Jota weniger den Tatsachen entsprach. Fuck, das war wahrhaftig ein deutsches Weib. Man musste Josh ehrlich gratulieren. Auch wenn der Kick-off für Alex wesentlich größere Bedeutung hatte als die Hochzeit. Und der sollte nicht gestört werden. Weder durch die deutsche Mona noch durch Ashley, deren Anwesenheit für Alex eine unwillkommene Komplikation bedeutete. Sollte sie nicht in Palo Alto auf ihren Sohn aufpassen? Was hielt Stan davon, dass sie mit Brian zusammen war? Kurz: Alex fragte sich, was Ashley hier zu suchen hatte. Mona und Josh jedenfalls liefen Arm in Arm auf die Dachterrasse des Bellagio, und die sechs echten und achtundvierzig bestellten Gäste klatschten Beifall. Enzo schlich sich von hinten an ihn heran und war sichtlich zufrieden.

»Super Party, oder?«

Alex nickte und legte einen Arm um seinen neuen Freund: »Steht alles für den Junggesellenabschied nachher?«

Gleichzeitig suchte sein Blick nach Ashley. Was hatte Brian damit sagen wollen, dass sie ab jetzt dabei war? Sein Kick-off drohte zu scheitern. Wusste Ashley etwa Bescheid? Das wäre eine Katastrophe epischen Ausmaßes. Aber natürlich würde Brian so etwas Dämliches niemals tun.

»Klar, Piece. Gib mir einfach ein Zeichen, wenn die Weiber weg sind«, sagte Enzo.

Alex warf einen Blick auf sein Handy: zwanzig vor elf. Wenn er sich nicht täuschte, würden die Mädels in spätestens zwanzig Minuten die Segel streichen.

Piece klopfte Enzo auf die Schulter und drehte eine Runde. Er fand den halben Cash Club, nämlich alle außer Josh, an einem der Stehtische am Rand des Pools.

Stan hatte weniger getrunken als üblich und beglückwünschte ihn zu dem gelungenen Fest, Ashley war hübscher denn je, nur Brian schien einen Stock im Arsch zu tragen. Nach fünf Minuten belangloser Konversation nahm ihn Brian zur Seite: »Hey, Piece«, sagte er. »Wir müssen etwas mit dir besprechen.«

Als ob er es geahnt hätte, dachte Alex, als sie Stan den Tisch überließen und sich hinter einen Pavillon zurückzogen, unter dem ein Japaner Yakitori-Spieße grillte.

»Also?«, fragte Alex.

»Also«, sagte Brian und griff nach Ashleys Hand. Wie Alex dieses öffentlich zur Schau gestellte Eheglück hasste. Vermutlich weil er selbst einfach keine Beziehung führen konnte. Weil es einfach zu viele Frauen in seinem Leben gab. Oder eine zu wenig. Er dachte an seine Mutter und die Medikamente, für die er seit einem halben Jahr Schuldscheine beim Don zeichnete – was niemals eine gute Idee war.

»Also«, fuhr Ashley fort. »Da es keinen einfachen Weg gibt, dir das zu erklären, sage ich es einfach geradeheraus: Ich werde ab heute Brians Part am Cash Club übernehmen.«

Alex hatte mit vielem gerechnet. Auch damit, dass der liebestrunkene Vater es der Mutter seines Sohnes tatsächlich erzählt hatte. Er musste Zeit gewinnen.

»Du willst …«, stotterte er. Es war inakzeptabel, dass er stotterte. »Der Cash Club ist keine Aktiengesellschaft«, brachte Alex schließlich heraus.

»Nein?«, fragte Ashley.

»Nein«, sagte Alex.

»Aber ihr braucht noch immer jemanden, der programmieren kann, oder nicht?«

Alex schluckte. Natürlich brauchten sie ihn. Sie brauchten Brian. Brian und Josh, die sich an einem Problem festbissen und die zusammen sicherlich jedes Problem würden lösen können, das sich ihnen in den Weg stellte.

»Ashley ist vermutlich die bessere Coderin von uns beiden«, sagte Brian.

»Du bist auf ihrer Seite?«, fragte Alex.

»Er hat sich auf die Seite der Vernunft geschlagen«, behauptete Ashley.

»Was du nicht sagst.« Alex atmete durch.

»Hör mal«, sagte Brian, »Wenn man es mal durchdenkt, macht das durchaus Sinn.«

»Ich sitz doch eh nur mit dem Baby zu Hause«, sprang ihm Ashley bei. Der Yakitori-Grill blies eine dunkle Dampfwolke in ihre Richtung.

»Und das soll demnächst dann Brian machen, oder wie darf ich mir das vorstellen?«

»Quatsch«, sagte Ashley. »Das ist ja der Witz, dass Brian weiterarbeiten kann. Aaron kommt mit.«

»Jetzt seid ihr wirklich übergeschnappt«, sagte Alex. »Was soll ein Baby bei unserer Operation?«

»Er ist zwei«, sagte Ashley. »Und er spielt mit Lego und Autos.«

»Na, wunderbar.« Sie schienen sich das ja wirklich gut überlegt zu haben, die beiden Paradeeltern, dachte Alex. Er konnte nicht glauben, wie man so naiv sein konnte.

»Ganz ehrlich, Piece! Denk mal drüber nach. Kein Mensch würde darauf kommen, dass eine Mutter unsere Einkäufe besorgt und statt zu einer harmlosen Hippie-Kommune zu einer Geldfälscherwerkstatt zurückfährt.«

Alex roch die karamellisierte Sojasauce auf den Spießen und lehnte sich an die Mauer, um frische Luft zu bekommen. Das war die dämlichste Idee, die er seit langem gehört hatte. Glaubte er zumindest. An der Sache mit den Einkäufen war aber tatsächlich etwas dran.

»Seid ihr nicht für Gleichberechtigung in eurem Club?«, fragte Ashley schließlich.

»Unserem Club«, sagte Brian.

Die meinten das wirklich ernst, stellte Alex fest. Er betrachtete die Glitzerwelt des Strips zwanzig Stockwerke unter ihm. Bald würden ihre Millionen durch die Casinos dieser Stadt fließen, und keiner würde etwas davon mitbekommen. Und er würde Don Frank seine Schulden zurückbezahlen können. Es gab wichtigere Probleme als die Frage, wer ihre Software programmierte. Und eingeweiht war Ashley ja nun einmal sowieso.

»Wir müssen die anderen abstimmen lassen«, entschied Alex schließlich. »Und dass mir ja keiner auf die Idee kommt, unsere Heidi von der Alm könnte die Druckerei übernehmen.«

Brian grinste weniger breit als Ashley.

»Wir werden sehen«, flüsterte Alex mehr zum Yakitori-Stand als zur IT-Abteilung des Cash Clubs.

»Hast du was gegen Stripperinnen?«, fragte Alex, als er sah, dass die Braut im Begriff war, sich für die letzte Nacht vor ihrem großen Tag auf ihr Zimmer zurückzuziehen. Sie standen immer noch zu dritt im Dunstkreis des Yakitori-Grills, während Alex versuchte, seine Gedanken zu ordnen.

»Natürlich nicht«, sagte Ashley.

»Weil niemand beim Cash Club etwas gegen Stripperinnen hätte«, fügte Brian hinzu.

»Das will ich meinen«, sagte Alex und suchte Enzos Blick. Er schwang den Zeigefinger durch die Luft. Das verabredete Zeichen für die große Show. Jetzt konnte der Kick-off beginnen. Wenn auch mit leicht veränderten Vorzeichen. Aber Alex war sicher, dass das nicht mehr sein Problem sein würde.

KAPITEL 78

November 2005 (zur gleichen Zeit)
Las Vegas, Nevada

STANLEY HENDERSON

Der richtige Teil der Party stieg erst, als sich die Braut verzogen hatte. Kaum hatte sie Josh ihren Gutenachtkuss auf die Wange gehaucht, stürmte eine Brigade Stripperinnen das Dach des Hotels, und eine Big Band ersetzte den DJ. Noch während die Braut ahnungslos im Fahrstuhl stand und ihren zukünftigen Ehemann auf einer gesitteten Poolparty wähnte, explodierte hinter den Tänzerinnen ein Feuerwerk und tauchte die Federn auf ihren Köpfen in Tausende Farben. Stan hatte noch niemals eine solche Show gesehen. Das waren keine einfachen Tänzerinnen, sondern echte Showgirls aus einer der großen Produktionen am Strip. Das war ganz großes Tennis, was Alex hier auffuhr. Der Champagner wurde durch große Becher mit Cocktails ersetzt, und am anderen Ende des Daches wurde eine große Schale auf die Eisbar gestellt, deren Inhalt verdächtig nach einer illegalen Substanz aussah. Die Menge hätte ausgereicht, um alle auf der Terrasse für mehrere Jahre in den Knast zu bringen. Aber Stan hatte nicht vor, heute Abend den Bundesbeamten raushängen zu lassen.

Der Cash Club traf sich etwa eine halbe Stunde nach Ende der Show an einer der Sitzgruppen rund um den Pool. Genauer gesagt trafen sich der Cash Club und Ashley, was Josh, Brian und Alex kaum zu wundern schien, ihn jedoch beinah aus der Bahn zu werfen drohte. Wusste Ashley etwa von den Blüten? Josh und Brian jedenfalls saßen wie schon zu Schulzeiten einträchtig nebeneinander auf einer Couch, Alex hockte auf der Lehne, und Stan saß neben Ashley, was ihm entgegen aller Beteuerungen natürlich einen Stich versetzte. Er hatte gewusst, dass sie geheiratet hatten, weil er Ashley in den Datenbanken des Secret Service gestalkt hatte. Aber es war eine Sache, es zu verdrängen, und eine komplett andere, sie live auf dem Schoß sitzen zu haben. Zumindest fast. Ashley nippte an einem Drink mit einem Strohhalm.

»Bevor wir zur Tagesordnung übergehen können, haben wir über einen Änderungsantrag von Brian zu entscheiden«, sagte Alex. Und erklärte in den folgenden Minuten die verrückteste Idee seit der Erfindung der Null-Promille-Grenze: Ashley sollte statt Brian auf die Farm ziehen, damit Brian weiterhin das Familieneinkommen sicherte. Und zwar inklusive des Babys, das – wie ihm ausführlich erläutert wurde – mittlerweile zu einem Kleinkind herangewachsen war. Wobei ihm niemand den Unterschied hinreichend definieren konnte. Als es zur Abstimmung kam, spielte sein Nein allerdings keine Rolle mehr, weil Brian Josh und Alex im Sack hatte. Was jeder ordentliche Buchmacher als abgekartetes Spiel entlarvt hätte, nur dass ihnen bei ihrem Kick-off ein ordentlicher Buchmacher fehlte.

»Dann ist das also entschieden«, sagte Alex und rief einen Toast auf Ashley aus. Stan hob das Glas nur wenige Millimeter. Kein Grund, euphorisch zu werden, dachte er.

»Morgen wird geheiratet und übermorgen wird die Farm bezogen«, sagte Alex. »Und ihr kommt nicht mehr raus, bis ihr die perfekten Blüten mitbringt.«

Josh hob die Hände: »Also, so einfach wird es nicht werden«, sagte er.

»Metaphorisch gesprochen«, sagte Alex.

»Wir arbeiten auf der Farm, oder?«, fragte Josh. »Weil ich meiner frisch angetrauten Ehefrau zwar erklärt habe, dass ich einen tollen Job antrete, aber ihr kaum zu vermitteln wäre, dass sie mich gar nicht mehr zu Gesicht bekommt.«

»Das ist tatsächlich ein Vorteil mit Ashley und dem Kleinen«, sagte Alex. »Weil die beiden auf der Farm wohnen werden. Die perfekte Tarnung.«

Stan musste zugeben, dass das stimmte. Nicht der schärfste aller Hunde vom Secret Service würde eine junge Mutter und ihren zweijährigen Jungen verdächtigen. Wobei ihr Plan vorsah, dass ohnehin kein Verdacht auf die Farm fallen würde, was ergo Ashleys Beteiligung an der Sache wieder in Frage stellte.

»Wo stehen wir beim Papier?«, fragte Alex in Joshs Richtung.

»Die Lieferung müsste innerhalb der nächsten zwei Wochen hier eintreffen. Plus/minus ein paar Tage beim Zoll.«

»Zoll?«, fragte Ashley.

»Natürlich«, sagte Josh. »Alle Waren müssen durch den Zoll, wenn sie aus dem Ausland kommen.«

»Haben wir etwas vom Zoll zu befürchten?«, fragte Ashley in Stans Richtung. Stan räusperte sich.

»Wenn sie den Container aufmachen und der Beamte nicht gerade sein Gehirn in die Fritteuse geschmissen hat, dann würde ich sagen: einiges.«

»Was heißt einiges?«, fragte Alex.

Stan deutete einen Schnitt über die Kehle an: »Game over, mein Freund.«

»Dann sollten wir wohl besser dafür sorgen, dass sie den Container nicht aufmachen, würde ich sagen«, schlug Ashley vor. Was ungefähr der logischste Schwachsinn war, der einem einfallen konnte. Aber sie tat so, als hätte sie eine Idee. Was wiederum dazu führte, dass der Cash Club auf sich selbst anstieß und Ashley damit durchkam. Ashley kam immer mit allem durch. Das war das größte Problem.

Und das war vermutlich auch der Grund, warum Stan trotz aller Vergangenheitslast des heutigen Tages Trish vermisste. Er wusste nur nicht, ob das etwas Gutes oder etwas Schlechtes war.

KAPITEL 79

November 2005 (am nächsten Tag)
Las Vegas, Nevada

JOSHUA BANDEL

»Darf ich mal eine unpassende Frage stellen?«, raunte Mona, während sie am Kopfende der Tafel im Restaurant The Exodus by Gordon Reynolds saßen, einem jener Gourmettempel eines Fernsehkochs, der entweder Fernsehkoch geworden war, weil er ein berühmter Koch war, oder der ein berühmter Koch geworden war, weil er Fernsehkoch war.

»Du bist jetzt offiziell meine Frau, natürlich kannst du eine unpassende Frage stellen«, antwortete Josh offenbar etwas zu laut, denn sie zog ihn am Ärmel seines Jacketts näher zu sich heran.

»Wer zahlt eigentlich die ganze Show?«, lautete die unpassende Frage, die gar nicht einmal so unpassend war. Der Heliflug bis auf die Wiese hinter der Kirche, die Fahrt in dem Rolls-Royce durch die Stadt, jetzt das Essen bei Gordon R. Dazu die Party gestern Abend.

»Ich frage das nicht wegen mir«, fügte Mona hinzu. »Sondern weil mein Vater im Begriff ist, einen Herzinfarkt zu erleiden.«

Eine Brigade dunkel gekleideter Kellner, die allesamt französischen Akzent kultivierten, trug den Hauptgang auf.

»Wieso sollte dein Vater einen Herzinfarkt erleiden?«, fragte Josh.

Ein ziemlich kleiner Engländer in einer weißen Kochjacke und mit einer putzig unordentlichen Frisur stolzierte durch den Mittelgang. Ziemlich klein muss nur deshalb angemerkt werden, weil es sich um den Chef persönlich handelte:

Gordon Reynolds höchstselbst servierte ihnen ihr Hochzeitsmenü.

»Liebes Brautpaar, liebe Gäste«, skandierte er in die Runde. Er stand direkt vor ihrem Tisch, und die Kellner hielten die Finger an den silbernen Gloschen. »Beef Wellington, meine Damen und Herren.«

Er provozierte mit seinem Tonfall eine gewisse Ehrfurcht, und Josh warf einen Blick zu Monas Vater, der rechts von ihnen saß. Seine Gesichtsfarbe schwankte tatsächlich in bedenkliche Nähe zur weißen Tischdecke. Dann sah Josh auf den Teller: Vor ihm lag ein hübsches Paket aus Blätterteig, daneben zwei sehr grüne Brokkoliröschen und ein Miniaturkartoffelgratin.

»Ich glaube, es geht darum, dass die Köche sehr sicher sein müssen, was die Garstufe angeht«, raunte Josh zu Mona, weil er sich immer noch fragte, warum ein Raunen durch die Menge gegangen war, als die Gloschen gelüftet worden waren.

»Josh!«, protestierte Mona.

»Ich meine ja nur. Schließlich hat der Mann die letzten fünfundzwanzig Jahre seines Lebens damit zugebracht, nichts anderes zu braten als Jakobsmuscheln mit Trüffeln und Beef Wellington. Da sollte er doch wohl wissen, wie er den Johnny medium auf den Tisch kriegt oder nicht?«

Er lächelte, als ihm Gordon die Hand reichte und sich etwas hektisch verabschiedete. Er wusste aus dem Fernsehen, dass er zur Hektik neigte. Und Köche verprügelte, wenn sie die Muscheln oder das Wellington versauten. Er hatte sogar eine Kochshow, bei der es dem Vernehmen nach ausschließlich darum ging, diese beiden Gerichte zu perfektionieren.

»Josh!«, zischte Mona noch einmal. »Das war freakin' Gordon Reynolds, und in Deutschland zahlt der Vater der Braut die ganze Zeche.«

Josh griff nach der Serviette und erstickte das Lachen mit einem vorgetäuschten Hustenanfall.

»Du spinnst«, sagte er.

»Sieht mein Vater aus, als ob er Witze macht?«, fragte Mona.

»Sag deiner Mutter, sie soll deinem Vater sagen, dass mein zukünftiger Arbeitgeber bezahlt«, sagte Josh. Was das war, was der Wahrheit am nächsten kam.

Während Mona die stille Post in Gang setzte, schnitt Josh das Fleisch an und durfte feststellen, dass es einem Koch gelingen konnte, in fünfundzwanzig Jahren ein Rezept zu lernen. Als er den ersten Bissen in den Mund steckte, musste er allerdings zugeben, dass die Lobpreisungen nicht gänzlich aus der Luft gegriffen waren: Das Paket schmeckte vorzüglich.

»Noch was«, raunte Mona abermals, die auf einmal in Klärungslaune schien. Josh zog die Augenbrauen hoch und beugte sich noch tiefer zu ihr herüber.

»Wer ist eigentlich dieser Italiener, der ständig überall auftaucht?«

»Enzo?«, fragte Josh und nahm einen weiteren Bissen Fleisch. Mona hatte ihr Paket noch nicht einmal angeschnitten.

»Der ist Alex' Wedding Planner. Also unser Wedding Planner.«

»Er sieht nicht aus wie ein Hochzeitsplaner«, behauptete Mona und griff nach ihrem Messer. »Eher wie einer von der … na, du weißt schon.«

Josh schaute sich um und entdeckte Enzo, der am anderen Ende des Restaurants wild gestikulierend auf einen Kellner einredete.

»Was meinst du?«, fragte Josh.

»Ich meine, dass der Typ aussieht, wie die in den Filmen immer aussehen.«

»In welchen Filmen?«, fragte Josh.

»Na, in den Emm-Aaah-Eff-Iih-Aaah-Filmen«, sagte Mona.

»Mafia?«, flüsterte Josh.

Mona nickte.

»Iss«, sagte Josh. »Und mach dir nicht solche unsinnigen Gedanken.«

Nicht dass ihre Gedanken unsinnig gewesen wären, aber das konnte er ihr ja nun einmal schlecht sagen. Genauso wenig, dass dies in Zukunft seine Geschäftspartner sein würden und dass sein bester Freund ein Mitglied der Cosa Nostra von Atlantic City war. Josh hörte das Klappern ihres Messers auf dem Teller und atmete auf. Immerhin aß sie noch. Und immerhin verstand sich Mona fabelhaft mit Ashley, und da sie jetzt zum Team gehörte, würde sie auch verstehen, wenn er sie darum bat, seine Frau auf andere Gedanken zu bringen. Laut Alex ging es nachher noch in einen Club, der Monas Vater den zweiten Herzinfarkt des Tages bescheren könnte. Was für einen rüstigen Deutschen natürlich nicht in Frage kam, wie Josh später feststellen würde. Party Animal. Sein Schwiegervater. Wer hätte das gedacht?

KAPITEL 80

November 2005 (einige Tage später)
Mullica, New Jersey

ASHLEY O'LEARY

Natürlich bezogen sie die Farm nicht exakt am nächsten Tag, sondern eine knappe Woche später. Ashley parkte vor dem Haupthaus und hievte Aaron aus seinem Kindersitz: »Schau mal, Aaron. Hier machen wir Ferien«, sagte sie und betrachtete die heruntergekommene Holzhütte mit einer Skepsis, die sie ihrem Sohn nicht zumuten wollte. Aaron stürmte die Treppe hinauf, und Ashley griff nach dem Schlüsselbund, den ihr Alex in Las Vegas zugesteckt hatte. Sie zog das Fliegengitter weg und schloss auf. Kaum dass sie die Tür geöffnet hatte, raste Aaron ins Wohnzimmer und blieb vor der Druckmaschine stehen.

»Maschine«, sagte er und deutete auf das stählerne Monstrum, das mitten im Raum stand. Ashley hatte nicht gedacht, dass eine Druckmaschine so groß sein müsste. Sie öffnete alle Fenster, weil irgendjemand vergessen hatte, den Müll rauszubringen. Was typisch für Männer war, wie Ashley zugeben musste, obwohl sie Klischees hasste und Geschlechterklischees noch viel mehr. Während Aaron die Behausung erkundete, schleppte sie den Sack hinaus und warf ihn in die graue Tonne, wobei sie sich fragte, wer hier den Müll abholen würde bei der nicht vorhandenen Straße. Vermutlich würde einer von ihnen den Müll wegfahren müssen. Und das würde ganz sicher nicht sie sein, woraufhin sie feststellen musste, dass sie nicht konsequent war, was die Geschlechtergleichberechtigung anging. Aber wer könnte verlangen, dass die Frauen nach fünfhundert Jahren der Unterdrückung jetzt ausgerechnet die widerlichen Arbeiten übernahmen, oder nicht? Als sie die Kisten mit den Lebensmitteln und den Kinderstuhl ins Haus räumte, stellte sie befriedigt fest, dass Aaron einige der falschen Blüten mit dem Affen entdeckt hatte und sie fröhlich im Raum verteilte. Irgendein göttlicher Plan, den nur die Kinder begriffen, sah offenbar vor, in jeder Raumecke einen Haufen zu bilden.

Ashley verstaute die Vorräte und begann, eine Liste mit den Dingen anzulegen, die sie unbedingt brauchten. Und dabei handelte es sich natürlich um Dinge, um die sich die Männer bisher nicht geschert hatten, weil sie einfach nicht begriffen, was es hieß, einen Haushalt zu führen. Die Jungs hatten sich ihre Maschinen besorgt und einen sündhaft teuren Scanner, aber an eine Waschmaschine hatten sie nicht gedacht. Vermutlich gingen sie davon aus, dass es sich auch ohne Vorhänge (wer lebte schon ohne Vorhänge?) und eine Waschmaschine (wie lebte man ohne eine Waschmaschine nach drei Wochen mit drei Männern im Haushalt?) vortrefflich Geld fälschen ließ. Ashley hatte keine Ahnung, wie sich die Jungs hatten einbilden können, das Ganze ohne ihre Hilfe durchzuziehen. Möglicherweise hätten sie ihre Blüten gedruckt bekommen, aber sie wären aufgeflogen, weil einem übereifrigen Sheriff aufgefallen wäre, dass hier ein paar Wildlinge in einem Haus ohne Vorhänge lebten, oder die Bürgerwehr hätte sie für Landstreicher gehalten, weil sie sechs Wochen in denselben Klamotten rumliefen. Ashleys Liste wurde sehr lang. Dann fing sie an, das Bad zu schrubben, wofür sie sich insgeheim verachtete, aber was nicht zu ändern war, weil sie weder sich noch Aaron in dem Bad hätte duschen wollen. Erst als Aaron an diesem Abend in seinem Reisebett lag, links neben der Druckmaschine, die er sofort ins Herz geschlossen hatte, dachte sie darüber nach, worauf sie sich wirklich eingelassen hatte. Sie goss sich ein Glas Wein ein und trat auf die rückwärtige Veranda. Dann setzte sie sich auf die schmale Holztreppe und starrte auf den Fluss. Es war nicht schwer, darauf zu kommen, stellte Ashley fest. Man fluchte, weil man ein dreckiges Klo putzen musste, aber danach wurde einem schnell in Erinnerung gerufen, warum man beim Cash Club mitmachte. Spätestens wenn man die große Druckmaschine sah und die Schreibtische, an denen sie Geschichte schreiben würden. Sie grinste und stieß in Gedanken mit Brian an.

»Auf das größte Abenteuer unseres Lebens«, sagte sie zu dem Fluss und ihrem Mann, der ein paar tausend Kilometer westlich an seinem Arbeitsplatz saß.

KAPITEL 81

November 2005 (vier Tage später)
Mullica, New Jersey

ALEXANDER PIECE

»Ich komm mir vor wie bei ›Desperate Housewives‹«, sagte Alex, als er die Farm betrat.

»Frag mich mal«, bemerkte Josh, der mit einem Feudel in der Hand um Aarons Kinderstuhl herumwischte.

»Die Verzweiflung von Hausfrauen wird weithin unterschätzt«, sagte Ashley, die an einem der Computer saß.

Alex ließ sich auf einen der Drehstühle fallen und seufzte: »Wisst ihr, was mir auf den Zeiger geht?«, fragte er.

Mit einem lauten Platschen stellte Josh den Feudel in den Eimer und stemmte die Hände in die Hüften: »Ich kann mir nicht vorstellen, was das sein sollte.«

»Wie lange wollt ihr euch hier noch einrichten, bis ihr endlich anfangt?«, fragte Alex.

Josh nickte zustimmend. Ashley lugte hinter ihrem Monitor hervor: »Was glaubt ihr, was ich hier mache?«, fragte sie. »Muffin-Rezepte aus dem Internet runterladen?«

»Also gut: Was machst du?«, fragte Alex. Die ganze Fahrt von Don Franks Haus hierher hatte er sich überlegt, wie er jetzt endlich mehr Druck auf den Kessel bringen konnte. Das alles dauerte viel zu lange. Und mit jeder Woche wuchsen seine Schulden bei Don Frank, auch wenn ihm seine Mutter schrieb, dass es ihr viel besser ging mit den neuen Medikamenten. Was er auch dringend hoffen wollte bei 8000 Dollar im Monat, die er dafür hinblätterte. Die noch viel bessere Nachricht wäre allerdings, dass es endlich ein paar anständige Blüten zu begutachten gab.

»Was fehlt uns noch?«, fragte Ashley.

Aaron kletterte mit überaus wacklig anmutender Akrobatik aus seinem Stuhl. Alex breitete die Arme aus und gab ihm ein High-Five für die Cirque-du-Soleil-taugliche Vorstellung.

»Das Papier«, sagte Josh.

»Das Papier«, wiederholte Ashley.

Aaron rannte in Richtung Küche.

»Wann kommt denn endlich das verdammte Papier?«, fragte Alex.

»Nächste Woche«, antwortete Josh.

»Und was ist das Problem mit dem Papier?«, fragte Ashley.

Aaron kam auf einem kleinen Plastikauto aus der Küche gefahren, das eine Melodie spielte, sobald er eine Walze unterhalb des Lenkrads drehte, was Aaron so gut gefiel, dass keine Sekunde Ruhe verging, ehe er das Lied erneut startete. Sein erstes Autoradio, dachte Alex. Heutzutage fängt das aber früh an. Er fragte sich, wie man sich dabei konzentrieren können sollte, aber Josh und Ashley schienen es gar nicht mehr zu bemerken.

»Das Problem ist der Zoll«, sagte Josh.

»Das Problem ist der Zoll«, wiederholte Ashley.

Alex holte eine Packung Zigaretten aus der Brusttasche seiner Lederjacke, steckte sie aber nach einem kurzen Blick auf den Jungen zurück.

»Ich dachte, der Zoll ist ein potenzielles Problem«, sagte Alex.

»Aber er ist ein großes potenzielles Problem«, behauptete Ashley und winkte die beiden zu sich herüber.

Alex reichte Aaron einen Stift, den der Junge begeistert annahm. Aaron versuchte, die Mine herauszudrücken, und lachte derart glücklich, als es ihm gelang, dass sich Alex über die Begeisterungsfähigkeit von Kindern freute.

Hinter Ashley stehend stellte Alex fest, dass sie einen

FedEx-Server aufgerufen hatte und dass sie immer noch einen hübschen Hals hatte, der sich durch die Schwangerschaft kaum verändert hatte. Was ein reichlich dämlicher Gedanke ist, schalt ihn sein Verstand keine Millisekunde später. Was sollte eine Schwangerschaft an einem Hals ändern? Andererseits konnte man nie wissen.

»Josh hat als Lieferadresse die Farm angegeben«, kommentierte Ashley den Datensatz auf dem Bildschirm.

»Und?«, fragte Alex.

»Was hätte ich sonst angeben sollen?«, fragte Josh. »Das Weiße Haus?«

Ashley seufzte: »So etwas Ähnliches«, sagte sie.

Hinter ihnen fuhr Aaron auf dem Plastikauto vorbei.

»Worauf willst du hinaus?«, fragte Alex.

»Ich habe überlegt, wie wir die Chancen minimieren können, dass sich der Zoll für unser Paket interessiert«, sagte Ashley und begann, die Tastatur zu bearbeiten. »Und ich glaube, das hier wird besser funktionieren.«

Während sie redete, änderte Ashley Joshs Auftrag. Und gab als Lieferadresse die Goldman-Sachs-Zentrale in New York an.

Die mächtigste Investmentbank der Welt sollte ihr Papier bekommen?, wunderte sich Alex.

»Das war mein Cover beim Bestellen des Papiers«, protestierte Josh.

»Eben«, sagte Ashley.

»Du hast dich in den Server von FedEx gehackt?«, fragte Alex ungläubig.

»Traust du mir das etwa nicht zu?«, fragte Ashley.

Josh gestikulierte und drehte sich im Kreis, wie immer, wenn er nachdachte.

»Du meinst, selbst wenn sie den Container aufmachen, würden sie glauben, dass alles seine Ordnung hat, weil es ja schließlich für die Goldjungen bestimmt ist …«, murmelte er schließlich.

Ashley hob triumphierend die Hände: »Er hat es begriffen!«, rief sie. »Wobei ich zudem glaube, dass es die Chance, dass sie den Container überhaupt öffnen, schon drastisch senkt …«

Alex kniff die Augen zusammen, um besser denken zu können. Ihr Plan war nicht schlecht, stellte er fest. Natürlich wäre es sinnvoll, nicht gerade die Farm als Lieferadresse anzugeben. Und Goldman Sachs hatte schon bei der Papierbestellung funktioniert. Er rieb sich das Kinn. Der Plan hatte nur ein entscheidendes Manko: Er war nicht zu Ende gedacht.

»Und du hast dich wirklich da reingehackt und könntest das ändern?«, fragte Alex.

Ashley stieß sich vom Tisch weg, und der Drehstuhl rollte rückwärts durch den Raum. Er vollführte eine Pirouette und kam schließlich kurz vor der Druckmaschine zum Stehen.

»Jungs«, sagte Ashley. »Ist es das, was euch Brian immer erzählt hat? Dass man sich überall reinhacken muss? Weil Programmierer bessere Gandalfs sind? Mit mächtigen Zaubern und arkaner Energie?«

Alex zuckte mit den Schultern, und Josh hielt die Arme verschränkt. Keiner sagte ein Wort.

»Ist ein Männerding, sich wichtigzumachen«, lachte Ashley und deutete auf den Monitor: »Das hier ist die Website von FedEx, nichts weiter. Du könntest auch anrufen, um die Lieferadresse zu ändern. Ich habe mich erkundigt, das kommt laufend vor.«

»Aha«, sagte Josh.

»Okay«, sagte Alex. »Und wie kommen wir dann an unsere Lieferung?«

Ashley rollte zurück zu ihrem Schreibtisch und klickte auf »Okay«.

»Bist du verrückt geworden?«, fragte Josh und stürzte nach vorne. Er starrte auf den Bildschirm, auf dem nach kurzer Wartezeit zwei Worte erschienen: »Lieferadresse geändert«.

»Jetzt geht unser Papier nach New York!«, sagte Josh und klickte auf den Zurück-Button des Browsers.

»Nicht unbedingt«, sagte Ashley und faltete die Hände auf dem Schoß. Vom anderen Ende des Raums hörten sie die Melodie von Aarons Plastikauto. Wenigstens einer schien sich hier zu amüsieren. Zwei, korrigierte sich Alex. Der Kleine und seine Mutter.

»Was hast du vor, Ash?«, fragte Alex. Sie war vielleicht verrückt, aber nicht dumm. Und wenn sie die Adresse änderte, ohne auf ihre Zustimmung zu warten, durfte er davon ausgehen, dass sie einen Plan hatte, oder nicht?

»Wir werden unsere eigene Lieferung stehlen«, sagte Ashley.

»Wir sollen etwas stehlen, was uns längst gehört?«, fragte Josh entgeistert.

Ashley nickte: »Was natürlich bedeutet, dass es sich technisch gesehen gar nicht um einen Diebstahl handelt«, sagte Ashley. »Weil es uns ja schließlich gehört, und weil ein sogenannter ›Director Asset Backed Securities‹ bei Goldman Sachs mit dem klangvollen Namen Joshua Bandel es auch gar nicht vermissen wird. Weswegen es eben auch gar nicht gestohlen wurde.«

Alex und Josh starrten sie an.

»Win-win«, sagte Ashley und grinste. Vermutlich glaubte sie, dass ihr ein gelungener Einstieg beim Cash Club geglückt war. Was nicht ganz unzutreffend war, wie Alex zugeben musste.

KAPITEL 82

November 2005 (vier Tage später)
Jersey City, New Jersey

STANLEY HENDERSON

Es war kalt. Es war mitten in der Nacht. Und es war das Langweiligste seit der Überwachung des Mexikaners, der Sandwiches für sich und seine Frau bei 7-Eleven geholt hatte. Damals hatten er und Trish darauf gewartet, dass der Mexikaner aus dem Haus kam, diesmal wartete er mit Josh, Alex und Ashley darauf, dass der Frachter mit ihrem Container anlegte. Das einzig Positive war die Tatsache, dass Ashley mit der kleinen Nervensäge und Josh in dem anderen Wagen saß.

»Da ist sie! Da ist sie!«, rief Alex aufgeregt und deutete auf das Wasser. Stan konnte nichts erkennen. Es war neblig und stockfinster. Sie standen auf einem Parkplatz in Jersey City, direkt gegenüber dem Containerterminal von Newark. Alex drückte ihm das Fernglas in die Hand. Stan schaute durch, weil es nichts Besseres zu tun gab.

»Ist sie nicht wunderschön?«, fragte Alex.

»Ein alter verrotteter Kahn«, sagte Stan. Er gab Alex das Fernglas zurück und wischte über die beschlagene Seitenscheibe. Ashley und Josh hatten noch nicht einmal bemerkt, dass der Frachter auf den Pier zusteuerte. Sie saßen einander zugewandt wie verliebte Teenager im Autokino kurz vor dem ersten Kuss. »Der mit dem Wolf tanzt« oder so was, dachte Stan.

»Hey«, rief er und klopfte von innen an die Scheibe des Lastwagens, den sie gemietet hatten. Als ob sie ihn in dem anderen Auto hören könnten.

»Ist doch egal«, sagte Alex und starrte durch das Okular, als könne er den Kahn höchstselbst schneller an seine Liegeposition zerren.

Eine halbe Stunde später beobachteten sie, wie etwa einen Kilometer entfernt die MS Wilhelmina am Pier festmachte. Es war das Allerlangweiligste, was Stan jemals gesehen hatte. Zwei Schlepper zogen den Pott im Schneckentempo an die Kaimauer, dann warfen Männer Seile vom Deck und andere rollten sie um die Poller. Stan hätte es niemals für möglich gehalten, dass ein modernes Frachtschiff auch heute noch mit derart primitiven Methoden gesichert wurde. Wobei man feststellen musste, dass der Kahn nun wirklich nicht der neueste war. Er fragte sich, was in Gottes Namen er sich überhaupt von diesem Trip versprochen hatte. »Deine Anwesenheit ist unbedingt erforderlich«, hatte Alex behauptet. Warum, das hatte er ihm allerdings nicht gesagt. Stan seufzte, als der erste Container an einem riesigen Kran über dem Deck baumelte und sich kaum schneller bewegte als zuvor das Schiff. In diesem Tempo konnte das Tage dauern. Für einen kurzen Moment überlegte Stan tatsächlich, mit dem Rauchen anzufangen, nur damit seine Hände etwas zu tun bekamen. Und natürlich, weil sich Alex eine nach der anderen ansteckte und deutlich bessere Laune zu haben schien als er, was ergo nur an den Zigaretten liegen konnte.

Vier Stunden später klopfte Josh gegen Stans Fenster. Stan, der eingenickt war, schreckte auf.

»Spinnst du?«, fragte er. Die Nachtluft trug das Kindergeschrei aus dem anderen Wagen bis zu ihnen herüber.

»Es ist so weit«, sagte Josh.

»Du meinst, Aaron ist aufgewacht?«, fragte Stan. »Und dafür weckst du uns?«

»Spinner«, sagte Josh und deutete auf einen Monitor in seiner Hand. »Der Container bewegt sich.«

Stan setzte sich auf: »Es geht los?«, fragte er. »Wer hätte das noch für möglich gehalten?« Dann startete er den Motor des Aufliegers, den er fahren durfte, weil sie ihn beim Secret Service alle möglichen Führerscheine auf Staatskosten hatten machen lassen. Diesbezüglich nahmen sie die Ausbildung sehr ernst, was etwas damit zu tun hatte, dass jeder beim Secret Service – auch ein Beamter, der normalerweise mit Falschgeld zu tun hatte, für den Personenschutz eingesetzt werden könnte. Mit Betonung auf dem Konjunktiv. Stan konnte es nur recht sein.

KAPITEL 83

November 2005 (zur gleichen Zeit)
Jersey City, New Jersey

ASHLEY O'LEARY

Josh glitt hinter das Lenkrad, und Ashley wiegte Aaron auf ihrem Arm in den Schlaf. Als Josh losfuhr, kämpfte das Sicherheitsgefühl für ihren Sohn gegen sein Recht auf eine anständige Nachtruhe. Was natürlich ein aussichtsloser Kampf war, denn die Mutter in ihr wusste, dass sie Aaron gar nicht hätte mitnehmen sollen auf eine Mission zweifelhafter Provenienz und ungewissen Ausgangs. Wofür es natürlich zu spät war, was bedeutete, dass sich Ashley zwischen Aarons Schlafen auf ihrem Arm und einem wachen Kind im Kindersitz entscheiden musste. Sie entschied sich dafür, ihn bis zur Autobahnauffahrt im Arm zu halten, und hoffte, dass er bis dahin tief genug schlief, um ihn umsetzen zu können.

»Er fährt weiter nach Süden«, sagte Josh, als sie von der Bay Bridge auf den Turnpike abbogen. Ashley atmete auf, als sie den Sicherheitsgurt von Aarons Kindersitz schloss und auf den Beifahrersitz kletterte. Es war wirklich ein Glück, dass Josh auf dem Mitsenden eines GPS-Moduls seitens der Papiermühle bestanden hatte.

»Sind Alex und Stan hinter uns?«, fragte Josh.

Ashley drehte sich um und sah den leicht dunkleren linken Scheinwerfer des Trucks hinter ihnen. Stan fuhr dicht auf. Viel zu dicht für den Geschmack einer Mutter, deren Sohn auf dem Rücksitz saß.

»So nah wie in einer ordentlichen Schule«, bestätigte Ashley.

»So nah gleich?«, fragte Josh und grinste anzüglich. Ashley boxte ihm auf den Oberarm.

»Ein Schwarm Fische«, sagte sie. »Nennt man Schule.«

»Aha«, sagte Josh und warf einen Blick auf den blinkenden Punkt, der sich auf der primitiven Karte die Interstate 95 entlanghangelte – von gelegentlichen Aussetzern einmal abgesehen. Es war der neueste Stand der Technik. Heute müsste man hinzufügen: Auf dem Stand der Nullerjahre. Ein Garmin GPS 60 mit Kartenfunktion.

»Es läuft nichts mehr zwischen Stan und mir«, fügte Ashley schließlich hinzu.

»Ich weiß«, sagte Josh, der beste Freund ihres Mannes, und grinste. »Aber es schadet nichts, dich von Zeit zu Zeit daran zu erinnern, was einmal gewesen ist.«

»Joshua Bandel«, mahnte Ashley, »du bist ein Waschweib. Und zwar nicht das hübscheste.«

»Er biegt ab«, sagte Josh.

»Jetzt schon?«, fragte Ashley und wühlte durch die Ausdrucke auf ihrem Schoß.

»Wo fährt er hin?«, fragte Josh.

Ashley zog einen der Bogen heraus: »FedEx Verteilzentrum Keasbey«, sagte sie triumphierend.

»Fuck me«, sagte Josh und setzte den Blinker.

Das Verteilzentrum lag in der Nähe eines Autobahndreiecks. Genauer gesagt lag es unter einem Autobahnfünfeck. Das Zwischenlager duckte sich unter die Betonstreben der Auffahrten, und hinter den Zäunen stapelten sich die Container zwischen flachen Lagerhäusern. Dies war eines der Zentren, in denen die Lieferungen von FedEx weiterverarbeitet wurden. Container wurden geöffnet, Inhaltslisten überprüft und die Waren auf Lastwagen verteilt. Es sei denn natürlich, es handelte sich um einen ganzen Container, der verschifft worden war. Wie in ihrem Fall. Ein ganzer Container voller Notenpapier, der noch heute Nacht den Besitzer wechseln würde.

Josh stellte ihren Wagen am äußersten Ende des Parkplatzes ab, und die Bremsen des Lastwagens pfiffen, als Stans Monstrum neben ihnen zum Stehen kam.

»Wie läuft das jetzt?«, fragte Stan und blies warme Luft in seine Hände. Sein Atem kondensierte in der kalten Nacht. Sie standen zwischen Alex' Wagen, in dem Josh und Ashley gesessen hatten, und dem Truck mit dem leeren Auflieger.

»Haben wir doch alles besprochen«, sagte Ashley und seufzte. »Ihr geht rein, Josh wedelt mit seiner Visitenkarte von Goldman Sachs, Alex spielt den Jungen mit dem Papierkram, und Stan zückt seine Marke, wenn es wirklich schlecht läuft.«

»Klingt einfach«, sagte Alex.

»Klingt ziemlich bescheuert«, sagte Stan. »Vor allem wenn man bedenkt, dass es ein echter Secret Service Agent ist, der mit der Marke wedelt und dessen Ausweisnummer man jederzeit zu seinem Büro in Atlantic City zurückverfolgen kann.«

»Was bedeutet, dass ihr dafür sorgen müsst, dass diese Dienstnummer eben nirgendwo notiert wird«, sagte Ashley. »Vertraut mir«, sagte sie schließlich. »Es wird alles glattlaufen.«

»Das tut es immer«, sagte Josh, und Ashley glaubte, eine Spur Sarkasmus in seiner Stimme bemerkt zu haben.

»Los geht's«, forderte Alex.

»Moment«, sagte Ashley und griff nach seiner Krawatte: »Damit gehst du vielleicht bei deinem Mafiaboss durch, aber garantiert nicht als Mitarbeiter der fettesten Investmentbank der Welt.« Sie zupfte den Knoten gerade und zog die Krawatte fest, bis der Windsor ordentlich zwischen den Hemdkragen saß.

»Das ist mein bester Anzug«, protestierte Alex, was ihm einen abschätzigen Blick der neuen Frau in ihrem Team einbrachte.

»Selbst unser Staatsdiener hat einen passenderen Anzug als unser Syndikatsboss«, behauptete Ashley.

Stan grinste.

Alex schnaubte.

»Okay«, sagte Ashley und strich einen Fussel von Alex' Schulter. »Holt euch unser Papier, Jungs.«

KAPITEL 84

November 2005 (zur gleichen Zeit)
Keasbey, New Jersey

JOSHUA BANDEL

In dem wenigen Himmel, den man unter den Betonschleifen der Autobahnen erkennen konnte, dämmerte das frühmorgendliche Blau, als sie mit dem Lastwagen vor die Schranke fuhren. Die Frau, die in dem Wachhäuschen saß, war viel fröhlicher, als es die Uhrzeit vermuten ließ.

»Guten Morgen, Commercial WBZ 4807«, quäkte eine lautsprecherverstärkte Stimme. Es sollte sich also herausstellen, dass es eine gute Idee von Alex gewesen war, den Truck unter falschem Namen zu mieten. Unter dem Namen einer gewissen Investmentbank, um genau zu sein. Denn dies war ihr Nummernschild. Was Stan, der auf dem Bock saß, nicht sofort aufzugehen schien.

»Guten Morgen M'am«, sagte er und blickte hilfesuchend nach rechts. Josh, der zwischen Stan und Alex saß, flüsterte ihm ins Ohr: »Wir holen eine Lieferung ab«, sagte er.

»Sendungsnummer und Approval Code bitte«, sagte die Stimme der vielleicht fünfundzwanzigjährigen Schwarzen, die ebenso gut in einem von Alex' Clubs hätte arbeiten können, wenn sie nicht das Pech gehabt hätte, in Keasbey von der Highschool zu fliegen statt in Venice Beach.

Josh kramte in Ashleys Ausdrucken und förderte die Sendungsnummer zutage. Stan buchstabierte die zwölfstellige Kombination aus Buchstaben und Zahlen. Dann blickte die junge Frau fragend zu Stan, und Stan blickte fragend zu Josh, der verzweifelt in den Unterlagen blätterte. Sendungsnummer. Trackingnummer. Auftragsnummer.

»Versuch es damit«, flüsterte er Stan zu und deutete auf die Auftragsnummer. Stan versuchte es.

»Das ist die Auftragsnummer, Schätzchen«, sagte die Frau. Hinter ihnen stoppte ein weiterer Lastwagen mit dem Zischen der Bremsen. Josh war sicher, dass der Fahrer einen Approval Code vorliegen hatte.

»Schauen Sie, M'am«, sagte Stan schließlich. »Ich habe keine Ahnung, was sich die Anzugträger in der Zentrale dabei gedacht haben, aber wir sollen die Sendung unbedingt heute abholen. Es geht um eine Frage der Dokumentensicherheit, und bei Goldman Sachs wird sehr viel Wert auf die Dokumentensicherheit und die Integrität von Asset Backed Securities und Global Exchange Funds gelegt.«

Was vollkommener Bullshit war, sich aber nicht danach anhörte, stellte Josh fest. Vielleicht steckte tatsächlich ein Polizist in Stan »The Man« Henderson. Wer hätte das gedacht?

Die junge Frau musterte Stan, der in seinem besten Anzug am Steuer eines nicht unbedingt fabrikneuen Sattelschleppers einigermaßen fehl am Platz wirken musste.

»Anzugträger, huh?«, fragte die quäkende Stimme und lachte dunkel. Es war erstaunlich, wie eine so junge Frau so dunkel lachen konnte, fand Josh.

»Stellen Sie sich vor, das sind solche Anzugträger, die sogar von uns verlangen, Anzüge zu tragen«, sagte Stan. Er flirtete mit ihr, stellte Josh fest. Josh beugte sich nach vorne und versuchte, einen besseren Blickwinkel in den Glaskasten zu erhaschen. Ihre Fingernägel waren mit kleinen glitzernden Steinen verziert. Die Fingernägel tippten etwas in den Computer.

»Dann fahren Sie mal vorne rechts und dann zur Disposition«, sagte die helle Stimme mit der dunklen Lache und deutete auf ein flaches Gebäude in der ersten Reihe.

Stan legte den ersten Gang ein und winkte ihr zu.

»Viel Glück«, hörte Josh noch aus dem Lautsprecher, während Stan das Fenster schloss und Gas gab.

Josh betrat als Erster die sogenannte Disposition, wobei es sich um nichts anderes handelte als einen weiteren FedEx-Mitarbeiter hinter einer weiteren Glasscheibe, nur dass diesmal kein Mikrofon zur Verständigung notwendig war. Josh steuerte geradewegs auf das Fenster zu, Stan und Alex hielten sich einen Schritt hinter ihm. Sie wirkten wie Bodyguards, was natürlich überzogen war, aber schaden konnte es auch nicht.

»Guten Morgen«, sagte Josh. Und bekam keine Antwort. Ein Mann in einem FedEx-Fleece sortierte Frachtscheine und schien ihn nicht bemerkt zu haben. Josh räusperte sich. Was ebenfalls nicht mit einer Reaktion gewürdigt wurde. Schließlich klopfte Josh an die dünne Scheibe. Der Mann blickte auf. Er trug die ungewaschene Unfrisur eines Mannes, der im Maschinenraum arbeitete. Graue, fettige Haare, dünn am Hinterkopf. Josh war sicher, dass ihm sein Hinterkopf egal war. Die zwei kleinen Augen hinter dem Kassengestell kreisten, streiften Josh, dann Alex, dann Stan. Es war eindeutig, dass ihn die Anzüge irritierten. Vermutlich kam hier niemand jemals in Anzügen zur Arbeit. Allerhöchstens die Chefs, die sich gelegentlich von der Güte seiner Arbeit bei der Disposition überzeugen wollten. Was vermutlich der Grund war, warum er aufstand und an die Scheibe trat. Er öffnete das Fenster einen kleinen Spalt.

»Ja bitte?«, fragte er. Auf seinem Namensschild stand Pete.

»Guten Morgen, Pete«, sagte Josh. »Wir sind hier, um eine Sendung für unsere Firma abzuholen.« Er schob eine seiner falschen Visitenkarten durch den Spalt. Pete griff danach.

»Aber offenbar gibt es ein Problem mit der Bestätigungsnummer«, sagte Josh. Besser gleich mit der Tür ins Haus fallen, dachte er sich. Es war ohnehin klar, dass ihnen etwas fehlte. Pete, dessen Motivation vermutlich darunter litt, dass es nicht drei seiner Vorgesetzten waren, die ihn unter die Lupe nahmen, sagte: »Frachtpapiere?«

Josh machte Platz für Alex, der zwei Ausdrucke durch den Spalt reichte.

»Hm«, sagte Pete und verschwand.

Josh drehte sich um und verdrehte die Augen. Stan und Alex zuckten mit den Schultern. Es verstrich über eine Viertelstunde, bis Pete den Weg zurück hinter die Scheibe fand. Vermutlich hatte er während dieser Viertelstunde ein Schinkenbrötchen gegessen, eine Tasse Kaffee getrunken und zwei Zigaretten geraucht. Dafür jedenfalls sprach sein Erkenntnisgewinn in ihrer Angelegenheit.

»Sie brauchen die Bestätigungsnummer«, sagte er und reichte ihnen die Unterlagen zurück.

»Die Zentrale hat uns keine gegeben«, sagte Josh. »Gibt es wirklich nichts, was wir tun können?«

Diesmal war es an Pete, mit den Schultern zu zucken. Er schüttelte den Kopf. Josh spürte eine Hand auf seiner Schulter. Wollte Stan wirklich schon die Secret-Service-Karte ziehen? Sie war ihr Trumpf für den Fall, dass FedEx den Container öffnete. Josh trat trotzdem zur Seite, als ihm klarwurde, dass er auch keine bessere Idee hatte.

»Mister …«, begann Stan.

»Teller«, sagte Pete.

»Mister Teller«, wiederholte Stan. »Schauen Sie: Unser Boss hat etwas verbockt. So weit klar. Aber was jetzt passiert, ist Folgendes: Weil die Lieferung das Papier für einen Time Essential Deliberate-C-Bond ist, der morgen in Druck gehen *muss,* weil sonst im New York Stock Exchange einige sehr wichtige Leute sehr unglücklich werden, wird mein Boss morgen sehr unglücklich sein. Und dann wird er seinen Boss anrufen und sagen, dass er sehr unglücklich ist, aber dass es nun mal unsere Schuld war. Und dann wird der Boss von meinem Boss sehr unglücklich werden und sich überlegen, wen man dafür feuern könnte, dass der Time Essential Deliberate-C-Bond nicht gedruckt werden konnte. Und dann wird man auf uns zeigen.«

Stan zeigte auf Josh, Alex und sich selbst.

»Und dann wird man uns fragen, warum wir das Papier nicht beschaffen konnten, und dann werden wir erzählen, dass uns die Bestätigungsnummer gefehlt hat. Was natürlich komplett verständlich ist, denn schließlich haben auch wir für so etwas ein Protokoll, oder nicht?«

Stan wartete, bis Pete nickte. Er wollte sicherstellen, dass ihm der Mann folgen konnte, bemerkte Josh.

»Aber natürlich wird das niemanden da oben interessieren«, sagte Stan und deutete zur Decke. »Die da oben werden fragen: Es war also FedEx, die das verbockt haben? Und wir werden sagen: Nein, FedEx hat alles richtig gemacht. Es war unsere Zentrale, die vergessen hat, die Bestätigungsnummer mitzugeben. Weil das nun einmal das Protokoll einer ordentlichen Frachtfirma ist und weil man das so macht. FedEx trifft keine Schuld.«

Pete starrte ins Leere. Josh vermutete, dass er nicht wusste, was ihm der Mann eigentlich sagen wollte.

»Und wissen Sie, was dann passiert, Mister Teller?«

Petes Augen hinter den Brillengläsern wanderten wieder zu Stan. »Zu diesem Zeitpunkt hat jeder da oben vergessen, was eigentlich Sache ist, und gibt uns und FedEx die Schuld. Und dann ruft der Boss von meinem Boss den Boss von Ihrem Boss an und teilt ihm sein Unglück mit. Und dass wir Time Essential Deliberate-C-Bonds im Wert von 1,5 Milliarden Dollar leider nicht am New York Stock Exchange plazieren konnten, weil es einer seiner Mitarbeiter verbockt hat.«

Pete schien langsam zu begreifen: »Aber Sie hatten doch eben selbst gesagt, dass wir alles richtig gemacht haben!«, protestierte er.

»Natürlich«, sagte Stan versöhnlich. »Nur dass das eben dann niemanden mehr interessiert.«

Pete seufzte. Stans Zeigefinger wanderte über seinen Hals, dann über den von Alex und Josh. Er machte dazu das Geräusch einer durchtrennten Kehle, aus der Blut spritzte. Dann deutete er auf Pete.

»Sie meinen, wir sind dran?«, fragte der FedEx-Mitarbeiter.

Plötzlich hatte Josh eine Idee. Weil er spürte, dass Stan Pete fast so weit hatte. Und vielleicht würde ihn seine Idee über die Klippe stürzen lassen.

»Hören Sie, Pete«, sagte Josh. »Wie wäre es, wenn wir in der Zentrale von Goldman Sachs anrufen und Sie die Bestätigung bekommen, dass wir tatsächlich die Berechtigung haben, die Ware im Namen der Firma in Empfang zu nehmen?«

Pete verlagerte sein Gewicht vom einen Bein auf das andere.

»Ich schätze, das käme einer Bestätigung doch ziemlich nahe, oder nicht?«, fragte Stan, an Alex gewandt. Alex nickte. Josh zückte sein Telefon. Er konnte nur hoffen, dass Ashley mitspielen würde. Er wählte eine Nummer und hob den Hörer ans Ohr. Es klingelte.

»Hallo, Josh«, sagte Ashley.

»Dies ist Terence Whitmore für Miss Rainer«, sagte Josh.

»Was soll das, Josh?«, fragte Ashley.

»Nein, nicht Miss Rainer von der Securities and Exchange Commission … Ja, die Assistentin von Mister Sachs bitte.«

Bei Goldman Sachs gab es seit Jahrzehnten keinen Mister Sachs mehr. Josh hatte keine Ahnung, ob das zu dick aufgetragen war, aber er hatte keine Wahl. Er musste einerseits dafür sorgen, dass Ashley begriff, was er von ihr wollte und andererseits Pete überzeugen, dass er wirklich bei irgendeinem hohen Tier von Goldman Sachs anrief. Er konnte nur hoffen, dass er nicht die Balance bei seinem Drahtseilakt verlor.

»Okay Josh, ich glaube, ich hab's begriffen«, sagte Ashley am anderen Ende der Leitung. Josh zwang sich, nicht aufzuatmen, als er den Hörer vor den Spalt in der Glasscheibe legte und den Lautsprecher einschaltete. Pete warf keinen Blick auf das Display, sonst hätte er bemerken können, dass Josh keine Nummer in Manhattan, sondern die Vorwahl 917 angerufen hatte. Und damit offensichtlich ein Mobiltelefon.

»Goldman Sachs Vorstandsbüro, hier spricht Ashley Rainer«, sagte Ashley. »Wie kann ich Ihnen helfen?«

»Pete Teller vom FedEx-Dispositionsbüro«, räusperte sich Pete. Seine Stimme klang vorsichtig. Eingeschüchtert. »Es dreht sich um eine Sendung Ihres Unternehmens«, sagte er. »Mit der Sendungsnummer ...« Pete blickte sich suchend zu Josh um. Alex reichte ihm die Papiere.

»GHW3 T439 7822?«, fragte Ashley.

»Genau«, bestätigte Pete verblüfft.

»Wenn Sie diese Durchwahl haben, kann es nur um diese Sendung gehen«, sagte Ashley. Sie machte ihre Sache gut, fand Josh.

»Hier sind drei Herren, die behaupten, die Sendung rechtmäßig in Empfang nehmen zu dürfen«, sagte Pete und musterte Josh. Auf einmal lag wieder Misstrauen in seinem Blick.

»Natürlich«, sagte Ashley. »Mister Sachs hat Mister Whitmore extra dafür von dem Meeting mit der SEC befreien lassen.«

Pete blickte zu Josh. Josh blickte zu Alex. Alex blickte zu Stan. Alle drei nickten Pete zu. Pete verlagerte sein Gewicht auf das andere Bein und seufzte. Er ließ ein, zwei Sekunden verstreichen.

»Danke, Miss Rainer«, sagte er schließlich. »Ich schätze, wir haben, was wir brauchen.«

Josh drückte eine Taste auf dem Telefon und beendete das Gespräch. Er verkniff sich ein Grinsen, weil sie außer der falschen Visitenkarte nichts gebraucht hatten, um ihre Lieferung zu stehlen. Vielleicht ein wenig Improvisationstalent. Und eine gehörige Portion Einfühlungsvermögen von Stan in die Lebenswelt eines kleinen Angestellten. Richtiggehend manipuliert hatte ihr ehemals trinkender Footballstar den Mann. Was mehr war, als ihm Josh jemals zugetraut hätte.

KAPITEL 85

Dezember 2005 (eineinhalb Monate später)
Atlantic City, New Jersey

ALEXANDER PIECE

Euphorie war eine wunderbare Droge, fand Alex. Seit der Papierlieferung könnte es besser kaum laufen. Wann immer es seine Pflichten gegenüber Don Frank zuließen, fuhr er zur Farm, um sich Joshs Fortschritt anzuschauen. Und der war nicht weniger als beeindruckend. Als er den schaukeligen Pfad zurückfuhr, dachte er zurück an die Nacht, in der sie mit dem Laster steckengeblieben waren. Das war der Anfang der Euphoriewelle gewesen. Josh und Ash hatten angehalten, dann hatten sie neben dem festgefressenen Reifen des Lastwagens gestanden und festgestellt, dass sie es geschafft hatten. Zwar wusste niemand, wie sie den Sattelschlepper wieder flottkriegen sollten, aber verglichen mit den Problemen in der FedEx-Station würden das Peanuts werden. Stan hatte eine Flasche Sekt aus der Farm geholt, und dann hatten sie am helllichten Tag auf ihren Erfolg getrunken. Sogar Aaron hatte mit angestoßen – mit Apfelsaft natürlich, wobei sich Alex fragte, wie schädlich zwei Milliliter Sekt schon sein könnten.

Als Alex auf dem Parkplatz des Vogue Clubs den Motor abstellte, erstarben auch die Pussycat Dolls, deren Beats er auf dem Lenkrad trommelnd begleitet hatte. Alex warf sich seine Lederjacke über und klemmte die Zigarette zwischen die Zähne. Er öffnete den Kofferraumdeckel und schulterte die schwere Kiste. Wodka-Nachschub für die Bar, der nicht gerade amerikanische Steuermarken trug und der umgefüllt werden musste, bevor man ihn als Smirnoff oder Absolut verkaufen konnte. Mehr Profit fürs Vogue, mehr Geld für Don Frank, Glück für alle.

Der Türsteher grüßte ihn mit einem Kopfnicken und hielt ihm die Tür auf. Das schummrige Licht, das bei dem Zustand des Clubs eine Geschäftsnotwendigkeit war, und Shakira, die eindeutig geschäftsfördernd war, empfingen ihn standesgemäß. Wobei mit Shakira sowohl der Song der gleichnamigen Sängerin als auch eine ihr entfernt ähnlich sehende Tänzerin gemeint war, die Alex auf Plakaten als das Original anpries. Was natürlich ebenso illegal war wie der nicht verzollte Alkohol, aber dafür eine echte Lappalie, für die sich nun wirklich weder Shakira, die Sängerin, noch die Staatsgewalt interessierte. Die Kunden hingegen schon. Was bedeutete, dass Alex' Clubs echte Umsatzbringer in Don Franks Imperium waren, was wiederum bedeutete, dass Alex machen konnte, was er wollte. Zum Beispiel zur Farm fahren und Josh über die Schulter schauen. Shakira beklagte sich über zu wenig Kundschaft, und Alex versprach, sich darum zu kümmern. Er küsste sie zur Beruhigung auf die Wange und machte sich dann auf den Weg in sein Büro. Wo der Abend einen eher unglücklichen Verlauf nehmen sollte.

Denn: In seinem Büro saß der Boss. Don Frank höchstselbst, worauf ihn natürlich keiner seiner Mitarbeiter oder Shakira hingewiesen hatte. Was verständlich war, aber dennoch ein Vertrauensbruch. Er würde seine diesbezüglichen Schulden bei Shakira im Laufe der Nacht eintreiben. Das zumindest dachte Alex immer noch, als er die Kiste mit dem falschen Wodka auf seinen Schreibtisch stellte und Don Frank umarmte. Alex versuchte sich an Business as usual, auch wenn der Boss natürlich höchst selten persönlich vorbeischaute. Don Frank kam nicht einmal zum Vögeln, vermutlich weil er sich die Mädchen auch nach Hause liefern lassen konnte oder weil er es längst satthatte, sich von denen einen blasen zu lassen, die seinen Schwanz nur in den Mund nahmen, weil sie glaubten, bald hinter der Bar arbeiten zu dürfen. Es war eine transzendentale Stufe, die Alex noch nicht erreicht hatte, die ihm aber mittlerweile durchaus erstrebenswert schien.

»Alex«, sagte Don Frank. Er nannte ihn nicht Piece, obwohl die Verwendung von Spitznamen unter Mafiosi üblich war. War das schon einmal vorgekommen? Alex konnte sich nicht erinnern. Ein schlechtes Zeichen?

»Alex, mein lieber Alex«, sagte Don Frank. Dreimal Alex. Dreimal Probleme. Was war dem Boss über die Leber gelaufen?, fragte sich Alex.

»Boss?«, fragte Alex. »Drink?«

Don Frank schüttelte den Kopf.

»Nachschub für die Bar«, sagte Alex mit einem Seitenblick auf die Kiste.

»Interessiert mich das?«, fragte der Boss und pulte mit einem Zahnstocher das Dunkle unter seinen Nägeln hervor.

»Keine Ahnung, Boss«, antwortete Alex wahrheitsgemäß. »Ich meinte ja nur …«

»Okay«, sagte Don Frank und deutete auf Alex' eigenen Bürostuhl. »Nimm Platz.«

Er sagte das auf die leise Art, die nur bei Mafiabossen bedrohlich wirkte. Es war die Freundlichkeit eines Paten. Alex nahm die Einladung an. Don Frank legte die Fingerkuppen beider Hände aneinander und spitzte hinter den Zeigefingern die Lippen. Er machte dasselbe Geräusch wie der kleine Aaron, wenn er neben der Druckmaschine auf seinem Plastikauto einen Zug simulierte.

»Was willst du, Boss?«, fragte Alex, um die Initiative zurückzugewinnen.

»Ich wollte mit dir über deine Prioritäten sprechen, Alex«, sagte Don Frank von hinter seinen Händen.

»Welche Prioritäten?«, fragte Alex. Er spürte, wie er unter

seiner Lederjacke zu schwitzen begann. Er griff nach einem Briefbeschwerer, der auf seinem Schreibtisch lag, obwohl er niemals Briefe beschwerte.

»Deine Prioritäten gegenüber der Organisation«, sagte Don Frank.

»Was soll damit sein?«, fragte Alex. »Von mir aus sehe ich meine Prioritäten glasklar.«

»Wirklich?«, fragte Don Frank und lächelte.

Alex nickte.

»Ich höre, dass du viele Termine auswärts wahrnimmst«, sagte Don Frank.

Darum ging es also, dämmerte es Alex. Jemand hatte ihn beim Boss verpfiffen, weil er öfter zur Farm fuhr, als die Jungs auf der Tour zu begleiten. Verdammte Snitches, diese Bitches!

»Nicht mehr als sonst«, sagte Alex.

Don Frank blickte auf, und sein Blick verriet Alex, dass er ihm kein Wort abkaufte. Vermutlich hatte er längst eine Liste, wann Alex im Laden gewesen war und wann nicht, wann er ihre Klienten besucht hatte und seit wann er dort nicht mehr gesehen worden war.

»Wir sind in einem sehr persönlichen Geschäft, Alex«, sagte der Don.

»Das ist mir bewusst, Don Frank«, sagte Alex.

»Ich denke, du solltest deine persönlichen Prioritäten neu ordnen«, sagte der Boss.

»Okay«, sagte Alex und setzte den Briefbeschwerer mit einem lauten Klonk auf der Tischplatte ab. Es klang viel lauter, als er beabsichtigt hatte. Don Frank lächelte. Was kein gutes Zeichen war. Er legte die Hände in den Schoß und stand auf. Dann ging der Boss um den Schreibtisch herum und stellte sich hinter ihn. Alex spürte, dass etwas nicht in Ordnung war. Er hätte nicht sagen können, was ihm in diesem Moment wahrscheinlicher vorgekommen wäre: dass Don Frank einen dünnen Draht um seinen Hals legte, um ihn langsam zu erdrosseln, oder dass er plötzlich den kalten Lauf einer Pistole an seiner Schläfe spüren würde. Der Schweiß lief jetzt Alex' Rücken hinunter, er spürte die Tropfen an jedem Wirbel. Wie Stalaktiten in einer Höhle. Alex hatte Angst. Don Frank legte ihm die Hände auf die Schultern.

»Wir kriegen das schon hin, mein Junge«, sagte der Boss. Er spürte Don Franks Hände und wusste, dass der Pate seine Angst spürte. Er spürte ein Klopfen auf seinen Schulterblättern, ein Drücken auf seine Trapezmuskel. Alex wusste, dass er einen Joker brauchte, um das wieder hinzubiegen. »Die persönlichen Prioritäten neu ordnen«, hatte Don Frank gesagt. Was bedeutete, dass er in seiner Schuld stand. Alex hatte keine Ahnung, wie es dazu gekommen war, aber die Tatsache war nicht zu leugnen. Don Frank ließ seine Schultern los, und Alex hörte die Ledersohlen seiner teuren italienischen Schuhe auf den Holzplanken seines Büros. Er nahm den Hinterausgang.

»Frank!«, rief Alex, als der Boss schon fast aus der Tür war. Die teuren Schuhe kamen zurück. Alex zog die Wodkaflaschen aus der Kiste und stellte sie nebeneinander auf den Schreibtisch. Dann hob er vorsichtig eine Mappe vom Boden des Kartons.

»Was ist das?«, fragte Don Frank.

»Das ist der Grund für meine Prioritätenverschiebung, Boss«, sagte Alex und reichte ihm die Mappe. Der Don zog die Gummiverschlüsse ab und betrachtete den Druckbogen. Dann hielt er ihn gegen das Licht der Schreibtischlampe. Fühlte das Papier. Zog die Augenbrauen hoch. Alex griff in seine hintere rechte Hosentasche und zog sein Portemonnaie heraus. Er entnahm ihm einen echten Hunderter und reichte ihn Don Frank zum Vergleich.

»Klar«, sagte Alex. »Die Seriennummern fehlen noch …«

Don Frank setzte sich wieder auf den Besucherstuhl gegenüber des Schreibtisches und legte das Blatt aus der Druckmaschine des Cash Clubs auf den Schreibtisch.

»Hast du mal eine Lupe?«, fragte der Don.

Alex grinste. Weil er wusste, dass er seinen Joker weise gespielt hatte. Sie waren so nah dran. Und er konnte es sich nicht leisten, jetzt den Don zu verlieren. Nicht jetzt. Noch nicht.

KAPITEL 86

Januar 2006 (ein Monat später)
Atlantic City, New Jersey

STANLEY HENDERSON

Stan betrat das Büro von Camden Perikles Bellwether mit gemischten Gefühlen. Bellwether stand hinter seinem Schreibtisch, den Telefonhörer zwischen Schulter und Ohr geklemmt. Er winkte Stan herein und deutete entschuldigend auf das Gerät. Stan winkte ab. Bellwether verteidigte das Budget des Schlachthauses wie ein Löwe, und es war klar, dass es ihm seine Vorgesetzten am anderen Ende der Leitung nicht gerade leichtmachten. Stan wertete das als schlechtes Zeichen. Bellwethers Laune würde kaum besser sein als die seines unglückseligen griechischen Namensvetters während des Phidias-Prozesses. Stan hatte das nachgeschlagen auf einer Website namens Wikipedia, die gerade im Begriff war, alle Lexika der Welt zu ersetzen, was natürlich niemand glauben konnte. Vor allem keiner, der mit zweitem Namen Perikles hieß. Stan sollte sich sowohl hinsichtlich der Weitsicht seines Chefs als auch seiner Laune nach Beendigung des Telefonats täuschen.

»Verdammte Wichser«, sagte Agent Bellwether, nachdem die Konferenzschaltung beendet war. »Keine Ahnung, was hier los ist, aber wollen das Budget halbieren.«

Dann zuckte er mit den Schultern und reichte Stan die Hand.

»Agent Henderson«, hörte Stan ihn sagen. »Schön, Sie zu sehen.«

Stan schüttelte die Hand.

»Kaffee?«, fragte Bellwether. »Oder eine Limo?«

Stan schürzte die Lippen.

»Nein? Kein Problem.« Bellwether setzte sich auf die Kante seines Schreibtisches, während Stan noch immer vor der Wand mit den Mitgliedern des Geldwäscherrings stand, den sie vor zweieinhalb Monaten auseinandergenommen hatten.

»Das war gute Arbeit, Henderson«, sagte Bellwether und deutete auf Louis Wright und Edward Pempleton, der natürlich nicht so geheißen hatte, sondern Steven McGuire, weil natürlich niemand Edward Pempleton hieß. Keiner außer dem Boss hatte tatsächlich einen so dämlichen Namen. Einzig Perikles war der lebende Beweis dafür, dass es Eltern gab, deren Schlag groß genug war, ihren Kindern einen lächerlichen Namen aufzubürden. Stan dachte das noch während Bellwethers Lobhudelei. Er hatte ihm auch Limonade angeboten. Bellwether hatte niemals irgendwem Limonade angeboten. Irgendwas war im Busch, dachte Stan.

»Ich mache Sie zu meinem Stellvertreter«, sagte Bellwether kurz darauf unvermittelt und griff nach einer Dose Orangenlimonade, die auf seinem Schreibtisch gestanden hatte. Der Verschluss zischte beim Öffnen, und Stan sah die Kondenströpfchen an der Außenseite der Dose hinunterrinnen, bevor er realisierte, was Bellwether gerade gesagt hatte. Er verspürte einen kitzeligen Hustenreiz. Hatte er Stellvertreter gesagt? Er? Stan Henderson? Der Loser des New Yorker Büros sollte es hier in der Provinz tatsächlich zu etwas bringen? Wer hätte das gedacht? Sicherlich nicht Robyn, die vor Weihnachten von einem Schlussstrich gesprochen hatte, nachdem Stan eine Auszeit vorgeschlagen hatte. Stellvertreter? *Eat this,* Robyn, dachte Stan. Blas mir einen, Trish, dachte er keine halbe Sekunde später.

»Entschuldigung, Sir«, sagte Stan und räusperte sich.

Bellwether legte die Stirn in Falten.

»Könnte ich jetzt vielleicht doch eine Limo bekommen?«,

fragte Stan. Vor der Tür von Bellwethers Büro sah er Trish an ihrem Schreibtisch und stellte fest, dass er bald ihr direkter Vorgesetzter sein würde. Und der von dem schmallippigen Artie, von Troy und ihren vier Analysten. Bellwether reichte ihm die Dose, und Stan trank sie in einem Zug. Er musste darüber nachdenken, was das für ihn bedeutete: endlich auf der Überholspur zu fahren, statt jeden Tag im Stau zu stehen. Als er den Blick von Trish abwendete, um sich wieder auf Bellwether zu konzentrieren, lächelte er dünn.

»Ich freue mich darauf«, sagte Stan. Und meinte es ehrlich. Was nicht unbedingt eine gute Nachricht für den Cash Club war.

KAPITEL 87

Januar 2006 (zwei Wochen später)
Palo Alto, Kalifornien

BRIAN O'LEARY

»Freue mich aufs Wochenende. Wir schreiben Geschichte!«, lautete die kurze Nachricht von Ashley, die vor ihm auf dem Bildschirm flimmerte. Natürlich in dem internen Messenger von »The Next Big Thing« geschrieben, das längst nicht mehr das »Next Big Thing« war, sondern das »Next Big Thing« vom letzten Jahr. Zumindest nach Valley Standards. Im letzten Jahr war die Firma achtundneunzig Millionen Dollar wert gewesen, dieses Jahr würden es voraussichtlich etwa fünfhundert Millionen sein. Silicon-Valley-Wachstumsraten waren von einem anderen Stern. Natürlich war dieser Wert ein fiktiver, weil er auf der Phantasie der Venturekapitalisten gründete. Aber zumindest jemand mit Phantasie zahlte diesen Preis, der Brians Aktienpaket mit etwa fünf Millionen Dollar bewertete, was genug Geld war, um Ashley und ihm ein sorgenfreies Leben und ihren Kindern eine Ausbildung an den besten Universitäten des Landes zu ermöglichen. Aber um Geld ging es ihnen längst nicht mehr. »The Next Big Thing« war eben ein Ding der Vergangenheit, auch für Brian. Und vielleicht gerade für ihn, der lieber Code schrieb, als ihn zu verwalten und zu optimieren. Hätte er aufsteigen wollen, hätte er nur die Hand heben müssen bei einer der Beförderungsrunden, die wöchentlich in der Cafeteria abgehalten wurden, seit der Raum mit dem Tischfußball zu klein geworden war. Ja, es gab tatsächlich in jedem Start-up einen Kicker, was niemanden erstaunte, der hier aufgewachsen war. Auch wenn dies vielleicht das größte Klischee des Silicon Valley war, neben der unendlichen Phantasie der Investoren über den Geldregen der Zukunft. Brian zögerte keine Sekunde und buchte einen Flug für den nächsten Tag.

Am Flughafen von Philadelphia wartete eine Überraschung auf Brian. Er schlug den Weg in Richtung Parkhaus ein, um sich einen Mietwagen zu besorgen, als er hörte, wie hinter ihm sein Name gerufen wurde in einer schrillen, sich überschlagenden Frauenstimme. Es war nicht Ashleys Stimme, so viel stand fest.

Wie sich herausstellen sollte, hatte Mona von Josh gehört, dass Ashley gesagt hatte, dass er dieses Wochenende kommen wollte. Was für Brian, der Instant Messaging gewohnt war, wie eine einigermaßen komplizierte stille Post erschien. Mona umarmte ihn sehr herzlich und sehr deutsch, grandiose Oberweite, die sich gegen seine Brust presste, inklusive. Küsschen links, Küsschen rechts und zwei Arme um seinen Hals, als wäre er ein Mitglied der amerikanischen Befreiungsarmee. Was vermutlich nur ein notorisch selbstverliebter Amerikaner denken konnte, wie Brian zerknirscht eingestehen musste. Mona war aufgeregt, herzlich und eine unglaublich rasante Autofahrerin, was angesichts der deutschen Autobahnen nicht überraschen durfte. Sie bestand darauf, dass Brian bei ihnen übernachtete, weil ein Zimmer leer stand, wobei man sich fragen könnte, warum Josh und Mona ein Zimmer leer stehen ließen. Stattdessen fragte Brian, wie es Mona in Amerika gefiel.

»Ihr habt Probleme mit euren Bäckereien«, stellte Mona fest und hupte einen japanischen Kleinwagen zur Seite. Sie fuhr fast fünfundneunzig Meilen die Stunde. Viel zu schnell. Nürburgring-Style.

»Unser Brot schmeckt dir nicht?«

»Euer Brot ist ein Schlag in die Magengrube der Bäckerinnung von Kinsau«, sagte Mona. »Aber der Rest ist ganz prima. Zum Beispiel die Burger. Viel besser als das, was ihr in euren Restaurants in Deutschland serviert.«

»Genau genommen sind es nicht unsere Restaurants«, sagte Brian, der keine Ahnung hatte, was eine Bäckerinnung von Kinsau war.

»Siehst du, das ist der Unterschied«, behauptete Mona.

»Wie beim Brot?«, fragte Brian, während Frau Mona die Nordschleife mit quietschenden Reifen nahm.

»Nein. Wir Deutschen exportieren immer nur das Beste, der Rest ist für zu Hause. Ihr macht es umgekehrt.«

»Wir exportieren nur das Schlechte?«, fragte Brian.

»Denk mal drüber nach«, sagte Mona. »Und was das Brot angeht: Ich glaube, was ihr hier herstellt, ist kein Brot.«

»Tatsächlich?«, fragte Brian.

»Ich glaube, ich eröffne eine Bäckerei«, sagte Mona. »Um euch Amerikanern das Brot zu exportieren. Gewissermaßen durch mich.«

Brian lachte: »Vielleicht ist da was dran«, sagte er.

»Die Bäckerei wird ein voller Erfolg, ich schwöre es«, behauptete Mona.

»Ich meinte das mit den besten Exportartikeln«, sagte Brian.

Mona grinste: »Das sage ich Josh auch immer.« Dann stieg sie in die Eisen, weil ihr ein Lastwagen vor die Kühlerhaube bog. Was für eine Nürburgring-erprobte deutsche Rennfahrerin kein Problem war.

»Und wenn du es selbst ausfährst, ist es garantiert das frischeste Brot von ganz Atlantic City«, sagte Brian.

Mona lachte kehlig, und Brian stellte fest, dass sie keinen BH trug. Was sich angesichts ihrer natürlichen Oberweite keine Amerikanerin getraut hätte. Zumindest nicht ohne die Sicherheit eines standfesten Silikonimplantats. Brian stellte fest, dass es schwerfiel, Mona nicht zu mögen.

KAPITEL 88

Januar 2006 (zur gleichen Zeit)
Mullica, New Jersey

JOSHUA BANDEL

»Das ist so unglaublich dämlich, das glaub ich nicht«, sagte Josh. Er stand über einen der billigsten Tintenstrahldrucker der Welt gebeugt und traute seinen Augen nicht. Ashley grinste und blickte wieder in den Fadenzähler. Aaron ahmte die Sirene einer Feuerwehr nach und drehte auf seinem Auto eine Runde um ihren Schreibtisch.

»Bitte keine Schimpfwörter vor dem Kind«, mahnte Ashley, ohne den Blick von dem Druckbogen zu nehmen. Josh wusste mittlerweile, dass sie es nicht so genau mit Schimpfwörtern nahm. Er fand, dass Ashley ungefähr die coolste Mutter auf diesem Planeten war und Aaron vermutlich das einzige Kleinkind, das später von sich würde behaupten können, im Alter von zwei Jahren Zeuge eines der größten Coups der letzten fünfzig Jahre gewesen zu sein. Weil seine Mutter die Idee gehabt hatte, die Tintenpatrone eines billigen DeskJets mit anderer Farbe zu füllen und so die Seriennummern auf die Scheine zu drucken. Mit einem verdammten DeskJet. War das zu glauben? Josh zog einen weiteren Bogen mit Blüten aus dem kleinen papierspuckenden Monstrum, das jaulte wie ein Hyänenwelpe beim Laufenlernen, weil die Walze nicht ordentlich geschmiert war. Sie würden ohnehin noch mindestens zwanzig von den zehn Jahre alten Businessdruckern brauchen, was insofern kein Problem war, als dass sie sich mittlerweile bei den Gebrauchtcomputerläden stapelten, weil sie sich früher so gut verkauft hatten wie Amerikafähnchen am 4. Juli. Heutzutage waren sie zu langsam für die Büros, aber die alten Tintenpatronen waren nachfüllbar und vertrugen fast alle Sorten von Farbe. Was genau der Grund war, warum die alten Mühlen besser geeignet waren als die neumodischen Dinger, die alle Farben selbst zusammenmischen wollten. Josh wedelte das Papier durch die Luft, um die Farbe schneller trocknen zu lassen, und lief dann hinüber zu dem Schneidetisch. Er achtete darauf, die Klinge keinen Millimeter danebenzusetzen. Das Format war fast ebenso wichtig wie die Details im Druck. Dann legte er den Schein neben eines ihrer Referenzobjekte – einen fast druckfrischen, echten Hunderter. Benjamin Franklin war nicht zu unterscheiden. Er hielt den Schein gegen das Licht. Das Wasserzeichen war perfekt. Das Papier sowieso, weil es schließlich dasselbe war wie das Original – dankenswerterweise zur Verfügung gestellt für Goldman Sachs von einer Schweizer Papiermühle. Plastikelemente, Seriennummer. Josh lief ein Schauer den Rücken herunter. Ashley trat hinter ihn.

»Und?«, fragte sie.

»Ich glaube, du hast Brian nicht zu viel versprochen«, flüsterte Josh beinah andächtig.

»Wir schreiben Geschichte?«, fragte Ashley.

»Mit der perfekten Blüte«, bestätigte Josh und nahm ihr den Schein aus der Hand, um ihn dem jüngsten Mitglied ihres Teams zu übergeben. Er fand Aaron in der Küche und drückte ihm die druckfrische Blüte in die kleinen Finger. Der Junge betrachtete sie argwöhnisch und lief dann, die Hand weit von sich gestreckt, zur Druckmaschine.

»Mama«, sagte er und streckte denn Hunderter in die Luft. »Geld.« Da mussten Ashley und Josh lachen.

KAPITEL 89

Januar 2006 (zur gleichen Zeit)
Atlantic City, New Jersey

ALEXANDER PIECE

»Hab gehört, du machst Karriere«, sagte Alex, als er an die Bar des Vogue Clubs trat. Er hatte den einsamen Mann an der Theke sofort erkannt, der immer wieder zu der verspiegelten Glasscheibe starrte, hinter der Alex' Büro im ersten Stock lag. Es war gegen ihre Verabredung, dass Stan hier aufkreuzte. Obwohl es praktisch war, weil er ohnehin mit ihm reden musste. Praktisch ging nicht vor Sicherheit, stellte Alex verärgert fest. Auf der Bar tanzte Iolanda an der Stange in Stans Richtung. Ein todsicheres Gespür fürs Trinkgeld. Alex verscheuchte sie mit einem kurzen Kopfschütteln. Er konnte weder Ablenkung noch Zeugen gebrauchen.

»Weiß nicht«, sagte Stan.

Ganz schlechte Antwort, dachte Alex und nippte an seinem Old Fashioned. Stan schwitzte. Ganz schlechtes Zeichen, dachte Alex.

»Du wirst doch wohl nicht abheben, bloß weil dir Uncle Sam sechzigtausend statt fünfzigtausend im Jahr zahlt, oder?«, fragte Alex. Er lachte. Stan lachte auch. Im Hintergrund lief »Candy Shop«. Was zu häufig in seinem Club lief, stellte Alex fest.

»Hey«, sagte Alex und fasste Stan an der Schulter. Er drehte ihn zu sich. Der Barhocker quietschte so laut, dass es trotz der Beats zu hören war. »Du bist noch bei uns, oder nicht?«

»Natürlich«, sagte Stan. Aber Alex war das Zögern nicht entgangen.

»Okay«, sagte Alex und hob das Glas. Stans Gin Tonic klirrte gegen seinen Old Fashioned, und Alex legte einen Arm um Stans Schulter.

»Ich nehme an, du bist nicht wegen der Mädels hier, oder?«, fragte Alex.

»Ich brauche einen Gefallen«, sagte Stan.

»Ich bin ganz Ohr«, sagte Alex. Gefallen waren seine Spezialität. Die Mafia war auf dem Prinzip gegenseitiger Gefallen aufgebaut. Was Gefallen anging, machte Alex keiner etwas vor. Vor allem nicht, wenn es darum ging, eine Gegenleistung einzufordern.

»Ich brauche einen Tipp für einen schnellen Gewinn«, sagte Stan.

»Du meinst, du brauchst noch ein Bauernopfer?«, fragte Alex.

Stan zuckte mit den Schultern: »Oder eine Blüte, die noch nicht in Umlauf war. Irgendwas. Bellwether erwartet Ergebnisse.«

»Wie schnell?«, fragte Alex.

»Nicht unbedingt morgen«, gab Stan zu. »Aber wenn ich heute frage, werde ich ja wohl kaum nächste Woche etwas geliefert bekommen, oder?«

»Nein«, bestätigte Alex. »Ich wünschte nur, du könntest einmal im Leben für dich selber sorgen.«

Iolanda spreizte ihre Beine neben Stan und glitt vor ihm an der Stange herunter. Stan seufzte: »Ich weiß«, sagte er.

Alex zückte das Portemonnaie und drückte ihm einen Zehndollarschein in die Hand.

»Was soll das?«, fragte Stan.

»Man muss die Mädels respektieren«, sagte Alex mit einem Nicken zu Iolanda, die sich wirklich alle Mühe gab, Stan einen schönen Abend zu bescheren. Stan starrte auf den Schein in seiner Hand.

Alex beugte sich zu ihm herüber: »Du steckst ihn ihr in den Slip, Secret Service Agent.«

Stan hielt den Schein über die Bar, und Iolanda spreizte die Schenkel. Er griff nach ihrer Unterhose und steckte den Schein zwischen das wenige Weiß und die dunkle Haut. Iolanda hauchte ihm einen Kuss auf die Wange. Natürlich nur angedeutet, wie es für einen ordentlichen Laden wie das Vogue üblich war. Es könnte sein, dass Stan rot wurde, was man aufgrund der mangelhaften Beleuchtung nicht erkennen konnte. Eine ordentliche Beleuchtung war wichtig für einen ordentlichen Laden. Alex legte Wert darauf, dass seine Mädchen gut behandelt wurden, auf ein im Rahmen der gesteckten Grenzen sittliches Benehmen und auf die vorteilhafte Beleuchtung. Er zog einen Hunderter aus seinem Portemonnaie.

»Für den Wohltätigkeitsball«, sagte Alex.

»Du weißt von dem Wohltätigkeitsball?«, fragte Stan erstaunt. Natürlich wusste Alex von dem Wohltätigkeitsball, weil er bestens über alles informiert war, was in seiner Stadt ablief, vor allem, wenn es der Wohltätigkeitsball der Polizei war, in dessen Organisationskomitee auch ein gewisser Camden Perikles Bellwether saß.

»Okay«, sagte Stan. »Das ist sehr großzügig.«

»Du musst nicht unbedingt erwähnen, dass er von mir stammt«, sagte Alex mit einem Seitenblick auf die nackten Tänzerinnen im Vogue und das Büro im ersten Stock.

»Schon klar«, sagte Stan augenzwinkernd. Er meinte die Mafia und so. Alex hatte etwas ganz anderes im Sinn. Stan hatte um einen Hinweis auf neue Blüten in der Stadt gebeten, oder nicht? Und was gab es Besseres, als den Beweis gleich in den Händen zu halten, auch wenn Stan das natürlich nicht ahnen konnte. Und welchen besseren Beweis für die Qualität der Cash-Club-Blüten könnte es geben, als ausgerechnet bei der Tombola der Polizei gewaschen zu werden?

KAPITEL 90

Januar 2006 (zur gleichen Zeit)
Atlantic City, New Jersey

ASHLEY O'LEARY

Ashley schaute auf die Uhr, während Aaron versuchte, sie zum Schaufenster eines Ladens zu ziehen, in dem kleine Plastikfiguren der englischen Queen um die Wette winkten. Fünf vor sechs. Es wurde Zeit. Ashley wunderte sich darüber, dass es in Atlantic City einen Shop für England-Devotionalien gab, aber sie hatte keine Zeit, den Sinn näher zu hinterfragen.

»Komm, kleiner Mann. Sag good-bye zur Queen.«

Aaron winkte Queen Elizabeth und lief an Ashleys Hand zum Eingang der Bank. Es war kein Zufall, dass Aarons Lieblingsgeschäft genau neben einer Bankfiliale lag. Genauer gesagt, war das natürlich schon Zufall. Nur eben nicht Ashleys und Aarons Anwesenheit in dieser Gegend, denn sie hatten sich über eine halbe Stunde in der Nähe herumgedrückt. Es war wichtig, dass Ashley den Test kurz vor Ladenschluss durchführte, weil so die Chance maximiert wurde, dass ihre Blüte nach Kassenschluss in den Tresor der Bank wanderte. Was bedeutete, dass sie gezählt und dabei ganz nebenbei auf ihre Echtheit überprüft wurde. Das geschah natürlich nur, falls die Kassiererin das Falschgeld übersah, weswegen Ashley nervös war. Und sich fragte, ob es ein Fehler war, Aaron mitzunehmen. Überhaupt war die ganze Sache mit dem Kind ein moralisches Dilemma sondergleichen, für das Ashleys Lebensphilosophie keine einfache Antwort kannte. Ihr Glaube bewegte sich irgendwo zwischen ihrer christlichen Erziehung und dem Silicon-Valley-Mantra, dass es im Leben hauptsächlich darum ging, eine Menge Geld zu verdienen und eine

Menge Spaß dabei zu haben. Kants kategorischem Imperativ, der ultimativen Definition einer ordentlichen Moral, hielt ihr Handeln natürlich nicht stand. Weil es kaum eine gute Idee war, jedem Menschen vorzuschreiben, Geld zu fälschen und seinen Sohn dabei auf dem Schoß sitzen zu haben. Demnach war allerdings auch schon das Geldfälschen alleine moralisch verwerflich, weswegen Kant nicht zur Lösung ihres Dilemmas beitrug. Wobei – das hatten Brian und sie nach seiner Beichte über den Cash Club oft diskutiert – natürlich die Frage war, wie verwerflich Geldfälschen überhaupt war. Schließlich war Bargeld als Erfindung der Neuzeit nichts als eine Wette auf das Vertrauen der Menschen, dass die Scheine tatsächlich etwas wert waren. Einen Beweis dafür gab es seit der Entkopplung des Bargelds von den Notenbankreserven ohnehin nicht mehr. Was natürlich insgesamt der größte Witz war. Die Notenbanken druckten nämlich auch ständig neues Geld, ohne dass klar war, ob die allesamt verschuldeten Staaten ihre Verbindlichkeiten jemals würden zurückzahlen können. Der Cash Club tat im Grunde nichts anderes, auch wenn das der Gesetzgeber naturgemäß anders bewerten würde. Jener zumindest – der Gesetzgeber – war auf Ashleys Seite, denn Aaron zählte nicht als Geldfälscher, egal wie viel er ihnen half, indem er Josh ein Lineal brachte oder Ashleys Laune steigerte. Denn erinnern würde sich ihr Sohn höchstens an einen verlängerten Urlaub auf einer Farm – wenn überhaupt. Ashley erinnerte sich an kein Ereignis vor ihrem fünften Lebensjahr, zumindest nicht bewusst.

Wenn man es genau betrachtete, dachte Ashley als sie mit ihrem Sohn an der Hand die Schalterhalle betrat, war ein kleines Kind sogar das Beste, was einem Geldfälscher passieren konnte. Weil die Frau hinter der Glasscheibe lächelte, kaum dass Ashley Aaron auf den kleinen Vorsprung darunter gehoben hatte. Aaron lächelte zurück, und Ashley kramte in ihrer

Tasche nach den vier Hundertern, von denen einer kein echter war. Sie legte die Scheine auf den Tresen und schob sie durch den kleinen Schlitz. »Einzahlung?«, fragte die Bankmitarbeiterin.

Ashley nickte.

Die Kassiererin winkte Aaron.

»Ob deine Mom mir auch ihre Bankkarte geben würde, damit wir wissen, wem wir euer Vermögen gutschreiben können?«

Aaron drehte sich zu Ashley und sprang in ihren Arm. Ashley lächelte verhalten und griff in ihre Hosentasche. Das war es also. Wenn es schiefging, stand ihr Name auf dem Einzahlungsbeleg. Josh hatte ihr versprochen, dass nichts schiefgehen würde. Aber das hatte John Kerry auch versprochen, und dann war George W. Bush gekommen. Es konnte immer etwas schiefgehen. Ashley zögerte, bevor sie die Bankkarte auf den Tresen legte.

Bring mir Glück, flüsterte sie in Gedanken und drückte Aaron die Karte in die Hand. Sie hielt ihren Sohn ein wenig tiefer, damit er sie durch den Schlitz schieben konnte.

Die Kassiererin lächelte: »Danke, Schätzchen.«

Ashley hielt die Luft an, während die Frau ihre Karte durch den Computer zog. Dann beobachtete sie, wie ihre Hand nach den Scheinen griff. Es war der routinierte Griff einer Bankmitarbeiterin, deren Hände täglich Tausende Geldscheine berührten. Ashley wusste nicht mehr, welches die Blüte war. Sie sah die Finger in Zeitlupe, als sie die Scheine einen nach dem anderen abzählte.

»Einhundert, zweihundert, dreihundert …«

Eine kleine Pause. Kaum merklich. War der letzte der Hunderter aus ihrer Maschine in der Farm? Hatte das Schweizer Papier doch eine minimal andere Haptik, die keinem von ihnen aufgefallen war? Weil Geld nicht seit über zwanzig Jahren ihr Beruf war? Ashley betrachtete das Namensschild auf der dunkelblauen Weste. Theresa Walker. Konnte Theresa Walker die perfekten Blüten mit ihren bloßen Fingern erkennen?

»Vierhundert«, schloss Theresa und legte den letzten Schein auf den Stapel.

»Wie heißt er?«, fragte Theresa Walker.

Ashley wusste nicht, was sie meinte. Für einen Moment glaubte sie, Theresa Walker fragte sie nach dem Namen ihres Mannes. Nach ihrer Adresse, nach ihrer Sozialversicherungsnummer. Gleich würde sie gebeten werden, einen Moment zu warten.

»Wie heißt du, kleiner Mann?«, fragte Theresa Walker, als sie keine Antwort bekam.

»Aaron«, beeilte sich Ashley zu sagen. »Er heißt Aaron.«

»Deine Mutter hat vierhundert Dollar eingezahlt, Aaron«, sagte Theresa Walker. »Möchtest du vielleicht die Quittung mitnehmen?«

Sie winkte mit einem Einzahlungsbeleg. Ashley atmete auf. Möglicherweise hatte sie während der letzten vier Minuten gar vergessen zu atmen. Sie würde das nie mehr mit Sicherheit sagen können. »Wenn der Schein erst mal im System der Bank ist, gibt es keinen Weg, ihn zu deiner Einzahlung zurückzuverfolgen«, hatte Josh versprochen. Ashley hoffte, dass er recht behielt.

»Danke, Miss Walker«, sagte Ashley und nahm die Quittung. Aaron griff danach. Ashley ließ ihn gewähren und beobachtete beim Rausgehen, wie ein Mitarbeiter begann, die Lamellen des Vorhangs zuzuziehen. Die Bank schloss. Ihre Blüte war im System. Jetzt galt es.

KAPITEL 91

Januar 2006 (zur gleichen Zeit)
Mullica, New Jersey

JOSHUA BANDEL

In der Heidelberger Druckmaschine ratterten die Bogen, und sechs Tintenstrahler spuckten Blatt um Blatt auf die Plastikträger. Josh stand in der Mitte und kontrollierte alle paar Minuten die Ergebnisse. Es war ein Gefühl, wie es Charlie in der Schokoladenfabrik gehabt haben musste, als er seine süßen Träume in unglaublichen Mengen durch die irrwitzigen Geräte laufen sah. Eine Schokoladenfabrik für Kapitalisten hatte er geschaffen. Genauer gesagt eine Traumfabrik für Antikapitalisten, weil sie ja gegen das Geld und nicht dafür arbeiteten. Auch wenn die Menge, die sie herstellten, nicht geeignet war, den Lauf einer Volkswirtschaft zu verändern. Josh überschlug im Kopf, wann es so weit sein würde: Die Tintenstrahler – trotz der neunzehn Neuanschaffungen immer noch ihr größter Hemmschuh – schafften sieben Blatt pro Minute, weil sie jeweils nur drei Zeilen pro Seite bedrucken mussten. Sechs Drucker à sieben Blatt machte zweiundvierzig Seiten pro Minute. Mit jeweils drei Banknoten, ergo hundertsechsundzwanzig Scheine. Leider kämpfte Josh noch mit einem hohen Ausschuss, weil die alten Tintenstrahldrucker das Papier nicht besonders präzise einzogen und somit die Seriennummern nur bei etwa einem Drittel der Scheine auf exakt der richtigen Höhe saßen. Zwar prüften die Bankcomputer den Stand der Seriennummern nicht – ebenso wenig wie ihre Korrektheit. Letzteres, weil das bedeutet hätte, dass die Bankcomputer stets mit allen korrekten Seriennummern gefüttert sein müssten, Ersteres vermutlich, weil die Bundesdruckerei mit ähnlichen Problemen zu kämpfen hatte wie Josh. Denn natürlich wurden auch dort die Nummern nachträglich aufgedruckt. Es wäre eine wunderbare Ironie gewesen, wäre die hohe Fehlerquote nicht so ärgerlich. Dennoch produzierte Josh etwa 1400 Dollar. Pro Minute! 84 000 Dollar in der Stunde, 672 000 an einem achtstündigen Arbeitstag, 3 360 000 in der Woche, 13,44 Millionen im Monat. Wenn Josh nichts einfiel, um das Problem mit dem Papiereinzug zu lösen. Die größte Sorge war das Papier, denn er verschwendete eine Menge davon. Nicht dass sie besonders wenig davon hätten, aber jetzt war es eine Frage der Ehre, so viele Blüten wie möglich zu produzieren. Josh war nicht nervös. Nicht mehr. Für ihn war es klar, dass der Bankcomputer an seinen Blüten scheitern würde. Und auch Stans Secret-Service-Kollegen beim Wohltätigkeitsball würden sein Meisterwerk nicht enttarnen. Er selbst konnte seine Hunderter nicht von den echten unterscheiden. Was bedeutete, dass sie eine Schleuse einrichten mussten. Von jetzt an würden sie das echte Geld streng von ihrer Produktion trennen müssen. Wie man in einem Labor einen Virus einsperrte. Es durfte nichts hinein und nichts hinaus, was nicht in speziellen Boxen verpackt war. Josh begann, Tische in die Türrahmen zu schieben. Jeder, der hineinwollte, musste dafür sorgen, dass er kein Geld mitnahm. Er fragte sich, wie er Aaron das mit der Geldschleuse erklären sollte. Andererseits war das nicht sein Problem, dachte er. Als er einen weiteren Stapel perfekter Exemplare zum Schneidetisch trug, grinste er. Heute Abend würde es für Mona und ihn Champagner geben. Als er die Blüten geschnitten und nochmals mit dem Fadenzähler kontrolliert hatte, starrte er auf die Tische vor den beiden Türen und das Schild, das er daraufgeklebt hatte: *»No real money beyond this point!«* Er beschloss, dass die Schleuse für ihn erst ab morgen galt, und stopfte sich einige der druckfrischen Scheine in die Hosentasche. Den ersten Champagner auf seine perfekten Blüten galt es, unbedingt mit ihnen zu bezahlen. Weil es kein Risiko war. Weil alles andere bedeutet hätte, dass Josh keine gute Arbeit abgeliefert hatte.

KAPITEL 92

Januar 2006 (zur gleichen Zeit)
Atlantic City, New Jersey

STANLEY HENDERSON

Einer der Vorteile an der Trennung von Robyn war, dass er Trish nicht mehr zu verstecken brauchte. Und seit seiner Beförderung – oder eben seit der Trennung, das war im Nachhinein nicht mehr genau zu ermitteln – hatte auch Trish keine Probleme mehr damit, als seine Begleitung zu dem Neujahrsball der Veteranen zu gehen. Dieser Vorteil war zusätzlich zu der Annehmlichkeit zu verstehen, dass ihn Trish bei sich wohnen ließ. Anlässlich des Veteranenballs trug Trish ein bodenlanges, bordeauxfarbenes Chiffonkleid, in dem Robyn albern ausgesehen hätte, das der .357er-Magnum-Polizistin jedoch ausgesprochen gut stand. Stan hatte sich einen Smoking geliehen, weil er noch niemals einen gebraucht hatte und weil er die Anschaffung scheute, obwohl es gut möglich war, dass es in seiner Position erwartet wurde, dass man einen Smoking besaß. Stan führte Trish an der Hand an einen der runden Tische und stellte fest, dass Bellwether neben ihm saß. Trish verzog beim Anblick der Tischkarte das Gesicht, ließ sich aber eine Minute später nichts anmerken, als Camden mit seiner korpulenten Gattin seinen Platz einnahm. Die Frau ihres Chefs trug einen auftoupierten Helm von einer Frisur, die jedem römischen Kaiser beim Triumphzug Lorbeerkranz genug gewesen wäre, und sprach mit einem breiten Südstaatenakzent. Sie sagte *yall* statt *you all* und verdrückte im Laufe der ersten halben Stunde vier frittierte Katzenfischfilets und eine erstaunliche Menge Kartoffelsalat. Stan nippte an seinem Wein, den er nicht mochte, und lachte über jeden

Witz seines Chefs, wobei er sich fragte, ob ihn Trish für einen Speichellecker hielt. Dann gingen Bellwether und seine Frau tanzen.

»Sie ist unglaublich«, sagte Stan, als die beiden außer Hörweite waren.

»Du kriechst ihm tiefer in den Arsch als ein Fuchsbandwurm«, sagte Trish.

»Ich weiß«, sagte Stan und grinste. »Warte, bis ich meine Tombolalose kaufe.«

»Du willst da mitmachen?«, fragte Trish entsetzt.

»Ist für einen guten Zweck, oder nicht?«, fragte Stan und prostete ihr zu.

Die Tombola, die damit begann, dass Camden Perikles Bellwether nach dem Mikrofon griff, sollte ganz anders laufen, als Stan erwartet hatte. Neben Bellwether stand auch die korpulente Frisur auf der Bühne, und beide gemeinsam peitschten die Menge ein. Stan kannte Tombolas als ein kleines Glücksspiel am Rande eines Festes, aber nicht als zentralen Bestandteil des Abendprogramms. Bellwether und seine Frau jedoch ließen jeden Teilnehmer sofort ein Los ziehen und verkündeten dem ganzen Saal die Niete oder den Gewinn. Das Problem daran war, dass Trish ihn schon jetzt verachtete und dass Stan hundert Dollar in der Tasche hatte, die er spenden sollte. Was genau zehn Losen entsprach. Und damit zehnmal der Südstaatenstimme, die seinen Namen in den ganzen Saal brüllte und lachte. Entweder mitfühlend oder glucksend vor Freude, weil er etwas Sinnloses gewonnen hatte. Man musste dazu wissen, dass nahezu alle Gewinne etwas vollkommen Sinnloses waren, weil es schließlich darum ging, eine möglichst große Summe zu spenden und nicht wieder in Sachwerten an die Loskäufer auszuschütten. Selbst den Casinomanagern hätte es die Schamesröte ins Gesicht getrieben angesichts des Gewinnverhältnisses bei der Tombola der Veteranen.

Als Stan mit seinem Hundertdollarschein vor Camden Perikles Bellwether stand, befürchtete er das Schlimmste. Und er sollte sich nicht täuschen. Bellwether beäugte die Banknote, als wäre es Falschgeld. Er drehte sie im Licht. Dann griff er zum Mikrofon: »Wir begrüßen den bisher größten Spender des Abends!«, hallte es durch den Saal. Stan blickte zu Trish. Sie war verschwunden. »Special Agent Stanley Henderson!« Bellwether klatschte Beifall, und der Saal stimmte ein.

»So ein großzügiger Mann!«, schnulzte die Südstaatenstimme ins Mikrofon, während sie ihm den Sack mit den Losen vor die Nase hielt.

»Zehn Lose für nur hundert Dollar!«, rief Bellwether, der seine Banknote noch immer in der Hand hielt. Hatte Alex nicht vor ein paar Wochen gesagt, dass Josh auf der Zielgeraden war? Was, wenn das …? Nein, das hätte Alex ihm gesagt. Bellwether hielt die Banknote ins Gegenlicht der Scheinwerfer. Überprüfte er das Wasserzeichen?, fragte sich Stan. Er begann zu schwitzen, während er das erste Los ausrollte. Alex hätte ihm doch niemals eine falsche Banknote für den Ball gegeben, oder doch?

»Eine Niete!«, rief die Frau, die vier Katzenfischfilets verdrücken konnte.

»Kommen Sie, Stan, das können Sie besser!«, forderte sie. Stan griff zum zweiten Mal in den Sack. Er ließ Bellwether nicht aus den Augen. Der starrte noch immer durch die Banknote in den hellen Scheinwerfer und kniff die Augen zusammen.

»Er ist ein Mitarbeiter meines Mannes«, raunte sie hinter vorgehaltener Hand zu einer jungen Frau, die dafür zuständig war, die sinnlosen Gewinne von einem Stapel zu holen, um sie dem jeweiligen Glückspilz in die Hand zu drücken. Natürlich übertrug das Mikrofon ihr Flüstern trotzdem, weswegen die Menge grölte. Stan dachte, dass er Alex den Hals umdrehen müsste. Weil er ihm natürlich eine Blüte untergejubelt hatte, damit der Secret Service die Qualität überprüfte.

»Und bei einem Mann vom Secret Service sollte man besonders genau hinschauen, wenn er einem eine Einhundertdollarnote für einen guten Zweck gibt.« Camden Perikles Bellwether brüllte fast vor Lachen über seinen eigenen Witz. Alex, du bist das größte Arschloch unter der Sonne von Südjersey, dachte Stan, während er den zweiten Zettel ausrollte. Bellwether legte den Hunderter in die Kasse.

»Nummer zweiundneunzig«, rief seine Frau aufgeregt. Stan spürte den Rest des Angstschweißes kalt zwischen seinen Schulterblättern.

»Ein Bügelbrett!«, rief Bellwethers Frau. »Das kann man doch immer gebrauchen!«

Stan nahm seinen Gewinn entgegen.

»Acht bis zum Ziel«, rief sie.

Stan lächelte. Was hätte er tun sollen? Er wollte zurück in Trishs Wohnung. Weg von der Bühne. Was Bellwethers Frau erst nach einer Packung getrockneter Apfelringe, einem Notizblock der Firma Construction Conelly und einem Plastikball zuließ. Als Stan das Bügelbrett neben Trishs Stuhl an ihren Tisch lehnte, war ihr Blick eher spöttisch amüsiert als verärgert.

»Wir müssen reden«, sagte Trish mit einem Blick auf das Bügelbrett. Wenigstens würde er heute nicht auf der Straße übernachten müssen.

»Kein Problem«, sagte Stan. Und er meinte es in diesem Moment ehrlich.

Die Abendgestaltung wurde in dem Moment kompliziert, als Stan das Bügelbrett in Trishs Kleinwagen wuchtete und feststellen musste, dass es nicht hineinpasste.

»Lass das blöde Ding doch stehen«, schlug Trish vor und öffnete die Autotür.

»Ich habe das blöde Ding schließlich gewonnen«, sagte Stan und versuchte, den Ständer am Vordersitz vorbeizuschieben.

»Ich könnte es brauchen, wenn du mich rausschmeißt«, sagte Stan.

»Was nicht unwahrscheinlich ist«, behauptete Trish.

Er fluchte und starrte auf das verkantete Monstrum in dem viel zu kleinen Auto. Dann klingelte sein Handy. Es war elf Uhr nachts. Keine Rufnummer. Trish beäugte das Telefon kritisch. Stan zuckte mit den Schultern und ging ran. Im Hintergrund hörte er laute Musik.

»Wie ist es gelaufen?«, fragte Alex.

Stan blickte zu Trish.

»Gut, gut«, sagte Stan.

»Also haben sie es nicht bemerkt?«, fragte Alex.

»Ginge es mir dann gut?«, fragte Stan.

»Du bist nicht allein«, stellte Alex fest.

»Nein«, sagte Stan.

Alex schien einen Moment zu überlegen.

»Sie denkt immer noch, ich bin undercover, oder?«, fragte er schließlich.

»Ja«, antwortete Stan.

»Sag ihr, ich bin in Schwierigkeiten. Und dass du es allein erledigen musst, weil ich nur dir traue.«

»Du bist in Schwierigkeiten?«, fragte Stan.

»Nein, du Idiot. Sieh zu, dass du sie loswirst, und komm ins Vogue. Wir feiern unseren Sieg.« Dann legte er auf. Jetzt hatte Stan drei Probleme: das Bügelbrett, den Fuchsbandwurm in Bellwethers Arsch und die Siegesfeier vom Cash Club. Denn natürlich konnte Stan einer Siegesfeier keineswegs widerstehen. Selbst wenn er eine scharfe Schwarzhaarige in einem bordeauxfarbenen Chiffonkleid mit sich führte.

KAPITEL 93

Januar 2006 (zur gleichen Zeit)
Atlantic City, New Jersey

ALEXANDER PIECE

Die Feier in seinem Büro hätte zu den legendärsten Feiern aller Feiern gehört, wenn sich irgendjemand daran hätte erinnern können. Zunächst hatte alles recht durchschnittlich angefangen: Josh war mit Mona aufgekreuzt, Ashley mit Brian und ohne Aaron, für den Alex einen Babysitter organisiert hatte. Er wusste nicht, ob Brian ahnte, dass die Kleine, die gerade auf seinen Sprössling aufpasste, sonst das Tanzbein an der Stange schwang, aber abgesehen von ihrer Berufswahl, war Cotton über jeden Zweifel erhaben. Schließlich war Alex selbst von einer Tänzerin großgezogen worden, und da sollte noch einmal einer behaupten, dass das ein schlechter Einfluss gewesen war. Was ihn daran erinnerte, mal wieder bei seiner Mutter anzurufen und zu fragen, wie es ihr ging. Dieser Anflug von Pflichtbewusstsein hatte Alex natürlich am Anfang des Abends ereilt, als alle noch nüchtern gewesen waren.

Die Erste, die auftaute, war Mona, obwohl sie die Einzige war, die nichts vom wahren Grund ihrer Feier ahnte. Sie wollte tanzen. Und wie alles an diesem Abend lief es zunächst ganz gesittet. Alex, Brian, Josh und Ashley tranken, und Mona tanzte und trank. Den Aussagen einiger Barmädchen nach tanzte Mona am späteren Abend zuerst einen Limbo und schließlich im Gastraum an einer Stange. Angeblich hatte Alex ihr einen Job versprochen, was an dem Pot gelegen haben musste, denn natürlich würde Alex niemals der Ehefrau seines besten Freundes einen Job als Stripperin anbieten, wenn er nicht unter Drogen gestanden hätte. Auch Joshs Reaktion musste mit dem Konsum berauschender Substanzen zu tun gehabt haben, denn er hatte sich offenbar weder an dem Limbo noch an dem Jobangebot gestört. Als Stan schließlich um Viertel vor zwölf auftauchte, musste natürlich alles noch einmal wiederholt werden: das Trinken auf den Welterfolg ihres Produkts (wenn sie unter sich waren), das Trinken auf Joshs Künste, das Trinken auf die Hochzeit (wenn Mona mit anstieß). Richtig zum Desaster wurde der Abend allerdings erst, als Alex den Wodka ohne Steuermarke aufmachte und Mona erzählte, dass es dieses Produkt war, das sie auf den Markt bringen wollten und dessen Erfolg sie feierten. Zum Glück wusste das am nächsten Tag niemand mehr, und auch der Rest des Abends lag unter dem wohlmeinenden Schleier eines ordentlichen Rauschs. Wer hätte sagen können, ob Stan versucht hatte, Ashley anzubaggern, oder ob Mona mit einer der Tänzerinnen rumgeknutscht hatte. Der Rausch war besser für alle Beteiligten. Doch das war längst nicht alles, was diese Nacht für Alex bereithalten sollte.

Als er um Viertel vor fünf von einem Taxi vor seiner Wohnung abgesetzt wurde, hörte er Schritte hinter sich. Eigentümlicherweise konnte sich Alex später an alles danach wieder erinnern, was vermutlich damit zusammenhing, dass die Schritte schneller wurden. Es waren mehr als zwei Männer, dachte Alex noch, bevor sie ihn in ein Auto zerrten und ihm eine dunkle Kapuze über den Kopf zogen. Vermutlich war er das einfachste Entführungsopfer, das jemals entführt worden war. Außer möglicherweise einem vier Wochen alten Hundewelpen, der an einem Rastplatz in einer feuchten Kiste ausgesetzt worden war.

Alex wachte auf, als ihm jemand die Sturmhaube vom Kopf riss. Er spuckte Reste von Wolle aus dem Mund.

»Ich muss mich für die Anreise bei Ihnen entschuldigen«,

sagte eine Stimme mit dem blasierten Ostküstenakzent einer teuren Privatschule.

»Wasser«, sagte Alex und blinzelte. Der Raum, in dem er saß, war dunkel. Als ihm von hinten eine Flasche Wasser gereicht wurde und er gierig trank, stellte er fest, dass ihm seine Sinne einen Streich gespielt hatten, weil sie erst langsam wieder zum Leben erwachten. Der Raum war dunkel, aber nicht stockfinster. Die Vorhänge waren zugezogen, aber er konnte das Rauschen der Brandung und die Möwen hören. Er war in einem Haus am Meer. So viel stand fest. Die Frage war, was das Ganze sollte. Und warum er hier war.

»Danke«, sagte Alex in Ermangelung einer Alternative und der Fähigkeit zu brillanter Konversation. Er war immer noch betrunken, stellte er fest. Nicht außer Gefecht gesetzt, aber immer noch betrunken. Wie lange er wohl geschlafen hatte? Die Männer hätten sich die Kapuze sparen können, dachte Alex. Er wäre wohl auch eingeschlafen, wenn man ihm eine Waffe an den Kopf gehalten hätte.

»Ich hätte Sie förmlich eingeladen, wenn das der Natur unseres Geschäfts nicht zuwiderlaufen würde«, sagte der Ostküstenakzent.

Das Haus. Der kultivierte Ausdruck. Das Meer. Alex war in der Nähe von New York, dämmerte es ihm. Der Maurer.

»Es ist mir eine Ehre, Sie persönlich kennenzulernen«, sagte Alex.

Der Maurer lachte aus dem Halbdunkel: »Don Frank hat gesagt, dass du ein schlaues Kerlchen bist.« Der Maurer trug seinen Spitznamen, weil sich sein Einfluss und sein Reichtum auf einem Bauunternehmen begründete, das sein Vater aufgebaut und das der Maurer in ein Imperium verwandelt hatte. Wann immer die Mafia eine Leiche wirklich dringend loswerden musste, trat der Maurer in Aktion. Er goss Abtrünnige in die Fundamente von Parkhäusern, baute Luxusimmobilien auf den Leichen eines Familienzwists. Er hatte im Laufe der Jahre Hunderte Beweise entsorgt, und der Legende nach war kein Einziger von ihnen jemals gefunden worden. Schließlich war er Teil des Betriebs geworden, der gemeinhin als Mafia bezeichnet wird – obwohl der Maurer kein Italiener war, sondern Ire.

»Kann ich noch ein Wasser haben?«, fragte Alex. Wieder wurde ihm von hinten eine Plastikflasche gereicht.

»War es so heiß in dem Kofferraum?«, fragte der Maurer.

»Nein«, antwortete Alex. »Harte Nacht gehabt.«

Wieder lachte der Maurer und verließ seine dunkle Ecke. Er war viel kleiner, als sich Alex einen Abfallentsorger vorgestellt hätte, und hatte viel dunklere Haut als die Iren, die Alex kannte. Außerdem sah er aus wie ein britischer Minister: feiner englischer Zwirn, eine breite Hornbrille. Er gab Alex die Hand. Sein Händedruck war viel zu weich und die Hände viel zu zart. Er wirkte nicht wie die anderen Mafiosi, die Alex kennengelernt hatte. Und gerade deshalb umso gefährlicher. Weil man wusste, dass der Maurer jeden verschwinden lassen konnte, wenn er nur wollte. Und ihm eilte der Ruf voraus, seine eigenen Dienste besonders häufig in Anspruch zu nehmen.

»Alex Piece«, sagte Alex.

»Piece, ich weiß«, sagte der Maurer.

»Weswegen bin ich hier?«, fragte Alex. Und die Frage war ehrlich gemeint. Er hatte keine Ahnung, was ein Boss aus dem fernen New York ausgerechnet von ihm wollte.

»Don Frank schuldete mir einen Gefallen«, sagte der Maurer. »Und ich habe gehört, Sie haben ein überlegenes Produkt.«

Alex schluckte. Der Maurer wollte in den Cash Club einsteigen. Das war keine gute Entwicklung. Alex ging davon aus, dass er Don Frank kontrollieren konnte. Weil er ihn mochte und weil Don Frank ein guter Kerl mit schlechten Manieren war. Dieser Typ hatte viel zu gute Manieren, was folglich hieß, dass er ein besonders schlechter Kerl war. Bei der Mafia war das fast immer so, hatte Alex festgestellt.

»Ich habe mein Imperium auf einem überlegenen Produkt aufgebaut, mein Junge«, sagte der Mann, der ihr Partner werden wollte. »Kennst du die Geschichte?«

Alex nickte.

»Ich erzähle sie gerne noch einmal«, schlug der Maurer gutmütig vor.

Alex schauderte. Das war es also, warum Eltern ihre Kinder immer davor warnten, sich mit den falschen Leuten einzulassen. Man wusste nie, wer als Nächstes kam.

»Ich bin ganz Ohr«, sagte Alex und hoffte auf ein kleines Wunder.

KAPITEL 94

Januar 2006 (zur gleichen Zeit)
Atlantic City, New Jersey

BRIAN O'LEARY

Die Party war gelaufen. Und zwar im mehrfachen Sinn des Wortes. Das stellte Brian fest, als er am nächsten Tag um vier Uhr nachmittags das Vogue erreichte. Die Putzkolonne gab sich redlich Mühe, die Spuren der letzten Nacht zu verwischen: Literweise schwarz-braune Brühe schwappte auf dem Boden herum, darauf kleine Schauminseln des Reinigungsmittels. Feudel wischten effizient von links nach rechts in einer eingeübten Choreographie. Der Putztrupp bestand aus einer Brigade älterer Mexikanerinnen, die ihre Arbeit mit einem Lautteppich spanischen Small Talks untermalten, der überaus fröhlich klang. Einige von ihnen standen an den Stangen, und ihre Bewegungen waren denen der Tänzerinnen nicht unähnlich – nur dass diese Ladys hellblaue Kittel trugen statt Bikinitops und Stringtangas. Brian versuchte, sich verständlich zu machen, was misslang. Aber Alex Piece schienen die Frauen zu kennen.

»Normalerweise ist schon da«, sagte eine von ihnen in gebrochenem Englisch und zeigte dabei einen goldenen Zahn. Offensichtlich hatte Alex verschlafen. Und war gestern mit dem Taxi nach Hause gefahren, was daran zu erkennen war, dass sein Wagen auf dem Parkplatz stand. Brian rüttelte an der Tür zu seinem Büro im ersten Stock. Nichts zu machen. Also setzte er sich zu den Mexikanerinnen und bot an, einen Kaffee zu besorgen.

Als um kurz vor sieben endlich ein Taxi auf den Parkplatz rollte, waren die Mexikanerinnen längst gegangen, und Brian saß unter der schwarzen Markise mit dem pinkfarbenen Schriftzug und warf Steinchen in eine Pfütze. Zumindest versuchte er, die Pfütze zu treffen, was mittlerweile immer öfter gelang. Er hatte genug Zeit gehabt, Zielen zu üben. Brian stand auf, als die Tür des Taxis geöffnet wurde, und streckte sich.

»Hey«, sagte Alex, als er ihn erblickte.

»Du siehst scheiße aus«, sagte Brian und griff Alex unter die Arme. Alex sah aus wie jemand, der mehr als zwanzig Gin Tonics zu viel gehabt hatte. Seine Augen waren blutunterlaufen, und er humpelte.

»Ich weiß«, seufzte Alex und zog den Schlüsselbund aus der Hosentasche. Dann schloss er die Tür zum Vogue auf, und Brian folgte ihm in den ersten Stock.

Alex griff in einen Karton, der auf dem Schreibtisch stand, und zog eine Flasche Wodka heraus. Der farblose Alkohol gluckerte in zwei Gläser, und Alex streckte ihm eines hin. Brian nahm es ohne die Absicht, schon wieder mit dem Trinken anzufangen. Piece leerte es in einem Zug und füllte es erneut.

»So schlimm?«, fragte Brian.

»Du hast keine Ahnung«, sagte Alex. Und dann erzählte er ihm die Geschichte von letzter Nacht. Von dem Maurer, der beim Cash Club einsteigen wollte, und den Problemen, die das mit sich bringen würde.

»Fuck«, sagte Brian, als er die Geschichte zu Ende gehört hatte.

»Nicht wahr?«, fragte Alex.

Brian entschloss sich, doch einen Schluck Wodka zu trinken. Er ätzte in der Speiseröhre wie der Hausgebrannte eines alkoholkranken litauischen Bergbauern.

»Fuck«, wiederholte Brian, und Alex lachte.

»Ist aber billig, das Zeug«, sagte Alex. »Und in Mischgetränken merkt das kein Mensch.«

»Kann ich mir nicht vorstellen«, bekannte Brian und hielt seine Hand über das Glas, um Alex davon abzuhalten nachzuschenken.

»Liegt am Zucker«, behauptete Alex. Brian versank in den Tiefen der Ledercouch.

»Und was machen wir jetzt?«, fragte er.

»Keine Ahnung«, gab Alex zu. Er drehte sich in seinem Schreibtischstuhl und starrte durch den einseitig durchsichtigen Spiegel auf die leere Bar unter ihm. Alex dachte nach, wusste Brian. Fünfzehn, zwanzig Sekunden vergingen. Dann drehte sich Alex zu ihm zurück.

»Was wolltest du eigentlich von mir?«, fragte er.

»Ach das«, wich Brian aus. »Nicht so wichtig.«

»Spuck es aus, alter Freund«, sagte Alex.

»Wir haben andere Probleme als meine Langeweile«, seufzte Brian.

»Kein Big Business beim ›Next Big Thing‹?«, fragte Alex.

»Das Business ist nicht das Problem«, gab Brian zu. »Eher die Tatsache, dass ihr hier die Mäuse auf den Tischen tanzen lasst und ich in Kalifornien das Back-up geben darf.«

Alex' Fingernägel klackerten auf dem Tisch.

»Wobei du zugeben musst, dass es Sinn macht«, merkte Alex an. »Vor allem für Aaron.«

Brian nickte: »Ich sage ja auch nicht, dass ich gleich den Kurier spielen muss. Aber ich will etwas beitragen.«

Alex starrte wieder in den Gastraum, wo eine Barkeeperin den Schrank mit den Limonaden auffüllte. Das Vogue erwachte langsam zum Leben. In vier Stunden würden hier wieder die Versicherungsvertreter und die Banker ihre Gier nach dem zweitwichtigsten Rohstoff der Welt befriedigen: Sex. Der nur an zweiter Stelle stand, weil man mit Geld Sex kaufen konnte.

»Was hältst du davon, wenn du mir hilfst, den Maurer in Schach zu halten?«, schlug Alex schließlich vor.

Und so war dies der Moment, ab dem Brian Ashley nicht mehr die volle Wahrheit erzählte. Weil Alex nicht vorhatte, den anderen auch nur ein Sterbenswörtchen über die Sache mit dem Maurer zu verraten. Die Tatsache, dass neben Don Frank ein zweiter Mafiaboss ihre Witterung aufgenommen hatte, würde nichts als Unruhe stiften. Und weil es ein Mafiaboss war, der im Ruf stand, seine Geschäftspartner unter der Betondecke von Parkhäusern zu begraben, würde die Unruhe groß sein. Möglicherweise zu viel für Ashley und Josh, behauptete zumindest Piece. Auch für Brian wäre es vermutlich eine Schippe zu viel Gefahr gewesen, wenn er nicht längst seinen Laptop hochgefahren hätte, um herauszufinden, welche Firmen zum Netzwerk des Maurers gehörten und was die Zeitungen über ihn ausspucken würden.

KAPITEL 95

Februar 2006 (zwei Wochen später)
Atlantic City, New Jersey

JOSHUA BANDEL

Josh packte den letzten Stapel falscher Scheine in eine grüne Sporttasche und trug sie zu den anderen, die sich an der Wand zur Küche stapelten. Hunderttausend Dollar pro Tasche, so hatte es Alex festgelegt. Ashley besorgte bei jedem Einkauf im Walmart fünf weitere. Und ab und an brachte Alex welche aus der Stadt mit.

»Bald können wir eher mit Sporttaschen handeln als mit Falschgeld«, seufzte Josh, als er wieder an seinem Schreibtisch saß. Ashley blickte nur kurz auf, weil sie seine Maulerei satthatte. Was sie ihm bereits vor einer Woche auf den Kopf zugesagt hatte.

»Wir sollten die Produktion einstellen, bis wir die Sache mit dem Papiereinzug gelöst haben«, sagte Alex, der vor nicht einmal zehn Minuten durch die Tür gerauscht war.

»Vielleicht sollten die Herren Mafiosi mal vor ihrer eigenen Tür kehren«, sagte Josh. Und meinte damit, dass Alex den Vertrieb ihrer Blüten noch viel weniger im Griff hatte als Josh den Papiereinzug. Der ihm aber immer wieder unter die Nase gerieben wurde.

»Gute Neuigkeiten«, verkündete Alex und griff in die Papiertüte einer Burgerkette. Er hielt Geldscheine in der Hand, was in der Scheune des Cash Clubs kein ungewöhnlicher Anblick war.

»Die erste Rate ist da«, fuhr Alex fort. Er verkündete es wie das Evangelium. Trotzdem setzten sich Ashley und Josh auf, als Piece die Bündel auf den Tisch legte.

»Fünfzehntausendsiebenhundert für jeden«, sagte er. Josh fühlte sich betrogen.

»So wenig?«, fragte Ashley.

»Die Rate für die ersten Hunderttausend«, sagte Alex.

»Wo ist das Geld geblieben?«, fragte Josh.

Alex seufzte: »Hunderttausend minus zwanzig Prozent Wäschegebühr macht achtzigtausend. Minus fünfzehn Prozent für Don Frank macht achtundsechzigtausend. Minus fünf Prozent für die Familie macht vierundsechzigtausendsechshundert minus Auslagen in Höhe von 2,5 Prozent ergibt einen Gewinn von zweiundsechzigtausendneunhundertfünfundachtzig Dollar. Geteilt durch vier macht fünfzehntausendsiebenhundertsechsundvierzig Dollar und fünfundzwanzig Cent.«

Josh und Ashley starrten auf die mageren Bündel, die vor ihnen auf dem Tisch lagen.

»Kein Witz?«, fragte Ashley.

»Natürlich nicht«, sagte Alex. »Aber ich sehe keinen Grund, Trübsal zu blasen. Wenn wir erst eine Million in der Woche waschen, sieht das schon ganz anders aus.«

Josh schneuzte, weil er sich eine Erkältung eingefangen hatte, die er seit über einer Woche nicht loswurde.

»Und wann waschen wir eine Million in der Woche?«, fragte er.

»Bald«, versprach Alex.

»Was heißt bald?«, beharrte Josh.

»Wie gesagt, ich würde vorschlagen, dass wir die Produktion ruhen lassen, bis wir die Sache mit dem Papier im Griff haben und bei der Distribution Land sehen.«

Josh hieb mit der Faust auf den Tisch: »Scheiße«, rief er.

»Keine Panik, Kumpel«, sagte Alex, während Ashley ihr Bündel auseinandernahm und nachzählte.

»Das ist alles eine Frage des Prozesses.«

»Des Prozesses?«, fragte Josh.

Alex nickte: »Laut diesem Managementbuch sind Prozesse der Grund, warum die Japaner bessere Autos bauen als wir und die Deutschen bessere Waschmaschinen.«

»Du hast ein Managementbuch darüber gelesen, wie man Geldwäsche organisiert?«, fragte Ashley amüsiert. Offenbar stimmte ihr Bündel mit der lächerlich niedrigen Summe überein. Sie würden niemals vor ihrem Dreißigsten Millionäre sein, wenn sie sich auf Alex' Prozesse verließen.

»Ich habe ein Managementbuch über Prozesse gelesen«, entgegnete Alex ernsthaft. »Und es war mehr als erhellend. Geradezu augenöffnend.«

Josh konnte es kaum glauben.

»Mal im Ernst: Was haben japanische Autos mit unserem Vertriebsproblem zu tun?«

»Eine Menge«, dozierte Alex. »Weil alles mit einem ordentlichen Prozess anfängt. Ohne einen ordentlichen Prozess hätte Miele niemals bessere Waschmaschinen bauen können als General Electric.«

»Und du meinst ...«

»Wir brauchen einen Prozess«, sagte Alex. »Bevor wir richtig loslegen können, müssen wir uns Gedanken darüber machen, wie das laufen kann, wenn wir nicht nur ein Auto bauen wollen, sondern hunderttausend. Und zwar hunderttausend bessere Autos als Ford.«

»Und deshalb hast du bisher nur eine Tasche von unserem Geld verteilt?«, fragte Josh, der begann, an Alex' Verstand zu zweifeln.

Alex nickte ernsthaft. »Klar«, sagte er.

»Klar«, sagte Josh, und die Bedenken waren seiner Stimme deutlich anzumerken.

»Wenn du willst, zeige ich's dir«, versprach Alex.

Dabei würde Josh ihn beim Wort nehmen. Nachdem sie offenbar weitaus weniger verteilen als herstellen konnten, war er gewissermaßen arbeitslos.

Sie verließen die Farm mit der zweiten Sporttasche um Viertel vor drei. Alex verstaute sie im Kofferraum und zündete sich als Erstes eine Zigarette an, als sie über den rumpeligen Feldweg Richtung Straße rollten. Auf der Landstraße drehte er die Musik auf, bis sie die Stadt erreichten. Alex parkte an einer der Hauptstraßen, holte die Sporttasche aus dem Kofferraum und beobachtete den Verkehr.

»Kommt er hier vorbei?«, fragte Josh.

»Du meinst den Kurier?«, fragte Alex. »Sei nicht albern. Wenn es so einfach wäre, bräuchten wir keinen Prozess.« Er deutete auf das Nummernschild seines Wagens, tippte sich an die Stirn und winkte einem Taxi.

Zwanzig Minuten später saßen Alex und Josh vor einem Automaten im Riverside Casino und warfen Kleingeld in den gefräßigen Schlitz. Die Symbole drehten sich, erst langsam, dann immer schneller, und dicke Blinklichter forderten dazu auf, Geld nachzuwerfen für eine doppelte, dreifache oder vierfache Gewinnchance.

»Ist das nicht etwas auffällig, zu zweit an einem Automaten zu sitzen?«, fragte Josh.

Alex haute auf einen der blinkenden Knöpfe, woraufhin die Symbole langsamer wurden.

»Das ist doch die Sache mit dem System«, sagte Alex. »Es geht nicht um heute. Heute sind ja auch keine Bullen hinter uns her. Es geht um in einem Jahr, in zwei Jahren. Wenn sie uns auf die Schliche gekommen sind und den Kurier verfolgen.«

Josh dachte an Louis und seine Truppe, die Kuriere, die Alex absichtlich verheizt hatte, um herauszufinden, wo die Schwachstelle bei der Geldwäsche lag. Und er hatte recht:

Für die Drucker lag die Schwachstelle bei der Geldübergabe an das Verteilnetz. Natürlich könnten sie Don Frank die Scheine lastwagenweise liefern. Aber das würde ihren Gewinn schrumpfen lassen. Und schließlich hatten sie sich vorgenommen, die größten Geldfälscher der Welt zu werden. Man wurde nicht zum größten Geldfälscher der Welt, wenn man siebzig Prozent der Wertschöpfungskette abgab.

»Ich verstehe«, sagte Josh und betrachtete das Ergebnis ihres Spiels: Dreimal die Trauben, einmal Bananen. Nichts gewonnen. Alex warf Geld nach. Der Automat bedankte sich mit einem fröhlichen Dreiklang und legte von vorne los.

»Es wäre erstaunlich, wenn für einen einhundertzweiundfünfzig-Punkte-IQ das Geldwäscheeinmaleins zu hoch wäre«, sagte Alex.

Dann tauchte am Rande von Joshs Sichtfeld ein Mann auf, der eine identische Sporttasche trug wie die, die neben dem Automaten stand. Und tatsächlich ging er neben dem dreiarmigen Banditen in die Knie, um sich seinen Schuh zuzubinden. Dann nahm er die vermeintlich falsche Tasche auf und verschwand zwischen den Automaten. Es war absolut lächerlich. Selbst ein blutiger Anfänger wie Josh hätte schon von weitem gesehen, was hier abgelaufen war. Hätte der Secret Service den Mann verfolgt, wäre es um sie geschehen. Alex drückte den Knopf, die Trauben wurden langsamer. Diesmal blieben zwei Kirschen und zwei Pflaumen stehen. Wieder nichts gewonnen. Alex griff nach der Tasche, die der Kurier stehen gelassen hatte, und stand auf. Josh zog die Augenbrauen hoch und folgte Alex schweigend bis vor die Tür des Casinos. In der kühlen Februarluft stellte Josh Alex zur Rede.

»Das ist alles, was euch einfällt?«, fragte er.

»Wie gesagt: Der Prozess muss noch optimiert werden.«

»Was ist mit Kameras?«, fragte Josh. »In einem Casino gibt es doch immer Kameras?«

»Das Riverside löscht nach vierundzwanzig Stunden«, behauptete Alex. »Willst du das Ganze lieber an einer Parkbank durchziehen?«

Josh schüttelte den Kopf: »Das nicht gerade. Ist da unser Anteil drin?«

Alex nickte.

»Wow«, sagte Josh. »Ziemlich viel James Bond für Arme in deinem Prozess.«

»Toter Briefkasten inklusive«, grinste Alex.

»Mir ist nicht zum Lachen zumute«, sagte Josh.

Alex winkte nach einem Taxi.

»Ich habe eine bessere Idee«, sagte Josh und hielt Alex zurück. »Zünd dir mal eine Zigarette an und hör mir zu.«

Eine halbe Stunde später nahm Josh ein Zimmer im Tivoli Hotel. Er bezahlte mit seiner Kreditkarte, weil es keinen Grund gab, das nicht zu tun, und deponierte einen Umschlag mit vierzig Blättern Kopierpapier auf dem Doppelbett. Er warf einen zufriedenen Blick auf sein Arrangement und verließ sein Zimmer, um sich zu amüsieren. Bei ihrem zweiten Versuch spielte Josh den Kurier, und Alex spielte Alex. Josh kaufte ein paar Chips und setzte einige Runden Black Jack. Dann ging er zur Bar und bestellte sich einen Old Fashioned. Als Alex neben ihm einen Eistee orderte, spielte Josh mit den Chips. Beiläufig schob er die Karte seines Hotelzimmers unter die Serviette seines Drinks und nahm das Glas mit zurück an den Black-Jack-Tisch. Er spielte fünf weitere Runden mit kleinen Einsätzen und tastete dann in seiner Jacketttasche nach der Zimmerkarte. Als er sie nicht finden konnte, hinterließ er einen Fünf-Dollar-Chip als Trinkgeld für den Croupier und machte sich auf den Weg zur Rezeption. Er hatte vermutlich seinen Schlüssel im Zimmer vergessen, teilte er der freundlichen Dame mit. Sie fragte ihn nach einem Ausweis, er reichte ihr seine Kreditkarte und hielt keine drei Minuten später eine neue Schlüsselkarte in der Hand.

Es kam dauernd vor, dass Gäste ihre Karten verloren, sagte die Rezeptionistin, als sich Josh für die Unannehmlichkeiten entschuldigen wollte. »Dafür haben wir ja die Karten«, sagte sie. Natürlich fand Josh die zweite Karte in seinem Zimmer. Oben auf der Tasche mit dem Geld. Und es war nichts weiter davon nachweisbar, als dass ein Gast an der Bar seinen Schlüssel hatte liegenlassen, auf der praktischerweise keine Zimmernummer vermerkt war, so dass deshalb niemand in Panik geraten musste: der Gast nicht, weil er sein Hab und Gut in Sicherheit wissen durfte, das Hotel nicht, weil eine Karte kaum zehn Cent kostete, und die Polizei nicht, weil sie nicht einmal bemerken würde, dass die Chipkarte den Besitzer gewechselt hatte. Die Polizei hätte nur dann eine Chance, wenn sie statt dem Kurier von Anfang an Josh verfolgt hätte. Und da der Kurier ihr einziger Kontakt zu den Geldwäschern war, war das nicht besonders wahrscheinlich.

Der Vollständigkeit halber muss hier erwähnt werden, dass dieser Testlauf natürlich das letzte Mal war, dass der Cash Club ein Zimmer unter einem ihrer echten Namen nehmen würde. Josh grinste, als er die Tasche mit dem Geld schulterte und die Tür zu seinem Hotelzimmer zuzog. Er war gespannt, ob dies ein Prozess nach Alex' Geschmack war. Und ob er geeignet war, besser Geld zu waschen als die Japaner und die Deutschen. Wenn Amerika schon bei den Autos und bei Waschmaschinen hinterherhinkte, sollte es doch wenigstens dem Dollar gelingen, die Weltspitze zu halten. Und nichts anderes als die Weltspitze war ein akzeptables Ziel für den Cash Club.

KAPITEL 96

Februar 2006 (eine Woche später)
Atlantic City, New Jersey

ALEXANDER PIECE

Don Frank stand in der Küche, wo ihn Alex noch niemals gesehen hatte, außer möglicherweise um Eiswürfel für ihre Drinks zu holen. Nicht nur stand Don Frank in der Küche, er stand sogar vor dem Herd. Und rührte in einer Schüssel.

»Komme ich ungelegen, Don Frank?«, fragte Alex, der von einer seiner Töchter ins Haus gelassen worden war.

»Du kommst genau richtig«, sagte Don Frank.

»Was ist das?«, fragte Alex und deutete auf den Topf mit der kochenden Pasta.

»Ein Essen für arme Leute«, sagte Don Frank.

Alex beobachtete, wie der Boss ein Ei aufschlug und das Eiweiß in die Spüle tropfen ließ. Das Eigelb wanderte zu den anderen in die Schüssel.

»Es gibt nichts Besseres«, behauptete der Don und goss Sahne in die leere Eierschale, um sie dann zum Eigelb zu gießen, was Alex reichlich kompliziert vorkam. Der Don musste seinen fragenden Blick bemerkt haben, denn im Laufe der nächsten fünfzehn Minuten weihte er Alex in die große Kunst der besten Spaghetti Carbonara der Welt ein.

»Ich dachte, nur Amerikaner gießen Sahne an ihre Carbonara«, gab Alex zu bedenken und erntete Gelächter.

»Ich bin postideologischer Italiener, Alex«, sagte Don Frank. »Erst kommen die Puristen, die behaupten, in Italien gibt niemand Sahne rein. Das sei hundertprozentig erwiesen, behaupten sie. Weil ja jedem klar sein müsste, dass die Amerikaner die mit dem Fett im Essen seien.«

So hatte das Alex auch gehört. Er beobachtete, wie Don Frank dünne Scheiben eines dunkelbraunen, fettdurchzogenen Schinkens in eine mäßig heiße Pfanne legte. Sie kräuselten sich wie feuchte Blätter über einer heißen Flamme.

»Aber das stimmt nicht«, führte Don Frank aus. »Die Römerinnen geben seit mindestens hundert Jahren eine kleine Menge Sahne dazu. Sie ersetzen das Eiweiß durch Sahne, wobei das Verhältnis die Magie ausmacht.«

Schließlich schnitt Don Frank eine Knoblauchzehe klein, streute etwas Chilipulver in die Mischung und goss die Nudeln ab, wobei er kein Sieb verwendete, sondern eine ordentliche Menge Kochwasser im Topf ließ. Dann gab er die Eier dazu und begann, die Nudeln und die Eier mit einer Gabel zu mischen. Zwei Minuten später war eine sämige Sauce entstanden, die sich um die Nudeln schmiegte wie ein warmer Wintermantel. Don Frank füllte zwei Teller und streute den Speck darüber.

»Setz dich«, forderte er Alex auf und deutete auf den kleinen Esstisch in seiner Küche. Alex setzte sich und ließ sich vom Boss sein Armeleuteessen servieren.

»Was wolltest du eigentlich von mir?«, fragte der Don. Die Teller vor ihnen dampften, und in der Mitte des Tisches stand eine Schüssel mit geriebenem Käse. Don Frank streute etwas davon auf die Spaghetti und begann, sie auf dem Teller durchzumischen. Er aß ohne Löffel und drehte die Spaghetti am Tellerrand auf die Gabel.

»Deine Erlaubnis«, sagte Alex und blickte skeptisch auf seine Gabel, auf der sich ein riesiger Wulst Spaghetti angesammelt hatte. Don Frank hatte ihm keinen Löffel angeboten, und er traute sich nicht, den italienischsten aller italoamerikanischen Gangsterbosse danach zu fragen. Er steckte alles in den Mund und verbrannte sich den Gaumen. Es war höllisch heiß. Aber es schmeckte tatsächlich göttlich.

»Das Geheimnis beim Käse ist eine Mischung aus altem Parmesan und Peccorino aus Sardinien«, sagte der Don. Keine Frage, dass er recht hatte.

»Wir haben ein Problem mit dem Maurer«, sagte Alex.

Don Frank legte sein Besteck beiseite und trank einen Schluck Weißwein. Für einen kurzen Moment starrte er auf die Schüssel mit dem Käse und drehte dann eine weitere Portion Pasta auf die Gabel.

»Er hat mich darum gebeten, an dem Geldwäschegeschäft teilnehmen zu dürfen«, sagte Alex.

Don Frank lächelte: »Ich bin mir sicher, das war nicht seine Formulierung«, stellte er fest.

»Nein«, gab Alex zu.

»Der Maurer fragt nur einmal«, sagte Don Frank. Was immer das bedeutete.

»Und?«, fragte Alex.

»Und?«, fragte Don Frank. »Was willst du tun?«

»Ich habe vor – mit deiner Erlaubnis natürlich, Don Frank –, ihm ein Schnippchen zu schlagen«, sagte Alex.

»Es ist gefährlich, dem Maurer nicht das zu geben, was er will«, sagte Don Frank.

»Er wird nicht wissen, von wo ihn der Schlag getroffen hat«, behauptete Alex. »Weil ihn jemand anders für uns ausführen wird.«

Don Frank griff zum Käse und streute eine dünne Schneedecke über seine Nudeln.

»Das Wichtigste überhaupt ist der Schinken«, sagte Don Frank, und Alex wusste, dass dies ein untrügliches Zeichen dafür war, dass Don Frank ja sagte, ohne ja zu sagen.

»Der Schinken kann nur ein luftgetrockneter Schweinenacken sein«, sagte Don Frank. »Ein Coppa mit Wacholder-Meersalz, um den sich jeden Tag eine liebevolle Hand kümmert, bis er bereit ist für die beste Carbonara der Welt.«

Alex lächelte. Er hatte tatsächlich vor, dem Maurer eine überaus liebevolle Behandlung angedeihen zu lassen. Er wusste zwar noch nicht, wie er das anstellen sollte, aber Brian würde schon etwas einfallen. Das war es bisher schließlich immer. Und so kam es, dass Alex von Don Frank die Erlaubnis bekam, sich mit einem anderen Boss anzulegen. Und ihm damit die Entführung heimzuzahlen. Dass er im gleichen Atemzug das Rezept für die beste Carbonara der Welt lernte, war ein willkommener Nebeneffekt.

KAPITEL 97

März 2006 (anderthalb Wochen später)
Atlantic City, New Jersey

STANLEY HENDERSON

Jeden Morgen, wenn Stan seinen Computer hochfuhr, schaute er als Erstes im Intranet des Secret Service nach den neuesten Blüten. Sobald Falschgeld entdeckt wurde, das sich nicht einer bekannten Druckplatte zuordnen ließ, wurde es zunächst von den Weißkitteln in Washington untersucht. Natürlich waren die meisten neuen Blüten dreiste Fälschungen, die mit Hilfe eines Farbkopierers angefertigt worden waren und die nur geringe Ähnlichkeit mit echten Dollars erkennen ließen. Seit letzter Woche waren im Bundesstaat Alabama beispielsweise schwarz-weiße Zehner unterwegs, die aussahen, als habe man sie durch ein Faxgerät gezogen. Es war unglaublich, welch schlechte Qualität es dennoch schaffte, in den Zahlungsverkehr zu gelangen. Diese Fälscher waren keine Profis, sondern Jugendliche, die sich einen Spaß erlaubten, oder Junkies, die kein Geld für den nächsten Schuss hatten und deren Gehirn aus frittierten Marshmallows bestand.

Aber immerhin. Sie schafften es, im schlechten Licht und in der Hektik von Nachtclubs einen Whiskey Cola damit zu bezahlen. Und landeten so auf dem Schreibtisch von Stanley Henderson. Oder besser gesagt: In dem Computer auf Agent Stanley Hendersons Schreibtisch, denn natürlich trat für solche Lappalien nicht der Secret Service auf den Plan. Die Mengen, die sich mit derart schlechten Blüten verbreiten ließ, bereitete niemandem Kopfschmerzen, nicht einmal einer bürokratisch-schizophrenen Bundesbehörde.

Stan nippte an seinem Kaffee und gab sein Passwort ein.

Laut Alex dürften mittlerweile gut zwei Millionen ihrer Dollar in Umlauf sein. Womit die Wahrscheinlichkeit, dass einer ihrer Scheine entdeckt wurde, langsam auf hundert Prozent stieg. Natürlich wussten sie, dass ihre Blüten nicht ewig unter dem Radarschirm fliegen würden. Das hatten sie immer gewusst. Und es war nicht nur ein kontrolliertes Risiko, sondern sogar Teil des Vergnügens, denn schließlich war es nur der halbe Spaß, wenn man der beste Geldfälscher der Welt war, davon aber niemand wusste. Zumindest Josh schien seinen Werken wie ein Künstler verbunden, der den Ruhm der Öffentlichkeit suchte. Alex lachte darüber. Stan konnte nicht darüber lachen, weil es im Grunde ja auch nur der halbe Spaß war, der beste Geldfälscher der Welt zu sein, wenn man gleichzeitig beim Secret Service dafür zuständig war, die besten Geldfälscher der Welt dingfest zu machen. Auch dies war schizophren, wie sich Stan eingestehen musste.

Stan scrollte durch die Neuzugänge der letzten Woche. Noch immer war keiner dem Cash Club auf die Schliche gekommen. Stan fragte sich, wie lange das so bleiben würde, als plötzlich Trish neben ihm stand. Sie legte eine Hand auf seine Schulter. Zärtlich.

»Hey, Boss«, sagte sie.

»Hey, guten Morgen«, antwortete Stan. Sie fuhren getrennt zur Arbeit, obwohl die meisten längst wussten, dass sie ein Paar waren. Spätestens seit ihrem gemeinsamen Auftritt beim Veteranenball wurde auf den Fluren getuschelt. Aber selbst den Chef schien es nicht zu stören. Im Grunde war Stan der Einzige, den es störte, denn er wollte Trish nicht mit hineinziehen, falls doch etwas schiefging. Wofür es natürlich längst zu spät war, dachte er. Oder nicht?

»Egg McMuffin?«, fragte Stan und hielt Trish das pappige Brötchen mit Ei und Speck ins Gesicht. Trish rümpfte die Nase.

»Was macht unser Freund Gailwright?«

»Sitzt in seiner Villa in Palm Beach und zählt das Geld«, antwortete Stan kauend und schloss das Fenster mit dem Intranet. Frederic Gailwright war das Geschenk von Alex. Der nächste Fall, den Stan aufdecken durfte, weil Frederic Gailwright den Fehler gemacht hatte, einem New Yorker Familienoberhaupt Geld in Form einer idiotensicheren Geldanlage abzuknöpfen. Nun saß er mit dem Geld der Mafia und einiger hundert anderer Leute in Palm Beach und hatte nicht vor, etwas davon zurückzugeben. Er hatte Anteile an einer Scheinfirma verkauft, die angeblich eine Methode entwickelt hatte, Gummimischungen durch Hitze so zu verändern, dass es elastischer und gleichzeitig härter wurde. Ein Widerspruch? Nicht für die fünfhundertachtundzwanzig meist älteren Mitbürger, die auf die Masche hereingefallen waren. Im Internet gab es neben der Seite, die das Gummi der Zukunft versprach – entwickelt von einem dubiosen Zeitgenossen, der angeblich auch den Herzschrittmacher erfunden hatte –, eine Menge Warnungen vor dem Betrüger. Die Investoren schien das jedoch nicht abzuschrecken. Das Problem an diesem Fall war die Tatsache, dass Frederic Gailwright möglicherweise gegen kein Gesetz verstoßen hatte außer den gesunden Menschenverstand. Es verhielt sich mit seinem Betrug in etwa so wie mit der Lebensmittelindustrie, die behauptete, dass Schokoriegel light sind. Das konnte auch niemand im Vollbesitz seiner geistigen Kräfte glauben, und dennoch war es nicht illegal. Wobei Stan im Fall von Frederic Gailwright einen Ehrgeiz entwickelt hatte, den ihm weder Trish noch er selbst zugetraut hätten. Stanley Henderson kämpfte gegen den Betrüger und für die kleinen Leute. Und für einen Mafiaboss in New York City, der in Stan seine einzige Chance sah, sein Geld wiederzusehen. Sonst hätte Frederic Gailwright vermutlich wenig Freude an seinem Pool und den Drinks mit den

Schirmchen. Weil er dann längst kopfüber in seinem eigenen Chlorwasser schwimmen würde.

»Wir kriegen ihn«, versprach Stan.

»Wir kriegen sie doch immer«, sagte Trish.

Womit sie technisch gesehen nicht unrecht hatte, denn die Aufklärungsquote beim Secret Service kratzte an neunzig Prozent. Weil jeder irgendwann einen Fehler machte. Außer natürlich der Cash Club, dachte Stan. Er lächelte. Trish würde denken, dass er sich über ihre aufmunternden Worte freute. In Wahrheit aber freute er sich darüber, dass der Cash Club den Secret Service noch immer zum Narren hielt. Und dass Agent Stanley Henderson auf beiden Hochzeiten tanzte.

KAPITEL 98

April 2006 (drei Wochen später)
Atlantic City, New Jersey

ASHLEY O'LEARY

»Brauchen Sie ein Beistellbett?«, fragte die Rezeptionistin mit einem Seitenblick auf den kleinen Aaron, der in diesem Moment auf dem Tresen saß und eine Steckblume auseinanderpflückte.

»Er kann bei mir schlafen«, sagte Ashley. »Er fällt nicht mehr raus.«

Sie sagte das mit dem Elternstolz, den alle Eltern empfinden, wenn ihre Sprösslinge in der Lage sind, die einfachsten Dinge im Leben selbständig zu erledigen. Denn mit jedem Schritt rückte die Phase totaler Abhängigkeit des Nachwuchses in weitere Ferne. Und der Tag, an dem man keine Windeln mehr wechseln musste, ein Stückchen näher. Wenn Aaron trocken war, käme das vom Sensationsgrad einer erfolgreichen Marsmission der NASA nahe. Vermutlich würden sie eine Woche lang allen Freunden von dem Wunder berichten, das ihnen widerfahren war. Was ironischerweise das Geschäftsmodell von »The Next Big Thing« zu sein schien. Soziales Netzwerken nannte sich das Geschäftsmodell, das »The Next Big Thing« mit begründet hatte.

Die Dame an der Rezeption nickte ernst ob der Tatsache, dass Aaron nicht mehr aus dem Bett fiel. Vermutlich kalkulierte sie den Verlust, den das Hotel mit Ashleys Buchung einfahren würde, denn es war nahezu ausgeschlossen, dass eine junge Mutter ordentlich Geld im Hotelcasino verjubeln würde, was jedoch in dem günstigen Preis für das Vier-Sterne-Zimmer eingerechnet war. Zum Glück war das nicht Ashleys

Problem, und wenn, wäre es das kleinste ihrer Probleme gewesen. Denn sie hatte den Auftrag bekommen, die Taschen an Don Franks Kuriere zu übergeben. Genauer gesagt, hatte Aaron den Job bekommen, weil die Sache mit dem kleinen Kind nun einmal funktionierte. Oder zumindest nach gesundem Menschenverstand funktionieren müsste, denn welcher Cop würde schon eine Million Dollar verteilt auf zehn Sporttaschen im Kofferraum vermuten, wenn das Kind auf dem Rücksitz während der Kontrolle einen weiteren Keks einforderte. Win-win nannte Alex das.

Ashley hatte trotzdem ein mulmiges Gefühl, als sie die Sporttasche aufs Bett stellte. Und ein schlechtes Gewissen, als sie Aaron die Zimmerkarte unter die Serviette im Café schieben ließ. Sie blickte sich nervös um. Am Nebentisch saß ein Mann, der das verabredete weiße Einstecktuch im Jackett und dazu eine grüne Krawatte trug. Er nickte ihr kaum merklich zu. Ashley lächelte dünn und legte einen Zehner neben das Glas Apfelsaft und den doppelten Espresso. Dann nahm sie Aaron an der Hand und machte sich auf den Weg zur Shopping Mall. Wenigstens ein kleines Geschenk für Aaron würde sie auf jedem ihrer Trips besorgen – wenn sie ihren Sohn schon einspannte.

Als sie in einem Spielzeugladen eine Wasserpistole kaufte, bemerkte sie am Blick ihres Sohnes, dass er längst begriffen hatte, wie der Hase lief. Die immergleiche Kaskade an Ereignissen ließ ihn die Belohnung erahnen: Autofahrt, ein Hotelzimmer, in dem sie eine Tasche zurückließen, ein Café, der Spielwarenladen, wieder das Hotelzimmer, diesmal mit einer neuen Tasche und wieder die Autofahrt. Vier Hotels am Tag, zweieinhalb Tage Rundreise quer durch Atlantic City und die umliegenden Bundesstaaten. Als sie mit dem gewaschenen Geld wieder in ihrem Auto saßen, warf Aaron die Wasserpistole neben den neuen Fußball, die Mickey Mouse und die vier ungelesenen Bücher.

Anfangs hatte er sich lautstark über die schwarze Perücke beschwert, die sie aus Sicherheitsgründen trug, aber auch daran hatte sich ihr Sohn mittlerweile gewöhnt. Alex' Prozess lief jetzt auf Hochtouren. Der Cash Club wusch eine Million Dollar in der Woche und bekam sechshundertdreißigtausend zurück. Grob gerechnet. Machte 2,5 Millionen im Monat. Sie waren im Geschäft. Als Ashley auf den Highway bog, drehte sie die Musik lauter. WMGM hatte heute Morgen berichtet, dass der Online-Händler ThinkNew seit heute Einhornfleisch in Dosen verkaufte. Es war der 1. April 2006. Und bis jetzt hatte keiner einen besseren Aprilscherz auf Lager als der Cash Club. Falsche Hunderter in Sporttaschen. Millionen davon. Fast wie Einhornfleisch in Dosen. Nur sehr viel lukrativer.

KAPITEL 99

April 2006 (zwei Wochen später)
New York City, New York

JOSHUA BANDEL

Das angesagteste Hotel der Stadt war immer noch das Soho Grand, und für ihre Feier war Josh gerade das Beste gut genug. Er genoss Monas Staunen, als sie das dunkle Zimmer betraten, und das Kichern im Bad. Josh hatte für ihren Wochenendtrip alles im Voraus gebucht: die Suite, eine Shopping-Tour mit eigener Limousine und Fahrer – und natürlich das Abendessen am Samstag im Five Ninth. Mona trug ein etwas unanständiges Kleid, als er sie die Stufen zu dem alten Brownstone hinaufführte. Sie hatte angekündigt, sich für das Wochenende gebührend zu revanchieren, und Mona war keine Ehefrau der leeren Versprechungen. Josh konnte es nicht erwarten. Ebenso wenig wie er es erwarten konnte zu bezahlen.

»Auf euren ersten wiederkehrenden Kunden«, sagte Mona, nachdem der Kellner den Aperitif eingeschenkt hatte, der heute natürlich nur ein Champagner sein durfte.

»Auf unseren ersten wiedergekehrten Kunden«, sagte Josh und schaute ihr tief in die Augen, bevor er einen Schluck nahm. Der Kellner servierte eine Aufmerksamkeit aus der Küche, das sogenannte Amuse-Gueule, was schön französisch klang und noch ein wenig besser schmeckte. Der erste wiedergewonnene Kunde war die offizielle Begründung für ihre Feier. Mona dachte immer noch, dass Josh, Alex und Ashley eine Investmentfirma gegründet hatten, die das Geld reicher Säcke von der Ostküste verwaltete. Ihre Fragen nach dem Firmensitz hatte Josh stets ausweichend beantwortet. Serversicherheit, die nicht kompromittiert werden dürfe, und so weiter. Was natürlich eine hanebüchene Begründung dafür war, dass Mona im Büro nicht willkommen war. Wie hätten sie die Druckmaschine und die Tonnen von Bargeld erklären sollen? Alles in allem waren Joshs Geschichten über seine Arbeit nicht besonders glaubwürdig. Aber wie bei allen Geschichten, die Eheleute für den anderen erfanden, wurden sie geglaubt, weil sie geglaubt werden wollten. Die Sache mit dem wiederkehrenden Kunden war allerdings nicht so weit hergeholt, wie es sich zunächst anhörte, aber dazu später mehr. Nach dem Aperitif und dem Amuse-Gueule jedenfalls konzentrierte sich Monas Neugier auf den nächsten Gang. Und auf ihre fixe Idee mit der Bäckerei.

»Haben wir genug Geld für ein Investment?«, fragte Mona nach der Vorspeise.

»Wir haben genug Geld für so ziemlich jedes gute Geschäft, Schatz«, behauptete Josh und trank einen Schluck Weißwein.

»Ich habe mich erkundigt«, sagte Mona. »In Longport ist eine Backstube mit einem kleinen Laden frei.«

Josh griff nach der Serviette und tupfte sich die Mundwinkel trocken.

»Du musst nicht arbeiten, Schatz«, sagte Josh. »Ich verdiene genug Geld für uns beide.«

Mona seufzte: »Ich weiß. Aber mir fällt die Decke auf den Kopf.«

Und du bist nie da, fügte Josh in Gedanken hinzu. Dabei könnte es so einfach sein. Sie brauchte nur noch ein paar Monate durchzuhalten, maximal zwei Jahre. Eine Bäckerei wäre nur Ballast für sie. Aber natürlich konnte Mona das nicht wissen.

»Ich könnte an die Casinos verkaufen«, sagte Mona.

Josh lachte: »Da könntest du auch versuchen, an McDonald's zu verkaufen«, sagte er. »Die Casinos wollen Weißbrot, damit die fetten Ärsche schnell wieder an den Slotmaschinen sitzen.«

»Du weißt, wie ich es meine«, sagte Mona und strich etwas Butter auf das Baguette.

»Ich meine, das hier ist ein Superrestaurant in der Superstadt New York, oder nicht? Und jetzt schau dir mal das Brot an.«

Josh betrachtete die blassen Scheiben mit der labberigen Kruste in dem Korb, der zwischen ihnen stand. Wer in Deutschland gelebt hatte, wusste, worauf Mona hinauswollte. Nur dass natürlich keiner der New Yorker Restaurantbesitzer in Deutschland gelebt hatte. Der Cash Club verdiente im Monat so viel wie vierzig Bäckereien. Und sie waren erst am Anfang.

»Sie versuchen gerade, das deutsche Brot als Weltkulturerbe eintragen zu lassen.«

Josh grinste: »Neben dem Taj Mahal, der Chinesischen Mauer und den Galapagosinseln?«

Mona nickte ernsthaft: »Lache nicht über unser Brot«, sagte sie. »Du kannst über das deutsche Finanzamt lachen, über unsere Tracht und über den Reis bei der Hochzeit. Aber lache nicht über unser Brot.«

Josh hob abwehrend die Hände: »Nein, natürlich nicht. Nicht das Brot.«

Andererseits war es keine gute Idee, Mona gelangweilt zu Hause versauern zu lassen, während Josh den größten Coup der Weltgeschichte durchzog. Das Weltkulturerbe des Verbrechens sozusagen. Wer weiß, was eine gelangweilte Ehefrau anrichten konnte, vor allem wenn sie mit so viel Energie gesegnet war wie seine deutsche Frau mit dem unanständigen Kleid.

»Was kostet denn der Laden?«, fragte Josh schließlich kurz vor dem Dessert.

»Dreitausendvierhundert plus Strom und Wasser«, sagte Mona. Was natürlich keine Summe war. Josh konnte das jetzt, wo er auch noch das Problem mit dem Papiereinzug gelöst hatte, binnen zwei Minuten drucken. Ashley hatte nur ein Programm schreiben müssen, das dafür sorgte, dass der Drucker erst dann mit der ersten Druckzeile anfing, wenn Josh das Okay dazu gab. So konnte er auf jedem Bogen überprüfen, ob die Seriennummer richtig saß. Der Ausschuss war auf unter ein Prozent gesunken. Womit die maximal druckbare Menge auf ihrem Papier auf sagenhafte 4,3 Milliarden Dollar angewachsen war. Theoretisch natürlich. Aber Josh wüsste keinen Grund, warum das nicht zu schaffen wäre. Zumindest wenn alles weiter so lief wie bisher.

»Rede mal mit dem Vermieter«, schlug Josh vor.

Mona klatschte in die Hände, so dass sich der Nachbartisch zu ihnen umdrehte. Die Stuhlbeine kratzten auf dem Holzboden, als sie aufstand, um ihm einen Kuss zu geben. Sie zog den Stuhl wieder zu sich heran, konnte ihre Aufregung aber kaum verbergen.

»Es wird ein großer Erfolg, das verspreche ich dir«, sagte Mona, obwohl Josh zunächst nur einer Kontaktaufnahme zugestimmt hatte. Vermutlich richtete Mona bereits den Laden ein. Trotzdem lächelte Josh leise, als der Kellner die Rechnung auf den Tisch legte. Er griff zu seinem Portemonnaie und zog drei Einhundertdollarscheine heraus. Er legte sie in das Mäppchen. Einer der Scheine war der wiederkehrende Kunde. Der erste Schein, der den Weg zurück zu seinem Erschaffer gefunden hatte. Josh hätte zu gerne gewusst, welchen Weg er genommen hatte. Von einem der Geldwäscher als Wechselgeld zu einem Touristen? Dann ins Casino? Und dann vielleicht in den Tresor einer Bank? Und weil er die Computerprüfung bestanden hatte und keine Beschädigungen aufwies von dort in den Automaten, an dem Josh Geld abgehoben hatte von seinem regulären Konto? Denn auch das musste ein Geldfälscher bedenken: Auch wenn sie eine gigantische Menge gewaschenes Bargeld zur Verfügung hatten, machte sich verdächtig, wer von einem Tag auf den anderen sein Konto nicht mehr verwendete. Das hatte Stan ihnen gesteckt, weil der Secret Service so etwas prüfte, wenn eine Person unter Verdacht geriet. Also hob Josh Geld ab, auch wenn er langsam nicht mehr wusste, wohin damit. Und natürlich war es für ihn ein feierlicher Augenblick gewesen, eines seiner Babys aus dem Automaten zu ziehen. Er hätte es fast selbst nicht gemerkt, wenn nicht die Seriennummer um ein Grad schräg gestanden hätte. Was natürlich niemandem auffallen würde. Auch nicht hier in New York, weswegen er keine Sorge hatte, mit dem Schein zu bezahlen. Der kleine Nervenkitzel war für Josh ein wichtiger Bestandteil der Feierlichkeiten zu ihrem wiederkehrenden Kunden. Genau wie der Nachtisch in der Suite des Soho Grand, den er jetzt zu genießen gedachte. Er hatte Kerzen bestellt, die brennen würden, wenn sie in ihr Zimmer kamen. Dafür hatte ein echter Hunderter beim Concierge hoffentlich gesorgt. Mona liebte Kerzen. Und ihre Idee von einer deutschen Bäckerei in Amerika. Und ihren Ehemann mit dem lukrativen Job. Mona drängte ihn gegen die Wand des schmalen Flurs, als sie ihn küsste, und Josh schob das etwas unanständige Kleid ein Stückchen nach oben.

KAPITEL 100

April 2006 (eine Woche später)
Atlantic City, New Jersey

ALEXANDER PIECE

»Was hast du für mich?«, fragte Alex.

»Die Problematik reicht viel tiefer«, sagte Brian. Sie saßen im Vogue, und Alex hatte schlechte Laune, weil es seiner Mutter nicht gutging. Die Hepatitis war zwar keine lebensbedrohliche Krankheit, aber immerhin eine chronische, und so wechselten sich gute mit schlechten Wochen ab. Dieser Monat war bisher ein schlechter Monat, und es gelang Alex nicht, sie davon zu überzeugen, endlich ihre Arbeit in dem Tanzclub aufzugeben. Eine Arbeit in solch einem Etablissement konnte niemals gut für die Leber sein, das wusste Alex aus eigener Erfahrung.

»Probleme interessieren mich nicht«, sagte Alex und griff nach einer Dose Cola light. Er trank in schnellen Schlucken, so dass ihm die Kohlensäure im Hals weh tat. Kein Genuss, keine Flüssigkeitszufuhr. Eher eine Art Medikation gegen den Ärger, der sich gegen Brian zu richten drohte, der nun wirklich nichts dafür konnte.

»Ist dir schlecht?«, fragte Brian.

»Quatsch«, protestierte Alex. »Es sei denn, du sagst mir, dass dem Computergenie nichts zu unserem Maurerproblem eingefallen ist.«

»Unserem Maurerproblem?«, fragte Brian. »Welchem Maurerproblem?« Er hob entschuldigend die Hände, als Alex nach dem Briefbeschwerer griff.

»Hast du eine Pistole in deinem Schreibtisch?«, fragte Brian.

»Nein, im Handschuhfach«, sagte Alex und grinste, weil Brian bleich wurde. Weil er wusste, dass er nicht flunkerte. »Brauchen wir zur Umsetzung deines Plans eine Pistole?«, fragte er.

»Nein«, antwortete Brian. »Ich versuchte nur auszurechnen, wie wahrscheinlich es ist, dass du mich mit dem Briefbeschwerer erschlägst. Was du natürlich nicht tun wirst, da du eine Pistole im Handschuhfach hast.«

»Wieso sollte mich das davon abhalten, dir den Briefbeschwerer über den Kopf zu ziehen?«, fragte Alex.

»Wegen der Sauerei«, sagte Brian. »Blutspritzer auf dem Teppich, möglicherweise auf deinem teuren weißen Hemd. Die Pistole ist da doch viel ...«

Alex hieb mit der Faust auf den Tisch: »Verdammt noch mal«, fluchte er.

»Okay«, sagte Brian und atmete tief ein. »Okay«, wiederholte er. Er zog einen Briefumschlag aus dem Stapel auf Alex' Schreibtisch und griff nach einem Kugelschreiber.

»IRS heißt das Zauberwort«, sagte Brian.

»Die Steuerbehörde?«, fragte Alex. Er drehte sich in seinem Drehstuhl.

»Die Steuerbehörde«, bestätigte Brian. »Niemand hat mehr Spaß an der Mafia als die Steuerbehörde.«

Alex starrte zur Decke.

»Schau mal«, sagte Brian. »Jeder zahlt Steuern. Sogar die Mafia.«

»Sogar wir«, sagte Alex. »Obwohl wir versuchen, es zu vermeiden, wo wir können.«

»Genau mein Punkt«, sagte Brian. »Der Maurer hat mindestens zwanzig Firmen, über die er seine Geschäfte abwickelt. Die legalen und – ich vermute – auch einen Teil der illegalen.«

»Okay«, sagte Alex. »Und was hat das mit der IRS zu tun?«

»Sagen wir mal, sein Computernetzwerk war bei weitem nicht so gut wie sein Netzwerk zur Mafia.« Brian grinste.

»Du hast Zugriff auf sein Firmennetzwerk?«, fragte Alex.

»Nicht auf das ganze. Aber ich habe genug, um ihm eine Menge Probleme zu bereiten.«

»Du willst ihn bei der IRS verpfeifen? Und dann?«

»Dann wird er mindestens ein Jahr solche Probleme haben, dass er ganz sicher nicht in eine Geldwäscheoperation einsteigen wird. Weil er genug damit zu tun haben wird, seine schon jetzt existierenden schwarzen Konten zu verstecken.«

»Klingt nach einem Plan«, sagte Alex. Vor allem wenn man bedachte, dass die Steuerbehörde bei der Mafia so verhasst war wie keine zweite. Nicht einmal das FBI konnte da mithalten. Was natürlich daran lag, dass ebenjene verschnarchte IRS dereinst den größten Boss aller Zeiten dingfest gemacht hatte: den legendären Al Capone. Verhaftet nicht wegen seiner Morde, sondern ausgerechnet wegen Steuerhinterziehung.

»Ich würde sogar sagen, das klingt nach einem sauguten Plan«, ergänzte Brian noch, während Alex' Telefon klingelte. Er kannte die Nummer. Sie rief seit zwei Wochen fast täglich an. Auch diesmal würde sich der Finanzscherge des Maurers wieder nach der ersten Lieferung vom Cash Club erkundigen. Er konnte ihn nicht mehr lange hinhalten. Aber wenn Brians Plan aufging, hätte der Buchhalter aus New York vermutlich bald andere Sorgen. Manchmal konnte das Gangsterleben so einfach sein. Solange man sich besser mit Computern auskannte. Und Mitte der Zweitausender arbeitete die Mafia noch mit Windows NT. Gott bewahre uns vor dem Tag, an dem die bösen Jungs begreifen, wie wichtig die Computer mittlerweile geworden sind. Dass sie bald vermutlich unser ganzes Leben übernehmen würden. Unsere Telefone, unsere Kühlschränke, unseren Einkauf. Dann würden die bösen Buben ihre Verbrechen mit Computern begehen – so ähnlich wie der Cash Club, nur dass der früher dran war. Sie setzten den Trend, statt ihm zu folgen. Ganz wie es sich für ein Start-up aus dem Silicon Valley gehörte. Natürlich unterschied der Cash Club zwischen sich selbst und echten Verbrechern. Schließlich bestahlen sie niemanden – zumindest nicht unmittelbar. In der Realität bestahlen sie die Staatskasse der Vereinigten Staaten, aber angesichts der neuen Schulden, die der Kongress jedes Jahr verabschiedete, waren ihre paar Millionen doch nur Kieselsteine im Ozean. Was Alex in diesem Moment unterschätzte, war die Menge an Geld, die sie noch drucken würden. Weil sie jede Vorstellungskraft sprengte. Selbst die von Alex Piece, dem man nicht gerade Phantasielosigkeit unterstellen konnte. Das Zweite, was Alex an diesem Tag unterschätzte, war die Gründlichkeit der amerikanischen Finanzbeamten. Denn es sollte sich herausstellen, dass die Anrufe der New Yorker Nummer tatsächlich einige Wochen später aufhörten. Weil die IRS mit neun (!) Mannschaftswagen vor der Firmenzentrale des Maurers vorfuhr und einhundert Beamte ausschwärmten, um alle Akten einzusammeln, derer sie habhaft werden konnten. Es war der größte Fall von Steuerhinterziehung der letzten fünf Jahre – und ein riesiger Erfolg für den Chef der IRS. Was er nicht müde wurde, im Lokalfernsehen zu betonen. Es mag an dieser Stelle interessant sein zu erwähnen, dass der Mafioso trotzdem nicht in den Knast kam. Weil er sich bereit erklärte, auch die verjährten Steuern nachzuzahlen. Was der Staatskasse mehrere Millionen einbrachte und wieder einmal bewies, dass es eine Größenordnung gab, ab der Verbrechen nicht mehr geahndet wurden.

KAPITEL 101

Juli 2006 (drei Monate später)
Atlantic City, New Jersey

STANLEY HENDERSON

Stan nahm die Einfahrt zu ihrem Haus, das sie vor zwei Monaten bezogen hatten, ohne zu bremsen, und rollte direkt in die Garage. Seine erste Amtshandlung war die Installation eines elektrischen Tors gewesen, das sich per Fernsteuerung öffnen ließ. Der Sommer in Atlantic City fühlte sich heißer an als in jeder verdammten Wüste, dachte er, als er ausstieg und ihn die stehende Luft eines fensterlosen Raums empfing, dessen Dach den ganzen Tag über von der Sonne aufgeheizt worden war. Stan zog seinen Aktenkoffer vom Rücksitz und stellte ihn neben die Tür. Dann begann er seinen Streifzug durch das Haus. Trish hatte versprochen, einen Einkauf zu erledigen. Walmart. Ein Footballfeld von einer Einkaufsdestination. Shopping Experience. 55 000 Produkte unter einem Dach. Trotzdem musste er sichergehen. Schließlich die Gewissheit: keine Trish. Er hatte mindestens zwanzig Minuten.

Auf dem Weg zurück in die Garage holte er aus dem Vorratsraum neben der Küche die kleine Stehleiter. Er stellte sie genau neben dem linken Hinterreifen auf den Boden und prüfte ihre Standfestigkeit, indem er daran rüttelte. Die Leiter war für sein Vorhaben ein wenig zu kurz. Es wäre verdächtig, eine Leiter im Haus zu haben, die lang genug war. So dachte zumindest sein kriminologisch geschulter Verstand, auch wenn sich Stan nicht sicher war, ob er seinen Kollegen eine derartige Beobachtungsgabe zutrauen sollte. Dann stieg er auf die Leiter und entfernte mit einem Akkuschrauber sechzehn lange Schrauben aus der Decke. Im geöffneten Zustand würde diese Stelle von dem Garagentor verdeckt, das auf Metallschienen an der Decke zurückglitt. Er hatte das automatische Garagentor nicht nur installiert, um seinen Alltag ein wenig bequemer zu machen, sondern auch, weil er so hatte rechtfertigen können, die Decke der gesamten Garage mit einem energiesparenden Dämmmaterial abzuhängen. Trish hatte sich begeistert gezeigt von ihrem Beitrag gegen die globale Erderwärmung, und Stan hatte zwei Fliegen mit einer Klappe schlagen können.

Als er die Latten abgenommen hatte, war eine Öffnung entstanden, durch die Stan gerade so durchpasste. Er schleppte den Koffer die Sprossen hinauf und zwängte sich durch das enge Loch, was angesichts der zu kurzen Leiter zu einer Zirkusnummer ausartete. Er schwitzte wie ein indischer Wasserbüffel, obwohl er einen Teil des energiesparenden Dämmmaterials längst gegen etwas anderes ausgetauscht hatte.

In dem niedrigen, spitzwinkeligen Hohlraum konnte Stan weder stehen noch die Hand vor Augen erkennen. Er klemmte sich eine Taschenlampe zwischen die Zähne und drehte sich ächzend um. Ganz offensichtlich eine Aufgabe für eine Schlangenlady und nicht für einen Footballspieler. Dann öffnete er das Zahlenschloss des Pilotenkoffers (was die größtmögliche vertretbare Aktentasche beim Service war) und schaufelte die Holzwolle mit den Händen nach links. Das kanarienvogelgelbe, kratzige Material roch nach Mottenkugeln, was sich Stan nicht erklären konnte. Dann stapelte er die neuen Scheine auf diejenigen, die längst einen Teil der Isolierung ersetzt hatten. Zunehmend wurde für den Cash Club das Lagern der gewaschenen Dollar das größere Problem, als die falschen unter die Leute zu kriegen. Was natürlich für eine ordentliche Fälscherbande ein Luxusproblem darstellte. Zum Glück war es nahezu ausgeschlossen, dass die wesentlich kleinere Trish mit der zu kurzen Leiter auf den Dachboden der

Garage kletterte. Sie würde nicht einmal die Schrauben erreichen. Apropos Trish, fuhr es Stan durch den Kopf. Er warf die Tasche auf den Boden und setzte einen Fuß zurück auf die oberste Sprosse. So schnell wie möglich schraubte er die Latten zurück an die Decke, und er hörte Trishs Wagen auch schon auf die Auffahrt rollen, kaum dass er die Leiter zurück in die Küche gestellt hatte. Irgendwann würde sie ihn erwischen. Weil alles Glück irgendwann eine Frage der Wahrscheinlichkeit ist. Vielleicht sollte er noch einmal mit Ashley reden. Jeder von ihnen hatte seine eigene Strategie entwickelt, mit der Dollarflut umzugehen. Und natürlich wusste keiner, welche die richtige war.

»Schatz, ich bin zu Hause«, rief Trish von der Tür. Stan lief ihr entgegen, drückte ihr einen Kuss auf die Wange und nahm ihr die braunen Papiertüten ab. Auf einer Rolle Küchenpapier standen Boxen von Xiang Lius Restaurant an der Boyle Street.

»Es gibt chinesisch?«, fragte Stan, während er die Küchenrollen, die Butter und die Milch verstaute.

»Nein«, sagte Trish, die seit Neuestem eine spezielle Diät verfolgte, die Frauen helfen sollte, schwanger zu werden, was niemand glauben konnte außer einer Frau, die unbedingt schwanger werden wollte.

Stan deutete auf die Boxen mit der chinesischen Pagode und zog eine Augenbraue hoch.

»General Tsos Chicken ist genau genommen kein chinesisches Essen«, behauptete Trish und riss ein Paar Einwegstäbchen auseinander. Sie reichte Stan ein Paar und verteilte die Boxen einigermaßen gerecht auf dem Esstisch.

»Bier?«, fragte Stan.

»Limo für mich«, sagte Trish. Es war Stan zunächst seltsam vorgekommen, dass eine .357er-Magnum-Frau unbedingt Kinder kriegen wollte, aber wenn man genauer darüber nachdachte, passte es zu Trish. Oder besser gesagt, passte es nicht zu ihr, keine Kinder zu haben. Stan hatte entschieden, dass es ihm nichts ausmachte, Kinder in die Welt zu setzen – jetzt, wo er es sich leisten konnte. Was natürlich Trish nicht wissen durfte, aber darum würde er sich kümmern, wenn es so weit war.

»Wieso soll General Tsos Hühnchen kein chinesisches Essen sein?«, fragte Stan kauend.

Trish seufzte: »Weil kein Chinese jemals etwas von einem General Tso gehört hat. Genauso wenig wie von Glückskeksen. Beides ist eine amerikanische Erfindung.«

Stan wusste nicht, ob das stimmte, aber er hatte keine Lust, sich mit Trish zu streiten. Zumal ohnehin etwas in der Luft lag, das spürte er. Trish hatte keine Lust, ein gesundes fruchtbarkeitsförderndes Abendessen zu kochen, und sie belehrte ihn mit einer absurden Geschichte über die Provenienz von Glückskeksen, die sich natürlich niemals ein Amerikaner ausgedacht haben konnte, schließlich gab es sie ausschließlich in chinesischen Restaurants und nicht bei Kentucky Fried Chicken oder bei Wendy's.

»Okay«, sagte Stan und schob sich ein weiteres Stück frittierte Hähnchenkeule mit der süßscharfen Sauce in den Mund. »Schmeckt aber trotzdem«, sagte er.

Trish stocherte in ihrem Lo Mein herum und pickte die Karotten heraus: »Was war das eigentlich für ein Meeting heute Nachmittag?«, fragte sie viel zu beiläufig. Aha, dachte Stan. Daher weht also der Wind.

»Was für ein Meeting?«, fragte er so unschuldig wie möglich zurück.

Trish steckte die Stäbchen in ihre Nudeln: »Na das, bei dem Bellwether als Erstes mal die Jalousien zugezogen hat. Du und Bellwether. Erinnerst du dich?«

Ein ironisch ätzender Unterton, den Stan schwer ignorieren konnte. Zumindest nicht, ohne dafür später zu bezahlen.

»Ach das«, sagte Stan so leichthin wie möglich und griff nach einem der Löffel, die Trish vorsorglich in die Mitte des Tisches gelegt hatte. Es war unmöglich, selbst für einen Mutterlandchinesen, mit Stäbchen den Rest von Reis mit Sauce aus dem Boden des Schächtelchens in den Mund zu bekommen. Man schaffte maximal drei Reiskörner auf einmal, was der ganzen Stäbchenkultur irgendwie den Sinn nahm, fand Stan. Mit dem Löffel schaufelte er eine Portion Reis in den Mund und antwortete kauend: »Irgendein supergeheimes Supergeheimtreffen in Washington.«

»Zu dem ich natürlich nicht eingeladen werde«, bemerkte Trish verstimmt. Die Lo Mein wurden vor ihren Augen kalt, was Stan nicht mit ansehen konnte. Mit einem fragenden Blick griff er nach der Schachtel. Trish nickte knapp.

»Verdammter Männerverein«, bemerkte sie schließlich, mehr zu ihrer Limo als an Stan gerichtet.

»Ist auch nicht meine Kragenweite«, sagte Stan, diesmal mit einer Portion Nudeln auf dem Löffel. »Ich fahre nur, weil die Beerdigung von Bellwethers Großtante genau an dem Tag stattfindet.«

»Bellwethers Großtante ist gestorben?«, fragte Trish auf einmal ernsthaft besorgt. Und so schnell konnte es gehen, eine Vollblutfrau von ihrem Lieblingsärger abzubringen. Starb jemand, erstickte der Zorn im Keim. Das Gleiche funktionierte auch mit Geburten. Warum das Trish jedoch zu einer schlechteren Polizistin machen sollte (der einzige Grund, sie zu dem Treffen nicht mitzunehmen), hätte auch Stan nicht erklären können, aber diese Frage stellte sich auch erst zehn Jahre später.

»Hast du eine Ahnung, worum es bei dem Treffen geht?«, fragte Trish, als Stan die leere Lo-Mein-Schachtel auf den Tisch stellte und nach der Bierflasche griff.

»Nein«, antwortete er wahrheitsgemäß. »Aber es muss

etwas Großes sein, wenn sie so ein Gewese um den Termin machen. Die Agenda bekommen wir erst in Washington.«

Trish räumte den Tisch ab: »Das ist ungewöhnlich«, bemerkte sie. Stan steckte das Besteck in den Kasten der Spülmaschine. Auch die Stäbchen, die Trish immer mitwaschen wollte und in einer Box im Schlafzimmerschrank aufbewahrte. Stan hatte keine Ahnung, warum sie das tat. Sie hätten auch Einwegstäbchen verkaufen können, wenn das nicht ganz und gar sinnfrei gewesen wäre, da es sie zu jeder neuen Bestellung kostenlos gab.

»Zumal angeblich die Bürochefs von mindestens zehn Außenstellen anrücken sollen«, legte Stan nach. Trish boxte ihm in die Seite. Mehrfach. Wie ein verzweifelter, angeschlagener Gegner von Muhammad Ali unter Aufbietung der allerletzten Kräfte vor dem K.o. Nur nicht so fest.

»Ich will zu dem Meeting«, sagte sie, ohne ihre spielerischen Schläge zu unterbrechen.

»Fliegen ist schlecht für unser zukünftiges Kind«, sagte Stan und nahm sie in den Arm.

»Ab ins Bett, Special Agent Henderson«, sagte sie. »Die Pflicht ruft.«

Was für Stan kein Problem darstellte. Sogar ganz im Gegenteil.

KAPITEL 102

Juli 2006 (ein paar Tage später)
Palo Alto, Kalifornien

ASHLEY O'LEARY

»Wir müssen das systematisch angehen«, sagte Brian und blickte seinem Sohn hinterher, der den Kiesweg hinunter in Richtung der untergehenden Sonne lief. Ashley hakte sich bei ihm unter, während er Aarons Karre schob. Ein verlängertes Wochenende in Kalifornien inklusive Besuche bei den Eltern und Schwiegereltern. Immerhin war gestern ein Abend für sie alleine dabei rausgesprungen.

»Ich meine«, fuhr Brian fort, und Ashley wusste, weil sie ihn gut kannte, dass es besser war, seine Monologe nicht zu unterbrechen, »Stan mit seiner Garage? Was für eine absurde Idee, oder nicht?«

»Wir lagern es unter dem Bett«, bemerkte Ashley und kickte einen großen Kiesel ein paar Meter neben dem Weg ins Gras. Es gab nichts Schöneres als einen kalifornischen Sommerabend. Außer möglicherweise einen kalifornischen Sommerabend an der Pazifikküste, wofür ihre Heimatstadt nur ein paar Kilometer zu weit östlich lag.

»Das ist nicht gerade, was ich Fort Knox nennen würde«, brachte sie ihren Gedanken zu Ende. Brian lachte und warf Aaron einen Ball zu. Aaron rannte darauf zu und kickte ihn mit dem Fuß zu ihnen zurück. Ashley löste sich von Brians Arm, um den Ball zu erreichen, und trat ihn in Richtung einer Baumgruppe, was ihren Jungen zumindest einige Minuten beschäftigen würde. Im Gegensatz zu Hunden, die das bereits nach einigen Monaten konnten, brachten Menschenkinder erst nach über zwei Jahren einen Gegenstand zurück.

»Er wird mal Fußballspieler«, sagte Brian.

»Zurück zu unserem Problem«, mahnte Ashley.

»Unsere Matratze ist das Klischee, aber das Klischee ist in diesem Fall weder besser noch schlechter als der Dachboden«, sagte Brian. »Beides hält nur stand, solange niemand danach sucht. Was bedeutet, solange wir nicht auffliegen.«

»Aber ich dachte, wir fliegen nicht auf«, sagte Ashley.

»Natürlich fliegen wir nicht auf, Schatz. Aber das heißt noch lange nicht, dass wir unser Geld dort lagern sollten, wo es die Feds finden, falls wir doch auffliegen sollten.«

Ashley schluckte ob der hypothetischen Überlegung, die bedeuten würde, dass sie in den Knast gehen würde.

»Es gibt maximal drei Jahre, hat Alex gesagt«, versuchte sie Brian zu beruhigen, was nicht von Erfolg gekrönt war. »Und danach gehört alles Geld, was sie nicht finden, uns.«

Aaron versuchte mit dem Ball im Arm auf einem kleinen Vorsprung am Wegesrand zu balancieren. Ein Balanceakt. Wie passend, fand Ashley.

»Drei Jahre«, murmelte sie schließlich.

»Ein Jahr, zwei Jahre, was macht das schon für einen Unterschied?«, fragte Brian. »Wir müssen das Geld so sicher verstecken wie irgend möglich.«

»Ein Jahr macht einen großen Unterschied«, widersprach Ashley und vergrub die Hände in ihren Hosentaschen. Brian legte ihr einen Arm um die Schulter: »Mach dir keine Sorgen, Ash«, sagte er. »Denk lieber darüber nach, wo wir die Kohle verstecken.«

»Immer der Analytiker«, monierte Ashley.

Brian grinste: »Sagte die Präsidentin des Stanford Clubs für Künstliche Intelligenz.«

»Ehemalige Präsidentin«, korrigierte Ashley. »Und außerdem war es nur ein studentischer Club, nicht das Nobelpreiskomitee.«

Brian hob die Hände.

Für ein paar Minuten liefen sie durch den Park wie zwei verliebte Teenager, obwohl sie es erst in den Zwanzigern zu einem Paar gebracht hatten. Und zu einem wundervollen Sohn, dachte Ashley. Sie dachte das für den Bruchteil einer Sekunde, während ihr Gehirn zwischen zwei guten Varianten, Geld verschwinden zu lassen, stehenblieb.

»Wie wäre es, wenn wir es auf ein Konto unter falschem Namen bei einer dieser Online-Banken einzahlen und dann verschwinden lassen? Einfach in zweihunderttausend Transaktionen aufteilen, die sich wie von Zauberhand in der Karibik wieder auf einem Konto zusammenfügen?«, fragte Ashley schließlich.

Brian winkte ab: »Nichts Elektronisches«, sagte er.

»… Weil wir nicht wissen können, was die Polizei in zehn oder zwanzig Jahren davon überwachen wird und wie weit die Archive zurückreichen«, seufzte Ashley und beendete damit Brians Einwand auf ihren Vorschlag.

»In zehn Jahren werden sie alles überwachen, was wir mit einem Computer erledigen«, sagte Brian. »Selbst deine Termine beim Frauenarzt wird das FBI auslesen können.«

»Also nichts Elektronisches?«, wiederholte Ashley ein wenig enttäuscht.

»Ich dachte eher an eine Kombination von den besten aller Welten«, sagte Brian. »Denk mal an die Pyramiden. Die waren gigantische Verstecke für unfassbare Reichtümer. Und sie haben Jahrtausende überdauert, obwohl sie von Grabräubern geplündert wurden.«

Aaron kam mit lautem Gekreische angerannt, und Ashley nahm ihn auf den Arm.

»Dein Ernst? Das alte Ägypten?«

»Mein voller Ernst«, nickte Brian. »Immerhin hat Howard Carter erst 1922 die intakte Grabkammer von Tutenchamun entdeckt. Dreitausend Jahre später, Ashley. Ich würde sagen, das war ein ziemlich erfolgreiches Versteck.«

»Tutanun?«, fragte Aaron.

Brian lachte: »Genau der, mein Sohn.«

Ashley gab ihm einen Kuss und stellte ihn wieder auf den Boden, was mit dem enthusiastischen Vorwärtsgang einer Aufziehente beantwortet wurde.

»Die Erfolgsfaktoren?«, fragte Ashley.

»Erst mal die verdammte Wüste«, sagte Brian. »Weil du die Dinger ja erst mal finden musst, und dann musst du auch noch genau wissen, wo der Eingang ist. Gar nicht so einfach bei einem von außen scheinbar komplett verschlossenen Steinklotz. Drittens: die leichte Beute für die Grabräuber. Es gab Kammern, die leichter zu erreichen waren, damit die wirklichen Schätze gar nicht erst gesucht wurden. Und dazu natürlich allerhand technische Spielereien wie Fallen und falsche Abzweigungen.«

»Aha«, sagte Ashley.

»Dreitausend Jahre, Schatz«, erinnerte sie Brian.

»Du willst also eine Pyramide bauen«, stellte Ashley fest.

Brian beugte sich hinunter und zog einen Umschlag aus dem Fach unter dem Kinderwagensitz. Er reichte ihn Ashley.

»Du hast eine Hütte in Montana gekauft?«, fragte Ashley.

»Lies den Vertrag genau«, sagte Brian.

»Du hast eine Hütte in Montana gepachtet«, stellte Ashley wenige Augenblicke später fest.

»Genau«, sagte Brian.

»Die Wüste«, murmelte Ashley. »Bei einem Pachtvertrag gibt es keinen Eintrag im Grundbuch, sondern nur diesen Vertrag.«

»Der beim Erben irgendeines alten Pfeffersacks aus Montana in der Schreibtischschublade liegt, weil er sich für die

Berghütte am See so wenig interessiert wie für die alten Klamotten seines verstorbenen Onkels.«

Brian hob die Arme.

Ashley grinste: »Okay. Das hier sieht nach einer Menge Spaß aus. Und die Sache mit dem Eingang?«

»Fangen wir mit dem Offensichtlichen an«, schlug Brian vor. »Wir werden ein paar Millionen unter ein paar losen Bodenbrettern der Hütte vergraben.«

»Die einfache Beute für die Grabräuber. Falls das FBI die Hütte überhaupt findet.«

»Ich stelle fest, dass die Schwangerschaftsdemenz eine Mär ist.«

»Ich stille seit anderthalb Jahren nicht mehr!«, protestierte Ashley und stemmte die Hände in die Hüften.

»Es hieß Stilldemenz? Nicht Schwangerschaftsdemenz?«, fragte Brian grinsend.

Ashley lachte: »Und was ist nun mit den Eingängen und den technischen Spielereien?«, fragte sie.

»Ich hatte gehofft, dass du mir dabei helfen kannst«, sagte Brian. »Denn diese Nuss habe ich noch nicht geknackt: Wenn wir den Rest irgendwo auf dem zweihundert Hektar großen Grundstück vergraben, müssen wir das schließlich irgendwo aufschreiben. Sonst finden wir unser Geld nachher selbst nicht mehr.«

»Und wir müssen es so aufschreiben, dass niemand es versteht außer uns«, ergänzte Ashley. Sie liebte ein gutes Rätsel nicht weniger als Brian. Und wenn er es nicht hatte lösen können, obwohl er sich seit Wochen darüber den Kopf zerbrach, dann musste es ein besonders gutes Rätsel sein.

»Hast du Bier gekauft?«, fragte Ashley.

»Zwei Sixpacks im Kofferraum«, sagte Brian. Das Sixpack und Fastfood gehörten in ihrer Ehe zum guten Rätselton.

»Dann auf in den Kampf«, sagte Ashley und warf einen Blick auf die Uhr. »Ich bringe Aaron ins Bett, und du kümmerst dich um die Pizza.«

KAPITEL 103

Juli 2006 (ein paar Tage später)
Longport, New Jersey

JOSHUA BANDEL

»Das ist sie also«, bemerkte Josh.

»Das ist sie«, sagte Mona und machte die Präsentationsfigur einer Revuetänzerin. »Monas *Bakerei.*«

»Tata!«, quittierte Josh ihren Enthusiasmus mit einer Fanfare. Es war Sonntag, und sie standen alleine in dem nagelneu funkelnden Verkaufsraum.

»Ich zeig dir die Backstube«, sagte Mona und zog ihn in den hinteren Teil der Bäckerei.

»Meinst du, mit dem Bakerei-Wortspiel eilst du deiner Zeit nicht etwas voraus, Schatz?«, fragte Josh, während Mona sich auf eine große Maschine setzte, die vermutlich ein Teigrührgerät war. Sie trug eine unanständige Shorts und ein gerade noch akzeptables T-Shirt mit dem Logo der Bäckerei. Bakerei, wie sie ihn korrigiert hätte, wenn er sie darauf angesprochen hätte, was Josh natürlich nicht tat. Er mochte das T-Shirt genauso wie ihren Enthusiasmus. Mona hätte in dem T-Shirt und mit ihrem Enthusiasmus alles verkaufen können. Und sie würde eine Menge Brötchen verkaufen. Natürlich nicht nur, weil sie eine tüchtige Geschäftsfrau war, was Josh keineswegs in Zweifel zog. Sondern weil sie ihr Geschäft sozusagen zur perfekten Zeit am perfekten Ort aufgemacht hatte. Was schon immer eine Prämisse für unternehmerischen Erfolg gewesen war und sich im Falle des Cash Clubs, der Geld loswerden wollte, nein: musste, als Goldgrube erweisen würde. Natürlich konnte Mona das in diesem Moment, in dem sie auf der Teigrührmaschine saß, noch nicht ahnen.

Josh pfiff durch die Zähne: »Wow«, sagte er. »Einfach wow.«

»Was findest du wow?«, fragte Mona.

Josh deutete auf die Backstube und dann in Richtung des Verkaufsraums: »Na, alles«, sagte er. »Die Bäckerei … den Laden … dich.«

Mona sprang auf: »Du glaubst, es wird funktionieren?«, fragte sie.

»Sie werden dir die Bude einrennen wegen deinem deutschen Weltkulturerbebrot«, sagte Josh. »Alleine ich kenne zwanzig Restaurants, die deine deutsche Backkunst gebrauchen könnten. Alex kennt die alle, musst du wissen …«

»Dein Freund Alex?«, fragte Mona auf einmal seltsam verschlossen. Seit der Hochzeit war Mona vorsichtig, was Alex anging, obwohl sie beteuerte, ihn zu mögen. Vermutlich ahnte sie einfach, was die Wahrheit war: dass Alex im sogenannten Milieu arbeitete.

»Alles italienische Restaurants, nehme ich an?«, fragte Mona.

»Keine Ahnung«, sagte Josh. Was der Wahrheit entsprach, denn er hatte ja gar nicht vor, die Brote an Restaurants zu verkaufen. Er würde sie spenden an ein Obdachlosenheim oder die Tafeln.

»Ich wette, sie wollen alle bar bezahlen«, sagte Mona. »Und sind bereit, dafür auch ein wenig mehr zu bezahlen.«

»Schon möglich«, sagte Josh. Es war Zeit, den Schleier gegenüber Mona zumindest ein wenig zu lüften. Sie war zu clever, um nicht zu bemerken, dass etwas mit ihren Absatzzahlen nicht stimmen konnte. »Wäre das ein Problem für dich?«, fragte Josh.

»Keineswegs«, sagte Mona ernsthaft. Mona und die Bäckerei hüpften auf ihrem engen T-Shirt, als sie sich wieder auf die Maschine setzte. »Man muss bei solchen Geschäften nur aufpassen, dass es einem nicht ergeht wie dem Würstchenstand aus Nürnberg.«

Josh zog die Augenbrauen hoch.

»In Nürnberg gab es einmal einen Würstchenstand, der auf dem Papier nur etwa zwanzigtausend Nürnberger im Brötchen verkaufte. Tatsächlich dürfte es aber das Zehnfache gewesen sein, wie das Finanzamt schließlich herausfand. Den haben sie eingebuchtet.«

»Wie hat das Finanzamt das rausgekriegt?«, fragte Josh. Er fragte das nicht, um Mona in Sicherheit zu wiegen, sondern weil er tatsächlich nicht begriff, wie ein bar verkaufender Einzelhändler bei so etwas überführt werden sollte, wenn er nicht so blöd gewesen wäre, mehr Würstchen als Ausgaben abzusetzen, als er verkaufte.

»Er hat Senf als Kosten geltend gemacht, der für ungefähr zweihunderttausend Würste reichen müsste«, sagte Mona.

Josh lachte: »Das ist ziemlich dämlich, würde ich sagen.«

»Vorsicht ist die Mutter der Porzellankiste«, bemerkte Mona. »Deutsches Sprichwort.«

»Aha«, sagte Josh.

»Glücklicherweise würden wir ja eher mehr einnehmen als üblich«, sagte Mona. »Und ich habe den Staat noch nicht gefunden, der sich über zu viel Steuern beklagen würde. Insofern kannst du deinem Freund ausrichten, ich würde mich freuen, seine Mafiarestaurants mit meinem Brot zu beliefern«, sagte Mona.

»Ich werde es ihm bestellen«, sagte Josh.

Mona stand auf und strich über die Edelstahlablage, auf der ab morgen früh die Teiglinge ausgerollt und zu Schwarzbrot geformt und zu bayerischen Brezen geflochten würden.

»Keine Pferdeköpfe im Bett«, sagte Mona.

»Jetzt kommst du zu mir und sagst: Don Corleone, verschaff mir Gerechtigkeit?«

Mona grinste: »Was habe ich dir getan, dass du mich so respektlos behandelst?«

Sie kannten beide ihren Paten, was eine gute Grundvoraussetzung dafür war, Geschäfte mit der Mafia zu machen. Denn laut Alex war der Pate gerade bei Mafiosi ein äußerst beliebter Zitateschatz. Manche behaupteten sogar, dass die Mafia den Paten zum Vorbild genommen hatte statt umgekehrt. Zumindest die amerikanische. Was man glauben konnte, wenn man es nur wollte. Das Allerschönste an dieser Geschichte war jedoch, dass Mona gar keine Geschäfte mit der Mafia machen würde, sondern mit Josh. Aber dass sie es denken würde und Josh deshalb alles Recht der Welt hatte, sie mit Zitaten aus dem Paten zu nerven. Und umgekehrt. Monas Bakerei stand aus vielen Gründen unter einem guten Stern. Nicht nur deshalb folgte ein etwa zweistündiger Liebesakt in verschiedenen Bereichen von Monas neuem Betrieb, der mit einem selbstgebackenen Ciabatta und einer Flasche Rotwein endete und den sowohl Josh als auch Mona in bleibender Erinnerung behalten sollten. Unter anderem soll der Satz »Gerade als ich dachte, ich wäre raus aus der Nummer, hast du mich wieder reingezogen« gefallen sein. Was immerhin gut möglich wäre angesichts der Euphorie über das neu gegründete Geschäft und die Tatsache, dass Josh Mona ohnehin verfallen war wie die Motte dem Licht.

KAPITEL 104

Juli 2006 (am gleichen Tag)
Belmont, Kalifornien

ALEXANDER PIECE

»Wie geht es dir, Mom?«, fragte Alex.

»Es geht mir gut, Alexander«, sagte seine Mutter, während sie das Hühnchen im Ofen mit Butter bestrich.

»Die Medikamente helfen?«, fragte Alex.

»Die Medikamente haben geholfen«, antwortete sie und schloss die Ofentür mit einem geübten Hüftschwung. Immerhin war es ein neuer Ofen, obwohl sich seine Mutter immer noch weigerte, aus dem Trailerpark in ein ordentliches Haus zu ziehen. Sie behauptete, es sei nicht die Aufgabe eines Sohnes, für seine Mutter zu sorgen, und es sei schlimm genug, dass es in seinem Leben nicht umgekehrt gelaufen war. Alex fand das eine überaus überflüssige Diskussion, aber es war schwer, sich gegen eine Mutter wie Susan Piece durchzusetzen.

»Du bist geheilt?«, fragte Alex. Susan Piece legte den Löffel beiseite und lehnte sich an die Küchenzeile. Er stellte fest, dass sie immer noch gut aussah, trotz ihrer sechsundvierzig Jahre und der Hepatitis. Sie nickte. Er sah, wie sich eine Träne aus ihrem Augenwinkel löste. Alex stand auf und nahm seine Mutter in den Arm.

»Wieso weinst du? Das sind doch gute Neuigkeiten.«

Susan Piece streichelte ihrem Sohn über die Haare: »Ich weiß, mein Sohn. Ich weiß. Aber ich weiß auch, wem ich das zu verdanken habe. Und ich werde es niemals vergessen.«

Alex löste sich aus ihrer Umarmung und lief zum Kühlschrank. Er war nicht gut in diesen Gefühlsdingen. Vor allem nicht, wenn sie seine Mutter betrafen. Vermutlich hatte er dafür zu früh lernen müssen, auf sich selbst aufzupassen. Er holte ein Bier aus dem Eisfach, weil der Kühlschrank seines Elternhauses immer noch auf dem Budget einer Tänzerin lief, und drehte den Kronkorken auf.

»Auf dich, Mom«, sagte Alex und streckte ihr die Flasche entgegen. Susan Piece wischte sich die Tränen aus dem Gesicht und lächelte.

»Und danke fürs Kochen«, fügte Alex hinzu. Wenn sie jetzt schon weinte, dann fragte er sich, was passieren würde, wenn sie morgen früh zur Arbeit kam.

Fünf Stunden später saß Alex in seinem Mietwagen und fuhr zum Paradise Club. Er hatte den Laden noch niemals betreten. Früher, weil er nicht wissen wollte, wie es aussah, wenn seine Mutter an der Stange tanzte, und später, weil er keinen Sinn darin sah, einen schlechten Club vor den Toren von Palo Alto aufzusuchen, wenn er selbst einen der angesagtesten von ganz Atlantic City leitete. Heute Nacht hatte sich nicht nur Alex' Bedürfnislage verschoben, sondern auch seine Strategie bezüglich des Lebens seiner Mutter. Es wurde Zeit, dass sie etwas von dem zurückbekam, was sie ihm in seiner Kindheit ermöglicht hatte: jeden Tag ein warmes, selbstgekochtes Essen und so viel Liebe, wie sich ein Sohn erträumen konnte. Im Rahmen ihrer Möglichkeiten war das für Susan Piece eine beachtliche Lebensleistung, und Alex Piece hatte nicht vor, es dabei bewenden zu lassen.

Er betrat den Paradise Club mit einer Sporttasche in der Hand und der Knarre, die seine Mutter unter der Spüle versteckte, seit er ausgezogen war. Seine Pistole mit dem Perlmuttgriff hätte es bedauerlicherweise kaum durch die Flughafen-Security geschafft. Seine Mutter wiederum würde die temporäre Leihgabe kaum bemerken, weil sie nach dem

Abendessen schlafen gegangen war. Ihre gestrige Nachtschicht war einer der Gründe, warum Alex heute in ihren Club fuhr. Manche Dinge sind wie Würste: Sie schmecken vorzüglich, aber man will nicht wissen, wie sie gemacht werden. Obwohl Alex nicht vorhatte, jemanden zu erschießen, war es immer besser, auf der Hut zu sein. Alex kannte sich aus in dem Geschäft. Und deshalb erhielt er auf dem Weg vom Parkplatz zum Eingang gleich zwei Hinweise, warum der Laden nicht lief: Kein Kunde stand auf schlammige Löcher in einem Schotterparkplatz, weil die Dreckspritzer am Wagen Misstrauen bei den Ehefrauen hervorriefen. Dazu ein flackerndes i in der Leuchtreklame, was dafür sprach, dass der Besitzer kein Auge fürs Detail hatte. Was andererseits ein Segen war, weil es dazu führte, dass er Frauen wie seine Mutter als Tänzerinnen beschäftigte, die für die besten Clubs einfach zu alt waren. Ja, sie war seine Mutter, aber es hatte keinen Sinn, die Augen vor der Wahrheit zu versperren.

Im Inneren machte der Paradise Club keinen besseren Eindruck. Schon im Eingang roch Alex den Alkohol und den Muff, den die schwache Lüftung nicht beseitigen konnte. Der Raum war dunkel, und nur an einer Stange tanzte eine Lady, die sich redlich Mühe gab, die an zwei Händen abzuzählenden Gäste zu unterhalten. Alex setzte sich an den Tresen und bestellte ein Flaschenbier, was die einzige Möglichkeit war, einer ungeputzten Zapfanlage und schmierigen Gläsern zu entgehen. Er zählte eine Gruppe von Studenten, fast noch Jugendliche, die offenbar als eine Art Mutprobe hier gelandet waren, zwei Trinker an der Bar, die vermutlich woanders nichts bekamen, denn sie beachteten die Tänzerin gar nicht, und eine Gruppe Männer an einem der Tische, die Karten spielten. Als ihm der Barkeeper, der ein Kopftuch über einer tätowierten Glatze trug, das Bier servierte, stellte Alex fest, dass es zwei Kandidaten gab. Einer der Männer trug einen besseren Anzug als die anderen Gäste, und der zweite unterhielt sich mit der Kellnerin. Beide saßen am Kartentisch, und beide könnten der Besitzer des Ladens sein. Nach einer Viertelstunde war Alex überzeugt, dass der Anzugträger zwar der Manager, aber nicht der Besitzer war. Also blieb der Mann mit dem lilafarbenen Hemd, das über einen dicken Bauch spannte. Die schwarzen Haare seines Toupets glänzten im Schein der UV-Lampen. Alex beobachtete ihn etwa eine Viertelstunde, bevor er sich auf den Weg zur Toilette machte. Seine Tasche mit den dreihundertfünfzigtausend Dollar ließ er auf dem Barhocker am Tresen stehen. Es war nicht besonders wahrscheinlich, dass jemand hineinschaute oder sie mitnahm. Niemand hatte ihn beachtet, als er das Lokal betreten hatte, außer der Kellnerin, darauf hatte er geachtet.

Auf dem Rückweg von den renovierungsbedürftigen Waschräumen nahm Alex die Kellnerin zur Seite und flüsterte ihr etwas ins Ohr. Die Bedienung instruierte daraufhin den Barkeeper, der eine Flasche zehn Jahre alten Ardbeg öffnete und mit vier Gläsern an den Tisch trug. Dies entsprach zwar nicht zu hundert Prozent Alex' Auftrag, denn er hätte sich gewünscht, dass sie seine Botschaft überbrachte, aber er würde sein Ziel auch über diesen Umweg erreichen. Die Flasche Ardbeg kostete hier neunhundert Dollar, und Whiskey war das Getränk des Chefs. Das müsste reichen, um die Aufmerksamkeit der Kartenrunde für einen Augenblick vom Poker auf Alex Piece umzulenken. So zumindest funktionierte es in Atlantic City und in Vegas. Es sollte sich herausstellen, dass das Nachtclubgeschäft in Palo Alto nicht grundverschieden war.

»Sie wollen meinen Laden kaufen?«, fragte der Mann mit dem Toupet entgeistert.

»Natürlich«, sagte Alex und lehnte sich mit einem Glas zu etwa achtzig Dollar zurück. Er lächelte dünn. Es war wichtig, dünn zu lächeln. Das hatte er von Don Frank gelernt. Es drückte Überlegenheit aus, ohne aggressiv zu wirken.

»Warum sollte ich verkaufen wollen?«, fragte das Toupet und kniff die Augen zusammen.

Warum in Gottes Namen wollen Sie diese Bruchbude kaufen?, war seine eigentliche Frage.

»Steuergründe?«, sagte Alex fast wahrheitsgemäß.

»Der Laden läuft bombig«, behauptete der Manager in dem Anzug. Alex sah sich um und lächelte dünn. Natürlich, wollte er sagen: Das sehe ich. Deine Phantasie möchte ich haben, du Witzbold.

»Es ist nicht so wichtig, ob der Laden heute läuft«, sagte Alex. »Das Entscheidende ist die Vision.«

»Ich habe auch eine Vision«, sagte das Toupet.

Alex zog die Augenbrauen hoch.

»Eine Vision von hundertfünfzigtausend grünen Männchen vom Mars, die gleich hier auf dem Tisch landen.«

Die Pokerrunde lachte. Das Toupet kehlig und der Manager wie ein Rotkehlchen, was nicht zu seiner Stimme passte. Alex entschied, dass er das Rotkehlchen nicht mochte. Er lächelte dünn und zog den Reißverschluss seiner Sporttasche auf. Er legte Geldscheine auf den Tisch, während er sprach.

»Was halten Sie von zweihunderttausend?«, fragte Alex. »Und Sie garantieren mir eine anspruchsfreie Übernahme?«

Er wusste, wie das lief. Nach einer sauberen Transaktion tauchten auf einmal Lieferanten auf, die für etwas bezahlt werden wollten, was sie niemals geliefert hatten. Manchmal kamen Motorradbanden, die Schutzgeld wollten. Alex wollte diese Probleme, so weit es ging, vermeiden. Und er war bereit, einen Preis dafür zu bezahlen. Wieder kniff das Toupet die Augen zusammen. Er witterte jetzt das große Geld. Aber Alex wusste, dass er am Ende die zweihunderttausend akzeptieren würde. Die kurze Gierphase würde von der Vernunft abgelöst werden, niemals wieder ein solches Angebot zu bekommen. Falls nötig, würde Alex das Geld wieder einpacken. Spätestens wenn fünfzigtausend zurück in die Tasche gewandert waren, wäre er so weit. Auch das hatte er von Don Frank gelernt. Man konnte tatsächlich nicht behaupten, dass die Mafia ein schlechter Lehrmeister war. Sofort mit einem sehr großzügigen Angebot kontern und dann seine Überlegenheit auskosten.

»Ich müsste das Geld versteuern. Und ich meinte hundertfünfzigtausend in meine Tasche«, sagte das Toupet schließlich. Vermutlich, um irgendetwas zu sagen, das die Leere am Pokertisch füllte.

»Natürlich«, sagte Alex. Und er ahnte, dass sein Gegenüber nicht das Privileg einer Ausbildung bei der Cosa Nostra genossen hatte. Musste er ihm wirklich alles erklären? Alex verstand nicht, warum die Menschen immer alles so kompliziert sahen. Es war auch nicht kompliziert, Geld anzulegen, ohne Spuren zu hinterlassen, wenn man wusste, wer große Summen in bar akzeptierte. Alex zog einen Computerausdruck aus der Tasche und legte ihn auf den Tisch.

»Sie verkaufen für einen Dollar wegen Renovierungsstau und den Auflagen der Gesundheitsbehörde, die von der Bar im jetzigen Zustand nicht erfüllt werden.«

Das Toupet kniff sehr gerne die Augen zusammen. Alex seufzte.

»Offiziell natürlich. Inoffiziell liegen hier ja zweihunderttausend auf dem Tisch, von denen aus meiner Sicht niemand etwas erfahren muss.«

Das Toupet warf einen Blick in die Pokerrunde. Alex verstand. Er legte vier Zehntausenderbündel neben den großen Haufen in der Mitte des Tisches.

»Für Ihre beratende Tätigkeit bei unserem Geschäftsabschluss«, sagte Alex.

Die Pokerrunde blickte zum Toupet. Das Toupet blickte zu Alex und kniff die Augen zusammen (ein Wunder, dass er sie zwischendrin immer wieder geöffnet bekam), und Alex stellte fest, dass es nicht so leicht war, zwanzig Minuten lang am Stück dünn zu lächeln. Es dauerte weitere zehn Minuten, bis das Toupet unterschrieb. Alex griff nach seiner Kopie und der Manager nach der anderen.

»Hey, Leute«, sagte der Anzug. »Hier steht Susan Piece auf dem Vertrag. Das ist eine von unseren Miezen.«

Er lachte. Das Toupet lachte. Alex lächelte immer noch dünn. Er würde weitere zehntausend und zehn Minuten brauchen, um den Manager zu feuern.

»Susan Piece ist meine Mutter«, sagte Alex und steckte den Vertrag in die Tasche zu den verbliebenen einhundertfünfzigtausend, die er nicht benötigt hatte, um das Geschäft zum Abschluss zu bringen.

»Und ab morgen schmeißt sie den Laden«, fügte er hinzu und grinste breit.

KAPITEL 105

Juli 2006 (am nächsten Tag)
Washington, D. C.

STANLEY HENDERSON

Das Comfort Inn direkt gegenüber der Washingtoner Zentrale des United States Secret Service war nur für den Secret Service errichtet worden, was Stanley mit drei unwiderlegbaren Fakten beweisen konnte. Erstens: die exklusive Lage am Stadtrand in unmittelbarer Nähe zu zwei Touristenmagneten – einer Tankstelle und einer Autovermietung. Zweitens: Der Service war so unfreundlich und das Frühstück so miserabel, dass es nur genügsame Beamtenseelen ertrugen. Und drittens stiegen hier ausschließlich Secret-Service-Mitarbeiter ab, was natürlich an erstens lag und an der Tatsache, dass die Assistentinnen, die ihre Reisen buchten, das Frühstück nicht essen mussten.

Am Morgen des supergeheimen Geheimtreffens schaufelte Stan eine blassgelbe Gummimasse auf einen kleinen Teller. Industriell gefertigtes Rührei aus dem Tetrapak. Oder Schlimmeres. Dazu ein Würstchen und eine Scheibe Speck, Weißbrot, Butter, Marmelade. Die Würstchen waren das Beste an einem Frühstück im Hotel. Nirgends auf der Welt gab es Würstchen zum Frühstück – außer in allen Hotels, selbst in den miesest geführten –, und niemand wusste, warum das so war. Das zweite ungelöste Mysterium der Menschheit seit den Aschenbechern auf den Flugzeugtoiletten – wobei dieses ungelöst bleiben sollte. Natürlich aßen trotzdem neun von zehn Frühstücksessern die Würstchen, weil es sie gab und weil es etwas ungesund Frivoles hatte, morgens Würstchen zu essen.

Das Geheimtreffen fand in einem Schulungsraum der Zentrale statt und wirkte auf einmal gar nicht mehr so geheim. Was natürlich daran liegen mochte, dass der gesamte Gebäudekomplex, der den Secret Service beherbergte, schon ein von der Außenwelt abgeriegeltes Biotop der Geheimhaltung war. Rein kam nur, wer rein musste. Und so saßen um zehn vor neun – es war eine Grundregel, sich immer mindestens zehn Minuten vor Beginn des Meetings einzufinden – etwa zwanzig Außenbürochefs und Stan (als Vertretung für Bellwether) auf Schulbänken und warteten auf das große Geheimnis.

Jenes tauchte um fünf Minuten nach neun in Gestalt des Direktors der Counterfeit-Einheit und seines Stellvertreters im Türrahmen auf. Köpfe flogen, das Gemurmel verstummte.

»Good Morning«, sagte der Direktor. Sein Stellvertreter setzte sich an einen schmalen Tisch, auf dem ein Computer und ein Beamer warteten. Er schaltete das Gerät ein, woraufhin ein blauer Lichtfleck an der Wand erschien, der nach dem Stecken der richtigen Kabelverbindung (er brauchte zwei Anläufe) durch eine Präsentationsfolie ersetzt wurde, auf der das Logo des Secret Service, ein schräg gestelltes »Top secret«, und das Thema des Meetings, Operation Mantis, zu sehen waren. Was zunächst nichtssagend war. Jemand füllte seine Kaffeetasse aus der großen Kanne, die beim Ausspucken des Lebenselixiers ein lautes Glucksen von sich gab. Stan war froh, dass er sich keinen Kaffee geholt hatte, dessen lautes Gluckern mitten in eine Kunstpause des Direktors fiel.

»Operation Mantis«, begann der Direktor, »nahm seinen Anfang am 25. Mai dieses Jahres.«

Am 25. Mai. Das bedeutete, dass Mantis seit fast zwei Monaten lief. Sie waren nicht hier, um die Speerspitze der Operation zu bilden. Sie waren hier, weil die Zentrale nicht weiterwusste. Mantis wiederum bedeutete Gottesanbeterin. Nur wusste wiederum Stan nicht, was das zu bedeuten hatte.

»Am 25. Mai dieses Jahres«, fuhr der Direktor fort, »wurde von der Zentralbank ein Schein aus bisher unbekannter Serie aufgefunden. Der Computer schlug Alarm, weil die Seriennummer des Scheins nicht vergeben war.«

So weit so normal, dachte Stan. Es war nicht ungewöhnlich, dass die Zentralbank eine neue Serie entdeckte. Nicht die Norm, aber auch nicht ausgeschlossen, schließlich verarbeiteten die Zentralbankcomputer mehrere Billionen Dollar täglich, um beschädigte Scheine zu ersetzen.

Der Direktor verteilte eine Akte. Stan saß ganz hinten, so dass er das einsetzende Gemurmel ertragen musste, bis der Vorgesetzte seines Vorgesetzten auch auf seinen Tisch einen braunen Umschlag legte. Er öffnete das Papier vorsichtig. Mittlerweile hatte sich das Gemurmel zu einem aufgeregten Geschnatter gesteigert. Stan ahnte, dass dies die Bombe war, vor der sie sich immer gefürchtet hatten. Und die doch irgendwann hatte hochgehen müssen. Ein Amen in der Kirche. Eine Kerze am Sabbat. Was auch immer. Unvermeidlich eben. Stan zog den Hunderter aus dem Umschlag. Sie hatten genug davon, um hier welche zu verteilen. Die Operation lief seit zwei Monaten, erinnerte sich Stan.

»Womit wir es hier zu tun haben, meine Damen und Herren, ist die beste Fälschung, die jemals produziert wurde.«

Stan lief ein Schauer über den Rücken. Es ging also los. Stan strich über den Schein und wusste mit Sicherheit, dass er durch Joshs Hände gelaufen war. Es waren die Scheine des Cash Clubs, die der Direktor der Geldfälschereinheit beim Secret Service als das Beste bezeichnete, was die Welt je gesehen hatte. Er verspürte einen Anflug von Stolz, gepaart mit einer milden Panik. Operation Mantis. Operation Gottesanbeterin. Ein Insekt, das perfekt die Form eines Blattes imitieren konnte. Die perfekte Täuschung.

»Bankcomputer können sie nicht identifizieren«, fuhr der

Direktor fort, während hinter ihm die Charts an der Wand vorbeiflogen wie Zeugnisse von Joshs Genialität. Es fielen Stichworte dazu: Unerkennbar für das menschliche Auge. Nahezu perfektes Druckbild. Nahezu perfektes Wasserzeichen. Farbverändernde Folie. Erst am achten Chart blieb der Direktor länger hängen. Es zeigte ein Kurvendiagramm mit der geschätzten Menge der in Umlauf gebrachten Blüten.

»Aufgrund der Zentralbankfrequenz und der bisher gefunden Menge von 223400 Dollar schätzen wir, dass Blüten in Höhe von mindestens 28 Millionen Dollar im Markt sind«, sagte der Direktor. Stan musste sich bemühen, nicht zu lächeln. Der Secret Service verschätzte sich gewaltig. Tatsächlich dürfte die Menge eher bei 150 Millionen liegen. Und am Ende des Monats vielleicht bei 200 Millionen. Stan räusperte sich und stand auf. Zeit, sich einen Kaffee zu holen. Während die Kanne gluckerte, wechselte der Direktor die Folie. Stan musste ein zweites Mal auf die Pumpe drücken, um die Tasse voll zu bekommen. Der Ausguss spuckte.

»Und es gibt einen Schwerpunkt bei der Inverkehrbringung«, kommentierte der Direktor. Stan konnte das Chart nicht sehen, weil er mit dem Rücken dazu stand.

»New Jersey, New York und Delaware«, sagte der Direktor. Stans Tasse zitterte in seiner Hand, und der Löffel klapperte auf dem Porzellan. Er drehte sich um und sah eine Karte, leicht unscharf an die Wand geworfen von der nachlässig eingestellten Optik des Beamers. Es zeigte die Staaten an der Ostküste, eingefärbt nach der Herkunft der Scheine, die bei der Zentralbank als Blüten erfasst worden waren. Vermutlich konnte man sie anhand der einliefernden Banken zurückverfolgen. Das »vermutlich« kannst du streichen, dachte Stan. Ihm wurde schlecht. Mit der linken Hand griff er nach dem tanzenden Kaffeelöffel. Eine Stadt war tiefrot eingefärbt. Es war die Stadt, aus der mit Abstand die meisten Blüten stammten. Und es war nicht New York oder Boston. Es war Atlantic City.

Alex' erster Denkfehler war die Tatsache, dass die Zentralbank wusste, woher die Scheine stammten. Selbst Stan hatte nicht gewusst, dass die Ladungen markiert wurden. Niemand wusste das. Es war eine Sicherheitsvorkehrung, die nicht in den Softwarehandbüchern der Zählmaschinen der Banken gestanden hatte. Weil sie vermutlich erst bei der Annahme markiert wurden. Vom Computer der Federal Reserve. Stan lief zurück zu seinem Platz. Operation Mantis lief seit zwei Monaten. Und war ihnen näher, als er geglaubt hatte. Vielleicht waren die Witze, die sie in den vergangenen Monaten über den Service gemacht hatten, doch nicht so lustig. Vielleicht war die Idee, die einst in seinem Kinderzimmer geboren worden war, doch nicht so glorreich.

KAPITEL 106

August 2006 (ein paar Wochen später)
Cat Creek, Montana

BRIAN O'LEARY

Der Mond schien auf den See, und es war stiller als in einem Seniorenchatroom. So still, dass er das Knacken der Halme unter seinen Füßen und Ashleys Atem hörte. Es war ja Sinn der Sache, die abgeschiedene Lage der Hütte am See, fünf Autostunden selbst vom kleinsten Flughafen entfernt. Sechseinhalb Meilen bis zum nächsten Nachbarn. Zu viel Einsamkeit für Brian und Ashley, knackende Halme und die seltsamsten Geräusche inklusive. Ashley stakste neben ihm durchs kniehohe Gebüsch. Brian warf einen Blick auf das GPS-Gerät. Er hob die Hand und steckte einen Spaten in den Boden.

»Hier?«, fragte Ashley.

»Hier«, bestätigte Brian.

»Glaubst du, es geht Aaron gut?«, fragte Ashley beim zweiten Spatenstich.

Brian blickte zum Mond.

»Was soll mit ihm sein?«, fragte er.

»Keine Ahnung«, gab Ashley zu. »Vielleicht kommt der Bär?«

»Und schließt die Hütte auf?« Es gab wirklich nichts, was die Phantasie einer Mutter übertraf, die ihr Kind für einen Moment aus den Augen verloren hatte.

Sie gruben bis zum Morgengrauen. Alte Welt. Ein Loch pro Nacht, vermessen per GPS. Neue Welt. Als sie in der Hütte die Bündel in große Plastiksäcke legten und dann mit einem

Staubsauger die Luft hinauspumpten, wachte Aaron auf. Zeit, sich zu vertagen, dachte Brian, als er seinen Sohn aus dem Bett hob und in strahlend grüne Augen blickte, die nichts kannten als die Freude auf den nächsten Tag. Keine Angst vor einer Verhaftung. Keine Sorgen, dass der Secret Service ihr Geldversteck finden könnte. Kinder kannten keine Ängste. Nicht vor Krankheit, nicht vor Unglück, nicht einmal vor dem Tod. Man konnte das als kindliche Naivität abtun oder als bewundernswert. In diesem Moment beschloss Brian, einen Teil des Geldes einer Kinderkrebsstation zu spenden. Weil er es bemerkenswert fand, nicht naiv. Das pure Leben. Jetzt und hier. Es würde Ashley und ihm guttun, sich eine Scheibe Lebenswillen abzuschneiden.

Den Vormittag, den Ashley verschlief, nutzte Brian dazu, die GPS-Koordinaten zu verschlüsseln. Etwas für andere unlesbar zu machen ist im Prinzip eine einfache Sache – vor allem wenn es sich um Zahlen und nicht um einen aussagekräftigen Text handelte. Die Grundlagen der modernen Verschlüsselung waren im 17. Jahrhundert gelegt worden. Um es einfach auszudrücken: Man brauchte den Originaltext und einen zweiten, der als Schlüssel diente. Solange der Entschlüsselungstext nicht gefunden werden konnte, war man relativ sicher. Brian verwendete dazu den ersten Satz der Erstausgabe eines Buches, das jeder Junge, der im Silicon Valley aufgewachsen war, im Schrank stehen hatte – aber garantiert kein Federal Agent des Secret Service. »The Silicon Boys and their Valley of Dreams« war eine zu Unrecht wenig beachtete Studie der jungen Techbranche bis zum Crash im Jahr 2000. Und der erste Satz lautete: »There's rich, there's filthy rich – and then there's Woodside.« Mit diesem Satz und einigem Kreuz- und Quergerechne verwandelten sich Brians Koordinaten in eine unleserliche Abfolge von Buchstaben. Brian (und auch

Ashley) waren überzeugt, dass selbst die schnellsten Computer, die in den nächsten zehn Jahren entwickelt würden, große Probleme mit ihrem alten Code hätten.

Am nächsten Abend legten sie die Plastikpakete in eine Kiste aus Hartholz. Es galt nicht nur, den Secret Service, sondern auch Ratten, Biber und Maden fernzuhalten. Wieder schien der Mond freundlich auf den See, als sie den Geldsarg in das Loch senkten. Nachdem sie es zugeschüttet und die Erde festgetreten hatten, blickten Ashley und Brian auf das erste von zwanzig Verstecken.

»Glaubst du, es funktioniert?«, fragte Ashley.

»Es muss«, antwortete Brian. »Ich kann mir nicht vorstellen, wie man schlauer eine solche Menge Geld verstecken könnte.«

Aber wenn Stan recht hat, könnte es trotzdem eng werden, fügte er in Gedanken hinzu. Operation Mantis. Es hatte keinen Sinn, Ashley unnötig zu beunruhigen.

KAPITEL 107

August 2006 (ein paar Tage später)
Longport, New Jersey

JOSHUA BANDEL

Mona saß über den Büchern der Bäckerei und grinste bis über beide Ohren.

»Astronomisch«, sagte sie.

»Hm?«, murmelte Josh, der nicht bei der Sache war.

»Die Kohle«, sagte Mona. »Es sieht so aus, als hätte ganz Amerika auf mein Weltkulturerbebrot gewartet.«

»Stimmt«, murmelte Josh, der sich fragte, was Stan an diesem Sonntag trieb.

»Macht euch erst mal keine Sorgen«, hatte Stan gesagt. »Echte Polizeiarbeit läuft nicht wie im Fernsehen, wo alles immer ganz schnell geht, weil der Täter nach neunzig Minuten gefasst sein muss. Die Wahrheit ist: Polizeiarbeit dauert ewig.«

Josh konnte nur hoffen, dass Stan recht behielt. Immerhin war das Auftaktmeeting zur Operation Mantis schon drei Monate her, und laut Stan war der Secret Service noch keinen Schritt weiter. Sie stocherten im Nebel. Ließen hier und da in der Stadt ein paar Kontakte spielen. Aber ohne Ergebnis.

»Eine halbe Million in etwas über einem Monat, Josh«, freute sich Mona.

»Ja«, sagte Josh. »Beeindruckend.« Er fand vor allem ihren Enthusiasmus beeindruckend, aber auch ihren Geschäftssinn. Mona hätte die Bäckerei auch ohne das Geld vom Cash Club zu einem echten Erfolg gemacht. Es hätte nur etwas länger gedauert. Tragik und Glück zugleich. Eine seltsame Kombination für alle, die es wussten. Schade war, dass nur Josh die Wahrheit kannte.

»Eine halbe Million für Brot und Kuchen«, murmelte Mona.

Brot, Kuchen und ein wenig Falschgeld, dachte Josh.

»Bald können wir unser Versprechen einlösen, wenn das weiter so gut läuft«, behauptete Mona. Auch Josh hatte Karl-Mathäus nicht vergessen, er versuchte mindestens einmal in der Woche, mit ihm zu telefonieren. Die Druckerei steckte nach wie vor in Schwierigkeiten, obwohl der Verlag einige Erfolge vorzuweisen hatte. Karl-Mathäus musste investieren. Sobald Josh genug Geld hatte, würde er sie kaufen. Er war sicher, dass es eine lohnende Investition sein würde. Wenn es schnell genug ging. Hatten sie das Geld erst einmal im Ausland, konnte ihnen kaum noch etwas passieren, so sein Kalkül. Nicht einmal der Arm der Feds reichte bis ins deutsche Unternehmensregister, geschweige denn bis zu einem Kaufvertrag über Unternehmensanteile, wenn sie nicht gerade an der Börse gelistet waren. Zumindest nicht, ohne sich mächtig zu strecken. Bei ungewissem Ausgang, denn es war längst nicht klar, wie der amerikanische Staat, der sich um sein Geld gebracht sähe, eine deutsche Firma dazu zwingen könnte, ihm das Geld zurückzuüberweisen. Alles war jetzt eine Frage des Timings, erinnerte sich Josh noch einmal. Alles hing jetzt davon ab, dass die Operation Mantis nicht zu schnell zu erfolgreich war. Oder dass sie bestenfalls im Sande verlief. Wobei sich Josh nicht vorstellen konnte, dass der Secret Service bei der Qualität an Blüten leicht aufgab. Das war der große Schwachpunkt ihres gesamten Plans: Möglicherweise, so dachte er an diesem Morgen in der Bäckerei zum ersten Mal, waren ihre Blüten einfach zu gut. Zu gut, um entdeckt zu werden. Und deshalb eben auch zu gut, um den Fall irgendwann zu den Akten zu legen. Eine Kampfansage an die Gesetzeshüter. Eine Kampfansage, die die Staatsgewalt nicht ignorieren konnte. War es möglich, dass ein Verbrechen zu perfekt sein konnte? Wäre es besser gewesen, ein paar Fehler in ihre Blüten einzudrucken, um den Ärger der Feds am Glühen zu halten, aber eine Explosion zu verhindern? Josh wusste es nicht. Weil es niemals jemand probiert hatte. Weil sie die Ersten waren, denen so etwas jemals gelungen war.

KAPITEL 108

September 2006 (ein paar Wochen später)
Belmont, Kalifornien

ALEXANDER PIECE

Alex winkte die fünf Wagen vom Hof des Paradise Clubs. Stans Meeting, Operation Mantis, war eine viel größere Bedrohung für den Cash Club, als sich die anderen eingestehen wollten. Natürlich mahlten die Mühlen des Secret Service langsam, und niemand traute ihnen zu, morgen bei einem von ihnen auf der Matte zu stehen. Aber es konnte jetzt nur noch darum gehen, möglichst schnell möglichst viel Falschgeld auf den Markt zu werfen. Deshalb hatte sich Alex entschlossen, eigene Kuriere einzusetzen, statt alles Ashley zu überlassen. Das Risiko, so sein Kalkül, war überschaubar – der Gewinn jedoch astronomisch. Denn statt zehn Millionen pro Woche waren es jetzt bis zu hundert. Es waren gigantische Summen, die Josh druckte und die sie in den gesamten USA verteilten. Die Tatsache, dass der Secret Service herausgefunden hatten, von wo aus sie operierten, hatte Alex weitere Vorsichtsmaßnahmen ergreifen lassen. Noch ein Grund, der gegen Ashley als einzigen Kurier sprach. Jetzt fuhren die Wagen mit den Sporttaschen nach Washington, nach Dallas, nach L. A. und nach Las Vegas. Vor allem nach Las Vegas, denn Alex hoffte, den Secret Service auf diese Weise zu überzeugen, dass sie ihre Operationsbasis gewechselt hatten – und dass sie die Spieltische in den Casinos zur Geldwäsche nutzten. Erst Atlantic City dann Las Vegas. Die beiden Hauptstädte des Glücksspiels. In gewisser Hinsicht hatten sie übrigens tatsächlich ihre Operationsbasis gewechselt, denn Alex nahm das Risiko auf sich, einmal alle zwei Wochen mit einem Truck von der Farm bis in seinen neuen Club an der Westküste zu fahren. Die Reise dauerte vier Tage. Glücklicherweise durfte er für den Rückweg in ein Flugzeug steigen. Dennoch konnte er die endlos langen Highways schon jetzt nicht mehr sehen.

Als Alex seinen eingerüsteten Club betrat, kamen ihm zwei Bauarbeiter entgegen, die Stücke der alten Wandverkleidung auf einer Schubkarre abtransportierten. Im Paradise Club blieb kein Stein auf dem anderen. So wollte es Alex, und so wollte es auch seine Mutter, die mit einem Klemmbrett in der Hand und einem weißen Helm auf dem Kopf in der Mitte des nahezu entkernten Raums stand. Sie erklärte ihrem Vorarbeiter die Zeichnungen des Architekten und deutete auf den Boden.

»Hier kommt der Laufsteg hin«, sagte sie. »Von dieser Wand bis hierher. Mitten in die Loungeecke.«

Der Paradise Club würde in Zukunft Moulin Rouge heißen. Und nach dem berühmten Pariser Vorbild eher Unterhaltung als Sex anbieten – abgestimmt auf das zahlungskräftige Publikum des nahe gelegenen Valley. Alex war überzeugt davon, dass ein Club mit roten Samtsesseln und einem kleinen, aber feinen Speisenangebot genau das Richtige für Kalifornien war.

»Baut ihr den Taj Mahal?«, fragte Alex im Vorbeigehen.

Seine Mutter lachte. Er hatte sie noch niemals so fröhlich gesehen wie in den letzten Wochen, seit er ihr eröffnet hatte, dass er den Club gekauft hatte und dass sie ihn umbauen sollte.

»Deine Mutter, eine Bauleiterin?«, hatte sie ungläubig gefragt.

»Meine Mutter, die Geschäftsführerin des angesagtesten Clubs im ganzen Valley«, hatte Alex dagegengehalten.

Sie fieberte der Wiedereröffnung entgegen wie einem neuen Leben. Was zugegeben nicht ganz unzutreffend war. Es machte Alex glücklich, sie zu beobachten. Und – wie er immer gewusst hatte – steckte in dieser Frau mehr als eine Tänzerin, die in die Jahre gekommen war. Sie hatte ihre kleine Familie trotz des großen Geheimnisses, dass sie ein Stripgirl war, mit Organisationstalent und viel Herz zusammengehalten. Das würde ihr auch im Moulin Rouge gelingen. Und Alex die Taschen mit sauber deklariertem Geld füllen. Auch wenn es derzeit natürlich keine Rolle spielte, ob das Moulin Rouge profitabel arbeitete, das kam später. Er investierte sein Geld, um in ferner Zukunft eine satte Rendite zu kassieren, wenn der Cash Club längst Geschichte war. So machten es alle erfolgreichen Investoren, und Alex hatte beschlossen, der erfolgreichste von allen zu werden. Kein Warren Buffett vielleicht, den er für den größten von allen hielt. Weil er nicht nur viel Geld verdiente, sondern zudem ein guter Kerl zu sein schien, mit dem man gerne ein Bier trinken würde. Wer weiß? Vielleicht würde Alexander Piece eines Tages eines dieser Abendessen ersteigern. Warren Buffett ging mit dem essen, der am meisten zahlte – für einen guten Zweck. Und erzielte regelmäßig ein paar Millionen pro Abendessen. Drei Millionen waren schon jetzt für Alex keine abstrakte Summe mehr. Er wusste genau, wie schwer eine Tasche mit drei Millionen Dollar war – auch wenn ihre Gewinnmarge deutlich gesunken war. Manchmal tat sein Rücken weh von den Summen, die der Cash Club bewegte. Und das war schon verrückt, oder nicht?

KAPITEL 109

Dezember 2006 (zehn Wochen später)
Atlantic City, New Jersey

STANLEY HENDERSON

»In der Realität ist der Täter nicht nach anderthalb Stunden gefasst wie im Fernsehen«, hatte Stan den Cash Club noch vor ein paar Monaten beruhigt. Und tatsächlich hatte sich die Operation Mantis als ein Wesen entpuppt, das sich im Raupentempo fortbewegte, was seinem Naturell gerecht wurde, denn auch eine Gottesanbeterin war nicht gerade für ihre schnellen Reflexe bekannt. Eher für ihre Tarnung, und die Zentrale schien sich genau ans Wesen der Namensgeberin zu halten: Stan hatte seit Monaten nichts mehr von Mantis gehört, außer dass die Operation auf den wöchentlichen Prioritätenlisten stets einen Platz im oberen Drittel einnahm – jeweils versehen mit dem Hinweis auf strengste Geheimhaltung, was bedeutete, dass er mit Trish nicht darüber reden durfte. Und auch keine Ressourcen für Mantis verwenden durfte, es sei denn, er fragte das offiziell über Washington an. Was Stan natürlich nicht vorhatte. Es kam ihm dennoch seltsam vor, dass ein derart wichtiger Fall so rigoros von der Mannschaft abgeschottet wurde. Es lag, so Stans Vermutung, daran, dass der Boss nicht wusste, wie er mit den perfekten Blüten umgehen sollte. Die Menge, so viel hatte man ihnen verraten, stieg stetig, und die Prognosen der Experten in Washington hatten schwindelerregende Höhen erreicht. Und wie immer, wenn viele Leute in ein Geheimnis eingeweiht wurden, blieb es nicht lange vertraulich. Ein Agent würde mit der Presse reden, weil er die scharfe Redakteurin vögeln wollte. Und schon war die Katze aus dem Sack: Unidentifizierbare Blüten in Umlauf.

Der Untergang des Abendlandes und des amerikanischen Traums. So oder so ähnlich würden die Schlagzeilen der Gazetten lauten. Und der Secret Service hatte solchen Argumenten nur wenig entgegenzusetzen. Vermutlich müsste jemand seinen Hut nehmen, die politische Verantwortung tragen. Das wäre natürlich der Chef der Falschgeldeinheit oder sein Stellvertreter. Ebenjene Leute, die entschieden, die Operation Mantis lieber nicht an die große Glocke zu hängen. Was insofern eine kluge Entscheidung war, als die Prognosen der sogenannten Experten noch immer viel zu niedrig angesetzt waren.

Der Cash Club hatte bereits über 200 Millionen Dollar in Umlauf gebracht. Fast eine Viertel Milliarde. In Washington sprach man von siebzig oder achtzig Millionen. Der Unterschied entsprach in etwa der zwischen einer konventionellen Kriegsführung und einem Atomschlag. Siebzig Millionen, das klang kontrollierbar. Siebzig Millionen haben wir im Griff. Aber eine Viertel Milliarde? Selbst unter Politprofis galt – auch ohne Hilfe der Presse – die Schlagzeile mehr als der Inhalt des Artikels. Um die zweihundert Millionen waren nur dreimal siebzig Millionen. Aber es war eben auch etwa eine Viertel Milliarde. Die Einheit, mit der Staatshaushalte beschrieben wurden, keine Firmenbilanzen. Die Wahrheit war: Die Wahrheit durfte nicht ans Licht kommen. Nicht, bevor es ein Ermittlungsergebnis vorzuweisen gab.

Ebenjenes landete am 7. Dezember unvermittelt auf Stans Schreibtisch. Zumindest ein Vorbote eines Ermittlungsergebnisses. Trish und Stan waren gemeinsam zum Schlachthof gefahren, und ihre Wege trennten sich erst kurz vor ihren Schreibtischen, schließlich standen sie keine zehn Meter voneinander entfernt. Während Stan den Computer hochfuhr, besorgte Trish einen großen Becher Kaffee. Nicht weil sie die Frau war, sondern weil sie die Autowette verloren hatte. Jeden

Morgen wetteten sie um das Kaffeeholen: Wie viele weiße Autos auf dem Weg zur Arbeit, wie viele rote Ampeln. Irgendetwas Belangloses, weil sonst nicht zu entscheiden war, wer den Kaffee holen würde. Trish tat es nicht freiwillig, und Stan glaubte, dass es eine Schwäche wäre. Er rieb sich die Augen und lud das E-Mail-Programm, als Trish ihm den Kaffee neben die Tastatur stellte. Sie beugte sich über seine Schulter. Stan starrte auf den Posteingang.

»Wollen wir es heute Abend noch einmal probieren?«, fragte Trish. Sie meinte die Sache mit dem Kinderkriegen. Diese Mail durfte Trish nicht zu Gesicht bekommen. Es war sehr anstrengend, mit einer Frau zu leben, die Trishs Instinkte besaß. Vor allem wenn es um Geheimnisse ging. Stan holte aus und schlug mit dem Handrücken gegen die Kaffeetasse. Die hellbraune Flüssigkeit ergoss sich über die Tischplatte und tropfte auf den Boden.

»Scheiße«, rief Stan.

»Warte, ich hol Tücher«, sagte Trish.

Stans Hände zitterten, als er das E-Mail-Programm schloss.

»Hier«, sagte Trish, drückte ihm ein paar Papierservietten in die Hand und begann, den Schreibtisch abzuwischen.

»Entschuldige«, murmelte Stan.

»Nicht deine Schuld«, sagte Trish und warf die nassen Tücher in den Mülleimer.

Stan griff nach Trishs Händen. Er streichelte ihre Finger.

»Klar probieren wir es«, sagte er.

Trish nickte, drückte seine Hand und machte sich auf den Weg zu ihrem Arbeitsplatz. Für den Rest des Tages würden sie sich höchstens in der Mittagspause zu sehen bekommen – es sei denn, sie hätten einen gemeinsamen Außeneinsatz. Was nicht zu erwarten war. Heute war Routine angekündigt. Doch die E-Mail, die Stan kurz darauf öffnete und die er unbedingt vor Trishs neugierigen Augen hatte verbergen wollen, trug eine unheilvolle Betreffzeile: »Investigation Request to ATCFO: Piece, Alexander«. ATCFO bedeutete Atlantic Field Office. Der Rest war selbsterklärend: Die Zentrale bat ihn, Alex unter die Lupe zu nehmen. Auszuschließen, dass es sich um einen Namensvetter handelte. So viel Zufall konnte niemand verlangen.

Stan scrollte durch das offizielle Ermittlungsersuchen. Offenbar hatte das New Yorker Field Office im Rahmen einer Ermittlung gegen einen gewissen William Murray, der in Mafiakreisen als Maurer bekannt war, einen Hinweis erhalten. Stan rief über das SECSERNET die Originalakte auf. Die Buchstaben auf dem Bildschirm verschwammen zu einem Brei aus Pixeln. Der mutmaßlich der Mafia nahestehende Mann hatte sich auf einen Deal eingelassen. Informationen gegen Strafmilderung. Es ging um ein Steuerdelikt. Was für ein Witz. Alex' Name war gefallen im Zusammenhang mit Geldwäsche. Die Leute von Mantis hatten noch keinen Wind davon bekommen, das Ermittlungsersuchen kam aus dem New Yorker Büro. Aber es war nur eine Frage der Zeit. Stan konnte die Ermittlungen nicht verhindern. Er konnte sie höchstens aufhalten. Er musste Alex sprechen. Die gemeinsame Mittagspause mit Trish würde ausfallen.

KAPITEL 110

Dezember 2006 (zur gleichen Zeit)
Mainz, Deutschland

JOSHUA BANDEL

»Schön, dass du uns nicht vergessen hast«, sagte Karl-Mathäus Schneidersohn und griff zum Füller. Vor ihm lag ein Kaufvertrag für 49,9 Prozent der Anteile an der Druckerei und dem Verlag.

»Unser weißer Ritter«, sagte Carolin Schneidersohn und füllte auf einer Anrichte aus den siebziger Jahren hochstielige Flöten mit Rieslingsekt.

Josh lächelte.

»Nicht dass wir daran gezweifelt hätten«, fügte Karl-Mathäus hinzu und unterzeichnete.

»Natürlich nicht«, sagte Josh. Als weißer Ritter wurde der freundliche Retter einer Firma bezeichnet, der neues Kapital mitbrachte. Im Gegensatz zu einer feindlichen Übernahme durch eine sogenannte Heuschrecke, wobei das ein überaus deutscher Begriff war, den ein deutscher Politiker mit überaus korrekt sitzender Frisur und überaus korrekt sitzenden Anzügen erdacht hatte. Nirgendwo anders auf der Welt nannte man unwillkommene Investoren nach dem gefräßigen Schwarmgetier. Aber Schwamm drüber.

»Er hat von nichts anderem gesprochen, seit er den neuen Job angenommen hat«, bestätigte Mona, die zu dem feierlichen Anlass ein überaus anständiges Kleid angezogen hatte.

Karl-Mathäus schob den Vertrag über den Tisch, und Josh schob ihn weiter zu Mona, weil sie die Geschäftsführerin war. Eine Vorsichtsmaßnahme. Mona zückte einen Kugelschreiber. Kaufpreis: achthundertvierzigtausend Euro, dazu ein Kredit in Höhe von 2,5 Millionen. Ein Schnäppchen, fand Josh. Zumal das Geld leicht verdient war. Josh hatte festgestellt, dass die Kunden von Monas Bäckerei – pardon: Bakerei – sehr gerne mit Blattgold verzierte Grußkarten zu ihren Jubiläumskuchen kauften. Wobei es natürlich weder die Kuchen noch die goldenen Karten gab. Aber es gab die Einnahmen. Sorgfältig verbucht, sorgfältig versteuert. Monas deutsche Gründlichkeit. Die deutsche Bäckerei hatte einen Siegeszug angetreten an der Ostküste von Amerika. Wer hätte das gedacht? Mona unterschrieb mit schwungvollen Bogen, wie in einem Poesiealbum. Sie war eine Frau voller Gegensätze, was Josh immer besser gefiel. Carolin reichte Sekt und Cracker. Doch kurz nachdem die Gläser klirrten und Karl-Mathäus das Wort ergreifen wollte, klingelte Joshs Prepaid-Telefon. Nur vier Leute kannten diese Nummer, er hatte es extra für seinen Besuch in Deutschland gekauft.

»Ich muss da rangehen«, murmelte Josh entschuldigend und schob sich an Carolin Schneidersohn vorbei. Als er die schwere Tür des Konferenzraums hinter sich zuzog, ging er ans Telefon.

»Es gibt Probleme«, sagte Alex. Seine Stimme klang weit entfernt, wie von einem anderen Planeten, atmosphärisches Störungsrauschen inklusive. Globalisierung schien auch eher ein Modebegriff zu sein als eine tatsächliche technologische Entwicklung, dachte Josh.

»Was für Probleme?«, fragte Josh.

»Nicht am Telefon«, sagte Alex.

Josh starrte auf das Sektglas in seiner Hand und fragte sich, ob er vor ein paar Minuten einen großen Fehler gemacht hatte. Oder das Gegenteil. Es kam darauf an, was Alex für Probleme hatte, schätzte Josh.

»So schlimm?«, fragte Josh.

»Schlimmer«, sagte Alex.

Josh räusperte sich und blickte sich um. Der Flur vor dem Konferenzraum war leer. Niemand hatte das Gespräch mitbekommen. Josh trank einen Schluck von dem Sekt.

»Komm sofort zurück, Josh«, sagte Alex und legte auf. Josh blickte aus dem Fenster auf das trübe Wasser des Rheins. Ein viel zu langes und viel zu flaches Containerschiff schob sich Zentimeter für Zentimeter den Strom hinauf. Es war ein Wunder, dass es schwamm. Es war ein Wunder, dass es erst jetzt passierte, dachte Josh. Nicht nach zwei Millionen, nicht nach zehn Millionen und nicht nach hundert Millionen. Was auch immer Alex für Probleme hatte, alles hing jetzt davon ab, wie sie darauf reagierten. »Endgame« hatten sie das während der Planungsrunden zum Cash Club genannt. Und das Endspiel begann. Ausgerechnet in dem Moment, in dem er die Druckerei rettete.

KAPITEL 111

Dezember 2006 (zwei Tage später)
Mullica, New Jersey

ALEXANDER PIECE

Der Cash Club saß auf Schreibtischstühlen in einem Kreis neben der alten Heidelberger. In der Mitte zwischen ihnen standen Anderthalb-Liter-Flaschen Limonade und eine Familienpackung Oreos, neben der wiederum der kleine Aaron hockte und beherzt zulangte.

»Scheiße«, sagte Alex.

»Scheiß dir mal nicht ins Hemd, Piece«, sagte Stan »The Man«. Er hatte gut reden, dachte Alex. Schließlich war es nicht sein Name, der in einer Ermittlungsakte zum Thema Geldwäsche stand. Und dort für immer stehen würde.

»Bist du sicher, dass dir niemand gefolgt ist?«, fragte Brian. Ashley nahm Aaron die Kekse weg. Der Junge begann, den Mund zu verziehen, als hätte er in eine unreife Grapefruit gebissen, ohne sie zu schälen.

»Bin ich ein Depp?«, ärgerte sich Alex.

»Aber nur noch einen«, sagte Ashley, woraufhin sich die Miene ihres Sohnes schlagartig aufklärte.

»Ich meine ja nur«, sagte Brian. »Schließlich gefährdest du uns jetzt alle.«

Alex ärgerte sich über Brians Wortwahl.

»Ihm ist niemand gefolgt«, mischte sich Stan ein.

»Sagt unser Runningback«, bemerkte Josh süffisant.

»Sagt ein Special Agent des Secret Service, der ihm vom Highway bis hierher gefolgt ist«, sagte Stan.

Die Stimmung war nicht mehr dieselbe seit der Hiobsbotschaft, kam Alex nicht umhin zu bemerken.

»Kein Grund, sich gegenseitig zu zerfleischen«, wandte Ashley ein und traf den Nagel auf den Kopf. Sie steckten immer noch unter einer Decke, oder nicht?

»Dann referiere er mal, der Special Agent«, forderte Brian. »Was heißt das jetzt für uns?«

»Erst einmal nichts«, sagte Stan.

»Nichts?«, fragte Alex.

Stan schüttelte den Kopf: »Ich werde ihnen alles, was wir über Alexander Piece in den Akten haben, zuschicken müssen«, sagte er. »Was nicht besonders viel ist.«

»Das ist gut«, sagte Alex. Aaron erklomm sein Plastikauto und raste um die Heidelberger. Wenigstens das Gemüt eines Kindes konnte keine Hiobsbotschaft erschüttern, dachte Alex.

»Dann werde ich Erkundigungen einziehen«, sagte Stan.

»Über diese Operation Mantis?«, fragte Josh.

Stan nickte: »Ich muss irgendwie an die Akten kommen, obwohl ich noch nicht weiß, wie ich das anstellen soll.«

»Das ist schlecht«, sagte Alex. Er rieb sich die Stirn. Er musste nachdenken. Ihm musste etwas einfallen. Was, wenn die Feds herausfanden, dass er mit dem Geld den Paradise Club gekauft hatte. Was, wenn sie herausfanden, dass er für den größten Coup der Weltgeschichte verantwortlich war? Nur er allein? Immerhin eine Idee.

»Wir müssen eine Brandmauer ziehen«, sagte Alex mit festerer Stimme, als er erwartet hatte.

Stan, Josh und Brian nickten unisono. Ashley seufzte.

»Glaubt ihr wirklich, das ist notwendig?«, fragte sie.

»Der einzige Weg, ein Buschfeuer aufzuhalten, ist eine Brandmauer«, sagte Brian.

»Zur Not müssen wir mich aufgeben, um euch zu schützen«, bestätigte Alex. Er fragte sich, warum er dazu bereit war. Weil es jeder Einzelne von ihnen genauso machen würde. Oder nicht?

»Außerdem brauchen wir einen Notfallcode«, behauptete Stan.

»Wofür?«, fragte Josh.

»Um im Fall der Fälle hier alles aufzuräumen«, sagte Stan.

»Du willst die Farm aufgeben?«, fragte Ashley entgeistert.

»Willst du ihnen die Beweise auf dem Silbertablett servieren?«, fragte Brian.

Ashley starrte auf die Schreibtische, an denen sie monatelang gedruckt, geschnitten und gestapelt hatten.

»Alles, was Rückschlüsse auf uns zulässt, muss weg«, sagte Stan. »Wir müssen sämtliche Beweise vernichten, dass hier jemals etwas anderes gedruckt wurde als Postkarten.«

Josh stöhnte. Brian starrte geradeaus. Ashley gab Aaron noch einen Keks. Und Alex wusste nicht mehr, was er von der Zukunft halten sollte.

KAPITEL 112

Dezember 2006 (ein paar Wochen später)
Cat Creek, Montana

ASHLEY O'LEARY

Nachdem die letzte Kiste dieser Tour vergraben war, machte Brian ein Feuer im Kachelofen, und Ashley schaltete die bunte Lichterkette an ihrem Weihnachtsbaum an. Mit zwei Gläsern Rotwein setzten sie sich auf die hölzerne Eckbank.

»Was soll jetzt werden, Brian?«, flüsterte Ashley und betrachtete ihren Sohn, der auf einer Matratze keine fünf Meter von ihnen entfernt schlief. Die Hütte war klein, Komfort begann etwa vierzig Meilen die Straße runter. Trotzdem gab es nichts Friedlicheres als ein schlafendes Kind, fand Ashley. Vor allem wenn es das eigene war.

Brian antwortete nicht. Stattdessen fummelte er die Alufolie von einer Schokoladenkugel und steckte sie sich in den Mund.

»Ich meine, wenn die Brandmauer uns nicht schützen kann«, fügte Ashley hinzu.

»Mach dir keine Sorgen«, sagte Brian. »Wir haben Geld für fünf Leben im Garten.«

»Ich mache mir keine Sorgen ums Geld«, sagte Ashley. »Ich mache mir Sorgen um uns.«

Brian seufzte.

»Und um Aaron«, gab Ashley zu und betrachtete den Wein in ihrem Glas. Er hinterließ Schlieren, wenn man ihn schwenkte. Es war ein guter Wein. Ein Weihnachtswein. Es wäre ein romantisches Weihnachtsfest gewesen in einer Hütte direkt unter dem Sternenhimmel. Aber es war kein Weihnachtsfest wie jedes andere. Dunkle Wolken hingen über der Hütte, dem See und ihrer Zukunft.

»Mach dir keine Sorgen«, wiederholte Brian. Er griff nach ihrem Arm. »Ich glaube, Stan hatte eine gute Idee.«

»Was für eine Idee?«, fragte Ashley.

»Wie er an die Akten von Mantis kommt«, sagte Brian und grinste.

»Lass mich raten«, sagte Ashley.

Brian winkte ab: »Auf ein schönes Weihnachten mit der Familie«, sagte Brian. Ashley zögerte, weil sie befürchtete, dass es das letzte Weihnachten mit der Familie sein würde. Aber schließlich stieß sie mit Brian an. Was hatte sie schon für eine Wahl? Sie musste ihm vertrauen. Und sie musste den anderen vertrauen. Dass die Brandmauer hielt, falls es wirklich zum Äußersten kam.

KAPITEL 113

Dezember 2006 (eine Woche später)
Atlantic City, New Jersey

STANLEY HENDERSON

Operation Mantis war ein Schwarzes Loch im Universum des Secret Service. Wann immer Stan eine Anfrage stellte, verschwand sie im großen Nichts. Er erlangte keine Akteneinsicht, selbst eine erkleckliche Anzahl Anrufe in der Zentrale endete im luftleeren Raum. Zudem konnte es Stan nicht riskieren, sich allzu offensichtlich für Alexander Piece zu interessieren. Was blieb, war Bellwethers Computer.

Als Stan Trishs Wagen einen Block vom Schlachthof entfernt an den Straßenrand stellte, explodierten in der Nachbarschaft die ersten Frühzünder. Es war kein Zufall, dass er sich die Silvesternacht für seine Aktion ausgesucht hatte. In jeder anderen Nacht wäre es ihm leichter gefallen, eine Ausrede für Trish zu finden. In jeder anderen Nacht wäre allerdings auch die Gefahr, entdeckt zu werden, deutlich gestiegen.

Als er den Schlachthof erreichte, zeigte er Sam seinen Ausweis. Sam war der Wachhabende, was Stan vorher gewusst hatte. Er mochte Sam, und Sam mochte ihn. Was nichts ändern würde, wenn er ihn bei dem erwischte, was er vorhatte. Dass Sam trotzdem seinen Ausweis sehen wollte, lag nicht daran, dass ihr Außenbüro in Atlantic City besonders bedeutend wäre oder ungewöhnlich viel Personal hatte. Im Gegenteil. Tatsächlich lag es daran, dass selbst hier in der Provinz die Ressourcen vorhanden sein mussten, bei einem spontanen Besuch von POTUS, die Sicherheit zu gewährleisten. POTUS bedeutete President of the United States. Und Ressourcen für seine Sicherheit bedeutete: Im Keller lagerte ein beachtliches

Arsenal von Schusswaffen, darunter ein speziell für den Secret Service entwickeltes Gewehr, es gab Räume für hundert weitere Beamte, die jede Woche geputzt wurden, obwohl sie seit zehn Jahren niemand betreten hatte. Und: Es gab eine Computeranlage auf dem neuesten Stand der Technik und mit Zugang zu der zentralen Datenbank des Secret Service. Was exakt der Grund war, warum Stan seinem Büro am Silvesterabend einen Besuch abstattete.

Natürlich wurde sein Kommen und Gehen vom Computer erfasst. Der Trick war, dass niemand bemerkte, dass er etwas anderes gemacht hatte, als seinen Schreibtisch aufzuräumen. Und dabei kam Brian ins Spiel. Houdini hatte seinen Zauberkasten ausgepackt und Stan einen USB-Stick mitgegeben, der alles sammeln würde, was sie benötigten. Das Problem war, dass er dafür Bellwethers Computer anzapfen musste.

Als über der Stadt die Raketen explodierten, fummelte Stan mit einem Dietrich an der Tür zu Bellwethers Glaskasten herum. Er tat das nicht, weil die winzigen Explosionsladungen das Kratzen seines Picks am Schloss übertünchen würden, sondern weil er davon ausging, dass sich Sam vor seinem Wachhäuschen eine Zigarette anzündete und das Feuerwerk betrachtete. Es dauerte keine dreißig Sekunden, bis er die Tür geöffnet hatte. Und der Alarm ertönte. Noch nicht derjenige Alarm, der Sam auf den Plan rufen würde, sondern jener eindringliche Ton, der den Besitzer einer Berechtigungskarte dazu aufforderte, sie vor den Sensor zu halten. Stan hatte keine Ahnung gehabt, dass Bellwethers Büro einen eigenen Alarm besaß. Panisch blickte er nach rechts. Und tatsächlich forderte eine gelb blinkende Leuchtdiode, fast unsichtbar an der Wand, verborgen von einer Reihe Aktenordner eine Karte. Oder einen verdammten Chip. Oder was auch immer. Was Stan nicht hatte. Er blickte sich um. Scheiß Bewegungsmelder, dachte Stan. Er sah das Emblem des Secret Service auf Bellwethers Bildschirm tanzen. Blick zurück. Der Glaskasten schien zu vibrieren. Keine Zeit. Gleich würde der Warnton zum Alarm umschlagen. Und Sam würde hier auftauchen, Feuerwerk hin oder her. Überleg, Stan. Überleg. Er tat das, wofür er gekommen war. Er nahm den USB-Stick und steckte ihn in Bellwethers Computer. Er stand in der Mitte von Bellwethers Glaskasten. Mittendrin im Einbruch. Raus, dachte Stan. Er zog die Tür hinter sich zu. Dann schrillten die Alarmglocken. Laut. Lauter. Der Wachmann. Sam. Stan lief zu seinem Schreibtisch. Er hatte den Computer eingeschaltet. Er sah Bellwethers Glaskasten und die Blume auf Trishs Schreibtisch. Eine gelbe Gerbera in einer purpurnen Vase. Was überhaupt nicht passte. Egal. Der Alarm schrie um Hilfe. Stan lief zur Gerbera. Er kritzelte einen Namen auf die Schreibtischunterlage aus Papier. Und eine Telefonnummer dazu. Dann warf er die Vase mitsamt der Gerbera gegen den Glaskasten. Das Fenster zersplitterte in tausend kleine Stücke. Die Gerbera flog auf den Boden und die Vase gegen den Bildschirm von Bellwethers Computer. Krachte zu Boden. Es hatte doch Vorteile, gut werfen zu können, dachte Stan. Am Ende des Tages brachte es also doch etwas, seine Jugend an den Football zu verschwenden. Dann wartete er auf Sam und setzte eine wütende Miene auf. Weil seine Nachforschungen Trish bezüglich seine schlimmsten Befürchtungen bestätigt hatten. Der Name und die Telefonnummer mussten einem Liebhaber gehören. Es wäre einfacher, Trish zu erklären, was sich hier heute Nacht zugetragen hatte, als Bellwether. Der Wachmann tauchte keine dreißig Sekunden später an der Tür auf, mit gezogener Waffe. Stan hob die Hände: »Sorry, Sam. Ist mit mir durchgegangen.« Er konnte nur hoffen, dass sie ihm seine Geschichte abkauften.

Sam starrte auf die zerbrochene Scheibe, dann zu Stan. Nach einer gefühlten Ewigkeit senkte er die Waffe.

»Trish hat was mit dem Typen vom Blumenladen«, schrie Stan, um seine Wut zu demonstrieren und um die Sirene des Alarms zu übertönen. Was soll das mit dem Blumenladen?, schalt er sich innerlich selbst. Ihm war nichts Besseres eingefallen. Vermutlich lag es an der Gerbera, die auf dem Boden vor Bellwethers Glaskasten lag. Sam zeigte ihm einen Vogel. Aber er stellte den Alarm ab, was Stan als gutes Zeichen wertete.

KAPITEL 114

Januar 2007 (ein paar Tage später)
Palo Alto, Kalifornien

BRIAN O'LEARY

Seit Tagen wartete Brian darauf, dass es Stan endlich gelang, den Stick von Bellwethers Computer zu bergen. Offenbar gestaltete sich das schwieriger als gedacht – vermutlich weil niemand so richtig wusste, was er von dem Vorfall am Silvesterabend halten sollte. Was hätten sie tun sollen? Stans Geschichte klang glaubwürdig. Und solange Trish nicht gegen ihn aussagte, blieb ihnen nichts anderes übrig, als Stans Schilderung der Ereignisse als Wahrheit anzuerkennen. Und da er der einzige in Aussicht stehende Vater ihrer zukünftigen Kinder war, würde Trish dichthalten. Davon war zumindest Stan überzeugt.

Brian saß in seinem Büro bei »The Next Big Thing« und beantwortete eine ellenlange Anfrage bezüglich der Einbindung eines neuen Chatprogramms, als die E-Mail von Stan auf dem Bildschirm erschien. Wie er dem Footballstar erklärt hatte, erzeugte das Programm, das er geschrieben hatte, eine einzige Datei, die nur Brian öffnen konnte. Eine Vorsichtsmaßnahme für den Fall, dass jemand den Stick entdeckt hätte. Und die sich als überflüssig herausstellen sollte, denn offenbar hatte Stan in einem unbeobachteten Moment einfach das Speichermedium abziehen und in die Hosentasche stecken können. So zumindest schrieb er in seiner Nachricht. Brian klickte auf ein spezielles Programm, das die Datei decodierte und beobachtete, wie sich nach und nach ein ganzer Berg von Akten auf seinem Bildschirm stapelte. Brian griff nach der Teetasse und lehnte sich nach vorne. Die Chatintegration war gerade in der Prioriätenliste zweihundert Plätze nach hinten gerutscht. Denn offenbar hatte die Operation Mantis weit mehr gegen Alex in der Hand, als Stan geglaubt hatte. Der verrückte Hund hatte seiner Mutter einen Puff in Palo Alto gekauft. Seiner Mutter! In Belmont! Und wenn man den Recherchen des Secret Service glauben durfte, standen sie kurz davor, ihm nachzuweisen, dass er das Geld für den Club auf nicht ganz legale Weise beschafft hatte. Sie konnten ihm die Geldfälschung nicht beweisen – dafür fehlte ihnen eine Verbindung zu den Blüten. Aber bald würden sie ihm auf Schritt und Tritt folgen, sein Telefon anzapfen und seine E-Mails mitlesen. Hinreichender Tatverdacht, nannte sich das in der Fachsprache. Wäre Brian der Richter, der über den Fall entscheiden musste, würde er aufgrund der Aktenlage ganz sicher eine Überwachung genehmigen.

Brian lehnte sich zurück und atmete durch. Sie wussten, dass Alex Dreck am Stecken hatte. Und sie ahnten, dass er mit den perfekten Blüten zu tun hatte. Sie kannten die Verbindung zu Don Frank über das Vogue. Sie hatten Alex' Leben gründlich auseinandergenommen. Es war nur eine Frage der Zeit, bis einer der Kuriere zu quatschen begann. Und dann? Würde der Kurier Ashley ans Messer liefern? Sie hatte immer eine Perücke getragen, und ihr Name tauchte nirgendwo auf. Brian kalkulierte ihre Optionen. Und entschied sich dann, das Signal zu schicken. Alex musste hinter die Brandmauer. Niemand durfte mehr Kontakt zu ihm aufnehmen. Und sie mussten das Lager räumen. Der Cash Club musste aufhören zu existieren. Um seine und ihrer aller Existenz zu retten.

KAPITEL 115

Januar 2007 (zur gleichen Zeit)
Atlantic City, New Jersey

JOSHUA BANDEL

Das Notfallsignal kam, während Josh auf der Toilette saß. Eine SMS mit dem Wortlaut »Ins Exil ich werde müssen. Versagt ich habe.« Was natürlich ein Filmzitat aus Star Wars war. Meister Yoda hat gesprochen.

»Scheiße«, rief Josh und versuchte, das Papier schneller von der Rolle zu reißen als jemals zuvor. Was natürlich dazu führte, dass es riss. Er fluchte erneut. Ein Teufelskreis.

»Was ist los?«, fragte Mona.

»Nichts«, sagte Josh und zog die Hose hoch. Er stürmte aus dem Bad, und es gelang ihm gerade noch, seiner Frau einen Kuss auf die Wange zu drücken und etwas von einem Notfall im Geschäft zu murmeln. Was ziemlich genau der Wahrheit entsprach.

Josh erreichte die Druckerei als Zweiter – genauer gesagt als Dritter, denn Ashley und Aaron rannten kopflos um die Wette. Die Mutter, weil sie den Verstand verloren hatte, und der Sohn, weil ihm das besonders gut gefiel. Endlich erkannten die Erwachsenen, dass die Ordnung, für die sie immer gekämpft hatten, dem kosmischen Geist entgegenstand. Urknalltheorie aufgrund einer katastrophalen Nachricht, die natürlich durch einen Schmetterling in Uganda ausgelöst worden war und nicht etwa durch Brian an einem Computer im Valley. Josh erwischte Ashley auf halbem Weg zwischen Mülltonne und Küche.

»Hey«, sagte Josh.

Ashley griff nach einem einzelnen Stück Papier, das auf einem der Tische lag.

»Hey«, wiederholte Josh. »Keine Panik, okay?«

Ashley pustete sich eine Strähne aus den Augen. Sie sah verwirrt aus. Und verzweifelt.

»Noch ist nichts passiert«, behauptete Josh.

Ashley deutete auf das Chaos, das sie in der Druckerei angerichtet hatte: »Sieht das hier etwa aus, als wäre nichts passiert?«, fragte sie. Sie riss eine schwarze Mülltüte von der Rolle und schlug mit den Händen von innen gegen die Seiten, um sie zu öffnen. Dann begann sie, ausgesonderte Fehldrucke hineinzustopfen.

»Hilf mir lieber«, sagte sie.

Vielleicht ist Panik ansteckend wie ein Virus, dachte Josh, als er eine Viertelstunde später den dritten Plastiksack in Ashleys Kofferraum hievte.

»Was machen wir eigentlich mit dem Rest vom Geld?«, fragte Ashley, die einen weiteren Sack aus dem Haus trug. Auf dem Rückweg ins Haus dachte Josh darüber nach. Es wäre gefährlicher, das Falschgeld zu bewegen, statt es einfach hierzulassen. Eintauschen konnten sie es jetzt, da ein erster Verdacht auf sie gefallen war, ohnehin nicht mehr. Er stand vor der Wand mit den Umzugskisten voller Falschgeld. Ashley trat hinter ihn.

»Wir lassen es hier«, sagte Josh.

»Und was machen wir, wenn die Cops die Farm finden?«, fragte Ashley.

»Wir müssen nur dafür sorgen, dass sie uns nicht beweisen können, dass wir hier waren«, behauptete Josh. Er griff nach einem weiteren Sack mit Abfällen und trug ihn zum Auto. Als er ihn in den Kofferraum warf, bemerkte er ein irritierendes Blitzen in seinem Augenwinkel. Er betrachtete den Waldrand am anderen Ende des Feldwegs und fragte sich, ob das

Okular eines Fernglases die Sonne reflektiert hatte. Waren die Cops schon da? Werd nicht paranoid, dachte Josh. Beantworte lieber die Frage, wie wir die Fingerabdrücke von der Heidelberger kriegen. Was eine gute Ablenkung war, denn diese Aufgabe war neben dem Entsorgen des Papiers eine der schwierigeren ihrer Tatortreinigung. Dass die Ablenkung funktioniert, ließ sich später daran ablesen, dass Joshs Auge ihn nicht getäuscht hatte und dass er Stans Wagen übersehen hatte, der am Waldrand geparkt war. Was gegen ihre Abmachung war, denn Stan hatte versprochen, niemals zur Farm zu fahren. Weil es nicht notwendig war und weil alles unnötige Wissen über ihre Operation ein Zuviel an Information war.

KAPITEL 116

Februar 2007 (ein Monat später)
Atlantic City, New Jersey

ALEXANDER PIECE

Alex wusste, dass sein Tag gekommen war, in dem Moment, als er bei Don Frank in die Auffahrt bog. Es war im Nachhinein schwer zu sagen, woran sich die Gewissheit festmachte, aber etwas hatte sich verändert. Möglicherweise fuhren die Secret-Service-Leute, die ihm seit zwei Wochen in den grauen, hellblauen, schwarzen oder silbernen Autos folgten, unbewusst etwas dichter auf. Möglicherweise spürte Alex die Schlinge, die schon um seinen Hals lag, wie ein Hund die Gefahr witterte. Trotz allem lächelte Alex, was vor allem daran lag, dass seine Schatten durch die möglichst unauffällige Farbwahl ihrer Autos genauso aufgefallen wären, wie wenn der Secret-Service-Fuhrpark nur aus Kanariengelb bestanden hätte. Vielleicht kam sein Verdacht aber auch daher, dass ihn Don Frank zu sich zitiert hatte, ohne ihm einen Grund zu nennen. Vielleicht hatte Alex auch jeden Tag damit gerechnet und legte sich die Vergangenheit zurecht, damit sie zu der tatsächlichen Abfolge der Ereignisse passte. So oder so, es spielte keine Rolle.

Don Frank empfing ihn an diesem Sonntag im Bademantel, weil er einen Saunagang absolviert hatte. Cleansing, nannte er das. Reinigung. Er war mit der Haushälterin in der Sauna gewesen, die sich – ebenfalls im Bademantel – die Fingernägel rosa lackierte, während Alex am Rand des Grünstreifens stand. Don Frank hatte im Keller eine römische Säulenhalle nachbauen lassen inklusive einem Stück künstlichen Rasen zwischen den Marmorkapitellen und den Plastikliegen. Don Frank bot ihm keinen Champagner an.

»Es tut mir leid, Alex«, sagte er zur Begrüßung und nippte an seinem Glas. Alex hätte das geschmacklos finden können, aber er erwartete nichts mehr von seinem früheren Geschäftspartner. Vermutlich schlossen in diesem Moment ein paar Feds das Moulin Rouge, und ihre Kollegen stürmten mit einem Durchsuchungsbefehl ins Vogue. Alex wusste, dass Don Frank das wusste. Und so gab es nicht viel zu sagen.

»Mir auch«, sagte Alex.

»Mach dir keine Sorgen um die Jungs«, sagte Don Frank.

»Ich mache mir keine Sorgen um die Jungs«, sagte Alex. Er wusste, dass zumindest einer der Kuriere einen Deal ausgehandelt hatte. In diesem Stadium des Spiels ging es nur noch um Deals zwischen Staatsanwaltschaft und Angeklagtem. Was haben wir gegen dich? Kannst du jemanden über dir ans Messer liefern? Dann kommst du mit einem blauen Auge davon. Alex wusste, wie es lief. Das Problem war, dass die Einzigen, die er für einen Deal ans Messer liefern konnte, Josh, Ashley und Stan waren. Seine besten Freunde. Das Geschacher war das zweite weithin unbekannte Phänomen der Strafverfolgung im organisierten Verbrechen. Das erste war die Tatsache, dass im Fernsehen die Verhaftung stets unerwartet kam. Da erschraken die Täter oder rannten davon, entkamen sogar manchmal. Nichts davon entsprach der Realität. In Wahrheit wurde jede Verhaftung von langer Hand vorbereitet, und wenn man nicht kreuznaiv war, wusste man, wann sie bevorstand. Man konnte selbstverständlich versuchen, vorher das Land zu verlassen. Weshalb ihm natürlich stets ein paar graue Wagen folgten, die das verhindern würden. Unmittelbare Fluchtgefahr nannte sich der Grund für diese präventive Verhaftung, die ohne Haftbefehl eines Richters vollstreckt werden konnte. Für alles andere galt: Es dauerte seine Behördenzeit. Alex wusste das alles, und er hatte einen Anwalt. Einen sehr guten Anwalt. Er kam aus New York und war – so hörte man – mit allen Mafiawassern gewaschen.

»Greither kriegt das hin«, sagte Don Frank, ohne den Liegestuhl zu verlassen oder die Champagnerflöte aus der Hand zu geben. Tatsächlich hatte ihm Don Frank den Anwalt besorgt. Eine letzte Geste gegenüber dem ehemaligen Ziehsohn.

»Okay«, sagte Alex.

»Okay«, sagte Don Frank und musterte die Beine seiner Haushälterin, die keine fünfundzwanzig sein konnte. Er hatte seine Frau ebenso schnell ersetzt wie ihn, dachte Alex. Immerhin waren sie nicht verheiratet gewesen.

»Das war's dann?«, fragte Alex.

Don Frank zuckte mit den Schultern. Das war's dann wohl wirklich, dachte Alex, als er die Haustür zuzog. Er setzte sich in seinen Wagen und legte die CD ein, die er schon vor einer Woche für diesen Moment gebrannt hatte. Er drehte die Anlage auf volle Lautstärke. Das Klavier begann zart. Als der Gesang zu Schuberts »Ave Maria« einsetzte, rollte er auf die Straße. »Ave Maria …«

Alex gab Gas.

»Gratia plena …«

Im Rückspiegel beobachtete er, wie ein schwarzer SUV aus einer Parkbucht fuhr und wendete.

»Maria, gratia plena,
Maria, gratia plena.«

Ein zweiter Wagen, ein silberner Crown Victoria, schloss zu ihm auf.

»Ave, ave dominus,
Dominus tecum,
Benedicta tu in mulieribus …«

Alex beschleunigte, als er auf die Hauptstraße bog.

»Et benedictus.«

Der schwarze Wagen schaltete das Blaulicht ein. Rote Blitze zuckten über seine Windschutzscheibe, und die Scheinwerfer blendeten auf.

»Et benedictus fructus ventris

Ventris tui, Jesus

Ave Maria.«

Alex bremste und hielt auf dem Standstreifen. Es hatte keinen Zweck. Weglaufen hatte keinen Zweck. Wenn er stehen blieb, rettete er wenigstens sein Leben. Die Pistole hatte er schon vor einer Woche aus dem Handschuhfach entfernt. Er wollte den Cops keinen Grund geben zu schießen. Während das »Ave Maria« seinen Abschluss fand, stieg Alex aus dem Auto und legte die Hände auf das Dach. Schubert lief weiter. Auch die Secret Service Agents mussten das Lied jetzt hören, so laut hatte er aufgedreht. Alex wusste nicht nur, wie das mit den Deals lief. Er wusste auch, wie man eine ordentliche Verhaftung ertrug. Und wie man sie stilvoll inszenierte. Er hatte lange genug Zeit gehabt, sie zu planen.

»Et in hora mortis nostrae,

Ave Maria.«

Die Handschellen klickten zu den letzten Takten der tieftraurig klingenden und doch so hoffnungsvollen Melodie.

KAPITEL 117

Februar 2007 (eine Woche später)
Atlantic City, New Jersey

STANLEY HENDERSON

»Special Agent Henderson?«, fragte eine helle Fistelstimme hinter seinem Schreibtisch.

»Hmhm«, murmelte Stan.

»Wir müssen Sie bitten, die Hände von der Tastatur zu nehmen und uns zu begleiten«, sagte ein anderer. Diesmal ein Mann.

Stan blickte sich um. Beide kannte er nicht. Eine schwarze, muskulöse Frau mit einer Fistelstimme und ein Hänfling von einem Mann mit Glatze und randloser Brille. Beide sahen ganz und gar humorlos aus.

»Darf ich fragen, worum es geht?«

»Bitte folgen Sie uns«, sagte der Mann und deutete zur Tür.

»Bin ich verhaftet?«, fragte Stan. »Weswegen?«

Die beiden Beamten schwiegen und geleiteten ihn in einen der wenig genutzten Teile des Schlachthofs. Der Vernehmungsraum war klein und roch nach Putzmittel. Kein Wunder, schließlich hatte hier seit Monaten keine Vernehmung stattgefunden. Eine Videokamera gab es trotzdem. Das Objektiv starrte ihn an. Kalt und seelenlos. Die Frau schaltete es ein. Ein rotes Licht zeigte Stan, dass alles, was er sagte, aufgezeichnet werden würde. Und gegen ihn verwendet werden konnte. Dann kam Bellwether.

»Henderson, Henderson«, murmelte er, während er eine Akte in seiner Hand studierte. Er blieb an der Tür stehen, während die muskulöse Schwarze ihm gegenüber Platz nahm. Sie setzte sich wie ein Preisboxer rücklings auf den Stuhl, und es hätte Stan nicht gewundert, wenn sie tatsächlich in ihrer Freizeit in den Ring stieg. Die randlose Brille blieb am Rand stehen, direkt neben der Tür. Wollte er ihm den Fluchtweg abschneiden? Eine mehr als lächerliche Vorstellung in einem Außenbüro des Secret Service.

»Wer sind Sie?«, fragte Stan.

Die Preisboxerin verzog keine Miene: »Interne Ermittlung«, sagte sie schließlich.

»Henderson, Henderson«, murmelte Bellwether ein zweites Mal. »Sie lassen mir keine Wahl.«

»Bin ich verhaftet?«, wiederholte Stan seine Frage von vor ein paar Minuten.

»Wieso sollten wir Sie verhaften, Special Agent Henderson?«, fragte die Schwarze, ihre Stimme brüchig wie Pergament.

»Wegen des Einbruchs?«, fragte Stan.

»Welcher Einbruch?«, fragte die randlose Brille. Bellwether suchte in der Akte.

Also nicht wegen des Einbruchs, stellte Stan fest.

»Ich meinte ja nur, weil man den Vorfall mit der Scheibe ja nun auch als solchen werten könnte«, sagte Stan.

»Welcher Vorfall mit der Scheibe?«, fragte die randlose Brille. Er war ein Beagle, erkannte Stan. Sah niedlich aus, aber wenn er einmal eine Spur aufgenommen hatte, wäre er kaum zu bändigen.

»Agent Henderson hat mit einer Blumenvase eine Scheibe zu meinem Büro eingeworfen«, sagte Bellwether leichthin.

Stan beobachtete den Typ mit der randlosen Brille, der rastlos auf seinen kleinen Füßen herumtanzte.

»Tut hier nichts zur Sache«, sagte Bellwether.

Stan atmete auf.

»Aber Sie lassen mir keine Wahl«, sagte der Chef.

»Womit lasse ich Ihnen keine Wahl, Chef?«, fragte Stan.

Bellwether ließ die Akte auf den Tisch fallen. Zwei Fotos ihres Jahrbuchs von der Gunn High waren markiert. Seines und das von Alex.

»Ich muss Sie um Ihre Dienstmarke bitten, Agent Henderson«, sagte Bellwether.

Wie in Trance griff Stan nach seinem Gürtel und löste den Druckverschluss. Er legte das goldene Emblem mit dem Adler über dem vierzackigen Stern auf den Tisch. Stan starrte auf die Bilder. Sie hatten ihn gefunden. Was hatte er erwartet?

»Sie werden vorläufig vom Dienst suspendiert«, sagte Bellwether.

Stan nahm seine Dienstwaffe ab. Man musste ihm nicht erklären, wie eine Suspendierung ablief. Die schwere Waffe in dem alten Leder schlug dumpf auf die Resopalplatte.

»Bei voller Bezahlung«, fügte der Chef hinzu. Stan horchte auf. Das war eine Überraschung. Was hatten sie wirklich gegen ihn in der Hand?, fragte er sich.

»Ein komischer Zufall, dass Sie ausgerechnet in der Stadt landen, in der Ihr Highschool-Klassenkamerad die größte Geldfälschungsoperation aufzieht, die der Secret Service je ausgehoben hat, oder?«, fragte die randlose Brille.

»Es gibt keine Zufälle«, sagte die Preisboxerin.

»Es gibt Zufälle, die sind so unwahrscheinlich, dass sie niemals etwas anders sein können als ein Zufall«, behauptete Stan.

»Wir werden sehen«, sagte die Preisboxerin.

»Das werden Sie«, sagte Bellwether. Stan spürte, dass er ihm glaubte. Was ein gutes Omen war, denn vermutlich wäre er derjenige, der die Untersuchung gegen ihn leiten würde. Was man ihm potenziell zur Last legte, war kein Dienstvergehen, das eine interne Ermittlung rechtfertigte. Es ging um sein Verhältnis zu Alex Piece. Den Geldfälscher Alex Piece. Den Picasso, wie er innerhalb des Secret Service mittlerweile genannt wurde. Dabei war Josh der eigentliche Künstler. Der Service unterstellte Alex, selbst der Drucker zu sein, weil ihre Brandmauer hielt. Weder war es der Operation Mantis gelungen, die Produktionsstätte zu finden noch einen anderen von ihnen. Es war kein Verbrechen, in derselben Stadt zu leben wie ein Klassenkamerad, der auf die schiefe Bahn geraten war. Sie alle standen in diesem Jahrbuch der Gunn High. Aber das würde nicht reichen, sie einzubuchten. Glaubte Stan zumindest.

KAPITEL 118

Februar 2007 (ein paar Tage später)
Palo Alto, Kalifornien

ASHLEY O'LEARY

Aaron baute einen Turm aus Klötzen, als Ashley die Sirenen hörte. Jedes Mal, wenn ein Polizeiauto vorbeifuhr, erwartete sie das Schlimmste. Ashley lief zum Fenster und schob den Vorhang zur Seite. Die Sirenen kamen sie holen. Diesmal war es so weit. Aarons Turm stürzte ein, weil er ein wenig zu hoch gebaut hatte. Zu hoch gepokert. Aaron begann zu weinen und lief zu ihr, griff um ihre Beine. Er wollte auf den Arm.

»Es ist nichts Schlechtes, nach den Sternen zu greifen, Aaron«, sagte Ashley und strich ihm übers Haar. »Wichtig ist, es zu probieren.«

Das Polizeiauto fuhr an ihrem Haus vorbei. Ashley atmete auf.

»Können wir noch mal darüber reden?«, fragte Brian, der mit einem Saft aus der Küche kam.

»Worüber reden?«, fragte Ashley.

»Dein Sohn braucht dich«, sagte Brian. Er legte ihr einen Arm über die Schulter und zog sie und seinen Sohn zu sich heran. Er küsste Aaron auf die Stirn.

»Es geht nicht, das weißt du«, sagte Ashley.

»Wenn ich alle Schuld auf mich nehme?«, fragte Brian. »Wenn ich alles zugebe?«

»Dann gehst du in den Knast«, sagte Ashley.

»Ja, aber Aaron behält seine Mutter.«

Ashley seufzte. Sie hatten das mindestens vierzigmal durchgekaut. Die Rechnung ging einfach nicht auf. Irgendwann würde der Secret Service zwangsläufig die Farm finden. Was, wenn sie auch ihre Flugtickets nach Philadelphia fanden? Was, wenn sie irgendein Überwachungsvideo von einem der Hotels auftrieben? Dann würden sie beide in den Knast gehen, ob Brian die Tat gestanden hatte oder nicht. Und dann würde Aaron ohne Eltern aufwachsen.

»Du bist unser Fels in der Brandung«, sagte Ashley. »So war es immer geplant.«

Was nicht ganz stimmte, dachte Ashley. Sie hatte sich freiwillig für den Cash Club gemeldet. Hätten sie damals anders entschieden, könnte sie bei Aaron bleiben. Sie machte Brian keinen Vorwurf. Es war eine Tatsache. Eine gemeinsame Entscheidung. Brian würde Aaron großziehen. Und sie würde ihren Sohn einmal die Woche in dem kalten Besucherraum eines Gefängnisses empfangen. Vielleicht würde er ihr Bilder mitbringen, die er im Kindergarten gemalt hatte. Oder ihr Fotos von einer Theateraufführung in der Schule zeigen. Das alles würde sie verpassen. Sie würde alles, was in anderen Familien Normalität war, erst wieder erleben, wenn Aaron fast erwachsen war. Wobei das übertrieben war, korrigierte sich Ashley. Acht Jahre würde sie vielleicht bekommen. Sie konnte die Träne, die ihr über die Wange lief, nicht zurückhalten. Dann klingelte es an der Tür.

Brian ließ sie los und lief in Richtung Haustür. Es klopfte. Wer klopfte an der Haustür, kurz nachdem er geklingelt hatte? Ashleys Herz raste, obwohl sie keine Sirenen gehört hatte. Sie sah Brian vor der Tür stehen. Er zögerte.

»FBI, öffnen Sie die Tür«, herrschte eine Stimme von draußen.

Brian blickte über die Schulter. Sein Blick sagte, dass es ihm leidtat. Sein Blick sagte, ich liebe dich. Sein Blick sagte eine Menge mehr, als in Wort zu fassen wäre. Ashley spürte die Tränen auf ihrer Wange, sie liefen in den Mundwinkel. Sie schmeckten salzig. Warum schmeckten Tränen salzig? Aaron gluckste und strampelte mit den Füßen. Er wollte nachsehen, wer vor der Tür stand. Ashley hielt ihn fest. Sie wollte ihn festhalten. Für immer. Dann öffnete Brian die Tür.

KAPITEL 119

Februar 2007 (zur gleichen Zeit)
Longport, New Jersey

JOSHUA BANDEL

»Hier ist überall Polizei«, rief Mona. Ihre Stimme klang blechern und weit entfernt. Josh presste das Telefon an sein schwitzendes Ohr.

»Bleib ruhig, Mona«, sagte Josh.

»Sie haben mich mit einem Sturmgewehr bedroht, Josh«, sagte Mona. Ihre Stimme überschlug sich. Vielleicht vor Aufregung, möglicherweise vor Angst. In Deutschland kamen Polizisten nicht mit Sturmgewehren, sondern maximal mit einer Handfeuerwaffe. Was natürlich in Amerika, wo man in manchen Staaten ein Sturmgewehr im Supermarkt kaufen konnte, schlechterdings unmöglich war.

»Ich bin auf dem Weg, Schatz«, sagte Josh und rannte die Treppe hinunter. Er würde fünfzehn Minuten bis zur Bäckerei brauchen. Vielleicht zwanzig bei starkem Verkehr. Und er musste ihren Anwalt anrufen.

Gregory Blank traf zeitgleich mit Josh vor der Bäckerei ein. Sein schwarzer Mercedes beruhigte Josh ein wenig. Das große Auto eines erfolgreichen Anwalts. Er schüttelte Blanks Hand. Blank nickte und machte sich auf die Suche nach dem Einsatzleiter. Josh schloss Mona in den Arm, und gemeinsam betrachteten sie die Beamten mit den FBI-Windjacken, die kistenweise Unterlagen in Lkws verluden.

»Meine Mutter sagt, so hat das die Stasi auch gemacht«, sagte Mona.

Josh grunzte und beobachtete, wie der Einsatzleiter Blank

ein Formular reichte. Vermutlich den Durchsuchungsbefehl. Mist. Wie sollte er das Mona erklären? Erst in diesem Moment fiel ihm auf, dass er nie darüber nachgedacht hatte, was seine Frau von ihm halten würde, wenn alles ans Licht kam. Dass er ihren Erfolg mit Falschgeld gekauft hatte. Wenn er Mona richtig einschätzte, würde sie daran vor allem stören, dass er ihren Erfolg zunichtemachte.

»Mona, hör zu«, sagte Josh.

»Ein Jammer, wie sie ein anständiges Geschäft kaputt machen«, sagte Mona.

»Mona, wir müssen reden«, versuchte Josh es ein zweites Mal.

»Schau mal, die nehmen sogar die Kasse mit«, sagte Mona und deutete auf einen der Windjacken, der tatsächlich die gesamte Kasse unter dem Arm trug. Inklusive der Kabel und des Wechselgelds. Mittlerweile hatten sich einige Kunden vor dem Laden eingefunden, die neugierig beobachteten, wie die Bäckerei auseinandergenommen wurde. Einige tuschelten. Josh konnte sich gut vorstellen, was das Gesprächsthema sein würde. Wenn er jedoch genauer darüber nachdachte, wollte er gar nicht so genau wissen, was die Nachbarn von ihm hielten. Weil es keine Rolle spielte. Mona hielt den Kopf gerade. Er konnte es ihr nicht sagen, stellte Josh fest. Nicht heute. Nicht hier. Und vor allem nicht, bevor klar war, was man ihnen vorwarf. In diesem Moment kehrte ihr Anwalt mit einem Durchschlag des Durchsuchungsbefehls zurück. Seine ernste Miene sprach Bände.

»Die gute Nachricht zuerst«, begann Blank mit einem Seitenblick auf die umstehenden Kunden. »Sie haben nichts in der Hand.«

»Nichts?«, fragte Josh. Hoffnung keimte auf. Für einen Moment.

»Zumindest nicht viel«, sagte ihr Anwalt.

»Wieso haben sie dann mit Sturmgewehren meine Bäckerei gestürmt?«, fragte Mona, was eine durchaus berechtigte Frage war.

»Offenbar wurde im Zusammenhang mit einem Geldwäschefall ein ehemaliger Freund Ihres Mannes verhaftet«, sagte Blank.

»Bekannter«, sagte Josh. »Ehemaliger Bekannter.«

Der Anwalt hob die Hände: »Fein«, sagte er. »Ein ehemaliger Bekannter.«

»Du wusstest davon?«, fragte Mona.

»Nein«, sagte Josh und schüttelte den Kopf.

»Woher weißt du dann, dass er nur ein Bekannter ist?«, fragte Mona scharf. Manchmal war ihr schlaues Köpfchen durchaus lästig, dachte Josh.

»Wenn es ein Freund wäre, wüsste ich doch, dass er verhaftet wurde, oder nicht?«, fragte er zurück. Mona starrte auf die Windjacken und das Logo über der Eingangstür.

»Eine gute Frage, deren Antwort ich lieber nicht kennen möchte«, sagte der Anwalt und lächelte. »Jedenfalls hält das FBI Sie für verdächtig, weil Sie in derselben Stadt leben wie Alexander Piece.«

»Alexander Piece?«, fragte Josh.

»Bekannter?«, fragte Mona. Immerhin hatten sie ihre Hochzeit zusammen gefeiert. Josh legte Mona eine Hand auf den Arm.

»Lass uns später darüber reden, ja, Schatz?«

Mona verschränkte ihre Arme vor der Brust. Sie beugte sich zu Josh und flüsterte ihm ins Ohr: »Kommt das ganze Geld von der Mafia?«, fragte Mona.

»Bitte«, flüsterte Josh zurück. »Ich erkläre es dir später.«

»Jedenfalls hielt auch in Ihrem Fall ein Richter den Anfangsverdacht für begründet und hat eine Prüfung Ihrer Bücher und Ihrer Privaträume angeordnet«, sagte Blank.

»Unsere Wohnung auch noch?«, fragte Josh.

»Sie wird gerade durchsucht«, bestätigte Blank. »Es hätte ja wenig Sinn, Ihre Firma zu filzen und Ihre Wohnung außer Acht zu lassen, oder nicht?«

Josh musste zugeben, dass das nicht einer gewissen Logik entbehrte.

»Und wie geht es jetzt weiter?«, fragte Josh.

»Das hängt ganz davon ab, was sie finden«, sagte ihr Anwalt. Und wie Mona auf die Geschichte des Cash Clubs reagiert, fügte Josh in Gedanken hinzu. Als Ehefrau konnte sie nicht dazu gezwungen werden, gegen ihn auszusagen. Was natürlich voraussetzte, dass sie nicht gegen ihn aussagen wollte. In den nächsten Stunden und Tagen würde viel über sein weiteres Schicksal entschieden, stellte Josh fest. Klar war zumindest, dass es nicht in Frage kam, Mona nichts davon zu erzählen. Sie würde ihm nie wieder vertrauen, wenn er jetzt nicht reinen Tisch machte. Auch wenn er Angst davor hatte. Weil es die Möglichkeit einschloss, die Frau zu verlieren, die er liebte. Und mit der er fest vorgehabt hatte, das Geld des Cash Clubs zu verprassen. Dies allerdings war durch die Ereignisse der letzten Wochen in weite Ferne gerückt. Und die Vorstellung von Drinks mit Schirmchen unter Palmen war jetzt nicht mehr als eben das: eine Phantasie.

KAPITEL 120

März 2007 (ein paar Tage später)
Camden, New Jersey

ALEXANDER PIECE

Die Untersuchungshaft war ein Schachspiel, hatte Alex festgestellt. Die Beamten versuchten, ihn mürbe zu quatschen, ihn zu einem Deal zu überreden. Dafür zogen sie ständig mit ihren Pferden und den Läufern quer übers Feld, ohne ihre Stellung zu verbessern. Leider hatte Alex nicht mehr genug Figuren auf dem Brett, um die Partie gewinnen zu können.

»Mister Piece«, seufzte der Mann, der ihm heute gegenübersaß. Alex hatte aufgehört, sich ihre Gesichter zu merken. Nur zwei kamen immer wieder. Einer von ihnen, der Mann mit der Glatze, war gerade auf der Toilette. »Was machen wir nur mit Ihnen?«

Der Mann, den sich Alex nicht merken wollte, weil er nicht wichtig genug war, versuchte, Zeit zu schinden. Nichts als Geplänkel. Alex' Anwalt malte kleine Monster mit großen Augen auf ein Stück Papier. Natürlich konnten weder die beiden Secret-Service-Beamten auf der anderen Seite des Tisches noch die Kamera, die zwischen den beiden stand, sehen, was der Anwalt malte. Nur Alex wusste, dass er sich zu Tode langweilte. Was er auch ohne die Monster gemerkt hätte, denn es ging ihm nicht anders. Sein Anwalt sah aus wie ein verwirrter Dirigent: kaum zu bändigender weißer Haarschopf, Hornbrille, stets ein spöttisches Lächeln auf den Lippen. Alex hätte sich niemals vorgestellt, dass ein Mafiaanwalt so aussehen könnte. Mafiaanwälte waren klein und feist und sahen aus wie Danny de Vito. Sein Anwalt war bleistiftdürr und eher träge.

Nur einmal hatte er sich wirklich geärgert. Alex hatte das bemerkt, weil seine Nasenflügel gezittert hatten, als der Richter die Kaution abgelehnt hatte. Alex war nicht sicher, ob es schlau gewesen wäre, eine Kaution von einer Million mit dem Geld zu bezahlen, das er mit dem Verkauf von Blüten verdient hatte.

Was haben sie eigentlich gegen mich in der Hand?, hatte er den Bleistift bei ihrem ersten Treffen gefragt.

Sie haben eine Aussage, dass du Falschgeld angeboten hast, hatte der Anwalt geantwortet.

Ist das viel?, hatte Alex gefragt.

Es ist mehr als nichts, hatte der Anwalt geantwortet.

Was immer das heißen sollte. Mitten in seine Gedanken platzte der Glatzkopf. Der Glatzkopf war der U.S. Attorney am Gericht in Camden. Der Staatsanwalt knallte eine Akte auf den Tisch. Der Bleistift griff schneller als Alex und schlug den braunen Umschlag auf. Alex konnte nicht erkennen, was darin stand. Die Zeichnungen von den Monstern mit den großen Augen lagen für alle sichtbar auf dem Tisch. Alex fragte sich, ob sich der Staatsanwalt die Hände gewaschen hatte, bevor er sich die Akte besorgt hatte. Galt »Alle Angestellten müssen sich die Hände waschen, bevor sie zum Arbeitsplatz zurückkehren« auch für Staatsanwälte?

»Wir haben Sie, Piece!«, sagte der Glatzkopf und haute auf den Tisch. Der Anwalt zog eine Augenbraue hoch und senkte die Akte.

»Sie haben seine Mutter verhaftet und dabei fünfzigtausend Dollar in Falschgeld gefunden?«, fragte der Anwalt.

»Und dreihundertneunzigtausend in bar«, sagte der Glatzkopf. Seine Staffage grinste. Alex hätte ihm am liebsten die feiste Fresse poliert. Seine Mutter musste sich an dem Geldschrank im Keller bedient haben, bevor seine Kuriere das Geld abgeholt hatten. Denn natürlich hatte er dafür gesorgt, dass kein Falschgeld mehr im Moulin Rouge zu finden war. Vor Wochen schon. Kein schlauer Zug, Mom, dachte Alex. Gar kein schlauer Zug. Sie hatte die Königin auf seinem Schachbrett direkt vor einen Turm gezogen. Warum hast du dich nicht an die Anweisungen gehalten, Mom? War das so schwer zu verstehen? Alex seufzte innerlich und gab sich alle Mühe, sich seine Frustration nicht anmerken zu lassen.

»Was soll das beweisen?«, fragte der Anwalt.

»Es beweist, dass Alexander Piece nicht die Wahrheit gesagt hat«, behauptete die Glatze. »Und was glauben Sie, wie das Bargeld auf eine Jury wirken wird?«, fragte er zurück.

»Ich möchte einen Moment alleine mit meinem Mandanten sprechen«, forderte der Anwalt.

Die Glatze hob die Hände. Sein Anwalt durfte das verlangen, wann immer er wollte, das wusste Alex bereits. Es war nicht das erste Mal.

»Wenn Sie jetzt nicht bereit sind für einen Deal, dann kann ich Ihnen auch nicht mehr helfen«, sagte die Glatze, während er die Kamera ausschaltete. Die Gespräche mit dem Secret Service und der Staatsanwaltschaft liefen deutlich kultivierter ab, als Alex erwartet hätte. Sie schrien selten, es gab keine Androhung von Gewalt. Die Verhandlungen – das Schachspiel – muteten eher an wie ein Gespräch zwischen Geschäftspartnern. Vielleicht trug sein Dirigenten-Anwalt deshalb die Viertausend-Dollar-Anzüge. Weil er gut darin war, sich nicht aufzuregen, sondern das Ganze als Geschäft zu betrachten. Der Glatzkopf und sein Staatsanwaltsgehilfe verließen den Raum ohne ein weiteres Wort.

»Was bedeutet das für uns?«, fragte Alex.

Der Dirigent schwang den Stift tatsächlich wie einen Taktstock, stellte Alex fest.

»Genau das, was sie sagen«, erklärte sein Anwalt.

»Was bedeutet …?«, fragte Alex.

Der Anwalt seufzte und griff nach dem Block mit den kleinen Monstern. Er malte Striche über eine der Figuren.

»Es bedeutet«, sagte er, ohne von seiner Zeichnung aufzublicken, »dass Sie einen Deal machen müssen, Alex.«

Alex schluckte.

»Wegen meiner Mutter?«, fragte er.

»Ihre Mutter kriegt zwei Jahre, Alex«, sagte der Anwalt.

Aber er wäre es, der seine Mutter in den Knast schickte, dachte Alex. Nach allem, was sie durchgemacht hatte. Nach allem, was mit dem Moulin Rouge hätte sein können. Konnte er das? Konnte er das verantworten?

»Sie selbst brauchen den Deal, Alex«, sagte der Anwalt.

Alex trank einen Schluck Wasser aus dem Plastikbecher, den der Glatzkopf aufgefüllt hatte, bevor er den Raum verlassen hatte. Das Wasser schmeckte modrig, nach schlammigem Fluss und nach Knast.

»Wie viel?«, fragte Alex.

»Sie werden auf zwanzig plädieren«, sagte der Anwalt. »Sie werden ausrechnen, dass Ihre dreihunderttausend etwa sechshunderttausend in Blüten waren, bevor sie sie eingetauscht haben.«

Was ziemlich genau der Realität entsprach, dachte Alex. Natürlich kannte der Secret Service den Geldwäschemarkt genauso gut wie die Mafia. Sie würden das alles vor einer Jury ausbreiten und dazu eine Menge Experten anschleppen. Dann würden sie den Maurer in den Zeugenstand holen, der behaupten würde, Alex hätte ihm Falschgeld angeboten. Was nicht stimmte, weil der Maurer ihn quasi um seine Blüten angebettelt hatte. Aber wer würde ihm das glauben? Und was würde es nützen? Es gab keine Erklärung für die dreihunderttausend und auch keine Antwort auf die Frage, mit welchem Geld er das Moulin Rouge gekauft hatte.

»Wenn Sie keinen Fehler machen, kriege ich den U.S.

Attorney vielleicht auf fünfzehn Jahre runter«, sagte der Anwalt. »Mit einem Einzelgeständnis auf zehn.«

»Sie empfehlen mir, mich der Geldfälschung für schuldig zu bekennen?«, fragte Alex.

»Nein«, antwortete der Anwalt.

»Der Inverkehrbringung?«, fragte Alex.

»Nein«, sagte der Anwalt.

Alex schob seinen Stuhl zurück und stand auf. Er lief durch den Raum. Ihm musste ein cleverer Schachzug einfallen. Es musste noch einen geben.

»Sie müssen einen von ihnen ans Messer liefern«, sagte der Anwalt und ließ den Block auf die Tischplatte fallen.

»Wer sagt Ihnen, dass noch jemand daran beteiligt war?«, fragte Alex. Ein verzweifelter Versuch. Niemand würde glauben, dass eine Einzelperson eine Operation dieser Größe alleine auf die Beine stellen könnte. Die Staatsanwaltschaft glaubte es nicht. Der Secret Service glaubte es nicht. Und sein Anwalt glaubte es auch nicht.

»Retten Sie Ihre eigene Haut, Alex«, sagte der Anwalt, der zu diesem Zeitpunkt noch nicht wusste, dass auch Ashley verhaftet worden war. Alex starrte auf seine Zeichnung. Das kleine Monster auf dem karierten Block saß hinter Gittern. Seine großen Augen starrten zwischen dicken Eisenstangen hindurch.

»Retten Sie Ihre eigene Haut, Alex, und Sie laufen nach einer Woche als freier Mann hier raus«, sagte der Anwalt. Alex hatte eine Entscheidung zu treffen. Und es würde eine Entscheidung sein, die sein Leben für immer verändern würde.

»Sie kriegen Ihre Schulfreunde so oder so«, behauptete der dürre Mann und gähnte. In diesem Moment wünschte sich Alex Robert de Niro, der ausrastete und Kleinholz aus Staatsanwälten machte. Er brauchte eine scharfe Waffe – keine realistische Schlaftablette.

»Agent Henderson haben sie schon suspendiert«, sagte der Anwalt und hielt ihm die Akte hin, die der Glatzkopf mitgebracht hatte. »Offenbar gab es einen mehr als offensichtlichen Zusammenhang zwischen einem Jahrgang der Gunn High in Palo Alto und einer Häufung von Falschgeld im Bundesstaat New Jersey«, sagte der Anwalt. Jetzt fragte Alex sich wirklich, auf wessen Seite der Bleistift eigentlich stand.

KAPITEL 121

März 2007 (zur gleichen Zeit)
Atlantic City, New Jersey

STANLEY HENDERSON

Als Stan gegen zwölf Uhr mittags den Müllsack unter der Spüle hervorzog, bemerkte er die aufgerissene Packung. Er zögerte vielleicht drei, vier Sekunden, ehe er in die Tüte griff. Aber Stan fand das Plastikteil nicht. Er leerte den gesamten Sack in das Waschbecken und warf eins nach dem anderen zurück: zwei leere Bierflaschen, eine angebissene Scheibe Käsebrot, vier Schachteln von Xiang Liu, zwei ungeöffnete Packungen Glückskekse, einen Kaffeefilter. Und dann sah er, was Trish so tief zwischen ihre Abfälle gestopft hatte. Der weiße Plastikstab sah aus wie ein Thermometer. Und das Testfeld zeigte eindeutig ein Plus. Fuck, dachte Stan im ersten Moment. Trish ist schwanger? Während er in dem Markt an der Ecke den Fruchtsaftvorrat entscheidend dezimierte, weil seine Frau ab jetzt keinen Wein mehr trinken durfte, freute er sich ein wenig, und später am Nachmittag entwickelte er die fixe Idee, dass Trishs Schwangerschaft das Beste war, was ihm passieren konnte. Natürlich hatte er diese Rechnung ohne die .357er-Magnum-Frau gemacht.

Jene knallte um Viertel vor sieben ihre Tasche neben die Standgarderobe und verschwand im Badezimmer. Stan klopfte vorsichtig.

»Hey, Trish«, sagte er, bekam aber keine Antwort. Er legte das Ohr an die Tür und lauschte. Das Wasser der Dusche lief zu gleichmäßig. Es stand niemand darunter. Oder jemand stand darunter, bewegte sich aber nicht. Er klopfte ein zweites Mal.

»Trish?«, fragte er ein wenig lauter.

»Lass mich in Ruhe«, sagte sie. Sie stand direkt hinter der Tür. Stan wich einen Schritt zurück.

»Lass uns darüber reden, Trish«, sagte er.

»Worüber willst du reden, Stanley?«, fragte sie.

Das war eine gute Frage, stellte Stan fest. Trish glaubte ihm ebenso wenig wie der Rest der Kollegen, dass er mit dem Coup seiner Schulkameraden nichts zu tun hatte. Der Einzige, der die Standarte der Unschuldsvermutung gen Himmel reckte, war Bellwether. Ausgerechnet Camden Perikles Bellwether.

»Trish«, sagte Stan. Es klang eine Nuance flehender, als er gewollt hatte. »Ich habe den Test gefunden.«

Die Tür zum Badezimmer flog auf, und Trish stürmte mit offenem Bademantel an ihm vorbei. Sie setzte sich auf einen Sessel neben den Holzofen im Wohnzimmer, den sie installiert hatte, weil die Pellets billiger waren als Gas, und zog die Beine vor den Bauch. Stan lief ihr nach, blieb im Türrahmen stehen.

»Du hast meinen Müll durchsucht?«, fragte Trish.

»Unseren Müll«, sagte Stan.

»Wortklauberei«, sagte Trish.

Stan setzte sich auf die Couch. Er beobachtete Trish, die aus dem Fenster starrte. Sie wusste seit heute Morgen von dem positiven Schwangerschaftstest. Und sie war nach Hause gekommen. Das sollte etwas zu bedeuten haben.

»Hör zu, Trish«, sagte Stan.

»Hör zu, Trish«, äffte sie ihn nach. »Hör zu, Trish, wie ich dir einen Haufen Bullshit auftische und mich mit ein paar Millionen Beute vom Acker mache.«

Stan räusperte sich: »So ist es nicht.«

»Dann sag mir, wie es ist, Stanley. Sag mir, was du dir dabei gedacht hast. Sag mir, wie es dazu kam, dass ich von einem Schwerverbrecher geschwängert wurde!«

Ihre Stimme zitterte. Und sie war nicht kurz davor, in Tränen auszubrechen. Ihre Stimme zitterte vor Wut. Und Enttäuschung.

»Ich habe das doch für euch getan«, sagte Stan. »Für uns.«

Trishs Blick fixierte weiterhin den Telefonmast vor ihrem Fenster. Es gab nichts, was er sagen konnte. Nichts würde einen Unterschied machen.

Zwei Stunden später hatte sich Trish ins Schlafzimmer zurückgezogen, ohne dass sich die Großwetterlage zwischen ihnen entscheidend geändert hatte. Stan zog den Vorhang zurück und betrachtete den Wagen vor der Tür. Es waren die Kollegen, die Bellwether damit beauftragt hatte, ihn im Auge zu behalten. Er konnte es ihm nicht verdenken, hätte er in seiner Situation doch dasselbe getan. Überwacht zu werden war das Mindeste, was Stan neben seiner Beurlaubung zu erwarten hatte. Immerhin hatten sie sein Haus noch nicht durchsucht. Vermutlich weil sie nichts gefunden hatten, was Stan und Alex verband außer dem alten Jahrbuch von der Gunn High. Oder Bellwether hielt eine schützende Hand über ihn. Aber wie lange noch? Im Garagendach war das Geld vorerst am sichersten. Aber irgendwann würde er es wegschaffen müssen. Konnte er es riskieren, obwohl die Kollegen vor dem Haus im Auto saßen? Solange er das Haus nicht verließ, war das Risiko überschaubar, kalkulierte Stan. Und vielleicht war es seine einzige Chance. Einfach weil gerade eine .357er-Magnum-Frau eine gute Leistung anerkennen musste. Er musste es geradezu riskieren.

Um halb drei klopfte er an die Schlafzimmertür. Trish, die den leichten Schlaf eines jeden Cops hatte, murmelte etwas Unverständliches. Stan lief zum Bett und berührte sie sanft an der Schulter. Trish schlug die Augen auf.

»Ich muss dir etwas zeigen«, sagte Stan.

»Jetzt?«, fragte Trish mit schwerer Zunge.

»Es kann nicht warten«, sagte Stan. Er lief ins Wohnzimmer. Diesmal war es Trish, die im Türrahmen stehen blieb. Und es gab eine ganze Reihe von Emotionen, die dafür als Grund in Frage kamen. Denn auf dem billigen Tisch aus dem Baumarkt und auf dem Teppich daneben lag Bargeld. Eine Menge Bargeld. Eine unvorstellbare Menge Bargeld. Sein Anteil. Zig Millionen Dollar. Natürlich das echte vom Dachboden über der Garage.

»Oh, mein Gott«, sagte Trish, nachdem sie ihre Stimme wiedergefunden hatte.

»Nicht wahr?«, fragte Stan.

Trish stand noch immer im Türrahmen und hielt die Hände vors Gesicht.

»Ich kann es nicht glauben«, sagte sie.

»Alles deins«, sagte Stan. »Wenn du willst.«

Trish lief zu dem Couchtisch und griff nach dem Geld.

»Bist du von allen guten Geistern verlassen, Stan?«, fragte sie und begann, einzelne Bündel in den Ofen zu werfen, der neben ihrem Lieblingssessel stand.

»So viel zum Thema, dass Pellets billiger sind als Gas«, sagte Stan.

»Du bringst das Falschgeld auch noch in unser Haus?«, fragte Trish, während sie etwa tausend Dollar in der Sekunde verbrannte. Stan griff nach ihren Handgelenken.

»Trish«, sagte er. Trish wehrte sich, wand sich aus seinem Griff.

»Trish«, sagte er. »Trish, hör mir zu!«

Trish blickte ihm in die Augen. Wenigstens ein Anfang.

»Trish, das ist kein Falschgeld«, sagte Stan.

Trish starrte auf das Geld, dann zu Stan. Dann betrachtete sie den Ofen.

»Du spinnst«, sagte sie und griff nach einem weiteren Bündel Scheine.

»Nein, Trish«, sagte Stan, während sie weiter die Collegeausbildung ihres Ungeborenen verfeuerte. Trish hielt inne. Wieder schweifte ihr Blick von dem Geld zu Stan und zum Ofen.

»Selbst wenn das eure gewaschene Kohle ist«, sagte Trish, »was glaubst du, was passiert, wenn sie das hier finden, Stan?«

»Sie finden es nicht«, sagte Stan.

»Aha«, sagte Trish. »Und was, wenn doch? Wer erzieht dann unsere Kinder?«

Stan ließ sich auf die Couch fallen und beobachtete die Frau, die er heiraten wollte, beim Geldverbrennen.

»Verzeihst du mir, wenn ich dich alles in den Ofen werfen lasse?«, fragte Stan fünf Minuten später. Noch immer lag mehr als die Hälfte des Geldes auf dem Tisch, was vor allem daran lag, dass der Ofen mit dem Verbrennen nicht hinterherkam. Aber tatsächlich glaubte Stan, den Anflug eines Lächelns auf Trishs Gesicht zu bemerken. Sie stemmte die Hände in die Hüften. Sie sah sehr sexy aus, während sie sein Geld verbrannte. Glück gebracht hatte es ihnen zumindest keins. Und den anderen Mitgliedern des Cash Clubs auch nicht. Vielleicht war es besser so.

»Unter Umständen …«, sagte Trish. »Wenn du mich davon überzeugen kannst, dass das hier alles ist.« Sie deutete auf den Rest seiner Beute. Es war tatsächlich Stans ganzer Anteil. Stan seufzte. Er begriff, dass sie lieber mit einem armen, aber ehrlichen Polizisten leben würde als mit einem reichen Geldfälscher, der jederzeit damit rechnen musste, seine Kinder im Stich lassen zu müssen.

»Es ist alles«, sagte Stan. »Und du kannst es haben.«

Trish warf ein weiteres Bündel Hunderter in die Flammen. Sie nickte ernsthaft. Nicht triumphierend. Für Trish war dies kein Sieg, sondern eine Notwendigkeit. Und wenn er Trish behalten wollte, musste er auf sein Geld verzichten. Manchmal waren die Sachen so einfach, so schwarz-weiß. Obwohl das nach Stans Erfahrung selten vorkam.

»Unter einer Bedingung«, sagte er.

Zum zweiten Mal an diesem Abend stemmte Trish angriffslustig die Hände in die Hüfte: »Wenn Herr Henderson meint, dass er Bedingungen stellen kann, bitte schön«, sagte sie.

»Ich muss morgen für ein paar Stunden die Pinscher loswerden«, sagte Stan und deutete durch die Wand auf die Stelle, wo auf der anderen Straßenseite vor ihrem Haus der dunkle Van mit den Kollegen parkte.

»Gibt es doch noch mehr Geld?«, fragte Trish.

»So in der Art«, sagte Stan. Und dann erzählte er ihr die ganze Geschichte. Wie in seinem Kinderzimmer alles angefangen hatte. Und wie es ihnen gelungen war, den Secret Service an der Nase herumzuführen. Natürlich erzählte Stan ihr nichts von seinen miserablen Testergebnissen für die Uni-Zulassung oder dass er Ashley gebumst hatte. Auch um seine Zeit in New York und Robyn machte er einen Bogen. Aber im Großen und Ganzen blieb Stan bei der Wahrheit. Und im Fall des Cash Clubs war die Wahrheit keine schlechte Geschichte. Das würde selbst Trish zugeben müssen. Dass sie sein Geld verfeuerte, während er die Geschichte vom Cash Club erzählte, störte Stan komischerweise nicht so sehr, wie man vermuten müsste. Liebe, so sollte er später sagen, ist ein seltsames Geschöpf.

KAPITEL 122

März 2007 (zur gleichen Zeit)
Camden, New Jersey

ASHLEY O'LEARY

Die Pritsche war hart, und Tery schnarchte. Tery war Ashleys Zellengenossin und auf ähnlich kuriose Weise wie sie ein Staatsgast geworden. Wenn auch möglicherweise weniger schuldig. Laut Terys Beteuerung hatte sie nichts von den Drogen in dem Koffer gewusst, den ihr ein Urlaubsflirt in Thailand mitgegeben hatte. Was natürlich entweder gelogen war, oder sie hatte sich des Straftatbestands grenzenloser Naivität schuldig gemacht. Ashley lauschte auf Terys Schnarchen und spürte ein Jucken an der Schulter. Sie kratzte sich, woraufhin die linke Kniekehle ihre Aufmerksamkeit verlangte. Es war ein nicht enden wollender Kreislauf, in dem Juckreiz auf Juckreiz folgte. Sie war gefangen in einem klassischen Gefangenendilemma. Was nichts mit dem Juckreiz zu tun hatte, sondern mit Spieltheorie. Das Gefangenendilemma war ein mathematisches Theorem der Wahrscheinlichkeitsrechnung, das sich ziemlich exakt mit ihrer Situation deckte.

Das Gefangenendilemma basierte auf folgender Geschichte: Lisa und Marie werden wegen eines gemeinsamen Bankraubs verhaftet. Die Polizei kann ihnen jedoch nur den Einbruch, nicht aber den Diebstahl nachweisen, weil die Beute nicht gefunden wurde. Beide werden getrennt voneinander befragt, und ihnen wird ein Deal angeboten: Schweigen sie weiterhin, kommen beide zwei Jahre in Haft. Sagt eine von ihnen aus und die andere nicht, bekommt die erste eine Kronzeugenregelung und geht straffrei aus, die andere jedoch die Höchststrafe von zehn Jahren. Sagen beide aus, gilt zwar nicht die Kronzeugenregelung, aber eine Strafmilderung für ihr Geständnis, so dass Lisa und Marie jeder für sechs Jahre ins Gefängnis müssen. In der Spieltheorie geht es darum, die überlegene Strategie zu berechnen. Und im Fall des Gefangenendilemmas ist das nicht besonders schwer: Für jede der beiden ergibt sich ein rechnerischer Vorteil auszusagen, weil niemand vorhersagen kann, wie sich der andere verhält. Eine komplizierte Angelegenheit, wenn man nicht gerade künstliche Intelligenz studiert hatte, wie beispielsweise Ashley. Weshalb sie jetzt nachts in ihrer Zelle lag und darüber nachdachte, wer von den anderen das Gefangenendilemma kannte und die Lösung ausrechnen konnte. Was die Rechnung natürlich verkomplizierte, war die Tatsache, dass es vier Beteiligte gab, von denen nicht einmal alle verhaftet worden waren. Und die Tatsache, dass es ausreichte, wenn einer von ihnen aussagte – sofern er alle nannte. Falls der Schlaukopf jedoch nur einen der anderen verriet, stellte sich die Frage, wer wen verraten hatte. An dieser Stelle wurde es selbst für Ashley zu kompliziert, zumindest für eine dunkle Zelle ohne Zettel und Stift. Fest stand nur, dass es vermutlich für jeden Einzelnen vorteilhaft war, so früh wie möglich auszusagen.

Das größte Manko der Spieltheorie jedoch war die Tatsache, dass sie keinerlei moralischen Kompass bot, sondern nackte kalte Mathematik. War es richtig, jemanden für einen eigenen Vorteil ins Verderben zu schicken? Ashley dachte an ihren Sohn. Aarons Lachen war das Schlimmste an ihrer Einsamkeit. Sein Stolz, wenn ihm zum ersten Mal etwas alleine gelang: Schuhe anziehen, ein neues Wort. Sein Weinen, wenn er hingefallen war. Mehr Frust als Schmerz. Ashley wünschte sich eine Umarmung, seine kleinen Hände auf ihrem Rücken, seinen Kopf an ihrer Schulter. Oh, Aaron, dachte Ashley. Sie fragte sich nicht, ob es ihm gutging – er war bei seinem Vater. Aber sie fragte sich, ob er sie vermisste. Und sie wusste nicht, ob sie es sich wünschen sollte oder nicht. Ob ihr Sohn ohne sie besser dran war oder nicht. Durfte sie einen Freund verraten, weil es um die Kindheit ihres Sohnes ging? Um einen Menschen, der sein ganzes Leben noch vor sich hatte und nichts dafürkonnte? Möglicherweise wäre Josh bereit, sich für Aaron zu opfern. Ashley würde es ihm zutrauen. Sie wusste, dass er den Jungen während der Monate in der Druckerei ins Herz geschlossen hatte wie seinen eigenen Sohn. Aber durfte sie das entscheiden? Auch das war Teil des Gefangenendilemmas: Marie und Lisa waren alleine für ihre Handlungen verantwortlich.

So wie Ashley für ihre Entscheidung verantwortlich war. Und doch auch wieder gar nicht wie sie. Weil sie einen wunderbaren Sohn hatte. Weil alles in ihrem Fall viel komplexer war, als dass die Spieltheorie eine eindeutige Lösung liefern würde. Weil sie eben echte Menschen waren und dies kein Spiel war, sondern bitterer Ernst.

KAPITEL 123

März 2007 (zur gleichen Zeit)
Atlantic City, New Jersey

PATRICIA RANT

Trish schob vorsichtig den Vorhang zur Seite und betrachtete den Wagen auf der gegenüberliegenden Straßenseite, auf dessen Dach sich die aufgehende Sonne spiegelte. Der Van von gestern Abend war von einem schwarzen Lincoln abgelöst worden, vermutlich um Mitternacht, wenn die Kollegen wie üblich in drei Schichten arbeiteten. Trish wusste, dass morgens um halb sieben die Aufmerksamkeit auf dem Tiefpunkt war, der Körper hatte sämtliche Zuckervorräte aufgebraucht, und der Kaffee war kalt.

»Jetzt«, sagte sie.

»Einfach so?«, fragte Stan, der ihr nackt gegenüberstand.

»Wie sonst?«, fragte Trish. Und fragte sich selbst, warum sie das tat. Warum sie sich zum Gespött der Abteilung machte. Sie hatte die halbe Nacht gebraucht, um die Antwort zu finden. Aber nachdem der letzte Schein verbrannt und die Glut erloschen war, kehrte das Gefühl zurück. Sie glaubte, sie liebte Stanley. Trish wusste nicht, ob es daran lag, dass sie sein Kind in sich trug. Was ziemlich unwahrscheinlich war in Anbetracht der Tatsache, dass es sich zu diesem Zeitpunkt um nicht viel mehr als eine Handvoll Zellen handelte. Vielleicht lag es daran, dass er ihr als unfähiger Trunkenbold angekündigt worden war, um sich dann als echter Partner herauszustellen. Erst als Kollege und schließlich als Mann. Stanley Henderson mochte nicht der brillanteste Analytiker im Secret Service sein, aber er hatte Instinkt. Was man von den wenigsten behaupten konnte. Deshalb zog Trish vor dem Fenster ihr

T-Shirt aus, obwohl sie wusste, dass ihre Kollegen zuschauen würden. Stan umarmte sie und öffnete ihren BH. Trish schüttelte ihre Haare und ließ sich von Stan gegen das Fenster drücken, ihre Schulterblätter spürten das kalte Glas von hinten.

»Sorg dafür, dass sie dein Gesicht sehen«, sagte Trish.

Das Morgenlicht fiel in Stans Footballergesicht, und nach der Chance, einen Blick auf ihre Brüste zu erhaschen, war es keine Frage, dass die Kollegen ihn gesehen hatten. Trish fuhr ihm durchs Haar und drückte ihn von sich weg. Dann begann sie, die Hüften zu schwingen und sich in den Vorhang zu wickeln.

»Mach, dass du rauskommst«, sagte sie. »Bevor ich mir das mit der Tanzeinlage noch einmal überlege.«

KAPITEL 124

März 2007 (zur gleichen Zeit)
Atlantic City, New Jersey

STANLEY HENDERSON

Stanley stolperte über das Hosenbein, als er versuchte, seine Jeans im Laufen anzuziehen. In der Küche streifte er einen Pullover über und rannte zum Fenster in Richtung Garten. Nicht dass ihr Haus einen Garten gehabt hätte, vielmehr handelte es sich um einen winzigen Grünstreifen, von dem des Nachbarn durch einen niedrigen Zaun getrennt. Stan schob das Fenster nach oben und kletterte durch, was sich angesichts seiner Größe als nicht ganz einfach herausstellte. Es hatte keinen Sinn, sich darüber Gedanken zu machen, ob Trishs Ablenkungsmanöver funktionierte. Wenn sich Trish auszog, schauten die Jungs hin, da gab es keinen Zweifel. Wer würde das nicht? Stan keuchte, als er sich über den Zaun schwang, und begann zu laufen. Und laufen, auch daran konnte es keinen Zweifel geben, konnte Stan »The Man« Henderson noch immer wie kein Zweiter. Er lief die Straße hinunter am Haus des Nachbarn vorbei, weg von seinen Überwachern. Nach ein paar hundert Metern fiel er in den Trott, den jeder Läufer kennt, das perfekte Zusammenspiel aus Atmung, langen Schritten und dem Rudern der Arme. Er dachte an Trish, die Frau, die niemals zögerte. Sie hatte zwei Wochen gezaudert, nachdem er suspendiert worden war. Aber in dem Moment, in dem sie sich entschieden hatte, hatte ihre .357er-Magnum-Willenskraft jeglichen Zweifel im Keim erstickt. Herrgott, er musste dieser Frau so schnell wie möglich einen Ring an den Finger stecken, stellte Stan fest. Auch wenn sie sein ganzes Geld verbrannt hatte. Er lief bis zur Hauptstraße. Er lief an Xiang Lius chinesischem Imbiss vorbei, an der Reinigung und an der Tankstelle, wo er morgens seinen Kaffee kaufte. Gekauft hatte, korrigierte er sich. Stan rannte bis zur Stanton Street. Dann winkte er nach einem Taxi.

»Was soll das heißen, es geht nicht ohne Kreditkarte?«, fragte Stan.

»Wir brauchen die Karte als Sicherheit«, sagte die Mitarbeiterin der Autovermietung.

Stans MasterCard steckte in seinem Portemonnaie, wo sie ihm so viel nützte wie in der Kramschublade ihrer Küche. Natürlich konnte Stan keine Kreditkarte benutzen. Kreditkartendaten waren für den Secret Service das Äquivalent zu Hänsels und Gretels Brotkrumen.

»Ich brauche den Truck wirklich nur für vier Stunden«, sagte Stan.

Die Frau zuckte mit den Schultern und deutete auf ihren Monitor: »Vorschrift, Sie verstehen?«

»Und wenn ich es bar bezahle?«, fragte Stan.

Die junge Frau seufzte: »Sie können die Miete in bar bezahlen, Sir. Aber für die Kaution benötige ich eine Kreditkarte.«

Kaution, dachte Stan und kniff die Augen zusammen.

»Nicht dass Sie mich falsch verstehen«, sagte Stan. »Aber wann genau würden Sie meine Kreditkarte belasten?«

»Selbstverständlich würden wir Ihre Kreditkarte gar nicht belasten, Sir. Es sei denn, Sie bringen den Wagen nicht zurück.«

Die Frau lächelte.

»Ich hatte nicht vor, damit nach Mexiko abzuhauen«, sagte Stan.

»Das wollte ich Ihnen auch nicht unterstellen, Sir«, sagte die Frau.

»Schon gut«, antwortete Stan und zückte sein Portemonnaie. Er schob die MasterCard über den Tresen. Ein mulmiges Bauchgefühl blieb, als die Mitarbeiterin den Magnetstreifen durch das Lesegerät zog. Aber ein mulmiges Gefühl war nichts gegen das, was es zu erreichen galt. Denn Stan »The Man« Henderson hatte eine Idee. Er wusste, wo die Farm lag. Er wusste, wo ihr restliches Geld verschimmelte. Und er hatte nicht vor, ein paar hundert Millionen Dollar in den Wind zu schreiben. Auch wenn es Falschgeld war. Immerhin Falschgeld, für das sie hart gearbeitet hatten. Für das er als Mitarbeiter einer Bundesbehörde große Risiken in Kauf genommen hatte. Und er war immer noch ein freier Mann. Diesen Umstand galt es zu nutzen.

KAPITEL 125

März 2007 (zur gleichen Zeit)
Cat Creek, Montana

BRIAN O'LEARY

Brian trug seinen Sohn in einer Trage auf dem Rücken, weil Aaron längst nicht mehr laufen konnte. Die Ausbeute ihrer Jagd, einen kleinen Korb Pilze, hielt er am rechten Arm. Er hatte Aaron den Wochenendtrip versprochen, weil es frustrierend war, Ashley nur jeweils für eine halbe Stunde besuchen zu dürfen. In dem kahlen Besucherraum, der stets kälter schien als der Rest des Gefängnisses. Ein Tisch, zwei Stühle; für beides war Aaron zu klein. Aber sein Lachen, wenn er seine Mutter wiedersah, war größer. Es brach Brian das Herz. Nicht auszudenken, wie es Ashley dabei gehen musste – obwohl sie tapfer lächelte. Der Junge hatte etwas Ablenkung verdient, und Brian musste zugeben, dass es ihm nicht anders ging.

Er erreichte die kleine Anhöhe über der Hütte um kurz nach halb drei. Unter ihm lag der See, darüber das Holzhaus. Und davor parkten schwarze Geländewagen mit Blaulichtern auf den Dächern. Brian duckte sich hinter einen Baum, sein Herz pochte. Er hob Aaron aus der Trage und stellte ihn neben sich auf den Waldboden. Dann legte er einen Finger über die Lippen und flüsterte: »Du musst leise sein, Aaron.«

Sein Sohn nickte ernsthaft und legte seinerseits einen Finger über die Lippen: »Mama muss schlafen?«, fragte er.

Brian nickte: »So etwas Ähnliches«, flüsterte er. Dann nahm er die Hand seines Sohnes und spähte durch die Zweige auf die Szenerie, die sich keine zweihundert Meter entfernt abspielte. Er sah vier Männer und eine Frau in den obligatorischen FBI-Windjacken, die mit Metalldetektoren den Boden absuchten. Dazwischen hielten Beamte mit Handys maulaffenfeil und gaben sich wichtig. Special Agents vom Secret Service, vermutete Brian. Sie hatten das Geld in Holz- statt Aluminiumkisten vergraben, damit sie bei ihrer Suche kein allzu leichtes Spiel hatten. Aber Brian wusste, dass sie das nur aufhalten würde. Wie hatten sie die Hütte gefunden?, fragte er sich. Das hätte niemals passieren dürfen. Jetzt, wo sie einmal hier waren, würden sie nicht eher abrücken, bis sie das Geld gefunden hatten. Ihr Spiel war aus. Und Ashleys einzige Chance war ein Geständnis. Das FBI konnte nicht wissen, dass Brian sie beobachtete. Er musste Ashleys Anwalt erreichen, bevor das FBI ihr erstes Versteck fand. Und er stand mitten in der Wildnis, Meilen vom nächsten Haus entfernt. Immerhin hatten sie die Pilze, dachte Brian, als er seinen Sohn schulterte und sich auf den Weg machte. Sein Auto stand bei den Einsatzfahrzeugen. Ihm blieb nichts anderes übrig, als zu laufen.

KAPITEL 126

März 2007 (zur gleichen Zeit)
Atlantic City, New Jersey

JOSHUA BANDEL

Josh schaltete den Staubsauger aus und betrachtete Monas leere Bettseite. Es war das dritte Mal in drei Tagen, dass er die Wohnung gesaugt hatte, und das dritte Mal, dass seine Putzorgie vor ihrem Ehebett endete. Mona war ausgezogen. Einen Tag nach der Durchsuchung ihrer Bäckerei wegen Joshs Geschäften. Selbst seine Engelszungen hatten sie nicht davon überzeugen können, dass alles nur ein gigantisches Missverständnis war. Mona glaubte nicht an Missverständnisse dieser Größenordnung, allenfalls an ein halbes Missverständnis.

»Ich brauche Abstand«, hatte sie gesagt.

»Von der Bäckerei?«, hatte Josh gefragt.

»Von dir«, hatte Mona geantwortet.

Was konnte man dazu noch sagen? Also hatte er sie ziehen lassen und in Kauf genommen, dass ihm jetzt die Decke auf den Kopf fiel. Es zermarterte sich das Hirn mit der Frage, was Mona dachte und wie es den anderen ging. Natürlich konnten sie nicht miteinander in Kontakt treten. Ihre Telefone wurden überwacht, und vermutlich folgte man ihm auf Schritt und Tritt. Was der Grund war, dass ihre Wohnung glänzte wie seit langem nicht mehr. Josh redete sich ein, dass er sie für Monas Rückkehr in Schuss hielt. Manchmal, wenn er abends auf dem leeren Ehebett saß, fragte er sich, was wohl passierte, wenn Mona nie mehr zurückkam. Denn wenn er ehrlich war, lag dies durchaus im Bereich des Möglichen – auch wenn Josh das tagsüber nicht wahrhaben wollte.

Am Nachmittag beschloss Josh, dem Einsiedlerkrebstum ein Ende zu setzen, Secret Service hin oder her. Er machte sich auf den Weg zum Pier, um einen Hotdog zu essen, möglicherweise gefolgt von einem Eis. Etwas Normales tun, etwas Schönes unternehmen. Etwas, das er mit Mona geteilt hätte, wenn sie noch an seinem Leben teilnähme.

Er hörte den Wagen, der ihm folgte, hinter sich, und er spürte die Blicke der Beamten. Es machte sie wahnsinnig, dass sie ihm nichts beweisen konnten. Das doppelt gewaschene Geld war weg. Genauer gesagt war es natürlich nicht weg, sondern steckte als gigantischer Gewinn in Monas Bakerei.

Zehn Stunden hatten sie ihn mit Fragen gelöchert und versucht, aufs Glatteis zu führen. Wer glauben würde, dass eine Bäckerei kurz nach der Eröffnung derart viele Kunden haben könnte?, hatten sie gefragt. Wie es denn überhaupt organisatorisch möglich sei, in dem kleinen Verkaufsraum eine derartige Anzahl Kunden pro Tag zu bewältigen. Josh hatte auf alles eine Antwort gewusst, weil er sich dieselben Fragen gestellt hatte, bevor er den Plan mit der Bäckerei ersonnen hatte. Sie hatten für alle Zahlungseingänge Belege. Brötchen, Brotlaibe, sündhaft teure Torten für Hochzeitsgesellschaften. Wer diese Hochzeitsgesellschaften gewesen waren, die eine Torte für 45 000 Dollar bestellt hatten? Die Namen hatte sich Josh nicht gemerkt, hatte er zu Protokoll gegeben. Und die Frage hinterhergeschoben, ob denn eine Bäckerei verpflichtet wäre, die Namen der Käufer zu notieren. Es machte die Beamten vom Secret Service verrückt, die ihm folgten, und es machte die Staatsanwaltschaft verrückt. Was es mit dem Investment in Deutschland auf sich habe, hatten sie auch gefragt. Josh hatte sich erstaunt gezeigt, dass es seinem erfolgreichen Unternehmen verwehrt sein sollte, in eine deutsche Druckerei zu investieren, von der man schließlich die goldbedruckten

Glückwunschkarten für seine Torten bezog. Als sie die Druckerei gefunden hatten, wäre dem Staatsanwalt fast der Kragen geplatzt. Nur dass es zwar naheliegend war, den Besitzer einer Druckerei für den zu halten, der die perfekten Blüten produziert hatte. Ein Beweis war es freilich nicht. Zumal eine Durchsuchung der Schneidersohnschen Druckerei in Mainz – durchgeführt vom deutschen Landeskriminalamt per Amtshilfeersuchen – keinerlei Hinweise auf eine Dollarproduktion ergeben hatte. Es hatte Josh fünf Telefonate gekostet, Karl-Mathäus davon zu überzeugen, dass alles nur ein gigantisches Missverständnis war. Im Gegensatz zu Mona hatte sein Geschäftspartner ihm schließlich geglaubt – vermutlich weil der Anteil persönlicher Enttäuschung an seinem Ärger kleiner war als bei seiner Frau. Ob die abgehörten Telefonate auch für die Staatsanwaltschaft zu seiner Glaubwürdigkeit beitrugen? Josh hatte seine Zweifel, obwohl die beiden Geschichten identisch waren (die für Karl-Mathäus und die für den U.S. Attorney).

Am Pier kaufte Josh den Hotdog, den er sich selbst versprochen hatte, komplett mit Guacamole, Röstzwiebeln und Jalapeños, und lehnte sich an die Balustrade. Er betrachtete die beiden Special Agents, die sich in ihren dunklen Anzügen zwischen den Touristen zu verstecken versuchten. Josh kritzelte mit einem Kugelschreiber eine Nummer auf die senfverschmierte Serviette vom Hotdog und warf sie in einen Mülleimer. Dann lief er den Pier hinunter. Als er sich kurz darauf umdrehte und sah, wie einer der beiden Beamten die dreckige Serviette in ein Plastiktütchen steckte, musste er lachen. Die Nummer, die er auf die Serviette geschrieben hatte, ergab keinen Sinn. Er stellte fest, dass er bei dem Gedanken an die Mühe, die sich der Secret Service bei ihrer Entschlüsselung geben würde, tatsächlich so etwas wie Freude empfand.

Im Gegensatz zu Ashley und Alex saß er nicht im Knast. Und wenn Mona zu ihm zurückkehrte, konnte er möglicherweise einen Teil des Geldes retten. Er fragte sich, ob es ein Fehler gewesen war, die Bäckerei ausschließlich auf ihren Namen laufen zu lassen. Er hatte damals auf dem Ehevertrag bestanden, um sein Geld vor Beschlagnahmung zu schützen. Was damals eine gute Idee gewesen war, aber heute bedeutete, dass er auf Monas Wohlwollen angewiesen war. Und Mona war weg. Zumindest für den Moment. Er fragte sich, was ein Scheidungsanwalt dazu sagen würde, wenn es zum Äußersten kam. Vermutlich würde er bei einer Schlichtung die Anteile an der Druckerei zugesprochen bekommen und Mona ihre Backstube. Was nur auf dem Papier ein fairer Deal war. Denn Josh wusste, dass Karl-Mathäus das Geld längst ausgegeben hatte und die Zukunft des Verlags noch immer am seidenen Faden hing. Während der Secret Service mit dem vermeintlichen Beweisstück, seiner mit wahllosen Zahlen beschrifteten Serviette, und stolzgeschwellter Brust hinter ihm herstapfte, kaufte Josh ein Softeis mit Schokoladenhaube. Das Knacken der kalten Schokolade und die süße künstliche Vanille darunter waren der Geschmack ihrer Jugend. Gegenüber den Gunn High hatte im Sommer ein Wagen gehalten, der genau solches Softeis verkauft hatte. Josh dachte an ihren ersten Coup: die Premierenkarten für »Star Wars«. Und an den Abend am Strand, als Darth Vader und seine Sturmtruppen ihre besten Kunden wurden. Es waren sorgenfreie Momente, die ihnen heute fehlten. Rückblickend musste man sagen, dass die Gründung des Cash Clubs weniger eine grandiose Idee als ein ziemlicher Schwachsinn gewesen war.

KAPITEL 127

März 2007 (zur gleichen Zeit)
Mullica, New Jersey

STANLEY HENDERSON

An der Abzweigung von der Landstraße warf Stan das Prepaid-Handy, das er in einem Laden in der Stadt gekauft hatte, ins Gebüsch und steuerte den Lastwagen auf den kleinen Feldweg zur Farm. Zwischen zwei Bodenwellen überprüfte er mit einem schnellen Blick, dass die Verbindung zu dem zweiten Handy auf dem Beifahrersitz stabil blieb. Er würde sie kommen hören, falls sie die Farm ausgerechnet dann fanden, während er sich um das Geld kümmerte.

Als er die Farm betrat, roch er die Druckerschwärze und das Maschinenöl. Die Schreibtische standen mitten in Raum, verlassen und ausgeräumt. Nicht ein einzelnes Blatt lag auf dem Boden, er sah aus wie frisch gewienert. Stan stellte sich vor, wie Ashley und Josh hier ihr Vermögen produziert hatten, das ihnen jetzt durch die Finger rann. Er malte sich den Moment aus, in dem Josh die erste täuschend echte Blüte aus der Druckmaschine gezogen hatte. Das Hochgefühl, die Euphorie. Tatsächlich erinnerte die Farm an eines der Start-ups aus dem Silicon Valley, die in einer Garage den Grundstein für eine weltweite Erfolgsgeschichte gelegt hatten. Allerdings war ihres nicht ganz so erfolgreich gewesen. Für ein Büro fehlten nur die Telefone, die es natürlich nie gegeben hatte, und die Computer, die Josh und Ashley längst verschrottet hatten.

Etwas ungewöhnlicher für ein Silicon-Valley-Start-up – wenn auch nur deshalb, weil die Start-ups ihr Vermögen nicht in bar horteten – mutete die Wand mit den Reserven des Cash Clubs an. Hinter der Druckmaschine stapelten sich die

Scheine wandhoch. Stan kratzte sich am Kinn ob der Aufgabe, die vor ihm lag, und erinnerte sich dann an das große Ziel. Er lief zurück zu dem Lieferwagen und parkte ihn vor der Veranda, so dass er die Laderampe auf Höhe des Bodens hieven konnte. Dann trat er ein Stück der Balustrade ein und fuhr die erste Europalette mit dem Hubwagen in die Farm.

Vier Stunden und einen Anruf bei der Mietwagenfirma später hatte er die letzte Palette im Lastwagen verstaut. Acht Paletten. Auf eine Palette passten, grob geschätzt, etwa einhundert Millionen Dollar. Was eine Gesamtsumme von achthundert Millionen ergab. Es war der Großteil des Geldes, das sie überhaupt gedruckt hatten, weil Josh die Druckmaschine Tag und Nacht hatte laufen lassen, nachdem die ersten Anzeichen aufkamen, dass ihnen der Service auf der Spur war. Mehr als eine halbe Milliarde Dollar täuschend echtes Falschgeld. Er würde den Lastwagen erst morgen zurückgeben.

Die letzten vier Tausenderbündel stopfte Stan in die Jackentasche, bevor er sich wieder auf den Bock des Trucks schwang. Der Lastwagen schaukelte hin und her, als er über den Feldweg ruckelte. An der Abzweigung zur Landstraße warf Stan das zweite Prepaid-Handy in den Straßengraben und gab Gas. Es würde ohnehin niemals gefunden werden, selbst wenn es dem Service gelang, die Farm auszuheben. Alles, was sie finden würden, wäre der Rest einer Papierrolle, auf der keine Fingerabdrücke sein konnten, und eine Druckmaschine, auf der keine Fingerabdrücke mehr waren. Weil Ashley und Josh sicher ganze Arbeit geleistet hatten.

Stan quälte den überforderten Motor durch die engen Kurven. Auf einmal wirkte der Wald stockfinster. Ein Gewitter war aufgezogen, und die schweren Wolken hingen über dem Mullica River bereit, sich zu entladen. Schon bald platzten dicke Tropfen auf seiner Windschutzscheibe, und Stan schaltete die Scheinwerfer ein, obwohl es nicht einmal halb fünf am

Nachmittag war. Erst hielt er die zuckenden Lichter für Blitze, aber dann hörte er die Sirenen. Stan umklammerte das Lenkrad, bis seine Knöchel weiß hervortraten, und hielt sich streng an die Geschwindigkeitsbegrenzung. Der erste schwarze Wagen kam ihm auf einer langen Geraden entgegen. Die Scheinwerfer blendeten das Fernlicht auf und wieder ab, und hinter der Scheibe blitzte ein rotes Licht. Secret Service Suburban. Er würde nicht der letzte bleiben. Stans Glück – neben der Tatsache, dass der Secret Service die Farm nicht eine Stunde früher gefunden hatte – war die Fahrtrichtung. Denn da die Kollegen aus der Stadt kamen und er auf dem Weg dorthin war, fuhren sie sich entgegen, was bedeutete, dass sich kein übereifriger Beamter sein Nummernschild notieren konnte. Dem ersten Wagen folgten drei weitere sowie einige Streifenwagen. Keiner stoppte Stan oder schien Notiz von ihm genommen zu haben.

Als Stan auf das Gelände des Gebrauchtwagenhändlers rollte, umklammerte er immer noch das Lenkrad. Das war gerade noch einmal gutgegangen. Er sprang aus dem Fahrerhaus und betrat das winzige Büro in der Mitte des bis an den Rand vollgestellten Schotterplatzes. Der Gebrauchtwagenhändler war ein alter Bekannter. Nicht dass Stan ihm schon einmal begegnet wäre. Aber laut der Polizei von Atlantic City war es nahezu unmöglich, etwas aus ihm herauszubekommen. Dieser Ruf war der Grund für Stans Besuch. Der Händler war ein korpulenter Mexikaner, der an einer Krücke lief und schwitzte wie ein Gnu in der Sonne. Aber er hatte keine Probleme damit, dass Stan keine Papiere dalassen wollte oder dass er in bar bezahlte. Er zeigte ihm einen altersschwachen Truck mit geschlossener Ladefläche. Das war wichtig. Er sollte viertausend Dollar kosten, wobei der Preis auf das Doppelte stieg, als Stan darauf bestand, dass er das Geld, mit dem er ihn bezahlte, zunächst ein halbes Jahr liegenließ, bevor er es unters Volk brachte. Die Summe war kein Problem für Stan – schließlich hatte er ein paar hundert Millionen in dem gemieteten Truck. Was der Mexikaner natürlich nicht wissen konnte. Hätte er es geahnt, hätte er sich in den Arsch gebissen, dass er nicht das Zehnfache verlangt hatte. Stan jedenfalls erhielt die Schlüssel und schraubte das Nummernschild an, das er keine Stunde zuvor an einem Rastplatz geklaut hatte. Auch damit hatte der Mexikaner keine Probleme, weil er längst ahnte, dass Stan in einem krummen Ding drinhing. Aber schließlich war genau dies das Geschäftsmodell des Händlers, und es war vorteilhaft, keine Probleme mit seinem eigenen Geschäftsmodell zu haben. Er beteuerte, dass Stan den Mietlaster ohne Probleme eine halbe Stunde parken könnte. »No problemo, Mister«, sagte er und winkte mit dem Bündel Geldscheine, das Stan losgeworden war. Mit dem neuen Truck und dem geklauten Nummernschild rollte Stan vom Hof.

Das Kennzeichen war überhaupt kein Problem. Was man verstand, wenn man wusste, dass alleine in Atlantic City und den umliegenden Countys etwa zwanzig Nummernschilder am Tag geklaut wurden. Ein geklautes Nummernschild wurde bei der Polizei registriert – aber solange man sich nichts zuschulden kommen ließ, war es unwahrscheinlich, dass man kontrolliert wurde. Stan hatte nicht vor, intensiv am Straßenverkehr teilzunehmen. Er fuhr nur ein paar Blocks, lief zurück zum Mexikaner und holte den zweiten Transporter. Als er das Falschgeld umlud, war es längst dunkel geworden. Glücklicherweise hatte sich der Regen verzogen, denn Stan konnte keine nassen Geldscheine gebrauchen, die in dem Wagen vor sich hin rotten würden. Die fortgeschrittene Uhrzeit allerdings war ein Problem. Nicht wegen des Geldes, sondern wegen seiner Eskorte, die immer noch davon ausging, dass er zu Hause war. Andererseits war es schon häufiger vorgekommen, dass er einen Tag lang das Haus nicht verlassen hatte, weswegen er einigermaßen beruhigt in Richtung Philadelphia fuhr.

Stan parkte den Lieferwagen mit den falschen Nummernschildern und dem Falschgeld im Laderaum auf einem privaten Langzeitparkplatz, der den Flughafen von Philadelphia bediente. Der Betreiber stellte die Autos der Fluggäste auf ein Feld, kassierte und fuhr sie mitsamt ihrem Gepäck zum Terminal. Stans einzige Befürchtung – dass seiner der einzige Lieferwagen auf dem Gelände wäre – sollte sich als unbegründet erweisen. Wobei Stan nicht klar war, warum Leute in einem Truck zum Flughafen fuhren. Ihm konnte es nur recht sein. Er bezahlte für sechs Monate im Voraus und ließ sich versichern, dass man bei der Abholung nachzahlen könnte, falls man sein Ticket überzog. Er zahlte natürlich mit echtem Geld, denn vom Flughafenparkplatz wäre sein Falschgeld – im Gegensatz zu dem Gebrauchtwagenhändler – nicht nur zu ihm, sondern vor allem zu dem Lastwagen zurückzuverfolgen. Er stieg in den Shuttlebus und am Flughafen in einen Bus Richtung Atlantic City. Mittlerweile war es nach dreiundzwanzig Uhr und Stan hatte eine ganze Nacht totzuschlagen, um morgen in aller Herrgottsfrühe den Mietlaster zurückzugeben. Als er sich in den weichen Sitz des Greyhounds fallen ließ, der ihn nach Hause bringen sollte, stellte er fest, dass dies kein schlechter Tag gewesen war. Denn obwohl er fast erwischt worden wäre, hatte er den Jackpot gezogen. Und die Kollegen würden auf der Farm in die Röhre gucken. Er wusste nicht, was ihm wichtiger war: dass er dem Secret Service ein Schnippchen geschlagen hatte oder dass er das Geld des Cash Clubs gerettet hatte. Dann schlief Stan ein und träumte von einer Zukunft mit Trish und seinem Geld.

KAPITEL 128

März 2007 (am nächsten Tag)
Camden, New Jersey

ASHLEY O'LEARY

Als die Wärterin am nächsten Morgen an ihre Zellentür klopfte und ankündigte, dass ihr Anwalt sie sprechen wollte, befürchtete Ashley das Schlimmste. Sie wusch sich notdürftig das Gesicht und machte sich auf den Weg in den Besucherraum. Calvin Reece wartete schon auf sie und schüttelte ihr die Hand. Seine Miene verriet Besorgnis, was Ashleys Befürchtungen bestätigte. Die Schlösser an seinem Aktenkoffer schnappten auf, und er schob eine Zeitung über den Tisch. Es war die heutige Ausgabe des *Montana Mirror,* und unter dem Aufmacher über die Atomgespräche zwischen den USA und Nordkorea fand sich ein Bild, dessen Motiv Ashley nur zu gut kannte. Sie griff nach der dünnen Zeitung und begann zu lesen. Offenbar hatte das FBI eine großangelegte Razzia in einer Berghütte durchgeführt, bei der mehr als fünf Millionen Dollar an Falschgeld gefunden worden waren. Das FBI ging davon aus, dass es sich um Geld aus Mafiageschäften handelte. Ashley wurde schlecht.

»Seit wann wissen Sie davon?«, fragte sie.

»Ihr Mann hat mich gestern Abend angerufen«, sagte Reece.

»Ist Brian …?« Ashley musste die Frage nicht aussprechen.

»Er wurde nicht verhaftet«, sagte der Anwalt.

»Sie sagen nicht, dass er nicht da war«, stellte Ashley fest.

»Nein«, gab Reece zu.

»Aber niemand kann beweisen, dass nicht ich das Geld dort vergraben habe, oder?«, fragte Ashley.

»Die Berghütte läuft auf Ihren Namen«, sagte Reece. Was wohl heißen sollte, dass das niemand beweisen konnte.

»Okay«, sagte Ashley.

Der Anwalt stellte den Aktenkoffer auf den Boden und faltete die Hände.

»Sie müssen den Deal unterzeichnen, Ashley«, sagte der Anwalt.

»Was ist mit Josh und Stan?«, fragte Ashley.

»Welchen Josh und welchen Stan meinen Sie?«, fragte der Anwalt.

»Ach, kommen Sie, Reece«, sagte Ashley. »Ich habe Ihnen doch gesagt, dass ich wissen muss, wenn sie verhaftet werden.«

Der Anwalt hob die Hände: »Ich wollte nie mehr darüber wissen als unbedingt notwendig.«

Ashley seufzte.

»Aber nein, Joshua Bandel und Agent Henderson wurden nicht verhaftet«, fügte Reece schließlich hinzu. »Die Verdachtsmomente reichen offenbar nicht aus.«

Ashley atmete ein. Das war gut. Das Gefangenendilemma bestand also nur aus zwei Spielern. Sie und Alex. Aber leider machte das ihre Entscheidung nur mathematisch einfacher.

»Sie meinen, ich muss?«, fragte Ashley.

»Wenn Sie nicht für zwölf Jahre ins Gefängnis wollen«, sagte der Anwalt.

Ashley stand auf und lief im Kreis um den Tisch. Ein Wärter warf einen Blick durch das Fenster, aber der Anwalt winkte ab.

»Haben Sie eine Zigarette für mich?«, fragte Ashley, die nicht mehr geraucht hatte, seit sie sechzehn war.

»Sie wissen, dass Rauchen hier nicht erlaubt ist?«, fragte der Anwalt und hielt ihr eine geöffnete Schachtel hin. Ashley zog eine Lucky Strike heraus. Der Anwalt gab ihr Feuer.

»Ich kann mir nicht vorstellen, dass Sie eine illegale Zigarette nicht noch in den Deal hineinverhandeln können«, sagte Ashley. Sie sog an der Zigarette und inhalierte den Rauch. Verwundert betrachtete sie die Glut an der Spitze. Sie hatte nicht einmal husten müssen. Es war, als hätte sie niemals aufgehört zu rauchen. Sie setzte sich auf den Stuhl. Das Nikotin verbreitete einen wohligen Schwindel in ihrem Gehirn. Ashley rauchte und beobachtete ihren Anwalt, der zunehmend nervöser wurde. Dann löschte Ashley die Kippe in einer der Kaffeebecher.

»Wo soll ich unterschreiben?«, fragte Ashley.

Zwei Stunden später saß sie in einem Raum mit dem Staatsanwalt und zwei Agenten des Secret Service. Sie erzählte ihnen davon, wie Alex eines Tages vor ihrer Tür gestanden hatte, als sie gerade schwanger mit Aaron war, und ihr angeboten hatte, bei einem Geschäft mit einzusteigen. Die Geschichte, die Ashley den Beamten für ihre Freiheit verkaufte, entsprach zu etwa siebzig Prozent der Wahrheit. Nur dass weder Josh und Stan oder Brian eine Rolle darin spielten. Bezüglich ihres Ehemannes erfand sie sogar eine Phase persönlicher Differenzen nach der Geburt. Der Teil jedoch, der die Produktion des Geldes betraf, war der einfachste. Denn dafür musste sich Ashley keine Geschichte ausdenken. Sie musste einfach nur Brians und Joshs Leistungen für sich beanspruchen. Sie erzählte davon, wie sie das Papier in der Schweiz besorgt hatte und den Stempel in Italien, wie sie an die Sicherheitsmerkmale der Bankcomputer gelangt war, indem sie Unterlagen ihres Mannes durchsucht hatte. Sie fühlte sich wie ein Dieb. Ein Dieb, der jemandem nicht einfach nur etwas materiell Wertvolles wegnahm, sondern auch ein Stück seiner Lebensleistung. Ein Dieb, der eine olympische Goldmedaille klaut statt einer goldenen Uhr. Ashley stellte die Geschichte so dar, als hätten Alex und sie alles zu zweit geplant und durchgeführt. Sie wusste nicht, ob die Beamten ihr glaubten. Aber hatten sie eine Wahl? Ashley lieferte Alex ans Messer. Dafür, dass sie ihren Sohn wieder in die Arme schließen durfte, würde Alex zwanzig Jahre in den Knast gehen. Aber es war die einzig logische Handlung in ihrer Situation. Auch wenn sie das selbst nicht wirklich glaubte.

KAPITEL 129

März 2007 (zur gleichen Zeit)
Atlantic City, New Jersey

STANLEY HENDERSON

Nachdem er den gemieteten Truck abgegeben hatte, nahm Stan ein Taxi zurück zu einer Straßenecke in der Nähe ihres Hauses. Er sah auf die Uhr. Viertel nach sieben. Es wurde Zeit. Es war eine Sache, das Haus nicht zu verlassen, und eine andere, an keinem Fenster mehr vorbeizulaufen. Letzteres wurde mit jeder Stunde weniger wahrscheinlich. Und irgendwann würden seine ehemaligen Kollegen vermuten, dass er entweder ausgeflogen war oder beim Sex einen Herzinfarkt erlitten hatte. Natürlich hatte Trish die Vorhänge zugezogen, so dass die Agents nicht sicher sein konnten, dass er nicht im Haus war – zumal sie nicht gesehen hatten, wie er es verlassen hatte. Aber vierundzwanzig Stunden später bedeutete, dass sie kurz davorstanden, Alarm zu schlagen. Es wäre die dritte Crew, die ihn nicht zu Gesicht bekam. Auch wenn die Zeitschaltuhren, die er an zwei Lampen im Schlafzimmer und in der Küche angebracht hatte, die Illusion verstärkten, dass jemand zu Hause war.

Ohne Trishs Hilfe gab es zwei Strategien, zurück ins Haus zu gelangen: Entweder er versuchte, sich auf demselben Weg reinzuschleichen, auf dem er hinausgekommen war – was ohne Trishs Ablenkungsmanöver natürlich bei weitem keine sichere Kiste war. Stan entschied sich für die zweite Variante und kaufte in einem Kiosk an der Ecke eine Tüte mit Brötchen und zwei große Becher Kaffee. Dann lief er die Straße hinunter, als hätte er gerade einmal vor zehn Minuten das Haus verlassen. Während er an dem Wagen mit den Agents vorbeilief, konnte er sich in etwa ausmalen, was sich hinter der Frontscheibe abspielte.

»Hast du ihn rausgehen sehen?«, fragte Agent 1.

»Nein, du etwa?«, fragte Agent 2.

»Hm«, murmelte Agent 1.

»Was machen wir jetzt?«, fragte Agent 2.

Der Trick dabei war die Tatsache, dass die Beamten entweder gezwungen waren, eine Unaufmerksamkeit zuzugeben, oder sie mussten Stans Rückkehr unter den Teppich kehren, was bedeuten würde, dass er das Haus niemals verlassen hatte. Er wusste, wofür sich neunzig bis fünfundneunzig Prozent der Teams entscheiden würden. Der Papierkram für eine verlorene Überwachungsperson war endlos. Und ganz sicher den Aufwand nicht wert, wenn es sich nur um zehn Minuten zum Brötchen- und Kaffeeholen gehandelt hatte. Sollten sie ihre Beobachtung tatsächlich melden, würden die Kollegen von der Schicht davor beschuldigt, Stan verloren zu haben. Was dazu führen würde, dass jeder die Schuld von sich schieben würde. Was wiederum bedeutete, dass Stans kleiner Ausflug eine Fußnote ohne verwertbares Ergebnis in seiner Akte bleiben würde. Als Stan die Haustür erreicht hatte, warf er einen Blick zurück zu dem schwarzen Van und sah die beiden Beamten diskutieren. Sie würden den Vorfall unter den Teppich kehren, wusste Stan. Was natürlich ganz in seinem Sinne war.

KAPITEL 130

März 2007 (am nächsten Tag)
Camden, New Jersey

ALEXANDER PIECE

Der Glatzkopf hatte wieder einmal zur Audienz gebeten. Alex wartete vor der Kamera, die noch nicht eingeschaltet war, neben ihm der Bleistift-Anwalt mit der Dirigentenfrisur. Heute malte er Bäume auf das karierte Blatt. Öfter mal was Neues, dachte Alex. Hoffentlich nahm sich das der Staatsanwalt zu Herzen. Dann öffnete sich die Tür, und Alex wusste, dass etwas passiert war. Denn der Glatzkopf lächelte.

Als Alex fünf Stunden später wieder in seiner Zelle lag, dachte er darüber nach, was gerade passiert war. Sie hatten ihm Ashleys Aussage vorgelegt. Sie hatte ihn bezichtigt, der Kopf hinter der Operation gewesen zu sein, der Drahtzieher. Sie hatte den Deal angenommen. Keine Strafe für Ashley, zwanzig Jahre für Alex. Keine Chance, hatte der Bleistift behauptet. Sie hatte gespielt und gewonnen. Was sagte das über ihren Charakter? Alex starrte an die Decke. Er würde zwanzig Jahre an eine solche Decke starren, fünfzehn bei guter Führung. Zwanzig Jahre, das waren siebentausendreihundert Tage. Einhundertfünfundsiebzigtausendzweihundert Stunden. Alex schaute auf die Uhr, dann wieder auf die Decke. Als er das erste Mal nachsah, wie viel Zeit vergangen war, waren es gerade einmal fünf Minuten. Zwanzig Jahre, das waren zwei Millionen einhundertzweitausendvierhundert mal fünf Minuten. Alex fragte sich, warum er nicht weinte. Er hatte seit der achten Klasse nicht geweint und auch damals nur, weil ihn Stan verprügelt hatte. Und erst auf dem Heimweg mit dem

Fahrrad. Der Fahrtwind hatte seine Tränen getrocknet, und damals hatte Alex beschlossen, nie wieder zu weinen.

Eine Stunde – oder zwölf mal fünf Minuten – später stellte er fest, dass er in der Lage wäre, Ashleys Leben ebenso zu zerstören wie sie seines. Er konnte auspacken über Brian. Die Wahrheit erzählen über das Vorstellungsgespräch bei »The Next Big Thing« und die Details über die Banksoftware, die Brian ihnen geliefert hatte. Oder die Tatsache, dass Brian derjenige gewesen war, der für sie den Maurer aus dem Weg geräumt hatte mit seiner Anzeige bei der Steuerbehörde. Irgendetwas davon wäre ihm sicher nachzuweisen. Das war es immer, wenn es einen Zeugen gab, der alles wusste und der bereit war zu reden. Er konnte dafür sorgen, dass Aaron ohne seinen Vater aufwuchs. Weil seine Mutter eine Verräterin war.

Weitere zwanzig mal fünf Minuten später dachte Alex an seinen Vater, den er kaum gekannt hatte. Und stellte erleichtert fest, dass er keinem Kind seinen Vater nehmen würde. Vor allem nicht Aaron. Nicht einmal wegen Ashley. Er hatte sich gefragt, was es über Ashleys Charakter sagte, dass sie den Deal angenommen hatte. Vielleicht vor allem, dass sie eine liebende Mutter war. Eine, der das Wohl ihres Kindes über alles ging. Was hätte seine Mutter von ihm erwartet?, fragte sich Alex. Sie hatte ihn besucht, nachdem man sie aus der Untersuchungshaft entlassen hatte. Ihr Verfahren wegen Beihilfe zur Inverkehrbringung würde glimpflich für sie ausgehen. Seine Mutter hatte keine Vorwürfe gegen ihn erhoben. Nicht ein Wort. Sie hatte ihn angeschaut wie immer. Ohne Mitleid, aber dafür mit der Liebe einer Mutter. Alex wusste, was sie von ihm erwartete. Und er wusste, was er von sich selbst erwartete. Dreizehn mal fünf Minuten später schlief Alex ein. Er träumte von einem Sonnenuntergang in Monterey und einem Drink mit einem Schirmchen. Als er aufwachte, lag er wieder in seiner Zelle. Aber er wusste, dass ihm der Knast seine Phantasie nicht nehmen konnte. Möglicherweise würde sie für lange Zeit sein einziges Fenster zur Welt sein. Aber die Phantasie war eine Tür, die immer offen stand. Man musste nur hindurchlaufen.

KAPITEL 131

März 2007 (zwei Wochen später)
Palo Alto, Kalifornien

BRIAN O'LEARY

»Mommy«, rief Aaron und rannte auf Ashley zu. Ashley ließ ihren Koffer fallen und breitete die Arme aus. Die Sonne schien durch die Haustür auf den Holzboden in der Diele. Sie strahlte heute scheinbar heller als sonst. Und das, obwohl Kalifornien nicht für besonders wenig Sonnenschein bekannt war. Brian wartete im Wohnzimmer. Dieser Moment gehörte Aaron, wobei Brian nicht sicher war, wer ihn mehr genoss.

Es dauerte bis halb elf, dann war Aaron endlich eingeschlafen. Er hielt sein Lieblingsstofftier, eine weiße Eule, im Arm, und Brian streichelte seine Wange, während Ashley eine Decke über ihn breitete. Brian beobachtete seine Frau, während sie die Treppe hinunterlief. Sie war älter geworden im Gefängnis. Er wusste nicht genau, ob man auch reifer dazu sagen könnte. Zehn Minuten später saßen sie mit einem Glas Wein in dem Wohnzimmer, das so lange nicht mehr ihr gemeinsames gewesen war – erst, weil Ashley mit Aaron nach Jersey gegangen war, und schließlich, weil sie von ihrem Ausflug nicht mehr zurückgekehrt war.

»Wie geht es dir?«, fragte Brian. Es war eine einfache Frage. Aber er wusste, dass die Antwort bei weitem nicht so leicht war.

»Beschissen«, sagte Ashley.

Brian nickte. Natürlich nagte ihr Verrat an Ashley, trotz der grenzenlosen Freude, ihren Sohn wiederzusehen.

»Es war die einzige Möglichkeit«, sagte Brian.

»Ich weiß«, sagte Ashley.

Brian legte einen Arm um seine Frau und drückte sie an sich. Für eine Weile saßen sie in der Stille.

»Wie ist der Secret Service eigentlich auf die Berghütte gekommen?«, fragte Ashley.

»Im Fernsehen hat es einer als Legwork bezeichnet«, sagte Brian. Beinarbeit. Die klassische Methode, einen Verbrecher zu fassen: an Türen klopfen, Leute befragen. Vermutlich hatten sie ihre Flugtickets nach Montana gefunden – wie sie auch die Reisen nach Philadelphia hatten rekonstruieren können. Die modernen Datenbanken, die es einem ermöglichten, einen Flug vom heimischen PC aus zu buchen, ermöglichten es eben auch den Strafverfolgungsbehörden, alles Mögliche über einen bisher unbescholtenen Bürger herauszufinden. Brian wollte sich nicht vorstellen, wohin das in zehn Jahren führen könnte.

»Und sie haben wirklich alles gefunden?«, fragte Ash.

»Jede einzelne Kiste«, bestätigte Brian. »Aber das ist jetzt nicht mehr wichtig«, fügte er hinzu.

Ashley legte einen Kopf an seine Schulter und trank einen Schluck Merlot.

»Vielleicht hast du recht«, sagte Ashley. »Immerhin haben wir uns.«

»Immerhin haben wir uns«, sagte Brian. Für einen kurzen Moment dachte er daran, Ashley zu erzählen, dass ihn »The Next Big Thing« gefeuert hatte, weil er Aaron nicht zwölf Stunden am Tag an ein Kindermädchen hatte abgeben wollen. Aber dazu war morgen noch genug Zeit. Der heutige Abend gehörte Ashley. Und deshalb wartete Brian darauf, dass sie von sich aus begann zu erzählen. Als sie später in der Nacht nebeneinanderlagen, hatte Brian das Gefühl, eine Fremde neben sich zu spüren. So schnell ging das also, dachte er. Dass man sich voneinander entwöhnt. Und er wollte es nicht akzeptieren. Er hörte Ashleys unruhigen Atem und erkannte, dass sie noch nicht eingeschlafen war. Vielleicht ging es ihr ähnlich.

»Ash?«, fragte Brian leiste.

»Hm?«, antwortete Ashley zaghaft.

»Glaubst du, dass dies ein guter Moment wäre, unser zweites Kind zu zeugen?«

Ashley schwieg. Die Sekunden verstrichen, dann die Minuten. Dann spürte er eine Hand unter der Bettdecke. Er drückte sie an seine Brust. Dann drehte er sich zu seiner Frau und küsste sie. Zum ersten Mal seit langer Zeit.

KAPITEL 132

Juni 2007 (drei Monate später)
Atlantic City, New Jersey

STANLEY HENDERSON

Etwa einen Monat nach Ashleys Geständnis hatte der Secret Service die Lust verloren, Stan zu beschatten. Oder Bellwether hatte das Budget gekürzt. Natürlich kam es trotzdem nicht in Frage, dass Stan in die Truppe zurückkehrte, wie ihm Bellwether erklärt hatte. »Ihre Karriere muss jetzt jemand anders begleiten«, hatte der Chef gesagt. »So leid es mir tut.« Stan wusste nicht, ob das ehrlich gemeint war, aber es spielte auch keine Rolle. Der Secret Service hatte ihm noch zwei Monatsgehälter und eine anteilige Pension angeboten, was für Stan akzeptabel war. Er hatte um Trishs Hand angehalten und versprochen, seinen Teil zur Erziehung ihrer Tochter beizutragen. Trish hatte akzeptiert und ihn dazu ermutigt, ein Detektivbüro zu eröffnen, was für Stan einer krachenden Niederlage gleichkäme. Nur die Säufer und die anderen Nichtsnutze endeten beim Wachdienst. Was nicht das war, was Trish vorschwebte. Aber für Stan waren ein Privatdetektiv und ein Wachdienst ein und dasselbe. Es gab Wichtigeres zu tun, denn erst einmal galt es, ein Kinderzimmer zu bauen. Und einige weitere Dinge zu regeln.

Er parkte den alten Cadillac vor dem Haus mit der Amerikaflagge und klingelte. Jemand schaute durch den Spion. Dann öffnete ein Hüne von einem Mann in einem dunklen Anzug die Tür. Er sagte kein Wort.

»Ich muss Don Frank sprechen«, sagte Stan.

»Jeder muss Don Frank sprechen«, sagte der Hüne. »Die wenigsten dürfen Don Frank sprechen.«

»Sagen Sie ihm, Alex schickt mich.«

»Alex?«, fragte der Hüne.

»Piece. Sagen Sie ihm, Piece schickt mich.«

Der Hüne schloss sanft die Tür und verschwand im Haus. Es dauerte etwa zehn Minuten, bis sie sich wieder öffnete. Der Hüne geleitete ihn ins Wohnzimmer. Der Fernseher zeigte das Pausenbild von »Call of Duty«. Don Frank legte den Controller aus der Hand.

»Was wollen Sie?«, fragte der Mafiapate von Atlantic City. Der tatsächlich in seiner Freizeit Ego-Shooter spielte. Stan lächelte. Früher wäre das eine Information gewesen, die ihn in helle Aufregung versetzt hätte. Weil es möglicherweise etwas über seinen Charakter verriet. Beim Secret Service hätten sie einen Psychologen hinzugezogen, um das herauszufinden. Jetzt dachte Stan, dass Don Frank einfach etwas Dampf ablassen wollte und Gefallen am Computerspiel seines Sohnes gefunden hatte.

»Ich bin Stanley Henderson«, sagte Stan.

»Agent Stanley Henderson«, sagte Don Frank.

»Ex-Special Agent Stanley Henderson«, korrigierte Stan.

Don Frank drehte den Controller zwischen seinen Fingern.

»Wie auch immer«, sagte er. »Was wollen Sie?«

»Einen Gefallen«, sagte Stan.

Don Frank lachte: »Hör sich das einer an. Die Feds wollen einen Gefallen.«

»Ein Ex-Fed möchte einen Gefallen«, erinnerte ihn Stan.

»Okay«, sagte Don Frank. »Das ändert natürlich alles.«

Ironie war typisch für Europäer. Stanley verstand, was er meinte.

»Einen Gefallen, der einigen Profit abwerfen dürfte«, sagte Stan.

»Du hast behauptet, Piece hätte dich geschickt?«, fragte Don Frank.

»Ich habe gelogen«, gab Stan zu. »Allerdings hätte Piece mich geschickt, wenn er wüsste, was ich anzubieten habe.«

»Es kann ja nicht schaden, sich anzuhören, was er zu sagen hat, oder nicht?« Don Frank sprach mit dem Hünen. Der zuckte mit den Schultern.

»Ich muss etwas für sehr lange Zeit sicher verschwinden lassen«, sagte Stan.

Don Frank kratzte sich mit dem Controller am Kinn und betrachtete den Bildschirm mit der Szene aus dem zweiten Weltkrieg.

»Etwas Geld, vermute ich«, sagte Don Frank.

»Etwas mehr Geld«, bestätigte Stan.

»Und damit kommst du ausgerechnet zu mir?«

»Ich wüsste nicht, zu wem ich sonst gehen sollte«, sagte Stan. »Ich kann es nicht riskieren, es zu verstecken, falls sie meine Reisen überwachen.«

»Und was wäre Ihnen dieses Risiko wert?«, fragte Don Frank.

»Zwanzig Prozent«, sagte Stan.

»Plus zwanzig für den, der es versteckt«, sagte Don Frank.

Stan überschlug die Summen im Kopf. Im Grunde spielte es keine Rolle. Er hielt Don Frank die Hand hin.

»Und ich brauche eine Kurierfahrt nach Kalifornien«, fügte Stan hinzu. Der Pate kniff die Augen zusammen. Stan erwiderte seinen stechenden Blick, ohne zu zucken.

»Eine einfache Kurierfahrt?«, fragte er misstrauisch.

Stan nickte. Er hielt die Hand immer noch ausgestreckt, was sich dämlich anfühlte, aber Don Frank ignorierte ihn. Stan zog die Hand zurück.

»Sie müssen einen Teil des Geldes nach Kalifornien fahren«, erklärte Stan schließlich.

»Wieso sollte ich einen Teil des Geldes nach Kalifornien fahren?«, fragte Don Frank.

»Unser Deal bezieht sich auf den Rest des Geldes, den Sie langfristig verstecken sollen«, sagte Stan. Er achtete darauf, nicht die Augen niederzuschlagen. Dies war der entscheidende Moment. Nicht für ihn, um ihn selbst war es bei der ganzen Aktion mit dem restlichen Falschgeld des Cash Clubs noch nie gegangen. Aber es war der entscheidende Moment für einen guten Freund.

»Wieso verstecken wir nicht einfach die gesamte Summe?«, fragte Don Frank. Der Mafioso stellte eine Menge Fragen.

Stan seufzte: »Weil ein Teil des Geldes die ›Ich komme aus dem Gefängnis frei‹-Karte eines gemeinsamen Bekannten ist«, sagte Stan.

Don Frank wusste natürlich, dass es um Alex ging. Stans Kalkül war, dass ein Pate auch eine Art Schäfer war, der sich um seine Schäfchen kümmerte. Auch wenn Alex in Ungnade gefallen war. Aus zu diesem Zeitpunkt verständlichen Gründen.

»Und weil es eine ganze Menge Geld ist«, fügte Stan hinzu. Dies war sein zweiter Trumpf, falls er Don Frank falsch eingeschätzt hatte.

Wieder kniff der Mafioso die Augen zusammen: »Über wie viel Geld reden wir hier?«, fragte er. »Zwanzig Millionen?«

Stan deutete zur Decke.

»Dreißig?«

Stan schüttelte den Kopf.

»Fünfzig?«

»Ihre zwanzig Prozent wären zwanzig Millionen«, sagte Stan wahrheitsgemäß. Er hielt es für klug, in diesem Moment nicht zu erwähnen, dass Alex' Freifahrtschein etwa siebenhundert Millionen schwer war. Möglicherweise hätte der Mafioso dann gezögert. Aber es war wichtig, dass die Summe gigantisch war. Schließlich galt es, sie gegen eine zwanzigjährige Haftstrafe einzutauschen.

»Ich soll für dich einhundert Millionen Dollar verstecken?«, fragte der Mafioso. Stan erkannte die Gier in seinen Augen. Stan nickte.

»Zwanzig Prozent?«, fragte der Don.

Wieder nickte Stan. »Inklusive einer Kurierfahrt nach Kalifornien«, ergänzte er schließlich. Diesmal war es Don Frank, der ihm die Hand hinstreckte. Stan hatte gespielt und gewonnen. Für Alex. Für den Cash Club.

KAPITEL 133

Juni 2007 (zwei Wochen später)
Camden, New Jersey

ALEXANDER PIECE

Alex hatte etwa drei Monate seiner zwanzigjährigen Haftstrafe abgesessen, als er feststellte, dass Gefängnisse nicht nur krank, sondern auch dumm machten. Das Schlimmste nämlich war nicht das Eingesperrtsein, sondern die Langeweile. Jeder Tag glich dem anderen wie zwei Eier: Morgenappell, Aufschluss, Zählung, Frühstück, Zeit zur freien Verfügung, Mittagessen, Sportangebot, Duschen, Zeit zur freien Verfügung, Abendessen, Zählung, Einschluss. Wobei »Zeit zur freien Verfügung« bedeutete, dass man sich zwischen einer Bibliothek, deren aktuellster Zugang »Moby Dick« war, und dem Aufenthaltsraum entscheiden konnte. In Letzterem wurde meist Karten gespielt, und es lief ein Fernseher, der stets das uninteressanteste Programm des Tages zeigte. Für Alex' Verstand, der es gewohnt war, gefordert zu werden, war Kartenspielen die einzige Herausforderung, wobei das Problem darin bestand, dass er zu häufig gewann und damit die Gruppen, in denen die meisten organisiert waren, gegen sich aufbrachte. Es gab die Gruppe der weißen Rassisten, die Hispanos, die Schwarzen, die Älteren. Man blieb unter Gleichgesinnten. Alex hatte noch keinen Gleichgesinnten finden können, weshalb er meistens alleine blieb und »Moby Dick« las. Er hatte nämlich festgestellt, dass es eine überaus hirnrissige Idee war, die Gruppen gegen sich aufzubringen, weshalb das Kartenspiel als Option flachfiel. Alex hatte sich sagen lassen, dass dies nur der Vorhof zur Hölle war, weil es ein Gefängnis für Leute war, die auf ihren Prozess warteten. So hatte es ihm sein Zellennachbar erklärt, der es wissen musste, weil er auf die achtzig zuging und sein halbes Leben im Knast verbracht hatte. Das Zweitschlimmste am Vorhof zur Hölle war die Tatsache, dass sich der Betonbau im Sommer aufheizte wie eine arabische Tahine auf Kohlen und dass es nur in den öffentlichen Bereichen eine Klimaanlage gab. So lief Alex der Schweiß die Wirbelsäule hinunter, als er sich in den Besucherraum setzte, und er freute sich über die kühle Brise, die ihm der Besuch seines Anwalts verschaffte.

Der Bleistift wischte eine Fluse von seinem Viertausend-Dollar-Anzug, bevor er sich auf den Stuhl gegenüber setzte. Seine Besuche waren seltener geworden, obwohl Alex' Prozess in nicht einmal einem Monat beginnen würde. Vermutlich lag es daran, dass es nicht viel zu besprechen gab zwischen einem Anwalt und einem schuldigen Mandanten, der ein Geständnis abgelegt hatte, weil es seine einzige Chance gewesen war, aus zwanzig Jahren sechzehn zu machen. Heute jedoch zog der Bleistift einen Umschlag aus der braunen Aktentasche, die aussah wie ein Arztkoffer. Feines englisches Hirschleder, Messingschnallen. Vermutlich noch teurer als sein Anzug. Es war kein Umschlag, wie ihn Anwälte normalerweise verwendeten, sondern ein regulärer Briefumschlag. Er sah aus wie eine Rechnung. Der Bleistift schob ihn über den Tisch, und Alex hielt ihn fest, kurz bevor er auf den Boden zu rutschen drohte.

»Was ist das?«, fragte Alex.

»Ich hatte gehofft, dass Sie mir das erklären könnten«, sagte der Anwalt.

Alex öffnete den Brief und fand darin eine Seite weißes Papier, die nur mit zwei Zeilen bedruckt war.

»Können Sie Alexander Piece einen Deal verschaffen, wenn er ein Versteck mit weiteren siebenhundert Millionen Dollar

Falschgeld nennen kann? Fragen Sie Alex nach dem Parkplatz am Kino. Er weiß, wo das Geld ist.«

Alex hatte keine Ahnung, was das zu bedeuten hatte. Laut seinem Anwalt hatten die Feds die Farm längst gefunden. Allerdings behauptete der Secret Service, dort kein Geld gefunden zu haben, was Alex ihnen nicht abkaufte. Denn entweder hatten ihn alle anderen Cash-Club-Mitglieder betrogen, oder es hatten noch etwa achthundert Millionen Dollar an der Wand hinter der Heidelberger gelagert. Oder jemand hatte sie ihnen gestohlen. Oder ... Alex dachte über den Brief nach. Er wusste nicht, wo die achthundert Millionen waren. Oder siebenhundert, wenn der Verfasser des Briefs recht hatte. Wo waren die restlichen einhundert Millionen? Wenn es sich tatsächlich um den Lagerbestand des Cash Clubs handelte und nicht ein großer Witz war.

»Wo haben Sie das her?«, fragte Alex.

»Es wurde anonym an meine Kanzlei gesendet«, sagte der Anwalt.

Alex drehte den Briefumschlag um.

»Kein Absender«, stellte er fest.

»Scharfsinnig bemerkt«, sagte der Anwalt. »Haben Sie eine Ahnung, wer ihn geschrieben haben könnte?«

Der Cash Club, dachte Alex.

»Nein«, sagte er.

»Und Sie haben keine Ahnung, wo siebenhundert Millionen Dollar Falschgeld lagern?«

»Natürlich nicht«, antwortete Alex. »Würde es mir denn etwas nützen?«

Was, wenn der Absender ihm wirklich helfen wollte? Was, wenn es von seinen Jungs kam? Denk nach, Alex. Er behauptet, dass du weißt, wo das Geld ist. Fragen Sie ihn nach dem Kinoparkplatz, stand dort.

»Möglicherweise«, sagte der Anwalt.

»Inwiefern?«, fragte Alex.

»Eine solche Menge Falschgeld ist kein Pappenstiel«, sagte der Bleistift. »Auch nicht für den Secret Service.«

Alex starrte zur Decke, weil er sich angewöhnt hatte, seine Probleme in Gedanken auf den Beton zu projizieren, weil sie in den Zellen keine Stifte erlaubten.

»Und auch nicht für die Notenbank. Siebenhundert Millionen, das ist fast schon im Bereich der Währungsrelevanz ...«, behauptete sein Anwalt. Er meinte damit, dass die Menge ausreichte, um den Dollar abzuwerten. Natürlich ging es nur um den Bruchteil eines Promille, aber an den globalen Finanzmärkten konnte schon sehr viel weniger die Währungsspekulanten auf den Plan rufen. Den psychologischen Faktor von perfektem Falschgeld einmal außer Acht gelassen. Bei allen Presseberichten bisher hatte der Secret Service peinlich genau darauf geachtet, die Qualität der Blüten mit keinem Wort zu erwähnen. Bisher war ihnen das gelungen. Aber bei über einer halben Milliarde? Alex verstand auf einmal den Plan, den der Briefschreiber verfolgte. Es war viel weniger wichtig, Alexander Piece einzusperren, als den Währungs-GAU zu verhindern. Den größten anzunehmenden Unfall. Siebenhundert Millionen ihrer perfekten Hundertdollarnoten auf dem Markt.

»Sie kriegen mich frei?«, flüsterte Alex.

»Wenn Sie wissen, wo die siebenhundert Millionen sind ...«, sagte der Bleistift. Diesmal malte er keine Tiere auf seinen karierten Block.

Alex grinste. Denn natürlich wusste er, wo die siebenhundert Millionen waren. Die Nachricht stammte eindeutig von einem Mitglied des Cash Clubs. Weil nur drei Leute wussten, dass sie auf dem Parkplatz mit der Nummer 155 geparkt hatten, als sie in das Kino eingebrochen waren. Und damit war auch klar, wer ihm die Nachricht geschickt hatte.

Stan konnte es nicht sein, denn der wäre niemals von alleine auf eine so clevere Idee gekommen. Ergo kam nur Josh in Frage.

Zwei Tage später umstellten FBI-Beamte einen alten Lieferwagen, der auf dem Parkplatz mit der Nummer 155 vor dem Filmpalast in Palo Alto stand. Alex, der sie hierherdirigiert hatte – so wollte es sein Anwalt –, stand in der zweiten Reihe und freute sich über die riesige Werbetafel des Kinos an der Straße, die Pixars »Ratatouille« ankündigte. Denn so schloss sich der Kreis: Hier hatte der Cash Club seine kriminelle Karriere gestartet, und hier sollte sie enden. Ausgerechnet kurz vor dem Filmstart einer weiteren Silicon-Valley-Legende: Pixar, das von Steve Jobs gegründete digitale Studio, das die Filmindustrie revolutioniert hatte wie der Cash Club das Geldfälschen. Es war das erste Mal in der Geschichte, dass eine derart große Menge Falschgeld beschlagnahmt worden war. Und es war das erste Mal in der Geschichte, dass es jemand gelungen war, die perfekte Blüte herzustellen. Dass es nicht zum perfekten Verbrechen gereicht hatte, war das Einzige, was Alex wirklich bedauerte. Aber in dem Moment, als die FBI-Beamten die Paletten mit den Blüten aus dem Lastwagen luden, war Alexander Piece ein freier Mann. Und nach über zwei Monaten im Gefängnis wusste er, was das wert war. Und der anonyme Briefschreiber – der wie Alex immer noch vermutete, nur Josh sein konnte – hatte nicht zu viel versprochen. Sieben Millionen fast perfekte Hundertdollarnoten zählte der Secret Service. So viele, dass es den allmächtigen Hütern der amerikanischen Währung Angst machte. Was nicht viele Ganoven von sich behaupten konnten. Die letzte große Frage war: Wo waren die restlichen einhundert Millionen geblieben? Als Alex sich von dem Staatsanwalt verabschiedete, grinsten sie beide. Alex, weil er zu seiner Mutter fahren durfte, und der Staatsanwalt, weil er einen karrierefördernden Termin mit einem Fernsehsender hatte. Dies waren immer noch die besten Deals: die, bei denen beide Seiten gewannen.

KAPITEL 134

Oktober 2012 (fünfeinhalb Jahre später)
Mainz, Deutschland

JOSHUA BANDEL

»Wann kommen die Karten???«, stand in der E-Mail. Sonst nichts. Seit ihrer Scheidung war Mona kurz angebunden, aber drei Fragezeichen schlugen dem Fass den Boden aus. Josh lächelte und tippte: »Sind unterwegs!!!« Die einzig mögliche Antwort auf drei Fragezeichen: drei Ausrufezeichen. Ihr Verhältnis war kompliziert. Sie hassten sich nicht, weil es dafür keinen Grund gab. Vielleicht mochten sie sich immer noch. Immerhin machten Monas Bakerei und die Schneidersohnsche Druckerei zu Mainz GmbH immer noch gute Geschäfte miteinander. Wenn auch bei weitem nicht so einträglich wie zu Beginn ihrer Geschäftsbeziehung. Mona hatte einen Investmentbanker geheiratet, der ungefähr das Geld verdiente, das Josh auf dem Konto gehabt hätte, wenn ihr Traum nicht geplatzt wäre. Sie waren so kurz davor gewesen. Josh dachte gerne an die Zeit zurück. Die Farm, die alte Heidelberger. Heute kümmerte er sich vorwiegend um Rechnungen, die stets zu hoch für ihre Umsätze waren. Vor allem die Druckmaschinen machten hohe Verluste, die auszugleichen dem Verlag zunehmend schwerfiel. Nicht dass ihm dazu nichts eingefallen wäre. Wobei er zugeben musste, dass der Euro schwer zu fälschen wäre. Fast so schwer, dass es eine Herausforderung für Josh wäre. Denk nicht an die Vergangenheit, Josh. Kümmer dich lieber um die Zukunft, erinnerte er sich. In diesem Moment klopfte es an der Tür.

»Hast du 'nen Moment?«, fragte Karl-Mathäus, dessen Büro direkt neben Joshs lag.

»Klar«, seufzte Josh und wandte sich seinem Geschäftspartner zu.

»Geht's um die Messe?«

Die Frankfurter Buchmesse. Jedes Jahr pilgerten die Papieraficionados aus aller Welt in ihre Nachbarstadt am Rhein, um Verträge zu verhandeln, die Zukunft auszuloten und auf einer der Partys zu feiern, von denen es in letzter Zeit allerdings immer weniger gab. Der Ehrengast in diesem Jahr war Neuseeland, und Karl-Mathäus hatte vor, ihren Stand mit traditionellen Maorimustern zu schmücken. Josh war dagegen, sie stritten seit Wochen darüber. Josh wollte nicht einleuchten, was ein deutscher Traditionsverlag mit Neuseeland zu tun hatte, Buchmesse hin oder her. Karl-Mathäus hielt es für einen grandiosen Marketingcoup.

»Nein. Ein Brief für dich ist in meinem Posteingang gelandet«, sagte er stattdessen. Josh atmete auf. Nicht die Messe. Zumindest bis in einer Stunde. Er nahm Karl-Mathäus den einfachen weißen Briefumschlag aus der Hand. Ein Poststempel aus Amerika, New York City. Kein Absender. Josh riss den Umschlag mit dem Finger auf. Eine Postkarte fiel auf den Tisch vor ihm, darauf der Boardwalk von Santa Cruz. Josh dachte an die unzähligen Nächte, die sie als Teenager dort verbracht hatten. Früher. Vor einer halben Ewigkeit. Dann drehte er die Karte um.

KAPITEL 135

Oktober 2012 (zur gleichen Zeit)
Palo Alto, Kalifornien

ASHLEY O'LEARY

Die Mitglieder des Cash Clubs hatten sich seit fünf Jahren nicht mehr getroffen. Seit den Ereignissen, die zu Alex' und ihrer Verhaftung geführt hatten und dem darauffolgenden Zerlegen ihrer Träume durch den United States Secret Service. Vermutlich lag es daran, dass es immer noch zu gefährlich war, Kontakt miteinander aufzunehmen, dachte Ashley. Insgeheim glaubte sie, dass sie alle einfach zu feige waren. Sie jedenfalls war zu feige. Denn Alex wohnte ebenso wie sie in Palo Alto und betrieb mit seiner Mutter ein kleines Café mit Bio-Kuchen und fair gehandeltem Kaffee aus Nicaragua. Ashley lief in diesem Moment auf der anderen Straßenseite daran vorbei. Sie sah die weißen Schirme und Alex' Mutter hinter dem Tresen. Sie entsprach nicht im mindesten den Gerüchten, die damals an der Gunn High über sie kursiert waren. Sie lächelte ihren Kunden herzlich zu und war so elegant gekleidet, als gehörte ihr eine Boutique am Wilshire Boulevard. Ashley schämte sich wie jedes Mal, wenn sie einfach weiterging. Und trotzdem zwang sie sich bei jedem Shoppingtrip in die Stadt dazu. Wenigstens das war sie Alex schuldig. Auch diesmal zögerte sie für den Bruchteil einer Sekunde, ehe sie in ihren Wagen stieg und den Motor anließ.

Nachdem sie Aaron von der Schule und seine kleine Schwester aus der Kita abgeholt hatte, fuhr Ashley nach Hause. Sie stellte Mona in der Babyschale auf die Küchenablage, während sie die Einkäufe verstaute. Mona gluckste fröhlich. »Vielleicht wirst du später auch eine erfolgreiche Bäckereikette betreiben«, sagte Ashley zu ihrer Tochter. Und eine ebenso erfolgreiche Unternehmerin sein wie deine Namensvetterin, fügte sie in Gedanken hinzu. Aaron lief hinter ihr mit einem Holzschwert durchs Wohnzimmer und machte Indianergeräusche. Achtjährige kümmerten sich nicht um historische Akkuratesse, und Ashley fand das gut so, auch wenn sie diesbezüglich mit Brian nicht immer einer Meinung war. Er würde bald nach Hause kommen und sich freuen, dass sie ein Abendessen für die Familie gekocht hatte. Es war die Ausnahme, nicht die Regel, denn Ashley arbeitete wieder als Dozentin in Stanford, und Brian hatte einen Job als Programmierer beim nächsten großen Silicon-Valley-Traum ergattert, nachdem der von »The Next Big Thing« geplatzt war wie eine Seifenblase. Auf »The Next Big Thing« war »The Next Bigger Thing« gefolgt. So lief es immer im Valley. Dann begann Ashley die Post zu sortieren und wunderte sich über einen weißen Briefumschlag ohne Absender. Gedankenverloren betrachtete sie ihre Tochter, während sie den Umschlag aufriss.

KAPITEL 136

Oktober 2012 (zur gleichen Zeit)
Palo Alto, Kalifornien

ALEXANDER PIECE

»Einladung zur Neujahrsparty. 31.12.2012. 557 Blythe Street, New York City, NY.«

Alex drehte die Karte von einer auf die andere Seite. Santa Cruz. Was hatte das zu bedeuten? Er zuckte mit den Schultern und legte die Karte zum Rest der Post auf die kleine Kommode in dem winzigen Flur seines Einzimmerapartments. Denn schlüpfte er in seine Sneaker, ohne die Schnürsenkel zu öffnen, und zog die Tür hinter sich zu.

So leicht es ihm gefallen war, die Karte ad acta zu legen, so schwer fiel es ihm, die Gedanken daran loszuwerden. Er saß im Thirsty Elephant, einer Kneipe im Mission District von San Francisco, wo die Barkeeper Punkrock spielten und einen Drink namens Apotheke ausgaben. Der Drink war eine scheußliche Mischung aus einem Kräuter- und einem Minzlikör, der genauso schmeckte, wie er hieß. Das einzig Akzeptable war, dass die Barkeeper mittranken, wie es sich für einen ordentlichen Barmann gehört. Es sei denn natürlich, er arbeitete in einem Stripteaselokal, aber diese Zeit lag lange hinter Alex. Heute beschränkten sich seine Kontakte zur Unterwelt auf das gelegentliche Austauschen einer Zeitung mit Gras gegen eine Einhundertdollarnote. Eine echte wohlbemerkt, denn auch die Zeit der Geldwäsche lag lange hinter Alex. Nicht dass er Falschgeld gehabt hätte, das er waschen konnte. Er sparte sich seine Joints vom Mund ab. Oder entnahm einen Kredit aus der Kasse des Cafés.

Als ihm der Barkeeper das dritte Bier vor die Nase stellte, kehrte die Karte in seine Gedanken zurück. Eine Neujahrsparty? Vom Cash Club? Für Alex gab es keinen Grund, mit dem Cash Club zu feiern. Von Zeit zu Zeit sah er Ashley auf der anderen Straßenseite vorbeilaufen. Er wusste, dass sie absichtlich an ihrem Café vorbeiging. Sie plagte ein schlechtes Gewissen. Und auch wenn Alex ihr längst verziehen hatte, gab es keinen Grund, ihr die Schuldgefühle zu nehmen. Kam die Postkarte von Ashley? Alex tippte auf Josh. Er würde sich freuen, Josh wiederzusehen. Immerhin hatte sein Freund dafür gesorgt, dass die Gerechtigkeit innerhalb des Cash Clubs wiederhergestellt worden war. Und nicht Alex für die anderen im Knast gelandet war. Zumindest nicht besonders lange.

Alex trank an diesem Abend zwei Bier mehr als gewöhnlich, weil er Zeit brauchte, sich über etwas im Klaren zu werden. Was war wichtiger: die Vergangenheit ruhen zu lassen oder die Neugier auf die Zukunft? Natürlich wusste Alex, was wichtiger war. Keiner von ihnen hatte jemals einem Geheimnis widerstehen können. Alle würden kommen. Natürlich. Weil die Neugier immer das Wesen des Cash Clubs gewesen war. Und natürlich gab es immer noch die Frage, wo die restlichen einhundert Millionen waren. Geld hatte keiner von ihnen, das wusste Alex. Zumindest schmiss keiner damit um sich. Was natürlich nicht bedeutete, dass es keiner heimlich beiseitegeschafft hatte.

KAPITEL 137

31. Dezember 2012 (zweieinhalb Monate später)
New York City, New York

STANLEY HENDERSON

Die Spaten der Presslufthämmer schlugen krachend auf den Beton, und ihre Motoren schrien, multipliziert vom Echo eines footballfeldgroßen leeren Raums. Stan betrachtete die Runde und stellte zufrieden fest, dass alle gekommen waren: Josh, Ashley und Brian, Alex. Dazu Don Frank und der Maurer. Eine illustre Runde, die zusammengenommen wohl mehr als vierhundert Jahre Gefängnis erwartet hätte, hätte das FBI nicht zu wenig gegen sie in der Hand oder hätten sie nicht so gute Anwälte. Oder so gute Einfälle wie Stan »The Man« Henderson.

»Du warst der Letzte, dem ich den Kniff mit dem Truck zugetraut hätte«, versuchte Alex die Presslufthämmer zu übertönen.

»Nicht wahr?«, schrie Stan zurück. »Und warte nur, bis du das finale Feuerwerk zu Gesicht bekommst.«

Er deutete auf die Bauarbeiter an den Presslufthämmern, die weiße Hemden und Flanellhosen statt Blaumännern und Schutzbrillen trugen. Es gab keinen besseren als den Maurer, wenn es darum ging, etwas verschwinden zu lassen, hatte Don Frank damals behauptet. Egal ob eine Leiche oder eine Palette voller Geld. Seit heute wusste Stan, warum.

Das Parkhaus am Stadtrand von Queens war riesig: fünf Stockwerke Beton auf Stahlbeton. Dreitausendachthundert Quadratmeter Grundfläche. »Ein Fundament zum Verlieben«, hatte der Maurer gegenüber Don Frank und Stan geschwärmt, als er ihnen von der Ruhestätte berichtet hatte, die er für ihre Beute auserkoren hatte. Jetzt stand der Maurer mit vor der Brust verschränkten Armen in seinem Parkhaus und beobachtete die Arbeit seiner Leute. Er war sichtlich zufrieden.

Der erste Presslufthammer verstummte. Kurz darauf der zweite. Stan fragte sich, ob den anderen klar war, worauf das hinauslief. Oder hatten sie die Einladung für ein simples Klassentreffen gehalten? *Au contraire, mes amis.*

Josh trat neben Stan, als der letzte Presslufthammer den Dienst quittierte und der Arbeiter seinem Boss ein Zeichen gab.

»Ein beeindruckendes Neujahrskonzert«, sagt Josh. Seine Stimme, die noch auf den Lärm eingestellt war, klang zu laut. Don Frank begann als Erster zu klatschen, dann stimmten der Cash Club und der Maurer mit ein. Von draußen waren die Explosionen der Silvesternacht zu hören. Vierundzwanzig Uhr. Ein neues Jahr begann. Und für einige von ihnen möglicherweise ein neues Leben.

Der Maurer hatte ganze Arbeit geleistet. Mit einem Gabelstapler hievte einer seiner Leute die holzummantelte Palette an Gurten aus dem Loch im Boden. Ein zweiter stemmte mit einem Brecheisen die Seiten auf. Die Latten krachten und fielen auf den Boden. Unter den Planken billigen Fichtenholzes kam ein weißer Turm zum Vorschein. Weiß, weil die Schnittkanten von Papier immer weiß waren, auch wenn es sich um Greenbacks handelte. Grün bedrucktes Papier. Die Arbeiter in den weißen Hemden, die aussahen wie die Kellner eines italienischen Restaurants, begannen, die Bündel abzutragen und auf drei neue Stapel zu verteilen. Zwanzig Prozent für Don Frank, zwanzig Prozent für den Maurer, wusste Stan. Auf die Mafia war mehr Verlass als auf den Secret Service, stellte er fest.

Ashley und Brian flüsterten sich gegenseitig etwas zu. Vermutlich debattierten sie darüber, ob dies hier eine gute Idee war. Für Stan gab es diesbezüglich keine Zweifel.

»Zwanzig Prozent für mich«, sagte Don Frank und trat neben seinen Stapel mit perfekten Blüten aus der Druckerpresse des Cash Clubs. Er deutete auf den gleich großen daneben. »Und zwanzig Prozent für den Maurer.«

Stan nickte: »Wie ausgemacht.«

Der Cash Club starrte ihn an.

»Wenn euch das zu viel ist, beschwert euch beim Buchmacher«, sagte Stan.

»Seit wann hat es einen Sinn, sich beim Buchmacher über die Quoten zu beschweren?«, fragte Josh.

»Stan ›The Man‹ Henderson«, sagte Alex schließlich. »Wer hätte das gedacht?«

Stan grinste: »Habt ihr geglaubt, wir lassen den Secret Service gewinnen?«, fragte er.

»Und was machen wir jetzt mit dem Geld?«, fragte Ashley.

»Eine berechtigte Frage«, sagte Josh.

»Wir können es ja schlecht in Umlauf bringen«, fügte Brian hinzu.

Alex hob eine Hand und nahm Don Frank zur Seite. Sie flüsterten etwas, das Stan nicht hören konnte. Er vermutete, dass es nicht darum ging, dass Brian und Alex den Maurer an die Steuerbehörde verpfiffen hatten. Vermutlich wäre dann der Secret Service ihr kleinstes Problem.

Das Gespräch zwischen dem Mafioso und seinem ehemaligen Ziehsohn dauerte keine zwei Minuten. Don Frank besprach sich mit dem Maurer, der seinen Leuten ein Zeichen gab. Die Kellner begannen, Geldbündel vom Stapel des Cash Clubs auf den von Don Frank zu räumen. Alex trat vor seine Freunde.

»Fünfunddreißig Prozent für sauberes Geld auf einem

Konto auf den Cayman Islands«, sagte er. Der Cash Club nickte. Einhundert Millionen Dollar minus zwanzig Prozent für den Maurer minus zwanzig für Don Frank ergab sechzig Millionen. Abzüglich der Provision für ihre risikofreie Geldwäsche durch Don Frank blieben neununddreißig Millionen für sie. Neun Komma sieben fünf Millionen pro Nase, ein sorgenfreies Leben für alle. Der Cash Club hatte doch noch gewonnen. Vermutlich lag das daran, dass das Silicon Valley niemals verlor.

Nachdem Don Frank und der Maurer mitsamt ihrer Schergen abgezogen waren, saß der Cash Club neben dem Haufen Geld, den Don Frank später abholen würde. Inmitten des Parkhauses sangen sie die Hymne der Gunn High – weil das die Wurzel war, die sie alle verband. Alex – das Stipendium, den Mamzer Josh und den dürren Brian. Und natürlich Stan »The Man« und seine Promqueen Ashley. In der Highschool hatten sie verabredet, die besten Geldfälscher der Welt zu werden – und das war ihnen zweifelsohne gelungen.

»Nicht alles Bahnbrechende im Silicon Valley begann in einer Garage«, sagte Brian später am Abend. »In unserem Fall war es Stans Kinderzimmer.«

KAPITEL 138

Dezember 2015 (genau drei Jahre später)
Mainz, Deutschland

JOSHUA BANDEL

Josh saß auf der Couch, auf dem niedrigen Tisch vor ihm sein Laptop. Er hatte sich diese Stunden mit harter Disziplin erarbeitet. Kaum etwas war härter für ihn, als eine neue Staffel »Game of Thrones« nicht anzuschauen, sobald sie verfügbar war. Was bedeutete: legal verfügbar war, schließlich war er im Verlags- und damit auch im Urheberrechtsgeschäft. Was ohnehin schon bedeutete, dass er einen Monat länger auf Jon Schnee und Tyrion Lannister warten musste – nur um dafür zu bezahlen. Für die perfekte Unterhaltungsshow an seinem Silvesterabend war noch einmal ein halbes Jahr Westeros-Abstinenz hinzugekommen. Aber weil Josh wusste, dass dieses Neujahr ein einsames werden würde, hatte er es billigend in Kauf genommen. In diesem Moment erhob sich der Drache der blonden Königin in die Lüfte, und Josh hatte die Wartezeit und die Einsamkeit vergessen. Daenerys Targarien erinnerte Josh fatal an Mona, auch wenn seine Ex-Frau natürlich weniger königlich und weniger perfekt war, aber dafür umso realer und begehrenswerter. Er spießte ein Stück Entenbrust, ein wenig Blaukraut und einen Kartoffelkloß auf die Gabel und fuhr durch die dicke Sauce. Es war das deutsche Weihnachtsessen, was aber den jüdischen Amerikaner in Josh nicht störte, weil es genau schmeckte, wie er sich ein Festessen vorstellte. Zudem würde es seiner Perfect-Figure-Mom im Halse steckenbleiben – wegen der Kalorien und wegen der Kohlenhydrate. Ergo war es für Josh ein perfektes Neujahrsmahl. Die Ente duftete nach Beifuß und Honig, das Kraut nach Kümmel und Nelken. Josh langte zu.

Gerade im allerspannendsten Moment, der hier natürlich nicht verraten wird, klingelte es an der Tür. Josh fluchte und stolperte über das Stromkabel seines Laptops, was dazu führte, dass der Teller mit der abgekauten Entenkarkasse ins Rutschen geriet. Was wiederum dazu führte, dass Josh erneut fluchte, weil das rechte Hosenbein seiner Jogginghose braune Sauce abbekam. Und so stand Josh mit besudeltem Beinkleid in der Tür, als Mona zurückkam.

»Hallo, Josh«, sagte sie.

»Was ist mit dem Investmentbanker?«, stammelte Josh. Was angesichts der durchaus überraschenden Begegnung und seiner befleckten Hose eine seltsame Frage war.

»Geld kann keinen Charakter kaufen, Josh«, behauptete Mona.

»Was ist mit der Bakerei?«, fragte Josh als Zweites. Vermutlich, weil er der naheliegenden Frage ausweichen wollte, was Mona am Silvesterabend in Mainz zu suchen hatte. Oder er ahnte, worauf ihr Besuch hinauslief, und genoss jede Sekunde der bittersüßen Wartezeit, bevor er sie wieder in die Arme schloss. Es war so ähnlich, wie sich eine Staffel von »Game of Thrones« vorzuenthalten: Wenn man endlich bekam, was man wollte, wurde Glück zum perfekten Moment. Eine Ente mit Blaukraut vor einer jungfräulichen Staffel. Er und Mona – nicht ganz so jungfräulich, aber keine schlechtere Kombination. Josh grinste, als Mona zu einer langen Erklärung ansetzte, warum man in Amerika nicht mehr leben konnte. Wegen Trump. Wegen der Bushs. Und wegen des Käses, der nicht aus Rohmilch hergestellt werden durfte. Und weil man in Deutschland eine Burgerbraterei eröffnen könnte, um das Beste aus den zwei Welten miteinander zu vermählen. Josh hatte durchaus keine Einwände, das Beste aus zwei Welten zusammenzubringen. Vor allem wenn es sich dabei um Monas Geschäftssinn und seine verbliebenen Millionen handelte, die sicher auf einem Cayman-Islands-Konto lagen. Er hatte sie nicht angerührt, weil der Verlag lief, seit sie die Druckerei geschlossen hatten. Manchmal musste man eben ein Bein amputieren, um den Patienten zu retten, hatte er Karl-Mathäus und seiner Frau erklärt. Es war ihnen schwergefallen, aber weil sie gute Geschäftsleute waren, hatten sie schließlich zugestimmt. Ein paar Millionen konnten ein Geschäftsmodell, dessen Zeit abgelaufen war, nicht retten. Mit Monas Burgerbraterei hatte Josh endlich eine Verwendung für sein Geld, die Zukunft versprach. Und wieder eine Frau in seinem Leben. Eine, die unanständige Hosen trug noch dazu, was sich als unumstößliche Konstante erweisen sollte just in jenem Moment, als ihr Josh aus dem Mantel half. Josh würde glücklicher werden, als er es sich hätte träumen lassen. Das zumindest vermutete er an diesem Silvesterabend zweitausendfünfzehn.

KAPITEL 139

Dezember 2015 (genau drei Jahre später)
Palo Alto, Kalifornien

BRIAN O'LEARY

Brian notierte eine Zehn auf dem Wertungsbogen – die Höchstpunktzahl. Weil die beiden Mädels von der Gunn High es verdient hatten und nicht etwa, weil er auf dieselbe Schule gegangen war. Die Science Games von Palo Alto – das war ein Stiftungskriterium für Brian und Ashley gewesen – sollten nicht aufgrund von Beziehungen oder Herkunft entschieden werden, sondern einzig aufgrund der individuellen Leistung. Naturwissenschaften waren die Zukunft, davon war Brian überzeugt. Und die beiden Schülerinnen hatten ein Puppenhaus konstruiert, bei dem man die Solarzellen auf dem Dach verkabeln musste, damit die Lampen brannten. Ein Jungsspielzeug – das Ingenieure produzierte –, nur eben für Mädchen. Höchstpunktzahl. Ein Produkt, das Kinder cool finden würden, obwohl es ihnen die Grundlagen der Physik erklärte. Das war der Sinn der Science Games. Weil sich Brian niemals hatte erklären können, warum alle Jugendlichen zehn Sportler nennen konnten, die einen Basketball fünf Prozent präziser in einen Korb legten, aber niemand Keppler kannte. Oder die Ärzte, die den Krebs besiegten. Brian fand, dass es an der Zeit war, Wissenschaftler zu Popstars zu machen. Mittlerweile gab es schon in den Vorrunden der Science Games T-Shirts mit Einstein und Galileo Galilei. Was zum einen daran liegen mochte, dass Brian die Shirts kostenlos verteilte. Oder es lag an dem Preisgeld von zweihundertfünfzigtausend Dollar. Ein Preisgeld, das Brian den beiden Erfinderinnen von der Gunn High von Herzen gegönnt hätte, aber er war nicht der einzige Juror. Und seine Stimme zählte nicht mehr als die der anderen. Auch wenn er die Show bezahlte und auch wenn er das in diesem Moment bedauerte.

Drei Stunden später stand Brian mit den anderen Juroren auf der Bühne in der Stadthalle von Palo Alto und verlieh die Goldmedaille an die Konstrukteure einer Handysteuerung für Helikopterdrohnen. Old school. Nichts Neues. Brian wäre enttäuscht, wenn er nicht zweihundert naturwissenschaftsbegeisterten Jugendlichen in die glänzenden Augen blicken würde. Sie jubelten den Ingenieuren zu und feierten sie wie Helden. Es war ein Anfang. Ein kleiner zwar, aber ein Anfang. Und natürlich musste die Revolution hier beginnen: Im Silicon Valley, wo auch der Grundstein für das Preisgeld gelegt worden war. Wo sonst auf der Welt könnte eine Technikrevolution losgetreten werden?

Am späteren Abend investierte Josh nach Rücksprache mit dem Familienrat hunderttausend Dollar in die zwei Schülerinnen mit dem Ingenieurspuppenhaus. Nicht weil dies eine Wohltätigkeitsveranstaltung war, sondern weil Brian und Ashley überzeugt waren, dass sie sein Investment vervielfachen würden. Ihnen gehörte die Zukunft. Und ihren Ideen. Die Dreizehnjährigen strahlten, als Brian ihren Vätern die Hände schüttelte. Sie hatten einen Deal geschlossen, der ihr Leben verändern würde. Noch vor ihrem sechzehnten Geburtstag wären sie Unternehmerinnen. Und Ashley würde dafür sorgen, dass es ihr Puppenhaus in allen großen Spielwarengeschäften zu kaufen gab. So würde aus einhunderttausend Cash-Club-Dollar ein Millionengeschäft. Oder auch nicht. Denn wissen konnte man das natürlich nicht. Aber Brian und Ashley hatten bisher immer ein gutes Händchen bewiesen.

KAPITEL 140

Dezember 2015 (genau drei Jahre später)
Washington, D.C.

STANLEY HENDERSON

Stan hörte das Piepsen der Geräte, bevor er das Bewusstsein wiedererlangte. Dann spürte er einen Schlauch in seinem Arm und ein warmes Gefühl im ganzen Körper. Wie ein lauwarmes Kirschkernkissen, das auf seinen Innereien lag. Die im Arsch waren. Zumindest teilweise, erinnerte er sich. Erst dann – vielleicht Sekunden, vielleicht Minuten, möglicherweise aber auch Stunden später, schlug er die Augen auf. Genauer gesagt versuchte er, die Augen aufzuschlagen, weil ein klebriger Schleim ihn daran zu hindern versuchte. Dann spürte er eine Hand auf seinem Arm. Kleine Finger, die jemandem gehörten, der nicht begreifen konnte, was mit Daddy geschehen war. Eine zweite Hand. Stärker, kräftiger. Eine Hand, die eine .357er Magnum führen konnte wie die meisten Frauenhände lediglich einen automatisch öffnenden Regenschirm.

»Daddy«, sage Alicia.

Stan fragte sich, ob das wohlige Gefühl in seinem Bauch von seiner Tochter, dem Tropf mit den Schmerzmitteln oder der Tatsache kam, dass raus war, was dort nicht hingehörte. Darmkrebs, hatte der Arzt gesagt. Vor zwei Wochen. Viel zu jung, hatte er gemurmelt. Dazu hatte er etwas auf seinem Klemmbrett notiert. Blasiertes Arschloch. Dieselbe randlose Brille wie der Typ von der internen Ermittlung. Randlose Brille bedeutete: keine Emotionen, große Probleme. Schwitzen vor Angst auf dem Stuhl im Arztzimmer. Krebs. Ein Wort wie ein Fallbeil. Richelieu. Fraternité, Egalité. Ende. Egal.

»Dr. Michwitz sagt, es ist gut gelaufen«, hörte er Trish sagen. Die Kruste hatte den Kampf gegen seine Augenlider verloren.

»Dr. Michwitz sagt, du hast eine gute Chance auf komplette Heilung.«

Komplette Heilung. Bedeutete das bei Krebs nicht, dass einen die Metastasen auffraßen?

»Ich bin nicht totzukriegen, was?«, fragte Stan. Er war nicht überzeugt davon, aber das konnte er seiner Tochter schlecht sagen.

»Du wirst leben, Stan«, sagte Trish und küsste ihn sehr zärtlich auf die Stirn. Überaus zärtlich für eine Frau, die eine .357er Magnum führte wie einen Regenschirm.

»Ich werde leben?«, fragte Stan.

»Das wirst du«, sagte Trish.

Und das war die Hauptsache im Leben, oder nicht?

KAPITEL 141

Dezember 2015 (genau drei Jahre später)
George Town, Cayman Islands

ALEXANDER PIECE

»Boss«, sagte Alex und breitete die Arme aus.

»Hör auf damit«, sagte Don Frank, erwiderte die Umarmung aber trotzdem.

»Es ist unwürdig bei der Kohle, die du uns abknöpfst«, fügte der Don hinzu.

Alex zuckte mit den Schultern. Cayman Islands. Das bedeutete Steuerparadies. Was wiederum bedeutete, dass sich die Pfeffersäcke, die als Touristen einreisten, einiges leisten konnten. Ein Mafioso brauchte ein Steuerparadies wie den Sprit für seinen unauffälligen SUV. Es war ein Teil, das die Maschinerie am Laufen hielt, kein überflüssiger Luxus. Und so hatte Alex in einem Hotel in einem Steuerparadies ein lukratives Geschäft gewittert für einen Geschäftsmann mit besten Kontakten zum organisierten Verbrechen. Außerdem war das Wetter besser als sonst wo auf der Welt – es sei denn in der Tornadosaison. Also hatte Alex eine Bruchbude am Strand gekauft und begonnen, sie instand zu setzen.

1,5 Millionen Dollar später hatte er die erste Tour für die Mafiosi aus Atlantic City organisiert. Und weil Alex wusste, was die Jungs erwarteten, kamen sie wieder. Und wieder. Trotz der fürstlichen Preise, die Alex verlangte. Das hatte er von ihrem Café in Palo Alto gelernt, das seine Mutter immer noch führte, weil es sie glücklich machte: In der Gastronomie war nur Geld zu verdienen, wenn man den Gästen billigen Fusel als Markenware verkaufte (siehe das ehemalige Vogue) oder wenn man den Gästen etwas bot, das man für Geld nicht kaufen konnte. Im Fall von Alex' Hotel war das die einzigartige Lage am Strand, seine Diskretion und die Tatsache, dass die Nutten im Zimmerpreis inbegriffen waren. Was dazu führte, dass Don Frank seine körperlichen Bedürfnisse zu Hause von der Steuer absetzen konnte – und das ironischerweise ausgerechnet in einem Steuerparadies. In das er natürlich reiste, um weiteres Geld am Fiskus vorbeizuschleusen.

Alex hatte ein Perpetuum mobile der Steuerflucht geschaffen. Ein überlegenes Geschäftsmodell, weil es für jedes Mitglied der Cosa Nostra als Sport galt, der Steuerbehörde ein Schnippchen zu schlagen. Wegen Al Capone. Weswegen natürlich auch der Maurer zu seinen Gästen zählte. Für Alex bedeutete das Leben auf der Karibikinsel, dass er es sich erlauben konnte, zwei von vier Wochen im Monat mit Fischen und der Pflege seines Hotelgartens zuzubringen. Das Allerbeste an seinem überlegenen Geschäftsmodell war jedoch die Tatsache, dass es vollkommen legal war. Bis auf die Lappalie mit der geduldeten Prostitution möglicherweise – aber ein Vergnügen konnte nach Alex' Lebensphilosophie kein Verbrechen sein.

Als Alex den Don in seine Suite führte, wusste Alex längst, dass Don Frank auf dieser Reise keine seiner Dienstleisterinnen benötigte, denn er hatte seine Mätresse gleich mitgebracht. Offiziell lief sie unter der Bezeichnung Sekretärin, was angesichts ihrer körperlichen Vorzüge ein Witz war. Hätte Don Frank eine Sekretärin diesen Kalibers, würde er sie vögeln, und hätte er sie noch nicht, würde er sie stehenden Fußes einstellen. Was auf das Gleiche hinauslief. Natürlich wusste Alex längst, wie sie aussah und dass sie für Schokolade mit Lavendelblüten dahinschmolz, weswegen er eine Tafel in den Obstkorb für Don Frank gelegt hatte. Es gehörte zum Geschäft, solche Dinge zu wissen.

Das Problem in diesem speziellen Fall war, dass Alex sie überaus attraktiv fand. Nicht so, wie man eine Shakira-Imitation aus dem Vogue attraktiv fand. Sondern so, wie er früher Ashley attraktiv gefunden hatte. Alex sah mehr hinter ihrem schönen Gesicht. Und weil Alex wusste, dass Don Frank binnen Monatsfrist das Interesse verlieren würde, suchte Alex schon zwanzig Minuten später nach einem Ausweg. Zumal ihm noch immer eine Directrice fehlte. Eine rechte Hand. Beruflich wie privat. Das Problem war, dass ihm kein Ausweg einfallen wollte. Und so reisten seine zukünftige Directrice und Don Frank am 4. Januar ab, ohne dass Alex zum Zug gekommen wäre. Und doch schlich sich Susan immer wieder in seine Gedanken, bis er von der Trennung erfuhr.

Es war Ende Februar, und das Wasser unter seinem kleinen Motorboot war hellgrün und klar. Als er seine Angel auswarf, fragte er sich, was er Susan bezüglich zu unternehmen gedachte. An diesem Tag fing Alex keinen Fisch, aber er fuhr mit einer Erkenntnis zurück an Land. Ich bin in einem Trailerpark aufgewachsen, meine Mutter war eine Stripperin, dachte Alex, als er die Nussschale am Steg des Hotels vertäute. Was habe ich schon zu verlieren?

Was keine schlechte Frage ans Leben war.

TY!

Wie bei jedem Roman hat ein Autor tausendfach zu danken. Angefangen bei Freunden und Familie (denn Sie können sich nicht vorstellen, wie wunderlich wir Schreiber werden können, wenn die Zeit knapp wird). Aber natürlich auch seinem Agenten, der Lektorin, dem Verlag und den Buchhandlungen. Mathematisch müsste ich beim Cash Club zweitausendfach danke sagen, denn aus den geplanten dreihundert wurden fast sechshundert Seiten. Mein bisher längstes Buch und mein erster Versuch einer Geschichte, die ohne Verfolgungsjagden, Mord und Totschlag auskommt – und die ebendeshalb auch kein Thriller ist. Mein größtes Dankeschön gilt daher an dieser Stelle meinen Leserinnen und Lesern, die mit mir den Versuch gewagt und bis hierher gelesen haben. Ich hoffe, Sie fühlten sich bestens unterhalten. Das wäre das Größte. Über Feedback freue ich mich wie immer riesig unter ben@benberkeley.com.

Hoffentlich auf bald!
Herzlich, Ihr und Euer

Ben Berkeley

Verleumdet. Verhaftet. Vernichtet.

Ben Berkeley

DAS HAUS DER TAUSEND AUGEN

Thriller

Als sich die tausend Augen der National Security Agency auf Gary Golay, den Stellvertretenden Stabschef im Weißen Haus, richten, wird sein Leben zum Alptraum: Er soll eine Prostituierte ermordet haben, auf grausamste Art und Weise. Während Gary um seinen Ruf, seine Familie und seine Freiheit kämpft, werden die Beweise gegen ihn immer erdrückender. Selbst seine Frau kann sich dem Strudel von Verdächtigungen nicht entziehen. Einzig der kauzige Anwalt Thibault Stein und seine Assistentin Pia Lindt glauben seine Geschichte von einer Verschwörung, die bis ins Oval Office reicht.
Und die uns alle betrifft, denn das Haus der tausend Augen blickt nicht nur auf Gary Golay.
Sondern auch auf dich.

Veit Etzold

TODESDEAL

Thriller

In jedem Handy steckt ein Stückchen Kongo: Im afrikanischen Kongo wütet seit Jahrzehnten ein grausamer Krieg. Es ist der Kampf um kostbare Rohstoffe, die in jedem digitalen Gerät auf der Welt stecken.
Für seinen ersten großen Rechercheauftrag reist der junge Journalist Martin in den Kongo. Kurz nach seiner Ankunft wird er von Milizen eines Warlords als Geisel genommen und kämpft um sein Leben. Zu spät stellt er fest, dass auch er nur Verhandlungsmasse in einem internationalen Schachspiel ist, in dem die Rohstoffverteilung für das 21. Jahrhundert festgelegt wird.

»Brandheißes Thema!
Für mich der Polit-Thriller des Jahres.«
Andreas Eschbach